MW01365638

Intrige

THOMAS GIFFORD

Intrige

THRILLER

Aus dem Amerikanischen
von Angela Koonen

WELTBILD

Die amerikanische Originalausgabe erschien unter dem Titel
The Cavanaugh Quest

Besuchen Sie uns im Internet:
www.weltbild.de

Genehmigte Lizenzausgabe
für Verlagsgruppe Weltbild GmbH,
Steinerne Furt, 86167 Augsburg

Übersetzung: Angela Koonen
Umschlaggestaltung: Studio Höpfner-Thoma, München
Umschlagmotiv: P.A. Rotari/AKG, Berlin
Gesamtherstellung: GGP Media GmbH,
Karl-Marx-Straße 24, 07381 Pößneck

Printed in Germany
ISBN 3-8289-7089-3

2005 2004 2003 2002
Die letzte Jahreszahl gibt die aktuelle Lizenzausgabe an.

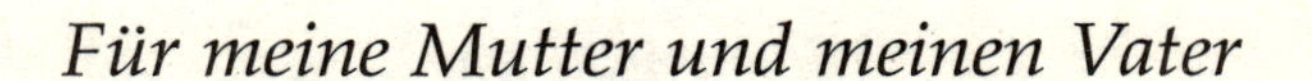

Für meine Mutter und meinen Vater

Ich bin nicht ich;
er ist nicht er;
sie sind nicht sie.

Prolog

Während des Spätsommers, bis in den Herbst hinein, wurden mehrere Leute, die ich kannte, in aller Öffentlichkeit ermordet. Es waren die absonderlichsten Mordfälle in der Geschichte von Minneapolis. Jedes Mal wurde die Tat ziemlich schnell verübt, aber bei Fällen wie diesen braucht es nicht lange, um den beabsichtigten Schaden anzurichten. Einem Menschen wurde der Kopf in Stücke gerissen, sodass er nur mit sehr viel Mühe wieder zusammengesetzt werden konnte; ein anderes Opfer trieb lautlos in die Ewigkeit davon wie Weltraummüll. Der gewaltsame Tod hat eine besondere Anziehungskraft auf das Geld und die Macht und die Medien. Ich hatte bereits ein Buch über einen Kriminalfall und die darauf folgende Gerichtsverhandlung veröffentlicht und wurde von meinem Verleger beauftragt, eine Dokumentation des jüngsten Falles zu schreiben. Man erwartete sogar, dass ich selbst Ermittlungen vornähme, was für mich durchaus den Beigeschmack einer gewissen anderen Ära besaß. Wie sich herausstellte, wäre dies einer Autobiographie zu nahe gekommen, und ich hätte der Sache nicht die richtige Behandlung angedeihen lassen können. Also gab ich den Vorschuss zurück und leckte meine zahlreichen Wunden. Kein Buch wurde geschrieben. Die ganze Angelegenheit blieb so sehr in Widersprüchlichkeit gehüllt, dass ich bezweifle, ob es jemals eins geben wird.

Die Leser von Kriminalromanen und besonders die Liebhaber authentischer Kriminalgeschichten haben eine Schwäche: Sie wollen, dass die Geschichte zu einem befriedigenden Höhepunkt und zu einer Auflösung kommt, wo das Recht sich Geltung verschafft, die Schuldigen bestraft werden und die Unschuldigen ihr gewohntes Leben sorglos wiederaufnehmen können. Alles ganz sauber und abgerundet mit legalistischer Ordentlichkeit. Eine Schlussszene voller Glückseligkeit, nach der die Lichter aufflammen und die Vorhänge sich schließen, während man *ENDE* in der Luft schweben sieht. Doch bei den Morden in Minneapolis gab es das nicht.

Tatsache war, dass der Mörder nicht vor Gericht gestellt und nicht einmal ermittelt wurde; ein paar Leute wussten, wer er war, ja, aber man bekam ihn nicht zu fassen. Das Motiv blieb im Dunkeln, die Mordfälle gelten offiziell als ungelöst. Und die Unschuldigen werden nie mehr ihr altes Leben wiederaufnehmen können, das ihnen Ruhe, Bequemlichkeit und Normalität bot.

Auch ich gehörte zu denen, deren Leben zerstört wurde. Ich war kein Schriftsteller, kein Reporter, kein Beobachter. Ich war ein Beteiligter. Und als die Geschichte sich wie eine Schlange aus ihrer Haut schälte und sich wand und drehte und hervorschnellte, da war ich es, der sie festhielt. Wenn übermäßige Anstrengungen unternommen werden, um die Wahrheit zu verbergen, entwickelt sie ein sonderbares Eigenleben. Sie will erkannt werden und fordert die Ehre ein, die sie verdient: das große »W«, darum ringt sie. Die Wahrheit ist zählebig, vielleicht sogar nicht totzukriegen. Sie schläft höchstens und wartet auf jemanden, der sie findet und enträtselt.

Diese Geschichte handelt von der Suche nach einer schwer durchschaubaren Wahrheit.

Die Wahrheit besteht unabhängig von uns allen um ihrer selbst willen. Sie hat keinen moralischen Wert. Insoweit erinnert sie mich an Melvilles weißen Wal. Kapitän Ahab war im Unrecht: Moby Dick hat nichts Böses getan, sondern sein eigenes Leben gelebt. So verhält es sich auch mit der Wahrheit. Da liegt sie, ausdruckslos, eine desinteressierte Beteiligte. Ich bin, was ich bin, sagt die Wahrheit – und wir alle müssen uns mit ihr herumschlagen.

Wenn Sie am Ende dessen angelangt sind, was ich Ihnen nun erzählen will, werden Sie die Wahrheit kennen, und nur Sie werden beurteilen können, ob die gewonnene Erkenntnis die Erfahrung wert gewesen ist. Für die Leute, die darin verwickelt waren, für Sie selbst und vor allem für mich.

Ich heiße Paul Cavanaugh. Folgendes hat sich ereignet.

1. Kapitel

In Minneapolis endet der Sommer häufig abrupt. Die Einheimischen nennen es das Theater der Jahreszeiten – mit einem gewissen Stolz, wie sie ihn auch im Guthrie-Theater und bei den Minnesota Vikings empfinden, um zwei Beispiele zu nennen. An einem Augusttag ist der Sommer noch da; am nächsten, wenn die Wolken tiefer über die Seen ziehen und nur noch die schaumgekrönten Wellen an den Strand kommen, ist er vorbei. Ich wusste, dass dieser Tag kurz bevorstand. Doch die Wärme des August hing noch in den Bäumen, und ich war optimistisch genug, mir ein paar neue Slazenger-Tennisbälle für den Nachmittag zu kaufen, an dem Hubbard Anthony und ich unser großartiges Weltklasse-Fünf-Satz-Match spielten. Ich hatte im Sommer nicht so viele Pfunde verloren, wie ich es mir versprochen hatte, und musste mich nach wie vor in meine Fred-Perry-Shorts und das Hemd mit dem unverwechselbaren Label hineinzwängen. Sie saßen hauteng, wirklich, aber ich trug sie aus Prinzip und trat damit einen Beweis an, der von Sommer zu Sommer schwächer ausfiel. Ich war gerade vierzig und nicht bereit, Zugeständnisse an das Alter zu machen.

Der Tag unseres Fünf-Satz-Matches war derselbe, an dem Larry Blankenship den Inhalt seines Schädels über die gold-grüne Velourstapete in der Eingangshalle des Apartmenthauses verteilte, in dem ich wohnte. Ich hatte mit Hub im Norway Creek Club drei schweißtreibende Stunden lang Tennis gespielt, und mein Hintern zog mich schier zu Boden. Hub war sechzig Jahre alt, hart wie der Richterstuhl, auf dem er saß, und von einer infernalischen Ausdauer, mit der er mich über fünf Sätze fertig machte.

Das Thermometer zeigte unverrückbare 32 Grad, doch die ausladenden Eichen machten die Plätze bespielbar, da die Bäume ein paar Flecken Schatten warfen, die Hub geschickt nutzte. Ich gewann den ersten und den dritten Satz, doch unter dem Bombardement seiner berüchtigten Aufschläge fühlten sich meine Glieder schon ein wenig wie Gummi an. Seine Bälle gingen nieder wie V2-Raketen und verschwanden vor meinen Augen zwischen Sonne und Schatten, sodass er die letzten beiden Sätze mit 6:2 und 6:1 gewann. Ich bin wirklich ein lausiger Verlierer, aber ich bewunderte notgedrungen die Art, wie Hub das Match gemacht hatte.

Wir standen am Netz. Hubbard sah aus, als hätte er soeben ein gemütliches Sonntagnachmittagspiel absolviert. Er grinste mich an und drehte seinen Sechzig-Dollar-Teppichklopfer von Arthur Ashe in der großen braun gebrannten Hand.

»Ich bin sicher, du hast irgendwie geschummelt«, sagte ich. »Komm mit, wir trinken was. Dann kannst du mir deine Tricks verraten.« Ich schnaufte.

»Es ist doch nur ein Spiel«, hielt er mir entgegen, als wir zurück zum Clubhaus gingen. Wir kamen am Schwimmbecken vorbei, in dem die Kinder plantschten und wo die braun gebrannten Mütter in ihren Bikinis wie achtzehn aussahen. »Aber es macht mehr Spaß zu gewinnen, als zu verlieren.« Hier sah jeder viel zu jung aus, viel zu aktiv. Das machte mich nervös. Hubbard redete mit mir, während ich mir die vielen Brüste anschaute, die sich allesamt Mühe gaben, aus den Bikinis zu rutschen.

»Bitte? Was hast du gerade gesagt?«

»Zen-Tennis«, wiederholte er mit richterlicher Geduld.

»Spiele ich schon seit Jahren. Jetzt hat dieser Knabe ein Buch darüber geschrieben. Statt dir einen Sieg abzuringen, musst du dich selbst gewinnen lassen, schreibt er.«

»Ein bißchen kurz gedacht, findest du nicht?«

»Na ja, dein Körper weiß schon, wie er die Schläge anbringen muss. Du musst ihn nur tun lassen, was er längst von selbst kann.« Noch einmal ließ er den Schläger rotieren.

»Mein Körper wiegt zwanzig Pfund zuviel. Das sind zwanzig Pfund Speck zwischen Können und Tun.«

»Du brauchst dir nur vorzustellen«, fuhr Hubbard fort, »wie der Schlag sein muss – wie du ihn zum Beispiel bei Rod Laver oder Ken Rosewall gesehen hast –, und dann lass es *geschehen*.« Er lachte ein wenig verlegen. »Natürlich ist das stark vereinfacht ...«

»Natürlich«, sagte ich. Der Schweiß schien mir kleine Löcher in die Augenwinkel zu brennen. »Lass es geschehen ...«

Hubbard Anthony war einfach besser als ich, eine Tatsache, die ich jeden Sommer von neuem herausfand, aber ich zählte darauf, dass die Zeit meine Kampfgefährtin war. In zehn Jahren wäre ich fünfzig und Hub siebzig, und dann, bei Gott, würde ich es dem alten Bastard zeigen.

Geduscht, frisch gekleidet und erschöpft wie ich war, jagte ich den Porsche über den Lake of the Isles Boulevard und verspürte dabei einen kindischen Wagemut, als könnte ich es dem großen Fangio am Steuer seines Ferrari gleichtun, oder was er sonst für einen Schlitten gefahren hat. Fangio ließ mich natürlich alt aussehen, so alt wie ich mich fühlte, aber das schnelle Fahren gab mir ein wenig von meiner Selbstachtung zurück, die ich während des langen Nachmittags mühevoll verloren, ja geradezu vergeudet hatte.

Ich lenkte den Wagen auf die Zufahrt zum Besucherparkplatz, weil ich Hubbard später heimfahren wollte und weil offensichtlich etwas passiert war. Zwei Streifenwagen, ein Krankenwagen und ein Rettungsfahrzeug versperrten die Einfahrt, und eine schwatzende Menge neugieriger Hausbewohner stand gaffend am Rand des roten Teppichs unter dem Vordach. Unwillkürlich blickte ich die fünfundzwanzig Stockwerke hinauf. Wegen der Rotholzbalkons und der scharfen Kanten sah die Fassade so aus, als würde sie gegen jedermann und alle Welt die Zähne fletschen. Es wird jemand heruntergefallen sein, ging es mir durch den Kopf, während ich mich der augenscheinlichen Unglücksstelle näherte. Die armselige kleine Fontäne in der Mitte des Betonbeckens sprudelte müde vor sich hin, als wäre auch ihr der Tag zu lang gewesen.

»Da hat einer einen Kopfsprung gemacht«, sagte ich. »Das musste ja früher oder später so kommen.«

Hubbard folgte mir zwischen den Einsatzfahrzeugen hindurch zum Seiteneingang, der hinter einem Windschutz aus dekorativen Betonelementen versteckt war. Es hatte keinen Zweck, den Haupteingang zu benutzen, denn dort standen zwei Polizisten und versperrten den Weg. Außerdem gab es keinen großen Fleck vor dem Haus. Was immer passiert war, hatte sich drinnen abgespielt.

Die Tür zum Verwaltungsbüro stand offen, und das Zimmer war leer. Der Drehstuhl hinter dem Schreibtisch lag umgekippt da. Hier hatte es einer höllisch eilig gehabt. Ich durchquerte den Flur, benutzte meinen Schlüssel für die Tür zu den Briefkästen und trat in die Eingangshalle. In dem weichen grünen Teppich sank man ein wie in Dünensand. Etliche Leute standen in ein schreckliches, vorwegnehmendes Schweigen vertieft, die anderen sprachen gedämpft. Bill Oliver, der Verwalter, und seine Frau Pat standen beim Kamin, in dem das falsche Feuer munter hinter den Plastikscheiten flackerte. Sie sprachen mit einem Zivilbeamten in Geschäftsanzug und weißem Hemd, während ein uniformierter Polizist in die Ecke starrte, wo irgendetwas neben dem großen dürren Philodendron lag. Dort bückten sich zwei Männer in Arztkitteln über einen Haufen Armeedecken, unter dem ein Paar hochglanzpolierte Mokassins mit makellosen, hellbraunen Sohlen hervorragte.

Fritz, einer der Hausmeister, stand bei den Aufzügen und taxierte die Lage mit schmerzerfülltem Blick. Sein faltiges Gesicht mochte einst hart ausgesehen haben, vielleicht sogar bösartig. Er war genau aus jenem Holz geschnitzt, aus dem man fünfzigjährige Hausmeister macht – ein Bursche, dem nach zu viel Schnaps und zu wenig Glück das Leben sauer geworden ist.

»Mr. Cavanaugh«, sagte er mit heiserer Stimme und drückte seine Zigarette in einer schimmernden Röhre mit weißem Sand aus. Er machte ein Gesicht, als erwartete er, man würde ihm die Schuld für das Geschehene zuschieben.

»Was ist hier los?«, fragte ich. Fritz schwitzte wie gewöhnlich. »Wer liegt unter den Decken?« Ich brauchte ihn nur anzuschauen und fühlte mich schuldig, als hätte ich ihm etwas Unaussprechliches angetan.

Hubbard konnte sich von der sonderbaren Totenwache nicht losreißen. Er hatte seine langen knochigen Arme in die kantigen Hüften gestemmt und wirkte gelassen. Er kannte sich schließlich aus.

»Ich weiß es nicht mit Sicherheit«, antwortete Fritz entschuldigend. Unter Stress trat sein deutscher Akzent zutage, und er bat ständig um Entschuldigung; er benahm sich wie ein freundlicher alter Hund, der vor lauter Treue jeden Tritt hinnimmt. »Ich habe gerade auf dem Dach an der Klimaanlage gearbeitet, wissen Sie, und ging nach unten, um die Ventilatoren in der Halle zu überprüfen – die Leute haben sich beschwert, verstehen Sie, dass es schon über dreißig Grad sei und sich nichts tun würde, obwohl was geschehen müsste. Also hat Bill gefragt, ob ich mich mal dahinterklemme.« Er strich sich mit den ölverschmierten Händen über sein olivgrünes Hemd und schaute blinzelnd an meiner Schulter vorbei.

»Also, ich komme aus dem Fahrstuhl und will zu Bills Büro. Ich gehe durch den Flur vom Seiteneingang, da kommt der Kerl an mir vorbei, geht aber in die andere Richtung zu den Briefkästen, und ich marschiere ins Büro. Bill an seinem Schreibtisch reißt gerade diesen Briefumschlag da auf und guckt mich an, und ich leg los und erzähle ihm von den verdammten Ventilatoren, dass die endlich kalte Luft rauspusten – ist schön kühl jetzt, nicht? –, und er hört mir mit einem Ohr zu und liest dabei diesen Brief, also gleichzeitig, und dann sagt er plötzlich: ›Ach, du heilige Scheiße, ich werd verrückt‹ und springt auf, dass der Stuhl umfällt, und dann gab's auf einmal ein Mordskrachen ... ein Schuß, dachte ich, in der Eingangshalle, laut wie 'ne Kanone. Wir konnten ihn durch beide Glastüren hören, die vom Büro und die von der Halle. Bill war mit einem Satz aus dem Zimmer, aber an der Tür zur Halle war er gearscht, die war natürlich zu.« Fritz holte tief Luft und schluckte. Beim Kamin drüben hatte sich noch nichts verändert, aber Hubbard hatte sich zu uns gesellt. Er verströmte Vetiver und sah ganz entspannt aus in seinen Leinenhosen und dem Izod-Hemd. Er beobachtete Fritz und hörte ihm aufmerksam zu, wie ein Richter.

»Schließlich hatte er seinen Schlüssel rausgeholt und gelangte gerade in die Halle, als ich sah, wie die alte Mrs. Hemenway aus dem Fahrstuhl kam, sie trägt immer diese kleinen weißen Handschuhe, also, sie schlägt sich die Hände vor den Mund und starrt auf etwas ... Der Kerl hatte sich mitten in der Halle erschossen!«, schloss er abrupt.

»Wie lange ist das her?«

»Ungefähr 'ne halbe Stunde.«

»Kannten Sie ihn? War es der Bursche, der an Ihnen vorbei zu den Briefkästen gegangen ist?«

»Ja ... aber, zum Teufel, er lächelte mich an und nickte mir im Vorbeigehen zu. Verdammt komische Sache. Ich hab den toten Jungen nicht von nahem gesehen, wissen Sie, aber er hat so 'nen hellblauen Sommeranzug an, genau wie der andere ...« Er schüttelte den Kopf. »Aber der Kerl sagte hallo, nickte, war richtig freundlich. Dann geht er in die Halle und erschießt sich ...«

»Haben Sie ihn erkannt?«

»Ja, nur der Name fiel mir nicht ein – hab ihn aber schon öfter gesehen, wie er mit dem Fahrstuhl rauf und runter fuhr.« Fritz wischte sich den Schweiß von der Stirn und hinterließ eine Ölspur in den Falten über seinen Bittstelleraugen. »Bannister? Nein, so ähnlich wie Battleship, aber das war's nicht.« Beim Geräusch der Lifttüren drehte er sich um, und eine Putzfrau im grünen Kittel und mit blauen Shorts kam heraus.

»Marge«, sprach er sie an, »wie heißt doch gleich der Kerl? Der Tote hier? So was wie Battleship ...«

Margaret sah stets wie eine Matrone aus, selbst wenn sie den Mülleimer-Entleerungstrip über sämtliche Flure machte. Sie trug ihr eisengraues Haar streng nach hinten gekämmt; ihre Brille hing an einer Kette um den Hals, und sie war stets ruhig und ausgeglichen. Der Putzkittel wurde durch blaue Tennisschuhe vervollständigt, und trotzdem sah sie aus, als käme sie gerade vom Galakonzert oder wäre auf dem Weg dorthin.

»Blankenship«, sagte sie. »Larry Blankenship.«

Hubbard Anthony schnappte plötzlich nach Luft. »Oh, Himmel, nicht Larry!«, stieß er hervor.

Aber in diesem Moment war keine Zeit, um den leicht glasigen, uncharakteristischen Ausdruck in Hubbards Augen zu erforschen, denn die kleine Gruppe um den noch warmen Körper von Larry Blankenship war im Aufbruch begriffen, und die feinen Bewohner des Hauses zogen sich zurück, während sie sich den Anschein gaben, als seien sie nicht im Mindesten an einem solch ungehörigen Vorfall interessiert. Bill Olivers hageres Gesicht war blass, und er presste die Lippen zusammen. Es wohnten eine Menge reiche, ältere Leute im Haus, sodass Oliver an gelegentliche Sterbefälle gewöhnt war, aber ein Erschossener in der Halle war etwas ganz anderes, daran gewöhnte man sich nicht.

Es stellte sich heraus, dass der Polizist in Zivil Mark Bernstein war, ein Schnüffler von der Mordkommission, mit dem ich vor ein paar Jahren eine Zeit lang zu tun gehabt hatte, als ich ein Buch über einen Ritualmord und die anschließende Gerichtsverhandlung schrieb. Er war an die fünfundvierzig, ordentlich rasiert, trug einen kragenfreundlichen Haarschnitt und hatte ein langes, anständiges Gesicht. Er blieb bei allem sehr gelassen und erinnerte mich immer an Craig Stevens, der in der Glotze den Peter Gunn gespielt hatte. Er nickte, als er mich sah, und verzog leicht die Mundwinkel.

»Daraus wird wohl kein Buch, Paul«, meinte er, dann nickte er Richter Anthony zu, der beunruhigt und immer noch bleich aussah. Vermutlich war mir Hubs unerwartete Blässe an der ganzen Blankenship-Geschichte als Erstes seltsam vorgekommen, sieht man von der Art des Dahinscheidens Blankenships ab. Der Tote bedeutete mir nichts, aber Hub war ein Freund.

»Wenig Punkte für Sauberkeit«, meinte ich.

»Das interessiert keinen mehr«, erwiderte Bernstein.

»Was ist eigentlich passiert? Warum sind Sie hier?«

»Ich war im Büro, nichts weiter. Ein langweiliger Sonntagnachmittag. Der Anruf kam rein, und ich dachte, verdammt, da muss ich wohl selbst hingehen. Nur soviel war klar, dass einer erschossen worden ist.«

Ich ging neben ihm her, während wir Bill Oliver ins Büro

folgten. Bernstein warf einen Blick auf meinen Tennisschläger. »Gewonnen?«

»Von wegen. Der Richter hat's mir wieder mal gezeigt.«

»Ich habe überhaupt keine Gelegenheit mehr zum Tennisspielen«, sagte er.

»Sie sind einfach zu sehr damit beschäftigt, Bürgermeister zu werden. Das ist nun mal vordringlich. Tennis können Sie noch Ihr ganzes Leben spielen, Bürgermeister ist man nur eine bestimmte Zeit.«

»Ach, Scheißdreck«, sagte er darauf. Er war empfindlich, was seine politischen Ambitionen betraf, und ich konnte nicht einmal sagen, dass er damit falsch lag. Alles ist erstrebenswerter, als Schnüffler bei der Mordkommission zu sein, sogar das Amt des Bürgermeisters.

Niemand untersagte uns, hinterherzukommen, also gingen Hub und ich ebenfalls ins Büro. Pat Oliver war schon dort und stellte soeben den Stuhl wieder auf. Sie wirkte beklommen und schaute uns nicht an. Mit einem tiefen Seufzer lehnte sie sich an den Aktenschrank und schaute den Jungs in Weiß dabei zu, wie sie mit einer Bahre ins Haus kamen und ihr Bündel aufluden.

Bernstein sagte: »Darf ich diesen Brief mal sehen, bitte?«

Oliver nahm ihn von dem sauber aufgeräumten Schreibtisch und reichte ihn Bernstein. »So einen verdammten Mist habe ich noch nie gelesen«, sagte er. Er biss sichtlich die Zähne zusammen und blickte aus seinen blassblauen Augen nervös zwischen dem lesenden Bernstein und mir hin und her. »Stell dir vor, Paul, er kommt hier rein, sagt hallo zu Pat und mir, so verdammt normal, ist angezogen, als würde er zum Essen ausgehen ... frisch gereinigter Anzug, Krawatte ... alles, was er anhatte, war brandneu ... und er roch nach Old Spice. Er sagte, er hätte was für mich, gab mir den Umschlag, und ich dachte, das ist die Miete oder so. Es ist immer die Miete, wenn die Leute mit einem Umschlag hier reinkommen, also habe ich keinen Gedanken daran verschwendet. Ich nahm ihn, sagte ›Okay, Mr. B.‹, und er lächelt mich an und geht wieder raus. Im selben Moment kommt Fritz rein, singt mir was vor über die blöde Klimaanlage, und ich mach den Umschlag auf. Und während ich lese, höre ich Fritz mit halbem Ohr zu – und dann, heilige Scheiße, geht mir ein Licht auf, und ich höre den Schuss.«

Seine Stimme schwankte, und er war außer Atem. Er zuckte mit seinen quadratischen Farmerschultern und setzte die Bifokalbrille ab, zog ein Kleenex aus dem Spender auf dem Schreibtisch und putzte die Gläser. »Ich kannte den Jungen kaum, aber bei Gott, es trifft einen hart, wenn sich vor deiner Nase einer so was antut ...« Er drehte sich zum Fenster hin und blickte nach draußen, wo die Sonnenstrahlen über die vorbeifahrenden Autos blitzten.

Hubbard setzte sich auf einen harten Stuhl. Er hatte seit seinem leisen Ausruf in der Halle kein Wort mehr gesprochen. Ich kannte ihn gut genug und sah ihm an, dass er all seinen Willen zusammennahm, um die Selbstbeherrschung wiederzuerlangen; das hatte ich bei ihm schon auf dem Tennisplatz beobachtet, wenn ich einen schlecht retournierten Ball von ihm nutzen und in einen Punkt verwandeln konnte.

Bernstein biss sich auf die Lippe und meinte kopfschüttelnd: »Der ist drollig, wirklich drollig.«

»Was steht denn da?«, fragte ich.

Er hielt mir den Brief hin.

»Lesen Sie ihn laut vor«, sagte er. »Langsam und im Plauderton, bitte. Ich will wissen, wie sich das anhört.«

Er war in grüner Tinte auf cremefarbenem teurem Papier geschrieben. Sein Name, Lawrence Blankenship, stand bescheiden oben auf dem Bogen, in Großbuchstaben, in die Mitte gesetzt. Keine Adresse, kein Beruf. Nur der Name. Sehr stilvoll.

»Lieber Mister Oliver«, las ich, »es tut mir sehr leid, dass ich Ihnen solche Unannehmlichkeiten verursache, indem ich es in Ihrer Halle tue, aber ich habe gute Gründe dafür. Wie Sie wissen, lebe ich allein. Mich stört die Vorstellung, dass mein Tod mehrere Tage unbemerkt bleiben könnte und sich die unschönen Folgen der Hitze einstellen. Besonders bei der lausigen Klimaanlage. Nehmen Sie daher bitte meine Entschuldigung an. Ihnen und Ihrer Frau sage ich also Lebewohl. Gruß, Larry Blankenship.«

Niemand sagte etwas, und ich las es noch einmal still für mich.

Bernstein ging an die Fensterscheibe, durch die man den Eingang und die Halle sehen konnte. Sie brachten gerade die zugedeckte Bahre hinaus, und das war das Ende von Larry Blankenship.

Natürlich war es nicht das Ende. Es war erst der Anfang.

Ich machte uns eine Kanne Pimm's Cup No, einen mit Brandy, Äpfeln, Salatgurke und Limonenscheiben, und goß ihn über die Eiswürfel aus einer hygienischen Neunundsiebzig-Cent-Eiswürfeltüte in einen Silberkrug, der vor langer Zeit mal ein Hochzeitsgeschenk gewesen war und den ich aus dem Haus mitgenommen habe, das einst mir gehört hatte. Hubbard hatte sich in einen Liegestuhl gesetzt und stützte die Füße auf den Rand eines Blumenkübels. Ich stellte den Krug zwischen uns auf einen Plastikwürfel, schenkte zwei große Gläser voll und setzte mich in die Verandaschaukel, die ich aus der Garage meines Vater entwendet hatte. Die besten Dinge im Leben sind manchmal die, die man sich einfach nimmt.

Hub starrte in den Abendhimmel. Die Sonne neigte sich über der Skyline von Minneapolis nach Norden zu, wo sie hinter dem monumentalen Glasturm der Investment Diversified Services verschwinden würde. Der See im Loring Park war grün, und die Enten paddelten mit einer geometrischen Präzision durchs Wasser, die man nur sieht, wenn man von weit oben hinunterschaut. Es ging ein leichter Wind auf der schattigen Seite des Hauses, sodass man die Hitze nicht so sehr spürte. Hub machte ein Gesicht, als wäre ihm die Haut in der Sonne geschmolzen und hinge nun von den Wangenknochen bis über den Kiefer herab. In dem Moment hätte ich ihn mit zweimal 6:0 abservieren können.

»Also, wer war er denn überhaupt?«, fragte ich schließlich.

Hubbard seufzte und nippte an seinem Pimm's Cup. Er strich sich über das glatt gekämmte weiße Haar. Ich hatte schon Fotos aus den Dreißigern von ihm gesehen, oben im Norden mit meinem Vater, wie sie beide strahlend einen Flussbarsch hochhalten, oder was sie da gefangen hatten. Hubbard war damals groß und dünn und trug ein weißes Hemd mit aufgekrempelten Ärmeln. Sein Haar war noch schwarz und glänzte in der Sonne, die dunklen Augen waren tief beschattet und nicht zu erkennen. Er hatte sich seit vierzig Jahren kaum verändert.

»Larry Blankenship war ein Unschuldiger, ein echter Unschuldiger. Ein Opfer.« Er zögerte, schaute vom Balkon, nippte an seinem Glas und bemühte sich in Gedanken, das Leben eines Menschen zusammenzufassen, was schwierig ist, wenn der Zuhörer ihn überhaupt nicht gekannt hat. »Es war beinahe krankhaft, mit welcher Sicherheit er es fertigbrachte, in einer jeden Lebenslage verletzt zu werden, und zwar von jedem, mit dem er es zu tun bekam. Manchen Leuten sieht man an, dass sie ein Problem sind – ein Problem für alle anderen. Larry konnte man ansehen, dass er ein Problem für sich selbst war. Vielleicht wollte er verletzt werden. Vermutlich würde ihn jeder Mackendoktor als selbstzerstörerisch bezeichnen.«

»Diese Theorie scheint sich jetzt bestätigt zu haben«, sagte ich.

»Vielleicht, aber ich glaube eigentlich nicht, dass er so kompliziert war. Letztendlich ist er mir nie besonders tiefgründig vorgekommen. Er wollte nur immer, dass sich alles zum Besten wendet, was scheinbar aber nie der Fall war. Bestimmt war er ein vorhersehbarer Typ. Aber ihn als Versager zu bezeichnen wäre nicht ganz fair.«

»Wer behauptet denn, dass er ein Versager war?«

Er steckte sich eine Zigarette in seine unauffällige kleine Zigarettenspitze, zündete sie an und entspannte sich, während er sich ein angenehmes Stück in der Zeit zurückversetzte. Der innere Rückblick dauerte nur kurz, aber ich hatte ihn noch nie so erlebt, hatte nicht gewusst, dass er sich überhaupt der Erinnerung hingeben konnte.

»Seine Frau zum Beispiel. Das war nicht mal unangemessen, nicht von ihrem Standpunkt aus betrachtet. Er muss ihr als Versager erschienen sein. Erst recht zu der Zeit, als sie das sagte.« Er schüttelte den Kopf.

»Du hast ihn also gut gekannt?« Ich verfolgte nicht sehr genau, was er sagte, sondern hörte von drinnen der Übertragung des Spiels der Twins im Radio zu. Sie waren im zwölften Inning gegen die Oakland Athletics, und Carew hatte gerade einen Bunt ins Aus geschlagen. Rollie Fingers pitchte für Oakland, und Larry Blankenship bedeutete mir nichts. Er war ein toter Knabe, und ich versuchte nur, Hub ein bisschen Gesellschaft zu leisten. Larry Blankenship war für mich lediglich ein Name, ein Paar Mokassins unter einer Decke und ein exzentrischer Abschiedsbrief.

»Ich bin ihm immer mal wieder über den Weg gelaufen. Er und seine Frau tauchten manchmal irgendwo am Rande des Geschehens auf. Sie gehörte zu der Sorte Frau, die starken Eindruck auf die Leute macht. Aber das passte nicht zu ihm – sie sind inzwischen getrennt oder geschieden. Und sie hatten ein Kind, mit dem was nicht stimmte. Mongoloid – etwas in der Richtung. Sie haben es in ein Heim gegeben. Ich wusste eigentlich nie genau darüber Bescheid, hab nur mal dies und das gehört. Larry und Kim standen niemals im Mittelpunkt, und natürlich waren sie viel jünger als ich – in deinem Alter etwa. Sie war jünger als er, glaube ich. Ist jetzt vielleicht fünfunddreißig. Larry muss um die vierzig gewesen sein. Ich weiß nicht, ob die Zahlen stimmen, zumindest liege ich nicht weit daneben.

Anfänglich war er im Verkauf tätig, hat für ein paar Leute gearbeitet, die ich kannte. Er war ein blonder Junge, der es allein zu etwas bringen wollte. Ist ins Marketing übergewechselt ... aber wie immer tauchte irgendein Problem auf. Ich glaube, er wurde nie in einem besonders glücklichen Zusammenhang erwähnt. Immer spielte sich irgendeine Seifenoper um ihn herum ab.« Er legte die Füße auf dem Blumenkübel über Kreuz und trank sein Glas aus. Ich schenkte ihm nach.

Darwin ging an Fingers Change-up strikeout, und Hisle schlug einen weiten Ball ins Centerfield. Zwei Aus. Killebrew ging als Hitter an den Schlag. Fingers warf einen schnellen Strike in die äußere Ecke der Strikezone außerhalb seiner Reichweite. Ich sehnte die Sommer von Killebrews Jugend zurück, als es noch keinen Fingers gab, der ihm etwas konnte. Zweiter Strike.

»Und dann hörte ich seinen Namen unten in der Halle, und es hat mich ganz schön getroffen. Ich hätte nicht gedacht, dass er mir etwas bedeutet hat, Larry Blankenship, nur ein Mann, der ständig Sorgen hatte ... aber als ich ihn tot daliegen sah, schien sich der traurige Kreis seines Lebens zu schließen. Welch eine Vergeudung. Vielleicht war ich vom Tennis geschlaucht und deshalb empfindlich. Vielleicht werde ich auch bloß alt. Wie soll ich das wissen?«

Fingers beging einen Fehler mit einem Fastball, ließ ihn mitten durch die Strikezone gehen, und der alte Killer Killebrew landete einen guten Schlag. Reggie Jackson lief zurück und zurück, und der Kommentator rief, dass es klappen könnte, klappen müsste, und dann klappte es. Die

Twins gingen plötzlich 4:2 in Führung, und Hubbard Anthony hatte es nicht bemerkt. Ich hielt meine Begeisterung im Zaum, aber im Stillen frönte ich dem Sommervergnügen eines Mannes, der nicht mehr jung ist ... ich und Killer. Ich fragte mich ein wenig gedankenlos, ob Larry Blankenship Baseball-Fan gewesen war.

»Der Zufall hat mich schon immer interessiert«, fuhr Hub fort und ölte seine Stimme mit dem nächsten Drink. »Ich bin immer wieder verblüfft, wie oft von mir erwartet wird, an einen Zufall zu glauben, wenn ich mit einem Fall beschäftigt bin. A trifft B durch puren Zufall und wird dabei von C gesehen, der das Treffen falsch interpretiert – es geschieht alle Tage, und du weißt nie, wann es wahr ist und wann nicht.

Letzte Woche sah ich Kim Blankenship im Norway Creek. Sie spielte Tennis mit dem Trainer, McGill, und ich aß zu Mittag auf der Terrasse, mit deinem Vater, um genau zu sein. Ich hatte einen sehr schönen Rheinwein, wenn ich mich recht entsinne, und Seezunge ›Dover‹ mit Mandeln, mein Leibgericht, und dein Vater sagte, da ist Kim Roderick auf dem Platz – Roderick ist natürlich ihr Mädchenname. Und da war sie und spielte so gut wie immer ...«

»Woher, zum Teufel, kennt mein Vater ihren Mädchennamen?«

»Oh, Kim hat früher im Club gekellnert, als sie noch ein Teenager war. Sie brachte die Limonade an den Pool, und gelegentlich war sie als Rettungsschwimmerin tätig. Dann wurde sie McGills Assistentin, gab Stunden und arbeitete im Pro-Shop. Wie ich schon sagte, gehört sie zu der Sorte, die einen starken Eindruck hinterläßt. Sie war schon als Mädchen so.« Er lehnte sich zurück und kniff leicht die Augen zusammen, um sich deutlicher zu erinnern. »Kim Roderick hat man nie herumlungern sehen. Sie war immer beschäftigt, immer hilfreich und hat sich nützlich gemacht. Selbstständige Weiterbildung wurde das zu meiner Zeit genannt. Sie hat sich ständig weitergebildet ... durch Fernunterricht ...«

Man hörte ihm die Bewunderung an, als wäre er wieder der Junge mit den langen schwarzen Haaren, die von Brillantine glänzen, und als hätte er sich soeben in die Tochter ärmerer Leute verliebt.

»Sozialer Aufstieg«, sagte ich. »So nennt man das heute. Chronischer Leistungsüberschuss.«

Hubbard stand auf und warf den Zigarettenstummel in meinen Cinzano-Aschenbecher.

»Nun ja«, sagte er, »einige meinten, sie sei ein bisschen zu ehrgeizig. Den Eindruck hatte ich jedoch nie.« Er zuckte die Schultern. »Lass uns fahren. Ich bin groggy.« Das war ihm wirklich anzusehen.

Bis ich wieder zurückgekehrt war, wehte ein feuchter Wind, und die alte Holzschaukel auf meinem Balkon schwang wie von selbst hin und her. Ich trat mir die ausgelatschten Mokassins von den Füßen und ging hinaus. Über dem Westen der Stadt kam ein Sturm auf. Die violetten Wolken spiegelten sich finster in der Fassade des IDS-HOCHHAUSES, und die Lichter der Innenstadt glühten gelb. Es war unvermindert heiß, aber ich konnte den Regen schon als schwachen Vorhang über dem Stadtrand sehen.

Ich dachte über Larry Blankenship nach, und seine Frau, und über das armselige Stück lebloses Fleisch, das aus Larry geworden war. Hubbard Anthony hatte ihn als ein natürliches Opfer bezeichnet, als einen Menschen, der zum Opfer bestimmt ist, und seine Frau hatte ihn einen Versager genannt. Das war alles, was ich über ihn wusste, und gerade das haftete wie Wundschorf an einer Stelle meines Bewusstseins. Es hing damit zusammen, dass ich den Toten noch gesehen hatte; wäre er gleich beiseite geschafft worden, hätte es mich nicht tiefer berührt als jede andere traurige Geschichte, wie man sie alle Tage hört.

Blitze zuckten nacheinander über den Horizont, zackig wie ein frisches Regiment, und ich fuhr bei jedem Donnerschlag zusammen. Dann rauschte der Regen über den Balkon. Ich nahm einen großen Schluck Pimm's Cup. Unten stocherten die Scheinwerfer in den wirbelnden Wassergüssen, und ich ging ins Zimmer, legte eine alte Freddy-Gardner-Platte auf, setzte mich in meinen Sessel und lauschte dem einsamen, eleganten, traurigen Saxophon. Vermutlich war das eine dumme Idee, denn diese Musik verschlimmerte meine Stimmung, in die ich seit dem sonnigen Tennisnachmittag langsam und stetig geraten war.

Aber zum Teufel damit. Meinen Hang zum Nachdenken hatte ich schon seit einiger Zeit mehr und mehr aufgegeben. Wenn man auf die vierzig zugeht, sagte ich mir, ist das Leben nicht mehr die endlose Palette von Möglichkeiten, für die man es einmal gehalten hat. Ich brauchte mich nur umzudrehen, und schon ging wieder eine Option in die Binsen. Trotz allem war ich besser dran als Larry Blankenship. So gering die Wahlmöglichkeiten auch sein mochten, Larry hatte gar keine mehr.

Unglückliche Ehen sind alle gleich. Ich fragte mich, ob alle Ehen unglücklich sind. Wahrscheinlich nicht, aber andererseits weiß man ja nie. Kim und Larry hatten es in ihrem Leben zu etwas bringen wollen. Sie machte sich im Norway Creek nützlich, wo außer ihr niemand mehr auf dem Weg nach oben war, denn in Minneapolis hatte noch keiner etwas Höheres gefunden, das er hätte anstreben können. Sie mussten für Kim Roderick wunderbare Vorbilder gewesen sein, während sie von der Kellnerin zur Tennislehrerin aufstieg. Wie viele Annäherungsversuche hatten die Reichen gemacht, wie viele die Söhne der Reichen? Wie viele Tennisstunden hatten sich in andere Stunden verwandelt?

Ich war mit dem Krug am Ende und dachte wie Scott Fitzgerald in seiner Winter-Dreams-Geschichte. Freddy Gardner spielte gerade »Roses of Picardy«, und auf einem anderen Balkon hörte ich eine Frau lachen. Sie erinnerte mich an Anne, von der ich den Hochzeitsgeschenk-Krug gestohlen hatte. Ich hatte sie seit ein paar Wochen nicht gesehen. Das Lachen war wie ihres. Sie hatte meine Freddy-Gardner-Platten nicht leiden können. Gott sei Dank hatten wir keine Kinder. Vielleicht hatte ich ja Glück und war kein geborenes Opfer. Larry und Kim hatten ein Kind – und natürlich war es nicht in Ordnung. Natürlich. Und es wurde irgendwohin gesteckt. Und seine Frau hatte ihn einen Versager genannt und hatte ihn verlassen, und eine Weile später blies Larry sich in der Halle meines Apartmenthauses das Hirn aus dem Kopf. Es war die traurigste Geschichte, die ich je gehört hatte, und der Wind drehte sich und wehte über den Park in meine Richtung. Ich wurde nass, also ging ich ins Zimmer und ließ die Schiebetür weit offen, um mit der Natur auf Tuchfühlung zu bleiben. Ich war Romantiker; Anne mochte keine Romantiker. Andererseits war sie im Norway Creek Club eine von denen, die nirgends mehr hingehen können, jedenfalls nicht aufwärts. Solche Leute sind im Großen und Ganzen nicht romantisch und werden nicht von diesem Leiden gequält, das zweifellos ein Merkmal der Mittelklasse ist. Kim und Larry hatten wahrscheinlich weiterführende Argumente. Darauf hätte ich wetten können.

Es gefiel mir überhaupt nicht, welchen Weg meine Gedanken nahmen. Das Gewitter tobte über der Stadt wie eine feindliche Artillerie. Ich ging den dunklen Flur entlang, entledigte mich der Kleidung, zog den Telefonstecker heraus, schaltete die alte Korblampe am Bett ein, öffnete die Fenster, wo sich die Vorhänge sogleich blähten, und legte mich mit der Baseball-Enzyklopädie ins Bett, was letztendlich bedeutete, dass ich vor dieser Nacht Angst hatte.

Es gibt zwei sehr wichtige Dinge, die ein Mensch im Leben finden kann: Erstens irgendetwas, das ihn nachhaltig von sich selbst abzulenken vermag. Zweitens etwas, das ihn in den Schlaf befördern kann, wenn die Nacht sein Feind ist. Die Baseball-Enzyklopädie für 17 Dollar 95 erfüllte beide Zwecke; demgemäß ist sie Dollar für Dollar das Wertvollste, das je ein Mensch ersonnen hat. Auf der Seite 687 wühlte ich mich durch die Karriere eines meiner Lieblingsspieler der vierziger Jahre, Bill Nicholson, auch bekannt als Big Swish. Er spielte den Outfielder bei den Cubs von 1939 bis 1948; dann wurde er – was einem Sakrileg gleichkam – an die Phillies verkauft, bei denen seine Karriere 1953 endete.

Als mein Vater noch Professor an der Universität von Chicago war, bin ich häufig ins Wrigley-Field-Stadion gegangen, wo der Zaun hinter dem Outfield dick mit Schlingpflanzen überwachsen war. Nicholson war einsachtzig groß und 200 Pfund schwer und genoss den Ruf eines Homerun-Schlägers, obwohl er der Gesamtzahl der Homeruns nach wohl nicht bemerkt hatte, dass der Baseball im Zweiten Weltkrieg so eine Art Wir-nehmen-jeden-den-wir-finden-können-Geschäft war. Als ich zehn Jahre alt war und Nicholson vierzig – das war 1944 –, führte er in der National League mit 33 Homeruns, 116 Runs Scored und 122 Runs Batted In. Ich hatte noch von keinem gehört, der so war wie Bill Nicholson. Eines Tages sah ich ein paar Teenagern beim Baseball zu. Sie spielten auf einem freien Bauplatz, und einer wandte sich an den Schlagmann und nannte ihn Big Bill Nicholson. Mein Herz machte einen Satz, und ich musste heftig schlucken, während ich möglichst unauffällig durch das gelbe Gras vorrückte, bis ich erkennen konnte, ob der Junge wirklich Bill Nicholson war; immerhin hatten die Cubs einen freien Tag vor dem Spiel gegen Brooklyn, und vielleicht verbrachte er so seine Freizeit. Aber es war natürlich nicht Bill Nicholson. Es war ein großer muskulöser Junge mit Eiterpickeln im Nacken, und er konnte aus dem Ball mächtig was rausholen. Aber von einem Bill Nicholson war er noch weit entfernt.

In dem Moment donnerte es, und der Regen sprühte durchs Fenster auf meine nackten Füße. Das schwere Buch war mir auf den Schoß gerutscht, und meine Augen fühlten sich an, als hätte mir jemand Sand unter die Lider gerieben, aber mein Bewußtsein war noch nicht ausgeschaltet. Ich dachte immer noch an Larry Blankenship und fragte mich, warum es manche Leute so leicht haben und andere nicht. Das war allerdings ein Gedankengang, der mich in den Wahnsinn treiben konnte. Aber vielleicht hatte es in Wahrheit ja niemand leicht. Und das mochte daran liegen, dass man mit der Zeit so müde wurde.

2. Kapitel

Ich war schon geduscht, aber noch in Unterwäsche und aufklaffendem Bademantel, als ich die Morgenausgabe des *Tribune* vom Flur hereinholte. Ihre Stimme glich dem gedämpften Krächzen einer Krähe. Überhaupt erinnerte alles an ihr an einen Vogel: die scharfkantige spitze Nase, das graue fedrige Haar, die ruckartigen Kopfbewegungen. »Na, Paul, wie geht es Ihnen heute Morgen?«, fragte sie kurzatmig und schnappte bei jedem Wort mit dem Schnabel, während ihre Blicke ziellos herumstocherten. Es war bloß die pflichtschuldige Erkundigung, bevor sie zum Eigentlichen kommen würde. Sie rieb sich die Nase mit einem Kleenex und war schon bereit für die nächste Bemerkung.

»Es geht mir gut, Mrs. Dierker«, sagte ich, »hole nur meine Zeitung.«

Sie machte immer ein bedeutsames Gesicht, als hätte sie soeben von einer Intrige oder etwas Ähnlichem erfahren. Durch meine Eltern kannte ich sie schon mein Leben lang. Die Dierkers hatten erst kürzlich ihre prächtige Villa am Lake of the Isles verkauft und waren in dieses Haus gezogen, um auf das Ende hin zu leben. Doch Harriet Dierker schien noch einen langen Weg vor sich zu haben.

»Also, ich bin dermaßen aufgebracht, ich weiß gar nicht, was ich tun soll.« Sie rang die Hände, eine alte Dame, die sich noch immer wie ein Kind benahm, das seinen Auftritt nach dem Publikum richtet. »Tim sitzt einfach da und isst seine Reis-Krispies, kleckert die Sahne auf seinen Bademantel und erzählt mir, ich soll mich nicht aufregen. Es ist so frustrierend, so erschütternd. Und dabei geht es ihm überhaupt nicht gut, müssen Sie wissen. Erst kürzlich hat ihm eine Sache schwer zu schaffen gemacht.«

Ich machte ein verbindliches Gesicht. Sie hörte sich immer gleich an, ob sie über das Wetter redete oder über eine Naturkatastrophe.

»Sie haben doch sicherlich gehört, was gestern passiert ist, nicht wahr?« Sie schlug einen langen trauervollen Akkord an, mit dem sie es ein wenig übertrieb. Es bekümmert sie eigentlich nicht, so dachte ich immer, sie gibt sich nur den Anschein. Sie war der Geist von Klatsch und Verleumdung und hätte gut eine Rolle in der »Lästerschule« von Brinsley besetzen können.

»Äh ...« Mein Verstand war noch nicht so weit, Zusammenhänge zu begreifen. Ich versuchte aber, meinen Bademantel vorn zusammenzuhalten. »Ich weiß nicht ...«

»In der Halle, Paul«, sagte sie vorwurfsvoll, »Larry Blankenship hat sich umgebracht!« Sie fand ein neues Kleenex in ihrer Alligatorhandtasche. Sie trug ein gestreiftes Strickkleid von Peck & Peck, hellgrün, gelb und blau, mit passenden blauen Schuhen. So war sie immer gekleidet: auf eine schrecklich vorsätzliche Art perfekt.

»Ja, ich hab davon gehört.«

»Welch eine Tragödie«, sagte sie tadelnd, als wäre ich nicht ausreichend betrübt. »Er war kaum älter als vierzig und hatte jeden Grund zu leben ...« Sie näherte sich langsam meiner Tür, und so wurde es unvermeidlich. Ich fragte sie, ob sie mir bei einer Tasse Kaffee Gesellschaft leisten wolle. Natürlich gern, sagte sie, aber sie könne nur ein paar Minuten erübrigen. Sie setzte sich und ignorierte vorläufig ihre eigene Wohnungstür, die keine zehn Schritte entfernt war. Aber ihr Mann saß hinter dieser Tür und bekleckerte sich mit Sahne.

Vor dem Duschen hatte ich den frisch gemahlenen Kaffee in den Braun Aromaster gefüllt, und jetzt stand der fertige Kaffee dampfend da. Ich goss zwei Becher voll, und wir gingen hinaus auf den Balkon, wo die Morgensonne bereits den grünen Kunstrasen getrocknet hatte. Die Welt sah frisch und sauber aus. Es war neun Uhr, und unten sah man Minneapolis schon in Bewegung.

»Hat sich in den Kopf geschossen, der arme Mann«, begann sie wieder, entschlossen, das Thema voranzutreiben, und ich hinderte sie nicht. Mir fiel gerade alles wieder ein, und ich war neugierig. Sie wiederholte, was ich bereits über die Umstände des Selbstmordes wusste, und zwar jede Einzelheit; sie hatte immer ihre Quellen. Besorgnis und Mitgefühl sprachen aus ihrer Miene, den Gesten, der Bewegung ihrer Augenbrauen und der Intonation, die eine weitere starke Botschaft transportierte: Harriet Dierker war überlegen und unzugänglich, was die Probleme der niederen Sterblichen betraf. Sie sorgte sich um sie wie um einen Hund, der unter den Bus geraten ist.

»Es ist umso schlimmer, als er gerade einen neuen Job angenommen hatte. Und er war doch erst hier eingezogen, du meine Güte ... und er hatte diesen hübschen neuen Thunderbird, der immer neben dem Springbrunnen parkte. Am Ende schien alles gut für ihn auszugehen.« Sie schürzte die Lippen. »Und er war endlich von dieser Frau befreit!« Ihr Gesichtsausdruck erinnerte mich daran, dass es auch unter den Vögeln Raubtiere gibt. Erst vor ein paar Tagen hatte ich im Vogelschutzgebiet des Como Parks gestanden und beobachtet, wie ein schöner Schwan ein Entenküken in Stücke riss, während das Muttertier verzweifelt und hilflos zuschaute.

»Welche Frau meinen Sie?«, fragte ich, schlürfte meinen Milchkaffee und sah der morgendlichen Enteninspektion unten im Teich zu.

»Seine Frau natürlich, diese Kim, diese Person – oh, sie

war hübsch anzusehen, durchaus, aber sie war eine von diesen Frauen, für die man die Bezeichnung ›Schlampe‹ erfunden hat.«

»Tatsächlich?« Es war gar nicht nötig, sie anzustoßen. Sie trieb sich aus eigener Kraft voran.

»Schlimmer, Paul, schlimmer – Sie würden es nicht verstehen, kein Mann könnte das, es sei denn, er hätte selbst mit so einer Frau zu tun. Eine Range. Eine Hexe!« Sie arbeitete sich zum Gipfel damenhaften Abscheus hinauf, aber dann verließen sie die Worte; deshalb trug sie lebhaft ihre unverhüllte Empörung zur Schau.

»Hub Anthony meinte, einige Leute hielten sie für ein wenig ehrgeizig«, sagte ich, »aber er selbst hätte diesen Eindruck nicht gehabt. Sie habe sich immer nützlich gemacht und ...«

Sie schüttelte sich, als würde ihr Hubbards Schwäche eine Gänsehaut bereiten.

»Oh, Hubbard Anthony sollte es wissen! Er sollte es wirklich wissen!«

»Was meinen Sie? Was wollen Sie damit andeuten?«

Aber sie machte den Mund nicht auf; das tat sie nie, wenn man sich ihren Anschuldigungen, Andeutungen und Halbwahrheiten entgegenstellte. Sie wusste, sie war zu weit gegangen und schwenkte mit eindrucksvoll geübter Leichtigkeit zum Thema Kim Blankenship um.

»Kennen Sie die Frau, Paul?«

»Nein. Aber soweit ich weiß, kennt mein Vater sie, und Ihr Gatte, und eben auch Hub. Aber ich selbst bin nie mit ihr zusammengetroffen. Auch nicht mit Blankenship, was das angeht.«

»Nun, Sie waren die meiste Zeit fort, nicht wahr?« Sie tupfte sich die Mundwinkel mit der Papierserviette. »Und Larry lebte in einer ganz anderen Welt als Sie – Handel, Abrechnungen, diese Dinge eben, mit denen Sie nie zu tun hatten. Larry war nicht anspruchsvoll. Er hat kein großartiges College besucht, war keiner von den überragenden Studenten.« In dieser Art redete sie weiter, während ich mich fragte, warum sie sich ihres Mannes wegen so rechtfertigend verhielt. Sie klang, als ob sie in ihn investiert hätte, als wäre er so etwas wie ein Sohn für sie und ich der Feind, der seine Herkunft in den Schmutz zu ziehen drohte.

»Aber er war ein guter Junge, und als er nach Minneapolis kam – das muss so um 1952 oder 53 gewesen sein. Da tauchte er in der Fabrik auf und fragte Pa nach einem Job. Er wollte auf die Straße und das Geschäft erlernen, indem er Lack verkaufte.« Sie neigte den Kopf wie ein alternder Papagei und stürzte sich auf ein paar Körnchen in ihren Erinnerungen. »Ich weiß noch, wie Pa damals heimkam und mir von diesem jungen Mann mit den weißen Socken und dem blauen Anzug erzählte – Pa war immer davon angetan, dass der Junge sich genauso altmodisch kleidete wie er. Er wäre also hereingekommen und hätte sich die Bürotüren angeschaut. Es war gerade Mittagszeit, und die Sekretärinnen waren alle außer Haus. Larry sah Tims Namen an der Tür, Timothy Dierker, Dierker und Co., und da hat er sich gedacht, das muss der entscheidende Mann sein, die große Nummer, so nannte er ihn ...« Ihre Augen bekamen einen feuchten Glanz, und ich sah sie in der Erinnerung schwelgen. »Er platzte also bei Pa herein, und Pa war so überrascht und beeindruckt, dass er ihm einen Job gab. Oh, wenn Dan Peterson nicht vom Außendienst ins Büro gekommen wäre, hätte es keinen Job gegeben, aber Pa sagte immer, er hätte ihm schon noch etwas beschafft. Er mochte ihn sehr.« Sie seufzte gehässig. »Und an dieser Stelle hätte er sie niemals kennengelernt ... aber, wissen Sie, Paul, es muss schon damals vorherbestimmt gewesen sein, denn das war gerade die Zeit, als Ole Kronstrom anfing, Helga Probleme zu bereiten – Helga war seine Frau, eine meiner besten Freundinnen, und Ole war Vaters Partner in der Firma.« Sie ließ es sich durch den Kopf gehen wie ein lästiges Detail. »Ja, zu der gleichen Zeit, als Larry Blankenship für Pa zu arbeiten anfing, erzählte mir Helga, Ole sei offenbar im zweiten Frühling – sie meinte damit, dass er sich mit Mädchen herumtrieb. Sie hatte gesehen, wie er der Kellnerin im Norway Creek zuzwinkerte. Ich konnte es zuerst kaum glauben, denn Pa hat nie zu denen gehört, die sich auf so schmutzige Dinge einlassen. Aber Frauen kennen ihre Männer am besten, Paul« – sie fasste mich am Arm, um ihre Behauptung zu unterstreichen –, »und es stellte sich heraus, dass sie Recht hatte: Ole fing an, den Röcken nachzujagen ...« Sie rümpfte ihre rechtschaffene Nase. »So arbeitete er sich durch, oder runter, falls Sie verstehen, bis zu dieser Kim Roderick, ein Nichts, eine Kellnerin im Norway Creek, die auf einen reichen Mann aus ist.« Es war schwer zu sagen, was sie mehr aufbrachte, Oles Untreue oder dass er sich zu diesem Zweck eine Kellnerin ausgesucht hatte. Die Dierkers waren nie so weit gekommen, sich an viel Geld zu gewöhnen, obwohl ihnen die Firma in der zweiten Generation gehörte. Aber während Tim das nicht besonders ernst nahm, betrachtete Harriet sich als begütert – so unsicher ihr Niveau in Grammatik, Schulbildung und Vorleben war, so sicher war sie in ihrer Machtausübung gegen Untergebene und all jene, die nicht so viel Geld hatten und sich durch diesen Mangel für eingeschränkt hielten. Großzügige Geschenke und noblesse oblige – solche Posen nahm sie zu gerne ein, aber nur bei jemandem, der sich zu benehmen wusste und seinen Platz kannte. Larry Blankenship war so jemand, Kim Roderick offenbar nicht.

Die Geschichte, die Harriet Dierker mir über Kim Roderick erzählte, war der reinste Honig, aber gefiltert durch ein Netz aus Gehässigkeit und Hass. Ich konnte mir nicht ganz vorstellen, warum sie deswegen so giftig war; dann aber fiel mir ein, dass Blankenship sich erst am Vortag das Leben genommen hatte und ihre Trauer, ob echt oder eingebildet, noch frisch war.

Harriet Dierker zufolge stammte Kim aus einem Provinznest an der kanadischen Grenze, einem dieser trostlosen Orte, an denen man weder leben noch sterben kann und wo man zwischen blauschwarzen Kiefernwäldern, Immergrün und Tannen und den Tagebauwüsten dahinvegetiert, wo sie zum Wohl der Stahlunternehmen den Mesabi aufgeschlitzt und ihm die Eingeweide herausgerissen haben. Dieser Teil des Landes behielt ein unergründliches, leidvolles Geheimnis für mich. Jeder, der von dort kam, musste sich ein bisschen mehr anstrengen als andere, so erschien es mir jedenfalls. Aber alle Bekannten von mir, die in den Süden gekommen waren, in die Lichter der Twin Citys, behaupteten, ich hätte Unrecht. Alles sei leichter, wenn man in der Iron Range groß geworden ist. Dennoch musste Kim Roderick der Norway Creek Club wie der Himmel auf Erden erschienen sein, als sie dort in den späten Fünfzigern eine Arbeit als Küchenhilfe annahm.

Mrs. Dierker wusste nicht genau, ob Kim Billy Whitefoot schon aus dem Norden kannte oder ob sie ihn erst im Club kennengelernt hatte, wo Billy den Traktor mit den acht Rasenmähereinheiten fuhr, die sich hinten an der Zugmaschine spreizten. Er fuhr ihn immer hin und her über den Golfplatz, hin und her, den ganzen Sommer lang. Billy war ein sehr gut aussehender, schwarzhaariger Indianerjunge gewesen, der sich im Club geschickt anstellte. Er wohnte über dem Pro-Shop und ging später zum Dunwoody Institute, um Bäcker zu lernen. Jedenfalls glaubte sie das; schließlich lag die Geschichte mehr als fünfzehn Jahre zurück, und man konnte von ihr nicht erwarten, dass sie sich an alle Einzelheiten erinnerte.

Sie wusste aber noch genau, dass das Golfkomite Billy erlaubt hatte, in dem Zimmer über dem Pro-Shop zu wohnen, weil sie überzeugt waren, dass Billy endlich mal ein

Junge sei, der nicht wie andere Indianer ausschließlich ans Trinken dachte und sich um sonst nichts kümmerte. Harriet Dierker glaubte mit diesen Worten ihre Aufgeschlossenheit zu zeigen, ihre Bereitwilligkeit, andere Menschen individuell zu beurteilen. Und mit Billy lief es eine Zeit lang ganz gut. Dann kam Kim Roderick. »Billy, du lieber Himmel – er sah aus wie ein indianischer Gott, Paul, wie ein wirklicher Hiawatha!« Billy konnte ihr nicht entgehen. Am Ende des Sommers war Kim schwanger, und sie heirateten. Schließlich sei er ein kluger Junge gewesen, obwohl er Indianer war – beliebt, erfolgreich bei Dunwoody und durchaus ernsthaft. Und allem Anschein nach war er wirklich in Kim Roderick verliebt. Harriet gab zu, dass man ihm keine Schuld geben könne: Eine Verführerin sei sie gewesen; immerzu habe sie sich nach vorn gebeugt und gereckt und Beine und Busen gezeigt. »Ich habe ja nie etwas gesagt, aber verschiedene Clubmitglieder sorgten immer dafür, dass sie dort waren, wenn Kim spätabends den Pool reinigte und dann kurz ins Wasser ging«, sagte sie. »Ich habe sie gesehen, und auch wie die Männer ihr dabei hinterherschauten.«

Das Baby war im Spätwinter fällig, wenn sie sich recht erinnerte, und Billy Whitefoot wohnte während dieser Zeit nicht über dem Pro-Shop. Die beiden verschwanden; vielleicht gingen sie den Winter über in den Norden. Doch als das Frühjahr anbrach, kam ein Brief von Billy mit der Anfrage, ob ihre Jobs noch frei wären. Das waren sie, und in der ersten Aprilwoche fuhren sie in einem alten Kombi vor, ohne Baby; jeder vermutete, sie hätten es bei einer Großmutter oder Tante im Norden gelassen, und keiner wollte es so genau wissen. Im folgenden Sommer gab es Gerüchte wegen Billy. Die Leute sagten, er habe getrunken; wie ein Indianer eben, meinten einige. An manchen Tagen kam er nicht zur Arbeit, und die große Mähmaschine blieb bei den anderen Geräten im Schuppen stehen. Kim dagegen fehlte keinen einzigen Tag. Sie lehnte es sogar ab, mit Billy zu sprechen, als wäre er nicht mehr da. Sie arbeitete abends als Kellnerin und tagsüber als Poolbedienung, und ansonsten verbrachte sie jede freie Minute mit Darwin McGill auf dem Tennisplatz und lernte mit Ball und Schläger umzugehen.

Und dort wurde Ole Kronstrom zum ersten Mal richtig auf sie aufmerksam.

Die Sonne schien warm, und der Wind zauste lustvoll die ausladenden Baumkronen im Park. Mrs. Dierker machte keine Anstalten zu gehen, also wärmte ich vier Brioches auf, die mehrmals die Woche eingeflogen wurden, Paris-Minneapolis. Ich nahm den Topf mit Keillers Dreifruchtmarmelade, Messer und Teller, Butter und einen kleinen Brotkorb mit einer Serviette für die Brioches. Ich schmeichelte Mrs. Dierker mit meiner Aufmerksamkeit; mein Kopf war von allem anderen völlig frei, und je mehr die Leute mir von dieser Geschichte erzählten, desto mehr wollte ich darüber hören. Es war genauso, wie wenn man ins Kino geht, um die Zeit totzuschlagen, sich einen völlig unbekannten Film anschaut und unerwartet davon gefesselt ist. Blankenship war der Tote, aber die Person, über die ich alles zu hören bekam, war Kim, die Frau in diesem Fall.

Mrs. Dierker bewunderte meine Knollenbegonien, die im Schatten blühten, und meine zwei Tomatenstauden, die ein wenig zaghaft in der Sonne standen. Aber nachdem sie sich Butter von einem Finger geleckt und einen Krümel von der Unterlippe gewischt hatte, kam sie wieder auf das Thema zurück.

Ole Kronstrom und Tim Dierker waren schon lange Zeit Partner gewesen, wie ihre Väter in den Zwanzigern, und es war selbstverständlich, dass Helga und Harriet beste Freundinnen wurden. Ihre Ehemänner kamen mit allem gut voran, und während der Geschäftsreisen wurde das Verhältnis der beiden Frau inniger; sie wurden Vertraute, die kein Geheimnis voreinander hatten. Also war es ebenso selbstverständlich, dass Helga sich mit ihrem Verdacht hinsichtlich der Untreue Oles an Harriet wandte.

Das war in dem Sommer, als Billy Whitefoot endgültig davonlief, und Kim Roderick (niemand hatte sie je als Kim Whitefoot angesehen) zeigte, dass sie ein echtes Tennistalent war, von anderen Dingen einmal abgesehen. In diesem Sommer fing auch Ole Kronstrom, zweiundfünfzigjährig und seit dreißig Jahren mit Helga verheiratet, mit dem Tennisspielen an, und vielleicht begann er sich da auch zu fragen, ob ihm in seinem Leben nicht etwas gefehlt hatte.

Harriet Dierker erging sich in keinerlei Einzelheiten, was Oles Sturz in die Lasterhaftigkeit betraf, obgleich sie diese Sache seinerzeit bestimmt ausgekostet hatte.

»Ole war wie ein Bruder für mich. Er und Pa standen sich sehr nahe«, sagte sie und schob ihr kleines Kinn energisch vor. »Und dann musste ich sehen, wie er einen Narren aus sich machte wegen dieses liederlichen Mädchens, das bereits einen Mann ruiniert und ein Kind abgetrieben hatte. O ja, es war Kim, die Billy Whitefoot ruiniert hat. Die Gerüchte, was sie alles tat, wie sie ihn behandelte – ich meine, es passte alles zusammen, Paul. Sie verhielt sich, als wäre Billy gar nicht da, als wäre er ein Fehler, den sie ausradieren könnte. Nun, sie radierte Billy aus, und er ging daran zugrunde. So muss es gewesen sein. Wenn Sie Kim gekannt hätten, hätten Sie es mit eigenen Augen gesehen. Jeder wusste davon ...«

»Ich glaube nicht, dass Hubbard es so sah«, sagte ich. »Sie blieb im Norway Creek, oder nicht? Man hätte sie nicht dabehalten, wenn es so offenkundig gewesen wäre, stimmt's?«

»Wer Verstand besaß, konnte sehen, was vor sich ging«,

erwiderte sie kühl. »Es war nicht unser Fehler, dass die anderen – die Männer – blind dafür waren, zu welcher Sorte Frau sie gehörte. Oder vielmehr gehört!«

»Das verstehe ich.« Sie wollte nicht mit sich spaßen lassen, und ich wollte sie nicht gegen mich aufbringen, sondern erfahren, wohin die Geschichte führte.

»Ole bewies diesbezüglich natürlich keinen Verstand. Eine Zeit lang gab er vor, dass sie gemeinsam bei McGill Tennisunterricht nähmen und dass es ganz natürlich wäre, wenn sie zusammen auf der Terrasse saßen und Limonade tranken, wenn das Spiel zu Ende war. Da saßen sie dann kichernd bei ihrer Limo, und anschließend ging sie sich für den Kellnerjob umziehen.« Sie zog ein Gesicht und klimperte hinter ihren ovalen Brillengläsern mit den Lidern. »Es war empörend, und Helga sah alles mit an ... aber sie hätte die schlimme Wahrheit nicht zugegeben. Meine unglückliche Aufgabe war, ihr dabei zu helfen, dass sie es sich eingestand, und ihr meine starke Schulter zu bieten, damit sie sich daran ausweinen konnte. Natürlich hat Helga ihn schließlich zur Rede gestellt. Aber er leugnete jeden Fehltritt, genau wie ich es hatte kommen sehen.

Aber ich hatte Recht. Am Ende lud er sie zum Essen bei ›Harry's and Charlie's‹ draußen auf der Terrasse ein, und er sprach sogar davon – Gott möge ihm verzeihen –, sie zu adoptieren, weil sie eine harte Zeit hinter sich gehabt hätte mit ihrem davongelaufenen Ehemann und so, und weil sie ein so nettes Mädchen sei. Ich sage Ihnen, Paul, es nahm kein Ende mit seinem schlechten Betragen. Helga stand es den Sommer über durch, und sie dachte, dass es vielleicht zum Winter hin zu Ende wäre, aber ich wusste es besser. Eines Tages im Dezember, kurz vor Weihnachten – ich ließ mir bei Churchill-Anderson die Haare machen und saß unter der Haube –, hörte ich ihre Stimme, Kims Stimme. Sie saß auf einem Platz hinter mir und konnte mich aber nicht sehen. Sie sagte zum Friseur, er solle sich beeilen, weil ihr

Vater sie gleich zum Lunch mitnehmen wolle. Es jagte mir einen Schauer über den Rücken, eine richtige Gänsehaut – ich spüre sie jetzt noch. Dann schaute ich die ganze Zeit in den Spiegel, und ich sah diesen *Vater* hereinkommen. Es war Ole. Zu sehen, wie sie ihn umarmte, machte mich ganz krank.«

»Haben Sie es Helga erzählt?«

»Was hätte ich anderes tun können? Sie war meine beste Freundin.«

Es hatte etwas von einem alten Joan-Crawford-Film. Ich fühlte mich narkotisiert von Harriet Dierkers Stimme, die zunehmend kurzatmiger wurde, je mehr sich der Plot verdichtete. Aber sie behielt meine Aufmerksamkeit. Die Geschichte hatte einen ganz eigenen Schwung, und sie ging immer weiter und weiter. Ole Kronstrom weigerte sich, die junge Kim aufzugeben, und zweigte ein Gutteil seines Geldes für sie ab: für Kleider, einen Wagen und für Reisen, die Kim manchmal allein, manchmal mit Ole zusammen unternahm. Schließlich ging ihm das Geld aus – es erschien unglaublich, aber so kam es. Und natürlich verließ Helga ihn, ließ sich scheiden und schaffte es, sich die Trennung mit einer ansehnlichen Abfindung versüßen zu lassen.

Was Helga von ihm bekam, hatte sie Harriets Meinung nach verdient für all die Jahre, die sie treu gewesen war. Aber was Kim Roderick getan hatte, das war natürlich sträflich; es war typisch und furchtbar blutrünstig – und wer war ich, um dagegenzuhalten.

Da Ole nun wahrscheinlich in den Seilen hing, richtete Kim ihre gebündelte sexuelle Ausstrahlung auf Larry Blankenship, der noch für Pa arbeitete (und für Ole übrigens), nach einer firmenfinanzierten Schulung jedoch aus dem Verkauf in die Werbeabteilung gewechselt war. Er habe ein paar »Persönlichkeitsprobleme« gehabt und einen Psychiater konsultiert, aber trotzdem sei er ein »netter junger Mann und sehr ernsthaft« gewesen und habe überdies ein gutes Gehalt bezogen. Die sexuelle Bestrahlung schaffte ihn dennoch: Kim nagelte ihn fest, wo er gerade stand, und heiratete ihn – und Harriet fragte sich, warum. Liebe stand außer Frage; vielleicht lag es an Kims unangebrachtem Streben nach Ehrbarkeit.

Pa hatte getan, was er konnte, um Larry die Sache auszureden, und hatte seitdem keinen Appetit mehr, verbrachte Nacht für Nacht mit der Sorge, was diese Heirat Larry antun könnte. Harriet hatte noch nie erlebt, dass er etwas so schwer nahm – als ob Larry sein Sohn wäre. Damals begann es mit seiner Gesundheit bergab zu gehen. Sie könnte fast den Finger darauf legen: Es begann in der Nacht, als er die Treppe heraufkam, um zu Bett zu gehen. Er war grau im Gesicht und zitterte; Larry sei entschlossen, sagte er, für ihn gäbe es nichts mehr zu sagen. Das Mädchen hatte ihn sicher, und Pa war die ganze Nacht zappelig. Eine Woche später bekam er seine erste Koronarthrombose. Was Harriet betraf, so gehörte auch Pa zu Kims Opfern. Ich fragte mich, warum er es so schwer genommen hatte; sie bot keine handfeste Erklärung an.

Larry und Kim heirateten also. Pas Gesundheit ließ während des langen Winters nach, und Ole Kronstrom? Eine weitere absonderliche Facette glitzerte in der finsteren Geschichte: Ole wurde der Brautvater ... und sein Hochzeitsgeschenk an das glückliche Paar war eine Europareise für die Flitterwochen. Er schien die Heirat nicht übelzunehmen, was Harriet Dierker zu der einen rationalen Erklärung veranlasste: Seine Beziehung zu Kim war stabil, dauerhaft, beständig.

Mir schwirrte der Kopf von der komplizierten Dramatik. Ich hatte mich nie für ein Unschuldslamm gehalten, aber das hier ... du lieber Himmel.

»Aber Larry war mit Blindheit geschlagen, Paul«, sagte sie. Der Kaffee war kalt, und die Brioches waren aufgegessen. »Die reine Selbsttäuschung. War er glücklich? Sie waren niemals wirklich glücklich, da bin ich sicher, nicht mehr nach dem ersten Jahr. Sie bekamen ein Kind, aber das arme Wurm war im Kopf nicht ganz in Ordnung. Kurz darauf verließ Larry die Firma. Pa versuchte, ihn im Auge zu behalten. Larry probierte es mit mehreren Jobs, aber keiner schien für ihn das Richtige zu sein. Die beiden – Larry und Kim – schauten einmal zu Weihnachten bei uns vorbei. Wir tranken Eierflip. Ich saß da und wusste nicht, was ich mit ihnen reden sollte, aber Pa wollte sich unterhalten. Es gab nicht viel zu sagen. Ich weiß bis heute nicht, warum sie uns besucht haben. Kim sprach fast gar nicht, und Larry schien müde zu sein. Er wirkte ausgelaugt. Kurze Zeit später erfuhren wir, dass sie sich getrennt hatten, und dann hörten wir nichts mehr von ihnen. Pa bekam seine nächste Koronarthrombose, dann die dritte, und wir sind das Haus losgeworden und hierher gezogen. Ich habe mir über Larry und Kim keine Gedanken mehr gemacht. Bis vor einem Monat, als Larry ebenfalls hier einzog. Pa verhielt sich komisch, als ich ihm erzählte, ich hätte Larry in der Halle getroffen. Larry ist während des letzten Monats zwei-, dreimal hereingeschneit, um Pa zu besuchen, aber Pa ist sehr krank gewesen, wissen Sie. Und jetzt« – sie holte tief Luft – »und jetzt ist Larry tot. Pa hält mich für verrückt; heute Morgen spricht er nicht einmal mit mir ... aber ich will wissen, warum Larry sich umgebracht hat. Das möchte ich wirklich wissen, Paul. Was hat sie ihm angetan? Ich weiß, dass sie ihn getötet hat, so sicher, als hätte ich gesehen, wie sie abdrückte. Wie wär's, wenn Sie es für mich herausfänden?«

Als ich später darüber nachdachte, war ich eigentlich nicht überrascht, dass Harriet Dierker mich bat, eine so nebulöse, weitgehend zerfaserte Aufgabe zu übernehmen. Das war genau die Art Gefälligkeit, die sie ohne Zögern verlangte, ohne ernsthaft die Auswirkungen in Erwägung zu ziehen. Das entsprach genau ihrem Charakter: Sie wollte es wissen, also bat sie mich, es herauszufinden.

Wenn ich heute zurückblicke und im Einzelnen betrachte, welche Folgen die Suche nach ihrer verflixten Antwort auf mein Leben gehabt hat – ja, dann erstaunt es mich, dass ich mich habe darin verwickeln lassen. Ich wurde in die Geschichte hineingesaugt wie in einen Sumpf, und ich muss mir die Frage stellen, ob meine Schutzmechanismen gestört waren. Sehr vieles trat um mich herum zutage, als ich nicht aufpasste. Es gibt eine Art Zähigkeit, die einen überkommt, wenn man merkt, dass die Dinge eine eigentümliche Wendung genommen haben. Aber dann ist es stets zu spät. Einmal, in einer menschenleeren, kalten Nacht in einem anderen Land, tötete ich einen alten Mann. Ein andermal heiratete ich Anne. Und einmal sogar schenkte ich Harriet Dierker wirkliche Aufmerksamkeit.

Trotzdem wäre es ungerecht, ihr die Schuld zu geben. Wenn es nicht mehr bedeutet hätte als eine Balkon-Plauderei bei Kaffee und Brioches, hätte ich es dabei bewenden lassen. Larry Blankenships Tod hätte mir zu denken gegeben, und zweifellos hätte mich die Geschichte von Kim Roderick interessiert, aber mehr auch nicht. Für mich gab es andere Beschäftigung. Ich hätte den Sommer damit zubringen können, die neuen Kinofilme zu rezensieren, zu sehen, was das Guthrie bringt; ich hätte die Bekanntschaft launischer Schauspielerinnen machen können, die für eine Saison bleiben und praktischerweise zur rechten Zeit wieder verschwinden. Tatsächlich hatte ich das meiste davon schon erledigt und auch die durchreisende Fernsehprominenz interviewt, und ich spielte Tennis und schaute mit Schrecken auf meinen Porsche und aß am sonnigen Pool des Sheraton Ritz zu Mittag. Ich tat, als wäre ich erst dreißig. Ich erlebte das befremdliche Gefühl, das sich in einer vertrauten Umgebung einstellt, wenn man plötzlich jemanden in der Menge zu erkennen glaubt und mit einem Flackern in der Brust bemerkt, dass man es selbst ist, den man sieht – und zwar so, wie man vor zehn Jahren gewesen ist. Man sieht sich selbst wie einen Geist durch die Zeit laufen, nicht erfolgreicher, nicht glücklicher, nur viel hoffnungsvoller. Damals war die Hoffnung noch allgegenwärtig, und ziemlich oft sah sie wie eine Frau aus.

Was mich auf die letzten Tage des Spätsommers und die Kim-Roderick-Sache zurückbringt. Wie gesagt, es packte mich, bevor ich recht wusste, was geschah, und es lag nicht nur an Harriet. Tim Dierker kam ebenfalls ins Spiel. Er rief mich noch am selben Tag an, als ich mit dem Stift in der Hand auf meinen leeren Block starrte und versuchte, mir etwas Niederträchtiges über das neue Lou-Reed-Album einfallen zu lassen, das ich rezensieren sollte. Lou Reed fördert in mir das Schlechteste zutage, und das erleichtert mich.

Wenn Sie sich ein herzhaftes Stöhnen vorstellen können, dann wissen Sie, wie Pa Dierker sich anhörte. Man hätte glauben können, er liege im Sterben, aber ich konnte das nicht ganz ernst nehmen.

»Paul, hier Tim Dierker. Ma erwähnte, sie habe heute mit Ihnen über die Blankenship-Bescherung gesprochen. Ist das richtig?«

»Ja«, sagte ich und bewunderte seine Art, gleich auf den Punkt zu kommen.

»Also, sie ist gerade ausgegangen, und ich möchte gleich den ganzen Mist richtigstellen, den sie Ihnen, äh, erzählt hat. Sie hat die meiste Zeit Unsinn im Kopf. Kommen Sie rüber. Ich rücke alles zurecht, während Sie uns einen Gin Tonic machen.«

Bevor die beiden in dieses Haus gezogen waren, hatte ich Tim fünf oder sechs Jahre nicht gesehen. Er war mal ein großer, aufgeschlossener und zupackender Mann mit Sommersprossen und rötlichen Haaren gewesen. Als die

Krankheit sich einstellte, brach er auch innerlich zusammen, wie es häufig bei solchen Männern geschieht – als ob einer den Stecker herauszieht und der ganze Schwung verloren geht. Das Haar war inzwischen gelblichweiß und spärlich geworden, das lange ovale Gesicht wirkte eingefallen und erschien dadurch noch länger, und die Sommersprossen waren zu großen Flecken zusammengewachsen, die wie Münzen in einem Brunnen aussahen. Seine knochige Hakennase war rot geädert. Er sah aus, als wäre er gewissermaßen von innen gegen die Windschutzscheibe seines Gesichts geprallt. Er trug ein Cowboyhemd mit einer dieser schrecklichen Kordelkrawatten, die von etwas Türkisfarbenem zusammengehalten wurde, das aussah wie ein Serviettenring. Ausgebeulte Kordsamthosen und Fellpantoffeln unbestimmbaren Alters vervollständigten die Erscheinung, und als er mir kraftlos die Hand schüttelte, fühlte sie sich staubig an.

»Da drüben.« Er deutete vage auf die Küchentheke, wo Tanqueray und Schweppes neben Limonen, Eiswürfelschalen und Schälmessern wie Soldaten aufgereiht standen. »Machen Sie das. Ich muss mich hinsetzen.«

Ich mixte rasch zwei Drinks und hörte dabei dem Fernseher im anderen Zimmer zu. Hogan deutete Oberst Klink zum zweimillionsten Mal an, dass er ein 1.-Klasse-Ticket an die Ostfront sicher hätte, wenn Berlin von den Zuständen im Lager Wind bekäme. Es war eine lustige Sendung. Ich hörte das Gelächter, aber Pa Dierker saß mürrisch in einer dunklen Ecke und atmete schwer. Teure, sehr schlechte Gemälde hingen an den merkwürdigsten Stellen an der Wand und ließen das Zimmer leer erscheinen. Dierker war ein reicher alter Mann, der seinen Lebensabend nicht genießen konnte. Irgendwie hatte er es geschafft, dass seine Sitzecke wie in einem Dokumentarfilm über Misshandlungen in Pflegeheimen aussah. »Setzen Sie sich, Paul, und geben Sie mir mein Glas. Haben Sie mir Gin reingetan?«

Ich nickte.

»Ich habe vergessen zu sagen, dass ich nichts trinken darf. Aber gut, da bleibe ich ohnehin stur.« Er trank einen großen Schluck. Er war zeitlebens ein starker Trinker gewesen, und wenigstens dieses Talent verliert man nicht.

»Vergessen Sie, was Ma erzählt hat.« Er tippte auf die Fernbedienung, und die Geräuschkulisse von »Ein Käfig voller Narren« verstummte. Kein Applaus mehr.

»Woher wissen Sie, was sie mir erzählt hat?«

»Ich weiß es. Armer Larry. Für Pa war er der Sohn, den wir niemals hatten, und diese Hexe von einer Ehefrau trieb ihn in den Selbstmord. Ihre Heirat zerstörte Pas Gesundheit ...« Er zog ein saures Gesicht. »Getroffen?«

»Exakt.«

»Tja, sie quasselt ständig darüber. Ich kann's schon auswendig. Gott hat mich nicht mit Taubheit geschlagen, dem einzigen Gebrechen, das ich gut gebrauchen könnte. Aber nein, sie redet, und ich höre zu. Und ich weiß, sie wird immer wieder dasselbe sagen, bis ... bis keiner mehr da ist, der es hören kann.« Er nahm wieder einen großen Schluck und hustete schwach, wobei er unter den geplatzten Adern ein wenig grau wurde. »Dabei ist das alles Bockmist.«

»Sie meinen, sie hat es sich ausgedacht?«

»Das habe ich nicht gesagt, Paul. Aber sie sieht nicht richtig scharf. Die Tatsachen sind ... alt. Man sollte sie vergessen. Larry hat sich umgebracht; er ist tot.« Er starrte auf das stumme Fernsehbild. »Wen kümmert das Warum?«

»Wissen Sie den Grund?«

»Ich? Wie sollte ich, Paul?« Er grinste, scheinbar gerissen, vielleicht auch nur senil, was weiß ich. Er sah plötzlich aus, als hätte er ein Spiel mit mir angefangen, ohne es mir zu verraten.

»Sie sagte, Larry sei ein paar Mal zu Besuch gewesen. Was hat er gewollt? Hat er sich wie ein Mensch benommen, der die Absicht hat, sich umzubringen?«

»Woher soll ich das wissen? Was weiß ich denn über Selbstmörder?«

»Hat er über seine Frau gesprochen?«

»Ja.« Er grinste. »Er ließ sich endlos über sie aus. Scheiße!«, schnaubte er. »Warum kann man die Frauen nicht einfach aus allem rauslassen? Er war mit Kim fertig. Damit war es vorbei.« Hinter dem Stumpfsinn glomm die Schläue einer Ratte. »Warum sollte er sich überhaupt noch um sie kümmern? Frauen! Ma und ihre gottverdammte Einbildung.«

»Ihre Frau stimmt nicht mit Ihnen überein, Tim. Sie war wegen der ganzen Sache sehr aufgebracht. Sie sagte, Sie seien unruhig gewesen, als Blankenship Sie besucht hat. Einer von Ihnen muss sich irren. Sie bat mich, herauszufinden, warum er sich umgebracht hat – sie vermutet, dass seine Frau dahintersteckt.« Es kam mir vor wie eine fruchtlose Unterhaltung, aber Tim bekam wieder diesen verschlagenen Blick.

»Vielleicht hat Kim ihn wirklich umgebracht.« Er lachte düster. »Woher soll ich das wissen?« Er hustete und nippte an seinem Glas. »Sie haben doch nicht die Absicht, deswegen irgendwas zu unternehmen, oder? Sie sind ein verdammter Schriftsteller, kein Detektiv ... oder Psychiater ...« Seine blassen, unnahbaren Augen lösten sich vom Fernseher. Er blinzelte mich argwöhnisch aus einer Vergangenheit an, die er andeutete und zugleich verheimlichen wollte, und sein Atem ging rasch. Diesen kranken Mann anzuschauen, der sich scheinbar in die Senilität schmiegte, machte mich nervös; und selbst beobachtet zu werden von einem kranken Mann, der mit jeder Minute kränker wurde, war noch schlimmer. Ich schaute weg und sah mich stattdessen mit einem Goldfisch in einem altmodischen Kugelglas konfrontiert. Ich blickte wieder den Alten an.

»Ich wüsste gar nicht, was ich tun sollte«, sagte ich. »Oder wo ich anfangen sollte.«

»Gut.« Er seufzte. »Damit sind Sie hundertmal besser dran.« Er drückte auf den Knopf, und Oberst Klink war wieder da und erklärte der Gestapo, warum die unschätzbare geheime Rakete in die Luft gegangen war. Gelächter. »Sehr viel besser dran, glauben Sie mir.«

»Was ist diese Kim denn eigentlich?«

»Eine Frau. Was gäbe es da mehr zu wissen?«

»Hat sie ihn geliebt?«

»Larry ... Gott, ja, sie liebte ihn. Darauf würde ich wetten.«

»Aber Sie wollten nicht, dass er sie heiratet?«

»Meine eigene Heirat lag schon lange zurück. Vielleicht habe ich einfach nur ... meine Erfahrung mit der Ehe weitergeben wollen.« Sein Atem ging immer schwerfälliger.

»Hatte Larry um Ihren Rat gebeten?«

»Einmal zu viel.« Er schnaufte.

»Was zum Teufel soll das heißen?«

»Hören Sie zu ... ach, verschwinden Sie! Verschwinden Sie einfach, und vergessen Sie das Ganze. Das meine ich ernst, Sie.« Er schien meinen Namen vergessen zu haben.

»Gut, das war's dann wohl.«

Pa Dierker sagte nichts weiter. Der Goldfisch hatte das Interesse an uns verloren und knabberte an einem kleinen Stück Grün, das in dem Glas herumschwamm. Ich stand auf und ließ Pa mit dem Konservengelächter allein. Auf dem Teppich lagen ein paar jämmerliche graue Flusen von seinen Pantoffeln; ich dachte unweigerlich an eine Puppe, die ihr Füllmaterial verliert. Der Watergate-Skandal hatte mein Vokabular erweitert: Pa obstruierte. Aber warum?

Ich schluckte den Haken. Er rutschte mir den Schlund hinunter wie eine Magensonde und hatte etwas Angsteinflößendes, das begriff ich langsam. Ich saß an meiner Schreibmaschine und starrte über sie hinweg auf den Sonnenuntergang in der Fassade des IDS-GEBÄUDES, das in spöttischer Manier über Minneapolis sinnierte. Vierundzwanzig Stunden waren vergangen, seit Hubbard Anthony bei mir auf dem Balkon gesessen hatte, vierundzwanzig Stunden voller Meinungen über Larry Blankenship und Kim Roderick. Ich hatte sie gar nicht gekannt, und jetzt wusste ich mit einem Mal zuviel über sie. Darüber nachzudenken ermüdete mich. Ich entschloss mich zu einem Spaziergang.

Im Verwaltungsbüro brannte ein Licht, was am Abend sehr ungewöhnlich war. Bill Oliver saß an seinem Schreibtisch, paffte an einer Zigarre und starrte in die Luft. Er winkte, und ich ging hinein.

»Sie haben einen langen Arbeitstag«, sagte ich.

»Bin nervös wie eine Katze«, antwortete er und schielte nach der Asche, während er sich in den Ledersessel zurücklehnte. »Diese verdammte Blankenship-Sache.«

»Was ist damit?«

»Die Leute stellen mir alle naselang Fragen, wollen alles darüber wissen. Leute mit Theorien. Mrs. Dierker hat mir heute Nachmittag eine Stunde lang die Lauscher verbogen. Ich konnte die Frau einfach nicht loswerden. Himmel, was für eine verrückte Schachtel.«

Ich lachte. »Sie hat beim Frühstück bei mir gesessen und mir die Lebensgeschichte von dem Kerl erzählt. Und die von seiner Ex-Frau.«

Er sah plötzlich auf. »Mir auch. Ich weiß nicht, was sie von mir erwartete.«

»Haben Sie seine Frau mal gesehen?«

»Gesehen, ja, mehr nicht. Ich glaube, es war das einzige Mal, dass ich ihn überhaupt mit jemandem sah. Er war stets allein, lächelte immer, sagte hallo – ein freundlicher Bursche, immer ganz allein.« Er stand rastlos auf und stellte sich ans Fenster, die Fäuste in die Gesäßtaschen gezwängt.

»Wie war sie?«

»Sah gut aus«, sagte er zum Fenster hin. Seine Zigarre spiegelte sich in der Scheibe; die Asche war abgefallen, und die Spitze glühte wie ein Leuchtsignal. »Dunkelhaarig, kräftig, braun gebrannt, zurechtgemacht. Wie eine Athletin, als wäre sie richtig gut in Form.

Aber ich habe sie nicht so sehr beachtet, wie ich es vielleicht hätte tun sollen, denn beim nächsten Mal, als sie hier war, Teufel auch, vor ein paar Tagen erst, da hab ich nicht sie angeguckt, sondern ihn. Blankenship, der arme Bastard. Er weinte, war zumindest nahe dran, und ganz rot im Gesicht. Er ging auf und ab, wie man's eben macht, wenn man versucht, nicht loszuheulen. Ich meine, er war immerhin ein Mann – vermutlich genierte ich mich für ihn. Irgendwie lief er ihr nach. Er hielt sie am Arm fest und war ganz durcheinander. Die Krawatte war offen. Der Bursche sah verknittert aus. Die Frau blieb ganz ruhig, schaute geradeaus, ging ohne Eile, versuchte nicht von ihm wegzukommen. Sie war nicht sauer. Sie wirkte eher geschäftlich, und sie war perfekt gekleidet.« Er drehte sich zu mir um, das Gesicht in einer Rauchwolke. »Manche Frauen sind so. Jedes Härchen wie es sich gehört – so war sie.«

»Was hatte sie an? Shorts oder lange Hosen ...«

»Nein, ein Kleid mit Gürtel, dunkelblaues Leinen, ohne Ärmel, nur die nackten braunen Arme ...« Er war in die Erinnerung vertieft.

»Man könnte meinen, die Frau hat Sie beeindruckt.« Ich hatte Hub Anthonys Worte im Ohr.

»Stimmt, ich glaube, das hat sie.« Er nickte. »Offenbar mehr als ich gedacht hätte.«

»Was passierte dann? Sie geht einfach weiter, und er bricht jeden Moment in Tränen aus. Und dann?«

»Also, er folgte ihr nach draußen auf den Parkplatz, und dann standen sie neben dem Wagen und unterhielten sich.

Sie schien eine beruhigende Wirkung zu haben, denn er hörte auf zu reden und riss sich zusammen.«

»Haben sie sich berührt?«

Er blickte mich komisch an, als hätte ich etwas Anstößiges gesagt.

»Na ja, ich sagte doch, er hielt sie am Arm fest, als wollte er sie aufhalten und mit ihr reden. Sie faßte ihn nicht an.« Er überlegte und runzelte die Stirn. »Ich dachte damals: Was hat sie zu ihm gesagt? Wissen Sie, zuerst dachte ich, sie wäre seine Freundin – jedenfalls, als sie das erste Mal da war.«

»Logisch«, sagte ich und fragte mich, wonach mein Verstand stocherte.

»Aber dieses zweite Mal war anders. Ich meine, das war kein Streit unter Liebenden. Die Frau zeigte ihre Gefühle nicht – sie sah aus, als hätte sie überhaupt keine. Himmel, es schien ihr nicht mal peinlich zu sein, wie er sich verhielt. Da dachte ich, sie könnten vielleicht sogar Bruder und Schwester sein – ich blickte wirklich nicht mehr durch. Heute erzählt mir dann Mrs. Dierker die ganze Geschichte. Ex-Frau. Das passt, sagte ich mir. Aber warum ist mir das nicht eingefallen? Das Haus ist voll mit Ex-Männern und Ex-Frauen.«

»Wie ich einer bin«, sagte ich.

»Ja, genau, wie Sie. Und als Mrs. Dierker mir das sagte, wusste ich sofort, dass sie Recht hat. Völlig.«

Er schaute auf die Uhr, legte die riesigen Hände auf den Schreibtisch und stemmte sich zu seinen ganzen einsfünfundneunzig hoch.

»Zehn Uhr«, sagte er. »Wir sollten nach oben gehen, die Leute aus dem Pool holen und abschließen. Kommen Sie.«

Auf dem Dach war es kalt und windig, und der Sternenhimmel sah aus wie im Planetarium. Das Wasser leuchtete türkis von den Poollampen, und wenn man beobachtete, wie es über den Beckenrand leckte, hätte man glauben können, das Gebäude schwankt. Ein paar junge Kerle in dicken Frotteebademänteln unterhielten sich in einer Ecke. Einige Plastikbecher und ein Eiskübel standen auf dem Betonboden, und ein Telefon war in die Außenbuchse gestöpselt, zur Bequemlichkeit der zukünftigen Führungskräfte. Sie sahen uns, winkten mit dem ganzen Gewicht ihrer Prädikats-Ringe der Universität von Minnesota und machten sich daran, ihre Party-Ausrüstung wegzuräumen.

Bill nahm eine Hakenstange und fischte nach dem Rettungsreifen, der auf dem Wasser trieb. Während er sich um die Hausmeisterpflichten kümmerte, lehnte ich mich an die hüfthohe Mauer und schaute nach Süden über die Freeways und die nervös zuckenden Lichter der Vorstädte, die sich hinter dem Metropolitan Stadium und dem Minnesota River ausbreiten. Nichts von alledem hatte eine Bedeutung für mich. Sicher gab es irgendjemanden, dem das etwas bedeutete, aber ich konnte mir nicht vorstellen, wem und was.

Bill Oliver hatte mich damit überrascht, wie gut er mir die Parkplatzszene vor Augen führen konnte. Er hatte die richtigen Schlüsselwörter benutzt, die mich erkennen ließen, was er mir schilderte. Solche Frauen waren mir bekannt; sie gaben sich wahnsinnig kontrolliert, denn andernfalls drohten sie völlig zu zerbrechen. Und Larry, der Trottel, hatte nicht die leiseste Ahnung, wie man sich selbst schützt, sich auf Armeslänge von den unangenehmen Dingen fern hält. Nach Bills Schilderung der Szene auf dem Parkplatz schien Harriet Dierker wohl doch ganz scharf zu sehen. Ich musste mir nun überlegen, warum Larry geheult hatte und was Kim ihm angetan hatte.

Irgendwo da draußen lief sie jetzt herum.

Als der Fahrstuhl auf meinem Flur hielt, blockierte ich die Tür und fragte: »Was für einen Wagen fuhr sie?«

»Einen goldenen Mark IV.«

Ich beschloss, nicht mehr spazieren zu gehen. Ich ging ins Bett, nahm mir die Baseball-Enzyklopädie und las über Peanuts Lowrey, einen alten Spieler der Chicagoer Cubs.

3. Kapitel

Um vier Uhr am Morgen wurde ich wach. Der Wind blähte die Vorhänge, denn ich wohne in einer Höhe, wo es immer windig ist. Danach konnte ich nicht mehr einschlafen. Die Baseball-Enzyklopädie lag neben mir. Ich stand auf und duschte kurz, hörte dabei Franklin Hobbs auf WCCO zu, trank ein paar Schluck kalten Kaffee und aß einen großen Doughnut aus einem Restaurant namens Sammy D's. Um zwanzig vor fünf scheuchte ich den Porsche durch den kalten grauen Morgen. Die Straßenlampen gaben sich wenig Mühe. Ein paar vereinzelte Leute aßen Eier und Speck in Lokalen mit so klangvollen Namen wie »The Hungry Eye«. Die Betrunkenen auf Nicollet Island gaben sich der Bewußtlosigkeit hin, und im Loring Park legten sich die Perversen zur Ruhe. Auch sie müssen schließlich mal schlafen, denn kleine Jungen und Mädchen belästigen ist eine anstrengende Sache, auch im Loring Park.

Mein Büro liegt an einem etwas abseits gelegenen Gang. Meistens geht es in meinem Zimmer sehr ruhig zu, denn ich arbeite nach festen Terminen. Ich schreibe mein Zeug, und wenn es fertig ist, gebe ich es dem Feuilletonredakteur, der stets die Stirn runzelt, weil er mir meine Freiheit neidet, und dann kommt es in die Zeitung. In meinem Vertrag steht, dass niemand meine Manuskripte kürzen darf, woran man erkennt, was für ein Witz so ein Vertrag sein kann. Vieles von dem, was ich schreibe, kann für meine Leser unmöglich einen Sinn ergeben; manchmal bricht der Text mitten im Satz ab, weil ein Vertreter in letzter Minute eine Anzeige brachte und sich dadurch die Seitenaufteilung änderte. Anfangs las ich mein Zeug noch, wenn es gedruckt war, wenigstens bis ich wusste, was damit passierte – dann hörte ich damit auf. Die Alternative wäre ein früher Tod durch Schlaganfall gewesen. Mein Herausgeber war und ist ein schroffer Bursche, der entfernte Ähnlichkeit mit einem Mayflower Van hat. Wenn ich mich früher über einige Dinge beklagt habe, lachte er, schlug mir auf den Rücken – mit der unverhohlenen Absicht, mir die Schulter auszurenken – und meinte: »Ach, vergessen Sie's, den Scheiß liest sowieso kein Schwein.«

In meinen Teil des Gebäudes kam nie jemand. Ich schloss die Tür zu meiner Schatzkammer auf, in der sich die neuen Bücher und Schallplatten befanden, das zwangsläufige Ziel heimlicher Diebe, die in der Nacht kommen, um ihren Geist zu schulen. Die Bücher starrten mich an, wollten mich zwingen, sie zu lesen. Jedes zweite war eine Nazi-Biographie. Ich machte die Tür hinter mir zu, setzte mich hin und tippte eine dreiundzwanzig Seiten lange Übersicht von meinen Notizen. Sehr schnell und mit vielen Tippfehlern. Um acht Uhr war ich damit fertig, und das Gebäude dröhnte vor Geschäftigkeit. Niemand beachtete mich. Ich bin gewissermaßen unsichtbar, gehöre nicht zu den Kollegen. Nach deren Ansicht darf man das, was ich tue, nicht mit Arbeit verwechseln. Sie wissen, dass ich kein Zeitungsmensch bin, aber darüber hinaus wissen sie nicht, was ich eigentlich bin.

Ich ging ins Büro des Mayflower Van und warf das Manuskript in einen Drahtkorb auf dem Schreibtisch. Er blickte auf, schielte an seiner Knollennase vorbei, biss in das Plastikmundstück seiner Tiparillo. »Scheiße«, sagte er, aber er schaute sich meinen Text an. »Werde irgendwann an einer Zigarettenspitze ersticken«, brummte er. »Weiß Gott ein passendes Ende.« Ich ging hinaus.

Später stand ich am Lake of the Isles in der Sonne und betrachtete die grünen Hügel, die sich aus dem Wasser hoben, so lieblich, dass sie die Feder eines Poeten anregen könnten. Es war ein schöner Tag, und ich setzte mich ein Weilchen auf eine Bank. Als ich wieder aufstand, kam mir in den Sinn, dass ich vor etlichen Jahren in einer Sommernacht auf dieser Bank eine Frau geliebt hatte. Ich musterte die Bank genau, aber sie sah aus wie alle anderen. Die Mücken hatten damals an unserem Vergnügen teilgehabt.

Ich ging durchs Gras zurück und über die Straße zu den Kenwood-Tennisplätzen, wo ich den Wagen stehen gelassen hatte. Ein Junge auf einem Fahrrad strich um den Porsche herum. »Ist das Ihrer?«, fragte er. Ich bejahte. »Mann, das ist echt ein Hammer!« Er fuhr davon.

Ich setzte mich hinters Lenkrad, wo es ziemlich eng war. Ich musste ganz schnell zwanzig Pfund abnehmen. Ich war nervös.

Blankenship. Warum hatte er sich umgebracht?

Die Ereignisse hatten sich gegen mich verschworen wie Cäsars Kumpane.

Ich riss den Porsche in die Feuerwehrzufahrt beim Vordereingang, und da stand Mark Bernstein und sah aus wie ein Beteiligter an einem britischen Sex-Skandal: seine Imageberater gewöhnten ihn gerade an dunkle Nadelstreifenanzüge mit überspielten Hüften, Foulard-Krawatten mit Paisley-Muster und cremefarbene Hemden mit gespreiztem Kragen. Er hatte noch immer etwas von einem Polizisten an sich, aber er kapierte es allmählich. Er schien sich nicht ganz wohlzufühlen, trug die neue Aufmachung jedoch mit einer Sicherheit, die zu einem Bürgermeisterkandidaten passte.

»Hier dürfen Sie nicht parken«, sagte er.

»Ich weiß, der Porsche ist ein Schandfleck für dieses Gebäude. Sollte eher einen Mark IV fahren wie Sie.«

»Sie liegen daneben. Es ist die Feuerschneise.«

»Ich glaube nicht, dass ich Sie wähle, Mark. Sie hinken Ihrer Zeit hinterher. Der Faschismus ist längst überholt.«

Wir gingen in die Eingangshalle. Ich folgte ihm in Bill Olivers Büro. Dann nahmen wir zu dritt den Aufzug zum vierzehnten Stock. Bernstein sagte, ich dürfte nicht dabei sein, beließ es dann aber dabei; wir kannten uns schon zu lange. Vielleicht würde ich ihn am Ende doch wählen.

Oliver schloss die Tür auf, und wir gingen hinein.

Blankenship hatte für Dekoratives nicht viel übrig gehabt. Die Wohnung war die eines Durchreisenden, wie das Innere eines Pappkartons. Er hatte einen neuen, kitschigen Kartentisch besessen, der wahllos herumstand, einen schlichten Holzstuhl und einen ziemlich großen kahlen Kaktus, der mir obszön erschien. Das war das Esszimmer. Dann gab es einen ledernen Clubsessel mit einem Riss in der Sitzfläche, daneben ein Telefon auf dem Fußboden, einen Schreibtisch, einen Stoß ungelesene Zeitungen, ein Poster vom Guthrie an der weißen Wand, ein kleines Schwarz-Weiß-Gerät von Sony, ein paar Nummern des *New Yorker,* einen zerlesenen *Playboy,* ein Päckchen Old Golds, einen dieser schrecklichen gelben Sitzsäcke. Auf dem Boden stand ein großer Kerzenleuchter; um den Fuß hatte sich eine Wachslache gebildet. Das war das Wohnzimmer. Es sah aus, als wäre dort ein Mensch einen langsamen Tod gestorben.

Bernstein schaute es sich erstaunlich lange an, betrachtete nachdenklich die spärliche Möblierung. Er nahm ein Vicks-Inhalationsfläschchen aus der Tasche und zog die Nase hoch. »Nichts mehr drin«, sagte er. »Ich vergesse andauernd, mir ein Neues zu besorgen. Ist wie mit den Kugelschreibern.« Er wandte sich der Küche zu. »Meiner schreibt nie. Niemals.«

Ein voll gekrümelter Toaster, eine teure Pfanne mit Eikruste an den Rändern, ein Brotlaib, der zu Stein geworden war, nachdem er genügend Penicillin hervorgebracht hatte, um ein ganzes Volk vom Tripper zu heilen, und ein Kaffeebecher mit braunem Schlick und einer Schimmelkultur obendrauf. Im Schrank Plastikgeschirr. »Mensch, Bill, hier stinkt es aber«, sagte Bernstein.

»Wahrscheinlich Essenreste im Abfallvernichter«, meinte Oliver. »Hat den Abfall reingetan und vergessen, das Ding einzuschalten.«

Das Schlafzimmer war von derselben feinen Hand hergerichtet. Ein ungemachtes Bett, eine Schubladenkommode, eine Flasche Old Mr. Boston Brandy mit einem Saftglas daneben, ein Stapel Bücher auf einem zweiten billigen Schreibtisch, ein Transistorradio im Taschenformat, zwei Anzüge im Schrank, diverse gestreifte Hemden, ein paar Krawatten über den Türknauf gehängt, ein schwarzes Paar Schuhe mit Plastikspannern. Das Bad: eine Dose Gilette-Rasierschaum, ein konventioneller Rasierer, eine Flasche Aqua Velva. Bernstein starrte in die Badewanne.

»Schuhkratzer«, sagte er.

»Was?« Oliver schaute ihn an.

»Der Mann war mit Schuhen in der Badewanne«, sagte Bernstein. »Weiter nichts.«

Oliver blickte mich an. Ich zuckte mit den Schultern. Bernstein ermittelte.

Ich sagte: »Wenn ich hier gewohnt hätte, hätte ich mich auch umgebracht.«

Bernstein schürzte die Lippen, knöpfte sein Jackett auf und stemmte die Hände in die Hüften. Er sah sich die Schuhspuren noch einmal an; dann ging er zurück ins Wohnzimmer. »Ich auch«, sagte er. Er blickte über den Tisch, hob einen Notizzettel neben dem Telefon auf und schüttelte einen Fussel ab. Der Staub hatte sich überall zu großen grauen Flusen gesammelt.

»Jemand ist hier gewesen«, sagte er zu dem Stück Papier. »Jemand hat hier alles ausgeräumt. Die Schubladen vom

Schreibtisch – von beiden Schreibtischen – sind offen und leer. Es gibt keinen Menschen, der absolut nichts hat. Nicht so wie hier. Jeder bewahrt Briefe, Rechnungen, Adressen auf.« Er bückte sich und hob eine graue Fluse auf, beäugte sie und legte sie sorgfältig auf den Kartentisch.

»Warum sind wir hier?«, fragte ich. »Das war kein Mord, sondern Selbstmord. Ein Mann hat sich umgebracht. Warum also suchen Sie nach Spuren?«

Bernstein öffnete die Schiebetüren zum Balkon. Die Sonne schien hell und fröhlich, die Bäume waren grün, die Luft frisch.

»Warum?«, wiederholte ich.

Er zündete sich in der hohlen Hand eine Zigarette an, wie Peter Gunn es getan hätte, und inhalierte. »Kennen Sie eine Mrs. Timothy Dierker?«

Bill Oliver lachte kopfschüttelnd. Die Besichtigung hatte ihn blass gemacht, die Nähe des Todes. Aber jetzt musste er lachen.

»Ja«, sagte ich.

»Sie hat mich gebeten, mich hier einmal umzuschauen. Also schaue ich mich um. Sie hat eine ganz hübsche Geschichte erzählt.«

»Ja, hat sie«, sagte ich. »Mir, Oliver und Ihnen. Eine sehr hartnäckige Dame.«

»Sie sagte, da sei etwas Seltsames an Blankenships Tod gewesen. Sie war offensichtlich aufgeregt. Und weil ich sowieso wegen seiner Frau hierher kommen musste – oder vielmehr wegen seiner Ex-Frau –, dachte ich, ich gehe mal rauf und schau's mir einfach an. Wir haben ein Testament, das er vor ein paar Wochen aufgesetzt und bei seinem Anwalt hinterlegt hat. Er hinterlässt alles seiner Ex-Frau.«

»Die Glückliche«, sagte ich.

»Ach, er hatte nicht viel.«

»Haben Sie mit ihr gesprochen?«

»Am Telefon. Ich musste ihr mitteilen, was passiert ist.«

»Was hat sie gesagt?« Bei dieser Frage erlebte ich eine eigenartige körperliche Reaktion, ein nervöses Flattern in der Brust, das ich mir nicht erklären konnte.

»Sie sagte, es tue ihr leid. Sie sei nicht überrascht. Er sei in letzter Zeit deprimiert gewesen.«

»Blieb sie ruhig?«

»Sehr.« Er schaute auf die Uhr. Da war eine amerikanische Flagge auf dem Zifferblatt, was nicht zum Anzug passte. »Wir sollten jetzt wieder hinuntergehen. Sie will mich um elf in der Halle treffen.« Im Aufzug sagte er: »Sie möchte eine Bestandsliste machen von dem, was sich im Apartment befindet. Sie wird für das Zeug unterschreiben müssen.«

Kim Blankenship kam nicht bis Viertel vor zwölf, und Bernstein stand auf. »Ich muss beim Mittagessen des Veteranenvereins eine Rede halten«, sagte er und wandte sich zum Gehen. Dann schaute er mich an. »Kein Wort, Cavanaugh, kein einziges Wort.« Ich folgte ihm nach draußen. Es war heiß und trocken, und es wehte dieser Wind, von dem einem schlecht werden kann.

»Man hat Sie steifer gemacht, Mark«, sagte ich.

»Nun, das kommt vor. Beerdigungsvorbereitungen vielleicht.« Er ging zu seinem Wagen, und ich schlenderte neben ihm her.

»Diese harte, schweigsame Nummer«, sagte ich, »sind Sie sicher, dass das zu Ihnen passt? Ich hätte gedacht, ein bisschen wärmer, freundlicher ...«

»Ich wünschte, ich wäre nicht hergekommen«, sagte er und ignorierte mich einfach.

»Warum?«

»Weil ich dann nicht wüsste, dass jemand Blankenships Apartment ausgeräumt hat ...«

»Ist das ein Verbrechen?«

»Ja, Paul. Man nennt es Diebstahl. Meistens in Verbindung mit Einbruch.«

»Niemand hat die Tür aufgebrochen.«

»Na gut. Dann hat jemand einen Schlüssel gehabt.«

»Oder die Tür war nicht abgeschlossen.«

»Aber wozu? Was hat der Täter entwendet? Wäre ich nur nicht hierher gekommen.« Er schaute in den Himmel, dann auf seine Armbanduhr und stieg ins Auto. »Paul, würden Sie bitte Ihren verdammten Wagen aus der Feuerschneise fahren?«

Mein Vater, Archie Cavanaugh, ist einundsiebzig Jahre alt. Er langweilt sich nie und schaut niemals wehmütig in die Vergangenheit. Das ist einfach nicht seine Art, und während ich ihn darum beneide, empfinde ich seine Gegenwart als stimulierend. Vielleicht, überlege ich manchmal, werde ich mit einundsiebzig so sein können wie er. Aber das ist reines Wunschdenken, und dazu neige ich gewöhnlich nicht. Die Vergangenheit klammert sich an mich wie eine hungernde, hohläugige Waise, und inzwischen habe ich mich daran gewöhnt.

Ich fuhr nach Westen auf dem Highway-12-Gewirr zwischen dem Guthrie, dem Loring Park und der Basilika und verließ die Schnellstraße hinter dem hässlichen Keil, auf dem die Autohändler, Fischgeschäfte, Shakey's Pizza und der General-Mills-Komplex ansässig waren. Dort kam ich an dem Restaurant vorbei, mit dem sie einen beträchtlichen Aufwand getrieben hatten, damit es wie ein Minenschacht aussieht; hier hatte ich einmal das miserabelste Essen aller Zeiten überlebt. Dann fuhr ich durch Ridgedale, wo Dayton's im Kampf um mein Geld seinen neusten Brückenkopf errichtet hat, und weiter in Richtung Wayzata, wo die Republikaner so tun, als wäre Minnesota keine Bastion des Demokratischen Apparats, und wo Robert Taft und Harold Stassen wie Barbarossa im Kyffhäuser schlummern und darauf warten, dass man sie ruft.

Archie wohnt auf einer grünen Anhöhe, die sich auf einer Seite im weiten Bogen zum Ufer des Lake Minnetonka hinunterzieht und der auf der anderen Seite in hügelige Wiesen übergeht. Das weiße Holzhaus schmiegt sich zwischen Ahornbäume und Eichen und vermittelt den Eindruck friedlicher Idylle. Hinter dem Haus befindet sich ein Froschteich mit Seerosen und ein großer Blumengarten. Archie besitzt ein paar schöne Gemälde, verfügt über eine Armee von Alarmknöpfen gegen Einbrecher oder Schlimmeres und über einen Lederhocker vor dem Kamin in der Bibliothek, worauf er seine Füße legen kann. Er hat all die Dinge, die er sich immer gewünscht hat; er hat es so gut, wie man es mit einundsiebzig haben kann.

Ich parkte den Wagen im Schatten und ging zur Tür. Es war ein heißer Tag, doch im Haus empfing mich wohltuende Kühle, nicht wie von einer Klimaanlage, sondern wie ein leichter Wind im Schatten von Hecken und Bäumen sie hervorbringt. Archie arbeitete in der Bibliothek. Die Terrassentüren standen weit offen. Er schrieb energisch auf einem Block, blickte auf und winkte, und ich schaute hinaus auf den smaragdgrünen Rasen, über den der Sprenger Wasserbögen zog. Archie hatte nicht immer Geld gehabt, und womit er jetzt dastand, hatte er sich erarbeitet. In den dreißiger Jahren war er beim *Star-Journal* in Minneapolis gewesen und lehrte an der Universität von Minnesota, wo er meine Mutter kennengelernt hatte, als sie beide noch Studenten waren. Kurz vor Ausbruch des Krieges in Europa ging er nach Illinois und dann weiter nach Washington, wo er während unserer Kriegsbeteiligung beim Nachrichtendienst tätig war. Als er einige Zeit in London verbringen musste, verliebte sich meine Mutter in einen Marineoffizier vom Ausbildungslager Great Lake bei Chicago und ging mit ihm fort. Mich nahm sie natürlich mit. Archie war nicht übermäßig betrübt, denn seine neue Art von Arbeit faszinierte ihn sehr; freundlicherweise hielt er während der

Kriegsjahre Verbindung mit uns, und von 1946 an verbrachte ich jeden Sommer mit ihm in Chicago, wo er wieder als Journalistikprofessor lehrte und ich zu den Spielen der Cubs ging.

1950 veröffentlichte er ein Lehrbuch über Berichterstattung, das ihn finanziell unabhängig und tatsächlich sehr wohlhabend machte. Es wird häufig behauptet, dass die heutige Art der Berichterstattung mehr oder weniger auf meinen Vater zurückgeht, und er selbst erwähnt in letzter Zeit immer wieder, dass er die Leute vor Jahrzehnten auf den neuen Journalismus gebracht, aber vergessen hätte, dem Kind einen Namen zu geben. Womit er Recht haben könnte. 1960, mit siebenundfünfzig Jahren, verließ er die akademische Welt, um Kriminalromane zu schreiben, was er im Grunde längst tat. Denn der Held seiner Bücher, ein Zeitungsreporter und Detektiv, hatte ihn mittels Fernseh-, Film- und Buchrechte zum Millionär gemacht. Seit Raymond Chandler seine erste Geschichte veröffentlicht hatte, arbeitete mein Vater an einer kritischen Untersuchung zu diesem Genre und verbrachte damit seine Sommer. Im Augenblick schrieb er ein Kapitel über den Engländer Michael Gilbert, einen Juristen, der im Pendlerzug schreibt. Ein paar seiner Romane lagen als ordentlicher Stapel auf dem Schreibtisch, daneben die Druckfahnen des allerneusten Werks, aber ein bisschen weniger ordentlich.

Er führte den Gedanken zu Ende, schraubte die Kappe auf den alten Art-Deco-Füller, lehnte sich zurück und lächelte mich durch seinen weißen Schnurrbart an.

»Gilbert weiß sehr genau, was er vorhat«, sagte er, »ein äußerst disziplinierter Verstand.« Ich nickte. Er wollte, dass ich zum Essen bleibe, und wir gingen hinaus und setzten uns an den schmiedeeisernen Tisch beim Froschteich. Ein leichter Dunst hing über den Feldern, und ringsum summten die Insekten. Auf dem blendend hellen See blitzten weiße Segel wie Messerklingen.

Julia, die Sekretärin und Freundin meines Vaters, brachte uns Salat und eine kalte Flasche Blue Nun und setzte sich zu uns, kühl und gelassen, wie sie immer war, in einem blauen Jeanshemd. Alles war ruhig und friedlich, und mein Vater sprach während des Essens eine Zeit lang über Michael Gilbert und Julian Symons. Zum Salat gab es große, weiß-orange Garnelen in Knoblauch und Öl. Julia meinte, dass sie hingegen Dorothy Sayers vorziehe, worauf mein Vater sagte, das liege nur daran, dass Ian Carmichael sich im Fernsehen so gut als Lord Peter Wimsey mache. Er fügte hinzu, dass zu einer Rechtfertigung kein Grund bestehe, und Julia sollte ihre intellektuellen Ansprüche nicht zu verbergen suchen, worauf wir ziemlich blödsinnig kicherten. Wir benahmen uns allesamt recht vertraulich.

Schließlich kam ich auf den Punkt. »Was weißt du über Tim Dierker?«

Ein kleiner Schreck blitzte in den blauen Augen meines Vaters auf. »Tim geht's doch gut, oder?«

»Ihm ist zwar nichts passiert, aber man kann nicht behaupten, dass es ihm gut geht«, sagte ich.

Dad stocherte zwischen seinen Zähnen herum und verzog das Gesicht. »Hmmm, jetzt habe ich mich gestochen. Tja, also ... Tim Dierker. Ich habe ihn vor vierzig Jahren zum ersten Mal getroffen, seitdem kenne ich ihn. Wie du weißt, hatte die Familie deiner Mutter mehr Geld, als gut für sie war, und so wurde ich in gewisse Dinge hineingezogen, zum Beispiel in den Norway Creek Club, den auch Tim und Harriet besuchten. Tim war ein ganz normaler Bursche, sodass er von dem ganzen Mist, der sich damals im Norway Creek abspielte, nicht gerade erbaut war. Damals gab es einige unter uns – also, wir lungerten mehr oder weniger herum.«

»Hat damit dein Jagd- und Angelclub angefangen? Ich habe Fotos von dir gesehen, mit Hub Anthony, oben im Norden. Gehörte er zu dieser Gruppe?«

»Sicher. Wir nutzten jede Gelegenheit, aus der Stadt wegzukommen ...«

»Und von den Ehefrauen, möchte ich wetten«, sagte Julia. Sie neigte zum Spott, und damit hielt sie sich gut. Sie und mein Vater hatten sich während des Krieges kennengelernt und sich vor fünfzehn Jahren miteinander eingelassen. Sie war seine Sekretärin, aber eben auch mehr. Zu manchen Zeiten wohnte sie im Haus, ansonsten in ihrem Apartment in der Stadt. Nach zwei Ehemännern war Julia kuriert; einen dritten wollte sie nicht.

»Natürlich. Meine Frau ganz besonders, das kann ich euch versichern.« Er blickte mich scheu an, wohl wissend, dass er meine Mutter beleidigt hatte, und ich nickte. »Was ist der Grund für deine Neugier, wenn ich fragen darf?«

Ich erzählte ihnen von Larry Blankenships Selbstmord und den folgenden Gesprächen mit den Dierkers. Mein Vater gehört nicht zu den Menschen, die sich unnötig von Ereignissen erschüttern lassen, die sich nur am Rande abspielen und sie selbst nicht betreffen. Er nickte bloß, als ich geendet hatte.

»Harriet ist offenbar so neugierig wie eh und je, und Tim ärgert sich wie immer über jeden Bockmist. Ich habe oft mit dem Gedanken gespielt, sie als Figuren in einem Roman zu verwenden. Sie passen so wenig zusammen, dass es geradezu lächerlich wirkt. Kein Wunder, dass sie nie ein Kind zustande gebracht haben. Das wäre so, als wollte man einen Bernhardiner mit einem Hänfling kreuzen ...« Er trank einen Schluck aus seinem Glas, das Julia wieder gefüllt hatte, und holte einen Stumpen aus seiner Brusttasche. Sie reichte ihm eine Streichholzschachtel vom Beistelltisch. Der Wind rauschte in den Bäumen.

»Ich habe Blankenship nicht persönlich gekannt. Ich kannte ihn vom Sehen, und der Name war mir ein Begriff, wahrscheinlich wegen seiner Beziehung zu Kim Roderick, die ich ein wenig kenne.« Er fingerte eine Weile mit der

Zigarre herum, aber schließlich brannte sie zu seiner Zufriedenheit. Julia schob ihm quer über den Tisch einen Aschenbecher zu. Ein Frosch landete mit einem geschmeidigen Sprung auf einem Seerosenblatt, blieb dort hocken und beäugte uns. »Sie ist ein Mensch, der bei anderen ins Gerede kommt, selbst bei Leuten, die sie gar nicht kennen. Das ist das Komische an ihr. Ich habe in meinem Leben ab und zu solche Frauen kennengelernt – eher selten, wenn man's genau nimmt –, aber eine davon war Kim. Sie hätte das Zeug zu einem Star. Wer weiß. Oder es ist erblich, liegt einfach im Blut.«

»Hat jeder sie so angesehen? Wurde sie sehr beachtet?«

»Ich weiß es nicht, aber es ist gut möglich. Zumindest schien man ständig über sie zu reden. Du solltest deine frühere Frau fragen, mein Junge. Als Kind war Anne mit ihr befreundet – Anne konnte manchmal schrecklich demokratisch sein, wie du weißt, und sie freundete sich mit diesem losen Mädchen an ...«

»Lose? Was soll das heißen, um Himmels willen?«, fragte Julia.

»Na, eben keine Verbindungen, keine Familie. ...«

»Du meinst, sie ist einfach aufgetaucht? Als nackte Existenz?« Julia zog die Brauen in die Höhe.

»Ja, tatsächlich, genau das, soweit ich die Geschichte kenne. Ist eines Tages aufgetaucht und fragte nach einem Job. Ich gebe zwar nur wieder, was ich gehört habe, aber es war ein klarer Fall: Sie war kein gewöhnliches Mädchen, ganz gleich, wo sie nun herkam.«

»Was meinte denn Richter Anthony über sie?«, fragte ich.

»Nun, er könnte vielleicht ein Auge auf sie geworfen haben, weißt du. Sie hatte eine solche Wirkung.« Archie saugte an der Zigarre und schlug die Beine übereinander. Julia zog sich die Gartenhandschuhe an. Der Blumengarten gehörte ihr, und das roch ich. Er duftete süß und frisch wie sie.

»War sie beliebt? Mochte man sie?«

»Wer? Meinst du die Männer oder die Frauen?«

»Du meinst, es war so offensichtlich?«

»Das pflegten meine Freunde jedenfalls zu sagen, und sie sprachen nur über sie, wenn sie allein waren. Nicht anzüglich, nur anerkennend, wie ich behaupten möchte.« Er seufzte. »Julia würde es verstehen – Kim war keine Frau, über die man im Beisein anderer Frauen sprechen würde.«

»Ich verstehe allerdings«, sagte sie und stand auf. »Auch ich habe dieses Mädchen kennengelernt, Archie, bei einem Weihnachtsfest im Club. Sie war mit ihrem Mann dort, mit diesem Larry. Wir wurden einander vorgestellt, und ich weiß, was du meinst – ich habe vielleicht nicht über sie geredet, aber ich habe mich dabei ertappt, wie ich später über sie nachdachte. Sie war schön, aber irgendwie gedankenverloren. Als wäre sie ganz woanders. Sie hatte so eine ... Art. Aber jetzt muss ich die Pflanzkelle holen und mich um die Blumen kümmern.«

Archie redete über seine Freunde wie schon vierzig Jahre nicht mehr. Das sah ihm gar nicht ähnlich, und vielleicht war das der Grund, weshalb er es genoss, noch einmal alles Revue passieren zu lassen; aber er schwelgte nicht vor sich hin, sondern beantwortete meine Fragen, sodass er es vielleicht nicht als ein Symptom des Alters betrachtete.

»Was dachten deine Freunde über sie? Deine Clique, meine ich.«

»Sie mochten sie, bewunderten ihr Aussehen und ihre ganze Haltung, würde ich sagen.«

»Selbst Tim Dierker?«

»Sicher. Teufel auch, er war derjenige, der den Genehmigungsstempel für ihren Job gab. Er sagte es Lenhardt, dem Kerl, der für die Küche verantwortlich war – er ist jetzt für den ganzen verdammten Laden verantwortlich, nebenbei bemerkt. Dierker sagte zu ihm, sie wäre die Sorte Mädchen, die den Laden aufheitern würde.« Er leerte sein Weinglas.

Die Flasche war beschlagen. Julia hatte einen Sack mit Gartengeräten geholt und kniete vor dem Lavendelbeet, das um den Teich herumführte.

»Ich frage mich, was ihn gegen sie aufgebracht hat«, sagte ich.

»Wovon redest du?« Der Wind trug den Zigarrenrauch von uns fort und brachte den Blumenduft mit. Unterhalb glitzerte der See hinter den schwarz-grünen Bäumen, durch die vereinzelt goldene Sonnenstrahlen fielen.

»Also, Harriet sagt, Tims Gesundheit sei zerstört, seit es ihm nicht gelungen ist, Larry Blankenship von dieser Heirat abzubringen. Sie sagt, er sei Larry gegenüber sehr fürsorglich gewesen, wie zu einem Sohn, und dass er verzweifelt versuchte, ihm diese Ehe auszureden. Er sei angeblich nie darüber hinweggekommen, dass er in dieser Angelegenheit versagt hat.«

Archie schüttelte den sorgfältig frisierten Kopf und schaute über den See, als wäre am fernen Ufer die Erklärung zu finden.

»Ich kann mir nicht vorstellen, was da passiert sein könnte. Es hatte immer den Anschein, als würde er sie mögen. Wir alle fanden sie prima.«

»Erzähl mir von der Clique«, bat ich. »Wer gehörte dazu?«

Es war eine bunte Versammlung.

Außer Archie Cavanaugh, Timothy Dierker, Ole Kronstrom und Hubbard Anthony gab es drei andere, und alle waren zu Erfolg und Wohlstand gelangt.

Jonathan Goode, vier Jahre jünger als mein Vater, war Berufssoldat beim Heer gewesen, jetzt Drei-Sterne-General im Ruhestand, aber damals als junger Hauptmann in Minneapolis im Fort Snelling stationiert. Der Zweite Weltkrieg hatte ihm einiges eingebracht, und der Korea-Krieg noch etwas mehr. Er arbeitete im Planungsstab des Pentagons mit und bewegte sich mit staunenswerter Ungezwungenheit in Teilen unseres bürokratischen Systems, von denen wir Steuerzahler keine Ahnung haben. Er war kein Agent, aber er wusste, was die Agenten wissen, denn er saß in einer Abteilung beim Geheimdienst, wo er ihre Informationen analysierte. Er war der Mann gewesen, der mich für eine »einfache Mission« kontaktierte. Am Ende musste ich in einem Zug einen Mann töten. General Goode würde ich wahrscheinlich niemals vergessen, obwohl ich bei entsprechenden Versuchen schon ein beträchtliches Quantum Scotch konsumiert habe. Er lebte zwar in Minneapolis und hatte mehrere Ämter inne, aber er bewegte sich eigentlich nicht in meinen Kreisen. Archie traf ihn regelmäßig. Ich hatte ihn seit Jahren nicht gesehen.

Pater Martin Boyle war in den Dreißigern ein junger irischer Priester gewesen; jetzt war er ein alter irischer Priester, mit Übergewicht, einer roten Nase und vielen Sympathien an der Universität von Minnesota, wo er die treibende Kraft hinter dem gedeihenden Newman Center war. Inzwischen war er sechsundachtzig und mit dem Center noch immer verbunden, als der »heilige Patron«, wie einige ihn nannten. Er war geschwätzig und gichtkrank, spielte aber nach wie vor Golf im Norway Creek mit Jon Goode. Er wohnte in Prospect Park in einem großen Haus aus der Zeit der Jahrhundertwende, das nicht weit von der Universität entfernt lag und das er mit Pater Conrad Patulski teilte. Sie teilten sich außerdem einen mitternachtsblauen Cadillac, der viel über die Armut der Priester aussagte; andererseits lebten wir im zwanzigsten Jahrhundert. Archie sagte, Boyle sei ein Geistlicher, dem man trauen könne: Er äße zu viel, würde zu viel trinken und liebe die Frauen. Außerdem sei er niemals selbstgerecht, ein wirklich feiner Zug für einen Geistlichen.

James Crocker, jetzt siebzigjährig, war ein Durchschnittsamerikaner und Mitte der Zwanziger ein Football-Star an der Universität gewesen (zur Zeit von Nagurski? Möglich.

Aber Crocker hatte seine größte Zeit gegen Grange gehabt, das war eine Legende). Sein Herz gab langsam den Geist auf: die Krankheit der Ex-Sportler. Er spielte professionell mit George Halas' Chicago Bears, als Grange den Profi-Football eingeführt hatte. Mitte der Dreißiger etablierte er sich als Landentwickler. Mit den Jahren und Jahrzehnten wurde er zu einem Mann, mit dem man in der Politik zu rechnen hatte und der vielen Wohnungsbauprojekten und einem Vorort seinen Namen gab. Er spendierte eine Menge Geld für Nixons Wiederwahlkampagne und merkte zu spät, dass die Dollars in Mexiko gewaschen wurden. Seitdem war er sehr reizbar. Er zog es vor, sich an sein größtes Spiel zu erinnern, als er ein Minnesota Golden Gopher gewesen war und das Memorial Stadium eingeweiht wurde; er war dabei, als der große Red Grange geschlagen wurde. Aber Grange und Nixon würde er niemals in einem Atemzug nennen.

»Und sie alle mochten die junge Kim?«, fragte ich, als er mit seiner Auflistung durch war.

»Soweit ich weiß.« Er unterdrückte ein Gähnen hinter vorgehaltener Hand. Es war eben diese Art Nachmittag.

»Aber sie war eine Schlampe, ein Ungeheuer, die ihren Mann in den Selbstmord getrieben hat. Mit ihrer Untreue.« Ich schüttelte den Kopf. »Das ist doch unvereinbar, Dad.«

»Vieles im Leben ist unvereinbar.« Er lächelte schief. »Wie dem auch sei, das Einzige, was du augenscheinlich vorweisen kannst, sind die Phantasien von Harriet Dierker, einer nicht gerade idealen Zeugin.«

»Aber sie hat tatsächlich phantasiert«, sagte ich und sann darüber nach. »Das ist ja das Entscheidende. Sie tratschte eigentlich nicht. Sie war aufgebracht.« Ich fing nun auch zu gähnen an. »Und wenn Tim Dierker sie so wunderbar gefunden hat, was störte ihn dann so sehr daran, dass Larry sie heiraten wollte? Hier fehlen ein paar Informationen.«

»Das alles ist lange her. Die Leute vergessen die eine Hälfte ganz, die andere Hälfte haben sie falsch im Gedächtnis. Dadurch wird alles verdreht. Fehlerhafte Erinnerung steht im Zentrum aller Kriminalgeschichten – die Personen der Handlung leiden genauso darunter wie der Leser, das ist so sicher wie das Amen in der Kirche. Häufig leidet auch der Autor.« Er gähnte. »Erinnerungen sind im Großen und Ganzen für die Katz, Paul.«

»Ole Kronstrom hat sich in sie verknallt, um Himmels willen«, sagte ich. »Aber würde er sich in ein Ungeheuer verlieben?«

»Kaum. Ole war ein einfacher Mann. Oder ein Narr, oder vielleicht einfach nur glücklich. Ich meine, schließlich ist Ole nicht unbedingt der Typ, den du für Kim aussuchen würdest, jedenfalls nicht, wenn man den schönen Schein wahren will.«

»Hast du über die beiden Bescheid gewusst?«

»Es war kaum möglich, es nicht zu wissen.« Archie stand auf. Er trat sich die Turnschuhe von den Füßen und vergrub die Zehen im Gras. Der frisch gemähte Rasen marmorierte seine weißen Füße. Wir gingen zusammen zum Haus zurück. Unten auf dem See erwachte ein Motorboot jaulend zum Leben, und das Motorengeräusch, das zum Sommer gehörte wie Blumenduft, Sonnenöl und Insektensummen, schwebte den Hügel hinauf. Ich folgte ihm über den Steinweg in die kühle Bibliothek.

»Genug Geschichte«, sagte er. »Du willst etwas über das Mädchen herausfinden, nicht über meine alten Spezis.« Er sank in einen der Rosenmustersessel, verschob dabei nachlässig den Schonbezug und überkreuzte seine nackten Füße.

»Ich möchte wirklich wissen, warum Blankenship sich das Leben genommen hat.« So hörte ich mich sagen, und es klang nicht einmal seltsam. Ich wollte es wirklich wissen; die Neugier hatte mich gewissermaßen heimgesucht wie die Lungenentzündung, die mich einmal unbemerkt befallen hat.

»Ich sag's ja, Paul – das Mädchen.« Er strich sich mit einem Fingerknöchel über den Schnurrbart. »Das Mädchen. Ich versuche mich zu erinnern, was da gewesen ist. Etwas, das ich über sie weiß ...«

Er kaute eine Weile an seinem Fingerknöchel, und ich sah Julia draußen vor dem Blumenbeet knien. Sie arbeitete mit dem kleinen Spaten in der feuchten, schwarzen Erde und schien riesigen Spaß zu haben. Der Rasensprenger fing die Sonnenstrahlen zwischen den Bäumen ein, hielt sie einen Moment auf dem höchsten Punkt fest und setzte seinen Bogen fort.

»Sie kam in den Norway Creek, kurz nachdem ich an die Universität zurückgekehrt war. Ich beachtete sie nicht sonderlich, obwohl sie kaum zu übersehen war. Ihre ganze Erscheinung, so adrett, tolle Figur, ernstes Gesicht, dunkle Augenbrauen, dunkles glänzendes Haar – blöde Sache, sich an die Haare zu erinnern, aber was soll ich sagen?« Er zuckte die Achseln. »Bei diesem Haar fragte man sich unwillkürlich, ob so eine Linie aus dunklem Haarflaum ihren Bauch hinaufführte. Also, Teufel auch, ich will ganz ehrlich sein, Paul: Solche Gedanken hat sie in mir ausgelöst.«

»Du solltest dich schämen«, sagte ich.

»Harriet hat dir mehr von ihrem Liebesleben erzählt, als ich je gewusst habe. Ich kann mich nicht dafür verbürgen, aber es klingt alles ganz richtig. Jedenfalls hat sie auf mich immer einen kompetenten Eindruck gemacht, wie jemand, der erreicht, was er sich vornimmt. Man merkte ihr stets an, dass sie völlig in der Gegenwart lebte und mit beiden Beinen im Leben stand. Sie war eben kein Dummchen.« Er schürzte die Lippen und seufzte. »Nun kann man ein solches Benehmen natürlich als berechnend bezeichnen, oder als durchdacht, gefährlich, entschlossen, von deinem Standpunkt aus.

Ich glaube, jemand erzählte mir – Dierker wahrscheinlich –, dass sie eine Waise ist und aus dem Norden stammt, vielleicht aus der Stadt, in deren Umgebung wir die Hütte hatten. Das muss der Grund sein, weshalb Tim über sie Bescheid wusste. Das wäre möglich. Jedenfalls verspürten die Männer in unserer Clique ein gewisses Mitleid – anscheinend war sie die Nichte von jemandem. Himmel, ich bin ganz benebelt davon, Paul ...

Du solltest wirklich Anne fragen, falls deine Neugier groß genug ist. Mädchen reden schließlich miteinander, nicht wahr? Sie spielten häufig Tennis. Anne hat vermutlich Stunden bei ihr genommen. Tja, das ist alles, was ich weiß.«

Eine Zeit lang saßen wir da und überließen uns unserer Müdigkeit. Archie griff nach einem Band von Michael Gilbert. Mir wurden die Lider schwer von dem Wein, den ich zum Essen getrunken hatte; außerdem war ich am Morgen viel zu früh wach gewesen. Dann schreckte mich ein Geräusch auf. Archie war von seinem Sessel aufgestanden und ging suchend an den deckenhohen weißen Regalen entlang. Schließlich zog er ein großes Fotoalbum mit braunem Ledereinband hervor.

»Wieder wach?« Er ging an den alten Eichenschreibtisch, schob alles Papier auf eine Seite und legte das Album in die Mitte. Ich nickte. »Dachte, das würdest du dir gern ansehen«, sagte er und schlug es auf. Die Kladde wurde von dickem braunem Bindfaden zusammengehalten, der durch die einzelnen Seiten gefädelt war. »Klar«, sagte ich. »Was ist es denn?« Ich ging zum Schreibtisch und schaute auf die Uhr. Eine Stunde war vergangen, seit wir in die Bibliothek zurückgekehrt waren.

Er drückte die Seiten flach auseinander; die Schwarz-Weiß-Fotos, von denen einige leicht vergilbt waren, wurden von schwarzen Klebeecken an Ort und Stelle gehalten. Ich hatte mir das Album als Kind schon einmal angesehen, und dann später wieder, als ich nach Aufnahmen von meiner Mutter suchte. Archie war nicht theatralisch veranlagt; er beließ ihre Fotos, wo sie immer gewesen waren, und trug ihr nichts nach, sondern war höchstens froh, sie loszusein.

»Die Bilder wurden bei der Hütte aufgenommen. Diese Kameraden hier siehst du jetzt als alte Männer wieder, mich eingeschlossen. So sahen wir 1933/34 aus. Da wurdest du gerade geboren, Paul.« Er deutete auf das erste Foto links oben auf der linken Seite, und fing an zu erzählen, nannte die Namen und womit sie sich im Sommer vergnügt hatten, sobald sie oben im Norden und von allem weg waren.

Ich hörte nicht richtig hin, bekam aber genug mit, wie bei Hintergrundmusik, und dachte über diese Männer nach. Da war auch Hub mit den glatt nach hinten gekämmten Haaren, dem Schatten auf seinem Gesicht, den kantigen straffen Schultern. Archie lag in einem gestreiften Liegestuhl und schaute von einem Buch auf, lächelte distanziert und linste hinter seinem silbernen Brillengestell hervor.

Ole Kronstrom und Jonathan Goode präsentierten sich blass und lang in Badeanzügen, die ihnen am nassen Körper klebten. Sie standen am Wasser, Angelruten in der Hand, und warfen schwarze Schatten auf den Sand.

Martin Boyle lehnte in Pullover und weißem Hemd an einem viertürigen Pontiac, einen Fuß auf dem Trittbrett. Mit einer Hand grüßte er den Fotografen. Ein Mischlingshund stand bei Fuß und schaute zu ihm auf. Hinter dem Steuer saß Timothy Dierker und schaute durch das Seitenfenster, das Gesicht in Bewegung, den Mund geöffnet, als sagte er irgendetwas. James Crocker, der Football-Star, der zehn Jahre später seine Hosen sprengte, stand auf einer Leiter, wo er eine Hüttenwand anstrich, und schaute von oben in die Kamera, schwenkte den Pinsel und ließ achtlos die weiße Farbe am Pinselstil hinunterlaufen.

Sie schienen einer anderen Zeit, einem anderen Jahrhundert anzugehören; ich kannte niemanden mehr, der jagt und fischt und sich auf diese Weise auf und davon macht, besonders von seiner Ehefrau. Ich kannte auch keine Männer, die sich zu irgendwelchen Cliquen zusammenfanden. »Mit den Jungs eine Nacht ausgehen« – das erschien wie ein Anachronismus, genauso wie niemand mehr im Stil von Robert Benchley schrieb. Es war fast unglaublich, dass diese Männer noch lebten. Sie schauten mich aus einer unschuldigen Vorkriegsvergangenheit an, abgeschlossen wie Reliquien in einem Grab. Sie wirkten nicht kurios oder amüsiert oder gar sehr intelligent. Sie sahen bloß privilegiert und sorglos aus – auf eine unerhörte Weise. Ihre Arroganz war noch unaufdringlich, die Arroganz der Naiven.

»Warum lachst du, Paul?«

»Ich lache nicht. Ich musste nur unwillkürlich lächeln, weiter nichts. Lange her. Die Leute sahen damals anders aus als die Menschen heute. Nicht nur in ihrer Kleidung. Auch die Gesichter. Kannst du es sehen?«

Er schüttelte den Kopf. »Wie könnte ich? Ich bin einer von ihnen.«

Er schob einen Finger unter die nächste Seite und blätterte langsam um. Weitere Fotos von der Hütte, den Freunden.

»Fahrt ihr immer noch da rauf?«

»Himmel, nein«, schnaubte er. »Mein Gott, aus dem Alter bin ich seit langem raus ...«

»Macht dir Jagen und Angeln denn keinen Spaß mehr?«

»Ich war nie sehr dafür. Bist du schon mal angeln gewesen? In einem Boot mitten auf dem See? Es ist wie in ›Eine amerikanische Tragödie‹. Du begreifst, weshalb Montgomery Clift Shelley Winters aus dem Boot stoßen wollte. Er hat sich gelangweilt.« Er setzte sich in den Armstuhl an den Schreibmaschinentisch. »Ich habe mir immer Bücher mit heraufgenommen, habe all das Zeug gelesen, für das ich zu Hause keine Zeit fand. Sinclair Lewis, John Galsworthy,

Willa Cather – ich war damals fasziniert von S. S. Van Dine und Agatha Christie.« Seufzend griff er nach dem Feuchthaltebehälter mit den Zigarren, der auf einer Schreibtischecke stand, und zögerte noch. »Anfänglich war es wirklich eine ziemlich kultivierte Gruppe. Überraschenderweise, würde ich sagen.« Er gab sich geschlagen und nahm eine Zigarre, die er anerkennend musterte.

»Und irgendwann war sie nicht mehr kultiviert?«

»Genau. Rabauken. Wie vorherzusehen war, verfielen die fröhlichen Jungs darauf, dass es wohl gar nichts nützt, von allem wegzukommen, solange man sich anständig benimmt. Also musste eine Menge getrunken werden, und das war schrecklich langweilig, und dann die Sexfilme mit dem nackten Kerl in schwarzen Socken und Zorro-Maske und das unvermeidliche Herumalbern mit den nächtlichen Damen ... auch langweilig. Ich versuchte, von den Frauen wegzukommen, und die Jungs redeten plötzlich davon, welche mitzubringen.« Er zündete die Zigarre an. »Da habe ich mich verabschiedet. Später zogen wir nach Chicago um, und das war's dann.« Er winkte nach dem Album, und ich reichte es ihm. »Ich bin nicht sentimental«, sagte er, »aber es zwickt mich ein bisschen, wenn ich die Fotos sehe. Man kann sich letzten Endes eben nicht verleugnen, nicht wahr? Wir waren sehr jung damals, und der Zahn der Zeit hat an uns genagt. Ich kann mich gut an die Wochenenden da oben erinnern: kaltes Bier, ein gutes Buch, in der Sonne liegen. Na ja, man kann nicht zurückholen, was vergangen ist. Vermutlich stellst du das auch gerade fest, mein Junge.« Er besah sich die Bilder und blätterte. »Das war eine schöne Hütte. Es gab einen großen Kamin, Korbmöbel, dicke alte Ventilatoren oben auf den Bücherschränken, eine schmucke verglaste Veranda, Schaukelstühle ... Hat alles hübsch und sauber gehalten. Ja, das hat sie.« Er tippte auf ein Gruppenfoto. Eine Brünette stand auf der Veranda; die Männer hatten sich ein wenig steif um sie herum aufgestellt. Sie sah aus, als hätte man sie überrascht, in ihrer Schürze aus der Küche gedrängt und das Foto geschossen, bevor sie eine angemessene Miene aufsetzen konnte. Archie stand links außen und schaute von der glücklichen Szene fort. Tim Dierker stand steif lächelnd direkt neben der Frau und sah aus, als hätte er Angst, sie versehentlich zu berühren. Die Männer wirkten alle ein wenig unsicher, aber die Frau gab sich reserviert und machte eine geduldige Miene, die besagte: Männer sind eben wie Kinder. Sie hatte ein ovales Gesicht, eine gerade, schöne Nase und einen spitz zulaufenden Haaransatz.

»Wer ist das?«

»Ich kann mich an den Namen nicht erinnern. Sie kam aus der Stadt und besorgte den Haushalt, während wir dort waren, spülte das Geschirr, räumte die leeren Flaschen weg und hielt alles sauber.« Er schloss die Augen und lehnte sich zurück. »Nein, der Name fällt mir nicht mehr ein. Es ist schon so lange her, Paul, fast so lange wie du auf der Welt bist. Wie soll ich mich daran noch entsinnen können?«

»Wer hat das aufgenommen?«

»Muss Ole gewesen sein«, sagte er nach einem Blick auf das Foto. »Er ist der Einzige von uns, der nicht auf dem Bild ist.«

Ich wollte aufgeben und mich draußen in einen Liegestuhl legen, blieb dann aber an der Terrassentür stehen. Archie stellte das Album ins Regal zurück.

»Wie ich höre, hast du sie letzte Woche gesehen.«

»Wen?«

»Kim. Blankenships Frau.«

»Ja, richtig. Sie spielte Tennis mit ... wie heißt er gleich ... mit dem Trainer vom Club. Sie hat es ihm nicht leicht gemacht.«

»Hat sie sich sehr verändert?«

»Seit wann?«

»Weiß nicht – seit du sie zum ersten Mal gesehen hast.«

»Schwer zu sagen. Ich habe sie so oft gesehen, dass ich den Unterschied nicht feststellen kann. Aber sie ist keine Frau, die sich gehen läßt. Nicht die Spur, würde ich sagen.«

Als ich aufwachte, stand die Sonne hinter den Baumwipfeln, und die langen Schatten krochen in einem flaumigen Purpurrot wie Riesenraupen über den Rasen. Ich fühlte mich steif und hatte Kopfschmerzen. Ein grünes Licht hing in der Dämmerung unten beim Bootshaus. Die Tage wurden bereits kürzer, je weiter der August voranschritt. Ich ging ins Haus. Julia saß im Wohnzimmer, hatte sich in einer Ecke des blassgrauen Sofas zusammengerollt und trank einen Eistee. Neben ihr spendete eine chinesisch angehauchte Glaslampe ein wenig Licht. Die Dämmerung hatte sich über den Raum gelegt, und draußen hörte man die Grillen zirpen. Sie blickte auf und lächelte.

»Fühlst du dich besser?«, fragte sie und legte ihr Buch beiseite, das sich mit der besonders erfolgreichen Ehe von Harold Nicolson und Vita Sackville-West befasste.

»Eher ein bisschen schlechter.«

»Auf dem Teewagen steht ein Krug Eistee.«

Ich goss mir ein großes Glas voll, nahm Zitrone und Zucker, ging zu einem Chefsessel im Chrom-und-Leder-Chic und ließ mich hineinsinken. Ich hatte einen Geschmack im Mund, als hätte er einer ganzen Armee als Latrine gedient.

»Archie ist fort. Zu seinem Sherlock-Holmes-Abend.«

»Ach ja.« Ich trank einen Schluck. »Was ist mit Kim? Was hältst du von ihr? Ist sie ein Ungeheuer?« Eigentlich war ich zu müde zum Plaudern.

»Nun, ich würde sagen, ja und nein, Paul.«

»Komm schon, Julia. Was soll das denn heißen?«

»Jeder ist für irgendjemanden ein Ungeheuer. Meinst du nicht? Und jeder fürchtet seine spezielle Art Ungeheuer. Also: ja und nein.«

»Warum hat er sich umgebracht?«

»Liebe oder Geld, das sind die üblichen Gründe, stimmt's?«

»Aber welcher von beiden war es?«

Julia zuckte die Schultern. »Warum fragst du nicht Kim?«

Ich warf drei Excedrin ein, küsste Julia auf die Stirn und schwang mich bedenkenlos in die heiße Nacht.

4. Kapitel

Darwin McGill war noch immer ein gut aussehender Mann, aber irgendetwas war bei ihm schief gelaufen und lag nun in der Tiefe seiner großen braunen Augen vergraben. Seine Haut sah aus wie ein sehr teures Gepäckstück, gleichmäßig braun und unnatürlich weich, aber aufgedunsen von den vielen Nächten in der Bar des Norway Creek, wo er auch diesen Abend verbrachte. Der Raum war schummrig und fast leer. Die großen Casablanca-Deckenventilatoren rauschten leise, und durch die offenen Türen blickte man auf die Terrasse, den Pool und den kleinen Golfplatz zum Putten. Ein paar Club-Mitglieder saßen draußen und schlürften ihre Longdrinks aus geeisten Gläsern, und im Pool plantschten Teenager. Die Unterwasserlampen warfen ein beunruhigendes Licht auf ihre Gesichter, und über die dicken Eichen, die am Rand des Golfplatzes standen, zog das bewegte Schattenspiel der gekräuselten Wasserfläche. McGill sah auf, als ich mich neben ihn auf den Hocker setzte, nickte mir zu und winkte dem Barkeeper.

»Jack, noch einen Gimlet für mich, und einen ...«

»Gin Tonic«, sagte ich, und Jack ging zu seinen Flaschen. In der Bar war es kühl, mein verschwitzter Nacken trocknete schon. »Wie läuft es denn so, Darwin?«

»Wie es immer läuft«, antwortete er verbissen und eine Spur undeutlich. »Verbringe den ganzen Tag in der Sonne, jage Weiße und werde für einen Mann meines Alters viel zu schnell müde und durstig, worauf ich dann die ganze

Nacht damit zubringe, den Schweiß durch Gin zu ersetzen.«

»Du bist vielleicht ein wenig niedergeschlagen, aber ansonsten fantastisch in Form«, sagte ich.

»Quatsch.« Er runzelte die Stirn, schüttelte ungeduldig die Eiswürfelreste in seinem Glas. »Es gab schlechte Neuigkeiten heute. Hab allen Grund zur Niedergeschlagenheit. Meine Leber ist zum Teufel, Paulie, und du weißt, was das bedeutet. Der Doktor versuchte es mir schonend beizubringen. Hat's natürlich vermasselt.« Er blickte seufzend zu Jack hinüber, der unsere Gläser gerade auf ein Club-Tablett stellte. »Ich habe eine halbe Stunde lang geheult und dann um elf eine Stunde gegeben. Er meinte, ich brauche den Sprit nicht stehen zu lassen – es würde so oder so nichts ausmachen –, aber ein wenig Mäßigung wäre in Ordnung.« Er grinste mich säuerlich an. »Wie kann ein Mensch Arzt sein wollen, wenn er den Leuten schlechte Nachrichten beibringen muss?«

»Er bringt ihnen eben auch gute bei«, sagte ich.

Aber er war missmutig und wollte nicht aufgeheitert werden. Stand es tatsächlich so schlimm, wie er glaubte? Ich hatte ihn immer als Sportskanone betrachtet, völlig außerhalb meines Fürsorgebereichs, und nun fand ich es entmutigend, kleckerweise seine Geschichte zu hören, während ich gleichzeitig den Kopf mit Blankenship und Kim voll hatte. Meine Gedanken schweiften ab, mein Blick wanderte durch die Bar, über die glänzenden Tische, Ledersessel, Palmenkübel, die angeblich marokkanische Innenarchitektur mit lauter Bögen und Schnickschnack. Anne und ich hatten hier mehr Abende beschlossen, als gut für uns gewesen war – ein Umstand, der uns die Gesellschaft vieler Freunde bescherte, deren Ehen bereits ruiniert waren.

»Meine Frau hat mich verlassen, weißte. Meinte, ich wär ein Schürzenjäger, die dumme Kuh.« Er gähnte. »Ich werde ihr nie verzeihen, dass sie mich verlassen hat, dass sie mir damit zuvorgekommen ist. Sie war ein Fehler, von Anfang an. Du bist nicht mehr verheiratet, oder?«

»Nein.«

»Das hier ist inzwischen 'ne verdammte Single-Bar«, sagte er. »Die einzigen verheirateten Leute sind die alten.« Ein Auge funkelte mich an. »Glaubst du, dass hier eine Menge Partnertausch stattfindet, oder Ex-Partnertausch?«

»Mein Gott, ich weiß es nicht. Ich jedenfalls will überhaupt keine Frau, weder meine eigene noch die eines anderen.«

Er ergriff meinen Arm. »Du sagst es, Paulie.« Er nippte an seinem Glas und fügte traurig hinzu: »Ich verbringe jetzt die meiste Zeit im Pro-Shop. Zu Hause wartet ja keiner mehr, nicht mal 'ne zänkische Schlampe. Komisch, wie sehr man sogar eine Schlampe vermissen kann.«

Die Beziehung der McGills war stürmisch gewesen, so weit ich zurückdenken konnte, und im Club hatte man sich hin und wieder darüber amüsiert. Sie beschuldigte ihn ständig, auch in der Öffentlichkeit, dass er mit den Frauen und Mädchen herumalberte, die er trainierte. Sie mochte Grund dazu gehabt haben, aber keiner hätte für einen Skandal gereicht, und Darwin überstand zwangsläufig jeden Sturm. Wenn er kein so guter Spieler und Lehrer gewesen wäre, hätte man ihn wahrscheinlich gefeuert; aber er war fähig und gut gelitten, und so überlebte er die Jahre. Er musste jetzt Mitte fünfzig sein.

»Was weißt du über Kim Roderick?«, fragte ich. »Hast du ihr nicht Tennis beigebracht?«

Er nickte, das Glas an den Lippen. »Sie kapierte schnell und wurde immer besser. Wenn sie heute fünfzehn Jahre alt wäre, bei all den Tennishallen und der gestiegenen Konkurrenz, hätte sie den Durchbruch geschafft und bei den Slims oder anderen großen Turnieren gespielt. Das Fernsehen hätte sich an sie drangehängt, weil sie so hübsch ist, und sie hat Persönlichkeit. Spiel wie Rosemary Casal – kurze, harte Schläge mit viel Power. Starker Überkopfball, schwache Lobs.« Jetzt sprach er wie ein Profi, und man konnte ihm ansehen, wie er sich ihre Schläge ins Gedächtnis rief. »Nicht die Schnellste, kann aber gut mithalten, ist ehrgeizig, hat sehr gute Reflexe. Obendrein spielt sie wirklich mörderisch hart. Inzwischen ist sie zwar Mitte dreißig, hat aber trotzdem eine Wahnsinnskondition, und sie ist eine schlechte Verliererin, das kann ich dir versichern.«

»Trotzdem spielst du mit ihr?«

»Ja. Schlichtweg ja. Letzte Woche hat sie mich zur Schnecke gemacht, hat mich zuerst den ganzen Tag von vorn nach hinten über den Platz gejagt und mich kaputtgemacht, und dann hat sie mir den Todesstoß versetzt. Ich weiß jetzt, wie Rigg sich im Astrodome gefühlt hat. Ihr Gesichtsausdruck änderte sich nie. Sie sah aus, als wär's 'ne Übung. Ich hab schon Frauen gekannt, die auf diese Weise ficken, völlig mechanisch, ohne die geringste Emotion.«

Wir waren beim nächsten Drink angelangt, und die Stimmung war richtig. »Hast du mal mit ihr geschlafen?«

»Ach Gott, nein – nicht, dass es an Versuchen gefehlt hätte. Aber, Paul, du weißt, wie das ist, sie arbeitete für mich, ich sah sehr viel von ihr jeden Tag, ich konnte nicht anders, als mich ab und zu ein bisschen an sie ranzumachen. Das kann mir keiner übel nehmen, oder? Das ist schließlich das Schöne an so 'nem Job. Und dann, ehe du dich versiehst, ist es dein Leben, nicht nur ein Job, und du kannst nichts dagegen tun, und deine Leber ist im Arsch ...«

»Wie war sie denn so, wenn du es bei ihr versucht hast?«

Darwin McGill fuhr sich mit seinen kräftigen Fingern durch das dunkle, wellige Haar wie ein alter Filmstar. Er lächelte breit, dass die weißen Zähne blitzten, und schüttelte den markanten Kopf.

»Kam ganz darauf an. Sie war nicht immer gleich, weißt du.« Er nahm sich eine Hand voll Erdnüsse und schlug vor, nach draußen zu gehen. Er hatte ein bisschen auf die Hüften bekommen, war aber noch ziemlich schlank. Er tat mir leid wegen seiner Lebergeschichte. Vielleicht war es ja gar nicht so schlimm wie er glaubte. Der Wind war kalt, der Himmel klar und mit funkelnden Sternen gesprenkelt, die in Wirklichkeit längst verbrannt waren, schon seit einer Million Jahren. Er lächelte ein paar Leuten auf der Terrasse zu, wo man seinen Namen murmelte; dann gingen wir über den Rasen, der vom Abend feucht geworden war. Die letzten roten Finger hatten ihren Griff am westlichen Horizont gelöst. Er hielt automatisch auf die Tennisplätze zu, auf die dunklen Zonen vor den hohen Zäunen.

»Als sie zum ersten Mal hier auftauchte, war sie nur die Küchenhilfe. Danach bediente sie ein bisschen an den Tischen. Schließlich kam sie zu mir und wollte, dass ich ihr in ihrer freien Zeit Tennis beibrachte. Sie machte einen ernsthaften Eindruck und war still und entschlossen, außerdem sehr hübsch. Also dachte ich mir, ich bringe ein wenig Zeit für sie auf – ich geb's zu, ich sah es gern, wie sich bewegte und ins Schwitzen kam. Ich dachte, mit ihr wäre es sicherer, als wenn man hier mit den Frauen und Töchtern von einem Mitglied rummacht, was ich auch getan habe, aber dabei geht man ein verdammtes Risiko ein. Wenn du dabei erwischt wirst, können sie dich rauswerfen ... Also, sie spielte immer besser, hat's mir manchmal sogar gezeigt, und dabei wurde sie ein wenig lockerer, ein bisschen freundlicher, ziemlich freundlich sogar – Teufel auch, sie wollte schließlich meine Assistentin werden.

Sie tat nicht mehr und nicht weniger, als mir Hoffnungen zu machen, und ich bin todsicher darauf abgefahren. Sie schien unter den Mitgliedern ein paar richtige Anhänger zu haben, denn als ich meinte, sie wäre eine gute Hilfe für mich im Laden und könnte den Mitgliedern zur Verfügung stehen, wenn ich ausgebucht wäre – als ich mit dieser Idee ankam, da sagten sie gleich, gut, soll sie aushelfen, in Ordnung. Sie hat sie wirklich beeindruckt, glaube ich. Sie war höllisch fleißig.«

Als wir zu den Plätzen gelangten, hakte er die Finger in den Zaun und lehnte sich dagegen, als würde er für alle sechs Plätze zahlen. Ringsum war es ruhig; nur der Wind rauschte in den Weiden.

»Damals, wenn sie im Pro-Shop arbeitete, habe ich immer irgendwie auf meine Gelegenheit gewartet, und eines abends kam sie dann. Ich machte einen direkten Versuch bei ihr, aber sie riss sich von mir los, und die Knöpfe an ihrer Bluse sprangen nacheinander ab wie bei 'ner Gewehrsalve. Sie sagte kein Wort. Ich hatte schon was getrunken und wusste nicht, wann ich aufhören sollte. Also blieb ich dran und zog ihr den BH weg, und da sah ich diese niedlichen runden Titten, weich und mit großen steifen Nippeln ...« Er seufzte und drehte sich zu mir herum. »Ich weiß nicht, warum ich dann aufhörte. Vielleicht, weil sie kein fassungsloses Gesicht machte. Vielleicht auch, weil sie immer so distanziert wirkte, und sie nun nackt zu sehen, fand ich möglicherweise ... unnatürlich. Jedenfalls war ich selbst schockiert, was ich da getan hatte.« Er schüttelte den Kopf, als müsste er die Verwirrung dieses Jahre zurückliegenden Augenblicks abschütteln.

»Sie sah mich nur an, beobachtete mich, wie ich ihre Brust begaffte, und sagte, dass ich kurz davor stünde, meinen Job zu verlieren und eine kriminelle Handlung zu begehen. Sie war unheimlich gelassen, Paulie, und ich ... ich hätte mich am liebsten versteckt. Sie sagte, sie hätte Freunde im Club, die mich rausschmeißen würden und ihr anwaltlich zur Seite stünden. Sie schien nicht wütend zu sein oder empört oder etwas in der Richtung. Ich habe noch nie so eine Ernüchterung erlebt – ich dachte, mir müsste der Schwanz abfallen.

Ich entschuldigte mich, und sie sagte, sie würde es nicht

mehr erwähnen. Sie starrte mich kurze Zeit an, dann zog sie sich vor meinen Augen den BH zurecht, nahm sich ein nagelneues Tennishemd aus dem Regal, zog es sich über den Kopf, warf die zerrissene Bluse in einen Abfalleimer und ging. Ich hatte eine Heidenangst, hauptsächlich um meinen Job. Aber sie unternahm nichts, und es fiel auch kein Wort mehr über die Sache. Aber sie war trotzdem eine richtig unanständige Schlampe, wie ich noch keine erlebt habe. Sie hatte nichts zu beißen, verkehrte aber ganz oben, und ich musste in diesem Job mit einer Menge reicher, mieser Leute zurechtkommen. Seitdem hat sie mich links liegen lassen, guckte glatt durch mich hindurch ... Sie hat's nicht vergessen, niemals. Billy Whitefoot, das arme Schwein, bekam von ihr die volle Ladung. Was sie ihm angetan hat, war wirklich unglaublich. Als sie mit ihm fertig war, ging's mit Ole Kronstrom weiter, und dann mit diesem bedauernswerten Dummkopf, den sie geheiratet hat, diesem Larry Sowieso.«

Wir gingen schließlich zum Clubhaus zurück.

»Wie sind wir eigentlich auf sie gekommen?«

»Ihr Mann hat sich gestern umgebracht. Keiner scheint zu wissen, warum. Ich wäre wirklich neugierig.«

»Frauen. Wahrscheinlich hat sie ihn so weit gebracht.«

»Das ist die landläufige Meinung.«

»Ja, ich weiß schon, wie sie einen Kerl dazu bringen kann. Sie gehört zu der Sorte.«

Auf der Zufahrt nahm er meinen Arm.

»Hör mal, du wirst doch keinem von der Sache erzählen, oder? Ich meine, nicht deinem Vater oder seinen alten Kumpels? Die hat sie damals gemeint, als sie sagte, sie hätte Freunde. ...«

»Nein, Darwin, ich werde es keinem erzählen.«

»Ich wäre dir dankbar.« Er lachte leise. »Ich habe schon genug Probleme, Paulie. Mich holt jetzt alles ein.« Bevor er in die Bar zurückging, sagte er etwas, das mich unangenehm berührte: »Frauen! Wenn man sie nicht bumsen könnte, sollte man sie zum Abschuss freigeben.«

Ich ließ ihn allein mit seiner Leber und dem nächsten Cocktail, rief Anne an und fragte, ob ich auf dem Heimweg kurz bei ihr vorbeischauen dürfte. Sie habe nichts dagegen, sagte sie; sie würde sich gerade ein Steak grillen. Ich fragte, ob sie auch zwei grillen könnte.

Das Haus stand hinter einer weinbewachsenen Mauer an einem Steilhang mit Dornengestrüpp, das bis zum Lake of the Isles hinunterwuchs. Ich fuhr die schmale Auffahrt hinauf, wo die Sträucher gierig nach meinem Gesicht griffen und gegen die Scheiben des Wagens schlugen. Das Haus, das immer so ausgesehen hatte, als würde es langsam zerbröckeln, lag dunkel da. Doch als ich hineinging, sah ich den Lichtschein in Annes Arbeitszimmer. Es roch nach Klebstoff, und eine Moody-Blues-Platte lief. Anne beugte sich über eine Arbeitsplatte mit komplizierter Beleuchtung, wo sie den Rumpf einer großen Messerschmitt ME 109 reparierte. Der Tisch lag voll mit Balsaholz und Pinzetten und kleinen Farbdosen und Klebstofftuben und Draht und Skalpellen und schmutzigen Lappen. In einem Aschenbecher war ein Joint verbrannt, ohne benutzt worden zu sein, und der schwache Geruch von selbstgezogenem Gras hing noch in der Luft. Sie blickte auf, und einen kurzen Augenblick lang erkannte ich sie nicht: Sie hatte sich das schwarze Haar ganz kurz schneiden lassen, und es war Jahre her, dass ich sie ohne irgendeine Perücke gesehen hatte.

»Hallo«, sagte sie. »Die Steaks liegen schon auf dem Grill. Reich mir doch bitte mal das Bier an, ja?« Sie legte die Pinzette aus der Hand und inspizierte bekümmert das demontierte Flugzeug, wie jemand, der einen Vogel mit gebrochenem Flügel untersucht.

»Ein Unfall?«

»Und was für einer«, sagte sie. »Flügel abgerissen und Fahrwerk weggeputzt. Mist.« Sie seufzte und trank einen großen Schluck von dem Coors, das sie immer von ihren Reisen nach Aspen mitbrachte, wo ihre Eltern eine millionenschwere Hütte besaßen. »Also, es ist wohl an der Zeit, philosophisch zu werden: Es ist das Zusammenflicken, das erst richtig Spaß macht, war's nicht so? Und wie läuft deine alte Vergaserkiste?«

»Der Wagen läuft«, sagte ich. »Was soll ich sagen?«

»Du solltest es mich wirklich mal nachsehen lassen. Die Ventileinstellung ist vermutlich auch im Eimer.«

»Vermutlich.« Sie reichte mir ihr Bier, und ich bedachte zu spät, dass es wahrscheinlich scheußlich warm sein würde. Sie schluckte sicher seit Mittag an derselben Dose.

»Gott, wie kannst du nur in einer Welt leben, wo du nicht weißt, wie alles funktioniert? Du weißt nicht, wie dein Wagen funktioniert, oder dein Fernseher oder die Druckerpressen bei deiner Zeitung oder sonst was. Macht dich das nicht nervös, Cav?«

»Mich machen eine Menge andere Sachen nervös.« Diese Unterhaltung hatten wir schon oft geführt. Sehr oft. Mehrere hundert Mal. »Das alles zu wissen würde mich noch nervöser machen.«

Sie schüttelte den Kopf. Über uns hing an Klaviersaiten eine rote Focke-Wulff und bewegte sich im Wind. Draußen schlich die Nacht verstohlen durch das Gestrüpp.

»Wir sollten nach den Steaks sehen«, sagte sie und wischte sich irgendwelches Zeug von den Fingern. »Sollen wir uns einen Joint teilen? Selbst gezogen und rein pflanzlich«, fügte sie als letzten Anreiz hinzu.

»Nein, danke.«

»Dann will ich auch keinen«, sagte sie. »Langsam fange ich an, diesen Hirnzersetzungsquatsch zu glauben.« Sie trug ein T-Shirt mit einer großen roten Rolling-Stones-Zunge, die obszön zwischen ihren Brüsten hing; und enge

Levi's über ihren breiten festen Hüften. Barfuß wie sie war, erreichte sie knapp einsachtzig. Als sie an mir vorbeiging, streifte sie meinen Mund mit den Lippen, und ich schmeckte das warme Bier.

Die Küche war schmutzig wie ein alter Schlachterblock: verkrustetes Geschirr überall und ein grün-brauner Klumpen Salat, der sicher schon eine Woche so dalag. Sie nahm sich ein neues Coors aus einem Karton auf der Theke; sie war unmöglich, sie vergaß es einfach in den Kühlschrank zu stellen – nicht dass sie warmes Bier gemocht hätte. Sie fragte mich, ob ich noch eins wollte, und ich verzog das Gesicht. Sie zuckte mit den Schultern – »Ist deine Beerdigung« – und ging zur Hintertür. Die Steaks brutzelten über rotbraunen Kohlen, und dabei stand eine Glasschüssel mit Salat, Tomaten, grünem Paprika, Käsestückchen und Peperoni, ein Kübel mit Eis und einer Flasche Irgendwas, was mir zeigte, dass sie es noch auf die Reihe kriegte, sofern sie geneigt war.

Sie aß wie eine verhungernde Löwin, riss große Fetzen aus ihrem Salat. »Nun iss«, sagte sie. »Ich habe es nur für dich gemacht.« Sie war vor mir fertig und lächelte mich an, während ich aß, steckte sich eine Winston an, schlug die Beine übereinander und lehnte sich zurück. Das kleine Stück Rasen lag einsam und dunkel zwischen dem buschbewachsenen Steilhang und dem vermodernden dreistöckigen Herrenhaus. Irgendetwas rannte an der Mauer entlang durchs Dickicht, etwas Kleines, Flauschiges.

»Wolltest du nur ein kostenloses Essen?«, fragte sie gelassen und heiter. »Oder führst du was im Schilde?«

»Ja, und zwar etwas, in das ich ohne besonderen Grund hineingeraten bin ...« Ich wusste nicht recht, wie ich anfangen sollte.

»Und?«

»Larry Blankenship – sagt dir der Name etwas?«

»Natürlich«, antwortete sie geduldig. »Er war mit einer Freundin von mir verheiratet.«

»Nun, er hat sich vor ein paar Tagen umgebracht.«

Ihre Zigarette blieb auf halbem Wege in der Luft hängen, und ihr Gesicht erstarrte zu einer bleichen Maske. »Was?«

»Er hat sich in der Eingangshalle unseres Hauses erschossen.«

»Um Himmels willen ... Larry. Er war so ein schlichter Junge, ständig besorgt über alles und jeden.«

»Ich wollte dich einiges über deine Freundin Kim Roderick fragen.«

»Was ist mit ihr? Kennst du sie?«

»Nein, ich kenne sie nicht, aber jemand sagte mir, du würdest sie kennen. Die Leute reden, dass sie Blankenship zum Selbstmord getrieben haben könnte.«

Sie schüttelte den Kopf und zog an der Zigarette. »Nein, das glaube ich nicht. Ich würde nicht behaupten, dass Kim einem Mann so was nicht antun könnte – aber nicht Larry.« Sie drückte energisch die Zigarette aus. »Wenn du gesagt hättest, der Indianerjunge hätte sich umgebracht oder totgesoffen, das hätte ich Kim zugetraut, gewissermaßen als Spätfolge, weißt du. Aber nicht bei dem armen Larry ... er war ein halber Masochist ...«

»Wie bitte?«

»Jedenfalls kam er mir so vor. Wie einer, der getreten werden will und der im Grunde erwartet, dass alle Welt ihre Aggressionen an ihm ausläßt. Aber Kim behandelte ihn ziemlich gütig – sie benahmen sich fast wie Bruder und Schwester. Ich konnte sie mir kaum zusammen im Bett vorstellen, er wirkte immer so passiv. Außerdem hatte sie Angst vor Sex – jedenfalls hätte ich darauf gewettet. Auf mich wirkte sie frigide, war immer so vollkommen kontrolliert.« Sie warf mir einen Blick zu. »Du hättest sie vermutlich gemocht. Sie war – ist – sehr gepflegt und in allem sehr bestimmt, aber es gab auch Anzeichen, dass hinter dieser Fassade etwas ziemlich Schauerliches vor sich ging. Das hätte dich angesprochen.« Aus ihren Augen leuchtete der Schalk, wie bei Leuten, die einander allzu gut kennen.

»Manche sagen, dass sie eine Schlampe ist, eine Verführerin – ich zitiere wörtlich.«

»Leben und leben lassen. Ich sage nur, was ich darüber denke.« Sie schwieg einen Moment. »Armer Larry. Ich habe es dir nie erzählt, aber als er mal wieder eine seiner Depressionen hatte und du und ich gerade kurz davor standen, uns gegenseitig umzubringen, traf ich ihn im Norway Creek. Es war um Weihnachten herum, wenn die Gefühle sowieso den Bach runtergehen. Wir fühlten uns beide einsam und waren leicht angesäuselt, und mich packte seinetwegen das große Mitleid, die große Mutter in mir, also brachte ich ihn mit hierher und versorgte ihn vor dem Kamin mit Hot Buttered Rum. Ich sagte, ich hätte ein ganz spezielles Weihnachtsgeschenk für ihn und zog mich aus – eine ziemlich angenehme Vorstellung übrigens –, und ich wollte ein paar Dinge mit ihm tun, die er nicht so schnell vergessen sollte. Aber er fing an zu weinen und redete über Kim und zuckte nicht mal mit seinem kleinen Ding.« Sie fischte sich ein Stück Käse aus der Salatschüssel und leckte sich die Soße von den Fingern. Das letzte Stück Steak verschwand. »Jetzt ist er tot und wird nie mehr erfahren, was ihm entgangen ist.«

»Weiß Kim davon?«

»Klar, er hat's ihr erzählt, der Masochist in ihm. Er war dieser Typ, konnte nichts für sich behalten. Aber weißt du, was Kim tat? Sie kam ganz förmlich zu mir und erklärte, dass sie es zu schätzen wüßte, was ich für Larry getan habe. Damals haben wir uns überhaupt nicht mehr gesehen, unsere Freundschaft stammte aus der Teenagerzeit. Aber sie bedankte sich bei mir. In den letzten Jahren, nachdem wir beide uns getrennt hatten, haben wir unsere Freundschaft erneuert, vorsichtig, aber ernsthaft. Natürlich bin ich in solchen Dingen immer optimistisch.«

»Gehört sie zu deinen Trophäen?«, fragte ich. »Adel verpflichtet und so weiter, gedenke der Einsamen und Schwachen?«

»Eigentlich nicht«, antwortete sie ohne jeden Ärger auf meinen schäbigen Angriff. »Ich glaube, diese Phase habe ich hinter mir. Kim hat es vielleicht früher mal so empfunden, aber jetzt nicht mehr.«

»Hat ihre Beziehung zu Kronstrom dich geärgert?«

»Mein Gott, du hast deine Hausaufgaben wirklich gut gemacht, Kleiner. Aber nein, warum sollte mich das ärgern? Nach allem, was ich dir sagen kann, läuft es für beide sehr gut, wie immer ihr Verhältnis aussehen mag. Es steht mir nicht zu, über Kim zu urteilen, noch über einen anderen, vom moralischen Standpunkt aus ...« Sie lächelte traurig. »Es tut mir schrecklich leid für Larry. Aber wenn du sie verantwortlich machen willst, musst du mit jemand anderem sprechen.«

Wir gingen wieder ins Haus und blieben im dunklen Flur stehen.

»Ich wünschte, ich hätte das alles nicht angefangen«, sagte ich leise. »Es beschäftigt mich ununterbrochen. Und scheint zu nichts zu führen. Ich höre mir immerzu die widersprüchlichen Meinungen über diese Frau an. Sie ist wie ein Geist, ich habe sie nie gesehen, weiß nicht mal, wie sie aussieht ...«

»Du kannst jederzeit aufhören, dir darüber Gedanken zu machen. Du musst das nicht tun, Cav.« Sie redete mit mir, wie sie es in alten Zeiten getan hätte, als wir noch verliebt waren.

»Ich weiß. Vielleicht sollte ich einfach sagen: zum Teufel damit.«

An der Tür sagte sie: »Mensch, ich will dich ja nicht wieder zurückreißen, aber mir fällt gerade ein, dass ich ein Foto von ihr habe. Einen Schnappschuss, etwa ein Jahr alt. Wir spielten Tennis, und Sam Proctor hatte eine neue

Leica und machte eine Aufnahme von uns. Willst du sie sehen?«

Ich überlegte kurz und sagte ja. So ging ich einen weiteren Schritt in den Sumpf. Aber ich wollte wissen, wie sie ausgesehen hatte. Ich wartete draußen, dachte über den Vergaser nach und ob ich ihn Annes zarten Händen überlassen sollte. Es war fast Mitternacht.

Sie kam mit einem weißen Umschlag zurück.

»Das sind mehr, als ich dachte«, sagte sie. »Nimm einfach den ganzen Packen.«

»Gut, Anne. Das ist nett von dir. Und es war ein wunderbares Abendessen.«

»Hm, also – möchtest du wieder reinkommen und ein bisschen herumbasteln? Weißt du, ich bin in einer komischen Stimmung.« Sie sah sittsam zu Boden. »Oder sollte ich zu meiner Messerschmitt zurückkehren?«

»Also, du wendest dich besser dem Zweiten Weltkrieg zu.«

»Es war nur so ein Gedanke.« Sie grinste.

Ich ließ den Porsche an und fuhr in die Kurve der Auffahrt. Sie winkte und blieb in der Tür stehen, bis ich verschwunden war. Ich sagte ihr einst, sie sei mein Leben, und sie blickte mich daraufhin über ihr Frühstück hinweg an, zog sich den Kragen zu – sie hatte gerade ihre Peck-&-Peck-Phase – und antwortete: »Aber was für eins, du Ärmster.«

Im Fernsehen lief ein Schwarz-Weiß-Film. Der Wind schüttelte die Antenne und ließ das Bild flimmern, aber ich hörte Tony Martin singen, »I Hear a Rhapsody«, während die einfachen Leute in der Strandbar tanzten und Robert Ryan sich sehr häßlich gegenüber Paul Douglas benahm. Barbara Stanwyck heiratete den großen, rauen, gutmütigen Paul, war aber scharf auf den schlanken, hungrigen, verrückten Robert, der in dem kleinen Kino den Projektor bediente.

Der Film hieß »Vor dem neuen Tag« und war schon etliche Jahre alt, aber ich mochte ihn schon, als er neu war, und ich mochte ihn jetzt, da er alt war. Ich trank einen kalten Grain Belt, und Barbara Stanwyck sah sexy aus, machte ein zynisches Gesicht und sagte grobe Sachen zu Robert, um ihm zu zeigen, dass sie interessiert war: »Falls ich jemals wieder einen Mann liebe, kann er meine Zähne für die Uhrtasche haben!«

Uhrtasche, tatsächlich.

»Sie machen ganz den Eindruck, als könnten Sie ein paar neue Anzüge oder eine neue Liebesaffäre gebrauchen«, sagte sie und verpaßte ihm den bewährten Eins-zwei-Schlag. »Wissen aber nicht, welche.« Das machte ihn wirklich verrückt, und ich saß dabei und genoss es zu sehen, wie es in ihm brodelte. Dann stellte ich das Bier hin und nahm mir den Stapel Fotos, die eindeutig zeigten, warum Sam Proctor die Leica gekauft hatte. Es waren zwölf Aufnahmen, zwei von Anne, sechs von beiden Frauen gemeinsam aus verschiedenen Blickwinkeln und vier von Kim, zwei, wo sie am Netz steht, und zwei beim Spiel, wie sie den Ball schlägt.

Ich besah sie forschend und versuchte in die dritte Dimension einzudringen.

Eine Vorhand mit gestrecktem Arm, die Augen auf den weißen Fleck gerichtet, der vom Schläger wegfliegt, die Zungenspitze zwischen den Zähnen, fliegende Zöpfe. Die Rückhand fast auf Zehenspitzen, schlägt sie einen Slice, der zu nah am Körper gerät, das Gesicht starr vor Konzentration, der einteilige Tennisdress schmiegt sich an ihre kräftigen Beine und den schlanken Oberkörper. Am Netz, wo Sam herausfindet, wie nahe er mit der Kamera herangehen kann, bekommt er ein undeutliches Lächeln, den Schweiß auf ihrem Gesicht und einen stechenden Blick. Dann wieder, nicht auf der Hut, schaut sie von der Kamera weg und wischt sich mit langen Fingern den Schweiß von einer Augenbraue, ein Zopf mit einem Band hängt ihr vorn über die Schulter. Das dunkle Haar ist straff zurückgekämmt, ihre Haut braun und weich und jung. Ich hätte sie auf höchstens fünfundzwanzig geschätzt, doch ich wusste, dass ich mit zehn Jahren danebenlag. Aus irgendeinem Grund verkrampfte sich mein Magen, während ich mir die Fotos anschaute. Sie machte mir Angst, und ich hatte keine Ahnung, warum; einerseits war sie nichts weiter als eine Frau, aber andererseits war sie für jeden, den ich gefragt hatte, eine andere.

Ihre dunklen Augen hielten meinem Blick stand.

Hubbard Anthony hatte sie als einen Menschen bezeichnet, der andere stark beeindruckt, immer beschäftigt ist, arbeitet, hilft, sich verbessern will.

Harriet Dierker hatte gesagt, sie sei eine Mörderin, eine Range, eine Hexe, hübsch anzusehen, die Sorte Frau, für die das Wort »Schlampe« erfunden wurde, eine Verführerin, die sich immer und überall bückt und streckt und ihre Beine zeigt.

Tim Dierker dagegen hatte sich geweigert, etwas zu sagen.

Bill Oliver hatte eine Menge mehr Dinge festgestellt, als ihm bewusst war: geschäftlich, jedes Härchen an seinem Platz, Kleidung perfekt, wie es bei bestimmten Frauen immer der Fall ist.

Für meinen Vater gehörte sie zu denen, über die geredet wird, gute Figur, ernstes Gesicht, dunkle Augenbrauen, glänzendes Haar. Für ihn war sie ein sexuelles Wesen, bei dem man sich überlegt, ob eine dunkle Haarlinie den Bauch hinauf verläuft; solche Gedanken hat sie in ihm provoziert.

Darwin McGill fand, dass sie einen Mann zuerst anmacht und dann abblitzen lässt. »Ich zog ihr den BH weg«, hatte er gesagt, »und da sah ich diese niedlichen runden Titten ... mit großen steifen Nippeln ... Sie sagte, dass ich kurz davor stünde, meinen Job zu verlieren und eine kriminelle Handlung zu begehen. Sie war derart gelassen, Paulie, und ich, ich hätte mich am liebsten versteckt.«

Anne hatte diesbezüglich einen völlig anderen Blick. Sie hätte Angst vor Sex, sei frigide, aber so tüchtig und geregelt und gepflegt und in allem sehr bestimmt. Sie glaubte, dass ich Kim gemocht hätte, und was zum Teufel sollte ich davon halten?

Das passte alles nicht zusammen; das war ein Flickenhaufen widersprüchlicher Aussagen, aus dem ich kein Bild zusammenfügen konnte. Da musste ich mich wohl fragen, ob ich nicht einfach nur eine Reihe von Eindrücken erhalten hatte, die mehr über den Betrachter als über den Gegenstand der Betrachtung aussagten. Ich starrte lange Zeit versonnen auf den Bildschirm.

Schließlich tappte ich den Flur entlang, um ins Bett zu gehen. Jemand hatte einen kleinen Umschlag unter der Tür hindurchgeschoben. Ich stieß einen Seufzer aus und hob den Umschlag auf. Eine Nachricht von Harriet Dierker. In einer Ecke des Briefpapiers lächelte eine Raggedy-Ann-Puppe. Larry Blankenship werde am Morgen beerdigt, und sie nehme an, ich würde gern am Grab helfen. Sie nannte mir die Einzelheiten. Eine anmaßende kleine Frau. Aber ich ging zu Bett und enthielt mich meiner Baseball-Studien. Bevor ich einschlief, dachte ich, dass ich mich ihnen doch hätte widmen sollen.

Larry Blankenships Beerdigung war ein seltsam tränenloses Ereignis und hatte etwas von einem Ehemaligentreffen, etwas Verstaubtes, wie Pa Dierkers Händedruck. Ich brauchte eine Weile, um die Falschheit daran zu erkennen. Es war ein kalter, windiger Morgen, und die Baumkronen raschelten in die feierliche Friedhofsstille hinein. Jenseits der Grabsteine, hinter den Bäumen und dem Eisenzaun, rauschten die Autos über die Allee, aber ich sah sie nur geräuschlos dahingleiten.

Ich war frühzeitig zum Friedhof gekommen, solange die Trauernden noch in der Kirche saßen. Ich stand auf einer kleinen Hügelkuppe unter einer Ulme und lehnte mich an eine alte, rissige Gedenktafel. Von dort verfolgte ich, wie der Trauerzug, angeführt von dem Leichenwagen, durch das Tor rollte, dann um den Teich herum zog und den rosa Kiesweg hinaufkam. Nur wenige Wagen folgten dem schwarzen Cadillac des Beerdigungsinstituts, aber sie waren alle vom Feinsten: Mark IV, Cadillac, Mercedes. Für einen Jungen, der es nie so richtig geschafft hatte und ein ständiger Verlierer gewesen war, hatte Blankenship schicke Freunde.

Ich hätte vorher nicht sagen können, wen ich dort erwartete. Aber man brauchte kein Genie zu sein, um sie zu erkennen, besonders nicht, wenn man Zugang zu den Fotoalben meines Vaters gehabt hatte. Einer nach dem anderen kamen sie zum Vorschein, blieben vor der Wagentür für einen Moment blinzelnd in der Sonne stehen, bevor sie sich über den Rasen in Bewegung setzten.

Pater Boyle traf mit seinem mitternachtsblauen Cadillac ein. Hinter dem Steuer saß ein anderer Priester, zweifellos Pater Patulski, mit dem er die Wohnung teilte. Boyle war kugelrund; er rollte und stampfte und bediente sich dabei eines Schwarzdorngehstocks, der einen tödlich aussehenden Knauf besaß. Die Gicht musste ihm ziemlich zu schaffen machen. Sein schütteres graues Haar, in dem das Rot hin und wieder durchschimmerte, wehte im Wind wie ein feines Gespinst, und dunkle Brillengläser verdeckten seine Augen. Er stapfte auf das offene Grab und den frischen Erdhügel zu.

Nach ihm kamen die Dierkers in ihrem Mercedes. Pa schleppte sich über den Rasen, und Ma stelzte neben ihm her und stützte ihn. Er war blass, ein todkranker Mann, und er trug dazu eine Krawatte und genau die Art Kleidung, die die Todgeweihten üblicherweise bevorzugen. Sein Anzug hing geradezu obszön an ihm herunter, wie eine lose Haut, die er gleich abwerfen würde. Seine Frau sah aus wie eine Betreuerin.

James Crocker gab sich ungeachtet seines Herzleidens den Anschein körperlicher Bestform und fuhr den metallgrauen Mark IV selbst. Er trug einen dunkelblauen Anzug, der entsprechend der Eitelkeit gealterter Athleten sehr passgenau geschnitten war. Sein Haar war silbergrau, wellig und dick; die Brille aus schwerem schwarzem Plastik. Er sprach kurz mit Pa Dierker, dann schloss er sich den beiden Priestern an. Er wirkte so rüstig, dass man ihm zutraute, seine Bulldozer noch selbst zu handhaben. Ich hätte wetten mögen, dass er eine Menge Zeit mit dem Schutzhelm auf den Baustellen verbrachte, wo er Gebäude abreißen und neue wiederaufbauen ließ.

General Goode hatte sich seit den alten Zeiten kaum verändert, zumindest nicht seit damals, als er hörte, ich ginge nach Skandinavien, und er mich bat, ein Päckchen in ein Dorf unweit von Helsinki zu überbringen. Ich hielt ihn lange für einen bösen, perversen Menschen, aber mit der Zeit erfuhr diese Ansicht einen gewissen Reibungsverlust. Vielleicht war er ebenso sehr Opfer, wie ich es gewesen bin. Aber ich hatte sehr viele Nächte über Baseball-Büchern verbringen müssen, damit ich das Bild des toten alten Mannes wieder loswurde.

Und da ging also Jon Goode zu einem Begräbnis und sah nahezu unverändert aus; er war nur mittelgroß, aber aufgrund seiner steifen Haltung, der schlanken Statur und des schmalen, kantigen Schädels mit dem grauen Kurzhaarschnitt wirkte er größer. Er kam in einem Marine-Blazer, dunkelgrauen Freizeithosen, weißem Hemd und Ripskrawatte. Gesicht und Hände waren sonnenverbrannt. Mein Vater ging neben ihm und sah in seiner blauen Kordjacke eher zerknittert aus.

Ich rührte mich nicht von meinem Aussichtspunkt, als der Sarg ans Grab getragen und auf die Seile gestellt wurde, an denen man ihn später in die Erde senken würde. Ein junger, blasser Geistlicher mit gelehrter Miene hatte zu reden begonnen, als noch ein Wagen den Weg heraufrollte: ein bronzener Mark IV, der in der Sonne glänzte wie ein Klumpen Gold. Ein alter Mann stieg eilig aus und öffnete die Beifahrertür.

Sie sah genau so aus, wie ich es erwartet hatte.

Ole Kronstrom ging neben ihr her auf die Trauergemeinde zu, wo man das Eintreffen gespürt hatte und den Kopf wandte. Ich vermutete, dass die beiden nicht in der Kirche gewesen waren, da sie zur Trauerzeremonie zu spät kamen. Sie blieben etwas abseits von den anderen stehen, und während Ole Kronstrom unverwandt auf den Geistlichen schaute und dann den Kopf zum Gebet neigte, spähte sie ins Grab und sah sich dann nach und nach die Gesichter der anderen an. Dem Geistlichen schenkte sie keinerlei Beachtung, dafür war sie zu neugierig. Ihr Auftritt war wie angekündigt: ärmelloses dunkelblaues Kleid, blaue Schuhe, sehr dunkel gebräunte Arme und Beine, gelocktes schulterlanges Haar und ein breites Stirnband. Ich erschrak, als sie mit Bedacht den Blick hob und mich ansah. Es war, als hätte sie erwartet, mich hier zu sehen. Innerlich wich ich vor ihr zurück. Ich wusste genau, dass ich irrational reagierte, und konnte doch nicht anders. Ihre Augen hielten mich lange fest. *Ich werde dich nicht vergessen* und *es wird dir noch Leid tun,* war die Botschaft, und erst als der Pfarrer mit seiner Rede zu Ende kam und der Sarg in der Erde war, ließ sie mich los und ging ihm die Hand schütteln.

Von dem Hügel aus hatte ich gewissermaßen eine Aussicht wie vom Balkon. Ich sah die Choreographie, wie die Männer einer nach dem anderen zu ihr traten. Jeder nahm ihre Hand in die seine und sprach ein paar Worte; dann reichte er sie an den nächsten Teilnehmer des Tanzes weiter. Sie tat fast nichts, quittierte jede Beileidsbekundung mit einem Nicken und wartete darauf, dass die anderen fertig wurden. Die Dierkers standen nahe beim Grab, wo nun verschiedene gelbe Blumengebinde lagen. Harriet löste sich ruckartig von ihrem Gatten und ging zurück zum Wagen, ließ ihn da stehen, alt und schwach und allein. Er machte einen zaghaften Schritt, suchte mit steifen Armen das Gleichgewicht. Dann sammelte er Kraft und ging langsam zu Kim Blankenship hinüber. Er war der Letzte, der kondolierte, und sie stand allein und wartete auf ihn. Ich konnte nicht beurteilen, ob sie ihn aus Geduld oder wegen eines Machtgefühls den ganzen Weg bis zu sich herankommen ließ.

Im Vergleich zu ihr wirkte er riesig, und er beugte sich ein wenig nieder, als er mit ihr sprach, und fasste sie bei den Händen, um sich zu stützen. Sie hörte lange zu, nickte, erwiderte etwas, und er blickte zu Harriet hinüber, die im Wagen saß. Dann kroch er wie eine Schildkröte über das saftige Grün, und sie war allein. Ole Kronstrom begleitete Dierker zu seinem Wagen, zwei alte Partner, die sich auf ganz verschiedenen Wegen ihrem Ende näherten.

Kim ging noch einmal zum Grab. Ich sah sie seufzen, und sie zog ein bisschen die Schultern hoch, als sie von dem Verlierer Abschied nahm, der ihr Mann gewesen war. Sie war schnell fertig und kehrte entschlossen zum Auto zurück. Ole trennte sich von Dierker und begleitete sie. Dann rollten die Wagen langsam davon. Inzwischen hatten sich große weiße Wolken über der Stadt zusammengeballt, und eine Spur Feuchtigkeit hing in der Luft.

General Goode und mein Vater verließen den Friedhof als Letzte, und ich schloss mich ihnen an. Goode lächelte vielsagend und behauptete, es sei nett gewesen, mich wiederzusehen. Ich fragte mich, ob er überhaupt noch wusste, in was er mich in Finnland hineingezogen hatte.

»Nun hast du sie gesehen«, meinte Archie mit einem maliziösen Seitenblick. »Ich war mir nicht sicher, ob sie sich überhaupt blicken lässt.«

»Hatte er außer ihr keine Verwandten?«

»So viel ich weiß, nein«, antwortete Goode hastig. Ich sah seinen dünnen grauen Schnurrbart und die Eiswasseraugen und fröstelte plötzlich, als hätte sich eine Wolke vor die Sonne geschoben. »Sie hielt sich ziemlich gut«, sagte er.

»Warum auch nicht? Zwischen den beiden war es längst vorbei.« Mein Vater war Realist. »Und was vorbei ist, ist vorbei.« Er zuckte die Achseln. Mehr war nicht dran an ihrer Unterhaltung, und nachdem sie fort waren, ging ich über den Rasen zurück und sah den Arbeitern zu, die das Grab zuschaufelten. Mittlerweile schoben die Wolken sich tatsächlich vor die Sonne. Wenn alte Männer an Beerdigungen teilnahmen, fragten sie sich dann, wie viel Zeit ihnen noch blieb? Dierker und Boyle waren in keiner guten Verfassung. Waren sie mit dem Gedanken beschäftigt, wie kurz ihre Zukunft vielleicht sein könnte?

An dem Begräbnis war irgendetwas verkehrt gewesen, aber ich konnte es nicht recht benennen. Ich nahm einen anderen Weg die Anhöhe hinauf, wo ein Sprinkler alles schön grün und gesund erhielt. Mark Bernstein, ein grauer Schemen, den ich zuvor nicht bemerkt hatte, verschwand in einen Streifenwagen und fuhr davon. Mein schmutziger, rostiger Porsche stand mit abgefahrenen Reifen unter einem Baum; er war häßlich, aber bequem. Während ich ins Büro zurückfuhr, um ein paar Buchrezensionen abzugeben, die ich schon vor Wochen fertiggestellt und dann vergessen hatte, begriff ich, was falsch gewesen war.

Es hatte ausgesehen wie ein Familienbegräbnis. Aber es war keins gewesen. Nur der Jagd- und Angelclub war gekommen, mit Ausnahme von Hubbard Anthony, der ein großes Arbeitspensum hatte. Waren sie als Freunde von Larry Blankenship gekommen? Oder als die Freunde seiner Frau? Es verwirrte mich, weil ihr Verhalten nicht ganz echt erschien. Es hatte etwas Aufgesetztes gehabt, als ob Erscheinen Pflicht gewesen wäre. Aber warum?

Mir gingen noch andere Fragen durch den Kopf, als ich wieder in dem voll gestopften Büro saß, und ich sah zu, wie der Nachmittag grau wurde. Wer hatte Larrys Apartment von den kleinen persönlichen Dingen gesäubert? Was war zwischen Kim und Larry auf dem Parkplatz vorgegangen, wo Bill Oliver sie gesehen hatte?

Und was zum Teufel kümmerte mich das?

Auf dem Rückweg hatte es heftig zu regnen angefangen, und die Scheibenwischer des Porsche funktionierten nicht, was die Fahrt zu einer Tortur machte. Zu Hause nahm ich mir ein paar Eier, Tomaten, Wurst und Toast, setzte mich damit auf den Balkon und aß und spülte alles mit einer Bloody Mary herunter, während ich langsam feucht wurde. Es lief kein guter Film, auch kein Spiel; ich legte eine Oper auf, leerte meinen Teller und trank eine zweite Bloody Mary. Zwischendurch schaute ich dem Regen zu und hörte die Frau aus dem anderen Apartment lachen. Es war immer dieselbe; ihr Leben musste wahnsinnig lustig sein. Ich fühlte mich, als würde ich auf etwas warten.

Es geschah ungefähr gegen zehn Uhr. Ich war halb eingeschlafen, und es regnete gleichmäßig und leise. Aber ich sah es an meinem Balkon vorbeikommen. Es fiel lautlos mit dem Regen. Ein Bündel schmutzige Kleidung. Ein dummer Streich, dachte ich. Aber es hatte Arme und Beine. Ich begriff schrecklich langsam, fragte mich noch, ob ich nur geträumt hätte.

Ich war im Nu nass, als ich mich über das Geländer beugte. Was immer es war, es lag da unten auf der Straße und bewegte sich nicht. Lag da im Regen.

Ich rief im Büro in der Halle an, stellte fest, dass es nicht mehr besetzt war, streifte mir den Regenmantel über und ging nach unten zu Olivers Apartment am anderen Ende des Gebäudes. Er fluchte, als ich ihm berichtete, was ich gesehen hatte, und zusammen rannten wir durch die erste Etage der Hausgarage und nach draußen auf den Gehsteig.

Der Tote hatte eine große Delle in die Motorhaube eines neuen weißen Pontiac Grand Prix gemacht, war dann heruntergerutscht und mit dem Gesicht auf die Straße gefallen. Seine Kleidung war durchnässt, der Kopf aufgeschlagen und der Mund eine große dunkle Wunde, als hätte er all sein Blut erbrochen. Der Regen staute sich an der Leiche, trommelte auf den weißen Wagen, machte uns triefnass. Oliver schaute mich an; dann blickte er an der Fassade hinauf. Das Wasser lief ihm übers Gesicht, und er war kreidebleich.

Wir rührten den Toten nicht an. Oliver hob einen glitschigen Latschen aus grauem Fell auf, der auf die andere Seite des Wagens gefallen war. Er sah aus wie ein nasses, totes Tier. Mir fiel ein, wo ich das graue Ding schon gesehen hatte.

Pa Dierker war jetzt tot und sah mit dem einen nackten Fuß sehr unordentlich aus.

5. Kapitel

Der Morgen war blassgrau, und im Loring Park hing der Nebel wie ein Netz von den Bäumen. Ich hatte einen frühen Termin mit Bernstein im Gerichtsgebäude, wo er gleich gegenüber dem Besprechungsraum ein kleines Büro hatte, ein Stockwerk unter dem Kittchen. Der Verkehr kroch viel langsamer dahin als gewöhnlich, und ich hörte WCCO, den allgegenwärtigen Sender, der sich zu seinem fünfzigsten Geburtstag in einer orgiastischen Lobhudelei erging. Sie spielten meine Musik, einen Sound, wie man ihn sonst nirgends mehr hört. Jemand spielte auf einem mittleren Saxophon »At Last«, und ich erinnerte mich einer längst vergangenen Zeit wegen an den Text. Ich hatte Anne anfänglich für die alten Platten begeistern können, und wir liebten uns zu Claude-Thornhill-Aufnahmen, was bei Anne zweifellos die Meinung erweckt hatte, ich hätte sie nicht mehr alle. »At Last« brachte mich über die Memory Lane, die Third Avenue bis zum Court Park.

Bernstein war sozusagen die weiße Weste in Person: grauer Seidenanzug, sehr schnieke, aber mit zu viel Polsterung in den Schultern, Sulka-Krawatte – er sah aus wie die Francis-Ford-Coppola-Version eines Mafioso der 50er Jahre. Ich wusste nicht, wen dieses Image ansprechen sollte, aber damit würde er kein Bürgermeister werden, was vermutlich das Beste wäre, also sagte ich nichts. Er machte eine saures Gesicht, als hätte er schon viel zu lange gearbeitet, und wir gingen an den Kaffeeautomaten in der Halle.

Er kaufte sich ein süßes Brötchen dazu, das in Plastikfolie eingeschweißt war. Die nussartigen Auswüchse auf der Oberseite hätten sicher das Interesse jedes Archäologen geweckt. Wir gingen nach draußen und lehnten uns gegen die Außenmauer, während Polizisten nach beiden Richtungen eilig an uns vorbeirannten.

»Mord«, sagte er, riss die Tüte auf und prüfte das Brötchen mit den Fingern. »Die Haut an Händen und Füßen ist abgeschürft, und ein paar Fetzen von Pa Dierker kleben am Gebäude. Er wollte nicht übers Geländer, hatte aber nicht die Kraft, es zu verhindern. Wahrscheinlich hat er nicht begriffen, was geschah, bis es zu spät war. Demnach hat er den Täter gekannt. Sie kennen ja die Regeln. Er hat ihm vielleicht sogar vertraut, wer immer es gewesen ist. Der lose Kies auf dem Dach an der Brüstung, so eine Art Warnstreifen, ist überall aufgewühlt, wo sie gestanden und miteinander gerungen haben. Aber davon abgesehen wissen wir nichts – nicht die Größe der Schuhe, nicht Größe und Körpergewicht des Täters oder die Augenfarbe.« Er biss in das Brötchen und kippte gleich den Kaffee hinterher. Er trug eine schwere Brille, und sie rutschte ihm dauernd die breite, gekrümmte Nase hinunter.

»Gibt es ein Motiv? Haben Sie schon mit jemandem gesprochen?«

»Klar, mit seiner Frau, und es war gut, dass ich's gleich getan habe, denn als der Schock bei ihr einsetzte, wurde sie zu Stein. Ich habe heute Morgen mit ihrer Krankenschwester gesprochen. Sie hat kein Wort mehr gesagt, seit ich sie in der Nacht allein gelassen habe.«

»Und das Motiv?«

»Was für ein Motiv soll das sein, um Himmels willen? Er war ein harmloser alter Mann, Paul, für den schon ein Loch in der Erde reserviert war. Er hätte noch zwei, drei Monate gehabt – seine Frau hat es mir gesagt. Ich meine, er hätte kaum bis Weihnachten durchgehalten, todsicher. Warum bringt man einen solchen Mann um?«

»Vielleicht hat der Mörder nicht gewusst, dass er nur noch ein paar Monate hatte.«

»Dazu musste man nur genauer hinschauen. Wer immer ihn tot haben wollte, wollte die persönliche Befriedigung, ihn getötet zu haben. Das ist meine einzige Theorie.« Er schnippte einen Nusssplitter auf die Straße und biss in den weichen Teig; Kriminalbeamter zu sein war kein Kinderspiel.

»Das ist alles? Das kann's doch nicht sein, oder, Mark?«

»Bevor seine Frau in Starre verfiel, redete sie in einem fort von dieser Kim Blankenship oder Roderick – wir sollten sie Roderick nennen. Sie meinte, dass Kim etwas mit dem Tod ihres Mannes zu tun hat – sagte, Kim sei auf dem Friedhof mit ihm auf die Seite gegangen, um mit ihm zu sprechen, bei Blankenships Beerdigung ...«

»Genau andersherum: Tim ergriff die Initiative zu diesem Gespräch, aber entscheidend ist, dass sie überhaupt miteinander sprachen, würde ich sagen.«

»Ich weiß, ich bin dort gewesen. Aber es ist noch mehr daran. Er weigerte sich für den Rest des Tages, mit seiner Frau zu sprechen. Das war gestern. Sie weiß nicht, was Kim zu ihm gesagt hat, aber sie bestand darauf, dass er sich deswegen merkwürdig verhalten hat. Als sie wieder zu Hause waren, habe er einiges getrunken, was er nicht hätte tun dürfen, und dann habe er in seinem Sessel gehockt und geweint. Als sie ihn zu trösten versuchte, habe er sie weggestoßen – beinahe hätte er sie niedergeschlagen. Dann habe sie ihn links liegen lassen, sich umgezogen und sei mit Helga Kronstrom zum Bridge gefahren. Als sie ihn zuletzt sah, saß er in seinem Sessel vor dem Fernseher und trank, und sie sei einfach wütend gewesen. Sie sagte zu ihm, sie wüsste, dass Kim ihn so weit gebracht hat, und er erwiderte, sie sollte den Mund halten und zum Teufel gehen.« Er biss in sein Brötchen und schaute mich an. »Ein reizbarer alter Halunke, was? Ich hätte ihn eigentlich mögen müssen.« Endlich wurde er mit dem Kauen fertig und besah sich seine klebrigen Hände. »Egal, mal sehen – ach, das Album. Er hat in einem alten Fotoalbum geblättert, hat sich Urlaubsfotos von '38 angeschaut, als sie in Banff waren, und Bilder von einer Reise nach New York und nach Hawaii nach dem Krieg. Alles lange her.«

»Bilder aus dem Norden wahrscheinlich auch«, sagte ich. »Der Club? Die alten Zeiten?«

»Woher soll ich das wissen?«

»Aber er hatte doch Fotos aus dem Norden?«

»Paul«, begann er mit leiser Ungeduld, »wie zum Teufel kann ich das wissen?«

»Wir müssten nur ins Album schauen«, sagte ich mehr zu mir selbst.

»Da gibt es ein kleines Problem.«

»Sie machen Witze.«

»Es ist weg. Nicht im Apartment, nicht im Hausmüll, nicht auf dem Dach. Nirgends.«

»Dann hat es der Mörder.«

»Sehr gut«, sagte er und begab sich wieder ins Haus, zwischen die dicken Mauern und die schwitzenden Korridore. Er ließ sich ein wenig Trinkwasser über die Hände laufen und trocknete sie sich an seinem Monogrammtaschentuch ab.

»Was werden Sie also tun?« Seine Absätze knallten auf dem Marmorboden. »Sie sind Kriminalbeamter, Mark. Sie haben da einen toten Kerl. Was tun Sie jetzt?«

»Seine Freunde überprüfen, aber das wird nicht leicht. Zum einen sind sie hochnäsige, mächtige alte Sesselpuper, die es gar nicht mögen, wenn ein Jude vornehmlich zum Bürgermeister kandidiert und sie mit ihrer Verwicklung in einen Mordfall allein lässt.«

»Sie sind nicht konform genug«, sagte ich.

»Zum Zweiten: Mit wem hatte er zu tun? Mit seinem Arzt, seiner Frau, seinem Herzschrittmacher. So gesehen ein sehr begrenztes Leben. Also wer kann ihn umgebracht haben?«

»Er hatte ein Gespräch mit Larry Blankenship.«

»Gut, aber niemand hat es gehört, Paul, und sie sind beide tot, also kann man das vergessen. Seine Frau – kann sie es getan haben? Hat sie auf ihm herumgehackt, bis er tot war? Keinesfalls. Ihr Alibi ist wasserdicht. Sie saß zur rechten Zeit an einem alten Bridgetisch zusammen mit ein paar Busenfreundinnen. Seine alten Norway-Creek-Kumpane? Mein Gott, allein der Gedanke ist drollig. Kim? Gut, sagen wir mal, Harriet hätte etwas in der Hand – soll ich wirklich glauben, dass die Dame ihn vom Dach geworfen hat? Was hatte sie mit Tim Dierker zu tun?« Wir blieben vor dem Besprechungsraum stehen, und ich beneidete ihn nicht um diese Umgebung. »Sackgasse. Also werde ich ein bisschen stochern und versuchen, sie alle nicht zu sehr aufzuregen ...«

Wie Mark Bernstein sich an den Mordfall Tim Dierker heranmachte, begeisterte mich nicht, aber ich sah auch, dass der Fall nicht sehr vielversprechend war. Wo sollte man anfangen? Also teilte er ein paar Männer ein, damit sie die Hausbewohner befragten und jeden Fremden, der das Gebäude betrat, und das Hauspersonal, den Pinkerton-Nachtwächter und wahrscheinlich auch den Pinkerton-Hund. Das bedeutete sorgfältige Kleinarbeit; Mark wollte gar nicht daran denken, was ich ihm kaum verübeln konnte. Ich hingegen brauchte mich nicht mit der Suche nach Indizien zu belasten, sondern durfte mich um den Gesamtblick bemühen und weitreichende Spekulationen anstellen.

Ich setzte mich zu einem späten Frühstück ins »Hungry Eye«. Der Kerl in der nächsten Nische ließ sein Transistorradio laufen. Es gab eine neue niederschmetternde Nachricht über Präsident Ford und Nixon; keiner von beiden besaß das Charisma Mark Bernsteins, dessen Karriere vielleicht gerade begann. In der Welt der Fords und Nixons und angesichts der Selbstgefälligkeit einer Stadt wie Minneapolis, wo alles so perfekt und moralisch war und so leicht ging, konnte alles kommen. Sogar ein Mark Bernstein. Die Tatsache, dass jeder Tag einen neuen Mark Bernstein hervorbrachte, wirkte sich logischerweise zu seinen Gunsten aus und verhinderte, dass die anderen gebührende Beachtung fanden.

Ich parkte wieder in der Feuerwehrzufahrt und ging über die Treppe zum Dierkerschen Apartment. Ich klopfte, und eine kleine Frau in gestärktem Weiß öffnete die Tür. Mrs. Dierker sei unpässlich. Ich erklärte gerade, wer ich sei, als eine große, hagere Frau aus dem dunklen Wohnzimmer kam und die Sache übernahm. Wenn Ma Dierker ein Hänfling war, dann war diese Dame ein Adler.

»Mr. Cavanaugh? Ich bin Helga Kronstrom«, sagte sie und rollte die breiten Lippen über die gelblichen vorstehenden Zähne, was möglicherweise ein freundliches Lächeln bedeutete. Ihr geblümtes Kleid, Kette, Armband, Ohrringe – alles passte genau zu den Tabakflecken auf ihren Zähnen. »Harriet hat mir erzählt, dass sie Ihnen vertraut, Mr. Cavanaugh. Also ist es beinahe so, als würden wir uns kennen. Sie haben schon von mir gehört, und ich weiß ein klein wenig über Sie Bescheid.« Sie bat mich mit einer förmlichen Geste herein. Wenn man sie anschaute, wusste man gleich, dass sie schon immer so ausgesehen hatte und immer so aussehen würde. Sie erinnerte mich an eine Grundschullehrerin, und ich fragte mich, ob Ole sie mit dem gleichen Blick sah wie ich. Mir fielen die Fotos von Kim wieder ein. Die Welt war ungerecht.

Sie führte mich ins Wohnzimmer. Die Vorhänge waren zugezogen. Harriet Dierker lag auf dem Sofa, einen Waschlappen auf den Augen. Sie schien zu schlafen. Helga Kronstrom setzte sich kerzengerade auf einen Stuhl, und ich fand mich in Tims Sessel wieder. Er fühlte sich an wie ein ganzes Krankenzimmer.

»Wie geht es ihr?«, fragte ich.

»Wie man es erwarten kann«, sagte Helga Kronstrom. »Sie wusste natürlich, dass Tim bald sterben würde, aber das hier ist etwas ganz anderes.« Sie zündete sich eine Zigarette an, und die Rauchwolke ließ den Raum noch enger und heißer erscheinen. »Mord«, sagte sie einfach.

»Haben Sie eine Erklärung dafür?«

Sie starrte eine ganze Weile auf Mrs. Dierker, und ich wartete ab.

»Wie ich gehört habe, wissen Sie über Kim Bescheid«, sagte sie schließlich und beobachtete dabei die schlaffe Gestalt auf dem Sofa. »Wie Sie sich vielleicht vorstellen können, gehöre ich nicht zu denen, die Kim gegenüber vorurteilsfrei sind. Und ich will Sie nicht langweilen, indem ich näher auf meine Ressentiments eingehe. Aber bedenken Sie, Mr. Cavanaugh, in den vergangenen Tagen sind zwei Männer gewaltsam gestorben, und beide haben ... sie gekannt.« Sie seufzte, und ihre kalten Augen mochten so etwas wie Traurigkeit ausdrücken. »Ihr Mann bekanntlich. Und Timothy, der ihr geholfen hat und im Norway Creek seinen Einfluss für sie geltend machte. Man könnte sagen, sie hatten sie gemeinsam.« Sie schaute mich aus halb geschlossenen Augen durch eine Rauchwolke an. Harriet Dierker schnarchte leise, drehte sich ein wenig und wischte sich mit einer Hand durchs Gesicht.

»Das erscheint doch ziemlich weit hergeholt«, sagte ich ruhig. »Ich meine, Abneigung – ganz gleich wie gerechtfertigt – ist kein Grund anzudeuten, dass dieser oder jener ein Mörder ist.« Nicht nur Harriet, auch Helga schien von dieser Frau besessen zu sein. Wer, zum Teufel, wollte sich das anhören? Ich wünschte, ich wäre nicht gekommen.

»Ich bin keine Närrin, zumindest bemühe ich mich darum. Deshalb habe ich schon vor langer Zeit die moralische Schwäche meines Mannes akzeptiert. Aber bevor Sie mich als Versagerin abschreiben, und damit auch Harriet, würden Sie gut daran tun, sich etwas über Kim zu merken. Sie sind ihr noch nicht begegnet, habe ich Recht?« Ich schüttelte den Kopf. »Sie ist wirklich zu allem fähig, das versichere ich Ihnen. Sie macht Jagd auf Männer. Ihr ganzes Leben erzählt stets dieselbe Geschichte.«

»Machte sie auch Jagd auf Ihren ... auf Ole?«

»Ja, so würde ich es nennen. Sie hat sich seine Schwäche zunutze gemacht. Seine Unschuld.«

»Welche Art Unschuld meinen Sie?«

»Ole Kronstrom ist ein sehr schlichter Mann. Das weiß ich besser als jeder andere, Mr. Cavanaugh. Ein Fundamentalist, ein gutgläubiger Mensch, und sie zielte auf seinen törichten Sinn für ...« Sie hielt inne und biss sich auf die dünne bläuliche Oberlippe. Die Zigarette wippte in ihrem Mundwinkel. Anscheinend hatte sie Oles Weggang nicht so gelassen hingenommen, wie sie glaubte. »Ich werde nicht mehr darüber sprechen. Nicht jetzt.«

»Seinen törichten Sinn wofür?«

»Paul, setzen Sie ihr bitte nicht zu.« Das war Harriet. Sie klang noch benommen von dem Beruhigungsmittel. Eigentlich wollte keiner darüber sprechen, also drückte ich mein Beileid darüber aus, was in der Nacht geschehen war. Es hörte sich lächerlich an. Harriet krächzte noch einmal dieselbe Geschichte, die sie schon Bernstein erzählt hatte: Pa, der sich weigert, mit ihr zu reden, der sich betrinkt, sie niederschlägt und beleidigt, das Album durchblättert und weint. Sie hätte nicht gewusst, was los war, aber Kim hätte damit zu tun gehabt. Das Album sei verschwunden, das wisse sie sicher. Sie verfiel wieder in Schweigen, die Krankenschwester kam herein, um ihren Puls zu messen, und Helga brachte mich zur Tür.

»Harriet erzählte mir, dass Sie nach dem Grund für Larry Blankenships Selbstmord suchen. Stimmt das?«

»Ja, ich glaube.«

»Gut, dann hören Sie zu, was ich Ihnen jetzt sage.« Ich kam mir vor wie ein Zehnjähriger, dem sie eine Hausaufgabe stellt. »Die Ursache für den Selbstmord wird auch den Mord erklären.« Sie schüttelte den Kopf. Das Lächeln kämpfte um seine Wiederkehr, es war blass wie ein Gespenst. »Mord«, flüsterte sie. »Wann wird sie mit uns fertig sein?«

Dann ging ich und überließ sie ihrer Besessenheit und Trauer.

Ich hatte einen Artikel geschrieben und mir auf dem Balkon eine Knackwurst gegrillt. Nun öffnete ich eine Dose Grain Belt und ließ mich damit nieder, um mir im Radio die beiden Spiele der Twins anzuhören, die um sechs Uhr beginnen sollten. Wegen eines früheren Spielausfalls stand mir also der Genuss einer doppelt so langen Übertragung bevor. Der Himmel war aufgeklart, aber es war kalt, und ich zog mir einen Pullover über. Vielleicht war der Sommer vorbei, ganz plötzlich, wie mit dem Schalter ausgeknipst. Ich nahm mir die Baseball-Enzyklopädie und schlug bei Roy Smalley nach, dem Shortstop meiner Jugendzeit. Wo war er jetzt? Und wo war der Junge, der ich damals war? Keiner gab mehr einen Shortstop ab wie Smalley, aber was konnte man schon erwarten. Die große Zeit war vorüber, Junge – noch nicht begriffen?

Aber das Spiel lief nicht so richtig. Ich überlegte kurz, ob ich die Übertragung aufnehmen sollte. Ich besaß eine Bibliothek mit aufgezeichneten Baseball-Spielen, einfachen Allerweltsspielen, die mich durch lange Winterabende brachten, wenn die Filme in der Glotze zu neu waren. Doch ich nahm die beiden Spiele nicht auf. Statt dessen dachte ich an Timothy Dierkers Album und was darin zu finden gewesen sein könnte, das den Mörder veranlasst hatte, das Album mitgehen zu lassen. Was sollte nicht aufbewahrt oder von anderen gefunden werden? Banff? Hawaii? New York? Das sagte mir nichts. Was mir interessant vorkam, war lediglich die Sache mit dem Jagd- und Angelclub, aber die erschien gleichermaßen an den Haaren herbeigezogen, wenn auch vertrauter. Ich hatte einen Nachmittag damit verbracht, mir Archies Fotos anzuschauen. Hatte er die gleichen wie Tim? Hatte ich schon gesehen, was der Mörder weggenommen hatte? Vielleicht. Aber ich hätte es nicht als Mordmotiv erkannt. Kreise führten nirgendwohin. Wer hatte Larry Blankenships trübseliges kleines Heim gesäubert? Was wurde mitgenommen? Und war es dieselbe Person, die nun das Album besaß? Eine sinnlose Fragerei.

Ich brauchte nicht lange darüber nachzudenken. Die Twins waren im dritten Inning, als das Telefon klingelte.

»Sind Sie Paul Cavanaugh?« Eine Frau, kurz angebunden, ruhig.

»Am Apparat.«

»Mein Name ist Kim Roderick, Mr. Cavanaugh. Wir sind uns noch nicht begegnet, aber inzwischen habe ich das Gefühl, als würde ich Sie kennen. Und ich muss Ihnen sagen, dass ich nicht im Geringsten erfreut darüber bin. Mir wurde von zwei Personen berichtet, dass Sie Fragen über mein Privatleben stellen. Welche Gründe Sie dafür haben mögen, ich halte sie in jedem Fall für unzureichend. Ich verlange, dass das aufhört. Sie machen mich sehr verlegen und sehr ärgerlich.« Dann schwieg sie und ließ mich darüber nachdenken, während der Ball über meinen Platz hüpfte. Ich sah sie in Schwarz-Weiß; sie streckte sich, um die Rückhand zu schlagen, und das Haar flog im Wind. Bei ihrer Stimme wurde mir kalt.

»Sind Sie immer so aggressiv?«

»Ich bin ärgerlich, Mr. Cavanaugh. Und verwundert, was Sie tun. Haben Sie verstanden?«

»Allerdings. Hören Sie, es tut mir leid, falls ich Sie beunruhigt habe ...«

»Dass Sie mich beunruhigt haben.«

»Nun, es gibt viele beunruhigte Menschen, Mrs. Roderick ...«

»Miss Roderick.«

»Beunruhigte Menschen, wohin ich auch blicke. Ich möchte meinerseits nicht zu aggressiv werden, verstehen Sie, aber Sie sind im Augenblick die Letzte in der Reihe. Ich habe nichts unternommen, um in Ihre Privatsphäre einzudringen. Ich habe nur ein paar harmlose Fragen gestellt. Vielleicht steigere ich mich ja so weit, dass ich um eine Verabredung bitte. Haben Sie diese Möglichkeit schon erwogen?«

»Das wäre Zeitverschwendung, Mr. Cavanaugh. Sie sind nicht mein Typ, und Sie dringen nicht nur in mein Privatleben ein, sondern Sie belästigen mich auch. Ich möchte nicht darüber streiten. Ich möchte, dass das aufhört.«

»Miss Roderick, Sie fördern meine ganze Schlechtigkeit zutage. Warum hat Larry Blankenship sich umgebracht?« Ich hörte einen leisen Laut der Empörung, der mich sehr befriedigte, und so machte ich munter weiter. »Und wer hat in der vergangenen Nacht Tim Dierker ermordet?« Ich pfiff *Yes, Sir, That's My Baby* in die folgende Stille hinein – wirklich ein netter Zug.

»Wer sind Sie, Mr. Cavanaugh?«

»Sie beantworten meine Fragen, und ich beantworte Ihre.«

»Ich habe nicht gewusst, dass Timothy Dierker ... tot ist. Sie haben mich überrascht.«

»Ihre Überraschung ist nichts gegen die von Tim. Soweit es Sie betrifft, Miss Roderick, versuche ich lediglich, die Lücken zu füllen. Es ist für einen Freund. Und ich werde vermutlich noch ein bisschen dabei bleiben.«

»Ich glaube, wir sollten miteinander reden«, sagte sie. »Wir hatten einen schlechten Anfang.« Sie klang versöhnlich, aber ihre Stimme kam aus einer anderen Welt. »Haben Sie morgen Vormittag Zeit?«

»Ja. Wo und wann?«

»Hier. Riverfront Towers. Elf Uhr. Einverstanden?«

»Sicher, das passt mir ...« Sie hängte ein, bevor ich den Satz beendet hatte.

Sie hatte mich aufgewühlt. In meiner Brust klopfte es wild, als säße da etwas Scheues, Ängstliches. Ich breitete ihre Fotos auf meinem Schreibtisch aus, bekam beim Betrachten jedoch einen trockenen Mund. Ich schob die Bilder zusammen, warf sie in eine Schublade und stellte eine Liste der Clubmitglieder auf. Pater Martin Boyle setzte ich zufällig an die oberste Stelle, schlug seine Adresse im Telefonbuch nach und beschloss, auf einen kurzen Plausch zu ihm zu fahren. Vielleicht würde ihm von damals etwas einfallen, irgendein Motiv, dass ein Mörder ein altes Album stahl. Ein Fest der Erinnerungen.

Prospect Park ist eine ziemlich geschmacklose, teure Gegend mit vielen Bäumen und engen kurvigen Straßen, die sich in unmittelbarer Nähe der University Avenue befindet, wo Minneapolis und St. Paul mit einem Aufgebot an Großmärkten, Schnellimbissen und Autowaschanlagen aufeinander treffen, bleibt von der Hektik jedoch unberührt. Die Häuser sind geräumig und liegen am Hang, die Bürgersteige weisen Risse auf, aus denen Unkraut wächst, und man kann von dort zu Fuß zur Universität von Minnesota gehen. Die Bewohner sind zumeist Akademiker der einen oder anderen Art. Ihr tägliches Treiben wird vom einem Turm überschaut, der im Zentrum des Viertels auf dem Hügel steht. Als ich den Porsche am Bordstein stehen ließ, verlor sich die Turmspitze gerade in dem Nebel, der vom Mississippi über die East River Road heraufzog.

Pater Boyles wohnte in einem großen alten Fachwerkhaus, das gemütlich aussah und einen neuen Anstrich brauchte. Ich stieg zwei lange steile Treppen hinauf und keuchte, als ich die Klingel drückte. Ich musste eine Zeit lang warten; dann aber kam Boyle persönlich, auf einen Stock gestützt, und öffnete. Seine Tweedhose war ausgebeult, und der Hemdkragen unter der dicken Strickjacke stand offen, um dem Doppelkinn Platz zu lassen. Ein weißer Stoppelbart zierte seine Wangen, eine Zigarre klemmte im Mundwinkel, und im Dämmer der Halle sahen seine Augen ungesund milchig aus.

Ich stellte mich als der Sohn von Archie Cavanaugh vor, worauf er mich breit anlächelte. Ich schaute in das erfreute Gesicht eines geschwätzigen Menschen, dem jedes Gespräch recht kommt. Er winkte mich ins Haus, wo der Zigarrenrauch alles und jedes durchdrungen hatte, die Wände, die Tapeten, die Möbel. Der Pater war lange Zeit Emissär für die Studentenschaft gewesen und an Besucher gewöhnt; er hatte es immer verstanden, es ihnen behaglich zu machen. Er schnaufte und murmelte vor sich hin, als wir die lange Halle durchquerten, und hielt eine Unterhaltung aufrecht, die völlig an mir vorbeilief. Er besaß einen watschelnden Gang und sprach mit irischem Akzent, und ich fragte mich, wie er auf dem Golfplatz zurechtkam.

»Kommen Sie«, sagte er und führte mich in ein geräumiges Studierzimmer am Ende des Hauptflurs. »Meine Bibliothek«, brummte er, »ich hoffe, Sie können die Wärme vertragen. An diesen nebligen Abenden vertreibt sie die Feuchtigkeit, und meine Beine mögen es warm und trocken. Setzen Sie sich, setzen Sie sich, ich hole uns einen

Schluck.« In dem übergroßen Backsteinkamin hatte er ein Feuer angezündet und einen monströsen, gedunsen aussehenden Ledersessel dicht herangezogen. Vor dem Sessel stand ein kleiner Gichtschemel. Während er ein Tablett mit Gläsern und Flaschen belud, ließ ich mich auf einer Couch nieder, die aus den Zeiten Freuds hätte stammen können, und betrachtete meine Umgebung: einen fadenscheinigen Orientteppich, dunkles Holzwerk, bleigefasste Scheiben in Fenstern und Bücherschränken, die Reste einer Schmorbratenmahlzeit auf einem schweren runden Tisch, an der Wand eine alte englische Jagdszene: eine Fuchsjagd im vollen Gange. Er kam mit dem Tablett und setzte es auf einem Beistelltisch ab. »Irischer Whiskey, zwei Finger hoch, das ist mein Drink«, sagte er. Er legte Chopin-Mazurkas auf den Plattenteller, drückte ein paar Knöpfe am Receiver, und die Musik rann weich aus Lautsprechern, die dunkel und klotzig in zwei Ecken standen. Mit einem tiefen zufriedenen Seufzer machte er es sich im Sessel bequem und legte die Füße auf den Schemel. Er prostete mir zu, wobei er die wollüstige Zufriedenheit eines Menschen ausstrahlte, der wahrhaft nachgiebig gegen sich selbst ist. Schließlich fragte er mich, was er für mich tun könne. Ich sagte, ich sei ein Freund von Tim Dierker gewesen, hätte unlängst ein Gespräch mit ihm geführt und sei bestürzt über seinen Tod. Er runzelte die Stirn und nickte.

»Es ist die Art seines Hinscheidens, hm? Wir alle gehen bald über die Planke, jedenfalls die älteren von uns, und der Tod hat nicht mehr den Schrecken wie noch vor Jahren. Aber so zu sterben wie Timothy, tja, das ist kein schöner Tod. Bestürzend, ja, das ist es.« Er paffte mit geschlossenen Augen am ziemlich feuchten Ende der Zigarre. »Ein Detective Bernstein, ein Kerl, der für das Bürgermeisteramt kandidiert, hat mich heute angerufen und wollte wissen, wie ich die Sache sehe. Was, zum Teufel, sollte ich ihm sagen? Wie soll ich diese Frage überhaupt verstehen?«

»Vermutlich wollte er einen Hinweis auf das Motiv«, sagte ich.

»Gewalt – wir leben in einer Zeit roher Gewalt, nicht wahr? Und seit wann braucht das Böse einen Grund? In finde, Verbrechen hat täglich weniger mit irgendwelchen Gründen zu tun. Wir brüten es aus, jetzt und hier, ein unberechenbares Böses. Stimmen Sie da nicht zu? Mein Freund Pater Patulski wohnt hier bei mir. Er ist fasziniert von der Existenz des Bösen und führt sich auf, als hätte er es eben erst entdeckt. Heute Abend zum Beispiel befindet er sich wo? Im Kino! Er sieht sich zum zweiten Mal den Exorzisten an. Ist das zu fassen? Einmal war ihm nicht genug.« Er schüttelte den Kopf über Patulskis Einfalt. »Ich kann mich an keine Zeit entsinnen, wo ich das Böse nicht erkannt hätte. Es ist immer da gewesen, oder nicht? Immer wieder erhebt es sich und spuckt auf uns, nimmt ein Leben, verdirbt eine Seele, taucht wieder ab. Nun, ich lebe damit. Patulski glaubt an die Kraft der Güte und Redlichkeit, deshalb reizt ihn das Böse. Ich glaube an die Kraft des Bösen, seine Alltäglichkeit, und beinahe langweilt es mich. Das Böse gewinnt manchmal, was Patulski nicht ganz verstehen kann. Timothy Dierker, mein alter Freund, wird von einem Dach heruntergeworfen – Redlichkeit würde das nicht ändern, nicht wahr? Mausetot ist er jetzt. Wollen wir hoffen, dass seine Seele in einem ordentlichen Zustand war.«

»Sprechen Sie über das abstrakte Böse?«, fragte ich. »Ein *Mensch,* jemand, den er kannte, hat ihn mit aufs Dach genommen und heruntergestoßen, jemand, der einen Grund hatte. Bernstein, fürchte ich, befasst sich mit dem Bösen nicht rein philosophisch. Er möchte wissen, wer Tim Dierker tot sehen wollte ...«

»Ich weiß, wer es getan hat«, sagte Pater Boyle. Ich schaute ihn verständnislos an. »Eine verkehrte Seele, Mr. Cavanaugh. Spielt es eine Rolle, um wessen Seele es sich handelt? Zu Recht sagte Milton:

So lebe wohl die Hoffnung, und mit ihr
Fahr hin die Furcht und fahre hin die Reue:
Denn alles Gute ist für mich dahin.
Böses, sei du mein Gutes!

Also sagte sich jemand, Böses, sei du mein Gutes, und hat Tim Dierker ermordet. Finden Sie diese arme Seele, wofür es Ihnen gut erscheint, und Sie haben den Mörder.« Er trank seinen irischen Whiskey und schwieg eine Weile, starrte mit milchigem Blick ins Feuer. »Patulski sollte hier sein. Er könnte von den Besessenen erzählen und wie das Böse einen Menschen befällt.«

»Haben Sie mal Conrads ›Mit den Augen des Westens‹ gelesen?«, fragte ich und grub ein altes Zitat aus.

»Nein. Aber Patulski, vermute ich, als treuer Landsmann und so.«

»Auch Conrad hat sich einen Begriff vom Bösen gemacht, Pater. Er sagte: ›Der Glaube an eine übernatürliche Quelle des Bösen ist nicht notwendig. Die Menschen selbst sind zu jeder Bosheit durchaus imstande.‹ Ich bin vielleicht eher ein Befürworter dieser Auffassung.« Ich schwitzte in dem warmen Zimmer, in dem es zugleich von einem offenen Fenster zog; ich meinte zu spüren, wie die Hitze über meinem Nacken flimmerte.

»Conrad glaubte an die Menschen«, sagte der Pater bedächtig. »Ich glaube an den Teufel. Unter anderem. An eine Personifizierung des Bösen, den Satan eben. Das Problem ist, er hat alle Zeit der Welt – glaube ich jedenfalls. Er flüstert in den Bäumen, reitet draußen vorbei und holt sich eine arme Seele. Er ist der Urheber des Chaos.« Er rülpste tief in der Brust und schaute mich an. »Wie dem auch sei, der Mann ist tot, und Sie wollen den Grund wissen, aber Sie können den Teufel nicht anklagen. Ich verstehe Sie durchaus. Ich war nur nachsichtig mit mir selbst.« Er schenkte sich Whiskey nach.

»Haben Sie ein Fotoalbum? Ich habe neulich das von

meinem Vater durchgeblättert und die alten Fotos von der Clique gesehen, die damals immer in den Norden gefahren ist. Ich werde vielleicht irgendwas über den Norden schreiben und ein oder zwei Bilder von damals zur Illustration verwenden.« Ich wollte ihn in eine unverfängliche Bahn lenken. Ich wusste nicht, was in ihm vorging oder wie viel er schon vor meinem Besuch getrunken hatte. Aber ich wollte unbedingt sein Album sehen, ohne ihn misstrauisch zu machen.

»Irgendwo habe ich's«, murmelte er ein wenig träge und schabte sich dabei über die weißen Stoppeln. Der Pater kam mir viel älter vor als Archie. Er schien ein hartes Leben gehabt zu haben, was für einen Priester ungewöhnlich war. Er stemmte sich aus dem Sessel hoch und humpelte auf den Stock gestützt zu einem Schränkchen unter einem Bücherregal, kramte zwischen Papierstößen, Aktendeckeln und Zeitschriften und zog schließlich ein dickes Album hervor. »Hier«, sagte er. Er schob das Geschirr beiseite und ließ das Album auf den Tisch klatschen. »Seit fünfundzwanzig Jahren habe ich nicht mehr hineingeschaut, junger Mann.« Ich stellte mich neben ihn, und er blätterte langsam durch die Seiten mit den Rudimenten eines Lebens, das mir nichts bedeutete. Es gab Aufnahmen von ihm mit jungen Mädchen, die ausnahmslos attraktiv waren; dann sah man ihn als jungen Theologiestudenten unter seinesgleichen. Keine Mädchen mehr, nicht einmal zum Fotografieren. Es muss schwierig für ihn gewesen sein. Warum hatte sein Leben diese Wendung genommen? Sein Glaube galt dem Teufel, nicht den Menschen, aber das war vielleicht nur Whiskey-Gerede oder möglicherweise ganz abstrakt gemeint und nicht der gedankliche Kehricht des alltäglichen Lebens. Woher soll man überhaupt wissen, was einer wirklich denkt?

»Da ist Archie«, sagte ich. »Das sind Aufnahmen, wie ich sie brauche.« Mit jedem der vergilbenden Fotos veränderte sich ganz leicht sein Gesicht, als saugten sie das verbliebene Leben aus ihm heraus, als zehrte ihre Lebendigkeit an den Kräften des alten Mannes, der er geworden war. »Das ist lange her, viel zu lange her.« Er seufzte, und der Atem pfiff ihm im Hals. Ich hörte ihn einen Rülpser hinunterschlucken und roch seine Whiskeyfahne, als er sich zu mir beugte. Die Bilder waren denen Archies sehr ähnlich – dieselben Szenen der Kameradschaft. Ich fragte ihn im Plauderton nach verschiedenen Leuten; ich wollte, dass er von dem Album abließ, damit ich selbst die Seiten überfliegen könnte, bis mir etwas Außergewöhnliches auffiel – etwas, das ein Mörder an sich nehmen würde. Das war natürlich so gut wie aussichtslos, denn ich wusste ja nicht einmal, wonach ich suchen sollte; andererseits weiß man nie. Er erläuterte mehrere Bilder und nannte mir die Namen der Personen, auch den der Haushälterin: »Rita«, sagte er, einfach »Rita«. Und dann ein alterslos aussehender Indianer in Arbeitshosen und einer abgetragenen Lederjacke, den die Aufmerksamkeit verlegen gemacht hatte: »Das ist Willie, unser Führer bei der Jagd und beim Angeln. Er kannte dort jeden Grashalm, war besser als jede Landkarte. Hatte sein ganzes Leben da verbracht und fühlte sich vollkommen zu Hause. Je tiefer wir im Wald waren, desto lieber war's ihm. Willie ...« Die Erinnerungen saugten ihn aus. Ich spürte, wie er sich von mir entfernte, als würde er in eine verlorene Zeit zurückgleiten, die der heutigen eindeutig vorzuziehen war.

»Mein Gott«, sagte er leise zu sich selbst, »das ist Carver Maxvill. Armer alter Carver. Ich habe die ganzen Jahre nicht mehr an ihn gedacht ...« Er beugte sich tiefer über das Blatt, nahm die alten Zeiten schärfer in Augenschein.

»Wer war er denn?«, fragte ich. »Ich habe noch nie von ihm gehört.«

Pater Boyle schaute rasch auf. Sein Blick war vorwurfsvoll. Plötzlich war ich ein störender Eindringling. »Was?«

Ich zeigte mit dem Finger. »Der hier«, sagte ich, »wer war das?«

»Maxvill, Carver Maxvill. Er schied vor langer Zeit aus dem Club aus – das ist alles.«

»Mein Vater hat ihn nie erwähnt.«

»Unwichtig. Wahrscheinlich kannten sie sich kaum.« Er zuckte die Schultern, rieb sich die Augen. »Ganz unwichtig. Ich kann mich selbst kaum erinnern.« Schließlich richtete er sich auf. »Ich bin müde, junger Mann. Ende der Befragung«, sagte er plötzlich barsch, ein jäher Wandel, der mich erschreckte. Er schmetterte das Album zu, und ein feiner Staub stieg davon auf wie ein Gespenst. Dann schlurfte er über den dünnen Teppich zum Schrank und warf das Album zwischen die Zeitschriften. »Der ganze Kram deprimiert mich«, murrte er. »Ich bin alt und unleidlich, Mr. Cavanaugh. Schluss mit dem Herumschnüffeln in der Vergangenheit.« Er benahm sich wie ein anderer Mensch und war auch ein bisschen blasser geworden.

Er stand da und blickte mich an. Die Freundlichkeit war aus seinem Gesicht verschwunden, aus seiner ganzen Haltung. Er war ein feindseliger alter Knacker geworden, der mich böse anstarrte, während die Musik Chopins das Zimmer erfüllte.

»Komische Sache, dieses Fotolbum«, sagte ich. »Tim Dierker zum Beispiel hatte auch so eins. Er hat es sich gestern Nachmittag noch angeschaut.« Damit hatte ich seine volle Aufmerksamkeit. »Als seine Frau ihn zuletzt sah, saß er in seinem Sessel und schaute sich die gleichen alten Bilder an ... und weinte dabei. Erscheint Ihnen das nicht seltsam, Pater? Warum könnte er geweint haben?«

»So seltsam erscheint mir das gar nicht, nein, überhaupt nicht. Es könnte auch mich zum Weinen bringen.« Er dirigierte mich hinaus in die Halle. »Ich verstehe sehr gut, warum er geweint hat.« Die Zigarre war erloschen; sie klemmte in seinem Mundwinkel wie in einer Falle.

»Aber vielleicht können Sie mir helfen. Das Album verschwand, nachdem Tim über die Dachrinne gegangen war. Verstehen Sie? Der Mörder hat es gestohlen. Die Frage ist, warum. Was will der Mörder mit einem alten Fotoalbum? Das ist doch wirklich seltsam, finden Sie nicht?«

Er begann fürchterlich zu zittern, wie bei einem Anfall, taumelte gegen mich, suchte mit dem Stock nach Halt und fuhr sich mit der Hand übers Gesicht. Er war bleich; nur seine Nase leuchtete rot wie eine glühende Kohle.

»Geht es Ihnen nicht gut, Pater?«

Er wischte meine Hand fort.

Dann sagte er: »Gehen Sie, gehen Sie. Ich bin müde ... erschöpft. Lassen Sie mich allein.« Er lehnte sich an eine Konsole, über der ein Spiegel hing, und schluckte mühsam. Da stand er nun gleich zweimal; ich sah zwei verstörte Gestalten vor mir, wie in einem Spiegelkabinett.

»Nur eins noch«, forderte ich und blieb in der Tür stehen. »Kennen Sie Kim Roderick? Was halten Sie von ihr?«

»Natürlich kenne ich sie ... kannte sie. Jeder im Norway Creek hat sie gekannt, Mr. Cavanaugh.« Er hustete und warf die Zigarre nach draußen auf den Rasen. Ich wurde auf den Treppenabsatz gedrängt, die Fliegengittertür geschlossen; er stand als Schemen dahinter, und ich hörte seinen rasselnden Atem.

»Was halten Sie von ihr? Was für ein Mensch ist sie?«

»Ich habe nichts dazu zu sagen«, antwortete er kraftlos. Er war krank. Auch Tim Dierker war krank gewesen. Ich hätte Arzt sein sollen, aber ich war keiner. Im Gegenteil. Ich schien nur zu erreichen, dass jeder sich schlechter fühlte. »Nicht jetzt und nicht später, nie wieder. Die Vergangenheit ist tot. Und Sie haben meine Gastfreundschaft ausgenutzt. Archie wäre ... enttäuscht. Archie würde niemanden ausnutzen, niemals«, japste er.

»Fühlen Sie sich nicht gut, Pater? Kann ich etwas für Sie tun?«

Er schnaubte zur Antwort und schlug die zweite Tür ins Schloss.

Ich fuhr eine Zeit lang durch die neblige Stadt, horchte auf die Fahrgeräusche des Porsche, hörte Franklin Hobbs' Mitternachts-Musiksendung. Der alte Sinatra sang *Time after Time*, und ich gelobte mir, die alte Schallplatte wieder hervorzuholen. Was mir nicht aus dem Kopf ging, waren Pater Boyles Angst und die Veränderung, die mit ihm vorgegangen war, sobald wir das Album durchgeblättert hatten. Ja, nach einigem Nachdenken hielt ich es für Angst, und sie war heftig gewesen. Eine Panik, ein Schock. Aber abgesehen vom Ausmaß blieb es dieselbe Empfindung, und die passte nicht zu seinem Priesterberuf, jedenfalls nicht nach meinem naiven Dafürhalten. Was ängstigt einen Priester?

Boyle hatte Tim Dierkers Tod gekonnt bewältigt. Er war erst später an etwas gescheitert. Aber deutlicher bekam ich es nicht zu fassen. Hatte er gesehen, wonach ich suchte? Den Grund, weshalb Tims Album gestohlen worden war? Warum hatte er es mir dann nicht erklärt? Mir fielen leicht jede Menge Fragen ein, doch die Antworten bereiteten mir Schwierigkeiten. Was hatte ihn umgedreht?

Und wer war dieser Neue? Carver Maxvill?

Ich hatte das unbestimmte Gefühl, dass ich mich als Einziger dafür interessierte. Boyle wollte die Vergangenheit ruhen lassen, und Bernstein wollte Bürgermeister werden, nur ich wollte herausfinden, was vor sich ging. Ich hätte gern jemanden zum Reden gehabt, aber ich war müde, und es war spät. Also fuhr ich nach Hause und stellte fest, dass die Twins beide Spiele verloren hatten.

6. Kapitel

Die Riverfront Towers haben reichlich Geometrie an der Fassade und werfen einen langen Schatten über ein Niemandsland von schmierigen Straßen, Schutthalden und Gebüschen, das wie ein Graben zwischen Minneapolis und dem Mississippi liegt. Aber die Riverfront Towers sind autark, erheben sich unbefleckt über die erfreuliche Gesellschaft von Betonmauern und Bahnschienen, billigen Bars, verwahrlosten Fabrikanlagen und rußigen Lagerhäusern. Das alles kann ihnen nichts anhaben. Sie glänzen in der Sonne und bieten eine heitere Ablenkung an grauen kalten Tagen. Die Fontänen der Springbrunnen schillern wie ein Regenbogen in Millionen Farbbrechungen; der Gehweg sieht aus wie mit Marmor gepflastert, und die Bewohner sind stolz darauf, in der Innenstadt zu wohnen, in der wogenden City. Dabei sind die Riverfront Towers mit ihren endlos spähenden Sicherheitskameras, einer Armee von Wachleuten, den Umzäunungen, Dachgärten und hermetisch verriegelten Tiefgaragen ungefähr so nahe am wirklichen Leben der Stadt wie der Jupiter oder Wayzata oder die IDS-VORSTANDSETAGE.

Der Portier passte zum Gebäude. Er war lang, frisch geschrubbt und geschäftsmäßig. Nachdem ich erklärt hatte, wen ich zu besuchen wünschte, und er seine verschiedenen Listen durchgesehen hatte, ließ er mich persönlich in die Halle und teilte mir mit, dass Miss Roderick auf Platz Nummer vier Tennis spiele. Ich könne einfach hinausgehen und mich bei den Plätzen auf eine Bank setzen. Sie erwarte mich bereits.

Kafka hätte die Halle auf Anhieb wiedererkannt. Es gab kein Anzeichen für menschliche Besiedlung. Die Pflanzen gediehen von selbst zwischen den Glas- und Stahlwänden; sogar die Aschenbecher waren sauber. Die strategisch platzierten schwarzen Ledersofas sahen aus, als hätte noch niemand darauf gesessen. Ich ging auf den Hof hinaus, wo Blumenduft mich einfing wie das Netz eines Fallenstellers, und wo die Sonne Bäume, Büsche und Beete in wahllosen Farben gedeihen ließ. Ich hörte einen Brunnen plätschern und das dumpfe Hin und Her der Tennisbälle.

Es gab acht Plätze, von denen zwei besetzt waren. Kim spielte auf einem Eckplatz, und ich ging die schattige Terrasse entlang, wo kleine runde Tische unter einer langen gestreiften Markise standen. Ein Schild besagte, dass der Lunch ab halb zwölf serviert werde. Ich setzte mich an einen Tisch neben einen großen Pflanzenkübel und schaute ihr zu. Sie spielte mit dem Rücken zu mir und hatte mein Kommen noch nicht bemerkt; ihr Gegner trug einen weißen Schlapphut, bewegte nur die Beine und sah ganz nach dem Trainer der Riverfront Towers aus. Sie sah den Spielverlauf voraus. Ihre Bewegungen waren anmutig, fließend, niemals ruckartig. Ihre Schläge waren kraftvoll, aber er besiegte sie mit Leichtigkeit; er jagte sie mit acht, zehn Schlägen in sämtliche Ecken des Platzes, um ihr dann einen diagonal geschlagenen Ball mit der Rückhand, einen Lob oder einen Passierschlag nach einem Netzangriff zu präsentieren, worauf sie den Kopf schüttelte und wieder an den Aufschlag ging. Ihre Aufschläge zielten auf jeden Punkt des Platzes, und ich hatte sie vollkommen im Blick; sie warf die Bälle hoch über den Kopf, beugte sich weit nach hinten und zog den Schläger durch, kam leicht hüpfend auf die Fußballen und bewegte sich schnell für den Return. Von der Taille aufwärts war sie sehr schlank, und mit den langen

Armen erreichte sie viele Bälle; unterhalb der Taille war sie kräftig, und man sah das Muskelspiel an Hüften und Gesäß, wenn sie ihr ganzes Gewicht in einen Schlag legte. Sie trug einen leicht ausgestellten, cremefarbenen Einteiler, Zöpfe mit gelben Bändern, ein Schweißband am Handgelenk und ein geblümtes Tuch um die Stirn. Sie kam ans Spiel.

Während ich sie beobachtete, fiel mir wieder ein, was Anne gesagt hatte: Sie sei mein Typ – und frigide, was immer das heißen sollte. Ich überlegte, ob Anne Recht haben könnte. Mit beidem.

Ich hatte sie etwa eine halbe Stunde beobachtet und fragte mich, wie diese Frau dazu kam, das Leben anderer Menschen auf so unterschiedliche Weise zu beeinflussen. Dann ging sie ans Netz, bereit für einen Volley, und wurde unvorbereitet erwischt, als ein weiterer Passierschlag außerhalb ihrer Reichweite an ihr vorbeischoss. »Scheiße!«, zischte sie, und der Ausdruck knisterte einen Augenblick in der Stille. Dann lachte sie stumm mit dem Mann am Netz. Er klopfte ihr auf den Rücken, und sie gingen am Netz entlang vom Platz und nahmen ihre Sachen von der Bank. »Bis morgen, Kim«, hörte ich ihn sagen, »dieselbe Zeit, derselbe Platz, und ich hab Aufschlag.« Dann rief er einer Mrs. Watson auf Nummer eins zu und lief in der Sonne über den grünen Teppich.

Kim kam auf mich zu, die dunkelblauen Augen halb geschlossen, der Mund ein schmaler Strich. Sie streifte sich einen blauen Slazenger-Pulli über. Ich stand auf und war froh über meinen Blazer und die graue Hose; in ihrer Gegenwart fühlte ich mich schlampig, immerhin hatte sie gerade noch mit dem Trainer Tennis gespielt und sah trotzdem perfekt aus.

»Ich bin Paul Cavanaugh«, sagte ich. Sie drückte mir fest die Hand, und zusammen gingen wir den Weg zurück, den ich gekommen war.

»Sie waren auf der Beerdigung«, sagte sie und blickte geradeaus. Sie roch nach Schweiß und Parfum. Aber es konnten auch die Blumen sein. Ich sah die Schweißperlen auf ihrer weichen, braunen Haut und wie sie den Weg in den Nacken fanden. »Der Mann auf dem Hügel, der uns beobachtet hat. Ich habe Sie gesehen.« Sie drückte die Tür zur kühlen Halle auf. »Das war zweifellos aufdringlich, nicht wahr?«

»Mäßig«, antwortete ich. Ich wusste nicht recht, ob sie feindselig war oder nicht. Vielleicht auch nur schroff. Oder sie war einfach lausig, was das Zwischenmenschliche anging. Jede Silbe, jeder Schritt, jeder Ruck mit dem Schläger, jeder Atemzug sagte mir, dass ich ein Eindringling war. Ein schlampiger Eindringling. Der Portier hielt gerade jemandem die Tür auf, als wir eilig an ihm vorbeigingen, und er grüßte sie respektvoll mit Namen, worauf sie nickte und schon die zwei Stufen nahm, die zu den Aufzügen führten. Die schwarzen Türen schimmerten feucht, als wären sie lebendig und warteten darauf, uns zu verschlucken.

Wir waren allein in dem kleinen Lift. Es war das Parfum. Der Schweiß trocknete in ihrem Gesicht. Sie löste das Stirnband und hielt den Blick auf die Etagenanzeige gerichtet. Wir sprachen nicht. Ich schaute auf ihre Beine. Die Socken waren bis auf die Schuhe heruntergerollt. Sie wischte sich ungeduldig ein Rinnsal von der Innenseite des Oberschenkels.

Ihr Apartment lag im vierundzwanzigsten Stock. Es war dunkel, kühl und ruhig. Sie führte mich ins Wohnzimmer und sagte: »Ich dusche rasch. Machen Sie es sich bequem. Danach können wir uns um alles andere bemühen.«

Sie solle sich ruhig Zeit lassen, sagte ich, und sie erwiderte, sie habe noch viel zu erledigen und brauche nur eine Minute. Die pralle Morgensonne stand auf den Fenstern, die vom Fußboden bis zur Decke reichten, aber die Gardinen waren zugezogen. Das Zimmer war groß, die Möblierung spärlich, geradlinig und modern. Es gab viel Glas und Chrom und Stahl und spiegelnde Übertöpfe, in denen sich diverse Pflanzen dem Licht entgegenreckten. Eine große Glasschüssel mit Obst stand auf einem gläsernen Teewagen. Ich hörte das Wasser rauschen, ein Türschloss einschnappen. Farne, Dieffenbachien, Philodendren, Grünlilien. Eine einzelne große Grafik hing an der Wand: ein Klimt-Poster mit viel Gold. Auf einem weißen geriffelten Sockel stand eine große Kopie von Houdons bemerkenswerter George-Washington-Büste. Auf einem Glasregal sah ich mehrere Kartons mit Konfliktsimulationsspielen: *Borodino, Zweiter Weltkrieg, Ostfront, Kampfpanzer.* Es gab keinen Aschenbecher. Auf einer blau-weiß geblümten Couch, dem einzigen Gegenstand in diesem Raum, der nicht streng, gerade und hart aussah, oder kalt und distanziert, lag eine Ausgabe des *Tribune* aufgeschlagen. Die Schlagzeile lautete: *Rätselhafter Tod eines Industriellen: Mord oder Selbstmord?* Daneben ein zehn Jahre altes Bild von Tim Dierker, wie er selbstsicher lächelt, das rote Haar hatte er aus der Stirn zurückgekämmt. Die Dusche wurde zugedreht. Ich wusste nicht, was ich tun sollte; jede Bewegung war dazu angetan, den Raum zu versauen.

Plötzlich war sie wieder da, in ausgebleichten Blue Jeans und einem dunkelblauen Lacoste-Tennishemd. Sie bewegte sich lautlos, und ihre nackten weißen Füße zogen meinen Blick an. Die Mokassins hielt sie in der Hand. Die Zöpfe waren verschwunden, stattdessen trug sie wieder das breite blaue Stirnband im Haar.

»Öffnen Sie die Vorhänge«, sagte sie. »Ziehen Sie die Kordel an der Seite. Möchten Sie frühstücken?«

»Nein, danke.«

»Kaffee?«

»Bitte.«

»Setzen Sie sich, ich werde mir hier drüben nur schnell etwas zu essen machen.« Ich hörte sie klappern, dann zog sie den Teewagen neben das Sofa in die Sonne, und nach ein paar Grapefruitstückchen und einer Ecke Toast sagte sie: »Gut, Mr. Cavanaugh, dann wollen wir die Dinge mal klarstellen. Darwin McGill und Ihre ehemalige Frau erwähnten beide, dass Sie einiges über mich wissen wollten, über mein früheres Leben. Ich lebe sehr zurückgezogen. Meine Anonymität ist mir wichtig. Ich will nicht, dass andere Leute in meinem Leben herumschnüffeln.« Sie kaute ihren Toast und trank den schwarzen Kaffee. »Also, was führen Sie im Schilde?« Schließlich zeigte sie sich erkenntlich und schaute mir zum ersten Mal in die Augen.

»Also gut, kommen wir gleich zur Sache, Miss Roderick. Ich bin neugierig, was Sie mir zu Larry Blankenships Selbstmord und Tim Dierkers Ermordung sagen können ...«

»Welche Befugnis haben Sie? Sie sind Literaturkritiker und Autor.« Sie wandte sich wieder ihrem Frühstück zu, eine Frau, die sich in Gegenwart anderer unbehaglich fühlte. Sie lächelte nicht, nicht einmal aus Spott.

»Ich besitze keine Befugnis«, sagte ich.

»Ich habe schon mit der Polizei gesprochen, mit diesem Bernstein, der für den Posten des Bürgermeisters kandidiert. Er rief mich an. Eine reine Formalität, sagte er. Er wollte wissen, ob ich eine Ahnung hätte, warum Mr. Dierker« – sie warf einen Blick auf die Zeitung – »entweder sich selbst getötet haben könnte oder umgebracht wurde. Mr. Bernstein hatte schon vorher mit mir gesprochen, über Larrys Tod. Jedenfalls sagte ich ihm, dass ich an dem Abend, als Mr. Dierker starb, bei einem Seminar in der Universität war und anschließend eine Verabredung zum Abendessen hatte. Was könnten Sie anderes wissen wollen, und warum? Wir kennen einander nicht.« Sie brach sich noch ein Stückchen Toast ab und steckte es in den Mund. »Also warum?«

»Wegen Harriet Dierker«, antwortete ich. Ihre Fingernägel waren rostbraun lackiert und sahen aus wie zehn Stücke Rohrzucker-Kandis. »Sie war verstört wegen Blankenships Selbstmord und bat mich, zu untersuchen, warum er das getan hat.«

Sie nickte. »Das kann ich mir vorstellen. Mrs. Dierker ist eine labile Frau. Armes Ding.«

»Sie glaubt, dass Sie den Selbstmord verursacht haben, dass Sie ihn dazu getrieben haben. Sie erzählte mir eine lange, schrecklich verwickelte Geschichte über Ihre Beziehung mit Larry.« Ich zuckte die Schultern. »Ich weiß nicht, ob sie stimmt ... ob überhaupt etwas Wahres daran ist. Und deshalb stelle ich Fragen.« Das Zimmer war im Sonnenlicht sehr schön, und der Kaffee roch frisch gemahlen. Ich trinke Kaffee nie schwarz, aber dieser war genießbar.

»*Ich* habe Larry nicht dazu veranlaßt, sich umzubringen«, sagte sie ruhig, als wäre sie nur am Rande beteiligt. »Er wurde schon mit diesem Bedürfnis geboren, Mr. Cavanaugh. Kennen Sie die Geschichte vom Skorpion und dem Frosch?« Ich verneinte. »Nun, der Skorpion und der Frosch kommen zur selben Zeit am Flussufer an. Sie wollen beide hinüber, aber der Skorpion kann nicht schwimmen. Also bittet er den Frosch, ihn auf dem Rücken über den Fluss zu bringen. Der Frosch hält vorsichtig Abstand, sagt, er würde gern helfen, könne es aber aber nicht. Denn sobald der Skorpion ihm auf den Rücken stiege, würde er ihn stechen und töten. Der Skorpion erwidert, die Begründung des Frosches sei haltlos, denn würde er den Frosch töten, müsste er selbst ja ertrinken. Das überzeugte den Frosch, und schließlich war er einverstanden. Der Skorpion stieg auf den Frosch, und sie setzten über den Fluss. Als sie in der Mitte waren, stach der Skorpion den Frosch, und während sie beide starben, quakte der Frosch seine letzten Worte: ›Warum hast du mich gestochen? Jetzt wirst du ertrinken.‹ Und der Skorpion schaute ihn traurig an und antwortete: ›Ich konnte nicht anders, es ist meine Natur.‹« Sie leckte sich ein paar Krümel von den Fingern und schaute weg, in die Sonne. »Es war Larrys Natur, das ist es. Er musste sich umbringen.« Ihre Stimme war bemerkenswert glatt.

»Harriet Dierker glaubt, dass Sie ebenso in den Mord an ihrem Mann verwickelt sind. Sie erzählte, dass Sie nach dem Begräbnis etwas zu ihm gesagt hätten, wonach er zu Hause sein Fotoalbum durchgeblättert und dabei geweint und sie sogar geschlagen habe. Später ist er aufs Dach gestiegen, von wo jemand ihn runterstieß.« Ich erhob mich von der Couch. Vom vierundzwanzigsten Stock aus betrachtet sah der Fluss sauber aus.

»Ich kann nur sagen, dass ich nicht die leiseste Ahnung habe, was die Frau meint.« Sie löffelte ein Stückchen Grapefruit. »Mr. Dierker sprach mir sein Beileid aus, sonst nichts. Ich dankte ihm, und er ging. Er und ein paar von seinen Freunden waren sehr gut zu mir, als ich noch ein ängstlicher Teenager war, der zum ersten Mal in die große Stadt kam. Aber das ist fast zwanzig Jahre her. Ist Ihnen das klar? Ich bin fünfunddreißig Jahre alt, Mr. Cavanaugh.« Sie lehnte sich zurück, stützte einen Fuß aufs Knie und streifte sich den Schuh über. »Von den Ehefrauen dagegen haben sich einige mir gegenüber sehr hässlich benommen.«

»Nicht ohne Grund, soweit ich weiß. Ich meine, Sie haben tatsächlich den Ruf, ziemlich schnell Männer zu verschleißen.« Ich spürte den Stich der Verderbtheit in mir: Ich wollte ihre gelassene Fassade durchbrechen. Dazu hatte ich eigentlich gar keinen Grund. Es war eine boshafte Eingebung, vielleicht weil ich mir bei ihr wie ein ordinärer Kerl vorkam. »Zuerst Billy Whitefoot, dann Larry, jetzt Ole Kronstrom.«

Sie saß einfach da, zog sich den anderen Schuh an, zwängte die Ferse hinein. Dann schob sie den Teewagen weg.

»Da Sie mich nicht kennen«, begann sie ruhig, »frage ich mich, warum Sie solche Dinge sagen, warum Sie sie so ohne weiteres glauben. Wenn ich an Ihrer Stelle wäre, würde ich das nicht tun. Ich würde es nicht riskieren, einen solchen Fehler zu begehen, verstehen Sie? Warum kommen Sie stattdessen nicht ebenso voreilig zu dem Schluss, dass *ich* der verletzte Part bin, dass die Männer *mich* verschleißen? Ich hatte schließlich zwei Kinder, was Ihnen bekannt sein dürfte, da Ihre Recherchen ja so gründlich waren. Der Grund liegt in Ihrem persönlichen Blickwinkel. Alles im Leben hängt vom persönlichen Blickwinkel ab. Objektive Wahrheit ist eine Illusion. Das lehrt die Geschichte.«

»Tatsächlich?«

»Ja. Wissen Sie, ich bin gern bereit, Ihnen zu helfen. Ihr Interesse an der Sache betrifft Sie überhaupt nicht, und das fasziniert mich – ja, wirklich.« Zum ersten Mal sah ich sie lächeln, und ich fand sie auf eine strenge, zurückhaltende Art sehr schön. »Aber ich weiß noch nicht recht, wie ich helfen kann. Weiß ich denn, warum Larry sich umgebracht hat? Nein, ich weiß es nicht, abgesehen davon, dass er verloren war, ein Mann, dessen Unglück so unabdingbar zu ihm gehörte wie seine unerschöpfliche Hoffnung. Das Scheitern unserer Ehe hat ihn natürlich tief getroffen, und damit wurde es nicht gerade besser. Aber er war immer bereit zu warten und auf Besserung zu hoffen. Vielleicht psssierte ja irgendetwas. Dabei blieb er passiv und hatte kein Gefühl für seinen eigenen Wert, seine Würde. Ich hingegen bin ein handelnder Mensch. Ich bin aggressiv, wenn es erforderlich ist. Ich habe einen sehr genauen Begriff von meinem eigenen Wert und meiner Würde. Mir ist wichtig, was ich selbst von mir halte.« Sie schürzte nachdenklich die Lippen. »Wissen Sie, was Larry in Ihrem Apartmenthaus getrieben hat? Wollen Sie es wissen?«

»Haben Sie ihn mal besucht?« Ich dachte an Bill Oliver und die Szene auf dem Parkplatz, die ihm so eindringlich im Gedächtnis haftete. Mir war, als hätte ich sie selbst erlebt.

»Ja, ein paar Mal, meistens in meiner Rolle als psychologische Beraterin. Er war sich der Unterschiede zwischen uns vollkommen bewusst, zuletzt wenigstens, aber er dachte, er könnte sich bei mir bewähren, indem er sich zusammenriss. Er bestand darauf zu glauben, ich würde zu ihm zurückkehren, ganz gleich, was ich dazu sagte und wie gründlich ich ihn zu überzeugen versuchte.« Sie war ruhig und ernst, als hätte sie sich damit abgefunden, nun mich überzeugen zu müssen. Zwischen ihren dichten dunklen Brauen entdeckte ich eine kleine runde Aknenarbe. Geistesabwesend rieb sie sich ein Knie, die rostbraunen Nägel bewegten sich über den ausgebleichten Denim. »Dann überlegte ich mir, dass er es vielleicht ohne mich schaffen könnte, wenn ich mich nur genügend seiner annähme, sodass er nach unserer Trennung wieder selbstsicher würde. Er bräuchte einen Erfolg, dachte ich ... Dann ginge es ihm wieder gut.« Sie seufzte, als sie alte Schmerzen wieder wachrief. »Nun, Larry bekam einen guten Job in einer mittelgroßen Werbeagentur. Ich glaubte wirklich, er würde dort Erfolg haben.« Sie lächelte. »Er fing sogar an, die Firmenanzüge zu tragen, den weißen Gürtel und die glänzenden weißen Schuhe – schon gut, ich weiß, ziehen Sie kein Gesicht. Es hört sich albern an, und in gewisser Weise ist es das auch, aber es bedeutete, dass Larry sich einfügte. Er ließ sich lange Koteletten wachsen. Gegen seinen Willen wurde er glücklich. Aber dann kam es wieder anders. Die Konjunktur kam ins Stocken, die Werbebudgets wurden gekürzt, und seine Agentur musste Leute entlassen. Er war der neuste Personalzugang mit den neusten Koteletten und dem neusten Thunderbird, und deshalb erwischte es ihn. Sie sagten, er brauche sich keine Gedanken zu machen, es sei nur vorrübergehend, sie würden ihn wieder einstellen, sobald die Konjunktur anziehen würde.« Sie kam zu mir ans Fenster, wo wir eine Weile standen und nach draußen schauten.

»Da stand er nun mit seinem unbezahlten Thunderbird«,

fuhr sie leise fort, »der Benzinpreis war auf sechzig Cents die Gallone gestiegen, er hatte keinen Gehaltsscheck und legte sich einfach ins Bett, um seinen Fatalismus auszuleben. Er war überzeugt, ein Versager zu sein, und blieb dabei, es wahr zu machen.« Sie drehte sich zu mir herum und blickte mich an, und die Bestürzung stand ihr ins Gesicht geschrieben. »Können Sie sich das vorstellen, Mr. Cavanaugh? Ein Mann steckt in solchen Schwierigkeiten, und statt sich um einen neuen Job zu bemühen, hockt er in diesem scheußlichen kleinen Apartment neben dem Telefon, sieht sich schon morgens diese albernen Quizsendungen an und rechnet aus, was er gewonnen hätte, wenn er mitgespielt hätte, und am Nachmittag guckt er diese Seifenopern, während er ständig darauf wartet, dass das Telefon klingelt.« Sie ging mit nachdrücklichen Schritten eine Runde durchs Zimmer, nahm sich einen Apfel aus der Schale und biss ein ordentliches Stück ab. »Er glaubte wirklich, die Agentur würde wieder bei ihm anrufen und dass es sich nur um ein paar Wochen handelt, bis er seinen Job wiederbekäme ... so naiv.« Sie ging den Kreis in die andere Richtung und blieb neben mir stehen, hielt mir den Apfel hin, und ich nahm einen Bissen. Eine solche Geste war bei ihr sicherlich nicht alltäglich; ich hielt es für ein Friedensangebot.

»Ich rede zu viel. Sie sind wie der Analytiker, bei dem ich mal war. Sie sagen nichts, und ich rede einfach immer weiter. Ich muss wohl nervös sein, hm? Normalerweise bin ich bei solchen Dingen nicht sehr mitteilsam. Aber fragen Sie mich etwas über den Überfall auf die Schwerwasserfabrik in Norwegen, und ich rede Ihnen ein Loch in den Bauch.«

»Das gehört zu Ihrem Studium?«

»Der Zweite Weltkrieg ist mein Spezialgebiet.« Ihre Augen hatten einen Lavendelton, in Sprenkeln, aber vielleicht lag es auch nur an der Sonne. »Ich schreibe meine Dissertation über die Widerstandsbewegungen in den skandinavischen Ländern. Und ich warne Sie: Ich kann Leute nicht leiden, die behaupten, das sei kein Thema für eine Dame. Ich bin keine Dame, nicht in dieser Hinsicht.«

»Warum gerade Geschichte?«

»Wahrscheinlich, weil sie der Vergangenheit angehört. Es fasziniert mich, wie die Vergangenheit im Laufe der Zeit eine andere Bedeutung bekommt, wie sie auf die Gegenwart wirkt und so weiter.« Sie wandte sich unsicher ab, biss in den Apfel. Diesmal bot sie ihn mir nicht an. »Jedenfalls begann Larry als Mensch zu verschwinden, und es war sehr schmerzlich für mich, das mit anzusehen. Was hätte ich tun können?«

»Nun«, sagte ich und wagte den nächsten Nadelstich, »Sie hätten zu ihm zurückkehren können ...«

»Machen Sie sich nicht lächerlich«, erwiderte sie scharf. »Verstehen Sie denn nicht? Haben Sie mir überhaupt nicht zugehört? Ich habe nicht die Absicht zu verschwinden, Mr. Cavanaugh. Ich bin ganz schön weit hinten im Rennen gestartet, aber ich habe mich angestrengt, habe schwere Zeiten durchgestanden und dabei gelernt, dass ich mir mein Leben so einrichten kann, wie ich es haben will. Es ist nicht besonders leicht gewesen, und vielleicht wird es das nie sein. Aber ich bin intelligent und tüchtig – nicht sehr warmherzig, nicht großzügig, aber es macht mir auch keine Angst, fünfunddreißig zu sein, und ich werde auch nicht verschwinden. Mein Gott, zu Larry zurückzukehren hätte bedeutet, mein Verschwinden einzuleiten, das war offensichtlich. Dazu möchte ich keinesfalls beitragen – zweimal bin ich nahe daran gewesen, mit Billy und dann mit Larry ... Jedenfalls habe ich ihn besucht, habe versucht, ihn aufzumuntern und jämmerlich versagt. Mir kam der Gedanke, er könnte sich umbringen, ja, aber dann dachte ich, er würde es nicht tun, weil das sein letztes Versagen wäre und weil er dadurch verhindern würde, sich weitere vierzig Jahre an seinem Versagen zu weiden. Aber da habe ich ihn wohl falsch eingeschätzt.« Eine andere Frau hätte jetzt eine Träne vergossen, nicht so Kim.

»Das ist hart«, sagte ich.

»Nur realistisch.« Sie wusste, dass ich ein Urteil über sie fällte; ich sah es ihr an. In ihrem Kopf vollzog sich ein Kampf, vermutlich rang sie mit ihren Neigungen und dem Wunsch, mich unschädlich zu machen und von ihr fernzuhalten. Und dabei strahlte sie etwas aus, das mir ein Gefühl der Gelassenheit vermittelte. Der Morgen verstrich, und ich fühlte mich wohl mit der Washington-Büste und den Blattgold-Liebenden. Sie setzte sich wieder auf die Couch. Ich betrachtete sie und versuchte, sie nicht als Frau wahrzunehmen. Ich wollte die schwellenden Hüften in der engen Levi's nicht sehen, nicht das dichte dunkle Haar und nicht die gebräunten Fesseln in den sexy wirkenden alten Mokkassins. »Was weiter?«, fragte sie.

»Was ist mit Tim Dierker? Warum sollte Harriet behaupten, dass es eine Äußerung von Ihnen war, die ihn zu Hause aus der Haut fahren ließ?«

»Also, das werden Sie wohl Harriet selbst fragen müssen, nicht wahr? Tim brachte sein Mitgefühl zum Ausdruck« – ich sah seinen langsamen schmerzvollen Gang über den dichten Rasen, der nach Klee roch, während die Wolken vor die Sonne zogen; es war, als ginge er seinem Tod entgegen – »und ich fragte ihn nach seiner Gesundheit. Wir sprachen nur kurz miteinander, die üblichen Belanglosigkeiten nach einer Beerdigung.«

»Können Sie sich denn vorstellen, warum er ermordet wurde?«

»Sie sagten, Sie hätten ihn gekannt. Wie können Sie da fragen? Mr. Dierker war kein Mann, der sich Feinde machte. Vielmehr förderte er andere Menschen und schätzte die Gesellschaft im Club, und es war ihm wichtig, sich jedes Jahr bei einem öffentlichen Spektakel wie dem Aquatennial zu engagieren. Wer sollte so einen Mann umbringen wollen? Er war einfach nicht der Typ.«

»Ich habe den Toten gefunden, Miss Roderick.«

»Das tut mir leid. Ich weiss, dass jemand ihn ermordet hat – ich wollte nicht gefühllos sein. Aber er erweckte immer den Eindruck, ein grundanständiger Mensch zu sein ...«

»Aber er wollte nicht, dass Sie und Larry heiraten, nicht wahr? Seine Frau sagt, diese Heirat habe ihm seinen körperlichen Verfall beschert, und er habe sich nie davon erholt. Warum war er gegen diese Ehe? Nach allem, was man hört, hat er Sie beide sehr gemocht.«

»Ich habe das nicht mit ihm erörtert. Und ich bezweifle sehr, dass es stimmt, was Sie da sagen.« Sie blickte mich an, kühl und unnahbar.

»Dann sagen Sie mir doch, warum Tim und dessen Freunde so gut für Sie sorgten?«

»Sie sorgten nicht für mich, Mr. Cavanaugh«, sagte sie. Eine gewisse Gereiztheit schlich sich in ihre Stimme und nahm langsam von ihren Augen Besitz. »Sie haben mir geholfen. Sie halfen auch Billy. Haben sie einen besonderen Grund dafür gebraucht? Warum sollten sie uns nicht einfach als geeignete Empfänger ihrer Wohltätigkeit ansehen? Und nebenbei bemerkt, ich habe sehr hart gearbeitet. Ich machte einen guten Eindruck und habe nie geglaubt, dass es mehr gewesen wäre. Was soll ich sagen? Ich habe mir abverlangt, was von mir erwartet wurde ... Warum wollen Sie sich nicht mit der offensichtlichen Wahrheit abfinden? Ist Ihnen das zu einfach?«

»Keineswegs. Aber gerade die schlichte Wahrheit verwandelt sich oft in etwas anderes. Es verhält sich wie mit der Vergangenheit, erinnern Sie sich? Sie verändert sich mit der Zeit, ergibt ein völlig anderes Bild, je länger man hinschaut.«

»Meine Güte«, sagte sie mit einem Blick auf ihre Cartier-

Uhr. »Ich muss zur Universität. Noch irgendwelche Fragen?« Sie lächelte. Das Interview war fast zu Ende.

»Nur eine«, sagte ich. »Ich würde gern Ihre Lebensgeschichte hören.«

Sie lachte laut und schüttelte den Kopf. »Oh, nein, keinesfalls. Viel zu langweilig. Außerdem kenne ich Sie gar nicht, Mr. Cavanaugh.«

»Sie sagten, ich sei nicht Ihr Typ. Vielleicht kommt es gar nicht dazu, dass wir einander kennen lernen.« Ich versuchte mein jungenhaftes, zaghaftes Grinsen und bereute es zutiefst. »Andererseits habe ich diesen Vormittag genossen, und ich danke Ihnen, dass Sie mir so viel Zeit gewidmet haben. Das hätten Sie nicht tun müssen. Anne meinte, ich würde Sie mögen.«

»Ich mag Anne«, sagte sie auf dem Weg zur Tür. »Auch sie lebt ihr eigenes Leben. Das haben wir gemeinsam.« Sie lächelte ein wenig mechanisch. »Auf Wiedersehen. Und verzeihen Sie mir das Telefongespräch. Bitte.« Sie lächelte noch, als die Tür zuschnappte.

Ich fuhr mit dem Porsche zum Sheraton-Ritz, gab dem Portier die Schlüssel und ging über die Außentreppe zum Pool. An den letzten Sommertagen waren fast alle Tische leer. Die Bademeisterin warf mir einen erstaunten Blick zu, zog den Hosenboden ihres Badeanzugs zurecht und wandte sich wieder ihrem Buch zu. Ich setzte mich in die Sonne und bestellte einen Gin Tonic und einen durchgebratenen Hamburger. Die Bademeisterin – sie hieß Sheila – hatte lange Beine, die unten sehr schmal wurden, breite Schultern, und war braun wie Mahagoni. Sie hatte den ganzen Sommer damit zugebracht, Graham Greene zu lesen und arbeitete sich gerade durch »Jagd im Nebel«. Das Leseprogramm hatte ich vorgeschlagen. Sie kam schließlich zu mir herüber und zog ihren Stuhl mit sich, der über den Zementboden kratzte. »Armer D«, sagte sie heiser, »er hat wirklich was durchgemacht.« Sie knickte ein Eselsohr in die Seite und legte das Buch auf den Tisch. »Was tun Sie gerade?«, fragte sie.

»Auf meinen Drink warten«, sagte ich. »Und über eine Frau nachdenken.«

»Über mich?« Sie strich sich unbewusst über den Arm, eine Angewohnheit vieler Sportler.

»Nein.«

»Ist sie hübsch?«

»Mein Gott, Sie sind eine Chauvinistin«, sagte ich. »Interessiert Sie nichts anderes an einer Frau, als dass sie hübsch ist?«

»Doch, natürlich. War nur neugierig.« Sie hustete; sie war schon den ganzen Sommer erkältet. Sie hatte für Wasser nichts übrig, aber das sei immer noch besser als Arbeiten, meinte sie. »Ist sie es denn?«

»Sehr hübsch, auf eine besondere Art. Man sieht es nicht gleich.«

»Ist sie nett?«

»Ich weiß es nicht. Einige Leute halten sie für ein Ungeheuer. Andere finden sie in Ordnung. Ich weiß nicht, was ich davon halten soll.«

»Sie wollen Ihrem Gefühl nicht trauen«, meinte sie. »Sie denken zu viel. Sie sollten sich nach dem Bauch richten – aber dafür sind Sie zu gehemmt. Sie versuchen immer, Ihre Erfahrungen zu bestätigen. Das ist Ihr Problem.« Mein Drink wurde gebracht, und sie trank einen Schluck davon, fischte die Zitronenscheibe heraus und behielt sie für sich.

»Das bedeutet doch gar nichts, Sheila. Meine Erfahrungen bestätigen? Das ist nur ein alberner Jargon. Vielleicht bin ich gehemmt, aber Sie sind eine Gefangene Ihres Jargons.« Mein Hamburger kam in einem kleinen Flechtkorb. Sie biss als erste hinein und fing wieder an zu lesen, als wäre ich gar nicht da. Oben auf der Straße fegte eine Sirene an uns vorbei. Der Hamburger war englisch gebraten, und ich schob ihr das Körbchen wieder hin. Ich schloss die Augen und lehnte mich zurück, genoss die warme Sonne, hörte Sheila kauen und die Seiten umblättern.

Ich dachte darüber nach, wie Kim sich bei unserem Plausch verhalten hatte, wie sie steif auf der Couch gesessen hatte – nein, nicht steif, sondern vorsichtig, körperlich und geistig zurückhaltend. Ich hatte ihre Stimme noch im Ohr, die sorgfältige Aussprache, die kleinen Pausen, die ernste Sprechweise. Gelegentlich schürzte sie die Lippen zwischen zwei Worten und bekam kleine Falten um die Mundwinkel. Die Brauen waren so elegant wie ein makellos gepflegtes Tier, das nichts anderes zu tun hat, als makellos zu sein. Ich rief mir ihr Gesicht ins Gedächtnis, die gerade Nase, die lila Sprenkel in der Iris, die Aknenarbe.

Ich schlug die Augen auf. Sheila war gegangen. Mir fiel ein, was Helga Kronstrom an der Tür von Dierkers Apartment gesagt hatte. Kannte sie die Frau, mit der ich den Vormittag verbracht hatte? Wie viele Kim Rodericks gab es?

Von einem Münztelefon in der unteren Hotelhalle rief ich Ole Kronstrom in seinem Büro an. Er sagte, er habe eine Stunde Zeit und wäre froh, sich mit mir zu unterhalten. Er machte einen herzlichen Eindruck – eine tröstliche Aussicht, wenn man einen Vormittag lang Kim Rodericks absonderliches Spiel mitgespielt hatte, bei dem es vielleicht gar keine Regeln gab.

Sein Büro befand sich hoch oben im Gebäude der First National Bank, und ich ging zu Fuß dorthin. Es kam mir nicht in den Sinn, dass ich damit weiter in Kim Rodericks Leben herumschnüffelte; ich kannte mich mit ihren Ansichten noch nicht aus. Soweit es mich betraf, hatte sie meine Neugier befriedigt und versuchte sich nun aus der Geschichte herauszustehlen. Ihre Rolle in diesem Fall war von Harriet Dierker erdacht worden und hatte sich als deren

Phantasieprodukt herausgestellt. Aber mein Unterbewusstsein schwirrte, und eine Frage beschäftigte mich im Hinterkopf: Warum hatte sie angesichts meiner ganzen Neugier stillgehalten, nachdem ich sie damit am Abend zuvor noch so sehr beunruhigt hatte?

Aber in erster Linie wollte ich wissen, wer Tim Dierker ermordet hatte.

Und nebenbei bekam ich die Möglichkeit, mir ein, zwei Erfahrungen zu bestätigen.

An der Tür stand: *Ole Kronstrom – Unternehmensberatung*, sonst nichts. Die Sekretärin war eine flotte, weißhaarige Frau in einem maßgeschneiderten Kostüm, das nach einem lebenslangen Kreditkonto bei Harolds roch. Ich nannte meinen Namen, und sie lächelte und ließ mich sofort hinein, Mr. Kronstrom erwarte mich. Falls Kim Roderick ihn finanziell ruiniert hatte, war Ruin ein sehr dehnbarer Begriff.

Er saß in seinem Sessel, der Glaswand zugewandt; die Füße ruhten auf der Lederfußstütze. Er drehte sich sofort um, stand lächelnd auf, ergriff meine Hand mit beiden Händen, die etwa die Größe eines Catcher-Handschuhs hatten, und bot mir einen Stuhl an. Das *Wall Street Journal* lag auf dem Schreibtisch, aber der *Tribune* lag quer darüber. Die Seite mit dem alten Foto seines ehemaligen Partners war aufgeschlagen, wie bei Kim. Ole Kronstrom hatte dichtes drahtiges weißes Haar und ein blasses großflächiges Gesicht, wie viele Skandinavier. Dabei sah er kerngesund aus. Auf dem Schreibtisch stand ein Schwarz-Weiß-Foto: Er und Kim Seite an Seite in Skiklamotten auf dem Balkon einer Hütte; der Hintergrund sah verdächtig nach den Alpen aus.

»Ich hatte den Eindruck, Sie hätten sich zur Ruhe gesetzt«, sagte ich, nachdem ich bekundet hatte, wie leid es mir wegen Tim Dierker tue. »Aber wie ich sehe ...« Braune Ordner standen in einem langen Aktenschrank, wovon es mehrere gab, und Stapel von Post lagen in Ein- und Ausgangskörben.

»O Gott, nein«, rief er herzlich aus. »Nachdem ich mich von Tim getrennt hatte, wollte ich viele Reisen machen und dabei alles nachholen, was ich in dreißig, vierzig Jahren an Büchern nicht geschafft hatte, und überhaupt wollte ich herausfinden, ob ich noch am Leben war.« Er lachte leise.

»Also reiste ich und las und bewies mir, dass ich noch nicht ganz tot war. Aber dann juckte es mich wieder. Rabattcoupons aus der Zeitung ausschneiden – entschuldigen Sie das Klischee, aber Sie wissen, was ich meine –, war nach einem arbeitsreichen Leben nicht sehr befriedigend. Ich sah mich um, überprüfte die eine oder andere Sache und kam mit diesem kleinen Unternehmen heraus. Ich bin Unternehmensberater, aber nur für unsere älteren Mitbürger, die sich gewaltsam in den Ruhestand versetzt sehen und noch nicht für das Altersheim bereit sind – falls Sie verstehen, was ich meine. Meine Kunden wollen Rat, während sie sich eine eigene Firma aufbauen. Es geht um alle Arten von Unternehmen, und da gibt es viele interessante Probleme. Ein älteres Ehepaar – nur um Ihnen ein Beispiel zu nennen, dann werde ich Sie nicht weiter mit meiner kleinen Passion langweilen –, dieses Ehepaar also beschloss, in die Schmuckbranche einzusteigen. Sie entwarfen sagenhafte Sachen, alles aus schwedischen Hufnägeln. Ich war sofort davon überzeugt. Sie fingen bescheiden an, verkauften auf kleinen Kunstausstellungen und so weiter. Das liegt nun ein paar Jahre zurück. Inzwischen machen sie mehr als hunderttausend Dollar im Jahr, beliefern Geschäfte im ganzen Mittelwesten, haben ein paar sehr schöne Wertpapiere und scheffeln ein Vermögen für ihre Enkel. Sie überwintern auf den Bahamas und fahren noch immer zu den kleinen Ausstellungen, an denen sie früher so viel Freude hatten.« Er machte eine Pause und rieb sich schwungvoll die Nase. »Nun haben Sie einen Eindruck, wieviel Spaß diese Art Arbeit macht. Ich bin Enthusiast, Mr. Cavanaugh, immer schon gewesen. Ich war ein Teufelskerl von einem Verkäufer und bin es immer noch. Die Kunden zahlen mir ein paar Prozente, aber nicht so viel, dass es steuerlich wehtut, und ich genieße es mehr als jeden Urlaub. Es macht wirklich Spaß.« Er lehnte sich zurück und schaute mich an. »Sie sind erstaunt?«

»Ja, bin ich«, sagte ich. »Sie sind anders, als ich erwartet hatte.«

»Wie das, bitte?« Er beugte sich vor, stützte die Ellbogen auf die Schreibunterlage und knetete die Hände. Er lächelte zufrieden. Die Sonne stand ihm im Rücken und verdunkelte sein Gesicht. Er trug eine Brille wie Nelson Rockefeller, aus schwarzem Plastik und ein klein wenig exzentrisch.

»Ich stütze mich darauf, was Harriet Dierker gesagt hat«, begann ich und erntete dröhnendes Gelächter. Es hallte wie Kanonendonner.

»Sie beginnen gleich in den roten Zahlen, junger Mann, tut mir leid, dass ich das sagen muss. Harriet ist ein ganz nettes Mädchen, aber sie hat noch nie gewusst, was sie redet!« Er wischte sich mit der riesigen Hand über den Mund und schüttelte den Kopf. Das Lächeln verlor sich dabei. »Das ist sicher eine schlimme Zeit für sie, und ich will mich nicht über sie lustig machen ... aber sie hat wirklich ein paar Fehler, die Timothy wahnsinnig machen konnten, mehr als andere Frauen. Zum Beispiel hört sie niemals auf zu reden und frönt damit einer ausgesprochenen Begierde – Sie verstehen, was ich damit sagen will? Na ja, sie tratscht. Das Problem ist, sie kriegt nie etwas richtig mit. Immer versteht sie falsch, was sie hört. Dreiviertel ihres Lebens stand Harriet abseits des Geschehens und schnappte nur hin und wieder etwas auf.«

»Sie beschrieb Sie mir als gebrochenen, ruinierten Mann«, sagte ich.

»Du meine Güte«, erwiderte er seufzend, und seine herzliche Art begann unter der Wirklichkeit zu leiden. »Das ist Wunschdenken, und es tut mir leid, dass sie so fühlt. Vermutlich haben Sie schon gemerkt, dass viele Leute die Welt nur ihren Wünschen gemäß wahrnehmen. Harriet gehört dazu. Mein Frau, Helga, ist nicht ganz so schlimm – sie ist durch und durch Opfer, verstehen Sie? Diese Frauen, sie werden alle so ungerecht behandelt. Es ist geradezu ihr Schicksal, dass man ihnen Unrecht tut.« Er setzte die Brille ab und rieb sich die Augen mit den Knöcheln wie ein kleiner Junge, dann lehnte er sich wieder zurück. »Manche Frauen scheinen zu glauben – unterbrechen Sie mich bitte, wenn ich Sie langweile –, aber sie scheinen zu glauben, es würde genügen, wenn sie ihre Zeit investieren. Sie heiraten, investieren ihre Zeit und machen sich keine Gedanken über die Qualität ihrer Investition, und daraufhin glauben sie, man schulde ihnen etwas. Das ist eine besondere weibliche Charaktereigenschaft. Vielleicht haben wir Männer sie dazu gebracht, weil wir sie wie Dienstboten behandeln ... ich weiß es nicht. Wie schrecklich gut bezahlte Dienstboten mit ständigem Zugriff auf das Firmenvermögen. Und wenn dreißig Jahre investiert wurden, stirbt der Gatte bequemerweise, und die Frau geht nach Palm Springs, um nur noch Bridge zu spielen.« Er nagte an seinem Brillengestell. »So ist das Leben, nicht wahr? Ich beklage mich nicht und bin auch nicht verärgert. Aber ich bin erleichtert, dass ich nicht in dieser Tretmühle gekentert bin. Glücklicherweise habe ich lange genug gelebt, um das Spiel zu durchschauen und auszubrechen.« Er kehrte in die Gegenwart zurück. »Also, was kann ich für Sie tun, Mr. Cavanaugh? Und darf ich Ihnen nebenbei zu Ihrem Vater gratulieren?«

»Eigentlich wollte ich mit Ihnen über Harriet Dierker

sprechen. Sie bat mich, den Tod von Larry Blankenship zu untersuchen, so hat es angefangen. Dann wurde Tim ermordet, und sie behauptete, oder Ihre Frau sagte es – sie saßen gerade zusammen –, dass die beiden Fälle miteinander zu tun hätten.«

»Und wo liegt Ihr Interesse?«

»Ich bin neugierig. Und als Autor habe ich vielleicht einen Riecher für manche Dinge. Ich weiß es nicht. Aber nach dem Mord an Tim fühle ich mich der Sache verpflichtet, jedenfalls vorläufig. Ich hatte eine Unterhaltung mit ihm am Tag zuvor ... und jetzt hat jemand ihn umgebracht.«

»Also gut. Sie sind ein interessierter Beobachter, und Ihr Vater schreibt Kriminalgeschichten – ein perfektes Team.« Er lächelte mechanisch und kam zum Geschäft. »Harriet Dierker ist keine Lügnerin, Mr. Cavanaugh, sie hat nur einen unordentlichen, ungenauen Verstand. Meistens weiß sie nicht genau, worüber sie spricht. Nehmen Sie ihre angeborene Boshaftigkeit dazu, das vorgetäuschte Mitgefühl für das Unglück anderer, und Sie haben sie haargenau vor sich.«

»Nichts von dem, was sie sagt, scheint so recht wahr zu sein«, sagte ich.

»Genau.« Er goss Wasser in zwei Gläser aus einem Krug auf dem Schreibtisch. Die Eiswürfel klimperten. Er benetzte sich die Lippen.

»Können Sie sich vorstellen, warum jemand Tim töten wollte?«

»Nein. Er war ein freundlicher Mann. Falls er einen Fehler begangen oder jemanden schlecht behandelt hat, dann war das recht so. Und wenn er einen Kodex hatte, dann war es persönliche Verantwortlichkeit. Er hatte seine Schwächen, aber er war ein Mann von Ehre. Ganz einfach. Ihn töten wollen? Das ist kaum vorstellbar.«

»Sie haben ihn lange gekannt?«

»O ja, privat und geschäftlich. Wir sind einen langen Weg gemeinsam gegangen, unsere Frauen und wir beide.«

»Dieser Jagd- und Angelclub, haben Sie auch dazu gehört?«

Er schaute mir geradewegs ins Gesicht und überlegte.

»Damit hatte ich nicht viel zu tun ... jetzt, da Sie es erwähnen. Meine Erinnerungen an Timothy betreffen diesen Club nicht. Meine Einstellung dazu war der Ihres Vaters ziemlich ähnlich. Die pubertäre Ausgelassenheit wird man einfach leid, wenn man erwachsen ist. Ich habe mich nie wohl gefühlt in diesem Club. Ach Gott, anfänglich machte es Spaß, es tat gut, von der Arbeit wegzukommen, von den Frauen ... Komische Sache übrigens, Harriet war der vornehmliche Grund, dass es diesen Club überhaupt gab! Timothy musste einfach von ihr weg. Also brachte er diese Idee auf. Ja, am Anfang war es ein Abenteuer. Wir fühlten uns wie Jungen, die zum ersten Mal auf eigene Faust etwas unternehmen. Dann ... na ja, es änderte sich und ging mir gehörig auf die Nerven.«

»Warum hat es sich verändert? Was lief verkehrt?«

»Männer, die unter sich sind, sollte man meiden«, sagte er, als begründe er ein physikalisches Gesetz. »Die Männer waren es, die sich veränderten. Der Club, die Hütte repräsentierte mit einem Mal etwas, das mich nicht interessierte – die Entbindung von normalem Verhalten. Sie konnten dort hingehen und sie selbst sein, behaupteten einige. Herrgott noch mal, eines abends sagte ich ihnen, sie sollten alle zum Teufel gehen, wenn sie wirklich so wären, wie sie sich dort gaben. Natürlich hatte ich ein paar Gläser getrunken, aber trotzdem hatte ich Recht. Zuerst spielten sie nur Karten wie die Halsabschneider, dann gingen sie in ein Bordell oben in den Bergen. Das wurde alles zu derb für meinen Geschmack. So was ist nicht meine Art. Mich hat es nie dahin gezogen. Vermutlich war es aber *ihre* Art.« Er zog eine Schublade auf, holte eine alte schwarze Pfeife und ein

Päckchen Prince Albert hervor und stopfte die Pfeife mit dem Zeigefinger.

»Kennen Sie die Geschichte mit dem Skorpion und dem Frosch?«, fragte ich. Er stopfte weiter seine Pfeife, aber ein stilles Grinsen legte sich auf sein Gesicht, grub ein paar tiefe Falten und milderte die skandinavische Zähigkeit.

»Haben Sie die Geschichte von Kim gehört? Ich habe sie ihr mal erzählt. Meine Lieblingsgeschichte. Und meine Überzeugung. Man kann seine Natur nicht ändern. Das Verhalten ja, aber nicht die Natur.« Er zündete die Pfeife an, zog geräuschvoll daran und hüllte sich in Rauchkringel. Die Klimaanlage saugte den Rauch sofort auf. »Das war jedenfalls das Problem mit dem Club. Ihre Natur ist gut dabei weggekommen, schätze ich, und an dem Abend, als ich auf alle sauer war, wurden sie ganz schön böse.« Er zuckte mit den Schultern und biss hörbar auf den Pfeifenstiel. »Also ließ ich meine Ausrüstung einfach liegen, ging hinaus, setzte mich in mein Auto und fuhr nach Hause. Ich hielt es für die beste Art, damit umzugehen. Später bin ich nur noch wenige Male zur Hütte raufgefahren. Keiner verlor ein Wort über die alte Geschichte, aber die Gruppe schloss mich irgendwie aus. Wie ich schon sagte, Ihr Vater gehörte auch nicht so recht dazu, und außerdem zog er weg. Nachdem Ihr Vater fort war, machte es mir überhaupt keinen Spaß mehr. Ich bin kein weltlich eingestellter Mann, und herumzuhuren und Ähnliches entspricht nicht meiner Auffassung von ›Vergnügen‹.«

»Was war mit Pater Boyle?«, fragte ich. »Er war doch sicherlich nicht erbaut davon, was dort vor sich ging.«

Ole Kronstrom schüttelte bedächtig den Kopf.

»Ich kannte Marty Boyle seit langer Zeit, genau wie die anderen, und ich habe eigentlich nie begriffen, worauf es ihm ankam. Natürlich bin ich kein Katholik – vielleicht kann ich ihn deswegen nicht verstehen. Ich bin strenger Lutheraner, wie Sie vielleicht erraten, und Katholiken sind mir zu spitzfindig. Aber selbst für einen Katholiken ist Marty zu weltlich eingestellt, als dass er meiner Vorstellung von einem Diener der Kirche entspräche.« Er rauchte nachdenklich.

»Sie meinen, er benahm sich wie die anderen?«

»Das will ich nicht sagen. Und ich verurteile niemanden. Ich war immer der Meinung, dass jeder Mensch am Ende mit seinem Gewissen allein dasteht. Davon abgesehen bin ich kein Fachmann in Sachen Marty Boyle.«

»Gestern Abend habe ich mich mit ihm unterhalten, bei ihm zuhause. Es schien ihm gar nicht gut zu gehen.«

»Gicht, so viel ich weiß. Eine seltsame Krankheit für einen Priester.«

»Ich fürchte, nach meinem Besuch ging es ihm noch schlechter.«

»Warum, um Himmels willen? Wie kam es dazu?«

»Ich brachte das Gespräch auf den Club. Die Sache ist nämlich die, dass Tim Dierker sich in der Nacht, als er ermordet wurde, sein Fotoalbum anschaute. Und er weinte dabei. Harriet hat es gesehen. Doch als man nach seinem Tod die Wohnung untersuchte, war das Album verschwunden. Der Mörder hat es offensichtlich mitgenommen. Gestohlen. Er muss einen Grund dafür gehabt haben.«

Er drückte die Asche in den Pfeifenkopf und nahm ein neues Streichholz.

»Und welchen?«

»Genau das ist die Frage. Ich habe es Pater Boyle erzählt und fragte ihn, ob er ein Album mit Fotos von der Hütte besäße. Er hat tatsächlich eins und holte es hervor. Wir schauten es uns an, und dabei wurde er ganz seltsam, und schließlich warf er mich hinaus.«

»Eigenartig. Aber ... äh, gestatten Sie eine Frage. Worin würde die Verbindung bestehen? Zwischen Timothys Tod und der Hütte?«

»Nur dass in dem Album seine Fotos waren. Zusammen

mit anderen von verschiedenen Reisen, die er und Harriet vor Jahren unternommen hatten. Ich sah keinen Sinn darin, zum Beispiel ihre Reise nach Banff mit alldem in Zusammenhang zu bringen.«

»Mit alldem?«

»Ja. Verstehen Sie, ich arbeite mit einer Voraussetzung, die völlig falsch sein kann. Aber wenn zwischen Larry Blankenships Selbstmord und Tim Dierkers Ermordung tatsächlich eine Verbindung besteht, was dann? Dann würde alles enger zusammenrücken ... Larry, Tim, der Club.«

»Trotzdem eine Vermutung«, erwiderte er ruhig.

»Es gibt noch eine weitere Merkwürdigkeit. Boyle erwähnte einen Mann namens Carver Maxvill, von dem ich nie gehört hatte. Wissen Sie etwas über ihn?«

»Carver Maxvill! Das ist wirklich ein Name aus der Vergangenheit. Sicher, er war der Bursche, der eines Tages verschwand. Vermutlich ging er einfach weg. Er war von Anfang an Mitglied unserer Gruppe, ein Rechtsanwalt, ein stiller Typ. Ich kannte ihn von allen am wenigsten, glaube ich. Habe schon vergessen, wer ihm am nächsten stand ... Hubbard Anthony vielleicht. Sie waren beide Juristen.«

»Er verschwand? Wie meinen Sie das?«

»Wie ich es sage. Es gab einiges Aufsehen, als es passierte. Aber die Sache ist dreißig Jahre her. Den einen Tag war er noch da, am nächsten war er weg. Spurlos verschwunden. Mehr weiß ich auch nicht. Nachdem ich die Clubausflüge nicht mehr mitmachte, bin ich ihm nie wieder über den Weg gelaufen. Sie können es aber in den Zeitungen nachlesen. Doch er passt nicht in diese Sache, er kann nicht die Verbindung sein, die Sie suchen. Man hat buchstäblich nichts mehr von ihm gehört, Jahrzehnte nicht.« Er lächelte ein wenig müde, als würden ihn die Erinnerungen allmählich langweilen. »Was Martys Fotoalbum angeht, könnte ihn ein altes Schuldgefühl eingeholt haben, weshalb er sich dann plötzlich abweisend benahm. Ein Spuk der Vergangenheit. Aber das ist nur eine Vermutung.«

»Nun, wie dem auch sei, Carver Maxvill ist nicht die Verbindung. Ich glaube, dass Kim Roderick der gemeinsame Nenner sein könnte.« Er ließ sich nichts anmerken, paffte nur an seiner Pfeife und schaute mich an. »Oh, ich weiß, dass ich spekuliere. Aber sie gehörte zu ihrem Leben, könnte man sagen. Sie war Larrys Frau. Und Tim nahm sie unter seine Fittiche.«

»Ich verstehe«, sagte er. »Kim. Deshalb sind Sie hier.«

»Nicht nur. Und Sie haben richtig vermutet: Die Geschichte mit dem Frosch und dem Skorpion habe ich von ihr. Ich habe heute Vormittag mit ihr gesprochen.«

»Und was halten Sie von ihr? Sie sind in ihrem Alter, ich bin ernsthaft neugierig.« Er wartete. Ein sehr geduldiger Mann, dieser Ole Kronstrom.

»Sie hat mich tatsächlich ein wenig überrascht. Ich hatte etwas anderes erwartet ...«

»Wegen Harriet?«, fragte er glucksend.

»Ja, wegen Harriet.«

»Ihre Trefferquote ist nicht besonders gut, stimmt's? Zuerst Kim, dann ich.«

»Stimmt. Kim gefällt mir. Sie ist reserviert. Ich glaube nicht, dass sie das Gespräch mit mir besonders genossen hat. Aber warum sollte sie auch? Harriet hat mir gegenüber behauptet, dass Kim Sie erbeutet und dann zerstört habe, finanziell und moralisch ruiniert ...« Ich ließ den Satz in der Luft hängen, und schließlich nahm er ihn auf.

»Wissen Sie, ich bin kein Mann, der mit Vertraulichkeiten handelt. Ich habe mich immer abseits gehalten, jeden Tratsch verweigert, nicht einmal zugehört und über mich selbst kaum etwas erzählt. Ein stoischer Schwede, wie Helga mich nannte. Sie konnte mich nie wütend machen. Sie warf mir vor, dass ich immer alles für mich behielt. Und damit hatte sie Recht. Ich bin kein offener Mensch – nicht, wenn es um meine persönlichen Gedanken und Gefühle geht. Folglich hatte ich nie jemanden, mit dem ich über Kim hätte sprechen können. Manchmal wünschte ich mir jemanden, aber es gab keinen. Und jetzt« – er blickte ziemlich schüchtern über den Brillenrand – »falls ich wollte, könnte ich mit Ihnen reden, nicht wahr?«

»Ich wünschte, Sie würden es tun«, sagte ich. Die Beschreibung, die er von sich gab, hätte genauso gut auf Kim Roderick gepasst. »Falls Sie Zeit für mich haben.«

»Bei einer Gelegenheit wie dieser?« Er lachte leise und inspizierte die Asche in der Pfeife, drückte sie zusammen und entzündete ein drittes Streichholz, brachte den Bodensatz noch einmal zum Brennen und wedelte das Streichholz durch die Luft.

»Wenn man die Beschaffenheit der menschlichen Natur bedenkt, ist es ganz normal, dass die Leute mich als alten Narren bezeichnen, weil ich es noch einmal mit einer sehr jungen Frau versuche. Dabei ist Kim zehn Jahre älter, als sie aussieht. Die Leute unterstellen, dass wir einen Handel abgeschlossen haben: ihr Körper gegen mein Geld. Das passiert oft genug, warum nicht auch Ole Kronstrom, dem scheinheiligen alten Furzer von einem Schweden? Der Witz ist, dass die Leute falsch liegen. Wir führen weder eine Vater-Tochter-Beziehung, noch sind wir ein Liebespaar, verstehen Sie? Wir sind Freunde. Ich habe kein einziges Mal mit ihr geschlafen. Habe sie keinmal nackt gesehen ... und es interessiert mich auch nicht. Ich brauche schon seit Jahren keinen Sex mehr. Mein Verlangen danach ist frühzeitig erloschen. Eine Laune des Schicksals und entgegen landläufiger Meinung ein Segen. Die Leute sagen immer, man sei ein armer Teufel, wenn man keinen mehr hochkriegt. Sie kennen das. Aber ich sage Ihnen, wenn das Verlangen endet, vermissen Sie es bestimmt nicht. Man kann sich nicht nach etwas sehnen, woran man das Interesse verloren hat. Wirklich nicht.

Kim und ich sind also im Umgang miteinander sehr gelassen, sehr entspannt. Wir lesen zusammen, oder sie erzählt mir von einem neuen Film, den wir uns anschauen könnten, oder von den Seminaren an der Universität. Kim möchte genauso wenig eine enge körperliche Beziehung wie ich. Wir freuen uns aneinander, reisen durch Europa, genießen unsere Zeit. Ich liebe Kim, und sie liebt mich, aber es ist ganz anders, als Harriet denkt. Es war ein Glücksfall für mich, dass ich Kim kennengelernt habe und in Frieden mit ihr leben kann. Begreifen Sie, was ich sage? Mache ich mich klar verständlich?«

»Helga und Harriet glauben, dass Kim ihren Ex-Mann und Tim Dierker getötet hat. Auf die eine oder andere Weise.«

»Gott, ja, das überrascht mich keineswegs, Mr. Cavanaugh. Überhaupt nicht. Harriet ist ein Klatschmaul, neurotisch, vielleicht sogar psychotisch, nach allem, was ich weiß. Helga ist verletzt. Sie wird nicht darüber hinwegkommen, und sie würde es genießen, würde ich mich schuldig fühlen. Aber das will ich nicht und tue ich nicht. Harriet und Helga bedeuten mir nichts.« Eine leichte Röte überzog seine Wangen, und die Augen wurden schmal. »Ich bin zutiefst dankbar wegen Kim, weil sie mir so viel bedeutet. Ich bin ein altmodischer, religiöser Mann, wissen Sie. Ich bin auf einer Farm in Nord-Dakota aufgewachsen und direkter schwedischer Abstammung, und ich habe meinen Glauben, einen festen Glauben an Gott.« Er seufzte, war ein wenig außer Atem gekommen. »Man darf Menschen wie Harriet und Helga keine Aufmerksamkeit schenken. Man muss sein Leben in die Hand nehmen, sein Schicksal bestimmen, so gut es geht. Und Kim wird mich bis zum Ende begleiten.«

»Und was sie Billy Whitefoot angetan hat – was ist damit? Und denken Sie daran, in welchem Zustand Blankenship sich am Ende befand.«

»Haben Sie mir zugehört, Mr. Cavanaugh?«

»Ja.«

»Dann denken Sie darüber nach. Lösen Sie sich von ein paar vorgefassten Meinungen. Kim ist nicht so, wie es Ihnen eingeredet wurde. Sprechen Sie mit Billy Whitefoot. Er lebt wieder irgendwo im Norden. Und denken Sie nach, um Himmels willen ...«

Es wurde Zeit zu gehen. Die Sonne war hinter dem IDS-HOCHHAUS untergegangen.

»Haben Sie ein Fotoalbum?«

»Großer Gott, nein. Was für ein Gedanke.«

»Sie waren sehr geduldig, und dafür danke ich Ihnen«, sagte ich, »aber ich habe noch eine letzte Frage: Woher stammt sie? Kennen Sie ihre Herkunft?«

»Der Norden ist ein Labyrinth, Mr. Cavanaugh, wenigstens für mich. Ich fürchte, Sie müssen sie fragen.«

»Oh, ich nehme nicht an, dass es dazu kommen wird. Es fiel mir nur gerade ein.« Wir gaben uns die Hand, und er bedachte mich mit einem kleinen extra Druck. Er war ein netter Mann. Ich dagegen war ein komischer Kerl, der ständig Fragen stellte. Ich bedankte mich noch einmal und ging. Ich fühlte mich erschöpft.

7. Kapitel

Ich war erleichtert, wieder an meinem Scheibtisch zu sitzen. Der Tag war zu Ende; es war still, niemand redete. Die Gespräche hatten mich angestrengt. Es hatte keinen Zweck, all die Mutmaßungen und das Gehörte unter einen Hut bringen zu wollen. Ich musste noch einen Artikel schreiben, eine freiberufliche Arbeit, durch die ich mich hindurchkämpfte, eine Kritik zu »Chinatown«, dem Kino-Hit des Sommers. Ausnahmsweise hatte die Nostalgie mal funktioniert: Der Film erschien nicht künstlich und kostümiert. Er besaß vielmehr eine erhöhte Wirklichkeitstreue bezüglich der dargestellten Vergangenheit, und plötzlich kam mir Nicholson in den Sinn, wie er auf der Brücke steht und durch das Fernglas den Chefingenieur der Wasserwerke beobachtet, der wiederum das staubige Flussbett untersucht, kurz bevor man ihn ermordet. Das war ein erstaunlich wirklichkeitsnaher Moment, und die Frage lautete, warum. Es war eine Erleichterung, mal über den Mordfall eines anderen nachzudenken.

Das war der Augenblick, als Julia anrief und mich zu ihnen zum Essen einlud. Archie frage sich, ob ich noch immer mit dem »Fall« beschäftigt sei, wie er sich ausdrückte, sagte sie, und er sterbe vor Neugier, was da abliefe. Ich hielt ihr vor, wie bedauerlich ihre Wortwahl ausgefallen sei.

Ich ließ den Porsche gemächlich durch das frühe Abendrot rollen, während kleine Nebelfetzen vom Marschland aufstiegen und Bobby Hacketts Trompete »Time on My Hands« blies. Ich brummte dazu den Text, soweit ich ihn noch wusste.

Bei Lammkoteletts, Pfefferminzsoße und einem Maissoufflé erzählte ich Archie und Julia von den Gesprächen des Tages. Während ich alles herunterleierte, überlegte ich, ob Kim noch in Jeans war, ob sie in einem Kleid mit Ole beim Dinner saß oder ob sie zu lernen hatte. Das Sommersemester war zu Ende. Vielleicht arbeitete sie an ihrer Dissertation.

»Also, ich habe mir ein paar Gedanken darüber gemacht«, sagte Archie, während er sich einen Stumpen anzündete. Dann schaute er eine Weile auf den Dufy, der über dem Sideboard hing, ein dunkles Stillleben mit blank polierten Platten und Schüsseln, Kerzenleuchtern und anderem Kupferkram. »Ich habe versucht, den Fall wie die Handlung eines Buches zu betrachten, das ich schreibe, um ein bisschen Ordnung hineinzubringen und die Teile zusammenzufügen.« Er stand auf und klopfte sich den Bauch. »Die Koteletts waren sehr gut, Julia. Kein Steak natürlich, aber du ziehst Lamm vor, nicht wahr? Kommt, lasst uns ins Arbeitszimmer gehen und alles laut durchdenken.«

Wir folgten ihm, nahmen unsere Kaffeetassen mit und setzten uns in die großen geblümten Sessel. Die Lampe auf dem Tisch verbreitete ein behagliches Licht, aber ein empfindlicher Luftzug kam von den offenen Türen. Der Wind wehte in den Spätsommernächten vom See herauf. Archie schaltete zwei weitere Tischlampen ein und bereitete sich auf eine Demonstration vor. Er benutzte eine große Schultafel auf Rädern, wenn er die Handlung für ein Buch entwarf, und die rollte er nun heran, sodass wir sie sehen konnten. Er nahm Schachteln mit farbiger Kreide und ein paar Löschfilzblöcke aus der Schreibtischschublade. Ich roch den Kreidestaub, den er in Wolken verbreitete, besann mich darauf, dass ich zu Besuch war und dass seine

Arbeit bei all den Kreideflecken in der Kleidung erfolgreich war.

Während wir wie das Publikum eines Zauberkünstlers jede seiner Handlungen beobachteten, schrieb er das Wort »Fotoalbum« auf die Tafel. »Das scheint mir entscheidend zu sein«, sagte er hinter einer Rauchwolke. »Es ragt aus dem allgemeinen Durcheinander heraus. Warum stiehlt ein Mörder ein Fotoalbum? Nun, das ist eine höllische Frage.« Er zog zwei dicke gelbe Linien unter die gelben Buchstaben und steckte die Kreide in die Schachtel zurück. Als nächstes kam blaue Kreide zum Vorschein. Timothy wurde blau, Kim rot, Larry grün.

»Timothy war sowohl mit Larry als auch mit Kim verbunden, Kim mit Timothy und Larry, Larry mit Timothy und Kim. Was ein Kriminalschriftsteller hier als Erstes sieht, ist das klassische, grundlegende Dreiecksverhältnis, die stabilste Struktur überhaupt. Die Dreiecksbeziehung ist das meist benutzte Element aller Kriminalschriftsteller, und ihre Geschichten spiegeln das Leben wider, wenigstens auf dieser grundlegenden Ebene. Die Dreiecksbeziehung ist für gewöhnlich sexuell motiviert, aber das ist in diesem Fall unwahrscheinlich, wie es aussieht. Aber es gibt andere Gründe für eine solche Beziehung: Habgier, Eifersucht, Rache – und ich möchte wetten, sie spielen beim Mord an Tim Dierker eine Rolle.« Er zeichnete ein Dreieck zwischen den Namen.

»Aber hängt eins davon auch mit Blankenships Selbstmord zusammen?« Julia manikürte sich die Fingernägel mit einem Kleenex voller Cutex und einem Fläschchen Nagellack. »Kannst du eine Handlung konstruieren, die den Mord und den Selbstmord verknüpft? Das ist es schließlich, was Helga und Harriet anführen. Sie behaupten, Kim sei das Verbindungsglied, aber wir stimmen wohl darin überein, dass sie wegen Kim ein bisschen verrückt sind.« Sie zerknüllte das feuchte Kleenex, warf es in den Aschenbecher und zupfte ein neues aus der Schachtel. »Gibt es denn aber eine andere Verbindung?«

»Richtig«, sagte Archie, der die Namen an der Tafel musterte. »Steht Larrys Selbstmordmotiv in irgendeiner Beziehung zu dem Motiv von Timothys Mörder? Das«, sagte er seufzend, »wäre wunderbar ... ist aber teuflisch schwer festzustellen. Rache?« Er schrieb das Wort an die Tafel. »Eifersucht?« Er schrieb es daneben. »Habgier?« Er schrieb und schüttelte den Kopf. »Den einen in den Selbstmord getrieben, den anderen ermordet ... aber wo liegt die Verbindung, hm? Ein fruchtbares Feld für die Ermittlung, aber unglücklicherweise sind beide Zeugen tot.«

»So brauche ich wenigstens nicht mit ihnen zu reden«, sagte ich. »Das ist auch etwas wert.«

»Also, Paul«, sagte Julia tadelnd.

»Ehrlich, ich habe genug von dem vielen Gerede«, erwiderte ich.

»Unsinn!« Archie drehte sich um. »Du kannst noch nicht genug haben, du fängst gerade erst an – du hast noch neunzig Prozent der Gespräche vor dir. Lies meine Geschichten, du dummer Kerl! Da heißt es nur reden, reden, reden. Du führst die Vernehmungen, nimmst die Spur auf, bist der Mann, der in dem Geschehen jene Bedeutung erkennt, die zu haben es nach außen verleugnet. Lies meine Bücher, lies Ross Macdonald, lies Raymond Chandler.« Er fegte meine Erschöpfung ungeduldig beiseite. »Mit den Leuten reden – so muss man es machen, in der Literatur wie im wirklichen Leben. Was glaubst du, was Mark Bernstein und seine Jungs den ganzen Tag tun? Sie befragen die Leute, bis sie schwarz werden.«

»Archie, um Himmels willen«, mahnte Julia, »er hat nur gesagt, dass er müde ist.«

Sie kicherte, während sie den Pinsel über ihre spitzen Nägel zog.

»Trotzdem muss er sich auf die Socken machen und damit fortfahren«, murrte Archie, wenn auch ein bisschen leiser, wandte sich seinen Blockbuchstaben zu und wischte sich die Hände an der Hose ab, wo er einen blassen staubigen Regenbogen hinterließ. »Wie oft bekommt man im Leben eine solche Chance? Ich bin in fünfunddreißig Jahren nicht so nah an einem Mordfall gewesen, jedenfalls nicht im zivilen Leben. Das macht mir Zahnschmerzen. Ich wünschte, ich könnte mich in die Sache stürzen. Aber andererseits bin ich mir nicht ganz sicher. Meine ausgedachten Morde« – er zeigte mit einer ausholenden Bewegung auf die Bücherregale – »sind auch sehr befriedigend. Da weiß ich immer, was los ist.« Er paffte ernst vor sich hin, und wir verfielen eine Zeit lang in Schweigen, während wir auf die Tafel starrten. Der Kreidestaub brachte Archie schließlich zum Niesen.

»Wir haben einen Gesichtspunkt vergessen, einen besonders merkwürdigen«, sagte er dann. »Vielleicht liegt da das Verbindungsglied. Jemand hat Larrys persönliches Eigentum – was immer es gewesen sein mag – aus seinem Apartment entfernt. Derselbe, der Tim Dierkers Fotoalbum stahl? Verknüpft das die beiden Fälle, Paul? Aus beiden Apartments wurde etwas mitgenommen.«

»Bravo, Archie«, sagte Julia, und Archie strahlte.

»Fenton Carey wäre stolz auf dich«, sagte ich. Fenton Carey ist Archies Reporter- und Detektivgestalt, der Held von fast tausend absonderlichen Abenteuern, die sich alle um Mord drehen.

»Tatsächlich, das glaube ich auch. Und jetzt koche ich uns frischen Kaffee«, sagte er glücklich und machte sich unbeschwert auf den Weg in die Küche.

»Was hältst du davon?«, fragte ich Julia.

»Archie Cavanaugh hört niemals auf zu denken, er wird immer irgendwelche Theorien aufstellen. Hier, würdest du mir bitte das Fläschchen zuschrauben? Meine Nägel sind noch nicht trocken.« Sie wedelte mit den Händen. »Und könntest du die Türen schließen und das Feuer anzünden, Paul?« Ich stand auf, um es zu erledigen. »Er fängt gerade erst an, weißt du«, fuhr sie fort. »Er ist fest entschlossen, die Sache wie eine seiner Geschichten anzugehen. Ich wäre nicht überrascht, würde er den Fall tatsächlich lösen. Insgeheim ist er doch der unbeugsame Fenton Carey. Der einzige Unterschied ist, dass Fenton immer vierzig bleiben wird. Archie ist unheimlich gut, sobald er vor der Tafel steht, und er besitzt einen scharfen Verstand. Er könnte es am Ende wirklich herausfinden. Seine Theorie über die mögliche Verbindung – ich wäre darauf nicht gekommen, aber der Gedanke ist vernünftig. Vielleicht.«

Ich zündete die zerknüllten Zeitungsblätter unter den Birkenscheiten an und beobachtete, wie die Rinde aufplatzte und Feuer fing. Archie kam mit den Kaffeebechern zurück und schenkte ein.

»Natürlich ist da noch Carver Maxvill«, sagte er, während er Sahne und Zucker verteilte. »Fast hätte ich ihn vergessen. Ich hörte damals von der Sache, obwohl wir nicht mehr hier gewohnt haben. Und damals sind ziemlich viele Menschen aus meinem Leben verschwunden – Teufel auch, es war Krieg. Ich arbeitete mit Leuten wie Jon Goode in Washington und London, brachte Agenten nach Frankreich und Norwegen, Deutschland, Griechenland und Jugoslawien, und einige kamen dabei um ... Deshalb war es nicht sonderlich bemerkenswert, dass ein Mann plötzlich verschwand, den ich flüchtig gekannt hatte.

Aber im Nachhinein gesehen – und wenn man bedenkt, dass das gestohlene Album auf den Jagd- und Angelclub hindeutet – erhält Carver Maxvill eine große Bedeutung.« Er setzte das Kaffeetablett auf den Schreibtisch und legte eine Schallplatte auf. Leise begann ein Debussy-Stück mit Saxophon; Archie hatte den Bogen raus, wie er mich völlig entspannen konnte. Julia hatte Zucker und Sahne in meinen Kaffee gerührt und reichte mir den Becher.

»Also, wenn ich die Handlung entwerfen müsste«, fuhr Archie fort und wählte violette Kreide aus, »würde ich mich ganz auf Carver Maxvill konzentrieren.« Er schrieb den Namen rasch und entschieden und setzte den I-Punkt so schwungvoll, dass die Kreide abbrach. »Die meisten Fälle entnehme ich ohnehin den Zeitungen. In einem See taucht eine Leiche auf, die nicht identifiziert werden kann, dann lese ich die Zeitungen oder rufe einen Freund bei der Polizei an und schaue, was sich ergibt, als wer der Tote sich erweist, und fast immer stellt sich heraus, dass man einen Roman daraus machen könnte. Die Menschen führen häufig ein überaus verwickeltes Leben, und noch viel häufiger liegen die Ursachen ihres Schicksals in der Gegenwart irgendwo in ihrer Vergangenheit. Sie stecken tief in einem Beziehungsgeflecht, das sich über die Jahre verändert und auf längst vergessene Ereignisse zurückgeht. Die Vergangenheit, Paul, hält immer eine Lektion bereit. Und sie läßt einen Menschen nur ungern los. Immer zischt und windet sich etwas unter der glatten Fassade eines Lebens, und meistens ist es etwas, das einer nicht offenbaren will.« Er kicherte über den Rand seiner Tasse hinweg. »Auch in Minneapolis, ob man's glaubt oder nicht.

Also wende ich mich Carver Maxvill zu – zunächst als einer schillernden Vermutung. Er war ein Mitglied des Clubs, und das Fotoalbum, auch das von Boyle, zieht den Club in die Geschichte hinein.« Er ging und brachte sein eigenes Album wieder zum Vorschein, das ich unlängst durchgeblättert hatte. »Wollen mal sehen ... ich muss auch ein Bild von Carver haben.« Er drehte nachlässig die schwarzen Bögen um und hielt plötzlich inne. »Da ist er. Ich habe ihn nicht einmal wahrgenommen, als wir uns das Album neulich angeschaut haben.« Er zeigte auf einen blonden langhaarigen Mann in ausgebeulten Hosen mit einem stramm gezogenen Gürtel, einem weißen T-Shirt und dunkler Sonnenbrille. Sein Gesicht war nahezu rechteckig, und ohne den Schatten darauf hätte man ihn wahrscheinlich für gut aussehend befunden. Er war noch auf ein paar anderen Schnappschüssen zu sehen. »Besagt nicht gerade viel, oder? Ein Foto ist eben nur ein Foto.« Archie betrachtete eine Weile die Tafel und dachte nach oder erwartete, dass sie es für ihn tun würde.

»Wir können getrost davon ausgehen, dass er auch in Timothys Album war. Allem Anschein nach bekommt er einen festen Platz in der Geschichte. Wirklich ein interessanter Kandidat, wenn wir unsere Phantasie ein bisschen spielen lassen. Angenommen, er ist noch am Leben und läuft frei herum – dann wäre er inzwischen ein anderer Mensch geworden. Angenommen, er ist zurückgekehrt. Besucht Larry Blankenship, und nachdem er wieder fort ist, bringt der sich um. Er geht noch einmal ins Apartment und nimmt alles mit, was ihn mit Larry in Verbindung bringt ... und was ist, wenn er anschließend Timothy Dierker besucht hat?« Er lächelte, war glücklich und in seinem Element. »Na gut, es ist nur eine Kette von Vermutungen, aber das werdet ihr mir sicherlich zugestehen.«

Als ich schläfrig zur Tür wankte, sagte mir meine abgegriffene alte Rolex, dass es kurz vor Mitternacht war. Es gab ein paar Dinge in meinem Leben, auf die ich mich verlassen konnte: die Baseball-Enzyklopädie; die alte Rolex, die von Datumsanzeigen und Quarzchips noch nichts wusste; der Porsche, der sich weigerte, zum Teufel zu gehen.

»Lass mich noch ein wenig darüber nachdenken, Paul. Und gib deine kleinen Plaudereien mit den interessanten Leuten nicht auf. Im Zweifelsfall denk an Fenton Carey und mach weiter. Wie meine britischen Freunde während des Krieges zu sagen pflegten: Es ist noch früh am Tag. Hab Geduld.« Er klopfte mir auf die Schulter und schickte mich in die Dunkelheit. Auf der Fahrt in die Stadt spielten sie die

Filmmusik aus »Ein Mann und eine Frau«, und ich wünschte mir auszusehen wie Jean-Louis Trintignant, wenn er Bogart kopiert.

An dem Abend, als ich den alten Mann in Finnland tötete, fegte trockener Schnee über den Bahnsteig, stach mir ins Gesicht und rieselte in meinen Mantelkragen. Der Alte trug einen schwarzen Mantel, der ihm um die Fußgelenke flatterte; der Pelzkragen war voller Schnee. Er glaubte sich in Sicherheit, ging vorsichtig durch den hohen knarrenden Schnee der Dorfstraßen. Ich hatte ihn von einer Allee aus beobachtet und vor Angst geschlottert. Mir war übel, und ich war angetrunken und hatte mir die Zehen halb erfroren. Er ging so schnell er konnte, wobei er sich eine abgegriffene Aktentasche an die Brust drückte und sich in Erwartung des Schlimmsten immer wieder umschaute. Als er am Bahnhof eintraf, glaubte er schon, er würde es schaffen. Ich kotzte den Wodka in den Schnee. Danach war ich etwas klarer im Kopf, aber klamm vor Schweiß. Meine Glieder schmerzten, ich konnte kaum laufen.

Wir waren die einzigen Passagiere. Auf dem Bahnsteig glühte ein holzbefeuerter Ofen und sprühte Funken, als der alte Mann sich den Schnee vom Mantel fegte. Er fing meinen Blick auf, seine runden Brillengläser glänzten im Licht. Er schneuzte sich in ein graues Taschentuch und setzte sich auf eine Bank. Zusammen warteten wir in der heftigen Stille. Nur wir zwei. Meine Rolex, die schon damals alt war, zeigte acht Minuten vor elf, als der Alte zum Schalter eilte und die Fahrkarte kaufte. Ich ging ihm nach, stand stumm hinter ihm, kaufte dann meinerseits die Fahrkarte. Um vier Minuten vor elf ging er auf den Bahnsteig und hielt die Aktentasche wie ein Kind, beschützend, trotzig. Er näherte sich vorsichtig dem Gleis, spähte hinunter ins Dunkle. Ich stellte mich zu ihm, als wollte ich ebenfalls als Erster den

Zug erblicken, der uns nach Helsinki zurückbringen würde. Die Lokomotive hatte einen starken Scheinwerfer, und um zwei Minuten vor elf sahen wir sie kommen, wie sie sich, von einem unschuldig weißen Lichthof umgeben, durch den wehenden Schnee schob ...

Das alles tauchte aus meiner Erinnerung auf, weil ich beabsichtigte, General Jon Goode aufzusuchen. Es war früh am Morgen, die Sonne stieg hell über dem Lake Harriet auf, aber das sommerliche Gold bekam schon einen Silberschleier. Diese Verwandlung berührte mich ganz eigenartig, und ich weiß bis heute nicht, warum. Vielleicht lag es an mir; mein Magen fühlte sich an wie damals, und es war Jon Goode, dem ich diese Erinnerung verdankte.

Was ich in jener Nacht getan habe, geschah, um mein Leben zu retten, aber damit war ich nicht ganz erfolgreich. Denn ein Teil von mir – ein Teil meiner Menschlichkeit – ist mit dem alten Mann gestorben. Nachdem es vorbei war, stand ich dem Leben distanziert gegenüber, begegnete Leidenschaft und Glück mit Kälte. Vielleicht war es das, was ich in Kim Roderick spürte und was mich zu ihr hinzog. Und was Anne gemeint hatte.

General Goode erwartete mich an der Tür des stolzen Backsteinhauses, das er allein bewohnte. Die Farbe auf den Pfeilern und Fenstersimsen war noch die ursprüngliche, der Weg gerade, der Rasen ordentlich und exakt beschnitten. Ein Mann in Arbeitskleidung war damit beschäftigt, eine Hecke mit einer altmodischen Heckenschere zu schneiden; neben sich hatte er eine Schubkarre voll Dünger, Blumenerde und Werkzeug. Goode lächelte verbissen. Sein steinernes Gesicht bekam ein paar Frostsprünge, als er mir einen guten Morgen wünschte. In dem grauen Trainingsanzug und den Addidas-Turnschuhen hatte er etwas von einer Anziehpuppe, von einem Bilderbuchsoldaten, und dazu passten die eckigen Schultern, der schmale kantige Kopf, das drahtige graue, kurz geschnittene Haar. Die Nase halbierte das Rechteck des Gesichts vertikal, die grauen Augenbrauen und der schmale Schnurrbart teilten es horizontal in drei Teile. Die Ohren waren klein und scharf wie Patronen, und selbst die Fingerspitzen waren säuberlich vierkantig zugeschnitten. Er roch entschieden nach Selbstkontrolle, ein reservierter, straffer Charakter ohne die geringste Schwäche.

»Gutes Timing, Paul«, sagte er, als ich ihm auf die Sonnenterrasse folgte, wo die Pflanzen geradezu spürbar gediehen und der Ausstoß von zwei surrenden Luftbefeuchtern das Atmen schwer machte. »Ich habe soeben meinen Morgenlauf rund um den See beendet, wie ein Uhrwerk. Ich bin gut in Form« – er lachte trocken, setzte sich in einen Korbsessel und erwartete, dass ich ihm gegenüber Platz nähme – »so gut in Form, dass ich ewig leben müsste. Habe mich niemals besser gefühlt. Ich kann Ihnen Kaffee anbieten, aber ich selbst trinke das Zeug nicht mehr, habe auch das Rauchen aufgegeben. Je weniger man sich in den Magen stopft, desto besser. Ich faste einen Tag in der Woche und ...« Er taxierte mich und runzelte die Stirn. »Sie täten gut daran, ebenfalls zu fasten, Paul. Zwei Tage die Woche, das würde ich Ihnen anraten. Sie sollten sich wirklich zusammenreißen, oder es wird zu spät sein.« Er brachte noch einmal ein armseliges Lächeln zustande und rieb sich die Hände. »Also, was kann ich für Sie tun, Paul?« Der alte Scheißkerl war gerade eine Stunde lang gerannt und nicht einmal außer Atem. Ich erzählte ihm den Firlefanz mit der nostalgischen Geschichte, die ich schreiben wollte, und es klang so falsch in meinen Ohren, dass ich davor zurückschreckte, sie zu wiederholen.

»Also sammle ich Erinnerungen über den Club«, sagte ich. »Mein Vater hat mich darauf gebracht. Ich habe schon mit Tim Dierker gesprochen, kurz bevor er den tiefen Sturz machte ...«

»Schreckliche Sache«, sagte er schroff. Er goss sich Orangensaft aus einem Glaskrug ein, der auf dem Korbtisch neben seinem Sessel stand. Ein Efeugewächs hing aus einem Korb über dem Tisch. Er schwenkte das Glas in meine Richtung und nippte daran.

»Aber der Tod dürfte Sie nicht so sehr berühren wie andere Leute, nicht wahr? Nicht nach dem Leben, das Sie geführt haben.« In meiner Stimme lag Schärfe; was ich in seiner Gegenwart empfand, durchbrach meine Fassade und kam ans Licht dieses Morgens. Goode ignorierte die Spitze, sofern er sie überhaupt bemerkte.

»Der Tod erwartet jeden«, erwiderte er philosophisch und mit einer Arroganz, als würde er sich mit dem Sterben bestens auskennen, was ich ihm allerdings unterstellte. »Der Tod ist am Ende der Sieger, und je eher wir aufhören, deswegen nervös zu sein, desto besser für uns. Ich habe ein-, zweimal einen Toten gesehen, Männer, die im besten Alter aus dem Leben gerissen wurden, und das ist schlimm, aber Tim ... Tim hatte schon ein langes und erfolgreiches Leben hinter sich. Es ist nicht sein Tod, der mich so aufregt, sondern die Art und Weise. Sie ist bestürzend. Die Folge einer fehlgeleiteten Gesellschaft, sagen manche, und sie könnten Recht haben – Rowdys, die einen alten Mann vom Dach stoßen, Gewalt auf den Straßen, das gibt es überall. Einer meiner Nachbarn ist eines Abends um den See spazieren gegangen, vor einem Monat etwa. Um unseren See, meinen See, verdammt noch mal! Und er wurde niedergeschlagen und ausgeraubt, im Regen liegen gelassen ... Die Autos fuhren eins nach dem anderen an ihm vorbei, während er auf allen Vieren die Straße entlangkroch. Niemand half. Ich fand ihn am nächsten Morgen. Es war neblig, und der Mann war bewußtlos, hatte einen Schädelbruch und eine Lungenentzündung, aber er lebte.« Er trank von seinem Saft und schlug die schlanken Beine übereinander. »Solche Rowdys sollte man behandeln, wie wir es beim Militär machen, im Kampf oder bei Einsätzen. Ich habe schon erlebt, wie Schläger, Kriminelle und Psychopathen von ihren Kameraden erschossen wurden, und habe dabei die Augen zugemacht. Schlichte Gerechtigkeit, würde ich sagen.« Er schaute mich mit seinen blassen Augen an. »Sie haben Recht, ich sehe den Tod anders als die meisten Leute. Der Tod gehörte zu meinem Beruf. Aber das verringert nicht meine Trauer über Tims Ableben. Verwirren Sie nicht meine Gefühle, Paul, nur weil Sie sie nicht verstehen.«

»Ist das ein Befehl, General?«

»Eine Bitte, Paul.«

Ich zuckte die Achseln. Ich wußte Bescheid über seine Bitten. Ich bat ihn, mir vom Jagd- und Angelclub zu erzählen.

»Ich bin kein Angler. Ich bin Jäger, erfülle die grundlegende Bestimmung des Menschen ...«

»Ach, Scheißdreck, General«, sagte ich. »Reden Sie nicht so obskures Zeug.«

»Was ist los, Paul? Mit dem falschen Fuß aufgestanden?« Er bemühte sein angespanntes kleines Lächeln und nahm sich noch etwas Orangensaft. Aus einer Milchglasschale schaufelte er eine Hand voll Pillen und schluckte sie mit zwei großen Schlucken Saft hinunter.

»Was meinen Sie mit ›Bestimmung des Menschen‹? Das klingt verdächtig nach Mist ...«

»Der Mensch ist ein Raubtier, es ist seine Natur zu jagen. Letzten Endes sind wir alle nur Tiere. Das Raubtier lauert in uns allen, und wenn man klug ist, wird man mit diesem Trieb fertig. Das ist einer der nützlichsten Aspekte des Krieges: Er verschafft uns die Befriedigung unserer Aggression. Der Drang zu jagen, zu töten, im entscheidenden Moment zuzuschlagen, entschlossen, unwiderruflich – das heißt die Natur der menschlichen Spezies zu akzeptieren.«

»Und man kann seine Natur nicht ändern, meinen Sie?«

»Jetzt begreifen Sie, Paul.« Der Gärtner war mit der Hecke fertig und arbeitete rhythmisch mit der Schere rings um die Terrasse. »Dieser Tötungsinstinkt ist derselbe verdammte Instinkt, der einen Mann zum Sammeln treibt. Zum Sammeln seltener Bücher, Briefmarken oder schöner Waffen – das ist eine Abwandlung des alten Tötungsinstinkts, seine Sublimierung.«

»Der Mensch ändert sein Verhalten, mäßigt es«, folgerte ich, »aber nicht seine Natur.«

»Exakt, Paul.«

»Haben Sie mal jemanden getötet? Sie selbst, meine ich?«

»Über so etwas spreche ich nicht. Niemals.«

»Da mache ich Ihnen keinen Vorwurf.«

Ich stocherte ein wenig in Clubgeschichten herum, ohne irgendwohin zu gelangen. »Wenn ich die Clubmitglieder durchgehe, stoße ich auf jemanden, den ich nicht auftreiben kann. Einen Mann namens Carver Maxvill. Habe gehört, er sei verschwunden, was immer das heißen soll.«

General Goode zog sich geringfügig vor mir zurück, straffte sich und setzte das Glas ab.

»Weshalb, zum Teufel, sollte das wichtig sein? Woher soll ich wissen, was mit ihm passiert ist? Er kam meist mit uns in den Norden, ein merkwürdiger Kerl. Eine Zeit lang habe ich mich gefragt, ob er schwul sein könnte, aber das war vermutlich lieblos von mir. Damals war ich die meiste Zeit in Washington. Ich weiß nichts darüber, was mit ihm passiert ist, gar nichts. Und es liegt mir auch nichts daran.«

»Das ist seltsam«, sagte ich. »Niemand will über den armen Kerl reden. Der alte Carver Maxvill. Pater Boyle warf mir ein paar seltsame Blicke zu und bat mich zu gehen.«

»Nun, ich bitte Sie nicht zu gehen, Paul, aber ich habe tatsächlich in einer halben Stunde eine Telefonkonferenz.« Er warf einen Blick auf die Uhr. »Ich muss jetzt duschen«, sagte er und stand auf. Er reichte mir nur bis an die Schulter, aber sein Auftreten war beherrschend.

»Noch eine Sache ...«

»Sie hören sich an wie Columbo im Fernsehen, wenn er den Gaststar langsam, aber sicher in die Todeszelle lockt.« Er lachte leise und ging ins Haus. Ich folgte ihm durch den langen dunklen Flur und hörte, wie draußen der Rasenmäher angelassen wurde.

»Warum sollte der Mörder – der nebenbei bemerkt kein Rowdy war –, warum sollte er Tim Dierkers altes Fotoalbum stehlen?«

»Ich habe keine Ahnung.«

»Also, ich vermute, es hat etwas mit dem Club zu tun. Das passt, es waren nämlich alle alten Bilder von den Fahrten in den Norden darin ... und seine Frau erzählte mir, er habe sie angeschaut und dabei geweint, kurz bevor er umgebracht wurde.«

»Hören Sie, Paul.« Er blieb stehen, stemmte die Hände in die schmalen Hüften. »Sie sind auf dem besten Weg in einen Sumpf, fürchte ich. Sie verschwenden Ihre Zeit. Der Mord an Tim hat überhaupt nichts mit dem Club zu tun, wie Sie es offenbar vermuten. Wir waren ein unschuldiger Haufen, junge Männer, die es genießen wollten, mal von allem wegzukommen. Da war nichts Schlimmes dabei.«

In der Tür blieb ich noch einmal stehen. »Kannten Sie Larry Blankenship? Oder seine Frau?«

»Ich habe Larry durch Tim Dierker gekannt. Aber nicht gut.«

»Gut genug, um zu seiner Beerdigung zu gehen.«

»Tim zuliebe. Er wollte ein paar Leute dabeihaben. Der Mann hatte keine Familie, so viel ich weiß.«

»Und seine Frau?«

»Ich wusste, wer sie ist, vom Norway Creek. Nettes Mädchen, fleißig, nichts weiter.«

»Sie haben nicht zufällig erfahren, woher sie stammt?«

»Mein Gott, warum sollte ich? Sie ist für mich niemand Besonderes.«

General Goode wurde ungeduldig, was mir erhebliches Vergnügen bereitete. Zu meinem Bedauern hatte er sich jedoch unter Kontrolle.

»Nun, falls Sie Zeit für mich hätten, würde ich mir gern Ihre Erinnerungen über den Norden anhören, wie es dort vor dreißig, vierzig Jahren gewesen ist ...«

»Nicht viel anders als heute, würde ich sagen. Da oben hat sich nicht viel verändert.«

»Sie hätten nicht vielleicht ein paar Schnappschüsse von damals? Für das Buch, das ich schreibe.«

»Oh, es gibt vermutlich irgendwo eine Kiste mit Fotos. Auf dem Speicher. Vielleicht wurden sie auch weggeworfen – ich lebe eigentlich nicht in der Vergangenheit, Paul, und denke auch nicht viel darüber nach.«

»Das würde ich auch nicht tun, wenn ich Sie wäre, da bin ich mir sicher.«

Er hatte genug von mir. Da er mich nicht vor ein Kriegsgericht stellen konnte, schloss er die Tür vor meiner Nase.

»Ich glaube nicht, dass ich Ihnen helfen kann«, sagte er noch. »Da bin ich mir sicher.«

An der Straße gab es kaum einen Hinweis auf den Besitz der Crockers. Sie führte in Kurven durch Long Lake, dann wieder in die Hügel, die mitten aus dem See aufzusteigen schienen. Es gab nur die Torpfosten aus Feldsteinen und einen weißen Zaun, der sich über die Hügel zog und sich in mittlerer Entfernung zwischen Bäumen verlor. Hinter diesen Bäumen lugte ein grün gedecktes Dach hervor, und schließlich enorm viel grün gedecktes Dach und Schornstein an Schornstein. Die Auffahrt erreichte eine Länge von anderthalb Meilen, wobei mich der Eindruck befiel, eine Staatsgrenze passiert zu haben und mich unter völlig andere Menschen zu begeben. Ich fuhr über Schotter und betrachtete dabei die Pferde, die auf der weiß umzäunten

Koppel grasten, und zwei Kinder in Jodhpurs und Stiefeln, die zwischen den Tieren herumschlenderten. Vor dem Haus, das mit drei Flügeln in etwa einen Halbkreis bildete, befand sich ein großer Wendeplatz mit einem trockenen Bassin in der Mitte. Auf dem Rasen und auf den Steinen standen ein paar Autos, wie achtlos verstreut: Crockers metallgrauer Mark IV mit offenem Verdeck, ein roter Cadillac Eldorado mit heruntergelassenem weißen Dach, ein Ford Kombi, ein goldfarbener Mercedes 450 SL und ein alter Thunderbird. Ich setzte den Porsche unter einen Baum in den Schatten und hoffte, dass er niemandes Anstoß erregen würde. Es war ein Uhr.

Ich stand da wie ein Idiot, starrte auf die Weitläufigkeit des Hauses, die vielen langen Fenster, und fragte mich gerade, wo ich mit der Suche nach Crocker beginnen sollte, als der zweite Gärtner an diesem Tag mit ernstem Gesicht um eine Ecke bog.

»Entschuldigen Sie, Sir«, sagte er, ein ältlicher Knabe mit Schwielen an den Händen und dem Stummel einer Maiskolbenpfeife im Mund. »Sind Sie Mr. Cavanaugh?« Ich gestand es ein. »Mr. Crocker sagte mir, dass Sie kommen, und ich soll Ihnen ausrichten, sie seien hinten beim Pool. Gehen Sie nur um die Ecke, dann sehen Sie sie schon. Schließen Sie sich einfach an.« Er zog an der Pfeife und schaute mir nach, wie ich um die Ecke verschwand.

Der Tag verwandelte sich auf die übliche Weise, wenn es auf das Ende des Sommers zugeht. Nach einem sonnigen Morgen ziehen weiße Wolkenbänke auf, rollen über den klaren blauen Himmel wie eine Brandung. Der Wind frischte auf und spielte in den Bäumen, zerrte an den Markisen, die sich an der Rückseite des Hauses über Rattan, Glas und Feldstein spannten. Der See lag grau da, wie eine Wolke vor der Sonne.

Ein langer Swimmingpool lag genau zwischen dem Haus und dem See, von beidem etwa hundert Meter entfernt, und es gab ein Badehaus mit einer Terrasse und einer verglasten Veranda, einen Tennisplatz hinter ein paar Pappeln und näher am Ufer einen Grillplatz mit Tischen und Sonnenschirmen. Von den Gasgrills stieg Rauch auf; ich konnte ihn bereits riechen, als ich den dicken, weichen Rasen überquerte. An die zwanzig Leute unterschiedlichen Alters und unterschiedlicher Statur sprenkelten das Gelände, das so groß war, dass sie alle verloren wirkten, so als wäre niemand zu ihrer Party gekommen. Ich hatte weit genug zu laufen, um mir auszumalen, wer sie waren. Crocker kümmerte sich um die Grills wie Harry Truman, in weißen Shorts und einem Hawaii-Hemd; seine Gattin, in einem fließenden Frotteevorhang, saß mit ein paar Frauen zusammen, die eine Generation jünger waren und sich alle hinter Sonnenbrillen versteckten; die Ehemänner traten zusammen mit Teenagern nach einem Fußball; schöne reiche Mädchen mit gelbbrauner Haut und braunem Haar, das wie Sirup floss, schlenderten vom Tennisplatz herüber und sahen eindeutig genießbar aus. Andere Leute standen an einem Steg am Seeufer und rangelten darum, ein Segelboot loszumachen oder zu vertäuen. Ein paar kleine Kinder droschen auf ihre Crocketbälle ein und schwangen die Schläger mit böswilliger Unbekümmertheit. Die königliche Familie in ihrer Freizeit. Ich fragte mich, ob sie Spaß hatten und sagte mir, dass diese Frage dumm war und typisch für einen aus der Mittelschicht. Ich an ihrer Stelle hätte jedenfalls einen Heidenspaß gehabt.

Niemand schien mich zu bemerken, wie ich in meinen Chinos und dem rot karierten Hemd daherkam, dessen Schulterklappen nicht zu sehen waren, weil ich ein Sportjackett aus verknittertem Denim darüber trug. Ich hatte mich nicht geprügelt, sondern es kam so aus Frankreich und hatte mich eine Stange Geld gekostet, weil jemand offensichtlich viel Zeit gebraucht hatte, um darauf herumzutrampeln, bis es zufriedenstellend aussah. Radikaler Schick.

Und ich war von mir selbst enttäuscht, weil ich mich so sinnlos darin verliebt hatte.

James Crocker hatte welliges weißes Haar, harte Gesichtszüge und trug eine schwarze Hornbrille und den goldenen Ring der Universität von Minnesota mit einem roten Stein, der fast die Größe eines Hufeisens hatte. Zur Begrüßung vergrub er meine Hand in der seinen und meinte, mein Jackett sei wohl beschädigte Ware. Ein schlechter Anfang; ein Tritt in die Weichteile wäre darauf die einzig richtige kultivierte Antwort gewesen. Aber er schien ein rauer und liebenswürdiger Mann zu sein, der wahrscheinlich in John-Wayne-Filme vernarrt war und allzu gern mit Schutzhelm und Werkzeug auf seinen Baustellen herumhing. Zehn Hähnchen lagen auf den Grills und brutzelten und bräunten.

»Meine berühmte Barbecue-Sauce«, sagte er und leckte sich etwas von den Stummelfingern. »Die Familie behauptet, sie sei wundervoll, aber womit kennen die sich schon aus, he? Hab das Rezept von der Johnson-Ranch bekommen, als Lyndon Präsident war – echte texanische Barbecue-Sauce.« Er wischte sich die Hände an einem Handtuch ab, dann band er sich seine verschmierte Schürze auf.

»Ich dachte, Sie sind Republikaner«, sagte ich.

»Ich bin ein Sieger«, erwiderte er, und leiser Donner rollte in seiner Brust. »Ich unterstütze immer den, der gerade im Amt ist. Eines meiner Grundprinzipien, zumal letztendlich alle Politiker gleich sind. Sie sind keinen Deut anders als andere Leute. Also, Sie wollen reden, dann lassen wir jetzt mal die verdammten Hühner.« Er sprach einen Zehnjährigen an. »He, Teddy, komm her und tu deinem Großvater einen Gefallen. Pass auf die Hähnchen auf, ja?«

Teddy nickte. »Wie?«

Crocker gab ihm eine Kelle und zeigte auf den fleckenlosen Soßenkessel. »Wenn sie zu trocken aussehen, träufle etwas von dem roten Zeug darüber. Ganz einfach. Verstanden?« Teddy meinte, es begriffen zu haben, und Crocker schlenderte mit mir über den Rasen zum See hinunter.

»Ich schätze es, meine Familie um mich zu haben«, sagte er nachdenklich. Die Hände hatte er in die Gesäßtaschen seiner Shorts geschoben. »Das ist die einzige Art Unsterblichkeit, die man erlangen kann – durch die Generationen, die man zurücklässt. In meinem Alter bekommt man einen anderen Blickwinkel, man sieht dem Ende entgegen. Es schreckt mich gar nicht so sehr, wie ich gedacht hätte. Ich bin immer Realist gewesen und weiß, dass es kein Entrinnen gibt. Also genieße ich es, den Jüngeren zuzuschauen, die eines Tages an meiner Stelle weitermachen. Ich will, dass sie sich mit Stolz an Jim Crocker erinnern.« Wir wandten uns von einem improvisierten Softball-Turnier ab, das soeben begann. Die beiden braun gebrannten Mädchen rannten geziert umher und brachten ihren Körper peinlich zur Geltung. Ich fühlte anstelle ihrer Väter einen Anflug von Panik. »Also, weshalb wollen Sie mich sprechen, Paul?«

»Nun, es begann damit, dass ich einen längeren Artikel über die dreißiger Jahre schreiben wollte, über den Jagd- und Angelclub, den Sie und die anderen damals oben im Norden gehabt haben ... aber dann bin ich irgendwie in die Sache mit Blankenships Selbstmord hineingestolpert, und in den Mordfall Tim Dierker.«

»Was hat Blankenship damit zu tun? Ich erkenne nicht ganz den Zusammenhang.«

»Ich eigentlich auch nicht. Harriet Dierker dachte, es hätte etwas mit Blankenships Frau zu tun. Eine nebulöse Sache. Aber sie hat mich gebeten, ein paar Dinge herauszufinden, ein bisschen herumzuschnüffeln. Ich tat es nur halbherzig, aber dann wurde Tim vom Dach gestoßen ... Die Sache ist die, dass Tim sich an dem Tag, als er starb, sehr seltsam benahm. Sie erinnern sich, es war der Tag von Larry Blankenships Begräbnis. Kim sprach danach mit

Tim, der dann für den Rest des Tages mächtig Angst hatte und sich gegen den ärztlichen Rat betrank. Als Harriet ihn zum letzten Mal sah, blätterte er in seinem Fotoalbum, wälzte sich sozusagen in der Vergangenheit und weinte ...«

»Verfluchte Schande«, sagte Crocker hastig und mit unsicherer Stimme; offenbar war er ein wenig rührselig. »Seine Gesundheit war zum Teufel. Wer kann wissen, was in seinem Kopf vorging? Körper und Verstand gehen zusammen, und wenn einer versagt, macht der andere es ihm höchstwahrscheinlich nach.« Er schüttelte sein wuchtiges Haupt. »Ich weiß nicht, was daran ungewöhnlich sein soll. Tim hatte nicht mehr lange zu leben. Er kommt von einer Beerdigung nach Hause, ist niedergeschlagen, schweift mit den Gedanken in der Vergangenheit herum, in den alten Zeiten, als er noch gesund und munter war, säuft sich voll und heult – erscheint mir völlig plausibel.«

»Ja, nur dass der Mörder das Fotoalbum gestohlen hat.«

»Ach, wen kümmert das? Ein Verrückter, das wird's sein.«

»Nein, Mr. Crocker. Das war weder ein Verrückter, noch ein Akt zufälliger Gewalt. Jemand lockte Tim auf das Dach und gab ihm einen Stoß. Jemand, den Tim gekannt hat und vor dem er offenbar keine Angst hatte.«

»Also, da fällt mir verdammt noch mal keiner ein.«

Wir hatten den Ufersaum erreicht und gingen über den Strand zum Dock. Das Segelboot war inzwischen draußen auf dem Wasser, und die Wolken bauten ihren Vorsprung langsam aus. Der Wind nahm zu. Wir gingen die Anlegestelle hinunter und lehnten uns an die Reling. Vom Wasser und von den anderen Grundstücken trug der Wind die Stimmen zu uns herüber. Wenn Gatsby sich in Minnesota niedergelassen hätte, wohin er gehörte – er wäre wie James Crocker geworden, der im Schoße seiner Familie die Ewigkeit erwartet. Crocker hatte Geld verdient, indem er auf seinem Football-Ruhm aufbaute, und hatte sich die Finger wund gearbeitet, sodass seine Nachkommen die Möglichkeit hatten, alles zu verschleudern. Er winkte den jungen Männern auf dem Boot zu, seinen Söhnen, und sie winkten zurück und lavierten, oder was immer man gegen den Wind tut. Ich bin kein Seemann. Sie hätten auch gerade sinken können, was weiß ich.

»Was halten Sie von Harriet Dierker?«

»Geschwätzig, aber süß. Sehen Sie es ihr nach. Sie ist nie darüber hinweggekommen, dass sie keine Kinder bekam. Ich glaube, sie wollte Blankenship gern als Sohn betrachten, früher jedenfalls.«

»Sie erzählte mir, dass Kim Roderick, seine Frau ...«

»Ich weiß, wer sie ist«, sagte er säuerlich grinsend. »Ein Sack voll Ärger, das Mädchen. Verführerin. Jedenfalls habe ich das gehört.«

»Harriet behauptet, sie sei für Blankenships Selbstmord und Tims Ermordung verantwortlich.«

»Oh, Himmel«, platzte er heraus. Seine Erstaunen ging hoch wie eine Bombe. »Wie denn? Soll sie Tim vielleicht vom Dach geworfen haben? Was für ein verrückter Gedanke! Oh, ich kann mir vorstellen, dass sie den armen Bastard von einem Ehemann dazu getrieben hat, sich umzubringen. Das kann ich mir nur zu gut vorstellen. Nach allem, was ich gehört und gesehen habe, ist sie genau diese Art Frau. Macht ganz guten Gebrauch von ihrem Sexappeal, wissen Sie ...«

»Einige Leute haben mir gesagt, sie sei asexuell.«

»Und manche Leute finden genau diese Art sexy. Sie setzt ihr Aussehen ein, diese Kühle ... Ich will Ihnen etwas sagen. Ich bin ein glücklicher Mann, zufrieden mit meinem Leben, aber sie hat sogar mich in Versuchung gebracht. Gott sei Dank bin ich zu vernünftig. Sie war meinem Zuhause zu nahe, gut so.«

»Und Ole?«

»Sie ist sein Problem. Nicht meine Sache.«

Als wir zurückschlenderten, fragte ich: »Erinnern Sie sich an einen Kerl namens Maxvill?«

Er blieb stehen und blickte mich an. Der Name hinterließ einige seltsame Spuren auf seinem Gesicht.

»Carver? Carver Maxvill? Das Arschloch! Er schaffte es nicht, rannte einfach davor weg.«

»Wovor?«

»Vor dem Leben, Mensch! Vor dem Leben ... ich weiß nicht.« Er wandte sich energisch zum Gehen. »Stochern Sie in dem ganzen Mist herum, und Sie werden den Grund schon finden. Er hatte irgendwelche Schwierigkeiten, drehte irgendein zwielichtiges juristisches Ding, ging für immer in Deckung und ist nie wieder zum Vorschein gekommen ... wirklich das Letzte.« Teddy spielte mit den Hähnchen, als wir bei den Grills ankamen. »Ich konnte den Kerl nie leiden. Wie kommen Sie überhaupt auf ihn?«

»Martin Boyle hat ihn erwähnt.«

»Sie haben auch mit Marty gesprochen?« Er zuckte die Schultern und grinste. »Nicht zu glauben! Sie sollten Hubbard Anthony wegen Carver fragen, der war sein Kumpel, hat ihn in den Club gebracht – Herr im Himmel, der Hahn brennt!« Er griff nach der Zange und holte das brennende Hähnchen vom Grill, schwenkte es durch die Luft wie ein Banner. Teddy beobachtete ihn fasziniert. Die Flammen verlöschten. Es roch nach verbrannter Grillsauce. Einen Augenblick lang starrte Crocker verstört auf das verkohlte Hähnchen, dann brachte er es auf einer Ecke des Grills in Sicherheit.

»Hören Sie, Paul, ich habe zu tun, muss all diese hungrigen Leute füttern. Und auf keinen Fall will ich über Carver Maxvill reden.« Wir schüttelten uns die Hände, und auf dem Weg hinaus leckte ich mir die Sauce von den Fingern.

»Rufen Sie mich trotzdem an«, rief er mir hinterher, während er das nächste Hähnchen durch die Luft wedelte. »Ich erzähle Ihnen ein paar Jagdgeschichten. Das wollten Sie doch sowieso.«

Ich nickte und ging weiter. Der Gärtner blickte auf, als ich um die Ecke kam.

»Sind Sie zufrieden, Sir?«

»Sicher. Sehr zufrieden.«

Ich hielt am Straßenrand bei einem Stand, um frisches Obst zu kaufen, als der metallgraue Mark IV mit achtzig Meilen an mir vorbeischoss. Der Fahrer war nicht zu erkennen, aber die Chancen standen gut genug. Ich stellte die Tüten mit Äpfeln, Pflaumen, Pfirsichen, Grapefruits und Zuckermais auf den Beifahrersitz, sprach ein halbherziges Gebet für den Porsche und folgte dem silbergrauen Fleck. An der letzten Ampel in Wayzata, an der Bushaway Road, holte ich ihn ein. Dann blieb ich an ihm dran, den ganzen Weg in die Stadt hinunter, südwärts über die Hennepin Road am Walker Art Center vorbei, über die Kreuzung an der Lake Street zum Lake Calhoun, dann über die südliche Kurve des Sees und durch die Allee zum Lake Harriet.

Zum ersten Mal sah ich einen Erfolg; jemand unternahm tatsächlich etwas, das meiner ganzen Stocherei einen Sinn gab. James Crocker hatte sein Familienpicknick hastig verlassen, war durch die ganze Stadt gerast und rannte nun, noch immer in seinen Shorts und dem albernen Hemd, die Stufen zu Jon Goodes Haustür hinauf.

Ich parkte oberhalb des Hauses im Schatten eines dichten Gebüschs. Fünf Minuten später kamen sie beide mit grimmigen Gesichtern aus dem Haus, redeten kein Wort und stiegen gemeinsam in den Mark IV. Ich machte mir keine Sorgen, ob ich ihnen würde folgen können. Ich wusste, wohin sie fuhren.

Ich verlor sie an der Lake-Street-Ampel und fand sie wieder auf der Straße nach St. Paul. Der graue Wagen glitt die

Zufahrtsstraße zur Universität hinauf, wand sich durch die Nebenstraßen zur University Avenue und bog unterhalb des Hochhauses in Prospect Park rechts ab. Von der Ecke aus sah ich sie zu Pater Boyles Haus gehen. Ich hatte sie in Bewegung gebracht. Es machte mir nichts aus zu warten. Ich hatte bei ihnen einen Nerv namens Carver Maxvill getroffen und etwas in Gang gesetzt. Ich wusste nur nicht, warum. Aber sie steckten alle unter einer Decke.

8. Kapitel

Mein Körper fühlte sich wie eine geballte Faust an; seit ein paar Wochen war ich nicht mehr beim Training gewesen. Es war später Nachmittag. Ich parkte im LaSalle Court und stieg die Treppe hinauf zu der kleineren der beiden Aschenbahnen, die abschüssig und konkav ist und bei der man Gefahr läuft, über das Geländer auf die Basketball-Spieler hinunterzufallen. Ich lief fünf Minuten, danach hätte mich jeder vernünftige Anführer als toten Mann zurückgelassen. Ich stieg die Treppe hinunter und warf ein paar Körbe, dabei grunzte ich vor Anstrengung. Dann schleppte ich mich hinunter in die Sauna, geriet mitten unter ein paar Herren, die noch schlechter in Form waren als ich, und gab schließlich auf, indem ich über dem Massagetisch zusammenbrach und etwa zehn Minuten liegen blieb. Als ich schließlich ging, fühlte ich mich um einiges schlechter als zuvor, aber ich hatte Goode und Crocker und Dierker und den ganzen traurigen Haufen aus meinem Gehirn geschwitzt, wenigstens für eine Stunde. Bis ich beim Porsche angelangt war, dachte ich bereits wieder über sie nach.

Für ein richtiges Essen war ich zu müde, deshalb schnitt ich mir etwas Cheddar ab, spaltete einen Apfel, bestrich eine dicke Scheibe Dimpfelmeyersches Roggenbrot, zog mir einen Pullover über und nahm alles mit auf den Balkon. Das Spiel hatte noch nicht angefangen, und WCCO erzählte mir, was 1932 für ein verflixtes Jahr gewesen sei. Sie spielten Bing Crosbys Version von »Night and Day«, und dann sagten sie, dass am 1. März der neunzehn Monate alte Sohn von Colonel Charles Lindbergh und Anne Morrow Lindbergh aus seiner Wiege im elterlichen Haus in Hopewell, New Jersey, entführt wurde. Am 12. Mai wurde ein paar Meilen vom Haus entfernt die Leiche des Jungen in einem Gebüsch gefunden, kaum mehr als ein Skelett. Vielleicht ist am Ende niemand weit von zu Hause weg. Dann sang Fred Astaire »A Shine on Your Shoes«, und ich knabberte an meinem Abendessen.

Es gab so viele Einzelheiten zusammenzufügen, doch ich begriff nur, dass alle diese Leute ein Teil des Puzzles waren – jeder, der mit ihnen gesprochen hätte, wäre zu demselben Schluss gekommen. Es war, als hätte ich gerade erst die vier Eckteile gefunden. Vermutlich war es ein gutes Beispiel für die Unordentlichkeit des Lebens im Vergleich zu der rein äußerlichen Kompliziertheit bei Agatha Christie oder in den Geschichten meines Vaters. Ich saß da und kaute meinen Apfel und das saftige Roggenbrot und fühlte mich wie ein Kind, das stumm im Laufstall zwischen den Spielsachen hockt und nicht weiß, womit es als nächstes spielen will.

Ich rief mir Archies Tafel ins Gedächtnis und überlegte mir, auf welche Weise die Einzelheiten ein klares und nicht nur schemenhaftes Bild ergeben könnten, möglichst eines, das nicht auf Intuition beruht. Ich hatte die Tafel vor Augen, aber was wir uns erarbeitet hatten, war wie ausgelöscht. So war es mir immer in Geometrie ergangen. Alles erschien rein und logisch, solange die Lehrerin sich durch die Gleichungen an der Tafel arbeitete; ich hatte nie eine Frage, nie einen Zweifel, während ich zuschaute, wie sie mit kreidigen Händen das kleine saubere Wunder hervorbrachte. Aber wenn ich später zu Hause über den Aufgaben saß, ergab alles keinen Sinn mehr. Irgendwo zwischen Schule und zu Hause war die Logik verloren gegangen, und ich konnte keine eigene aufstellen. Dann wollte ich nur das Radio aufdrehen und an Marie Wilsons Busen denken.

Welches Bild ergab sich? Da war zum einen das Fotoalbum. Dann zwei Tote: Larry und Tim. Die beide kurz vor ihrem Ableben mit Kim gesprochen hatten. Und jeder im Club hatte Larry und Kim gekannt, wenn auch nur flüchtig. Und da war Carver Maxvill. Die Erwähnung dieses Mannes, den seit dreißig Jahren keiner mehr gesehen hatte, versetzte Pater Boyle, General Goode und James Crocker in Angst. Ich sortierte das alles in Gedanken, markierte Karteikarten verschiedener Farbe (der Sohn meines Vaters, jawohl) – eine Karte für Namen, für Dinge, für mögliche Motive. Beinahe hätte ich vergessen, eine Namenskarte für Billy Whitefoot anzulegen, den fast vergessenen Mann. »Der vergessene Mann« – Franklin D. Roosevelt hatte diesen Begriff während seiner Präsidentschaftswahl von 1932 geprägt. Der Club traf sich im Norden, schoss seine Fotos und trank zu viel, angelte, schlug Krach, während Franklin D. in einem Rollstuhl für das Weiße Haus kandidierte. Hatte es sie gekümmert? Hatten sie wirklich in ihrer Zeit gelebt, oder waren sie nur ein paar ihrer Auswüchse? Das war schwer zu beurteilen. Wie waren sie vor vierzig Jahren wirklich gewesen? Konnten sie überhaupt noch an der Fährte der Zeit entlangblicken und sich erinnern?

Im Radio grub Barbra Streisand einen weiteren Hit von 1932 aus, »Brother, Can You Spare a Dime?«, und mir fiel ein, dass ich sie bei ihrem Auftritt im »Blue Angel« gesehen hatte, in den frühen Sechzigern (oder war es in den späten Fünfzigern gewesen? So viel zu der Frage, ob man sich bis 1932 zurückerinnern kann). Gershwin bekam für »Of Thee I Sing« in demselben Jahr den Pulitzer-Preis, und um des Ereignisses zu gedenken – kurz bevor 1974 die Minnesota Twins gegen die Kansas City Royals ins Feld gingen –, spielten sie »Wintergreen for President«, und ich schlug mit dem

Fuß den Takt und summte mit. Ich fragte mich, ob Archie damals Charlie Chaplin in »Lichter der Großstadt« gesehen hatte. Hatte er am 21. Juni gejubelt, als Jack Sharkey Max Schmeling besiegte und als Weltmeister im Schwergewicht nach Hause kam? Hatte er Paul Muni in »Scarface« gesehen?

Ich saß lange Zeit in der Dunkelheit, verfolgte das Spiel im Radio und stocherte in meinem Gedächtnis nach allem, was ich gesehen und gehört hatte, seit ich mit Hubbard Anthony an jenem Tag vom Tennisspielen zurückgekommen war. Ich versuchte mich an alles zu erinnern und kam auf ein seltsames Detail, das ein Verbindungsstück zwischen zwei Menschen darstellte, die jetzt tot waren: das graue Fell von Dierkers Hauslatschen ... Das war es, was ich in Larry Blankenships traurigem leerem Apartment auf dem Boden gefunden hatte. Die schmutzigen grauen Flusen waren in keine Ecke geweht worden, sondern hatten mitten im Zimmer gelegen. Timothy Dierker war auf einen Besuch bei Larry gewesen, kurz bevor der sich umbrachte. Hatte Pa Dierker gewusst, was Larry in den Selbstmord trieb? Oder war er es gewesen, der das Apartment nach dem Selbstmord gesäubert hatte? Mein Problem bestand darin, dass mir immer neue Fragen einfielen, und wann immer ich eine Antwort zu fassen bekam, zerfiel sie und verwandelte sich in mehrere neue Fragen. Ich aß die Apfel- und Käsereste, kaute auf der Brotrinde und öffnete eine Dose Olympia. Carew hatte die Twins zur Mitte des Spiels in Führung gebracht. Der Herbst lag unweigerlich in der Luft.

Ich gelangte zu der Einsicht, dass ich das Durcheinander von Fakten und Vermutungen nie in den Griff bekommen würde, wenn ich mich nicht um neue Disziplin bemühte. Um einen klaren Kopf, einen gesunden Körper. Gott allein wusste, was in mich gefahren war. Eine Diät schien ein guter Anfang zu sein, und ich schielte argwöhnisch nach der halben rosa Grapefruit, die mein ganzes Frühstück sein sollte, wenn man den Kaffee mit Süßstoff nicht dazuzählte. In dem Moment rasselte neben mir das Telefon wie eine Schlange.

Hubbard Anthony. Er wollte sich mit mir im Minneapolis-Club zum Mittagessen treffen, und ich hörte eine gewisse richterliche Eindringlichkeit heraus. Es war kein Befehl, aber auch kein beiläufiger Vorschlag. Jedenfalls durfte ich mir keine Entschuldigung ausdenken.

Im Club klammerten sich seit eh und je die Weinranken an die Ziegelsteine, und Schweigsamkeit und Tradition hingen wie ein dämpfender Nebel über dem Speiseraum. Minneapolis ist keine alte Stadt, aber sie ist reich. Der Minneapolis-Club gibt sich daher den Nimbus des Alten, verwandelt Neu in Alt durch eine seltsame Methode gesellschaftlicher Alchemie. Das Geld hatte ein Gutteil dazu beigetragen, aber es gehörte auch ein Trick dazu; die ganze Stadt gründete sich auf einen Trick. Dieser Gedanke hatte sich vor Jahren bei mir eingeschlichen, und ich hielt mit der Kraft der Überzeugung daran fest. Mir drängte sich der Eindruck auf, dass Minneapolis bis in alle Ewigkeit neu bleiben und dabei zu gern alt sein würde.

Hubbard war schlank und elegant im blauen, sommerlich leichten Nadelstreifenanzug. Eine goldene Kragennadel steckte die langen Spitzen unter der gestreiften Krawatte fest. Außerdem roch er gut. Er führte mich die Treppe hinauf und zum Mittagessen. Dabei gab er das perfekte Bild eines Minneapolis-typischen erfolgreichen Brokers ab, wenngleich er etwas besser angezogen war als die Getreidebarone, die Kaufhauskönige und Computermagnaten. Er bewegte sich durch den Raum wie eine Säbelklinge, und ich folgte ihm – ein großer Kerl, der eine Diät nötig hatte. Es war still bis auf das leise Klimpern der Bestecke auf Porzellan und der Eiswürfel im Tee. Weiter hinten in der dunklen, polierten Lounge saßen ein paar ältliche Herren und lasen das *Wall Street Journal*, notierten sich etwas auf dem Club-Papier oder hielten ein Nickerchen in dem Zimmer hinter der Bibliothek, fernab von Familienangehörigen und unduldsamen Pflichten.

»Klare Brühe und die Seezunge«, sagte Hubbard bedächtig, als wäre dies die Entscheidung des Tages. Stolz bestellte ich zwei weiche Eier und zwei trockene Scheiben Vollkornweizentoast. Hubbard hob die Augenbrauen, nickte und nippte an seinem Martini.

»Also, wir sind bestimmt nicht hier, um uns zum Tennis zu verabreden«, sagte ich.

»Kaum.« Er blickte zu einem Mann, der zwei Tische entfernt saß. Dünn, blässlich, sorgenvoll und in Glen Plaid gekleidet. »Das ist Andy Malcolm – hast du von seinen Problemen gehört? Nein? Du wirst es sicher noch erfahren. Aus der Zeitung.« Hubbard seufzte gespielt sehnsüchtig. »Er steht kurz vor einer Anklage – das ist sein Anwalt, bei dem er sich ausheult. Andy wurde dabei erwischt, wie er aus lauter Enthusiasmus für Mr. Nixon mit einem Koffer voller Scheine die Landesgrenze passierte, um das Geld zu ›waschen‹, wie wir in den vergangenen Monaten zu sagen gelernt haben. Im Augenblick hat Andy ziemliche Angst, dass er im Knast landet. Nach dem Golf bei Woodhill werden die Leute seinen Namen erwähnen und hinter vorgehaltener Hand kichern, was ihm großen Kummer bereitet.« Er trank von dem Martini und machte ein saures Gesicht. »Gauner seines Schlages haben wirklich pathologische Angst davor, dass ans Licht kommt, was sie in Wirklichkeit sind. Nicht gerade glänzend. Kannst du dir vorstellen, für Richard Nixon eine Straftat zu begehen? Es ist wirklich erstaunlich.«

»Kommt er ins Gefängnis?«

»Guter Gott, nein. Habe ich diesen Eindruck vermittelt?

Natürlich gehört er dorthin, aber wir müssen realistisch sein. Er wird die endgültige Katastrophe abwenden.«

Das Essen kam, und ich schnitt die Eier auf. Jedes entließ eine Dampfwolke, und sie verlangten nach Salz und Pfeffer. Ich hatte Andy Malcolm im Blickfeld, und glücklicherweise verdarb mir der Anblick den Appetit. Seine Haut war gelblich und zerfurcht. Er biss die Zähne zusammen und sah aus, als müsste er gleich zur Toilette stürzen. Ich hoffte, dass Nixon sein Opfer annähme.

»Ich habe gestern Abend einen Anruf erhalten, Paul, von unserem alternden Football-Star Jim Crocker. Er drohte mehr oder minder, dich mit einem seiner Bulldozer zu überfahren. Er verlangte ein Treffen. Hast du es jemals mit einem hysterischen Fullback, oder was immer Crocker gewesen ist, zu tun bekommen? Selbst in seinem fortgeschrittenen Alter wäre der Anblick beängstigend.« Er kaute ein Stückchen Seezunge und nickte vergnügt. »Also habe ich mich mit ihm getroffen. Und Martin Boyle. Und Jon Goode. Sie sprachen von einer Intrige. Es war bemerkenswert übel, in jeder Hinsicht. Ihre Hysterie unterschied sich nur geringfügig. Crocker schien einem Schlaganfall gefährlich nahe zu sein, und Boyle war zu zwei Dritteln hinüber, wie fast immer. Irischer Whiskey vermutlich. Und alles«, er seufzte, »wegen deiner kleinen geselligen Gespräche. Wirklich, Paul, wir werden dir den Kopf zurechtrücken und die alten Burschen beruhigen müssen, bevor sie aus Angst und Wut abkratzen.« Seezunge wurde nachgereicht. Eins von zwei Eiern war bereits weg, und ich kaute lange auf jedem Bissen Toast.

»Hub, ich weiß nicht, wovon du redest.«

»Ich sollte es dir erklären.« Er tupfte sich den Mund mit dem unbefleckten Leinen ab. »Die Krux an der Sache ist Carver Maxvill. Du hast den alten Carver exhumiert und die anderen damit halb zu Tode geängstigt. Ja, ich verstehe deine Verwirrung durchaus, und ich stimme mit dir überein, dass das bei so vermögenden Männern überraschend ist. Aber sie sind nicht mehr so jung wie einst im Mai, und sie sind nicht cool, wie die jüngere Generation es ausdrücken würde. Wie du siehst – *mich* macht die bloße Erwähnung von Carver Maxvill nicht zu einem Wrack, aber die anderen bringt es fast ins Grab, du lieber Himmel.« Er zuckte ungeduldig die Schultern. »Verdammte alte Kerle. Aber da liegt ein Nerv blank.«

»Aber warum?«, fragte ich. »Wie begründen sie es, dass sie sich so aufführen?« Ich wollte nun meinerseits aufbrausen, aber es wurde nicht sehr beeindruckend.

»Wir wissen nur, was jeder weiß, nämlich dass Carver verschwand. Ich kannte ihn seit der Zeit an der Universität, und sein inzwischen verstorbener Vater arbeitete bei einer Versicherung. Carver war ein ganz netter Junge, ohne Verbindung zum Norway Creek – der einzige von uns, der keine hatte –, aber er war leidenschaftlich gern in der freien Natur, ist gewissermaßen mit dem Pfadfinderhandbuch aufgewachsen. Er war vertrauenswürdig, loyal, freundlich, höflich und nett. Er wollte sich uns anschließen. Ich sagte den anderen, dass er ein aufrechter Bursche und ein enger Freund sei. Tatsächlich war er wie eine Figur von F. Scott Fitzgerald. Er trug gern Smoking, hatte Kulleraugen und strahlte eine unbekümmerte Arglosigkeit aus, was besonders zweitklassige Frauen ansprach.« Er lächelte, gab sich scheinbar tolerant. »Seine Frauen waren Zimmermädchen, Kellnerinnen und ganz allgemein leichte Mädchen, wie wir sie nannten, aber er war trotz allem ein anständiger Kerl. Wie dem auch sei, er ging regelmäßig mit uns in den Norden, war ein guter Sportler und etablierte sich in einer der besten Kanzleien – Vosper und Reynolds. Alles in allem war er ein angenehmer Mensch. Trank vielleicht ein bisschen viel.«

»Habt ihr da oben in der Hütte auf den Putz gehauen, Hub? So richtig?«

»Ach, wir waren jung, Paul. Gelegentlich ging die gute Stimmung mit uns durch – nichts von Bedeutung, eine gewisse Ungezogenheit, die ich mit den Zwanzigern und Dreißigern in Verbindung bringe und die der Krieg schließlich zunichte machte. Die verdorbenen, müßigen Reichen – solcher Quatsch eben.«

Wir tranken unseren Kaffee allein in der düsteren Bibliothek, die nach Möbelpolitur und Zigarren roch. Er sprach weiter über Carver Maxvill.

»Es war nichts Ungehöriges an ihm, nicht mal etwas Bemerkenswertes. Oh, er war ein bisschen vernarrt in eine Frau von dort oben, die manchmal für uns kochte, aber es war keine Sache, um die man Wirbel machen könnte. Eines Tages, es war im Krieg, war er verschwunden, hatte nicht mal etwas mitgenommen. Es gibt keine Erklärung dafür. Nur Vermutungen. Schließlich und endlich ergreifen Männer manchmal die Flucht, tauchen unter, werden verschluckt. Die Vermisstenakten sind voll von Leuten, die nie wiedergefunden wurden. Ich selbst bin ziemlich sicher, dass er tot ist. Es hat nie den geringsten Hinweis gegeben, dass er noch lebt. Meine Hypothese ist ... er mischte sich unters gemeine Volk, geriet an den Verkehrten und wurde umgebracht. Ich habe von Betrunkenen gehört, die in Minneapolis das Bewusstsein verloren und am nächsten Tag in Chicago tot wieder auftauchten, und keiner wusste, warum. Er war genau dieser unbekümmerte Typ, dem so etwas passiert ... beging einen fatalen Fehler oder so. Vermutlich war er binnen achtundvierzig Stunden tot, nachdem er verschwand.«

Das erinnerte mich an das Lindbergh-Baby, das in einem Gebüsch ein paar Meilen entfernt gelegen hatte. Niemand kommt sehr weit. Hubbard Anthony hatte wahrscheinlich Recht. Seit dreißig Jahren war Maxvills Verbleib ein Geheimnis, und dabei war er längst tot. Reine Zeitverschwendung.

»Warum macht es die fidelen Burschen dann so kribbelig? Boyle, Goode, Crocker ... was hat das mit ihnen zu tun?«

»Nun, es mag sonderbar klingen, Paul, aber die beste Erklärung, die mir dafür einfällt, ist die, dass Carver Maxvill einfach eine ... Unregelmäßigkeit darstellt, etwas, das nicht in ihr übriges Leben passt, das sich nicht in Einklang bringen lässt. Verstehst du, was ich meine?«

»Klingt eher schwach«, sagte ich.

»Die Leute werden alt, sind weniger belastbar, können sich nicht mehr anpassen – so ist das auch bei ihnen. Versuch das zu verstehen. Die Erinnerung an Maxvill reißt eine alte Wunde auf, an die sie lieber nicht mehr denken wollen.«

»Für mich hört sich das verdammt nach Schuldgefühlen an«, sagte ich.

»Ach, komm, Paul«, entgegnete er lachend, »sei nicht albern.«

»Meine Erklärung ist sinnvoller als deine, das ist der Punkt.«

»Vielleicht, aber meine Erklärung hat den Vorteil, dass sie wahr ist.« Er fixierte mich mit einem düsteren Blick. »Also, lass die alten Jungs in Ruhe. Tu mir den Gefallen. Ich hatte schon genug mit hysterischen Alten zu tun.« Er erhob sich und sah auf die Uhr. »Einverstanden?«

»Einverstanden, Hub.«

Er klopfte mir auf die Schulter, und wir gingen zusammen hinaus. Ich würde keine weitere Erklärung aus ihm herausbekommen. Ich zwängte mich hinter das Lenkrad und saß für eine Weile da, sann über den sich vergrößernden Riss im Sitzbezug nach. Ach, es gab so viel zu tun und so wenig Zeit.

Ausgerechnet Hub, ein Mann von brillanter Logik, hatte mir eine Erklärung angeboten, die kaum als vernünftig anzusehen war. Worüber hatte er eigentlich gesprochen?

Über nervöse alte Männer; das hielt keiner Logik stand. Jon Goode und James Crocker – es war lächerlich. Pater Boyle, vielleicht, aber nicht die anderen.

Mir kam in den Sinn, was Kim gesagt hatte, und es schien zu passen, wenn ich es mit dem Übrigen in Verbindung brachte und nur ein bisschen daran rüttelte: Sie sei fasziniert von der Vergangenheit, von der Art und Weise, wie sie in die Gegenwart hineinreiche und sie beeinflusse, wie sie sich im Lauf der Zeit verändere und etwas Neues aus ihr würde, eine andere Wirklichkeit, als sie zuvor gewesen ist. Das war viel einleuchtender als Hubbards Erklärung.

Aber wie?

Was hatte es mit Carver Maxvill auf sich, mit seinen Kulleraugen und den Smokings? War er überhaupt weggekommen? Oder befand er sich in der Nähe, in größerer Nähe, als die alten Männer ihn haben wollten? Konnte Carver Maxvill ihnen etwas anhaben? Wusste er, wo die Leichen im Keller lagen?

Bei seiner Erwähnung waren sie eindeutig grün um die Nase geworden. Und sie waren der harte Kern des Clubs gewesen. Der Club, davon war ich zunehmend überzeugt, war mit dem Tod von Larry Blankenship und Timothy Dierker eng verflochten, wie eine erstickende Schlingpflanze.

Ich stellte den Wagen auf dem Parkplatz bei der Zeitung ab, begab mich kurz an meinen Schreibtisch, um den Wust an Presseinformationen in den Papierkorb zu werfen, und ging ins Untergeschoss zu Orville Smart, dem Wächter über das Archiv. Es gab jede Menge modernen Schnickschnack in diesem riesigen Betonklotz, aber nichts davon betraf Smarts Reich, das sich nur hinsichtlich der Anzahl dunkelgrüner Aktenschränke veränderte, die sich in bedrückender Gleichförmigkeit aneinanderreihten. Es war schon darüber gesprochen worden, das ganze Archiv auf Mikrofilm zu übertragen, und Smart hatte nie ernsthaft dagegengehalten; aber er drängte auch nicht darauf. Also ließen die Verantwortlichen die Sache schleifen, während die cleveren Jungs mit Fliegersonnenbrillen und in italienischen Anzügen sich größere Budgets erquengelten. Orville Smart war damit einverstanden. Er schätzte die Dinge in seinem Gewölbe so, wie sie waren.

Er saß an seinem grünen Metallschreibtisch und trank Kaffee aus einem Pappbecher. Das Leberwurstsandwich hatte er fast geschafft. Unter der Neonröhre sah er ein wenig krank aus. Er schaute auf und kaute ruhig weiter. Sein gestreiftes Hemd hatte einen gestärkten Kragen, aber die Manschetten trug er aufgerollt. Die schmale schwarze Krawatte war sorgfältig gebunden und mit einer Hufeisennadel festgesteckt, etwa ein Dutzend graue Haare waren quer über den Schädel gekämmt. Grant Wood hätte ihn so gemalt.

»Nanu«, sagte er gedehnt und betrachtete mich von oben bis unten, einen Besucher von der Oberfläche. »Sehe Sie hier nicht einmal im Jahr. Schöner Tag heute, oder?« Er fragte immer nach dem Wetter. Ich war ein halbes Dutzend Mal im Archiv gewesen, und jedes Mal hatte er mich nach dem Wetter gefragt. Ich sagte, es sei ein schöner Tag, und er biss von seinem Sandwich ab. Ich setzte mich auf einen Metallstuhl. Abgesehen von einem fernen Surren war es ruhig. »Also, was wollen Sie? Lassen Sie mich raten. Alte Filmkritiken? Theaterkritiken?« Er zog einen Zahnstocher hervor und lehnte sich zurück, schaute mich durch die randlosen Brillengläser an.

»Diesmal nicht, Mr. Smart. Etwas ganz anderes.« Das machte ihn munter. »Ich brauche alles, was sich über einen Vermisstenfall finden lässt, der etwa vierzig Jahre zurückliegt. Es ging um einen hiesigen Anwalt namens Carver

Maxvill. Er ist eines Tages weggegangen und nie wieder aufgetaucht. In Luft aufgelöst. Sagt Ihnen das etwas?«

Er stürzte den Kaffee hinunter und stand auf, gebeugte zwei Meter; er sah aus wie eine wandelnde Büroklammer.

»Ob mir das etwas sagt?«, erwiderte er knatternd, als wäre eine solche Frage zu absurd für eine ernsthafte Antwort; schließlich lebte er in der Vergangenheit. »Das ist gut! Sicher erinnere ich mich an Carver Maxvill, gab einen Rieselwirbel damals. Dem Hauptartikel folgten kleinere. Etwa eine Woche lang. Dann verdrängte der Krieg die Geschichte. Es war Winter, der Winter 44/45 – die Deutschen brachen durch die Ardennen, gerade als wir glaubten, wir hätten sie besiegt.« Er schneuzte sich in ein graues Taschentuch und schlurfte zur nächsten Schrankreihe, ging daran entlang, dann nach links und führte mich zu M. Die Schränke waren alphabetisch bestückt, der Inhalt befand sich in braunen Mappen, die mit den Jahren fleckig wurden und Eselsohren bekamen.

»Hier sollte es sein«, sagte er. Der Zahnstocher ragte zwischen seinen dünnen, blassen Lippen hervor. Er zog eine tiefe Schublade heraus, und wir erlebten eine Überraschung. Die Maxvill-Mappe war verschwunden.

Orville Smart blätterte behände durch den Schubladeninhalt, ohne Ergebnis. Dann trat er zurück und stützte das Kinn in die Hand. »Wirklich seltsam«, meinte er nachdenklich. »Sie ist nicht da.« Er senkte den Kopf. Eine Ader pochte auf der weißen Stirn, das einzige Anzeichen seiner Unruhe.

Er öffnete ein paar benachbarte Schubladen, um zu sehen, ob die Mappe verstellt worden war. Aber ich wusste jetzt schon, sie war verschwunden, und fühlte ein paar Schweißperlen im Nacken. Die Mappe über Carver Maxvill war so sicher verschwunden wie er selbst und Tim Dierkers Fotoalbum.

Es dauerte eine Weile, bis Orville Smart vollkommen akzeptiert hatte, dass die Mappe nicht mehr da war. Dann richtete er sich auf und schaute auf mich herunter, fragend und beinahe beschämt. »Das verdammte Ding ist weg.«

»Wo könnte es sein?«

Er führte mich zu den grünen Bibliothekstischen – es gab zwei davon mit sechs Stühlen an jedem – und sagte: »Man kann die Mappe nicht verlegen! Keine Schubladen in den Tischen, auch sonst kein Versteck – aber das verdammte Ding ist weg. Es sei denn ...« Er drehte sich zu den Schränken um und runzelte die Stirn. »Es sei denn, sie ist da irgendwo zwischen A und Z. Menschenskind, die Vorstellung ist grauenhaft. Nein, sie kann nicht irgendwo anders stecken ...«

»Sind Sie sicher, dass es eine Mappe über Carver Maxvill gab?«

»Selbstverständlich. So sicher, wie es eine Mappe über Floyd B. Olson oder Hubert Hamphrey oder Kid Cann gibt. Natürlich war da eine Maxvill-Mappe. Müssen zehn, zwölf Ausschnitte drin gewesen sein, Morgen- und Abendausgaben zusammengerechnet. Und die waren immer die einzigen Zeitungen der Stadt.«

»Ob es wohl eine Mappe in St. Paul gibt?«

Er schüttelte den Kopf; er glaube es nicht. Behutsam wie ein Mann, der vertrauten Boden verlässt, weil dieser plötzlich trügerisch geworden ist, ging er zu seinem Schreibtisch zurück, sank auf den Drehstuhl nieder und fingerte sich eine Chesterfield aus dem flachgesessenen Päckchen. Seine Finger waren gelbfleckig. Er riss ein Streichholz an seinem Daumen an, hielt es an die Zigarette und inhalierte tief; dabei machte er ein gleichmütiges Gesicht. »Ist zwanzig Jahre her, dass ich eine Mappe vermisst habe, und die tauchte oben bei einem der Redakteure auf dem Schreibtisch wieder auf. Hat sie einfach mitgenommen, gegen alle Regeln der Vernunft ... hier darf überhaupt nichts den Raum verlassen.«

»Und wo ist die Gewähr dafür?«, fragte ich. Mein Kragen war schweißnass, und mir war flau im Magen. Da hatte jemand die letzten Überbleibsel von Carver Maxvill gestohlen.

»Gewähr? Was für eine Gewähr? Wozu? Jeder kennt die Regel, da braucht man keinen Aufpasser. Die Redaktionsmitglieder können hierher kommen, wann immer sie etwas brauchen, und sie können sich darauf verlassen, dass es da ist. Das ist eine gute Regel.« Er besah sich den Rest Sandwich; die Leberwurst wurde an den Rändern trocken. »Ist sie immer gewesen.«

»Wer benutzt die Mappen, Mr. Smart?«

»Die Angestellten ...«

»Auch Leute von außerhalb?«

»Nein«, sagte er, plötzlich aufgebracht, beruhigte sich dann aber wieder. »Jedenfalls nicht die Allgemeinheit, das Archiv ist nicht öffentlich. Wir haben College-Professoren und Leute, die Bücher schreiben, die können eine Genehmigung kriegen ...«

»Von wem?«

»Von mir natürlich.«

»Und wie?«

»Sie rufen an oder schreiben einen Brief. Manchmal kommen sie einfach her und fragen.«

»Und Sie glauben ihnen?«

»Also, sehen Sie«, begann er unruhig, »seit zwanzig Jahren hat gerade mal eine Mappe gefehlt. Menschenskind, das heißt, in den vierzig Jahren, die ich hier bin, eine Mappe ...«

»Zwei«, sagte ich. »Und die werden Sie nicht oben auf einem Schreibtisch wiederfinden, Mr. Smart.« Er blickte mich mürrisch an und paffte. »Müssen Besucher sich eintragen? Aufschreiben, welche Mappe sie einsehen wollen?«

»Glauben Sie mir, es kommen nicht so viele Besucher,

Mr. Cavanaugh. Sie fragen einfach, und ich sage ihnen, wo sie hingehen müssen. Ganz formlos.«

»Können Sie sich an die Besucher erinnern? Da es doch so wenige sind ...?«

»So wenige sind es auch wieder nicht.« Er schürzte die Lippen, balancierte die Zigarette, kniff die Augen zusammen. »Wenn Sie mir einen Namen nennen, könnte ich mich vielleicht entsinnen ... aber niemand hat nach der Maxvill-Mappe gefragt. Seit Jahren nicht. Ich kann mich eigentlich überhaupt nicht erinnern, dass mal einer ...«

»Wenn man sie stehlen wollte, würde man vermutlich nicht danach fragen«, hielt ich ihm entgegen.

Da war nichts mehr zu machen. »Wissen Sie noch, wann der Mann verschwand, oder können Sie's herausfinden?«

»Ich weiß es nicht mehr, aber ich kann oben nachfragen«, sagte er. »Montgomery schrieb wahrscheinlich den Artikel. Er könnte das Datum noch wissen.«

»Gute Idee«, sagte ich. »Tun Sie das. Ich komme wieder auf Sie zu.« Montgomery war inzwischen stellvertretender Herausgeber, und ich wollte ihm lieber nicht begegnen. Orville Smart kritzelte irgendetwas auf ein Stück gelbes Papier und zog das schmutzige schwarze Telefon heran. Ich stieg wieder ans Tageslicht empor, beunruhigt und verwirrt. Wer versuchte Maxvills armselige Hinterlassenschaft aus ihrer dürftigen Ruhestätte zu entfernen?

Ich fuhr nach Hause, ging unter die Dusche und zog mich um. Dann rief ich Ole Kronstrom in seinem Büro an. Er war für den Rest des Tages fort. Zu Hause war er auch nicht. Auf gut Glück wählte ich Kim Rodericks Nummer. Es klingelte ein paar Mal, dann meldete sie sich atemlos. Ich entschuldigte mich für die Störung und stellte mir vor, wie sie die Lippen spitzte, bevor sie antwortete.

»Schon gut, ich komme gerade aus der Dusche und war

dabei, mich abzutrocknen. Ich habe gerade ein paar Stunden Tennis gespielt, mit Anne, um genau zu sein.« Sie holte Atem.

»Haben Sie gewonnen?«

»O ja, aber sie macht Fortschritte.«

»Äh ... ist Ole da? Ich habe ihn weder im Büro noch zu Hause erreicht, und da dachte ich, vielleicht ist er auf einen Sprung zu Ihnen gefahren.«

»Nein, ich habe ihn heute noch nicht gesehen. Ich glaube auch nicht, dass er kommt, denn heute ist sein Bootsabend. Er fährt einmal die Woche auf dem St. Croix mit seiner Yacht und nimmt ein paar Freunde mit.« Sie zog die Nase hoch, und das Handtuch dämpfte ihre Stimme. »Weshalb wollten Sie ihn besuchen?«

»Ich habe nur ein paar Fragen wegen des Clubs, über Leute von damals. Kleinigkeiten, nichts Wichtiges.«

»Darauf würde ich wetten, dass es nichts Wichtiges ist ...« Sie klang nicht unfreundlich, eher unbeteiligt.

»Hören Sie, Kim«, sagte ich und tastete in meinem Tonfall nach dem passenden Maß an Schmeichelei, »vielleicht kann ich auch mit Ihnen reden. Sie haben Recht, es ist wichtig. Oder könnte es sein. Man kann nie wissen. Vielleicht erinnern Sie sich an etwas, das Ole erwähnte, wenn das richtige Stichwort fällt.«

»Wissen Sie«, sagte sie nach einem Moment des Zögerns, »Sie klingen verdächtig nach einem Mann, der nicht aufhören will, in anderer Leute Leben herumzuschnüffeln. Autsch!«

»Was ist?«

»Ich hab heute meinen vertrauten Rhythmus verloren, meine Vorhand war schlecht. Ich hab mir eine Blase geholt, die erste seit Januar. Außerdem habe ich ein paar schlechte Gewohnheiten angenommen. Als ob etwas nicht im Lot ist, verdammt. Jedenfalls habe ich die Blase halb abgezogen. Hilft Aussaugen?«

»Keine Ahnung«, sagte ich. »Hören Sie, es ist nicht Ihre Vergangenheit, in der ich herumschnüffle, und ich würde viel lieber mit Ihnen reden als mit Pater Boyle oder einem anderen von dem dreckigen Dutzend ... Also, entweder Sie oder die. Seien Sie gnädig.«

Sie lachte, hell und klar. »Erinnern Sie sich, dass Sie gedroht haben, mich um eine Verabredung zu bitten, als wir zum ersten Mal miteinander sprachen? Tun Sie es gerade?«

»Fast.«

»Na ja, ich muss wohl interessiert sein«, sagte sie. »Ich habe gestern Ihr Buch gelesen, das über den Caldwell-Mord. Es war schwer aufzutreiben, aber am Ende bekam ich das Paperback bei Savran's an der West Bank. Und bei Shinder's habe ich sechs Romane mit Fenton Carey gekauft. Es muss ein Dutzend verschiedene Titel geben. Sie sind mir vielleicht eine Familie. Immer nur Kritzeln, Kritzeln, Kritzeln, hm, Mr. C.?« Sie äußerte keine Meinung, sondern blieb damit lieber im Schutz ihrer Reserviertheit.

»Also bekomme ich ein weiteres Interview?«

»Klar, wenn Sie mir eine Limonade kaufen. Wir treffen uns in einer Stunde im Sheraton Ritz. Bis dann.«

Ich ertappte mich bei dem Gedanken, dass ich bei ihr Fortschritte machte, und zuckte zusammen. Was meinte ich mit Fortschritt, zum Teufel? Wieso dachte ich in solchen Kategorien? Sie war eine schwierige Frau mit einer seltsam dunklen Vergangenheit, die jede Interpretation zuließ. Es war unvernünftig. Wodurch die schlichte Tatsache ihrer Existenz ein Fehdehandschuh war, eine Herausforderung, sie aus der Reserve zu locken.

Um sechs Uhr saßen wir am weiß lackierten Tisch auf einem der kleinen Balkone, die über dem Swimmingpool des Sheraton Ritz hingen. Sheila war unten mit einem langstieligen Wischer zugange und schob die Pfützen in die Abflussrinne, dann rückte sie die Stühle an die Wand. Die Sonne verfärbte Kims Augen; ihre Sonnenbrille hatte eine konservative Form, aber farbige Kunststoffgläser. Sie trank die Limonade durch einen Strohhalm; eine hellrote Kirsche schwamm oben auf den Eiswürfeln. Die Schatten der Balkonpfeiler zogen zwei dicke Bleistiftstriche über uns und unseren Tisch.

»Wenn ich Sie sehe, muss ich an den Job denken, den ich im Norway Creek hatte«, sagte sie. »Ich kann mich an Abende erinnern, die genauso waren. Mit einer Frotteejacke über dem Badeanzug habe ich geputzt und aufgeräumt, nachdem alle gegangen waren.« Sie wandte mir das Gesicht zu und lächelte. Ihre Augen konnte ich nicht sehen. »Es ist lange her, an die zwanzig Jahre. Es gab eine Zeit, da war der bloße Gedanke unvorstellbar, dass etwas zwanzig Jahre her ist. Nun stellt sich heraus, dass es doch ganz gut vorstellbar ist. Ich hatte so eine Art Kescher, mit dem ich Zeugs aus dem Pool fischte, Laub und Tennisbälle und Sandwiches ... Das Labor-Day-Wochenende war immer die letzte arbeitsreiche Zeit des Sommers, und dann dauerte es nicht mehr lange, bis wir endgültig das Wasser aus dem Pool laufen ließen. Lange her.«

»Und Billy hat vermutlich immer den Golfplatz gemäht«, sagte ich.

»Stimmt. Das war in einem anderen Leben, Lichtjahre entfernt.«

»Aber nur ein paar Meilen von unserem Tisch. Raum und Zeit, zwei vollkommen verschiedene Geschichten. Manchmal glaube ich, die Menschen kommen nur selten weit von ihrem Ausgangspunkt weg.« Die Limonade war wässrig und nicht süß genug, hatte überhaupt wenig Geschmack. Wahrscheinlich war sie aus irgendeinem gefrorene Konzentrat gemacht. Limonade war auch nicht mehr das, was sie mal gewesen ist.

Kim hatte keine Angst vor dem Schweigen, und es schien

ihr nichts auszumachen, dass ich sie anschaute. Sie trug ein graues Leinenkleid und einen cognacfarbenen Pullover über den Schultern, eine Halskette aus Türkisen und die goldene Armbanduhr mit dem Saphir auf dem Aufziehrädchen, der hin und wieder in der Sonne aufblitzte. Ihre Arme und Beine waren nackt.

»Die Vergangenheit scheint Sie wirklich zu interessieren«, sagte ich.

»Sie verändert sich fortwährend«, sagte sie. »Sie haben Recht, sie fasziniert mich. Jede Vergangenheit.«

»Aber Sie sind nicht bereit, über Ihre zu sprechen.«

»Sie ist in keiner Weise interessant.« Sie spitzte die Lippen, als wollte sie es erklären, ließ es dann aber und saugte stattdessen am Strohhalm. Sie saß entspannt und ruhig da und zog sich den Pullover über, als die Sonne tiefer sank. Sheila holte die Sonnenschirme auf den Tischen ein, wobei die Stuhlbeine über den Betonboden kratzten. »Weshalb wollten Sie Ole sprechen?«

»Wegen Carver Maxvill. Habe ich ihn schon erwähnt?«

»Nicht dass ich wüsste.«

»Hat Ole jemals etwas über ihn gesagt? Versuchen Sie sich zu erinnern: Carver Maxvill.«

»Ich weiß schon. Er ist der Mann, der vor langer Zeit verschwand.« Ich nickte. »Ole sprach mal über ihn. Es liegt schon eine Weile zurück. War während einer längeren Unterhaltung. Wir redeten über alles Mögliche. Ich nehme an, das Verschwinden eines Menschen, den man kennt, gehört zu den Dingen, auf die man in dem einen oder anderen Zusammenhang immer wieder zurückkommt. Ich weiß nicht mehr, wann es war ... es geschah aber nur beiläufig, wissen Sie ... nur eine Bemerkung am Rande.«

»Hat Ole mal eine Vermutung zu Maxvills Verschwinden geäußert? Oder über seinen Charakter gesprochen? Vielleicht, dass er trank oder ein Schürzenjäger war? Irgendetwas, an das man sich erinnert?«

»Nein, sicher nicht.« Sie setzte die Sonnenbrille ab, und ich musste ihren forschenden Blick aushalten. Ihr Stirnband, das jedes Haar an seinem zugewiesenen Platz hielt, passte farblich zu ihrer Halskette. Sie verschränkte die Arme unter ihren kleinen Brüsten, die sich leicht gegen das blasse Leinen drückten. »Mr. Cavanaugh«, begann sie und legte einiges Gewicht in diese Formalität, »was ist es diesmal, dem Sie nachjagen? Immer wenn ich anfange, Ihnen zu trauen, wenn ich glaube, dass Sie ein netter Kerl sind, der nur ein wenig neugierig ist, fangen Sie wieder an, im Müll zu wühlen.« Sie legte wenig Charme an den Tag; in dieser Hinsicht verleugnete sie alle Weiblichkeit und weibliche List. Es sprach mich an, aber als das Kind meiner Zeit warf es mich zugleich aus der Bahn. Was wiederum, wenn man es recht bedenkt, keine schlechte weibliche List war.

»Nun mal ganz im Ernst«, sagte ich. »Ich wühle nicht in Ihrem Leben herum, das habe ich schon gesagt.« Ich wusste nicht, ob das stimmte, aber ich tat mal so, als ob. »Ich stochere bloß ein bisschen in der Asche vom alten Jagd- und Angelclub herum, das gebe ich zu. Aber ich weiß nicht, warum Sie das beunruhigen sollte ... Kim.« Das Letzte war ein zaghafter Versuch, den ich sofort bedauerte; ihre Sympathie war nicht leicht zu gewinnen, und das wusste ich.

»Warum, warum, warum?«, äffte sie mich nach.

»Weil es ein Rätsel ist.« Ich wartete. »Weil Tim Dierker tot ist und Carver Maxvills Name jeden zu Tode ängstigt, und weil Fotoalben und Archivmappen verschwinden. Ich warte darauf, dass sich ein Bild ergibt, dass die Konturen einer Person erkennbar werden ... Ich habe gewartet, habe den Leuten Löcher in den Bauch gefragt und stundenlang zugehört, habe versucht, einen Zusammenhang zu erkennen und zu ergründen, was eigentlich vorgeht. Heute, an diesem Nachmittag, gelangte ich zu der Überzeugung ...«

»Und wie kam es dazu?« Sie schätzte Gespräche über

Wesentliches, keine schüchternen Schmeicheleien. Ich bekam einen Schimmer ihrer weißen Zähne zu sehen.

»Jemand hat sich die Mühe gemacht, eine Mappe aus dem Zeitungsarchiv zu stehlen. Der Archivar sagt, so etwas ist zum ersten Mal seit zwanzig Jahren vorgekommen. Die Mappe ist aus dem Archiv verschwunden. Sie kann nur gestohlen worden sein. Das passt ins Bild, denn es war die Mappe mit Zeitungsausschnitten über Carver Maxvill. Warum jemand die Mappe geklaut hat, und wer es war, ist mir ein Rätsel, und deshalb regt es meine Lebenssäfte an.«

Das Lachen sprudelte aus ihr heraus, und sie zwinkerte. Ich schwöre, dass sie zwinkerte. »O ja, nicht wahr?« Sie berührte meine Hand für einen kurzen Augenblick und lehnte sich schnell wieder zurück. »Die Faszination des Rätselhaften liegt in der Familie, nehme ich an?«

»Mein Vater ist der Experte. Ich bin nur ein Kritiker, der zufällig ein Buch über einen Mord geschrieben hat.« Es war spürbar kühler geworden; sie hatte Gänsehaut auf den Armen.

»Aber Fenton Carey ist ein Zeitungsmann. Vielleicht ist er ihr Vorbild – versuchen Sie den Erwartungen Ihres Vaters zu entsprechen?«

»Nein, ich stehe mehr in der Tradition von Steve Wilson von der *Illustrated Press*.«

»Nie von ihm gehört.«

Wir fuhren die paar Querstraßen zum Flussufer und aßen im Fuji-Ya zu Abend, wo man auf dem Boden sitzt und hofft, dass die Socken kein Loch haben. Wir beobachteten, wie sich die Nacht über den Fluss senkte und zwischen dem kleinen Damm und den Stromschnellen die Schrotthaufen, Lagerhäuser und Penner einhüllte. Das Essen war gut. Allerlei Häppchen dampften vor unseren bewundernden Blicken, vor allem Garnelen, die auf rätselhafte Weise geplatzt zu sein schienen. Nach einer Stunde war man nicht mehr hungrig, aber der Hunger kam zurück, sobald man zu essen aufgehört hatte. Es gab Pflaumenwein, eine ganze Menge, und wir tranken ein Glas nach dem anderen, während sich unsere unruhigen Blicke trafen und zwischen langen Schweigephasen plötzlich ein Gespräch aufbrandete.

»Sie sagten, dass Sie nicht verschwinden wollen. Wie gelingt Ihnen das denn so?«, fragte ich.

»Sehr gut, vielen Dank. Mit jedem Tag werde ich mir meines Daseins mehr bewusst.«

»Werden Sie unterrichten?«

»An der juristischen Fakultät«, sagte sie. »Das ist mein derzeitiger Plan. Ich denke systematisch, analytisch und kühn, wenn ich glaube, damit Erfolg zu haben. Auch die Arbeit im Gerichtssaal könnte mir zusagen.«

»So langsam verstehe ich Sie. Sie stellen alles Mögliche unter Beweis. Sie sind weit darüber hinaus, immer nur Ihre Erfahrungen bestätigen zu wollen.« Ich seufzte in meinen Pflaumenwein, und sie hielt ihr leeres Glas empor.

»Ich habe noch nie, niemals so etwas getan«, sagte sie. »Sie glauben es vielleicht nicht, aber es ist wahr. In meinem ganzen Leben, so lange ich zurückdenken kann, bin ich noch nie aufgrund einer spontanen Eingebung mit einem fremden Mann zum Essen ausgegangen. Ich plane lieber. Ich hege Absichten, strebe ein Ziel an. Überdies hatte ich fast keine Gelegenheit.« Unser Wein wurde wieder aufgefüllt. »Es macht Spaß, das kann ich nicht leugnen. Es ist eigentlich nicht meine Art, aber man kann ja sein Verhalten ändern, auch wenn man seiner Natur letztendlich nicht entkommt.« Zum ersten Mal lächelte sie mich offen an, und dabei zog sie die Nase kraus. Dann schlug sie sich die Hand vor den Mund, als wäre sie selbst überrascht. Ich hoffte sehr, dass es sie nicht wieder ernüchtern würde.

»Wie sind Sie an den Norway Creek geraten?«, fragte ich.

»Ich habe Ihnen doch gesagt, dass ich nicht über meine Vergangenheit reden möchte.«

»Woher stammen Sie?«

»Aus einer Kleinstadt im Norden – so, das war's, kein Wort mehr, oder Sie werden wieder Mr. Cavanaugh für mich.« Sie schaute eine Zeit lang aus dem Fenster in die Nacht, und ich lehnte mich gegen den Bambus oder was es auch war. Am anderen Ufer des schwarzen Flusses flackerten die Lichter. Schließlich fuhr sie fort: »Ich bin seit meiner Geburt ein anderer Mensch geworden.« Sie hickste leise. »Ich will nicht wie ein religiöser Fanatiker klingen, aber seit dem Moment, in dem ich begriff, dass ich die wichtigste Person in meinem eigenen Leben sein sollte, statt im Leben eines anderen, betrachte ich mich wirklich als einen neugeborenen Menschen. Ich habe daraufhin den Kurs geändert und beschlossen, weiterzukommen. Was ich selbst über mich denke, nur das zählt. Ich weiß, wer ich früher war und wer ich heute bin, ich weiß, was die Leute über mich geredet haben ... und ich bin so weit gekommen, mich nicht mehr darum zu kümmern.« Sie trank einen großen Schluck Wein und blinzelte. Mir stieg er langsam zu Kopf und unterspülte das Fundament meines abgenutzten Schädels. Ich hatte Lust auf sie; aber ich wusste, dass ich lieber auf den Vortragstext Acht geben sollte. »Sie haben schon mit Darwin McGill und Anne gesprochen. Sie müssen Ihnen den einen oder anderen Hinweis gegeben haben, was ich bisher durchgemacht habe, und sicher hatte Darwin eine Geschichte zu erzählen ...«

»Ja, er erzählte mir von einem Vorfall«, murmelte ich.

»Er hat mir die Bluse und den BH weggerissen«, flüsterte sie. Ihre Augen waren matt, das Funkeln plötzlich erloschen. »Er stand da, starrte auf meine Brüste und grunzte wie ein Schwein. Und er war schockiert, dass ich keine Angst vor ihm hatte oder beschämt war oder versuchte, meine Brüste zu bedecken. Er griff nach mir, und ich spürte seine Erektion. Da habe ich ihn ernüchtert. Damals war ich diese Art Mädchen ... oder hatte eben diese Art Job, wo die

Männer glauben, sie könnten einen anfassen, benutzen ... Ich musste hart arbeiten, hatte kein Geld, kein Ansehen. Ich war ein Niemand. Aber so sieht die Sache nur von der Warte aus, die Leute wie Darwin McGill einnehmen. Und er musste erkennen, dass er sich schwer geirrt hatte. Hat er Ihnen das auch gesagt?«

»Ja, hat er. Sie haben ihm zweifellos eine Lektion erteilt. Übrigens sagte er mir auch, dass er sterben wird.«

»Ich bin untröstlich«, sagte sie tonlos. Ihr Glas war wieder voll.

»Leben Ihre Eltern noch?«

»Das geht Sie absolut nichts an. Ich werde mich morgen schrecklich fühlen.«

Wir gingen hinaus und schlenderten langsam zum Fluss. Ein kühler Wind machte die Nacht erträglicher – und auch die Spannung, die sich allmählich aufgebaut hatte. Ich legte meinen Arm um ihre Schulter.

»Und Anne hat Ihnen erzählt, dass ich frigide bin, nicht wahr?«

»Sie sagte, es könnte so sein. Oder dass Sie sich dafür halten.«

Sie zuckte die Achseln. »Es spielt keine Rolle.«

»Wir sind seelenverwandt«, sagte ich leichthin.

»Was meinen Sie damit?«

Ich drehte sie herum, und wir gingen an den schwach beleuchteten Fenstern des Restaurants entlang, hinter denen sich lautlos die Kimonos bewegten.

»Das ist der Grund, warum Sie bereit sind, mit mir zu reden: Sie spüren die Ähnlichkeit. Wir sind irgendwann einmal verletzt worden, als wäre eine elektronische Sonde in unser Gehirn eingetaucht. Ich weiß, wo das mit mir geschehen ist, und wann, wie und warum. Und bei Ihnen gibt es eine andere Geschichte.«

»Oh«, sagte sie. Dann stiegen wir in den Porsche. Sie war von ihrem eigenen Leben völlig in Anspruch genommen;

meins kümmerte sie nicht, und ich nahm ihr das nicht übel. Sie war äußerst egozentrisch, in sich zurückgezogen, oder zumindest hatte es den Anschein. Ihre Beherrschtheit war nicht notwendigerweise eine Täuschung, aber Berechnung, eine bewusste Anstrengung. Ich beneidete sie darum und bewunderte sie. Wir fuhren zurück zu den Riverfront Towers, ohne noch etwas zu sagen. Ich lenkte den Wagen in die Kurve der Auffahrt. Der Pförtner wartete drinnen, geschützt.

»Würden Sie mir eine Tennisstunde geben?«, fragte ich.

»Die Saison ist fast vorbei. Da bleibt nicht mehr viel Zeit. Ich werde verreisen.«

»Ja, ich auch.«

»Gut«, sagte sie, »wir werden sehen. Vielleicht.« Sie stieg aus und bedeutete mir, sitzen zu bleiben. Auf meiner Seite blieb sie in sicherer Entfernung noch einmal stehen. »Auf Wiedersehen. Und danke für das Abendessen.« Ein verhaltenes Lächeln lockte im Dunkeln, und sie zog den Pullover eng um sich, was ihre Schultern noch schmaler machte und die Hüften betonte. »Es hat mir gefallen. Glaube ich.«

Ich nickte, aber sie konnte es nicht sehen. Sie hatte sich umgedreht und ging, ohne sich noch ein weiteres Mal umzudrehen.

Mit W.C. Fields und »Mein kleiner Gockel« schlief ich ein. Fields wehrte die Rothäute mit einer Schleuder ab, die immer wieder zurückschlug und ihm an die Stirn klatschte. Während er sich von der streitsüchtigen Margaret Hamilton abwandte, murmelte er: »Ich hoffe, sie wird nicht noch gewalttätiger ... ich hätte nicht die Kraft, sie zu bezwingen.« Schläfrig dachte ich an Kim, lachte glücklich in mich hinein, mit halb geschlossenen Augen, und fühlte mich wieder wie ein junger Bursche. Beim Baden sagte er: »Erinnert mich an das alte Wasserloch, als ich noch ein Bengel war ... da holte ich mir die Malaria, was für ein beschissener Sommer das war ... der Sommer, als die Jones-Jungen ihre Mutter umbrachten ... ich sehe sie noch vor mir, wie sie die Wäsche auf dem Kopf trägt. ...«

Ich schlief schlecht, wanderte die ganze Nacht am Rande des Bewusstseins entlang, wachte früh auf und spürte eine seltsame Vorahnung. Nach meinem Grapefruit-Frühstück fuhr ich im Porsche durch die Gegend und bildete mir ein, dass ihr Geruch noch im Wagen schwebte, und stellte mir vor, sie bei mir zu haben. Romantischer Quatsch, sagte ich mir.

Die beiden rissigen Treppen, die zu Pater Boyles Haustür führten, schienen immer länger und steiler zu werden. Ein dicker Nebel drückte auf Prospect Park und vertilgte die Nachbarhäuser und das Hochhaus. Boyle starrte mich durch das Drahtgitter an, schwankte zwischen Furcht und Erstaunen. Er wusste, dass Hubbard mich hatte warnen wollen, und hatte nicht erwartet, mich wiederzusehen. Er kniff die Augen zusammen, und die geplatzten Äderchen auf seinen Wangen spannten sich.

»Guten Morgen, Pater«, sagte ich. »Ich wollte nur kurz vorbeischauen und mich für neulich Abend entschuldigen. Haben Sie eine Tasse Kaffee?«

Er glaubte mir. Vertrauensvoll ließ er die Tür aufschwingen und hinter uns wieder zufallen. Ich folgte ihm in die Küche und wunderte mich, wie viel ein freundliches Wort ausrichten kann und wie sehr die Menschen es von Zeit zu Zeit hören wollen. Es nimmt uns den Stachel und ist auch für einen Lügner nützlich.

Er schlurfte noch immer in den alten Tweedhosen herum und polterte mit dem Gehstock. Seine weißen Bartstoppeln waren bei einem Zentimeter Länge stehen geblieben. Die Küche roch nach gebratenem Speck, und eine verkrustete Pfanne stand auf dem Gasherd. Er winkte mich in die Frühstücksecke in einer Nische, und ich drückte mich an der

Wachstuchdecke entlang hinter den Tisch. Er brachte Kaffeebecher. Die warme Sahne aus einem Kännchen gerann in dem Moment, als sie in den heißen Kaffe floss, und bildete häßliche graue Klumpen, die in alle Richtungen auseinander drifteten. Er kam und setzte sich schwerfällig neben mich. Auf seinem Teller war das Rührei mit Pilzen und Zwiebeln ausgekühlt und steif geworden. Er stocherte mit der Gabel in den Resten, schlürfte Kaffee, setzte schließlich die Brille auf und spähte an mir vorbei aus dem Fenster.

»Da sitzt ein Fink draußen«, brummte er, »in dem Nebelfleck hinter dem Vogelbecken. Er lässt sich nicht oft blicken, er ist gerissen.« Ich sah eine kurze Bewegung in einem grau verhangenen Busch. Auf dem Tisch neben seinem Teller lagen einige zerlesene, schmierig aussehende Exemplare von *Penthouse* und *Playboy,* und im Keramikaschenbecher mit dem Bär von Hamm's war die Zigarre mitten in dem grinsenden Gesicht des Bären ausgedrückt. »Ein harmloses Vergnügen, Vögel beobachten«, sagte er, »aber ich beschränke mich auf die Hinterhofarten. Für mich alten Kauz gibt es keine Ausflüge auf die Felder mehr, keine Pirsch durch die Brombeersträucher.« Er legte die Brille auf die *Penthouse* und rieb sich die Augen. Als er die Hände fortnahm, schaute er mich trübe an. Seine Augen waren ein wenig glasig, und ich überlegte, ob er schon am Schnaps gewesen war oder ob die nächtlichen Schmerzmittel noch nachwirkten.

»Es tut mir leid wegen neulich Abend. Ich wollte Sie nicht verärgern.«

»Ach, ja«, entsann er sich, »Sie sind der junge Philosoph, der Conrad-Leser ... Sie kauen noch immer an der Idee des Bösen, nicht wahr?«

»Nicht besonders. Ich habe Ihnen gesagt, was ich denke. Was Conrad denkt.«

»Das haben Sie. Ich gab dem Teufel die Schuld an der Misere ... ach ja, und Sie glaubten, dass ... warten Sie, Sie glaubten, dass die Menschen ganz allein zu jeder Schandtat fähig sind. War es nicht so? Hab ich Recht?«

»Sie haben.«

»Schön«, sagte er grüblerisch und stocherte in den Pilzen herum. »Ich habe darüber nachgedacht, und es ist gut möglich, dass Sie Recht haben, und ich bin ... ausgestiegen, wie meine jungen Freunde an der Universität es nennen. Aber wenn man dem Teufel die Schuld geben kann, wird für den Menschen alles wesentlich leichter. Und wenn ich dem Teufel meine Sünden in die Schuhe schieben kann – umso besser. Es läuft alles auf die alte Frage hinaus, über die wir schon seit dem Jahr Null debattieren: der freie Wille. Ist man für seine Taten verantwortlich, oder kann man einfach sagen, der Teufel hat mich geritten?« Er sah mich an und schnaufte; sein Gesicht rötete sich, und er klopfte mit einer Hand sachte auf den Tisch. »Vielleicht kann der Mensch zu jeder bösen Tat getrieben werden ... um zu überleben, um sich zu schützen. Vielleicht.«

»Was ist eigentlich mit Goode und Crocker?«, fragte ich. »Ich wurde von Hubbard Anthony zur Rechenschaft gezogen. Nicht dass ich die bittere Pille nicht schlucken könnte, aber ich möchte gern wissen, womit ich alle so wütend gemacht habe.« Ich war unschuldig; ich war zu meinem Priester gekommen, um Rat zu erbitten.

»Goode und Crocker ... wir alle sind alt, die Zeit läuft uns davon ...« Er blinzelte, versuchte die leeren, stumpfen Augen auf mich einzustellen. »Sie kamen mich besuchen und hatten ordentlich Manschetten. Erzählten mir, Sie hätten sie aufgesucht, um mit ihnen über Carver Maxvill zu reden, und dass Sie es von mir hätten.« Er fuchtelte mit seiner blassen Hand herum. »Sie schnauzten mich an, ich solle den Mund halten und nicht mehr mit Ihnen reden, ich würde nur einen großen Schlamassel anrichten. Ist das zu glauben? *Ich* würde einen Schlamassel anrichten? Heilige Maria, was kommt als Nächstes? Sie verlangten, ich solle nicht ausgraben, was vergangen ist ...« Er hielt kopfschüttelnd inne und kicherte. »Ich antwortete, dass es früher oder später so kommen musste, aber dann machte ich Witze darüber, und da brüllten sie mich nieder. Verrückt. Diese Blödmänner brüllen *mich* an ... na ja, vielleicht haben sie Recht, vielleicht wird es den Dreck aufrühren. Aber was macht das schon? Was spielt es für eine Rolle? Wir alle müssen sterben, auch die Jungen. Jeder stirbt. Was also kann uns das schon bedeuten? Wovor soll man denn Angst haben? Hinterher ... ja, dann ist es an der Zeit, dass man Angst hat, und das Stillschweigen hier wird es nicht besser machen ... O ja, sie sind furchtsame Menschen, sie fürchten noch immer, was längst vorbei und begraben ist.« Er schluckte den kalten Kaffee und atmete schwer. Der Nebel hob sich langsam, und der Fink kam zum Vorschein, wie er das Vogelbecken beäugte.

»Bin ich furchtsam?« Er grinste säuerlich. »Wovor sollte ich Angst haben, zum Teufel?«

»Ich weiß es nicht«, sagte ich. »Als ich Sie neulich verließ, kamen Sie mir verängstigt vor, nicht bloß ärgerlich. Was habe ich getan?«

»Ich war müde. Die vielen Fotos aus den alten Zeiten anzusehen ... Ihren Vater und Hub und die anderen, Carver und Rita ... es rief mir alles ins Gedächtnis. Warten Sie, bis Sie alt sind, junger Mann, und Sie werden schon sehen. Dann werden auch Sie diese schreckliche Einsamkeit fühlen, die einen bei alten Fotos befällt. Das ist der Dorian-Gray-Effekt. Wenn man sich selbst und seine Kumpane in jungen Jahren sieht, weiß man sehr genau, dass man alt und halb tot ist, oder schon ganz tot.«

»Wer ist tot? Ihr Jungs seht euch doch alle noch ...«

»Tim«, gemahnte er mich bitter. »Carver, Rita ...«

»Rita?«

»Die Köchin, die Haushälterin ...«

»Sie ist tot? Das wissen Sie?«

Einen Moment sah er bestürzt aus, dann kehrten die Trägheit und das hämische Grinsen zurück. Ich fragte mich, ob er geistig ganz gesund war; zunächst schien er in Ordnung zu sein, aber dann geriet er aus der Spur.

»Warum springen Sie darauf an? Sie ist für mich so tot wie Carver – wer kann schon wissen, wer von beiden noch lebt? Ich sehe sie nicht mehr, und soweit es mich betrifft, sind sie so tot wie das Vogelbecken da draußen, verstehen Sie?« Er verzog die Lippen angesichts meiner Dummheit. »Fallen Sie nicht so über mich her. Sie hören sich an wie General Goode, wenn er in seinem Element ist ... militärisch.«

Ich beugte mich über die Wachstuchdecke.

»Was ist da oben in der Hütte vorgefallen?«, fragte ich ruhig und ließ mich von meinem eigenen Teufel reiten, von einer unbezwingbaren Neugier, der Unfähigkeit, die Finger davonzulassen – oder wie immer man es nennen will. »Sie müssen es gesehen haben, oder man hat es Ihnen erzählt – wurde es ein bisschen wild? Ole sagte, es ging immer ein bisschen rau zu.«

Er lachte brüllend. »Ole. Er versteht gar nichts! Sagt einfach, es wurde ein bisschen rau ...« Er schüttelte sich eigenartig und knurrte, und die Augen trieften ihm wie einem alten Hund.

»Na schön, dann vergessen Sie Ole«, drängte ich ihn weiter. »Aber war es für Sie als Priester nicht schwer mitanzusehen, was da passierte?«

»Wollen Sie – ausgerechnet Sie, nicht einmal ein Katholik – wollen Sie sich anmaßen, mir meine Pflichten als Priester vorzuhalten? Hätte ich den anderen den Rücken zukehren sollen, sie ihrem Treiben überlassen sollen? Oder war es vielmehr meine Pflicht, in der Nähe zu bleiben und als Mahner zu agieren, als Statthalter des Herrn? Keine debilen Fragen, bitte!« Er nahm den Zigarrenstummel von dem Bärengesicht und riss an einem rauen Daumennagel ein

Streichholz an, paffte, bis die Flamme durch die Asche zum Tabak vordrang. Es stank erbärmlich.

»Was ist passiert? Warum hat jeder Angst, sobald Carvers Name genannt wird?«

»Ich weiß nicht, was Sie meinen, was da angeblich *passiert* sein soll.«

»Die Frauen, das Kartenspielen?«

»Sie lüsterner Kerl«, sagte er, als wäre ich es, der sich schlecht benommen hatte. Er rückte von mir ab, und seine Offenheit löste sich auf wie der Nebel.

»Aber ich frage mich noch immer, warum Maxvill euch so mächtig auf die Nerven geht. Weswegen könnten Sie sich so schuldig fühlen? Sie, ein Priester ...«

Langsam stand er aus der Nische auf und winkte mir, ihm zu folgen. Wir gingen auf die schmale Terrasse, wo die alten Gartenmöbel unter den Lackblasen vor sich hin rosteten. Der Fink saß auf dem angeschlagenen Vogelbecken. Alles in Boyles Haus und seinem Leben schien angeschlagen zu sein, beschädigt, schrottreif. Er hob einen Rechen auf, stieß damit nach einer glitschigen braunen Papiertüte im nassen, hoch geschossenen Gras.

»Das geistliche Amt«, brummte er aus heiserer Brust, »kann von zwei Seiten betrachtet werden. Da die Sünde nun einmal sein Metier ist, kann ein Priester zum Opfer der Schuld werden und mit all seinen Sünden, so klein sie auch sein mögen, auf vertrautem Fuß leben ... oder er kann ein gutes, moralisches und hilfreiches Leben führen und wäre demnach, in seiner heiligen Weisheit, für die Sünde unempfänglich. Das Problem ist aber«, fuhr er schnaufend fort, »dass unser Priester menschlich und verletzlich und schwach ist. Bestenfalls hat er also kein leichtes Amt. Wie dem auch sei – welchen Beweis haben Sie überhaupt dafür, dass ich wegen irgendeiner verdammten Sache schuldig bin?« Er hielt inne, paffte und schaute den Hang hinauf. »Der Nebel lichtet sich. Man sieht schon den Hexenturm.«

»Wie nennen Sie ihn?«

»Hexenturm. So nennt ihn jeder. Bitte fragen Sie mich nicht warum, Mr. Cavanaugh. Es ist bloß ein Name.«

»Also fühlen Sie sich nicht schuldig?«

»Ich denke über die Schuld nur so viel nach, wie ich unbedingt muß. Aber Sie müssen begreifen, dass die Jungs im Club einfach mal von allem wegkommen wollten, mehr nicht. Ein kleines Fehlverhalten ist kein Grund für lebenslange Schuldgefühle. Sie sind niemals außer Kontrolle geraten.«

»Ihre Gegenwart hat sie vermutlich im Zaum gehalten?«

»Das könnte man so sagen.«

»Ein Club-Geistlicher, sozusagen?«

»Sozusagen.«

»Was uns wieder auf Carver Maxvill bringt, nicht wahr?«

»Sie vielleicht. Mich nicht.«

»Also, was hatte er an sich? Was hat er getan?«

Boyle, inzwischen ein Stück von mir entfernt, lachte plump-vertraulich. »Nun, es war schließlich das Gerede über Maxvill, das mir sofort Ärger einbrachte, war es nicht so?« Er stieß den Rechen in einen Haufen Gartenabfälle am Zaun, zog ihn wieder heraus und brachte eine Zinnkanne zum Vorschein. Er keuchte vor Anstrengung.

»Sie erwähnten Rita – die Haushälterin. War sie es, mit der Maxvill sich eingelassen hat? Vielleicht eine kleine Eifersuchtsgeschichte unter den alten Kameraden?« Mein Verstand war überarbeitet; einen Augenblick lang erschien mir alles plausibel.

»Wie soll ich mich daran noch entsinnen? Ein Kinderspiel, denken Sie, was?« Er fuhrwerkte mit der Harke herum, und ein Kaninchen sprang aus dem süßen, nassen Grashaufen, flitzte an uns vorbei und verschwand unter einem Busch. »Wie soll ich mich jetzt noch erinnern, ob einer bei der Köchin einen Annäherungsversuch gemacht hat? Ihre Moralvorstellungen waren vielleicht fragwürdig, aber es ist so lange her. Und was kann es heute schon noch bedeuten? Es macht mir Kopfschmerzen.«

»Natürlich ist es lange her«, sagte ich, »aber was sind dreißig, vierzig Jahre insgesamt betrachtet? Ein Wimpernschlag der Zeit, nicht wahr? Könnte er noch am Leben sein? Maxvill, meine ich?«

»Könnte? Was für ein Wort. Natürlich könnte er ... er könnte genauso gut der Fürst der Finsternis sein, der Schrecken Gottes oder der Paraklet von Kavourka. Aber ich glaube es nicht ... ich glaube, dass er tot ist.«

»Falls er tot ist«, sagte ich, »ist er dann im Himmel, Pater?«

Er blieb stehen, stützte sich auf die Harke, und ein breites Grinsen zog über sein irisches Gesicht. Er sah nicht aus, als wäre er geistig vollkommen da. Oder besser gesagt: Er zeigte den Gesichtsausdruck eines Mannes, der sich entschieden hat, nicht mehr mitzumachen; und er präsentierte ihn wie einen neuen Anzug, an dessen Passform er sich bereits gewöhnte.

»Nein, ich glaube nicht«, sagte er ruhig. »Ich frage mich manchmal, ob überhaupt jemand in den Himmel kommt, Mr. Cavanaugh.«

Ich sah Pater Boyle nicht wieder.

9. Kapitel

Der Nebelschleier verbrannte gegen Mittag, und es wurde ein warmer Tag mit einem weißen, strahlenden Himmel. Der Porsche benahm sich bewunderungswürdig, und der neue Kassettenrecorder spielte, was ich selbst aufgenommen hatte. Die Folge war, dass ich den ganzen Weg über Filmmusik hörte – »Ein Mann und eine Frau«, »Picknick«, »Das Quiller Memorandum«. Zu dieser wunderbaren Musik rauschten die grünen Felder an mir vorüber und Bilder von Kim Novak, wie sie William Holden entgegentanzt, an einem lange zurückliegenden Picknickabend, als ich noch jung war. Ich sah sie vor mir, ihre rhythmischen Bewegungen, während sie langsam mit den Händen den Takt schlägt, das Dahinschwinden der Jahre einfach aus dem Feld schlägt.

Der Wind zerrte an mir, die Musik war laut, und das schnelle Fahren ließ die Zeit still stehen. Ich sprang in den Schatten meiner Vergangenheit hin und her, nickte meiner Mutter zu, einem jungen Archie, Anne und schließlich Kim, bei der ich verweilte. Ich ließ den vergangenen Abend so deutlich wie möglich an mir vorüberziehen, versuchte mir alles ins Gedächtnis zu rufen, was geschehen war, nicht so sehr ihre Worte als vielmehr, wie sie dabei ausgesehen hatte, ihre Gesten, Körperhaltung, den Klang der Stimme. Eine kindische Euphorie überkam mich, als hätte ich sie eben erst verlassen, als wäre ein Tag nur eine Sache von Minuten; ich wusste genau, wie dumm das war. Ich habe mich schon immer gern vorschnell in etwas hineingestürzt und mehr für selbstverständlich genommen, als ich sollte. Vor allem habe ich dabei unrichtigerweise vorausgesetzt, dass andere dasselbe für mich empfinden, wie ich für sie. Natürlich bin ich dadurch verletzt worden, aber wie die Bourbonen habe ich nichts aus meinen Fehlern gelernt. Ich betrachtete Kim auf zwei Ebenen, intuitiv und rational, und ich hatte nie den leisesten Zweifel, welche dieser Ebenen gerade vorherrschen sollte. Ich gab vor, dass ich zweifelte. Ich versuchte mir vor Augen zu halten, wie verdreht ihr Leben gewesen war und was andere von ihr hielten. Vergeblich. Ich wusste längst, was ich über sie dachte ... oder zumindest was ich über sie denken wollte. Ich hätte lieber ein wenig darüber nachdenken sollen, was sie von mir hielt. Aber das war eben nicht meine Art. Ein Fehler unter vielen war, dass ich schon eine ganze Weile lebte und nicht begriffen hatte, welche Abmachungen man mit dem Leben trifft. Meine beharrliche Überzeugung war, dass man es immer so einrichten kann, wie man es haben möchte.

Nördlich von Duluth, nachdem ich mich ins Tal hatte treiben lassen, fiel die Temperatur um zwanzig Grad, und anstelle der Leute bekam ich die Wildnis um mich herum zu spüren. Rechterhand hackte sich der Lake Superior im Wind selbst in Stücke, böse und eisig, und der Wald und die unbebauten Felder und die Eisenerz-Zechen, die landeinwärts standen, hatten etwas Unheilvolles an sich. Die Sonne verblasste, der weiße Glanz verschwamm, wurde düster und grau und traurig. Die Dörfer klammerten sich an die Felskante, die abrupt im See verschwand. Die Straßen waren voller Schlaglöcher, und die Kinder auf den Schulhöfen trugen schon wattierte Jacken und spielten Fußball. Die Autos an den angeschlagenen Bordsteinen waren schmutzig und alt und hingen mit lahmer Federung durch, und die Kneipen an der Straße sahen aus wie polierte Blockhäuser mit roter Neonreklame. Eine große Bergwerksstadt mit scheußlichen schwarzen Pyramiden, die kreuz und quer von Laufplanken durchzogen waren, wirkte auf den ersten Blick wohlhabend. Aber selbst im Vorbeiflitzen sah ich das Marode hinter dem Anstrich der protzigen Motels und der Häuser leitender Angestellter. Hier gab es weder richtigen Wald noch eine richtige Stadt; dies war so ein schmutziges, zermürbendes Zwischending, das mal eben hastig das Land plündert und ausraubt und dafür Arbeitsplätze und Löhne ausspuckt. Ein Ort, wo man keine Wahl hat.

Ich trieb den Porsche den ganzen Nachmittag voran, arbeitete mich tiefer in das Grau, wie in einen Tunnel, und spürte, wie der Norden sich um mich zusammenzog und über mir einstürzte. Ich hatte es nie zuvor so stark empfunden, die Einschüchterung nie bemerkt. Möglicherweise war da nur meine Vorstellungskraft am Werk, vielleicht aber auch die eigentümliche gedämpfte Atmosphäre, die der Tag angenommen hatte. Möglicherweise lag es auch an meiner Mission.

Matt Munro sang das Lied aus dem »Quiller Memorandum«, ein trauriger Song, den ich schon tausendmal gehört hatte. Ich sang ein inbrünstiges Duett mit Matt Munro, während ich an den schwarzen Pyramiden vorbei und ein weiteres Mal am See entlangfegte. Ich folgte dem langen Bogen der Straße am See hinauf, und mein Blick wurde immer wieder von den weißen Schaumkronen und den Segelbooten angezogen, die tollkühn dagegenhielten und die Gefahr ignorierten, weil der Sommer fast vorbei war; die Zeit lief auch ihnen davon.

Ich kam gegen drei Uhr in Grande Rouge an und hielt auf dem Grünstreifen, der zwischen der Landstraße und dem steinigen Ufer lag. Es wehte ein kalter Wind, und die einzigen Leute, die draußen zu sehen waren, bewegten sich an den Zapfsäulen der Standard-Tankstelle. An der Seite lagen zwei Autowracks ohne Räder aus den späten Vierzigern, und ein schmutzverkrusteter Kombi wurde gerade aufgetankt.

Grande Rouge war nach dem rötlichen Felsen benannt, der hinter der Stadt etwa dreißig Meter in die Höhe ragte. Ich fand, dies war ein miserabler Ausgangspunkt für einen Urlaub, aber das lag mehr am Wetter. Bei Sonne oder unter einer glitzernden Schneedecke hätte der Ort einen gewissen Charme besessen. Das diesige Grau, das vom See heraufkam, ließ der Stadt keine Gerechtigkeit widerfahren.

Ich ließ den Wagen stehen und ging auf die andere Straßenseite zum »Chat and Chew Café«, einem weißen Holzhaus mit Panoramafenster und der obligatorischen roten Leuchtreklame. An der einen Wand zog sich die Ladentheke entlang, an der anderen gab es Nischen, und in der Mitte standen Tische. Außerdem gab es eine Reihe Kleiderhaken, eine echte Wurlitzer-Musikbox, eine Vitrine mit Torten, Kuchen und Donuts, und das Geschirr war einen Dreiviertelzoll dick. Es roch nach heißem Kaffee und frischem Gebäck, und vielleicht war Grande Rouge ja doch nicht so übel. Ich setzte mich auf einen Stuhl und bekam Kaffee und ein Stück Apfelkuchen mit einer saftigen köstlichen Kruste, die unter der Gabel zerbröckelte.

Die Thekenbedienung, eine Frau mit Besitzermiene, lehnte sich gegenüber von mir über die Theke aus rostfreiem Edelstahl und wischte sich die Finger an einem sauberen Handtuch ab. Sie war an die fünfzig und hatte eine schmucke Frisur vom Dorf-Coiffeur, und sie roch, als hätte sie ein bisschen zu viel Puder aufgetragen. Sie schaute mich an, zog einen Mundwinkel in die Höhe und meinte: »Ist ja richtig was los.«

»Na ja, mitten am Nachmittag können Sie nicht mehr viel erwarten«, erwiderte ich.

»Der Sommer ist vorbei – das ist der Grund. Aus und vorbei, seit ungefähr zehn Tagen«, sagte sie, »ist kalt seitdem, kaum über fünfzehn Grad. So wird es bleiben – langweilig und kalt – den ganzen Winter. Man möchte am liebsten Winterschlaf halten. Oder in den Süden ziehen.« Sie machte ein leises Glucksgeräusch. »Hab ich Recht, Jack?«

Jack war ein Polizist, etwa in ihrem Alter, und er kam an den Tischen entlang auf uns zu. Er hatte traurige Augen und ein wettergegerbtes Gesicht. Außerdem trug er vierzig Pfund zu viel am Bauch. »Womit, Dolly«

»Der Sommer ist vorbei. Wir stehen vor einem langen Winter.«

Wir schauten aus dem Fenster. Draußen bewegte sich nichts außer den Wellen auf dem See. Ein paar Regentropfen spritzten gehetzt gegen die Scheibe.

»Ist vielleicht zehn Tage her«, sagte Jack und rieb sich das Kinn, »da wurd's auf einmal kalt wie 'n Affenarsch. Der Sommer hat einfach 'nen Schalter umgelegt.«

»Genau wie ich sage«, meinte sie darauf.

»Wohin wollen Sie?« Der Polizist schaute an mir herunter.

»Hierher«, antwortete ich. »Hier in die Nähe jedenfalls.«

Er ließ sich zwei Stühle weiter nieder. »Könnte auch einen Kaffee vertragen.« Er seufzte und öffnete den Reißverschluss seiner Jacke. »Ich verpasse bestimmt keine Verbrechenswelle. Und Dollys Kaffee ist besser, als Leo beim Tanken zuzusehen. Ist 'ne ruhige kleine Stadt«, fügte er hinzu, während er den aufsteigenden Dampf betrachtete, als sie ihm einschenkte, »und es gibt nichts in der Nähe von Grand Rouge, jedenfalls nicht soweit ich weiß.« Er sah mich gespannt an. »Der Apfelkuchen da schmeckt gar nicht schlecht, oder?« Ich nickte. »Sind Sie sicher, dass Sie hier richtig sind?« Er kicherte.

»Oh, ganz sicher«, sagte ich. »Aber ich muss noch ein paar Meilen in die Berge hinauf. Mein Vater und ein paar Freunde hatten da früher eine Hütte, eine ziemlich große sogar, oben im Wald. Sie kamen immer zum Jagen und

Angeln. Sie sagten mir, dass ihnen die Hütte noch gehört. Da dachte ich mir, die würde ich gern mal sehen.«

»Richtig, ich kann mich an die Burschen entsinnen, Jäger und Angler, kamen immer aus der Stadt. Teufel auch, war in den Dreißigern und Vierzigern, als mein Dad hier der Polizist war – Sie sagen, Ihr Vater gehörte dazu?«

»Eine Zeit lang jedenfalls. Dann zog er woanders hin.«

»Und nun machen Sie ein bisschen Urlaub in der alten Hütte.« Er schaufelte sich ein Stück Kuchen in den Mund und krümelte die Theke voll.

»Die waren ein ziemlicher Haufen«, sagte Dolly. »Kamen her, um Köder zu kaufen, tranken ein paar Bier, hauten ein bisschen auf den Putz. Fast hätten sie mal bei Helen Little Feather ... äh ... sie hat ein Haus mit zweifelhaftem Ruf, das haben sie in einer Nacht auseinander genommen ... hab ich jedenfalls gehört. Das ist ungefähr fünfzig Meilen weiter nördlich, aber Neuigkeiten sind schnell, sag ich immer.«

»Na gut, Helen muss von Zeit zu Zeit damit rechnen, wenn sie diesen Kerlen aus der Stadt entgegenkommt, die hier den Wald unsicher machen. Die und diese verdammten Holzfäller ...« Jack grinste mich an. »Ihr Vater und sein Verein wussten, wie man es sich gut gehen lässt, das lasse ich mir gefallen.«

»Ich glaube nicht, dass er darauf aus gewesen ist«, sagte ich.

»Nehmen Sie's nicht übel, Mister«, sagte Dolly schnell. »Wir hängen nur der Erinnerung nach. Ist sowieso lange her, dreißig, vierzig Jahre.«

»Ich habe gar nichts übel genommen«, sagte ich, während sie mir neu einschenkte. »Tatsächlich würde ich gern alles von Ihnen hören, was Sie über diese Gruppe noch wissen. Ich bin Autor und will etwas schreiben, eine Geschichte, wie es hier früher gewesen ist.«

»Nostalgie«, sagte Dolly entschieden. »Das nennt man Nostalgie, Jack, ist jetzt ganz groß, sagt man.«

»So was wie Neuralgie?«, sagte Jack und prustete vor Lachen. »Mein Gott, Dolly, du brauchst mir nicht zu erklären, was Nostalgie ist. Ich bin der Dorfpolizist, nicht der Dorftrottel!«

»Können Sie sich noch an einiges erinnern?«, fragte ich. Die Kaffeemaschine fauchte. Eine Wanduhr tickte. Es war sehr friedlich. Ich aß einen Bissen von meinem Apfelkuchen.

»Also, da muss ich mich ein bisschen sammeln«, sagte Dolly mit versonnenem Blick, als hätte sie längst damit angefangen.

»Da gab es nämlich diese Geschichte mit der Haushälterin, oder was zum Teufel sie gewesen ist – Rita. Rita Hook, so hieß sie. Die Frau vom alten Ted Hook.« Jack spähte auf den Grund seiner Kaffeetasse, während er in dem Rest herumrührte. »Ich war ungefähr achtzehn, neunzehn Jahre alt, vielleicht auch zwanzig, hab meinem Dad ein bisschen geholfen, und da war diese komische Geschichte draußen an der Hütte im Gange.« Er rieb sich das Kinn. »Ich verstand die Sache hinten und vorne nicht. Mein Dad ebenso wenig. Teufel auch, niemand konnte es verstehen.« Er verfiel in Schweigen.

»Was war denn los? Lassen Sie mich nicht hängen ...« Ich rang mir ein Lächeln ab.

»Wissen Sie, es war nicht ganz klar, was da draußen passierte. Aber Ted Hooks Frau ging an einem Winterabend da hinauf und ist einfach nicht mehr zurückgekommen! Weißt du noch, Dolly?«

»Sie ist mit jemandem durchgebrannt«, sagte Dolly sachlich und hielt es nicht für nötig, deswegen von dem großen Stahlkessel aufzuschauen. »Immerhin war sie mit einem Invaliden verheiratet. Sie hat's einfach nicht mehr ausgehalten und ist mit einem Kerl davongerannt. Das ist doch sonnenklar.«

»Aber mit keinem aus Grand Rouge«, sagte Jack. »Hier wurde sonst keiner vermisst.«

»Aber was hat das alles mit der Hütte zu tun?«

»Hab ich doch gesagt.« Jack grinste. »Sie fuhr einen Abend hin, mitten im Winter, um die Wasserleitung oder etwas Ähnliches zu überprüfen, wegen irgendeiner Reparaturgeschichte also, sagte dem alten Ted, sie käme spät nach Hause oder erst am nächsten Morgen, falls sie die Nacht über dableiben müsste. Verstehen Sie, ich krame das aus meinem Gedächtnis, Mister, und vielleicht liege ich nicht mit allem ganz richtig ...«

»Dann war die Hütte verlassen? Keiner vom Club, von den Männern, war da?«

»Nicht soweit ich weiß. Sind die Spaghetti fürs Abendessen, Dolly?«

»Klar.« Sie setzte den Kessel auf einen elektrischen Rost, der rot glühte. »Sie kam nie zurück. Ted Hook hat kein Wort mehr von ihr gehört. Kein einziges. Sie hat ihn einfach sitzen gelassen.«

»Er war allerdings ziemlich gut versorgt.« Jack zündete sich eine Zigarre an. Sein Zippo-Feuerzeug hatte an der Seite ein Emblem mit einem springenden Fisch. Er stieß eine enorme Rauchwolke aus, die sein Gesicht einhüllte. »Ted hat sich ein Motel gebaut, mit einer Raststätte, seitdem lebt er davon ...«

»Er ist noch am Leben?«, fragte ich.

»Mehr oder weniger«, sagte Dolly. »Seit dem Weltkrieg ist es ihm immer schlecht gegangen – dem Ersten Wetkrieg. Er muss jetzt an die achtzig sein, der alte Ted. Aber er kann Ihnen die Geschichte erzählen. Falls Sie es wirklich wissen wollen. Wahrscheinlich kann er Ihnen so viel über den Club Ihres Vaters erzählen wie kein zweiter hier. Weil Rita da draußen gearbeitet hat, meine ich. Sie können ihn besuchen, er redet sehr gern über alte Zeiten. Kann gut erzählen.« Sie öffnete eine riesige Dose Tomatensauce, warf den Deckel in den Abfalleimer und kippte die Sauce in einen Topf.

»Ich kann einfach bei ihm hereinschneien?«

»Sicher. Es heißt ›Ted's‹ und ist am nördlichen Stadtrand. Er sitzt meistens an seinem Tisch in der Raststätte.«

»Da war noch ein anderer Kerl. Dieser Führer, ein alter Indianer – na ja, so alt war er wohl gar nicht.« Jack nahm seine Polizistenmütze von der Theke und stand auf, zog sich den Reißverschluss der Jacke bis zum Kragen zu. »Die Männer in der Hütte hatten einen indianischen Führer, Willy hieß er, glaube ich, mein Dad kannte ihn. Ich kann mich nur erinnern, wie er mit dem Fahrrad durch die Stadt gefahren ist. Er könnte hier noch irgendwo wohnen.«

»Er ist tot«, sagte Dolly. »Vor einer Weile gestorben.«

»Also, ich mach jetzt besser meine Runde«, sagte Jack. »War nett, Sie kennenzulernen, Mr. ...«

»Cavanaugh«, sagte ich. »Paul Cavanaugh.« Wir gaben uns die Hand. »Danke für die Informationen. War sehr hilfreich.«

»Genießen Sie Ihren Aufenthalt.« An der Tür drehte er sich um. »Sagen Sie, wissen Sie den Weg zur Hütte? Er ist ein bisschen verzwickt. Wenn man ihn nicht kennt, landet man in der Wildnis.«

»Nein, ich kenne ihn nicht.«

Er beschrieb ihn mir im Einzelnen und wiederholte es einmal. »Vielleicht sollten Sie eine Spur von Brotkrümeln hinterlassen.« Er platzte fast vor Lachen.

Ich ging an die Theke, bezahlte fünfunddreißig Cent für den Kuchen und den Kaffee und legte einen Vierteldollar neben die Tasse.

»Kein Trinkgeld«, sagte Dolly, die mit einem langen Holzlöffel die Spaghettisauce umrührte. »Nicht von Fremden, die hier einen stillen Nachmittag verbracht haben.« Sie lächelte, und ich hoffte, dass ihr Mann, falls sie einen hatte, ihr gutes Herz zu würdigen wusste. »Reden Sie mit Ted. Ich wette, er quatscht Sie voll. Und wenn Ihnen danach ist, kommen Sie hier Spaghetti essen. Die sind nicht schlecht für Grande Rouge, Minnesota.«

Es war noch immer diesig, als ich die Landstraße überquerte. Hinter dem roten Felsen türmten sich dunkle Wolken auf, und die dürren Bäume auf seinem Gipfel sahen aus wie die Tänzer, die am Ende eines Fellini-Films herumtollen. Die Tankstelle war erleuchtet, und eine Laterne brannte in dem Nebel, der den See einhüllte. Ich setzte mich in den Porsche und starrte in die Wärme hinter dem Fenster des »Chat and Chew« und der roten Leuchtreklame. Einen Block entfernt sah ich Jack, wie er auf den Hacken schaukelte, die Hände in den Hosentaschen, und sich mit einem Apotheker im weißen Kittel unterhielt, der im Eingang eines Rexall-Drugstore stand. Es war fast fünf Uhr, und der Abend stülpte sich wie eine Kapuze über Grande Rouge.

»Ted's« – so hing es in großen Leuchtbuchstaben in der Dunkelheit über dem Wasser. Ich bog von der Landstraße ab und rollte langsam über den Schotterweg zum See. Die feuchte Abendluft roch nach dem Seewasser, der Wind blies landeinwärts. Die Raststätte war eine lang gestreckte holzverkleidete Hütte mit Anleihen bei verschiedenen Stilrichtungen, wie etwa die bleigefassten Fenster, die in nördlichen Gegenden unüblich waren. Öllampen brannten in schmiedeeisernen Käfigen neben der Eingangstür. Linker Hand befand sich das Motel, das in blauem Licht weich angestrahlt wurde und sich um die Bucht schmiegte. Dort standen verschiedene Wagen älteren Baujahrs an den Türen geparkt, aber sonst gab es kein Anzeichen von Leben.

Die Raststätte war stilvoll-rustikal gestaltet, und die ersten Wochenendbesucher hatten sich schon an der Bar eingerichtet. Es roch nach brutzelnden Garnelen und Bier. Ein Gang trennte das Restaurant von der Kneipe, und weiter hinten gab es einen langen Kamingrill, wo ein Kerl mit weißer Mütze auf dem Rost über den glühenden Kohlen riesige Steaks wendete. Im rückwärtigen Teil von Kneipe und Restaurant konnte man durch lange Glaserker in die neblige Dunkelheit blicken, wo sonst der See zu sehen war. Ich ging an die Bar und fragte den jungen Mann, der die Gläser polierte, ob Ted in der Nähe sei.

Er wies mit dem Kopf auf einen Glaserker.

»Er sitzt immer am selben Platz«, sagte er mit einem Hauch Bitterkeit in der Stimme. »Sie hören das Schnaufen. Folgen Sie dem Geräusch, und Sie sind gleich da.« Er machte ein verdrießliches Gesicht und drehte sich absichtlich weg. Er war eigentlich noch zu jung, um so garstig zu sein.

Der alte Mann saß in einem Rollstuhl, dem See zugewandt. Er trug eine flache Golfmütze und einen schweren wollenen Überzieher mit Schal, in dessen Falten er das Kinn versenkt hatte. Runde Brillengläser saßen auf der hageren Nase. Der Junge hatte Recht: Ich brauchte nur dem Schnaufen zu folgen. Der Atem rasselte in seiner Brust. Ich hatte dieses qualvolle Röcheln schon einmal gehört, bei einem Professor, den ich mal hatte und der im Ersten Weltkrieg in Frankreich eine Gasvergiftung erlitt. Es war unverkennbar.

»Ted Hook?«, sagte ich.

»Immer schon gewesen«, krächzte er mit gesenktem Kopf.

»Mr. Hook, mein Name ist Paul Cavanaugh. Ich würde Ihnen gern ein paar Fragen stellen.«

»Nur wenn Sie sich endlich hinsetzen«, sagte er. »Ich kann den Kopf nicht heben, werde langsam zu Stein, irgend so eine verdammte Sache. Macht mich empfindlich. Ich kann mich nicht erinnern, wie es war, als es mir gut ging. Klingt verteufelt, stimmt's? Setzen Sie sich, setzen Sie sich. Geben Sie mir meinen Löffel, er liegt auf dem Boden.

Ist mir runtergefallen. Ich komme nicht ran. Ich würde verhungern, ehe einer auftaucht und ihn aufhebt.« Er rang nach Luft und zog die Nase hoch. Ich reichte ihm den Löffel, und er nahm ihn in die Hand. Er trug Handschuhe. Ein Teller mit Kartoffelbrei stand unberührt vor ihm, die Butter war zu gelben Pfützen geschmolzen. Sein Gesicht besaß die Form einer Axt, wobei die Kinnlinie der Schneide entsprach, und war von Schmerzen gezeichnet. Nur um die Augen herum fand sich noch ein anderer Ausdruck. Er lebte schon sehr lange mit den Folgen der Senfgasvergiftung, fast sechzig Jahre, und ich dachte, dass er über alle Arten von Schmerzen sehr gut Bescheid wusste.

»Ist das ein Familienbetrieb?«, fragte ich und setzte mich in den Armstuhl.

»Will diese Schwachköpfe wirklich nicht Familie nennen«, sagte er verdrossen und stieß den Löffel in den Brei, »aber sie sind es. Der kleine Wichser an der Bar ist Artie, der Enkel meines Bruders – hätten ihn als Kind ersäufen sollen!« Er führte den Löffel zum Mund und begann daran zu lecken, als wäre es ein Eis am Stiel, dabei schnellte seine violettrote Zunge hervor. Er sah mich von der Seite an und fing meinen Blick auf. »Wenn Sie's nicht mögen, dann gucken Sie nicht hin. Was wollen Sie überhaupt? Kenne ich Sie?«

»Nein, nicht mich, aber Sie haben vielleicht meinen Vater gekannt – Archie Cavanaugh. Er kam früher oft mit ein paar Freunden hierher. Ihnen gehört die Hütte oben in den Bergen.«

»Sie meinen, meine Frau hat sie gekannt, ja? Ich hatte kaum mit ihnen zu tun, aber Rita hat sich den Arsch für sie aufgerissen.« Er lachte in sich hinein, und ein Kartoffelbreischleier überzog sein Kinn. Er hob einen Bierkrug an seinen hohlen Mund und schlürfte. »Ich kann mich nicht an ihre Namen erinnern – Archie oder sonst wen. Warum sollte ich auch?«

»Was für Männer waren es? Ich meine, wie benahmen sie sich? Gab es mal irgenwelchen Ärger?« Mein Mund war trocken.

»Ärger? Himmel, ich weiß es nicht mehr. Ich bin achtzig Jahre alt, mehr oder weniger. Manchmal weiß ich meinen eigenen Namen nicht mehr. Das ist kein Scherz, Sie junger Spund.« Er klopfte mit den Fingern auf den Tisch. »Der einzige Ärger, von dem ich weiß, ist die Sache mit Rita, meiner Frau. Rita war ein Klassemädchen, aber zu viel für mich ... Mich haben sie zusammengeschossen und vergast, ich war für alle Zeiten zum Kranksein verurteilt und damals keinen verfluchten Deut besser dran als der armselige Scheißer, den Sie jetzt vor sich haben.« Er stieß mir sein knisterndes Keuchen entgegen und blinzelte hinter den dicken Gläsern; ein Auge war milchiggrau vom grauen Star. »Ich habe es Rita nie wirklich übel genommen. Unsere Ehe war nicht gerade leidenschaftlich, verstehen Sie? Können Sie mir folgen? Ich rede doch nicht mit mir selbst?«

»Ich kann Ihnen folgen«, sagte ich. »Erzählen Sie mir die Geschichte.«

Er blickte nach draußen. Der Strand hinter dem Restaurant sah steinig aus und wurde von ein paar Lampen an der Hauswand schwach erleuchtet. Ein roter Sandeimer ragte aus dem Sand und strahlte grell. Die Wellen warfen sich ans Ufer und krochen auf uns zu.

»Ganz schön neugierig, würde ich sagen.« Er klang gewieft.

Ich zuckte mit den Schultern.

»Na schön, was kümmert's mich. Sie sind einer, mit dem ich reden kann.« Er hob sein Bier an die Lippen, hielt den schweren Krug mit beiden Händen wie ein Kind. »Rita hat immer geschuftet, war nie faul, arbeitete in dem Café und den Hütten, die wir damals weiter nördlich hatten. Hütten waren der Renner in den Dreißigern. Vor diesen neuartigen

Motels, wissen Sie. Dann ging sie in dieser Hütte arbeiten, die den jungen Kerlen aus der Stadt gehörte. Sie kamen zum Jagen und Angeln hierher, und vermutlich um sich zu besaufen, und sie brauchten jemanden, der sie bekochte und alles sauber hielt. Ich habe nie gewusst, was sie ihr bezahlten, Rita und ich hielten alles getrennt, aber sie kam ihren Verbindlichkeiten mit mir nach. Sie war keine schlechte Frau, keine schlechte Partie, so wie die Dinge liefen. Mann, jeder hat 'ne Leiche im Keller.« Er schielte nach mir, das eine Auge blickte scharf und leuchtend, wie ein wachsames Tier. »Hat nicht jeder ein paar Dinge, über die er nicht spricht?«

»Klar«, sagte ich, »jeder. Da haben Sie sicher Recht, Ted.«

Er nickte, und dabei sah er plötzlich weise und zugleich verschlagen aus.

»Als sie starb, hinterließ sie mir hundertfünfzigtausend Dollar! Einhundertundfünzigtausend Bucks – ist das zu fassen? Ich brauchte eine Weile, um es zu kapieren, aber der Banker hier in Grande Rouge, ich kannte ihn seit Jahren, mein ganzes Leben, er wusste, dass das Geld da war, und ich konnte darauf leihen ...«

»Rita starb? Ich dachte, sie ... also, ich wusste nicht, dass sie tot ist.«

Er nickte wieder. »Ja, ja, ich weiß, was Sie sagen wollen. Was soll denn mit ihr geschehen sein? Die Leute tratschten die ganze Zeit darüber, tagein, tagaus. Was wurde aus Rita? Wo ist sie jetzt?« Er sang es wie ein Kind, oder wie einer, der nicht ganz bei Verstand ist. »Die Wahrheit ist die, dass ich nicht mehr weiß als jeder andere. Entweder ist sie so weit fortgegangen, dass sie keiner finden kann, oder sie hat aufgesteckt und ist gestorben. Jedenfalls ist sie nach dem Abend, wo sie zur Hütte gegangen ist, nie wieder aufgetaucht.«

»Sie sagen, Sie können sich an keinen aus dem Club erinnern, vielleicht aber doch. Wie ist es mit Jon Goode? Oder

Jim Crocker?« Keine Antwort. »Vielleicht ... Carver Maxvill?«

»Nein. Kann mich überhaupt nicht erinnern.«

»Komisch«, sagte ich. »Von ihnen verschwand auch einer. Vor langer Zeit, der Mann namens Maxvill, ein Anwalt aus Minneapolis. Genau wie Ihre Frau. Eines Tages war er einfach nicht mehr da.«

»So war es auch mit Rita. Weg. Sie sagte, sie würde zur Hütte gehen, es war mitten im Winter, und draußen war's kalt wie 'ne Schlampe. Ich sagte ihr das auch. Rita, sagte ich, es ist zu kalt, es hat Zeit bis morgen. Aber nein, sie wollte es unbedingt am selben Abend erledigen. Sie sagte, sie hätte was zu reparieren und in Ordnung zu bringen, Leitungen überprüfen, irgend so eine verdammte Sache.« Er holte einen Moment Luft und fasste um die Reifen seines Rollstuhls. »Es war eine Schneenacht, kalt und windig, kurz vor Weihnachten, sie hat sich von Running Buck – wie hieß er noch –, Willy, es war Willy, der Jagdführer, von dem hat sie sich in seinem alten Pick-up hinfahren lassen. Willy war der Führer für diese Kerle aus der Stadt. Er war immer da, wenn sie auch da waren, und brachte sie auf die Jagd und zum Angeln. Also nahm er sie mit, und so gegen Mitternacht tauchte er bei mir auf, mit unbewegtem Gesicht wie immer, und sagte mir, dass Rita beschlossen hätte, über Nacht zu bleiben, weil es in der Hütte so viel zu tun gab. Mir war's egal, sie war ein tüchtiges Mädchen. Running Buck kaufte eine Flasche Fusel bei mir – wollte sich bestimmt damit aufwärmen – und fuhr wieder weg.« Er blinzelte mich an, dann schaute er zum See hinaus und hing der Erinnerung nach, wie er seine Frau zum letzten Mal gesehen hatte. Es schien ihn nicht zu schmerzen, aber er war ein alter Mann, und vielleicht war es nicht mehr so schlimm. Am Ende läuft alles auf dasselbe hinaus, schien er zu sagen, was soll's also? Aber da waren die Furchen in seinem Gesicht, und irgendein Wahnsinn funkelte in dem gesunden Auge.

»Am nächsten Tag meldete sie sich nicht – die Burschen unterhielten das ganze Jahr über das Telefon in der Hütte –, und gegen Mittag rief ich dort an. Keiner nahm ab. Ich machte mir Sorgen. Ich rief bei der Polizei an, und der Sheriff fuhr hin, durch den Schnee. Ich selbst war schon den ganzen Winter krank. Aber von Rita keine Spur. Es regnete und graupelte und schneite, also fand man keine Fußspuren oder Reifenspuren an der Hütte, nur nassen Matsch ... und das war's. Keine Rita. Verduftet. Hat kein Geld, keine Kleider mitgenommen, aber ich sagte mir, sie muss mit 'nem Kerl verschwunden sein.« Er leerte sein Bier und versenkte das Kinn in den Schal. Er murmelte etwas. Ich konnte ihn nicht verstehen. Das Restaurant begann sich zu füllen, und der Lärmpegel stieg. Ich rückte mit dem Stuhl näher zu ihm.

»Sohn, Nichte, Frau, alle zum Teufel ... weg.« Er schüttelte langsam den Kopf. »Es zieht, mir ist kalt. Brrr.« Ich schwitzte. Hinter mir brannten die Scheite im Kamin. »Alle sind sie fort, alle bis auf die Schwachköpfe hier, die darauf warten, dass ich einpacke. Kann denen gar nicht früh genug sein.« Er schnüffelte und rieb sich die Nase. »Na ja, vielleicht bin ich schon so weit, vielleicht passiert's heute Nacht. Ich spüre die Kälte schon in den Knochen ... wie war noch gleich Ihr Name?«

Er schaute mich nicht an.

»Paul.«

»Ich kenne Sie nicht, oder?«

»Nein, eigentlich nicht.«

»Wahrscheinlich langweile ich Sie.« Er fasste mich wieder genauer ins Auge, wirkte lebendiger und funkelte mich listig an.

»Keineswegs«, sagte ich.

»Ich bin einsam, ein alter Mann, ich sterbe in Zeitlupe.« Er röchelte, und sein Atem pfiff in der Luftröhre. »Meine Familie ist nicht mehr da – o ja, ich hatte eine Familie, einen

Sohn und eine Nichte und eine Frau, wir lebten eine Zeit lang alle zusammen. Aber es gab Probleme, Dinge, über die wir nie gesprochen haben. Leichen im Keller«, wiederholte er und kicherte in seinen Schal. Er schob den Teller von sich weg. »Wir hatten einen Jungen, glücklicherweise, muss man sagen. Ich war nicht besonders gut an der Schlafzimmerfront, verstehen Sie? Nach dem Gas ... Aber wir hatten einen Jungen. Ist lange fort, wahrscheinlich auch schon irgendwo gestorben, wie seine arme Mutter. Damals ging Rita nach Chicago, um ihrer Schwester beizustehen, weil die Schwester nämlich ihr Baby bekam und keinen Mann hatte, verstehen Sie – nicht dass ich ihr das vorgeworfen hätte, das arme Gör. Sie starb bei der Geburt, im Merrivale Hospital, dasselbe Krankenhaus, wo Rita hinging, als sie unseren Jungen kriegte. Mit Rita an der Seite, die ihr die Hand hielt, schlich sie sich fort. Das Baby lebte, und Rita brachte sie mit nach Hause und ...« Er keuchte, schnupfte, verrieb den Tropfen, der ihm an der Nase hing. »Auch sie ist weg. Als Rita uns verließ, hatte ich die zwei Kinder, und was tat ich? Meine schlechte Gesundheit hielt mich davon ab, ihnen der Vater zu sein, den sie gebraucht hätten, verstehen Sie? Und jetzt sind sie weg, und der alte Ted ist mit seiner Einsamkeit alleine. Wirklich eine traurige Geschichte ... Können Sie mir ein Bier holen, junger Mann?«

Ich ging, um ihm das Bier zu holen, und als ich zurückkam, war er eingenickt, schnarchte mit offenem Mund. Ich stellte den Krug in seine Reichweite auf den Tisch und ging nach draußen. Mir war, als hätte ich an einem Grab gestanden. »Ted's« leuchtete blutrot am Himmel, und der Nebel hatte sich verdichtet. Ein kalter Regen setzte ein.

Ich besorgte mir einen Hamburger und ein Rootbeer in dem einzigen Drive-in der Stadt, fuhr am »Chat and Chew« vorbei, wo es der beschlagenen Fensterscheibe nach zu urteilen voll zu sein schien, bog rechts in eine Siedlung ab und fand mich schließlich auf einer Asphaltstraße wieder, die in die schwarze Nacht führte. Ich roch den Regen und die nassen Bäume, aber im Licht der Scheinwerfer offenbarte sich ein leerer Raum. Der Mond war nicht da; es war, als würde ich lautlos und unbemerkt durchs All gleiten. Die Nacht, in der Rita Hook Grande Rouge verließ, mochte genauso schwarz gewesen sein, während der Schnee im Scheinwerferlicht des Pick-ups wirbelte. Unzählige Male an unzähligen Abenden waren die Mitglieder des Clubs von Grande Rouge zur Hütte hinausgefahren auf demselben Stückchen Landstraße. Und jetzt ich.

Ich fragte mich, was es dabei zu erfahren gäbe, und hielt mir noch einmal vor Augen, wie ich in die ganze Sache hineingeraten war. Es kam mir vor, als wäre das schon eine ganze Weile her. Viele Fragen hatten sich inzwischen aufgetan, und jede brachte neue hervor. Die Rätsel der Vergangenheit schossen mir durch den Kopf, wie Gestalten, die vom finsteren Straßenrand vor die Scheinwerfer des Wagens springen. Was hatte Pater Boyle noch gesagt? Etwas musste früher oder später so kommen? Musste früher oder später herauskommen? Etwas in dieser Richtung. Etwas. Carver Maxvill war in Minneapolis verschwunden; keiner wollte mehr darüber reden. Aber es hatte früher oder später herauskommen müssen ... Was? Tatsache war, dass ein Mann über die Stränge geschlagen hatte, alles sausen ließ und wie vom Erdboden verschluckt war. Sicherlich war an der Sache mehr dran, als in den Akten stand; schließlich war die Mappe aus dem Zeitungsarchiv gestohlen worden. Aber was, in Gottes Namen, hatte der Mann getan? Was konnte so schrecklich sein, dass allein schon sein Name den wilden Haufen hektisch und ärgerlich werden ließ, während alle Finger auf ihn zeigten wie auf einer Daumier-Radierung?

Ted Hook verbrachte sein Lebensende unter Menschen,

die er verachtete, und blickte dem Tod entgegen, ohne zu wissen, was mit Rita geschehen war. Wohin war sie gegangen? Lebte sie noch, und erinnerte sie sich an den alten Mann, den sie geheiratet hatte, der ihr einen Sohn gezeugt hatte?

Ich verließ die Asphaltstraße und bog auf eine Schotterstraße ein, die sich einspurig zwischen dichtem Gebüsch hindurchwand, das auf die Fahrbahn ragte. Der Regen fiel stetig.

Tiefe Furchen und scharfe Kurven zwangen mich zur Konzentration. Ich fühlte mich ausweglos allein, als ob der Zustand der Einsamkeit mich niederdrücken und einschließen würde, als wäre er mein Schicksal und meine Natur – und wäre es immer gewesen. Zur Einsamkeit geboren. Es hat keinen Sinn, sich selbst etwas vorzumachen. Man ist immer allein und muss sich ohne Karte zurechtfinden, ganz gleich, was einem der Analytiker oder die Mutter gesagt haben. Alles andere wäre Illusion. Man wählt seinen Weg mit Bedacht, so gut man kann. Der Mensch ist zu allem fähig, und am Ende kann man nur sich selbst verantwortlich machen.

Woher hatte Rita die hundertfünfzigtausend Dollar? Hatte Ted sich kein bisschen gewundert? Hundertfünfzigtausend! Eine Haushälterin. Himmel. Warum hatte sie das Geld nicht mitgenommen? Vielleicht war sie niemals fortgegangen. Aber warum hatte man sie dann nicht finden können? Weil manche Leute eben verloren gehen. Wie Carver Maxvill zum Beispiel. Warum nicht auch Rita Hook?

Die Hütte war ein undeutlicher Fleck in der Nacht. Ich hielt nicht an, um nachzusehen, ich erkannte sie von den Fotos. Der Geruch von nassen Nadelbäumen schlug mir entgegen. Ich zog meinen Koffer vom Rücksitz und öffnete die Tür mit dem Schlüssel, den Archie mir gegeben hatte. Er war in all den Jahren nicht mehr dort gewesen, aber er hatte mir versichert, ihm sei gesagt worden, dass der

Schlüssel passte und dass er die Hütte gern jederzeit benutzen könnte. Goode, Crocker, Hub und Boyle kämen immer noch ein-, zweimal im Jahr zum Angeln herauf und er sei dort willkommen; einmal Mitglied, immer Mitglied.

Das Schloss ließ sich leicht öffnen, und die Lampen gingen sanft an und warfen ein gelbes, warmes Licht und viele Schatten. Ein Elchkopf äugte wohlwollend von einem Ehrenplatz über dem Kamin, neben dem Holz in großzügiger Menge zum Trocknen aufgestapelt war. Davor lag ein großer Flickenteppich. Drei Sofas, eins aus Weidengeflecht, eins aus Leder, eins aus losen Kissen auf einem Holzgestell, standen im Karrée vor dem Kamin. In der Mitte lag ein Teppich.

Ich drehte ein Stück Zeitungspapier zusammen, zündete es an und hielt es in den Kamin, um zu sehen, ob der Abzug frei war. Der Rauch zog rasch nach oben, Regentropfen fielen auf meine Hand. Ich fachte ein Feuer an und schaute zu, wie es loderte. Der Wohnraum war groß und behaglich. Eine 1937er Ausgabe des *Esquire* lag auf dem Tisch. Ich öffnete ein paar Fenster. Der Regen rauschte in den Bäumen.

In der Küche gab es Lebensmitteldosen, einfaches Geschirr, allerlei Flaschen mit Scotch, Bourbon, Gin, Weinbrand und Verschiedenes zum Mixen. Geschirr stand auf einem Trockengestell, wo man es nach dem Spülen abgelegt hatte. Eine Zeitung aus Minneapolis, einen Monat alt, lag auf der Wachstuchdecke des Küchentischs. Vielleicht lag es daran, dass mir die Hütte nicht kalt und verlassen vorkam. Sie war niemals lange Zeit unbenutzt gewesen.

Das Feuer vertrieb die Kälte aus meinen Gliedern und versetzte mich halb in Hypnose. Ich betrachtete die Flammen, die die trockenen Scheite peitschten, und mein Bewusstsein schaltete sich völlig aus. Dabei schien eine lange Zeit zu verstreichen. Als ich aus diesem Zustand hochfuhr, rollte über mir der Donner, und der Regen trommelte auf die Dachrinnen. Ein wenig steif ging ich in die Küche, öffnete eine Dose Folgers-Kaffee, füllte eine Glaskaffeemaschine mit Wasser und das Körbchen mit Kaffeepulver und setzte sie auf den Gaskocher. Dann ging ich hinaus auf die vordere Veranda, um auf den Kaffee zu warten, horchte auf den Regen und auf Wind und Donner. Es war so dunkel, dass die Bäume nicht zu erkennen waren. In Minneapolis war der Himmel blassrot von den Lichtern. Es wurde dort nie so dunkel; diese Nacht verlockte und ängstigte mich zugleich.

Ich trank Kaffee und Brandy vor dem Feuer. Mit geschlossenen Augen dachte ich an Kim und überlegte, was sie gerade tun mochte. Der vorige Abend schien lange her zu sein, aber ich rief sie wieder herbei, holte sie vor mein geistiges Auge. Ich war sehr müde, und meine Gedanken wanderten. Kam Ma Dierker wieder auf die Beine? Hatte sie begriffen, zu welcher Aufgabe sie mich ausgesandt hatte? Ihr Hass auf Kim hatte die ganze Sache ins Rollen gebracht. Es war, als würde man in einen Minenschacht fallen und auf den Aufprall warten. Warten. Warten. Es war zu dunkel, um den Boden zu sehen, um zu erkennen, wo man sich befand, aber je tiefer ich fiel, desto sicherer wurde ich, dass da unten etwas auf mich wartete.

10. Kapitel

Ich wachte von den Gerüchen eines nassen Morgens und dem Aroma frisch gekochten Kaffees auf. Es dauerte ein bisschen, bis ich mich in meiner Umgebung zurechtfand. Ich war auf einer Couch vor dem Feuer eingeschlafen, die Kohlen waren verbrannt, und ich fühlte mich unausgeschlafen und steif. Wo konnte der Kaffeegeruch herkommen, verdammt? Ich stand schwankend auf, rieb mir die Augen, strich ein paar Falten glatt.

»Guten Morgen. Habe ich zu viel Lärm gemacht?«

Es war Kim Roderick. Sie stand im vorderen Flur, trocknete sich die Hände an einem Geschirrhandtuch ab und lächelte fröhlich. Ihre Zähne leuchteten weiß in einem ungewohnten Lächeln.

»Äh ... nein, ich habe den Kaffee gerochen. Was tun Sie überhaupt hier?«

»Gucken Sie nicht so feindselig. Sind Sie verärgert? Ich selbst mag es nicht, wenn Leute unerwartet hereinschneien. ... Aber ich dachte, Ihnen würde das vielleicht nichts ausmachen, Sie könnten sich sogar freuen.« Sie blickte mich fragend an, beinahe verletzt, und wirkte überraschend schutzlos. Sie wartete. Ein kalter Luftzug wehte durch die offenen Fenster.

»Nein, geben Sie mir einen Augenblick Zeit, und ich werde mich freuen«, sagte ich. »Ich merke schon, wie es kommt, das eindeutige Gefühl von Freude. Anders kann man es nicht bezeichnen.« Ich gähnte. »Aber Sie erstaunen mich, Madam.« Ich folgte ihr in die Küche, wo sie süßes Gebäck und Kaffeetassen zur Hand hatte.

»Ich habe Ihnen erzählt, dass ich aus einer kleinen Stadt im Norden stamme – zufällig ist es Grande Rouge. Ich besuche hier meinen Vater. Ich sagte ja, dass ich übers Wochenende wegfahre.« Sie goss Kaffee ein und gab auch Sahne in meine Tasse. »Es hat sich also herausgestellt, dass wir dasselbe Ziel hatten.« Sie lächelte wieder, während sie mit präzisen kleinen Bewegungen in der großen Küche zugange war. Sie trug die abgewetzten Levi's und ein blau-weiß kariertes Hemd unter einem weiten, alten, blauen Pullover. Ich entschuldigte mich und verschwand ins Bad. Als ich zurückkam, saß sie auf einem Küchenschrank und trank Kaffee, einen Kranz von Puderzucker um die Lippen.

»Aber woher wussten Sie, dass ich hier bin?«

»Er hat es mir gesagt – mein Vater. Sie haben gestern mit ihm gesprochen.«

»Mit Ihrem Vater? Dem Polizisten? Er ist Ihr Vater?«

»Nein.«

»Aber ... da war kein anderer ...«

»Ted Hook«, sagte sie und linste über den Rand der alten grünen Tasse.

»Ted Hook!« Ich konnte meine Bestürzung nicht verbergen. »Mein Gott, er ist mindestens achtzig Jahre alt ...«

»Ach, bitte, schauen Sie doch nicht so erschrocken«, sagte sie und machte mit den Lippen eine winzige Bewegung, als wollte sie noch hinzufügen, dass sie alles erklären könne, wenn ich ihr nur die Zeit dazu ließe. »Betrachten Sie es mal so: Sie sind auf meine Vergangenheit neugierig gewesen, nicht wahr? Und jetzt wirken sich die Ereignisse – und meine Neigungen, die ich nicht vor mir zu rechtfertigen versucht habe – zu Ihren Gunsten aus. Sie sind gerade dabei herauszufinden, woher diese seltsame Frau stammt und was ihre Geheimnisse sind.«

Ich nickte ein bisschen blöde.

»Vielleicht ist es mein Schicksal, dass Sie über mich Bescheid wissen sollen. Wie dem auch sei, die Welt ist klein, das weiß jeder, und jeder stammt irgendwoher. Ich komme eben von hier, jedenfalls teilweise. Auch das gehört zu den Dingen, von denen ich mein Leben lang wegkommen wollte – aber da sind Sie, und ich glaube allmählich, dass es kein Entrinnen vor Ihnen gibt.« Sie schaute mich stirnrunzelnd an. »Oh, Sie hätten mich sehen sollen, als Ted mir erzählte, dass Sie hier sind – mein Gott, ich schäumte vor Wut. Nicht einmal hier kann ich dem Stochern und Wühlen entkommen, hab ich mir gesagt. Aber dann habe ich mich beruhigt. Er erzählte mir von dem Gespräch, und ich begriff, dass Sie nicht hinter mir her sind und Sie gar nicht wissen, aus welcher Stadt ich komme. Also beschloss ich, dass ein Überraschungsbesuch vielleicht Spaß machen könnte.« Sie begegnete kurz meinem Blick, dann schaute sie weg. »Und ich wollte mir selbst beweisen, dass ich keine Angst vor Ihnen habe ... das war auch ein Grund.«

»Ich halte mich nicht für jemanden, der Sie bedroht.« Ich biss in ein Plunderteilchen mit Kirschen. »Das spielt sich nur in Ihrem Kopf ab.«

»Zugegeben.« Sie seufzte, dann straffte sie die Schultern, als hätte sie sich nun wieder in der Gewalt. »Grande Rouge habe ich immer vergessen wollen.«

»Warum? Es ist gar nicht so schlecht hier ...«

»Es sind die Erinnerungen, die schlecht sind. Der Ort steht für alles, das ich nicht will. Viele Leute denken so von ihrer Heimatstadt. Und wo wir herkommen, wirkt sich auch auf unser Gemüt aus, nicht wahr?« Sie ließ ein kurzes nervöses Lachen hören, das voller Selbstmissbilligung war.

»Ich glaube, es hat damit zu tun. Subjektiv. Aber Ted sprach von einem Sohn, nicht von einer Tochter ...«

»Das stimmt tatsächlich – es ist eine Art Vereinfachung meinerseits. Ich denke von Ted als von meinem Vater, einfach, weil ich keinen hatte. Ted ist mein Onkel.« Sie nickte, als sie meinen verwunderten Gesichtsausdruck sah. »Rita Hook war meine Tante. Wer immer mein Vater gewesen ist, er war nur eine biologische Größe, kein menschliches Wesen – meine Mutter wusste vermutlich, wer er war, aber sie konnte es mir nicht mehr sagen. Sie starb, als sie mich zur Welt brachte.« Das alles trug sie rasch, präzise und unmissverständlich vor, damit sie nichts davon wiederholen musste. »Das war natürlich in Chicago, und die Schwester meiner Mutter, Rita, nahm mich mit zu sich nach Hause, nach Grande Rouge. Das hört sich alles kompliziert an, ist es aber eigentlich nicht.«

»Also hat Rita Sie großgezogen. Komisch, diese vielen Verknüpfungen. Zufall«, sinnierte ich, und mein Verstand arbeitete sehr langsam, um alles zu verarbeiten.

»Zufall ist eine andere Bezeichnung für Schicksal, meinen Sie nicht? Aber es stimmt nicht, Rita zog mich nicht auf. Ich habe sie kaum gekannt. Ich war vier Jahre alt, als sie wegging.« Sie sprach ruhig weiter, kontrolliert, behielt ihr gut gelauntes Gesicht, wo eine schmerzvolle Miene hätte sein sollen. »Es ist merkwürdig, wie alle mich verlassen. Meine Mutter stirbt, meine Tante geht weg, kein Vater da ... Also blieb nur der alte Ted, ein Invalide, ein Kranker, und er schien so weit weg von mir wie ein Urgroßvater. Er wusste mit uns Kindern nichts anzufangen, mit meinem Bruder und mir.« Sie schüttelte den Kopf. »Nein, nicht Bruder, er war mein Cousin. Mein Gott, ich werde ganz verwirrt, wenn ich über das alles spreche. Ich rede selten darüber, wissen Sie.« Sie lächelte verständnisheischend, aber ich war mit meinem eigenen Problem beschäftigt, wie ich diese Kim und die Kim, die ich sonst kannte, in Einklang bringen sollte.

»Ich verstehe Sie«, sagte ich. »Es ist verwirrend. Aber warum haben Sie das nicht geradeheraus erzählt, als ich es wissen wollte? Es war unvermeidlich, dass ich am Ende Ihre Verbindung zum Club entdecke – sie ist weiß Gott oberflächlich genug. In dieser Angelegenheit bin ich nämlich ziemlich entschlossen, und nachdem ich einmal zu Rita gelangt war, wäre ich auch auf Sie gekommen ...«

»Ach, kommen Sie, Paul! Das ist doch gar nicht wahr. Von einer Zwangsläufigkeit kann nicht die Rede sein, überhaupt nicht.«

»Aber was haben Sie denn zu verbergen?«

»Verbergen? Nichts.« Sie rieb sich die Nase und wischte sich ein paar Krümel vom Mund. Dabei zog sie die dunklen Brauen zusammen, bis sie fast die Aknenarbe verdeckten. »Aber das ist nicht gerade mein Lieblingsthema, wie Sie wissen. Seien Sie nicht so schwer von Begriff! Und überhaupt, wie hätte ich wissen sollen, dass Sie sich als Wahnsinniger entpuppen? Dass sie immer weiter graben?«

Ich musste lachen, und das erwärmte mich für sie. Sie war nicht distanziert. Aber sie schaute mich finster an. »Scheiße!«, rief sie bei meinem Gelächter.

»Nein ... Sie haben Recht. Wie hätten Sie es ahnen sollen? Ich hatte es vergessen, ich bin ein Wahnsinniger. Darauf aus, Sie zu fassen.« Ich stand auf, ohne nachzudenken, angeregt von der chauvinistischen Erkenntnis, dass sie ausgesprochen hübsch war, wenn sie in Wut geriet. Aber sie wusste sofort, was ich im Sinn hatte, dass ich sie anfassen wollte – und ein Blick von ihr, und ich blieb auf der Stelle stehen.

»Ich weiß nicht, was«, murmelte sie, »aber Sie werden es schon noch aus mir herauspulen, nicht wahr?« Sie schwieg und legte die Hände flach auf die Oberschenkel, während sie mit den Füßen gegen die Schranktür schlug. Ihre braunen Fußgelenke lugten hervor. »Niemand, keine Menschenseele, die ich jetzt kenne, außer Ole natürlich, weiß diese alten Dinge über mich, die archäologischen, prähistorischen Einzelheiten meines Lebens. Und mal im Ernst, warum auch? Das ist mein Leben, ganz allein meine Angelegenheit, und ich bin jetzt ein anderer Mensch.« Sie rutschte vom Schrank herunter und stellte sich an die Fliegengittertür. Der Regen prasselte sacht ins Laub der Bäume.

»Warum heißen Sie nicht Hook? Kim Hook? Woher kommt der Name Roderick?«

»Von der Pflegefamilie«, sagte sie und drehte sich zu mir um. Sie sprach monoton, sie wollte es hinter sich bringen; aber als sie sich entschloss, zur Hütte zu fahren, musste ihr klar gewesen sein, dass das passieren würde – zwangsläufig. »Nachdem meine Mutter – ich meine Rita, meine Tante – fortgegangen war und Ted nicht wusste, wie er auf uns aufpassen sollte, mussten wir in ein Waisenhaus nach Duluth. Danach kam ich in eine Pflegefamilie. Ich nahm ihren Namen an.« Sie schlang die Arme um sich und stand sehr aufrecht.

»Und Ihr Cousin, Teds Sohn – was geschah mit ihm?« Ich schenkte mir Kaffee nach und aß ein weiteres Plunderteilchen.

»Er war älter als ich. Er kam in ein anderes Heim, und ich habe ihn nie wiedergesehen. Ich hätte ihn sowieso nicht erkannt. Ich glaube, Ted hat ihn auch nicht wiedergesehen. Er war ja schon älter. Ted meinte, der Junge habe es übel genommen, dass er von zu Hause fortgegeben wurde. Er kam nie zu Ted, weder um ihn zu besuchen noch um ihm irgendwelche Vorhaltungen zu machen.«

Später setzten wir uns ins Wohnzimmer, und ich legte neue Scheite auf die Asche der vergangenen Nacht, zündete darunter Zeitungspapier an. Wir saßen dicht an der knackenden Hitze, ich auf der Couch, Kim auf dem Boden mit untergezogenen Beinen. Sie starrte ins Feuer. Die feuchte Kälte drang bis auf die Haut. Ich fragte mich, ob sie es bereute, gekommen zu sein. Ich hoffte, nein, aber das hielt mich nicht davon ab, mir ein paar eigene Theorien über ihre Vergangenheit zu basteln.

»Und Sie haben Ted keinen Vorwurf gemacht? Sie kamen

zurück und blieben in Verbindung, obwohl Sie der Vergangenheit unbedingt entkommen wollten?«

»Sicher, warum nicht? Ich war nie der Meinung, Ted wäre unfair zu uns gewesen. Er war ein kranker Mann. Ich war zu jung, um ihm etwas vorzuwerfen, und als ich älter wurde, begriff ich, dass es nicht Teds Fehler gewesen war. Es war niemandes Fehler. Später, als ich über zwanzig war, besuchte ich Ted immer wieder, verbrachte die Sommer hier und arbeitete im Restaurant. Er ist kein schlechter Mensch. Das Leben hat ihm übel mitgespielt. Manchmal ist er verwirrt, aber er ist nicht schlecht.«

»Wann sind Sie hier angekommen?«

»Spät am Abend. Ich habe ihn überrascht. Ich war nicht sicher, ob ich zu ihm gehen würde, also habe ich ihm nicht gesagt, dass ich komme. Ich hätte auch weiterfahren können bis nach Thunder Bay – manchmal will ich niemanden sehen. Von Zeit zu Zeit brauche ich das Alleinsein.« Sie setzte sich anders hin und schaute mich dabei über die Schulter an, mit einem raschen, nervösen Lächeln. »Ich beschloss dann doch, Ted zu besuchen ...«

»Bereuen Sie es?«

Sie drehte sich zu mir um und wirkte so zaghaft wie nie zuvor. Vielleicht weil die Erinnerungen so nahe waren. Dann schüttelte sie den Kopf.

»Ich habe heute Morgen mit ihm gefrühstückt. Er steht immer um halb sechs oder sechs Uhr auf. Er behauptet, keinen Schlaf mehr zu benötigen. Da hat er mir erzählt, dass Sie am Abend dagewesen sind.« Ihre dunkelblauen Augen schimmerten, sie suchte meinen Blick. »Ich bin nicht impulsiv, wissen Sie, aber als ich hierher kam, folgte ich einem Impuls. Ich wollte die Hütte sehen.« Sie schluckte. »Ich dachte, Sie könnten vielleicht hier sein. Nein. Ich war sicher, dass Sie hier sind, stimmt's?«

Das Feuer knackte. Ich betrachtete sie und genoss die Stille. Mein Herz flatterte. Ich fühlte mich sehr jung. Ihr

Kopf war zierlich, das dichte, dunkle Haar straff zurückgebunden, der braune Nacken entblößt. Das Alter hatte bislang kaum Spuren hinterlassen.

»Haben Sie die Clubmitglieder schon gekannt, als Sie noch ein Kind waren? Haben Sie gewusst, wer die Männer waren, als Sie zum Norway Creek kamen ... oder war es ein Zufall?«

»Nein, kein Zufall. Ich wusste, wer sie waren, ungefähr jedenfalls. Ich hatte sie schon gesehen, wenn sie bei Ted etwas tranken oder zum Abendessen kamen. Hin und wieder besuchten sie Ted wegen Rita, weil sie für sie gearbeitet hatte, bevor sie wegging, und sie waren nett und benahmen sich gut. Sie sagten hallo zu mir, fragten mich, wie es in der Schule geht ... alles was Männer mittleren Alters zu kleinen Mädchen so sagen. Und darum ging ich, als ich endlich den Ausbruch wagte und nach Minneapolis zog, zum Norway Creek Club. Schließlich war es die einzige gesellschaftliche Beziehung, die ich in der Stadt hatte. Ich rief Mr. Dierker an, und er sprach ein paar Worte mit den richtigen Leuten.«

»Haben Sie auch Ole schon vorher gekannt?«

»Nein«, sagte sie, »er gehörte damals nicht zu der Gruppe. Ich lernte ihn erst später kennen, im Norway Creek.«

»Ich hätte angenommen, dass Sie als Teenager eine Menge finanzielle Unterstützung von Ted zu erwarten hatten. Ich meine, er lebte doch nicht schlecht, nachdem Rita verschwunden war und so viel Geld zurückließ. Sie hätten alles damit tun können, was Sie sich wünschten, zur Schule gehen ...«

Sie schürzte die Lippen und schüttelte den Kopf. »Sie kennen mich nicht, oder jedenfalls damals nicht. Ich habe von Ted nie Geld angenommen. Es gehörte nicht mir, und ich hatte immer das komische Gefühl, dass Rita eines Tages wieder auftauchen und ihr Geld zurückverlangen könnte. Es gehörte ihr, Paul, egal wie sie daran gekommen ist. Und da niemand wusste, wohin sie gegangen war – warum sollte sie da nicht zurückkommen können? Erschien mir ganz einleuchtend.«

»Glauben Sie immer noch, dass sie irgendwann zurückkehrt?«

»Eigentlich nicht«, sagte sie seufzend. »Andererseits kann man nie wissen. Es sind schon seltsamere Dinge vorgekommen.«

»Ja«, sagte ich, »das stimmt. Von den Toten zurückzukehren ist nichts Besonderes mehr.«

»Wer sagt denn, dass sie tot ist? Niemand weiß es. Es bleibt ein Geheimnis.« Ein Lächeln blitzte auf. Sie hatte die Befragung durchgestanden. Ich spürte ihre Erleichterung. »Es war eine Frage des Stolzes, Paul. Ich wollte das Geld nicht. Gerade damals begriff ich allmählich, dass es wichtig für mich ist, alles allein zu schaffen und die Probleme auf meine Weise anzugehen.« Sie stand auf. »Und jetzt Schluss damit.«

Gemeinsam erkundeten wir die Hütte, die nicht besonders schön, aber ziemlich gemütlich war, und dann gingen wir ins Freie. Es fiel nur noch feiner Nieselregen. Die Bäume tropften, und im Gras war es sumpfig. Der Regen setzte sich in feinen Perlen auf meinen Pullover. Sie trug eine ramponierte Khaki-Windjacke, die vom Waschen verschlissen und ausgebleicht war. Wir nahmen einen Weg in den Wald, der im Zickzack über glitschige Felsen und bemooste Baumstämme bergauf führte. Hundert Meter von der Hütte entfernt gähnte vor uns eine Höhle wie ein feuchtes, zahnloses Maul. Der Weg war nahezu überwachsen und lange Zeit nicht mehr betreten worden. Vor dem Eingang schlug einem ein kalter Hauch entgegen, als würde in diesem Erdloch der Winter hausen.

»Das ist die Eishöhle«, sagte ich. »Ich hab meinen Vater davon erzählen hören. Früher haben sie hier manchmal das Bier gekühlt, wenn kein Eis geliefert worden war. Die Höhle ist das ganze Jahr vereist – schauen Sie, man sieht seinen Atem. Sogar hier draußen ...«

»Es gefällt mir hier nicht«, sagte sie stotternd, weil sie fröstelte. »Ich leide an Klaustrophobie, es ist schrecklich. Und die Kälte ... kommen Sie, gehen wir zurück. Ich wusste nicht, dass es hier diese Höhle gibt. Lassen Sie uns gehen, Paul.« Eine leichte Panik mischte sich in ihre Stimme, eine irrationale, beklemmende Angst. Sie zog an meinem Arm.

»Schon gut«, sagte ich. »Wir kehren um.«

Sie schaute eilig weg, aber ich sah ihre geweiteten Augen, den angsterfüllten Blick. Beschützerisch legte ich einen Arm um ihre Schultern, zog sie unwillkürlich an mich und spürte, wie sie tief Luft holte. Dann entzog sie sich mit einem schwachen Lächeln und schüttelte den Kopf. »Es geht mir gut. Wirklich. Das ist nur eine Phobie. Jeder hat so was.« Sie berührte flüchtig meinen Arm, doch ihr Mund war verkrampft und ihre Hand flatterte. »Machen Sie sich keine Gedanken«, sagte sie und zwang sich zu einem Lächeln. »Ich habe etwas zum Picknick dabei ... ich kenne einen guten Platz. Ich wette, er gefällt Ihnen.« Es schien ihr wieder besser zu gehen, doch an der Höhle war irgendetwas mit ihr geschehen. Ich bemerkte alles Mögliche an ihr, das sie mich vorher nicht hatte sehen lassen. Der Ausblick auf ihre Vergangenheit mit all ihrer Schutzlosigkeit wirkte wie ein krampflösendes Mittel auf mich und ließ mich die eigene Maske ein wenig lüften. Das hatte ich seit langer Zeit nicht mehr getan. Ich fragte mich, wer von uns beiden mehr zu fürchten, mehr von sich zu verbergen hatte.

Sie war mit dem Mark IV gekommen. Auf dem Rücksitz lag eine braune Tüte mit Lebensmitteln. Wir fuhren die Straße in Richtung Stadt, schwenkten dann nach Norden ab und fuhren ein paar Meilen am Seeufer entlang, an Teds Restaurant und ein paar einsamen Hütten vorbei, dann über eine Schotterstrecke zum See. Ein feiner Regen wie die

Gischt der Brandung lag beständig auf der Windschutzscheibe, und ich roch das Wasser und den nassen Sand. Sie stieg aus und zog sogleich zwischen den Stechginsterbüschen davon, die im Sand und unter den Steinen wurzelten, und ich folgte ihr über eine natürliche Treppe aus Steinplatten. Treibholz lag überall, es war von Würmern durchlöchert und vom Wasser glatt geschliffen. Bald war ich außer Atem und blieb stehen, als sie voraus auf eine felsige Landspitze zeigte.

»Mein Lieblingsplatz.« Sie keuchte begeistert bei dem Anblick. »Sie können es schon sehen, hinter dem Gebüsch dicht am Ufer. Da steht ein kleines Schloss, ein Ein-Zimmer-Schloss. Gott weiß, wer das gebaut hat. Ich habe es vor Jahren entdeckt und noch nie jemanden dort gesehen. Ich habe noch nicht einmal gehört, dass es jemand erwähnt hat.« Sie ging weiter über die glatten, trügerisch lockeren Steine, und ich trug die braune Tüte hinter ihr her. Das war kein Ort, an den es mich hinzog, aber sie fühlte sich sichtlich wohl, schien mit einem Mal ein ganz anderer Mensch zu sein als in den Riverfront Towers; sie wusste, was sie tat, und ich hatte den Eindruck, als wäre sie wahrhaftig nach Hause gekommen.

Sie war mir ein Stück voraus, und als sie sich umdrehte und mir etwas zurief, trug die Brandung ihre Worte davon. Ich lächelte und folgte ihr, beobachtete, wie sie sich bog und streckte, als sie von den Felsen die Böschung hinaufkletterte. Ich reichte ihr die Tüte hoch, fasste ihre Hand und zog mich hinauf. Ihre Wangen waren gerötet, und sie lachte übers ganze Gesicht; sie erschien mir wie ein Sinnbild der Gesundheit, Selbstsicherheit und Unabhängigkeit. Damit erinnerte sie mich an ein gemeines Mädchen aus meiner Collegezeit, die mit allem gesegnet war. Sie schien für jeden unerreichbar zu sein, der nicht selbst mindestens göttergleich war. Statt mich alt zu fühlen, geplagt von Unwiederbringlichkeit und schleichender Entmutigung, bekam ich durch Kim das Gefühl, noch jung zu sein; verspürte ich den Wunsch, schlank zu werden, regelmäßig Sport zu treiben und mich in die Zeit zurückzuversetzen, als ich mich noch verlieben konnte.

»Kommen Sie«, sagte sie und zog an meinem Ärmel. »Da ist es.«

Sie schob sich durch ein mannshohes Gebüsch und führte mich auf eine sandige Lichtung, auf der ein Turm stand. Er war aus den unbehauenen Steinen und Felsblöcken gebaut, die überall am Strand lagen; die größten, die das Fundament bildeten, mochten gut und gern tausend Pfund wiegen. Sie waren mit Akribie aufeinander gefügt und vermörtelt; es gab auch einen Kamin und einen Schornstein. Der Turm hatte einen einzigen Eingang gegenüber der Feuerstelle. In Augenhöhe über einer breiten Steinbank gab es eine Fensteröffnung, die auf den See blickte.

Da standen wir nun, geschützt vor dem Regen, der inzwischen heftiger geworden war, und sie schlang frohlockend die Arme um sich und war glücklich, an diesem Ort zu sein. Ich stellte die Tüte auf die Bank und schaute ihr zu, wie sie mit glänzenden Augen und gebändigtem Tatendrang die schlichte Ausstattung ihres Schlosses betrachtete.

»Ich finde es immer so vor, wie ich es verlassen habe. Sehen Sie, meine Holzscheite liegen gestapelt am Kamin, ein Stoß Zeitungen, eine Schachtel Streichhölzer in Öltuch.« Sie riss vor Staunen über dieses Wunder die Augen auf. »Nie gibt es irgendein Anzeichen, dass ein anderer hier gewesen ist.« Die Zöpfe hingen ihr vorn über die Schulter.

»Wem gehört dieses Stück Land?«

»Keine Ahnung. Irgendjemand hat es auf sich genommen, das hier zu bauen, und ist dann verschwunden. Ich komme jedesmal hierher, wenn ich in den Norden fahre ... im Sommer schlafe ich auf der Bank. Nachts wird es zwar kalt, aber das Feuer genügt, um mich warm zu halten.« Sie machte sich daran, die Lebensmittel auszupacken. »Die Luft am See macht mich hungrig.«

»Mich auch.«

»Sie sorgen für das Feuer«, sagte sie.

Als ich damit fertig war, entkorkte sie gerade eine Flasche Wein, goss ihn in zwei Blechtassen, die sie unter der Bank hervorholte, gab Apfelstücke, Rosinen, Orangenscheiben und Zimtstangen hinein und stellte die Tassen auf den Rost über dem Feuer.

Während der Wind gelegentlich Sprühregen durch das Fenster peitschte, saßen wir auf dem Boden vor dem Kamin und aßen krümeligen Cheddar und einen frischen Laib Brot. Sie schnitt dicke Scheiben Sommerwurst ab, und wir spülten das Knoblaucharoma mit dem gewürzten Wein fort.

»Gemütlich, nicht?« Sie wischte sich den Mund mit dem Handrücken ab. »Wie in einem Nest ... als Kind habe ich mir oft aus Kissen und Decken ein Nest gebaut. Ich spielte, ich wäre ein Eichhörnchen. Ich dachte immer, die Eichhörnchen hätten ein schönes Leben in den Bäumen. Das lag vermutlich an Walt Disney.« Sie seufzte und kaute den Käse. »Mein Analytiker hat das nie verfolgt, sehr zu meinem Erstaunen. Er brachte die Rede immer wieder auf Sex, und ich erzählte ihm immer wieder, dass ich im Bett am liebsten Nester baue und Eichhörnchen spiele. Der Ärmste.«

»Das gefällt mir«, sagte ich. »Das ist weit weg vom wirklichen Leben.«

»Tja, vielleicht ist das gerade das Echte, und alles andere ist nur aufgesetzt.«

»Vielleicht.«

Wir packten wieder zusammen und legten eine Stunde Weg am Strand zurück, hinterließen zwei lange Spuren im Sand, und die Haut prickelte vom Wind und vom Regen. Wir gingen geduckt und redeten nicht viel; schon das Denken war schwierig. Aber die körperliche Anstrengung machte Freude, und ich bekam seit langem wieder einmal Ruhe. Hinter der Biegung des Strandes, als das Schloss schon längst außer Sicht war, nickte sie mir zu, wir sollten umkehren, und wir drehten uns um und nahmen den Rückweg über die flachen Steine, die nass und schwarz dalagen, wie übergroße Dachschindeln.

Als wir zurück waren, tranken wir gierig den heißen Wein, um die Kälte loszuwerden. Wir saßen an die Mauer gelehnt und hatten das Feuer zwischen uns. Sie lächelte zufrieden und umschloss die heiße Blechtasse mit beiden Händen.

»Ich habe noch nie jemanden hierher mitgenommen«, sagte sie feierlich.

»Warum dann mich?«

»Ich weiß es nicht, ehrlich. Wenn es um Sie geht, zeigt sich meine Schicksalsergebenheit – warum, weiß ich nicht. Es scheint, als könnte ich Sie nicht loswerden. Das meine ich nicht unfreundlich, Paul. Wir begegnen uns einfach immer wieder. Für andere Leute wäre das nicht ungewöhnlich. Aber für mich.« Sie kniff auf ihre typische Art die Lippen zusammen.

»Ich möchte nicht phrasenhaft oder wichtigtuerisch klingen«, sagte ich, »aber ich weiß nicht, was für ein Mensch Sie sind, Kim. Je mehr Zeit ich mit Ihnen verbringe und je mehr ich über Sie erfahre, desto weniger weiß ich. So erscheint es mir. Sie sind mir ein Rätsel.« Ich hörte mich selbst nervös lachen, während sie mich kühl betrachtete.

»Sie haben heute eine ganze Menge über mich erfahren«, hielt sie entgegen. »Ich habe noch keinen Menschen gekannt, der so dringend herausfinden wollte ... aber vielleicht wissen Sie jetzt genug.« Das war zwischen uns zum Spiel geworden. Ich suchte und fand ein Stückchen hier, ein Kinkerlitzchen da, lauter Bruchstücke ihrer Persönlichkeit. Manchmal wusste ich selbst nicht mehr, warum ich das alles wissen wollte. Es hatte mit einem Selbstmord angefangen und war mit einem Mord weitergegangen. Inzwischen hatte es etwas mit mir zu tun, und zwar auf eine Weise, die ich nicht benennen wollte.

»Nun ja, da geht etwas Seltsames zwischen uns vor, finden Sie nicht?«

»Sinnlos, mich danach zu fragen«, sagte sie. »Sie sind derjenige ...«

»Aber es stimmt. Das wissen Sie. Sie spüren es.« Ich wollte, dass sie es zugäbe.

»Ich hoffe wirklich, dass Sie nun zufrieden sind. Sie können nicht behaupten, ich hätte Sie gemieden, mich gegen Sie verschlossen. Ich bin heute Morgen zu Ihnen gekommen. Das hätte ich nicht tun müssen, nicht wahr?« Sie lehnte den Kopf an die Steine und zog die Knie an. »Seien Sie zufrieden mit der Gegenwart und damit, wie ich jetzt bin ... wie Sie mich jetzt kennen.«

Wir lauschten den vielen murmelnden Geräuschen. Ich warf ein Stück Treibholz ins Feuer. Durch das Fenster sah man den Himmel dunkel werden.

»Ist Ihnen aufgefallen, wie ähnlich wir uns sind?«, fragte ich.

»Wie denn? Sie sind doch derjenige, der mich durchschauen will. Ich dagegen weiß nichts über Sie.«

»Nun, ich meine, Sie und ich, wir halten uns vom Leben fern, weil wir fürchten, uns darin zu verfangen. Wir sind betrogen und verletzt worden ... heute Morgen haben Sie mir die Geschichte eines Kindes erzählt, das immer wieder abgegeben wurde, wie ein Handball.« Ich nippte an dem Wein. Sie zog die Nase hoch, ihr Kinn ruhte auf den verschränkten Händen. »Wenn Sie frigide sind – falls –, dann passt meiner Meinung nach alles zusammen.« Ich beobachtete sie. Sie hörte unbewegt zu und blickte geradeaus. »Mit mir ist es das Gleiche. Ich spüre eine zu große Distanz gegenüber anderen Leuten, als dass mir Kontakt leicht fiele. Manchmal fühle ich mich wie ein eisiger Diskus, der durch die Dunkelheit fliegt und nie etwas berührt.«

»Sie sind sehr poetisch«, sagte sie tonlos.

»Sie haben mir ein paar Geheimnisse verraten«, sagte ich. »Sie haben mich hierher gebracht, wohin sie sonst nur allein gehen.« Ich holte tief Luft. »Jetzt werde ich Sie mitnehmen ... wohin ich noch keinen mitgenommen habe. Ich werde Ihnen eine wahre Geschichte erzählen.«

Ich hatte ein paar Tage darüber nachgedacht, was in Finnland mit mir geschehen war, nachdem ich einen Menschen getötet hatte. Ich hatte es noch niemandem erzählt. General Goode kannte die Geschichte, die reinen Fakten, aber ich hatte ihm nicht berichtet, was wirklich passiert war. Wie es sich anfühlte, und was es mir angetan hatte. Er mochte gespürt haben, dass ich ihn hasste – mehr als hasste –, aber er wusste eigentlich nicht, warum. Niemand außer mir kannte den Grund. Ich hatte es nie jemandem erzählen wollen, nicht einmal Anne.

Ich stieg hinter dem alten Mann in den Zug und folgte ihm in das kalte und schäbige Abteil. Zunächst hatte ich vorgehabt, die Sache wie einen Unfall aussehen zu lassen, indem ich ihn auf die Schienen stieß. So wurde es immer im Film gemacht, aber zwei Männer allein auf einem Bahnsteig mitten in Finnland, mit einem Stationsvorsteher, der aus zwanzig Schritt Entfernung zusieht und einer Lokomotive, die ganz langsam ausrollt – das war die Wirklichkeit und eignete sich nicht für einen Mord.

Ich setzte mich dem alten Mann gegenüber auf die unbequeme Bank und sah ihn dösen und hin und wieder aus dem Fenster in die Dunkelheit starren. Bis nach Helsinki würde es ungefähr eine Stunde dauern, und ich war in einer absonderlichen Zwangslage: Sollte der alte Mann mit der Aktentasche Helsinki erreichen, wurden wir beide umgebracht. Er von den finnischen Kommunisten, ich von der CIA. Das war so gut wie sicher. Doch wenn ich es schaffte, ihn auszuschalten und bei der Ankunft in Helsinki die Tasche an Mr. Appleton zu übergeben, würde der mich nicht umbringen, und ich wäre am Mittag des nächsten Tages in London.

Während der Zug dahinratterte und dem Alten im Halbschlaf der Kopf hin und her schlug, betrachtete ich meine Lage voller Bestürzung. Angst ist eine abhängige Größe, abhängig davon, was man zu verlieren hat. In diesem Fall war es mein Leben, aber was ich empfunden hatte, war längst in die Niederungen jenseits aller Furcht versickert. Ich war durch meine Naivität und die Berechnung von General Jon Goode ein Mann mit einem Auftrag geworden, hatte aber nicht die leiseste Ahnung, was ich eigentlich tat; ich wusste nur, dass es getan werden musste. Einmal drin, nie wieder draußen, sagte Goode mir einige Zeit später, als er sich entschuldigte, weil er mich in eine so missliche Sache – so waren seine Worte – hineingebracht hatte.

Ich wusste damals nicht und weiß bis heute nicht, was ich in Mr. Appletons Büro in Helsinki zunächst übergeben habe (er handelte mit Fahrrädern; sein Büro war voller Bauanleitungen, Ersatzketten und Fahrrädern in verschiedenen Zuständen der Montage, als wären sie hastig stehen gelassen worden). Er nahm ihn einfach entgegen, den dicken braunen Umschlag, und bat mich, am nächsten Tag wiederzukommen. Er hoffte, dass ich mich amüsieren würde, und drängte mich, ihn in die weltgrößte Buchhandlung zu fahren, und ob ich nicht überrascht sei, dass sie sich in Helsinki befände. Mr. Appleton hatte dünnes Haar und einen Ben-Turpin-Schnurrbart, und wenn er aufstand, ähnelte er auf wundersame Weise einem Brückenpfeiler.

Am nächsten Tag teilte er mir mit, dass »mein Freund in London« – das war Goode, der mich dazu gebracht hatte, diese dreckige Sache zu machen, und zwar während eines

Abendessens bei »Claridge's«, zu dem er mich eingeladen hatte, weil ich der Sohn eines alten Freundes sei – eine weitere kleine Aufgabe für mich hatte. Ich stellte daraufhin zu viele Fragen, denn Mr. Appleton wurde ärgerlich und beendete eine sehr überzeugende Rede damit, dass er einen Briefbeschwerer gegen seine Bürowand schmetterte. Er sagte, dass ich tun müsse, was er verlangte, und dass ich nicht zu wissen bräuchte, womit diese Aufgabe zu tun hatte – außer dass mein Leben davon abhinge. Die Diskussion dauerte mehrere Stunden, aber das war die Stoßrichtung; es sei bedauerlich, aber ich müsse Kontakt mit einem alten Doktor in einem Dorf nahe Helsinki aufnehmen und ein Päckchen abholen. Das Dorf sei für Mr. Appleton und seine Freunde nicht sicher; ich wäre seiner Ansicht nach genau der Richtige, und er sagte mir, dass der Doktor mobilisiert worden sei, damit er bereithielte, was ich mitzunehmen hätte.

Natürlich lief nichts wie geplant, und als ich in das Dorf gelangte, hatte der Doktor beschlossen, nicht zu kooperieren. Wir hinterließen uns gegenseitig ein paar Zeilen in bester Schundroman-Manier; unter keinen Umständen durften wir zusammen gesehen werden. Drei Tage lang, in denen ich nervös vorgab, Tourist zu sein (nicht die leichteste Aufgabe in einem verschneiten, windigen Dreihundertseelendorf in Finnland) stritten wir mittels unserer pathetisch geschriebenen Nachrichten. Ich spionierte ihn aus, sah, wer er war, und verhielt mich ruhig. Am Ende sah ich bestürzt, wie er sich in der Nacht davonstahl und wie ein gehetztes Tier zum Bahnhof eilte.

Mr. Appleton hatte mir für verschiedene mögliche Fälle Instruktionen erteilt. Falls der Doktor fliehen würde, egal wohin, hätte ich nur eine Aufgabe: ihn zu töten. Dazu beschrieb er mir mehrere Möglichkeiten. Falls er das Päckchen bei sich hätte, abnehmen, dann ihm, Appleton, in Helsinki übergeben. Er erklärte mir mit großer Umsicht den entscheidenden Vorteil, den ich in dieser unmöglichen, widerwärtigen Lage hätte: Die andere Seite (ich habe keine Ahnung, wer das gewesen ist) könne mich keinesfalls kennen oder wissen, was ich beabsichtige. Deshalb sei ich der Mann, den mein Land brauchte. Es war verrückt.

Doch Mr. Appleton würde nicht zögern, mich umzubringen, da war ich mir ganz sicher. Und ich konnte nur an eines denken: wie ich am besten meine Haut retten könnte. Während ich die Nacht hinter fleckigen Scheiben vorbeihuschen sah und der Doktor auf der anderen Seite des Gangs heftig atmete, focht ich es mit mir aus.

Bei wem war es weniger wahrscheinlich, dass er mich umbrachte? Bei Appleton oder bei den Kerlen, die hinter dem Doktor her waren? Wenn ich den alten Mann tötete, wäre ich in Sicherheit und aus der Sache raus – auf dem Heimweg, so hatte Appleton mir versichert. Anderenfalls würde er mich eigenhändig umbringen. Aber würde er das wirklich tun? Würde ich sterben, ohne zu erfahren, in was ich hineingestolpert war?

Ich tötete den Doktor mit der 38er Pistole, die Mr. Appleton mir gegeben hatte. Ich tat es im Abteil, während er schlief, indem ich den Lauf gegen die Stelle drückte, wo ich das Herz vermutete. Einen Kopfschuss durfte ich nicht riskieren. Niemand sollte seinen Tod bemerken, bevor der Zug in Helsinki einfuhr. In einem Vorort stieg ich aus dem Waggon, nahm ein Taxi zur Bahnabfertigung und überraschte Mr. Appleton, der schon auf mich wartete, um entweder das Päckchen in Empfang zu nehmen oder mich umzubringen.

Ich fühlte mich wie in einem dunklen Korridor, den ich nun ewig entlanglaufen müsste. Ich hörte Appleton kichern; sein Schnurrbart war von absurder Größe, und ich spürte seine riesige Hand auf dem Rücken. Er drückte mir sein Bedauern aus, dass ich in die Sache verwickelt worden sei und das alles habe tun müssen, aber ich sollte bedenken, dass wir uns im Krieg befänden und stets wachsam sein müssten.

In London traf ich mich nicht mit Goode; ich befürchtete, dass ich ihn mit bloßen Händen töten würde. Monatelang und noch Jahre später träumte ich von dem alten Mann, von den weißen Bartstoppeln, dem Geruch nach Kölnischwasser und Alter. Häufig wachte ich mit Brechreiz auf, während ich noch den ahnungslos Schlafenden vor Augen hatte, kurz bevor ich ihm die Kugel in die Brust jagte.

Mein Leben war nie wieder so wie zuvor. Ich wurde ein anderes, weniger menschliches Wesen und betrauerte den Verlust meiner selbst. Ich brach entzwei, wie mit der Axt gespalten, und eine Hälfte starb. Ein halber Mensch blieb übrig, und diese Hälfte wusste von einer schrecklichen Sache: Sie hatte einen ganzen Menschen getötet, um nur die Hälfte von sich selbst zu retten. Das war der eingebaute Fehler: Wie sollte das Ding, das übrig blieb, jemals beweisen, dass der gezahlte Preis für die fortgesetzte Existenz nicht zu hoch gewesen war? Und wie sollte es sich jemals einem anderen Menschen nähern, einem Gefährten, und den Anschluss an das Leben erreichen? Da war etwas verloren gegangen. Etwas Notwendiges.

Es war dunkel, als ich mit der Geschichte fertig war. Ich fühlte mich wie nach einer extrem harten körperlichen Anstrengung. Ich war außer Atem, und mein Gedächtnis war nur noch ein Brei. Unsicher versuchte ich zu lachen und brachte ein Ächzen zustande, das ich mit einem Räuspern kaschierte. Geständnisse seien gut für die Seele, wurde behauptet, aber dafür musste man eine haben, und ich hatte meine noch nie lokalisiert.

Die Gestalt neben mir war Kim, ein Schatten vor der schwachen Glut im Kamin. Sie saß an mich gelehnt, ihre Wangen waren nass. Ich sah, wie sie sich übers Gesicht wischte, dann legte sie mir tröstend eine Hand auf den Arm.

»Ich weiß«, sagte ich. »Ich habe auch geweint. Um den alten Mann ... und er ist immer noch da, ich kann mich nicht von ihm befreien. Er wird immer da sein. Er wird erst sterben, wenn ich sterbe, erst dann.« Ich nahm ihre Hand, sie war nass von den Tränen.

»Nein«, flüsterte sie, »ich weine um Sie, nicht um den alten Mann.« Sie schluckte heftig. »Jemanden zu töten, um sich selbst zu retten ... wir sind alle aufs Überleben ausgerichtet. Es ist nicht unnatürlich zu töten, besonders nicht, wenn es um das eigene Überleben geht.« Sie zog die Hand weg und warf einen Kieselstein in die Glut. Die Funken stoben und machten eine helle Fontäne. »Er hatte Recht, Ihr Mr. Appleton. Es ist Krieg, es war Krieg, und da gelten andere Regeln. Sie wurden darin verwickelt, Sie mussten jemanden töten. Es war der einzige Ausweg. Manchmal ist man dazu gezwungen ...«

»Aber damit zu leben«, sagte ich. »Das Töten ging leicht. Zu wissen, was man getan hat, wofür man sich entschieden hat ... das ist schlimm.« Sie ließ sich gegen mich sinken, während wir zum Wagen zurückgingen. Ich legte ihr einen Arm um die Schultern. Wir fuhren schweigend und blieben noch einen Moment still sitzen, als wir vor der Hütte angekommen waren. Der Regen hatte wieder aufgehört, aber der Dunst war geblieben, und in den Mulden sammelte sich der Bodennebel.

»Danke für das Picknick«, sagte ich. »Für den ganzen Tag. Es war eine nette Überraschung. Mehr als nett.«

Sie lächelte und nickte. Ich berührte ihr Gesicht, drehte sie zu mir. Dann küsste ich sie zaghaft, und sie erwiderte meinen Kuss, nicht leidenschaftlich, aber angenehm, ohne Widerstand. Es dauerte nicht lange.

»Ich fahre zurück, um den Abend mit Ted zu verbringen. Werde früh schlafen gehen. Wenn ich bei solchem Wetter einen Tag lang draußen gewesen bin, dann bin ich meistens erschöpft.«

Ich nickte.

»Ja«, sagte sie. »Ich fand den Tag auch sehr schön.«

Ich stieg aus und sah hinten durchs Fenster. Ich schmeckte sie auf meinen Lippen. Sie zog mit dem großen Wagen einen bedächtigen Bogen und rollte in die Dunkelheit; in der scharfen Biegung der schmalen Zufahrtsstraße verschwand sie außer Sicht.

Ich stand einige Zeit auf der Veranda und beobachtete, wie die Nebelschwaden sich um die Hütte versammelten wie die Nebel von Brigadoon. Mein Vater und die anderen, die Guten und die Bösen, alle hatten gestanden, wo ich jetzt stand, und dieselbe Dunkelheit betrachtete, die sie sanft umhüllte. Ich war mir ihrer bewußt, der Tatsache, dass sie damals hier gewesen waren, labil, menschlich und töricht. Aber diese Frau rückte sie in das Licht, das sie verdienten. Sie lebte im Hier und Jetzt, und ich hatte ihr mein furchtbarstes Geheimnis erzählt. Und ich hatte sie geküsst, was in den Siebzigern vielleicht keine große Leistung mehr war, aber andererseits war ich kein Mann der Siebziger.

Ich saß auf einer Couch im Wohnzimmer und las halbherzig ein zerfleddertes Taschenbuch, das seit einer lange zurückliegenden Reise in einem Seitenfach meines Koffers geblieben war. Was ich dabei im Kopf hatte, war jedoch Dana Andrews in »Laura«, wie sie in einem leeren Apartment sitzt und sich in ein Bild verliebt, während der Regen in Strömen über die Fensterscheiben fließt. Der Mann auf dem Bild war ein Mann der Vierziger, und ich wusste, wie er dachte und fühlte. Gleichzeitig fragte ich mich, welche Bedeutung dieser Tag für Kim gehabt hatte, der Tag und der Kuss. Es kam mir so weitreichend vor. War es möglich, dass sie etwas Ähnliches empfand?

Unglücklicherweise war von meinem Verstand noch genug übrig, das funktionierte, und so bemerkte ich, dass sie zwar bravourös das Geheimnis ihrer Herkunft enthüllt hatte, aber trotzdem weiterhin für Verwirrung sorgte. Sie hatte nichts über Billy Whitefoot gesagt und wie er dahin gekommen war, eine Rolle in ihrem Leben zu spielen. Sie hatte die Geschichte mit Larry Blankenship ignoriert. Noch blieben die Herren undeutlich und stumm. Ich sah sie in ihrer Vergangenheit, gab ihnen Zeichen und konnte mich doch nicht bemerkbar machen.

Ich kam auf die Tatsachen zurück, die ich kannte. Rita war bei den Clubmitgliedern beschäftigt gewesen, und sie war Kims Ersatzmutter gewesen. Und Rita war an einem Winterabend zur Hütte gefahren, und nie wieder hatte man etwas von ihr gehört. Und die Mitglieder des Jagd- und Angelclubs hatten sich um das kleine Mädchen gekümmert, als sie in die Stadt kam. Sie schuldete diesen Männern etwas, die ihr die Hand gereicht hatten, als sie ein ängstliches Mädchen vom Lande und ohne Zuhause gewesen war. Aber stimmte das? Glaubte sie, irgendeinem etwas schuldig zu sein? Das schien nicht dazu zu passen, wie sie sich gab. Sie blieb immer ausgeglichen, wich nie zurück, wenn es um ihre Schulden ging.

Später, als ich mit der Baseball-Enzyklopädie im Bett lag und die Karriere von Hank Sauer verfolgte, der bei den Cubs der große Homerun-Hitter geworden war, nachdem sie Bill Nicholson an Philly geschickt hatten, dachte ich über die zusammenhanglose, zufällige Auswahl von Leuten und Ereignissen nach, die das Gitternetz eines Lebens ausmachen. All diese Aufsteiger, die ich als Kind gesehen hatte, kamen aus sämtlichen Teilen des Landes, lauter Schicksale der Weltwirtschaftskrise, und sorgten im Wrigley Field, wo man das Weinlaub an den Mauern im Outfield riechen konnte, für meine Unterhaltung.

Was an jenem Tag in der Eingangshalle meines Hauses passiert war, war etwas ganz Ähnliches. Ein Mann, den ich vorher nicht gekannt hatte, entschließt sich zum Selbstmord, und das Ereignis entwickelt ein hungriges Eigenleben, greift gefräßig nach jedem, den es berührt. Harriet, Tim, die Clubmitglieder ... Rita und Carver und Ted. Und Kim. Hätte Larry Blankenship nicht abgedrückt, wäre ich Kim nie begegnet. Das war das Band, das uns zusammenzog wie ein Muskel. Ich fühlte mich ihr nahe, und durch sie allen anderen, mit denen sie in Verbindung gestanden hatte.

Mit Larry durch Heirat, mit Harriet durch Hass, mit Tim durch sein Verantwortungsgefühl, mit Rita durch Blutsverwandtschaft, mit Ted durch Zufall, mit Billy durch Heirat, mit Darwin durch Lust, mit Anne durch Freundschaft, mit Ole durch Liebe und Fürsorge, mit den Mitgliedern des Clubs durch Fügung.

Und wodurch war sie mit mir verbunden?

Das ergab eine lange Liste. Beachtlich für das Spiel eines Oldtimers. Am Ende schlief ich ein.

Als ich aufwachte, war ich einsam, durchgefroren und brauchte dringend menschliche Gesellschaft. Ich widerstand dem zaghaften Wunsch, Kim anzurufen. Sie brauchte viel Freiheit. Ich hoffte, dass sie über einiges in ihrem Leben nachzudenken hatte, über Ole zum Beispiel. Aber bei Tageslicht betrachtet, fühlte ich mich ihrer unsicher. Da war die nagende Angst, dass sie mich nicht ernst nehmen könnte oder dass wir auf verschiedenen Wellenlängen lagen, wie die Personen bei Tschechow, die aufeinander einreden, jeder in seiner abgeschiedenen Welt, und den anderen nicht hören. Ich packte meinen Koffer und ging nach draußen in den frischen, klaren Morgen, im Gras lag schwer der Tau.

Das »Chat and Chew« dampfte von Eiern und Speck, ein paar Einheimische tankten voll und waren froh, in dem blassblauen Himmel über dem See ein bisschen Sonne zu sehen. Dolly lächelte mir entgegen, als ich durch die Tür kam, und ich setzte mich neben meinen Freund Jack, den Polizisten.

»Sie müssen glauben, dass ich nichts anderes tue, als essen«, brummte er. »Und damit liegen Sie gar nicht mal falsch, ha, ha. Setzen Sie sich doch. Wie hat Ihnen das Plätzchen Ihres Vaters gefallen?«

Ich nickte, bestellte das Farmerfrühstück, das aus einem Steak und Bratkartoffeln bestand, und natürlich Eiern, eben aus allem, was dazugehört. Der heiße Kaffee machte mich munter.

»Also wissen Sie, seit ich neulich mit Ihnen gesprochen habe, denke ich ständig über Ted und Rita und die beiden Kinder nach ...«

»Was ist mit den Kindern?«

»Na ja, da war der Junge, er war ja schon älter, klar, und er war ihr leibliches Kind, so hieß es jedenfalls.« Er wischte ein bisschen Ei mit einem Stück Toast auf und hatte nachher einen gelben Fleck auf der Unterlippe. »Ich sage das nur, weil viele Leute glauben, dass es vielleicht ein anderer war, der dieses Brötchen in Ritas Ofen schob, und nicht der gute alte Ted ... Aber, zum Teufel damit, Rita und Ted sagten, es sei ihr eigenes, und was soll daran nicht recht gewesen sein? Offiziell war der Junge ihr Kind. Robert, Robert Hook, so hieß er. Ein wirklich fettes Kind, die Augen wie Rosinen im Reispudding, sah immer aus, als würde er aus diesem fetten Gesicht herausgucken. Sehr stilles Kind, ging stets mit gesenktem Kopf und schaute auf den Boden. Komisch, an was man sich alles erinnert, nicht?

Und dann kam das Mädchen. Ich glaube, Rita war ziemlich dicke mit ihrer Schwester in Chicago. Es waren sicher, na, sechs Monate, die sie da unten auf sie aufgepaßt hat. Sie wissen ja, wie Schwestern manchmal sind. Ich hatte selbst ein paar Schwestern – es war irgendwie krankhaft, wie nah die beieinander hockten. Na, jedenfalls kam sie nach Hause mit dem kleinen Baby. Shirley ... ein winziges Baby. Eines

Tages ging Rita fort, und Ted ging es nicht gut, er schickte sie ins Waisenhaus.«

»Moment mal«, sagte ich. »Wie war das mit Shirley? Ich dachte, das Mädchen hieße Kim.«

Er blickte mich erstaunt an. »Oh, Sie kennen also die Familie?«

»Nein, ich kenne zufällig nur das Mädchen ... Kim.«

»Ja, Sie haben Recht, aber damals nannte man Mädchen nicht Kim, wissen Sie. Klein Shirley beschloss, Kim zu heißen, nachdem sie von Grande Rouge fort war. Als sie aus der Stadt zurückkehrte, Jahre später – Himmel, sie war längst erwachsen, eine von diesen verdammten Teenagern – da hieß sie dann Kim und stellte gleich klar, ob es auch jeder begriffen hatte. Also nannten wir sie Kim Hook, aber sie hatte auch einen anderen Nachnamen angenommen – den weiß ich aber nicht mehr.« Er blickte auf meinen Teller. »Essen Sie, um Gottes willen, Ihr Steak wird kalt. Sie besucht Ted ab und zu, die kleine Shirley.« Er schaute mir zu, wie ich mich an das Steak und die Eier machte. »Aber was ich eigentlich sagen wollte ... Ich kam ins Nachdenken wegen unserer Unterhaltung neulich mit Dolly, und ich hab mit ein paar Jungs in Erinnerungen geschwelgt. Wir tranken unser Bier, wie es eben so ist, wissen Sie, und da fiel einem etwas über den Indianer ein, von dem ich erzählt habe, Running Buck.«

Dolly hielt inne, um zuzuhören. Feine Schweißperlen standen ihr über den Augenbrauen, und sie roch wieder nach Puder. Zwei Mädchen übernahmen die Hauptlast beim Servieren, und sie stand mit einem fetten Arm auf die Tortenvitrine gelehnt und pustete in ihre Tasse mit heißem Kaffee. Sie hörte aufmerksam zu, während ihr Blick über ihre Kundschaft flatterte.

Ich sagte: »Der Mann, der Rita in der letzten Nacht zur Hütte brachte.«

»Richtig, dieser Führer hatte meistens ein Kind bei sich.

Das war der einzige Mensch, mit dem man ihn überhaupt zusammen sah und mit dem er mehr als zwei Worte sprach. Mein verdammtes Gedächtnis, ich komme nicht mehr auf den Namen ...«

»Ich erinnere mich an den Jungen«, sagte Dolly und zog die Brauen zusammen, als stünde sie kurz vor einer großen Entdeckung. »Aber auch mir fällt der Name nicht mehr ein. Jedenfalls muss er der Sohn von Running Buck gewesen sein, meinst du nicht auch?«

»Das Komische ist«, sagte Jack und machte eine bedeutungsvolle Pause, und sein Doppelkinn zitterte über dem offenen Hemdkragen, »der Junge wohnt noch hier in der Gegend, das war es, was mir einfiel, als wir beim Bier saßen! Mensch, er kam tatsächlich wieder hierher, nachdem er für eine Weile unten in der Stadt gelebt hatte. Aber er blieb nicht lange hier, ging irgendwo aufs College, Mankato oder St. Cloud. Jetzt leitet er jedenfalls das Indianerbüro oben in Jasper.«

»Running Bucks Sohn«, sagte Dolly. »Ist schon komisch, wie die Leute sich entwickeln, nicht? Wer hätte das gedacht?«

»Ich dachte, ich sollte es Ihnen sagen, wo Sie gerade zum Frühstück auftauchen.« Jack machte ein mürrisches Gesicht, während er nachdachte. »Falls Sie an dem Club interessiert sind, der Junge könnte Sie über allerhand ins Bild setzen, über Ihren Vater und seine Freunde. Er hat Running Buck immer geholfen. Ich bin sicher, er arbeitete von Zeit zu Zeit bei der Hütte, machte Besorgungen und dergleichen.« Er trank seinen Kaffee aus und legte die Hand über die Tasse.

»Wo ist Jasper?«, fragte ich.

»Nordwestlich von hier, nicht allzu weit von der Grenze. Ely, Coleraine, Hibbing, Virginia, Jasper, die liegen alle dicht beieinander.« Er gab mir die Richtung an, und ich beendete mein Frühstück. »Wenn Sie es gefunden haben, fragen Sie einfach nach dem Direktor ... der Name liegt mir auf der Zunge ... Soundso Running Buck, ich weiß es nicht mehr.«

Der Highway zweigte in den Nordostteil der Stadt ab und führte direkt an Teds Restaurant vorbei. Der bronzene Mark IV stand in der Sonne. Der Morgen war sehr herbstlich, sauber, frisch und makellos. Ich fuhr in Richtung der kanadischen Grenze nach Jasper.

11. Kapitel

Jasper lag am Fuß einer zwei Meilen langen Steigung zwischen den offenen Abszessen, die der Tagebau hinterlassen hatte, wo vorher noch Wald gewesen war. Die breiten Straßen der Stadt bedeckte ein rötlicher Staub, aber der Rasen war grün, und die Luft roch frisch. Es war ein arbeitsfreier Montag, und nichts bewegte sich. Die Schaukeln auf dem Spielplatz hingen still, und am Himmel drohten violette Wolken wie heimtückische Fremde. Am nächsten Tag würde es regnen, und die Kinder würden in Regenmänteln und Stiefeln zur Schule gehen und in Waschräumen aus Marmor pinkeln, die noch aus der Zeit stammten, als das Abbaugebiet vor Leben, Geld und Macht vibrierte und dröhnte.

Es gab eine Hauptstraße, einen Kreisverkehr mit hohem Bordstein, einen Red-Owl-Supermarkt und zwei Tankstellen, an denen die eingerissenen Plastikwimpel schlaff herunterhingen. Ich hielt nicht an, bis ich das Indianerbüro gefunden hatte. Es war in einem kleinen, einstöckigen Ziegelbau untergebracht, der zur Zeit der Arbeitsbeschaffungsmaßnahmen unter Roosevelt mal ein kleines Postamt gewesen war. Ein langes Fenster nahm die gesamte Hausfront ein, Gardinen versperrten die Sicht nach drinnen, und drei Stufen führten zur Eingangstür hinauf.

Ich ging hinein und stand vor dem Schalter, wo man früher Briefmarken verkauft hatte. Ein Indianermädchen mit langen, glänzenden schwarzen Haaren und Perlenstirnband hämmerte unregelmäßig auf einer Schreibmaschine. Sie nickte und lächelte, dass sie meine Anwesenheit zur Kenntnis genommen hätte, und beendete das Tippen so schwungvoll wie eine Konzertpianistin. Sie stand auf. Ihr dreieckiges Gesicht mit den hohen breiten Wangenbögen hätte gut und gern eines Tages auf der Titelseite der Pariser *Vogue* erscheinen können. Sie sah wie siebzehn oder achtzehn aus.

»Ich kann nicht gut Maschineschreiben«, sagte sie. »Aber wenn ich einen Brief fertig habe, fühle ich mich wie eine Klaviervirtuosin. Also, was können die Indianer für Sie tun?«

»Ich komme nur auf gut Glück und möchte den Direktor sprechen«, sagte ich. »Falls er nicht zu beschäftigt ist.«

»Sie müssen Zwilling sein«, erwiderte sie. »Heute ist Ihr Glückstag.«

»Sie haben Recht«, sagte ich. »Es gibt zwei von mir, zwei verschiedene Persönlichkeiten.«

»Und die kommen und gehen wie sie wollen, stimmt's?« Sie hielt mir die Pforte auf. »Ich kenne mich damit aus. Ich bin auch einer. Kommen Sie mit nach hinten in die Rauchwolke.« Sie zeigte auf das Büro im rückwärtigen Teil des Raumes.

»Aber Sie sind ein viel neueres Model«, sagte ich.

»Wahrscheinlich – die Zwillinge von heute sind nicht mehr das, was sie mal waren.« Sie lachte noch über ihren eigenen Witz, als sie zu ihrem Schreibtisch zurückkehrte, ein glückliches Mädchen. Sie erinnerte mich an Kim, wegen ihrer Augen und der Figur, aber sie war todsicher glücklicher. Und sorgenfrei.

Der Direktor war Ende dreißig, wirkte drahtig und sportlich. Über den Ohren wurde sein Haar bereits grau. Er trug ein altes Madras-Hemd, abgewetzte Blue Jeans, eine Hornbrille und einen großen Türkisring aus Silber. Er räumte Papiere in einen Aktenschrank und paffte eine Pfeife, mit der er bereits den ganzen Raum vernebelt hatte. Auf dem Schreibtisch stand eine Dose Brush Creek.

»Hallo«, sagte er, »was kann ich für Sie tun?«

»Mein Name ist Paul Cavanaugh. Ich würde Ihnen gern ein paar Fragen stellen. Haben Sie einen Moment Zeit?«

»Sicher, warum nicht. Den ganzen Tag. Nehmen Sie Platz.« Er setzte sich hinter seinen Schreibtisch und hantierte mit einem Pfeifenreiniger. »Mein Name ist Whitefoot. Bill Whitefoot. Schießen Sie los.«

Es war so ein Augenblick, wie man sie manchmal im Traum erlebt, der Aufzug befindet sich im freien Fall, der Fallschirm öffnet sich nicht, die Wogen schlagen über dem Kopf zusammen. Billy Whitefoot. Seine Zeugnisse hingen eingerahmt an der Wand, Baccalaureus Artium an der Mankato State, Magister Artium und Doktor der Philosophie an der Universität von Minnesota, Preise und Auszeichnungen der Kiwanis, Boy Scouts, Lions ... Ich dachte an den Jungen, der den Rasenmähertraktor im Norway Creek gefahren hatte und sich betrank, weil seine schöne junge Frau drüben am Pool eine Schau für die reichen Männer abzog und ihn nicht mehr beachtete. Irgendwie war wohl doch kein gammelnder, ewig betrunkener Indianer aus ihm geworden. Wieder falsch, Harriet.

»Äh, haben Sie einen Moment Geduld mit mir«, sagte ich und versuchte mich zu fassen, »denn es wird Ihnen anfänglich seltsam erscheinen. Ich habe gehört, dass Ihr Vater Jagdführer gewesen ist, in Grande Rouge.«

»Also, ja und nein«, sagte er ein klein wenig spöttisch. »Running Buck war nicht mein Vater. Er war ein Freund meines Vaters, oder vielleicht auch ein entfernter Vetter, den er noch aus dem Reservat kannte. Die Geschichte ist ein bisschen verschwommen.« Er sagte es ohne Bitterkeit, aber die entgegenkommende Herzlichkeit war verschwunden. Seine glänzenden schwarzen Augen waren hart wie Obsidian und tiefgründig.

»Würden Sie mir die Geschichte erzählen?«, bat ich zögernd.

»Mein Vater war ein geborener Krieger, hatte was von Don Quichotte, würde ich sagen. Er war einer dieser Indianer, die in die Welt des weißen Mannes gehen, sehr empfindlich sind und immer gleich rot sehen. Er ging nach Minneapolis und zerbrach seinen Speer verdammt schnell. Ein Winter genügte, und er starb betrunken auf Nicollet Island, nur vierundzwanzig Jahre alt ... Aus irgendeinem Grund haben die Lumpensammler, die die Leiche durchstöberten, seine Ausweispapiere verschmäht. Running Buck fuhr hin, um den Toten abzuholen, hatte aber nicht das Geld, ihn zu überführen. Er kapierte die ganze Bürokratie nicht und musste am Ende nach Hause fahren und meinen Vater in der Stadt begraben lassen.« Er verschränkte die Hände hinter dem Kopf und stützte die Füße auf die Schreibtischkante. »Meine Mutter starb im gleichen Winter in einem Teerpappenverschlag, halb erfroren und halb verhungert. Sie hatte sich mit einem Frostschutzmittel vergiftet, weil jemand ihr gesagt hatte, das würde sie wärmen, wenn sie es tränke. Nur ein bisschen Indianernostalgie, Mr. Cavanaugh, aus den guten alten Zeiten.« Er seufzte. »Eine beschissene Art, seine Tage zu beschließen ... Running Buck nahm mich mit nach Grande Rouge, was gegenüber dem Reservat eine ziemliche Verbesserung darstellte. Und er war nicht unterzukriegen, er schaffte es. Er dachte einfach nicht darüber nach, wie das Leben ihn behandelte, nicht mehr, als unbedingt nötig. Der Staat Minnesota, Amerikas Ferienparadies, nahm ihn sogar als den Typ des vertrauenswürdigen Führers in eine Tourismusbroschüre auf. Er schaffte es wirklich. Aber Gott allein weiß, was das alles mit Ihnen zu tun hat ...«

»Ich interessiere mich für einen Club, zu dem mein Vater damals gehörte«, sagte ich. »Sie hatten eine Hütte bei Grande Rouge und kamen zum Jagen und Angeln dorthin.«

»Ihr Vater?« Er saß ruhig da, abwartend, die Augen wie nasse Kiesel am Strand.

»Ja, er heißt Archie Cavanaugh. Soviel ich weiß, war Running Buck ihr Führer, und ich kam hierher, um mit ihm zu sprechen, aber ich erfuhr, dass er vor ein paar Jahren gestorben ist. Ich wollte ihn nach seinen Erinnerungen an den Club fragen, wegen einer Geschichte, die ich schreibe. Ich arbeite für eine Zeitung.«

»Aber wie haben Sie mich gefunden? Ich bin seit fast drei Jahren nicht mehr in Grande Rouge gewesen.«

»Der Polizist dort, Jack, ich traf ihn im Café, und wir kamen ins Gespräch. Er erinnerte sich an Sie, wo Sie sind und was Sie tun ... aber er hält Sie für Running Bucks Sohn.«

»Das überrascht mich nicht. Ein Indianerkind sieht wie das andere aus, und wen kümmerte es schon, wessen Sohn ich war?« Er klang mit einem Mal rau, aber nicht streitlustig, er stellte nur eine Tatsache fest.

»Na ja, woher sollte er das alles wissen?«, sagte ich.

Er sprang vom Stuhl auf wie eine Feder, fuhr sich mit der Hand durch das schwarze Haar, ging zu einer heißen Kochplatte und goss Wasser in eine Teekanne. Ich roch das Zitronenaroma. Die Schreibmaschine nebenan klapperte ungleichmäßig.

»Ich glaube, man kann der Vergangenheit nicht entfliehen – man kann sie vielleicht vergessen, aber man entkommt ihr nicht. Es ist dasselbe, ob man ein Indianer ist oder ob man einen Bart hat: man sieht in die Welt und vergisst seine Hautfarbe oder die Tatsache, dass einem Haare im Gesicht wachsen, und man glaubt für einen Moment, dass man so ist wie alle anderen Menschen, die man sieht. Aber das stimmt nicht. Man kommt nicht davon los, dass man Indianer ist, sowenig wie man seinen Bart loswird. Und man kann seine Vergangenheit, seine Lebensgeschichte nicht ändern ... ganz gleich, wie weit man fortgeht. Es passiert etwas, und schon spürt man Wounded Knee im

Herzen, man hat es im Kopf, liest es in der Zeitung, und die Wirklichkeit ist wie ein Tritt in die Eingeweide.« Er wischte eine Tasse mit einem Handtuch aus und hielt sie mir hin. Ich schüttelte den Kopf.

»Haben Sie viel Zeit bei der Hütte verbracht? Können Sie sich an einiges erinnern?«

»Die Hütte«, er seufzte, als versuchte er sich zu entsinnen, aber an seiner Wange zuckte ein Muskel, und er schaute an mir vorbei. »Nun, ich bin 39 geboren, ich glaube nicht, dass ich vor 49 oder 50 jemals dort gewesen bin ... ich habe ein paar Gelegenheitsarbeiten angenommen, habe Fenster montiert, den Hof sauber gehalten. Aber ich kann mich an niemanden mit Namen Cavanaugh erinnern.«

»Nein, damals war er schon fortgezogen.« Ich schaute ihm zu, wie er sich Tee einschenkte und Sahne und Zucker nahm. »Sind Ihnen die anderen noch im Gedächtnis?«

»Nein, ich habe sie gar nicht beachtet. Sie haben Ihre Zeit verschwendet, ich weiß nichts über diese Männer. Das alles ist lange her. Ehrlich gesagt, gab es Wichtigeres für mich.« Er betrachtete mich kalt; er war nicht mehr derselbe, der mich begrüßt hatte. Die Umwandlung war vollzogen, und ich verschwendete seine Zeit.

»Aber natürlich haben Sie sie später kennengelernt«, sagte ich. Er sollte eine Überraschung erleben, und ich freute mich darauf, dem gelassenen Pfeiferauchen und Teetrinken ein Ende zu bereiten.

»Wie? Was meinen Sie?« Sein Blick war scharf wie ein Laser.

»Nun, im Norway Creek«, fuhr ich unschuldig fort, »als Sie im Norway Creek Club für sie gearbeitet haben. Sie müssen Sie damals kennen gelernt haben. Sie haben immerhin dafür gesorgt, dass Sie den Job bekamen, nicht wahr?«

Während er den heißen Tee schlürfte, überlegte er, wie er

mit dem fremden Scheißkerl verfahren sollte, der ihm den schönen, ruhigen Vormittag versaut hatte.

»Hören Sie«, sagte er leise, »ich weiß nicht, was Sie das angeht. Sie tauchen hier einfach auf und behelligen mich mit diesem Kram. Was soll ich Ihrer Meinung nach davon halten?«

»Niemand will, dass Sie Ihre Lebensgeschichte auftischen«, sagte ich. »Ich habe nur ein paar Fragen gestellt. Machen Sie nicht mich für Ihre Neurosen verantwortlich. Was haben Sie davon, wenn Sie mich belügen?«

»Was habe ich davon, wenn ich überhaupt mit Ihnen rede?«

»Sie brauchen nicht mit mir zu reden. Es sei denn, Sie sind neugierig darauf, wer ich eigentlich bin und was ich vorhabe.« Ich lächelte in sein finsteres Gesicht. »Ich könnte aber auch gehen. Soll ich gehen?«

Er trat ans Fenster und schaute in den Gemüsegarten des Nachbargrundstücks, wo alles die finsteren Farben der Wolken angenommen hatte.

»Ich war ein Indianerjunge«, sagte er schließlich, als käme er auf einen tröstlichen Gegenstand zu sprechen, »und sie taten eine gute Tat. Das lohnt für keine Geschichte, und ich habe Sie nicht belogen. Falls ich Sie jemals belüge, Mr. Cavanaugh, werden Sie es garantiert nicht bemerken.«

Ich nickte. Er stand mit dem Rücken zum Fenster und hatte alles wieder unter Kontrolle.

»Kennen Sie die Geschichte von den ehrlichen Whitefoot-Indianern und den verlogenen Blackfoot-Indianern?«

»Nein«, sagte ich. »So was wie ›Der Frosch und der Skorpion‹?«

»Es gab mal zwei Indianerstämme«, sagte er und überging meine Bemerkung, »die ehrlichen Whitefoot, die immer die Wahrheit sagten, und die unehrlichen Blackfoot, die immer logen. Sagen wir, Sie gehen durch den Wald und begegnen einem grimmig aussehenden Krieger. Sie haben

Angst, und er winkt Ihnen, näher zu kommen. Wird er Sie lebendig häuten? Oder wird er Sie aus dem Wald hinausführen? Sie wissen nicht, was Sie tun sollen. Und dann sagt der grimmige Krieger: Du kannst mir trauen. Ich bin ein ehrlicher Whitefoot. Was werden Sie tun? Zu welchem Stamm gehört er, zu den ehrlichen Whitefoot oder den verlogenen Blackfoot?«

»Ich weiß es nicht«, sagte ich. »Das kann man nicht wissen.«

»Eben. Sie können nur eins tun – es darauf ankommen lassen und mit ihm gehen.«

»Zu welchem Stamm gehören Sie?«

»Oh, keine Sorge.« Er lachte. »Sie können mir trauen, ich bin ein ehrlicher Whitefoot. Billy Whitefoot.«

»Also kennen Sie die Norway-Creek-Clique?« Fast mochte ich ihn, und sei es nur, weil er genau so ein Klugscheißer war wie ich.

»Ich wusste, wer sie waren, und sie erinnerten sich an mich. Sie halfen mir. Nichts Sensationelles.«

»Sie fragen sich, was aus Ihnen geworden ist, Mr. Whitefoot. Das haben sie mir gesagt. Sie verschwanden, und nun sorgt man sich um Sie.«

»Tatsächlich? Seitdem ist eine ganze Weile vergangen. So weit ich mich erinnere, waren sie damals nicht so schrecklich besorgt ...«

»Wie meinen Sie das?«, fragte ich. »Hat man Sie schlecht behandelt? Ich habe etwas anderes gehört.«

»Es interessiert mich einen feuchten Dreck, was Sie gehört haben. Klar?«

»Großer Gott, seien Sie nicht so feindselig – mich interessiert nur diese Clique und die Geschichte ihres Clubs. Sie sprechen noch immer mit Sympathie von Ihnen. Aber, lassen wir das, ich wollte nicht neugierig sein.« Ich lächelte ihn an. Er war von Grund auf feindselig, das Leben hatte ihn dahin gebracht; gleichzeitig hatte es ihn gelehrt, dass er in jeder Gesellschaft auf sich selbst aufpassen konnte.

»Ich bin empfindlich, was diese Jahre angeht«, sagte er und starrte auf die erloschene Pfeife. »Ich war noch jung, und mir war sehr bewusst, dass ich ein Indianer bin. Ständig bekam ich die Wohltätigkeit der Leute zu spüren und wusste zugleich, dass ich auf sie angewiesen war. Die Geschichte war nicht ganz so, wie ich erzählt habe. Mein Vater starb tatsächlich betrunken auf Nicollet Island, erfror in einer Schneewehe mit einer Flasche Muskateller in der Hand, entsprach also dem hiesigen Indianer-Klischee, ganz wie man es von ihm erwartete.« Er begann methodisch die Asche in den Papierkorb zu kratzen. »Er kehrte aus dem Südpazifik zurück und erfuhr, dass seine Frau in Ely mit einem Bergmann zusammenlebte. Mich nahm er mit, und sie behandelte er ziemlich übel ... sie starb noch im selben Winter. Die Schläge, die sie von ihm bekommen hatte, waren gar nicht gut für sie gewesen. Er versuchte seinen Lebensunterhalt in Baukolonnen zu verdienen, sah am Ende aber ein, dass er es nicht schaffen würde ... und auch der Schnaps ließ ihn nicht los, dann verschwand er jedesmal für mehrere Tage in der Stadt ... und einmal kam er nicht zurück. Running Buck suchte ihn und fand heraus, dass er eines Nachts einfach gestorben war.« Er stopfte Brush Creek in die Pfeife, hielt seine Hände beschäftigt. »Ich wuchs bei Running Buck auf, dann ging ich ebenfalls in die Stadt – sie ist wie ein Magnet, wissen Sie, da geht man hin, wenn man hier oben geboren ist. Man muss einfach in die Stadt ziehen, der Welt des weißen Mannes den Kampf ansagen. Nun, die einzige Verbindung, die ich hatte, waren diese Männer im Norway Creek, die von der Hütte in Grande Rouge, und ich fragte sie nach einem Job. Sie waren wirklich nett, hielten es für eine gute Idee. Mir gefiel es dort, und ich heiratete ein Mädchen, das ich von Grande Rouge her kannte. Aber ich war zu jung, wir waren beide zu jung zum Heiraten und vom Leben allgemein verängstigt. Da war es einfach, sich an den anderen zu klammern. Es klappte nicht. Vieles ging mir auf die Nerven, ich machte nichts aus mir, war enttäuscht und zornig. Ich fing an zu trinken, blieb von der Arbeit weg, meine Frau verließ mich ...«

»Frauen!«, sagte ich und dachte daran, wie seltsam sich Kim – die Kim, die ich kannte –, neben diesem Mann ausnehmen würde, aber ich ließ ihm die Möglichkeit, sich weiter über sie zu beklagen. »Wo sind sie, wenn man sie braucht? Sie können einfach nicht loyal sein ...«

»Nein, nein«, sagte er, »da irren Sie sich. Sie war ein feiner Kerl.« Die Erinnerung streifte sein Gesicht; er zündete sich die Pfeife an und zog. Ich wartete. »Nein, es war nur falsch zu heiraten. Ein Irrtum.«

Ich stand auf.

»Also, ich habe Ihre Zeit reichlich in Anspruch genommen – und es tut mir leid, Mr. Whitefoot. Ich wollte Sie nicht verärgern.«

»Vielleicht war es eine Fügung«, sagte er. »Ich habe seit langer Zeit nicht mehr darüber gesprochen. Wahrscheinlich könnte man anführen, dass es mir mal gut tat. Es säubert den Organismus.« Er verlegte sich auf eine akademische Distanziertheit, die mich irritierte; er wechselte einfach von Zeit zu Zeit die Maske. Aber das machte den nächsten Schritt für mich umso leichter.

»Da wäre noch eine Frage.«

»Ja?« Er paffte gelassen.

»Erinnern Sie sich noch an die Nacht, als Rita Hook verschwand?«

Es war besser, als ich zu hoffen gewagt hätte. Er machte ein Gesicht, als hätte ich ihm einen Nagel in die Stirn getrieben; er blinzelte, biss heftig auf den Pfeifenstiel und pustete einen Aschenregen auf sein Hemd. Seine schwarzen Augen kündigten einen Sturm an. »Ich finde, dass es eine absonderliche Geschichte ist«, fuhr ich ungerührt fort, »finden Sie nicht auch? Menschen verschwinden nicht einfach in dieser Häufigkeit. Es bleibt im Gedächtnis haften wie ein Stachel – es ist gewissermaßen eine Begleiterscheinung der Clubgeschichte.« Er saß still da und blickte mich an. Hinter der Maske ging etwas vor, das ich nicht erfassen konnte. Angst? Hass? Verrat? »Ich dachte nur, dass Running Buck vielleicht etwas darüber zu Ihnen gesagt haben könnte.«

»Nein. Nichts. Ich weiß gar nichts darüber.« Er geleitete mich zur Tür und hängte sich eine dunkelblaue Windjacke über seine breiten, eckigen Schultern. »Sie sind wieder dabei, Ihre Zeit zu verschwenden.«

»Haben Sie von einem Ihrer früheren Wohltäter gehört? Tim Dierker? Er wurde ermordet.«

Er zog die Bürotür hinter sich zu. »Ja, ich las es in der Zeitung. Es ist eine Schande. Das Leben ist ein Lotteriespiel.« Nun tat er unbewegt, geschäftlich, aber er bereute es, überhaupt mit mir gesprochen zu haben. Er wirkte glatt wie eine Wand. Aber daran war ich gewöhnt. Er hätte gut ein Mitglied des Clubs sein können, mauerte in bester Manier seiner Zeit.

Er folgte mir zu dem Schalter. Das hübsche Mädchen kam zu uns. »Gehen wir nach Hause, Daddy?« Sie schenkte mir ein strahlend weißes Lächeln.

»Gleich, Liebling. Wir werden vorher beim ›Burger Shack‹ Halt machen. Sieh nur zu, dass du zu Ende führst, was du gerade tust.«

Er brachte mich zur Tür und blieb auf der obersten Stufe stehen.

Ich ging hinunter auf den Bürgersteig. Wir hatten uns nicht die Hand geschüttelt. Ich schaute zu ihm hinauf.

»Hübsches Mädchen«, sagte ich. »Ihre Tochter?«

»Sie ist ein gutes Kind. Sehr gescheit.«

Ich nickte. »Sie kommt auf ihre Mutter.«

»Wie bitte?«

»Sie kommt auf ihre Mutter. Sie sieht aus wie Kim.«

Sein Blick wurde hart. Er beobachtete, wie ich in den Wagen stieg, und bezähmte seine Neugier. Ich hatte ihn mir zum Feind gemacht und wusste nicht genau, wodurch. Ich fuhr nach Minneapolis zurück und traf am frühen Abend dort ein. Mir ging ständig die Frage im Kopf herum, warum Kim mir nicht erzählt hatte, dass Billy in Jasper wohnte. Aber andererseits: Was ging es mich an? Und dauernd hatte ich sie beide vor Augen, sie und ihre Tochter, die ich sofort erkannt hatte und die eine weitere Verbindung zwischen der Vergangenheit und der Gegenwart darstellte.

Als ich in mein Apartment kam, klingelte das Telefon.

Ein weiterer Mord war geschehen.

12. Kapitel

»Wir haben einen weiteren Toten. Ist brandneu ... äh, ich nehme das zurück. Ich weiß nicht, wie neu er ist. Wollen Sie einen Blick darauf werfen?« Bernstein klang matt und heiser, als habe er sich erkältet. Zu viel Wahlkampf. Er hustete.

»Wer ist es?« In meinem Apartment war es noch dunkel. Ich hatte das Klingeln schon gehört, als ich aus dem Aufzug kam.

»Es soll eine Überraschung sein, Paul. In fünfzehn Minuten also.« Er warf den Hörer auf die Gabel, und ich legte meinen Koffer aufs Bett, putzte mir die Zähne, trank eine halbe Dose Bier und ging nach unten, um zu warten. Er brauchte elf Minuten. Er kam allein in einem zivilen grünen Ford.

»Schönen Urlaub gehabt?«

Er schaute mich grimmig an, wickelte ein Bonbon aus und steckte es sich in den Mund.

»Leute, die Bürgermeister werden wollen, haben keinen Urlaub«, sagte er. »Sie schreiben Reden. Sie stehen im Regen und essen Bohnen und Hot Dogs. Sie kriegen wunde Hälse und wären am liebsten tot. Wo sind Sie gewesen?«

»Oben im Norden.«

»Können Sie das beweisen?«, fragte er halb im Scherz.

»Ja. Kim war bei mir.« Mir gefiel diese intime Andeutung. Er sah mich an und schnaubte.

Ich hielt den Mund. Bernstein trug ein hellrotes Sportsakko, ein rosa Hemd, blassrot karierte Hosen und rot-weiße Schuhe mit einer glänzenden goldenen Schnalle. Er brauchte einen neuen Kostümverleih. Wir rasten über den Freeway, nahmen die Ausfahrt University Avenue und kurvten durch das Labyrinth um den Hexenturm in Prospect Park.

Ein Streifenwagen und ein Krankenwagen der Polizei standen am Fuß der Treppe vor dem Haus, die Fenster waren schwarz und undurchdringlich.

Pater Martin Boyle saß auf seiner Terrasse, wo das Gras durch den rissigen Beton stieß. Ein halb gegessenes Sandwich, inzwischen steinhart, lag auf einem Plastikteller, das Glas mit schalem Bier sah aus wie eine große Urinprobe, eine dicke Zigarre war bis auf den aufgequollenen Stummel heruntergebrannt und hatte eine eingefallene Aschenspur hinterlassen, die wie eine graue Nacktschnecke aussah. Seine Haut sah aus wie Kitt, der Kopf war ihm schräg auf die Brust gesunken, und man blickte auf den weißen Haarschopf, sodass es aussah, als hätte man einem Albatros den Hals umgedreht. Auf der weißen Hemdbrust blühte eine schwarz-rote Blume, und die Blütenblätter waren um ein Loch gewachsen, das ihm jemand in die linke Seite gebrannt hatte.

Der Polizeifotograf machte seine Aufnahmen in dem grellen Licht der mitgebrachten Scheinwerfer. Der Coroner rauchte eine Zigarette und rülpste leise, als ich ihn anschaute. Ein paar Beamte sagten mir, ich solle Abstand halten, um keine Spuren zu vernichten. Bernstein lehnte sich an die Hauswand und schnäuzte sich. Er zeigte auf einen rostenden Gartenstuhl, der gegenüber von Pater Boyle an den Tisch gezogen war.

»Jemand hat in dem Stuhl gesessen«, sagte Bernstein leise, »und wahrscheinlich ein bisschen mit ihm geplaudert, dann hat er seine Pistole herausgeholt und ihm ein Loch in die Pumpe geschossen. Peng. Pater Boyle fährt in den Himmel.«

Ein paar Schritte entfernt stand ein kleiner Schwarz-Weiß-Fernseher auf einem wackligen Tabletttisch und flimmerte in der Dunkelheit. Die Twins spielten Baseball auf Kanal 11.

»Der Fernseher lief weiter, nachdem er tot war. Aber niemand in der Nachbarschaft hat es bemerkt. Was für eine Welt.« Er ging, um ein Wort mit dem Coroner zu wechseln, und kam zurück. »Sieht so aus, als wäre er schon zwei, drei Tage tot, vielleicht auch länger. Er wird ihn auseinandernehmen müssen, um Genaueres sagen zu können. Himmel, was für ein Job!«

Pater Conrad Patulski war um einiges jünger als Boyle – ein kleiner, zart gebauter Mann mit dünnem rotem Haar, Sommersprossen und großen rosa Ohren. Er wirkte emotional unbeteiligt, roch nach Root-Bier und hielt eine Flasche Hires fest in der kleinen Hand. Er kratzte sich abwechselnd am Kopf und wischte sich den Schaum von der Oberlippe. Er war von einem längeren Besuch bei seiner Familie heimgekehrt, fand die Leiche und rief die Polizei an. Er nannte es ein »Blutbad«, als hätte der Anblick ihn innerlich schrumpfen lassen.

Bernstein stellte ihm Fragen. Ich beobachtete die Techniker bei der Arbeit, aber mein Verstand konzentrierte sich auf meine Begegnungen mit Boyle. Ich hatte Gefallen an ihm gefunden, weil er eigenwillig war, seinen Schwächen frönte und das Leben ein wenig schief betrachtete. Mit wenigen Menschen hatte ich über das Böse sprechen können, und Pater Boyle hatte ich für meine Auffassung oder die von Conrad gewonnen, zumindest teilweise. Mir fiel wieder ein, wie er auf den Besuch der fidelen Burschen und ihre Aufregung über die Erwähnung von Carver Maxvill reagiert hatte. Es war ihm völlig gleichgültig gewesen – und da war noch etwas, das er gesagt hatte. Aber das war mir entfallen.

Es kam mir vor wie eine Szene aus einer anderen Welt,

als gehörte das Baseballspiel, das auf dem Bildschirm flimmerte, zu einem rätselhaften Ritual für den Toten. Schließlich streckten sie Pater Boyle so gut es ging, verfrachteten ihn auf eine Trage und mühten sich ab, mit ihm hinauszukommen. Ein Mann bestäubte die Fingerabdrücke, ein anderer spähte auf der Terrasse nach Fußspuren, ein dritter deponierte alles vom Sandwichrest bis zu dem Staub auf dem zweiten Gartenstuhl in eine Vielzahl Tüten. Es sah aus wie im Fernsehen, wenn man darauf wartet, dass gleich Peter Falk oder Telly Savalas auf der Bildfläche erscheinen.

Bernstein winkte mich schließlich heran. Der Nachthimmel hatte zu donnern angefangen, und der Wind fuhr durch die Baumkronen.

»Hören Sie, ich werde mir die Mitglieder dieses verdammten Clubs vornehmen müssen. Nur um ganz sicher zu gehen. Immerhin fielen schon zwei von ihnen einem Mord zum Opfer.« Er sah mir in die Augen, und hinter der Mattigkeit sah ich, wie die Angst bereits ihre Fühler ausstreckte. »Paul, der einzige Grund, weshalb Sie hier sind, ist der, dass ich Sie wider besseres Wissen gut leiden kann und weil Sie seit dem ersten Tag in diesen Schlamassel verwickelt waren – irgendwie, weiß der Teufel –, und weil Sie nicht zum Polizeirevier gehören. Sie sind hier als Privatmann, nicht als Pressemensch. Denn diesen Fall hier müssen wir behutsam anfassen.« Er hustete und räusperte sich. »*Homicidim seriatim* – wissen Sie, was das ist?«

»Serienmord«, sagte ich.

»Richtig. In diesem Fall an den Mitgliedern dieses albernen Jagd- und Angelclubs. Ausgenommen den Selbstmord, den können Sie außer Acht lassen. Wir haben zwei Morde innerhalb einer kleinen Gruppe. Wenn das mit der Mitgliedschaft erst mal bekannt ist, können die Medien einen Riesenzirkus veranstalten. Wer wird der Nächste sein? Etwa in der Art. Das wird besser als der tägliche Comic-Strip.

Also, ich will nicht, dass das passiert, Paul ... aber ich werde die alten Scheißer allesamt warnen müssen. Würden Sie es Ihrem Vater selbst sagen?«

»Selbstverständlich«, erwiderte ich.

»Er wird es verstehen. Wenn es einer verstehen wird, dann er.« Er seufzte. »Gott, ich fühle mich miserabel ... wahrscheinlich hat er schon mal eine Geschichte geschrieben, die genau denselben Fall schildert.« Er winkte mich fort. »Wahrscheinlich weiß er auch schon, wer es getan hat. Nur zu, nehmen Sie das Telefon und rufen Sie ihn an. Machen Sie, dass Sie hier rauskommen. Gehen Sie ins Bett, damit Sie sich nicht einfangen, was ich schon habe.« Er mischte sich unter die herumstehenden Polizisten, und ich rief meinen Vater an.

»Archie«, sagte ich, »setz dich hin, ich habe schlechte Nachrichten.«

»Deine Mutter ist zu Besuch«, sagte er mürrisch. Archie war kein Schwarzseher. »Schlimmeres kann es nicht sein, Junge.«

»Nun, es kommt auf den Standpunkt an.«

»Also, was ist los? Hast du Krebs? Habe ich Krebs? Raus damit.«

»Pater Boyle wurde ermordet.«

Darauf folgte eine lange Pause.

»Äh ... wie? Warte, sag's mir nicht. Er wurde von seiner Kanzel gestoßen und stürzte einen Meter tief in den Tod?«

»Das ist kein Scherz«, sagte ich. »Jemand hat ihn auf seiner Terrasse erschossen. Er wurde gerade erst gefunden ... ist schon seit ein paar Tagen tot. Er saß draußen und sah fern.«

»Marty ... meine Güte, du kommst besser hierher. Wie war dein Ausflug? Hast du dort mit Leuten gesprochen?«

»Ich erzähle es, wenn ich bei euch bin.«

»Du musst jetzt deinen Grips anstrengen, Paul.«

Julia saß mit einer Stickarbeit auf dem Schoß in einer Ecke des geblümten Sofas in Archies Arbeitszimmer. Ihre Anwesenheit wirkte sich beruhigend aus, wenn Archie vor Begeisterung überschäumen wollte. Und gerade diese Erregung war es, die mich an ihm überraschte, aber ich hätte ihn eigentlich besser kennen sollen. Er stand in der offenen Tür und beobachtete, wie die Blitze über den See zuckten. Während ich an ihm vorbei ins Haus ging, drehte er sich um und schaute mich an. Ein Grinsen legte sich auf sein rosiges Gesicht, und die weiße Bürste über seiner Oberlippe hob sich. Er hatte die Fäuste in die Hosentaschen gestemmt und wippte auf den Fersen.

Ich sank in einen Sessel, streckte die Beine aus, gähnte unhöflicherweise und teilte Archie mit, dass er offensichtlich wenig Respekt vor dem Toten habe.

»Quatsch!«, sagte er kurzerhand. »Du bist sentimental. Wenn du mal in mein Alter kommst, wirst du ein greinender Idiot sein, den solche Dinge aus der Fassung bringen. Marty hätte sich ebenso gut zu Tode jammern können, oder er wäre bei einer seiner endlosen Fressorgien erstickt oder hätte sich volltrunken auf der Vordertreppe das Genick gebrochen ... Er hatte sein Leben schon vor Jahren aufgegeben, er war nur noch ein Schatten. Nun ist er gegangen. Leb wohl, Marty. Wir sehen uns bald.« Julia lächelte über ihrer Handarbeit, sie stickte an der erstaunlich schönen Wiedergabe eines *Vogue-Titelblatts* aus den zwanziger Jahren mit einer kühnen Dame, die vorgab, drei Meter größer zu sein als ihr Bugatti Roadster. Archie schritt inzwischen auf und ab, er spielte »Patton spricht zu seinen Soldaten«.

»Ich weiß ...« Er hielt inne und schaute uns an, bis wir aufmerkten. »Ich weiß ... dass noch mehr Morde geschehen werden.«

»Ich hab's geahnt«, sagte Julia, ohne aufzuschauen. Sie verfehlte keinen Stich.

»Welch eine Abwechslung, Arch«, sagte ich.

»Dass noch mehr Morde geschehen werden«, wiederholte er gewichtig und genoss es. »Man muss sehen, dass wir einem Fall auf der Spur sind, wie er sich fast nie im banalen, alltäglichen Leben bietet. Mehrfache Morde sind außerhalb der Unterwelt sehr, sehr selten. Und ich würde alles verwetten – sogar meinen guten Ruf, falls nötig –, dass noch mehr Leute umgebracht werden. Sogar etliche, falls der Mörder sich durch den gesamten Club arbeiten will ... Das ist dir doch schon in den Sinn gekommen, nicht wahr, Paul?«

Ich nickte. »Hab schließlich Grips«, sagte ich und tippte mir an die Stirn.

»Gut, wir haben es hier mit eben jener Art Vorfall zu tun, der für Amateure so unwiderstehlich ist, und damit meine ich uns. Wenn ich meine Erfahrungen als Autor und Reporter ins Feld führe, und gleichermaßen Julias wachen Verstand und Pauls ... äh ... Rückgrat und Bereitschaft, die Beinarbeit zu erledigen, werden wir ohne Frage ...«

»Mein Gott, du hörst dich an wie eine Romanfigur von Ellery Queen«, sagte ich.

»Du spottest, aber du wirst dich noch wundern«, sagte er. Sein Verstand arbeitete auf Hochtouren, so als wirkte ein echter Mord, nachdem er schon so viele im Kopf erdacht und zu Papier gebracht hatte, wie ein Aufputschmittel auf ihn. »Ich kann dir versichern, dass die Polizei sich überhaupt nicht mehr zurechtfinden wird. Ihnen fehlt das besondere Wissen, das wir über den Club haben, über die Beziehungen zwischen den Opfern und den zukünftigen Opfern.« Er deutete mit der Zigarre in unsere Richtung und stieß eine gerade Rauchfahne aus, die dünn wie ein Stilett war. »Die Polizei ist bei Fällen wie diesem, bei so bizarren Fällen, nicht besonders tüchtig. Sie haben wenig Erfahrung und wissen nicht viel vom ästhetischen Merkmal eines Mordes, wie man es nennen könnte. Es ist höchst unwahrscheinlich, dass sich in diesem Fall ein Informant meldet, es sei denn, der Mord an Tim und Marty wäre im Auftrag eines Profis begangen worden – dann könnte eine der polizeilichen Quellen vielleicht einen Hinweis geben und die Beamten auf die Spur des Mörders bringen. Aber, meine Güte, das hier sieht überhaupt nicht nach der Arbeit eines Profis aus ...«

Julia unterbrach ihn. »Warum lassen wir uns nicht zunächst von Paul die Einzelheiten berichten, Archie?«

»Sofort«, sagte er, ohne Atem zu schöpfen. »Ich versuche nur, euch beide zu überzeugen, dass ich hier nicht blöde grinsend seniles Zeug daherschwätze. Hab Geduld, Paul. Ich bin bereits in der Mitte meiner Ausführungen.«

»In Ordnung«, sagte ich.

»Also wird die polizeiliche Ermittlungsarbeit ohne einen Tipp mit großer Wahrscheinlichkeit nur zäh vorankommen. Wenn sie dann so weit sind, dass sie sich auf eine deduktive Beweisführung verlegen – mehr als auf Fingerabdrücke, modus operandi, Spuren, Namen in der Kartei und so weiter –, dann werden Tim und Marty langsam zu einem ungelösten Fall. Die Polizisten sind weder Psychologen noch Historiker, aber beides wäre hier erforderlich, und man hat ihnen beigebracht, außer Acht zu lassen, was immer sie an Phantasie besitzen. Ich habe in meinem ganzen Leben nur einen Polizisten gekannt, der Vorstellungskraft und Einfallsreichtum besaß. Er hieß Olaf Peterson und hat hier in Minneapolis gearbeitet, aber dann machte er eine gute Partie und verzog sich in ein kleines Nest namens Copper's Falls. Aber das ist eine andere Geschichte. Jedenfalls lernt man bei der Polizei, seine Fantasie nicht zu gebrauchen und sich keinesfalls reich ausgeschmückten Hypothesen hinzugeben. Denn die Technik hat sie unterworfen. Sie sind die Sklaven ihrer Maschinen und ihrer Spitzel. Da ist also nicht mehr viel Zauber vorhanden. Aber trotzdem, ab und zu gibt es einen Fall wie diesen, der sich als unergründlich herausstellen wird, wie ich glaube – ein Dickicht von Spuren und Prämissen, das die Maschinen in Verwirrung stürzt und sich keiner Wissenschaft unterwirft!« Er stapfte zu seinem Schreibtisch auf der Suche nach einem Streichholz.

»Das solltest du auf Band aufnehmen«, meinte Julia, »das gehört natürlich in ein Buch. Ich bin mir nicht sicher, was das wirkliche Leben betrifft, aber in ein Buch gehört es auf jeden Fall.«

»Ich glaube nicht, dass sie auf irgendeine Weise Glück haben werden«, sagte Archie, hielt das Streichholz an die Zigarre und schenkte sich aus der Kanne im Bücherregal Kaffee ein. »Weil sie nämlich nach einem gewöhnlichen Mörder suchen werden. Dazu sind sie schließlich ausgebildet – einen Fingerabdruck finden, ein Alibi überprüfen, ballistische Fragen klären, die Waffe finden, sich auf den Weg machen und die Gangster filzen, die Unterwelt durchschütteln, bis etwas herausfällt. Aber wir haben es nicht mit der Unterwelt und den üblichen kriminellen Elementen zu tun. Diese Morde haben etwas sehr Persönliches. Es gibt nur eine Möglichkeit herauszufinden, wer es getan hat – wenn wir einen unverzeihlichen Fehler des Mörders einmal außer Acht lassen –, und diese einzige Möglichkeit besteht darin, das Motiv zu ermitteln. Vom Motiv auf die Tat zu schließen ist nicht wissenschaftlich, sondern intuitiv. Es bedeutet, seinem Gefühl zu folgen, und Polizisten neigen selten zum Raten – weshalb ich niemals polizeiliche Ermittlungsverfahren in meinen Geschichten beschreibe. Die laufen nur darauf hinaus, dass der Spaß beiseite gelassen wird, wenn ihr versteht, was ich meine.«

Julia legte die Stickerei zur Seite. »Schluss der Vorstellung. Paul, nimm noch Kaffee. Ich brenne darauf zu hören, was *du* zu erzählen hast. Archie, hör auf herumzustelzen, setz dich hin, entspanne dich ... du wirst einen Anfall bekommen, wenn du nicht aufpasst.« Sie schenkte mir Kaffee ein und sorgte dafür, dass Archie sich hinter seinen überhäuften Schreibtisch setzte. Draußen blitzte es, und Bäume und Gartenmöbel standen plötzlich im grellen Licht da, wie heimliche Gestalten, die auf frischer Tat ertappt werden. »Also, was ist mit Boyle? Wie hast du es erfahren? Gib uns einen Bericht.« Sie ließ sich wieder auf dem Sofa nieder und nahm die Nadelarbeit nicht wieder auf. Archie schlürfte Kaffee und schaute mich wartend an, den Bleistift in der Hand, um sich rasch Notizen zu machen. Also begann ich, und ich machte es gründlich, gab alle Gespräche wieder, die ich seit meinem letzten Besuch geführt hatte, beleuchtete kurz meine Beziehung zu Kim, erzählte von dem Ausflug in den Norden, von Ted und Billy und Kim und vom »Chat and Chew Café«. Ich brauchte fast zwei Stunden und wurde kaum unterbrochen; sie hörten aufmerksam zu, und Archies Bleistift kratzte stetig. Es war schon nach Mitternacht, als ich fertig war, und inzwischen ging prasselnder Regen nieder. Aber wir waren alle hellwach, erlebten eine Art Adrenalinrausch, die Aufregung, die einen befällt, wenn man kurz davor steht, einen Kode zu knacken oder das *Times*-Rätsel zu lösen oder etwas zu schreiben, das vielleicht auch noch in der nächsten Saison gelesen wird.

Schließlich stand Archie auf und kam um den Schreibtisch herum, setzte sich auf eine Ecke, blickte über seine Notizen und schaute dann uns an.

»Die Schwierigkeit«, sagte er, »besteht wie immer darin zu entscheiden, welche Tatsachen und Beobachtungen wichtig sind und welche man als Ausschuss betrachten kann. Das zu lösen heißt den Fall lösen. Nun, da sind einige Komponenten und Aspekte, die vielleicht von entscheidender Bedeutung sind.« Er hakte sie anhand seiner Finger ab.

»Das Benehmen von Crocker und Goode, als du Maxvill aus dem Sack gelassen hast. Sie machten plötzlich dicht und beeilten sich, den armen Marty anzumeckern, der selbst gar nicht über Maxvill hatte reden wollen. Dann gingen sie bei Hub Anthony tratschen und verlangten von ihm, dass er dich dazu bringen sollte, mit allem aufzuhören. Doch statt ihnen zu sagen, sie sollen sich zum Teufel scheren, wie man von ihm erwartet hätte, lädt er dich schnell zum Essen in den Minneapolis Club ein und sagt dir, du sollst die Sache fallen lassen ... ohne dir eine rationale Begründung zu geben. Man muss nicht Ellery Queen sein, um zu begreifen, dass Carver Maxvill etwas an sich hat, das ihnen eine Heidenangst einjagt. Nun, das finde ich interessant ... und Mark Bernstein und seine Bullen kommen nicht einmal in die Nähe der Wahrheit.

Zum Zweiten: Du, Paul, getreu deiner väterlichen Erbanlagen, begibst dich sofort nach diesem Treffen in das Zeitungsarchiv, um zu sehen, was sich über Carver Maxvill und sein seltsames Verschwinden noch herausfinden lässt. Und was geschieht? Nichts hätte außergewöhnlicher sein können als deine Entdeckung, rein gar nichts. Die Mappe ist gestohlen, ein einzigartiges Vorkommnis nach Aussage des Archivars. Offenbar hat noch jemand gewaltiges Interesse an Carver Maxvill. Das passt. Der Mann selbst verschwindet, und unglaublicherweise verschwindet dreißig Jahre später auch seine Archivmappe. Jemand will ihn auslöschen. Sehr seltsam.

Das führt zum dritten Punkt. Der Diebstahl der Mappe ist schon der dritte ungewöhnliche Diebstahl innerhalb dieses Falles. Larry Blankenships Apartment wird von persönlichen Dingen gesäubert. Dann wird Tim Dierkers Fotoalbum vom Mörder mitgenommen. Und nun Maxvills Mappe.« Er strahlte uns an. »Es würde mich interessieren, ob Pater Boyles Fotosammlung nun auch verschwunden ist. Das wäre eine aussichtsreiche Wette, oder? Es fragt sich, warum? Warum hat jemand dieses Zeug an sich genommen? Die Antwort darauf enthält auch den Namen des Mörders. Ganz sicher.«

Julia sagte: »Da ist noch ein anderer Punkt, der mich fasziniert. Wie viele Leute hast du gekannt oder von wie vielen hast du gehört, die tatsächlich verschwunden sind? In Luft aufgelöst? Ich kenne keinen außer Carver Maxvill. Und nun gibt es innerhalb desselben Bekanntenkreises einen weiteren unerklärlichen Fall von spurlosem Verschwinden, nämlich Rita Hook. Den einen Tag ist sie noch da, am nächsten ist sie weg. Genau wie bei Maxvill. Ein Zufall? Möglicherweise ... aber genauso kann man auch annehmen, dass ihr Verschwinden miteinander zu tun hat. Dann würde es nur als ein Vermisstenfall zählen, statistisch gesehen, und wäre nicht so erstaunlich. Aber zu glauben, dass zweimal das Gleiche passiert ... das fällt mir schwer. Denkt von mir, was ihr wollt, aber ich behaupte, es gibt da eine Verbindung. Zwischen Carver und Rita.«

Archie beendete seine Notiz und schaute auf. »Ausgezeichnet!«, rief er mit freudig gerötetem Gesicht. »Jetzt wollen wir nachdenken, die Lösungen herausfiltern.«

»Das wird dauern, Julia«, sagte ich. Sie lächelte, und ich fuhr fort: »Tatsächlich hat Pater Boyle etwas in der Richtung gesagt ... mal sehen, ob ich noch darauf komme ... etwas in dem Sinne, dass Rita die Frau gewesen ist, mit der Maxvill anbandelte. Nicht, dass er es ausgesprochen hätte, es war mehr so eine Ich-kann-mich-nicht-erinnern-Aussage, als wäre es nicht so wichtig. Er sagte, sie sei eine lockere Person gewesen, von fragwürdiger Moral, aber dabei machte er ein Gesicht, als wollte er mir nahe legen, dass Maxvill sich mit Rita herumtrieb. Das ist nur ein vager Eindruck, aber immerhin hat Boyle ihn hervorgerufen.«

»Also verschwanden sie beide spurlos«, sagte Julia, »und Pater Boyle deutete an, sie hätten eine sexuelle Beziehung gehabt. Na, wenn das kein Stoff zum Nachdenken ist. Aber jetzt habe ich erst einmal Hunger – möchte noch jemand ein Sandwich?«

Wir zogen in die Küche und setzten uns um den schweren Holztisch, aßen frisches Brot mit Hähnchenbrust, Sweet Pickles und kalte Baked Beans, ein Festessen, das uns für die Nacht mit Brennstoff versorgte. Der Regen klatschte gegen die offenen Fensterläden, ein kalter Luftzug bewegte die Küchengardinen, die Kaffeemaschine brodelte.

»Also gut«, begann Archie und kaute stetig weiter. »Wir werden das in unserer Theorie berücksichtigen. Rita und Maxvill verschwanden, und vielleicht waren sie ein Paar. Sehr hübsch, das gefällt mir. Öffnet alle möglichen Wege. Wie auch die Verbindung zwischen Running Buck und Billy Whitefoot. Ich meine, die Beziehungen sind wirklich erlesen. Running Buck nahm Rita am Abend ihres Verschwindens im Wagen mit, Billy heiratet Ritas Nichte ... und Billy wird abweisend, als ihr Verschwinden zur Sprache kommt. Teufel auch, er muss etwas wissen – er war nicht taub und Running Buck nicht stumm. Es ist stark anzunehmen, dass sie darüber gesprochen haben. Sie *müssen* darüber gesprochen haben. Warum also stellt Billy sich dumm?

Nun, Paul, wir haben schon einmal den Gedanken erwogen, dass hier lauter Leute, die untereinander nicht in Verbindung stehen, durch eine Person miteinander verknüpft sind, durch Miss Roderick oder Mrs. Blankenship oder wie sie sich verdammt noch mal nennt. Und das ist in gewisser Weise wahr; ich stelle fest, dass jeder Beteiligte irgendeine Beziehung zu ihr zu haben scheint. Andererseits müsste man für diese These fünfe gerade sein lassen, denn die Verbindungen sind nicht stark, emotional nicht zwingend. Außerdem bezweifle ich, dass diese junge Frau nachts herumläuft und Leute von Hochhäusern stößt oder alte Männer beim Abendessen erschießt! Das bezweifle ich wirklich.«

»Ich eigentlich auch«, sagte ich. »Aber ich wollte damit

nur auf ein Muster hinweisen. Und tatsächlich scheint sie alle miteinander zu verbinden ... als Einzige.«

»Nein«, sagte Archie, »da gibt es noch einen anderen in dem Beziehungsgeflecht, aber er bewegt sich mit Bedacht am Rande, leise und vorsichtig, um nicht aufzufallen. Und diese Person hat einen Grund, Tim, Marty und die zukünftigen Opfer tot sehen zu wollen. Diese Person ist der Mörder. Und heute Nacht, das wage ich zu behaupten, sind wir schon näher an der Lösung, als wir vielleicht wissen.

Dabei will ich dir eines ins Gedächtnis rufen: die drei klassischen Motive. Habgier, Eifersucht, Rache. Eins davon wird hier ins Spiel kommen, dabei bleibe ich.«

Wir beschlossen den Abend im Arbeitszimmer, wo Archie seine Schultafel vor die Couch rollte, auf der Julia und ich saßen.

Die Wörter gelangten in exaktem Stakkato auf die Tafel, wie Nägel, die in einen Sarg geschlagen werden.

Ein Quadrat mit vier Namen: Tim, Larry, Kim, Boyle. Ein Fragezeichen war hinter Kim, und ein »Warum?« war an den Rand gekritzelt.

Dann entstand ein anderes Diagramm mit Kim in der Mitte, von der strahlenförmig angeordnete Linien zu den anderen Namen führten: Larry, Harriet, Tim, Rita, Ted, Billy, Ole, Helga, Crocker, Goode, Boyle, McGill, Anne, Paul, Archie, Maxvill ... Ich mochte das Diagramm nicht. Kim sah aus wie eine Spinne im Netz, und das passte nicht zu ihr. Sie beherrschte niemanden.

Und danach ein ähnliches Netz mit einer unbekannten Spinne in der Mitte: Larry, Tim, Boyle, Ole, Goode, Crocker, Archie, Rita und Maxvill. Sie waren entweder tot oder Todeskandidaten oder verschwunden, jedenfalls nach Archies Ansicht. Das war seine grundlegende Arbeitshypothese.

Schließlich schrieb er:

GESTOHLEN: LARRYS PERSÖNLICHE HABE,
TIMS FOTOALBUM,
CARVERS ARCHIVMAPPE, ETWAS VON BOYLE?
VERSCHWUNDEN: RITA UND CARVER
WARUM MACHT MAXVILL IHNEN ANGST?
AFFÄRE: RITA UND CARVER?

In bunten Kreidestaub gehüllt, trat Archie zur Seite und betrachtete seine Auflistung.

»Was denkst du?«, fragte ich.

»Dass da auf der Tafel versteckt die Antwort steht.« Er grinste schief und strich sich behutsam über den Schnurrbart, wobei der Staub ihn zum Niesen brachte. »Aber sie springt einen nicht gerade an, oder?«

13. Kapitel

Als ich erwachte, hatte ich Kim im Kopf und versuchte sie systematisch aus meinen Gedanken zu vertreiben, indem ich die Zeitung las, frühstückte und unter die lauwarme Dusche ging. Es funktionierte nicht. Also nahm ich mir den Orangensaft und das Telefon und rief im »Chat and Chew Café« an. Jack war sofort am Apparat; ich glaubte den Speck riechen zu können und stellte mir vor, wie Jack sich das Ei aus dem Gesicht wischte.

»Sicher, sicher«, sagte er überrascht, »Himmel, ja, ich erinnere mich an Sie. Ist erst ein paar Tage her ... mein Gedächtnis ist noch nicht ganz hinüber, wissen Sie.«

»Gut, Jack. Um Ihr Gedächtnis geht es mir nämlich.«

»Wie kommt das?« Ich konnte die sprudelnde Unterhaltung im Hintergrund hören. Grande Rouge blinzelte verschlafen auf den ewig grauen See hinaus, brachte sich langsam in Fahrt für den neuen Tag. Ich dachte an die herbstlichen Gerüche und wie früh sie im Norden Einzug halten. »Was meinen Sie damit, mein Gedächtnis?«

»Ich möchte wissen, wann Rita Hook fortging.«

»Ich habe Ihnen erzählt, woran ich mich erinnern kann, Mr. Cavanaugh.«

»Nein, ich brauche das Datum ... den Tag, als sie mit Running Buck zur Hütte hinausfuhr.«

»Tja, du lieber Himmel ...«

»Sie sagten, Ihr Vater sei damals der Gesetzeshüter gewesen. Also, es muss irgendwo einen Bericht darüber geben, in den Polizeiakten oder bei der Zeitung – einen Ausschnitt des Artikels. Sie könnten ihn besorgen, Jack, und es ist wichtig.«

»Gut, ich werde es versuchen«, sagte er und nahm die Herausforderung an. »Ich tue, was ich kann. Sie haben Recht, es muss irgendwo einen Bericht darüber geben.« Er machte eine Pause, und ich hörte ihn seinen Kaffee schlürfen. »Sagen Sie, haben Sie Running Bucks Sohn gefunden? Oben in Jasper?«

»Ja. Billy Whitefoot. Das war eine echte Hilfe, Jack, deshalb habe ich gleich an Sie gedacht. Ich weiß, dass Sie es herausfinden.«

»Wie schnell müssen Sie es wissen?«

»Noch heute. Sobald Sie es haben. Ich rufe Sie in der Mittagszeit kurz an. Werden Sie im Café sein?«

»Das können Sie wohl annehmen«, sagte er. »Heute gibt es Roastbeef-Sandwich, Kartoffeln und Bratensoße. Ich werde hier sein. Sie rufen mich an. Und drücken Sie die Daumen. Ich mache mich sofort an die Arbeit.«

Mein nächster Anruf galt Mark Bernstein. Er schniefte und hustete.

»Was, was, was?«, brüllte er laut und nieste zur Betonung wie Victor Borge in seiner komischen Phonetik-Nummer.

»Zwei Sachen«, sagte ich.

»Hören Sie, Paul, ich bin beschäftigt«, sagte er müde. »Wirklich beschäftigt.« Er legte eine Hand über die Sprechmuschel und schrie jemanden an, dann sprach er wieder mit mir. »Was wollen Sie?«

»Erstens, überprüfen Sie, ob Martin Boyles Album noch da ist ...«

»Sein was?«

»Sein Fotoalbum – er hat es mir an einem Abend gezeigt. Es stand in einem Regal oder Sideboard. Wir haben an seinem Esstisch gesessen und es uns angeschaut. In diesem

Zimmer hat er es aufbewahrt. Sehen Sie nach, ob es noch da ist oder ob es gestohlen wurde ...«

»Wie das von Dierker«, sagte er mit einem pedantischen Häppchen Bewunderung. »In Ordnung. Gute Idee. Und Nummer zwei?«

»Es gab vor etwa dreißig Jahren einen Vermisstenfall in Minneapolis. Carver Maxvill, der unglaubliche, sich in Luft auflösende Rechtsanwalt. Ich brauche das genaue Datum ... oder wann er zuletzt gesehen wurde. Er war ein Mitglied des Clubs ...«

»Ja, ja, ich weiß. Ich habe es von der Vermisstenabteilung schon ausgraben lassen. Warum, zum Teufel, wollen Sie das wissen? Was treiben Sie da eigentlich?«

»Äh ... Archie möchte es wissen. Ich sagte, Sie wüssten es.«

»Sie kommen mir nicht ins Gehege, Paulie, oder?«

»Machen Sie Witze? Was weiß ich denn schon?«

»Ja, was wissen Sie schon?« Er nahm diese Lüge einen Moment lang in Augenschein, dann holte die Erkältung ihn ein. »Hören Sie, lassen Sie mir eine Stunde Zeit, ich besorge mir ein Antibiotikum, das meinen Hintern wieder anschiebt, und bis ich zurück bin, sollten sie alles auseinandergeklaubt haben. Ich rufe Sie an.« Er legte gequält auf.

Es gab einen Unterschied zwischen Bernsteins und meiner Methode. Ihm standen die Mittel zur Verfügung, um die grundlegenden Fakten zutage zu fördern, aber er war durch Verfahrensweisen eingeschränkt. Ich besaß die Freiheit, mich unter die Leute zu mischen und zu hören, ob sich einer verplappert, und nach dem Schlüssel der nächsten Tür zu suchen. Ich wusste, dass ich die fidelen Burschen noch einmal würde überprüfen müssen, und diese Aussicht war nicht sonderlich aufregend, aber ich erwärmte mich bereits dafür. Ich wollte wissen, was da geschah. Das Rätselhafte dieses Falles faszinierte mich, was typisch für meine distanzierte Art war, und Kim hatte mir darüber hinaus eine persönliche Verwicklung beschert. Wie passte sie eigentlich in die Sache hinein? Wo wurde sie davon berührt ... wenn es sie überhaupt berührte?

Der Morgenhimmel verdüsterte sich, ein weiterer unheilverkündender Tag mit Wolken und dem Geruch nach Regen bahnte sich an. Ich gab auf und rief in Kims Apartment an. Sie meldete sich mit verschlafener Stimme, und ich sagte ihr, ich hätte schlechte Neuigkeiten. Sie stöhnte. Ich stellte sie mir im Bett vor, wie sie sich die Augen rieb und ihren athletischen Körper reckte.

»Pater Boyle – ein weiteres Mitglied des Clubs – hat man gestern Abend tot aufgefunden. Erschossen. In seinem Haus.« Ich erklärte kurz die Umstände.

»Weiß man warum? Ich meine, war es etwas Offensichtliches? Ein Raubüberfall oder so was?« Sie klang wenig hoffnungsvoll.

»Nein, sie wissen nichts.«

»Weiß Ole es schon?«

»Bernstein wollte mit allen sprechen, wahrscheinlich auch, um sie zu warnen. Er wird sie alle noch einmal befragen. Ziemlich eingehend, wie ich mir vorstellen kann.«

»Mein Gott«, sagte sie seufzend. »Wann ist es passiert? Gestern Abend?«

»Nein, wahrscheinlich vor ein oder zwei Tagen. Er hat schon eine Weile tot auf der Terrasse gesessen. Niemand hat es bemerkt.«

»Ich sollte zusehen, dass ich Ole erreiche. Er wird vielleicht darüber reden wollen.« Sie zögerte. »Aber ich sehe nicht ein, warum das mit dem Club zu tun haben soll. Ich meine, es könnte eine andere Erklärung dafür geben ... vielleicht waren Boyle und Tim Dierker in irgendwas verwickelt, das dazu geführt hat. Ich weiß es nicht.«

Wir redeten eine Weile ziellos herum, dann fragte ich sie etwas Persönliches.

»Warum hast du mir nicht erzählt, dass Billy oben in Jasper lebt?«

Einen Augenblick glaubte ich, die Leitung sei unterbrochen.

»Was geht dich das an?« Sie hatte soeben wieder den Schalter umgelegt; Lebendigkeit und Wärme waren aus ihrer Stimme verschwunden.

»Ich weiß nicht. Ich dachte nur, du hättest es erwähnen können. Ich habe einen Hinweis erhalten, dass er dort wohnt, und ich bin hingefahren und habe mit ihm gesprochen ...«

»Meinetwegen?« Sie hielt ihren Zorn im Zaum, hatte sich fest im Griff. Ich wusste, dass sie die Lippen zusammenpresste.

»Nein, keineswegs.« Ich wünschte, ich hätte das Thema nicht angeschnitten. Ihre Reaktion brachte mir die Erkenntnis, wie sehr ich mir ihre Sympathie und ihre Zustimmung wünschte. Und ihre Liebe. »Aber versteh doch, sein ... Vormund, so könnte man ihn nennen – Running Buck – hat Billy oft zur Hütte mitgenommen, damit er Arbeiten erledigt. Er ist also mit diesen Leuten zusammengetroffen, und ich dachte, er müsste sich an einiges erinnern können ... was mit dem Verschwinden von Maxvill oder deiner Tante zu tun hat. Wenn du mir erzählt hättest, was du über ihn weißt und wo er ist, wäre ich nicht vom Zufall abhängig gewesen ...«

»Ich habe dir schon einmal gesagt, du sollst damit aufhören«, erwiderte sie barsch. »Ich habe dich ins Vertrauen gezogen, habe dir mehr von mir erzählt, als ... nun, es spielt keine Rolle mehr. Ich will das nicht mehr mit dir erörtern.«

»Kim, hör mir zu. Du bist mir nicht gleichgültig. Auch ich hab mich dir anvertraut – das war kein einseitiges Geschäft. Ich habe nicht in deinem Leben nachgeforscht, nicht mehr jedenfalls, auch wenn es mal so angefangen hat. Ich versuche herauszufinden, wer diese Menschen umbringt und was das mit dem Club, mit meinem Vater und den anderen zu tun hat.« Ich hörte sie atmen. Ich musste sie überzeugen, durfte sie jetzt nicht verlieren. Und so viel wusste ich schon über sie: Sie würde mich aus scheinbar nichtigem Anlass binnen eines Augenblicks verlassen, und zwar unwiderruflich. »Versuch mich zu verstehen, und was ich vorhabe. Nicht du bist es, auf den ich es abgesehen habe. Ich will dich in mein Leben einbeziehen, Kim. Und ich möchte zu deinem Leben gehören. Vertraue mir.«

»Du machst mich wütend.«

»Das ist nicht meine Absicht. Das will ich nicht.«

»Nun ... ich weiß nicht, was ich sagen soll. War Billy hilfreich?«

»Nein, eigentlich nicht. Ich glaube, er weiß etwas, das habe ich an seinem Blick gesehen, aber er verriet es mir nicht. Er fühlte sich von mir übertölpelt, weil ich nicht offengelegt habe, dass ich dich kenne. Am Ende waren wir beide wütend, blieben aber höflich. Es hat sich leider so entwickelt. Ich vermute, er wurde an irgedwas erinnert, das ihn beunruhigt.«

»Er ist schwer zu begreifen«, sagte sie. »Er ist ein Indianer, er teilt sich nicht so einfach mit. Und verbittert ist er auch. Das liegt wohl auch an mir, denke ich.«

»Er sprach mit großer Achtung von dir. Wirklich.«

»Ich dachte, du hättest nicht ...«

»Es kam zufällig zur Sprache. Und ... na ja, ich habe deine Tochter gesehen.«

»Sally.« Sie sprach den Namen deutlich und ohne die Stimme zu heben.

»Sie ist ein bezauberndes Mädchen, ein Zwilling – wir sind beide Zwilling.«

»Sie darf dort nicht bleiben«, sagte Kim. »Sie kann nicht unentwegt nur Indianer sein. Wie ihr Vater.«

»Sie ist sehr schön«, sagte ich. »Sie sieht dir ähnlich.«

»Ja.«

»Bist du meinetwegen noch verärgert?«

»Ich weiß nicht – nein, es ist kein Ärger, Paul, ich habe Angst. Ich fühle mich schrecklich von dir bedroht. Durch deine unablässige, aufdringliche Zielstrebigkeit. Du gibst mir das Gefühl, als stünde ich unter Belagerung.« Sie seufzte. »Ich fürchte, ich kann mich dir nicht begreiflich machen. Ich fühle mich zu dir hingezogen – ich wäre sonst niemals zu dir in die Hütte gekommen. Aber ich habe nicht einmal darüber nachgedacht, mir keine Sorgen gemacht, ob ich zurückgewiesen werde. Ich habe nicht überlegt, ob du eine Frau bei dir haben könntest, ich habe mich einfach in die Sache hineingestürzt und dich besucht. Also muss ich wohl eingestehen, dass ich mich zu dir hingezogen fühle ... was ich allein schon beängstigend finde. Ich frage mich, was ich tun werde, wenn unsere Beziehung sexuell wird, wenn du von mir erwartest, sexuell auf dich einzugehen. Werde ich dazu imstande sein? Mir bricht der Schweiß aus, wenn ich nur daran denke. Und da ist die Angst, ich weiß nicht, wie ich es sonst nennen soll, die Angst vor meinem früheren Leben, vor den alten Zeiten und vor deiner Art, darin herumzustochern. Das macht mir Angst und ärgert mich. Mein Leben ist allein meine Sache – und du dringst darin ein. Ich bin ratlos, mehr nicht. Falls ich dich nicht wiedersehen würde, wären meine Probleme dadurch gelöst? Ich weiß es nicht ... aber ich will dich wiedersehen. Jedesmal, wenn wir miteinander reden, wird wieder ein Stück von meinem Leben entblößt, meine Deckung aufgerissen ...«

Ich saß da und betrachtete den Nebel über dem Park, der durch die Baumkronen fiel, als käme er aus der Spraydose. Ihre Stimme zitterte zum Schluss, und als ich etwas sagen wollte, war mein Mund trocken.

»Geh heute Abend mit mir ins Guthrie. Da läuft irgendeine Premiere, ich soll die Kritik schreiben. Hast du Lust? Kannst du? Ich frage wegen Ole.«

»Ich sagte doch, Ole ist mein Freund. Er hat nichts dazu zu sagen, was ich tue oder wohin ich gehe. Ja. Ich werde mit dir ins Guthrie gehen. Ich komme zu dir ... wir können bei dir vorher etwas trinken.«

»Es macht dir nichts aus, hierher zu kommen? In dieses Haus?«

»Ach, Paul, sei nicht albern. Sieben Uhr?«

»Gut.«

»Du siehst, ich bin vom alten Schlag«, sagte sie und klang wieder fröhlich. »Ich halte es für richtig, den Dingen ins Auge zu sehen und zu tun, was man tun muss. Dinge, die einem Angst machen.«

»Also wirst du es mit mir machen?«

»Wir werden sehen. Aber ich bin kein Feigling. Also, ich komme um sieben, und du kannst die letzten Mordmeldungen enthüllen.«

Ich wollte sie noch wegen Blankenship fragen, wie er denn eigentlich in die Geschichte hineinpasste, aber indem sie über Angst gesprochen hatte, hatte sie mich ganz gut dressiert. Ich hatte Angst vor ihr, Angst davor, sie wütend zu machen und für immer zu verlieren. Ich war nicht sehr zuversichtlich im Hinblick darauf, wie viele Zusammenstöße sie sich noch gefallen lassen würde – vielleicht keinen mehr. Das erschreckte mich. Machte aus uns beiden verängstigte Menschen. Ich wollte alles Mögliche über Larry Blankenship wissen, aber falls er zwischen mir und dieser Frau stand, sollte er zum Teufel gehen.

Der Adrenalinrausch, den ich bei Kims morgendlicher Therapie bekommen hatte, trieb mich auf die Straße. Ich fühlte mich wie ein Tiger und nahm den Härtesten zuerst in Angriff. Ich schaltete WCCO ein, wo gerade Ella Fitzgerald »I'll Be Seeing You« sang, und das brachte mich um den Lake of the Isles und den Lake Calhoun. Der Porsche grub sich blindwütig wie ein Frettchen durch den Nebel, an den breiigen Lichtflecken der Ampeln vorbei und mitten durch den Verkehr auf der Lake Street bis in die unvermittelte Stille des Sees selbst, der unter dem Nebelschleier grau und kabbelig war. Ein Mann und sein Hund standen am Ende einer Mole und beobachteten einen Stock auf dem Wasser. Alles war friedlich und ruhig. Nur die scheppernden Eingeweide des Porsche versauten mir den Morgen, und ich schwor mir, Anne auf das verdammte Ding loszulassen.

Goodes Gärtner schaute von einem Haufen Dünger auf und teilte mir mit, dass es keinen Zweck habe zu klingeln, weil der General nicht zu Hause sei. Ich sah auf die Uhr.

»Er macht seinen Morgenlauf«, sagte ich. »Genau nach Zeitplan.«

»Sicher«, sagte er. Seine Augen lagen tief in dem faltigen Gesicht, das immer gleich schmutzig zu sein schien, als müsste er seinen Beruf ständig zur Schau tragen. »Ist jetzt eine halbe Stunde unterwegs.«

Ich überließ ihn seinem Dünger und rollte mit dem Porsche hinunter zum See, wo die alte Konzertmuschel stand, und bremste schlitternd vor der geschlossenen Popcornbude, die an einem Tag voller Leben ist und am nächsten nur noch abblätternde Farbe und Vorhängeschlösser. Die grünen Bänke standen wie immer vor der Bühne, und ich schlenderte zwischen ihnen hindurch und dann den Pier entlang, um dem Wasser zuzuhören, wie es gegen die Pfähle klatschte. Es war still, als wäre mit dem Ende des Sommers alles gestorben. Vom anderen Ufer klang eine Glocke herüber, und Segelboote tauchten plötzlich aus dem Nebel auf und verschwanden wieder. Die Segel waren aufgerollt, und die Masten ragten in die Luft wie Zahnstocher auf den übrig gebliebenen Kanapees am Ende einer

Party. Ich ging in den Nebel hinein bis ans Ende der Planken, und als ich mich umdrehte, war der Popcornstand verschwunden. Ich befand mich allein im Nebel, und ich war nicht sicher, ob mir das gefiel. Eine wunderbare Gelegenheit für einen Mord.

Ich ging zurück an Land und setzte mich auf eine der grünen Bänke. Ein leises Flapp, Flapp, Flapp ...

Ich hörte ihn schon, bevor er zu sehen war. Die Adidas-Laufschuhe stampften über den Gehweg. Er legte ein gutes Tempo vor, begleitet von einem rhythmischen Murmeln zwischen den Atemzügen, und als er mich sah, bewahrte ihn seine innere Disziplin davor, ein überraschtes Gesicht zu machen. Er lief auf mich zu und blieb vor mir stehen, mit eingezogenem Bauch und vorbildlich kontrollierter Atmung. Ein heftiger Tritt in die Weichteile hätte bei ihm Wunder gewirkt.

»Ziemlich rau heute«, sagte er, »und kein Konzert angekündigt. Sitzen Sie gern im Nebel? Oder haben Sie hier auf mich gewartet?« Er spendierte ein freudloses Grinsen aus seinem schwindenden Vorrat; in seinem Alter wurden sie langsam knapp, und er gab sie widerwillig und kalt.

»Ja, das habe ich, General«, sagte ich. »In der Hoffnung, unsere wunderbare Unterhaltung von neulich fortzusetzen. Ich denke, ich werde jedesmal, wenn einer aus dem Club ermordet wird, bei Ihnen hereinschauen und nachhören, ob Sie sich inzwischen besser an damals erinnern können.« Er zog eine Grimasse wegen der schwerfälligen Ironie. »Pater Boyle kam mir ziemlich harmlos vor.«

»Das war er natürlich auch. Wir haben es mit einem Psychopathen zu tun – und falls Sie annehmen, dass zwischen Tims und Martys Tod eine Verbindung besteht, dann übertreiben Sie. Wirklich, Paul.« Er stemmte die Hände in die Hüften, und auf seiner Stirn erschienen feine Schweißperlen. »Es wird sich herausstellen, dass es ein verärgerter Theologiestudent war, der zu der Ansicht gelangte, dass es keinen Gott gibt und dass Pater Boyle ein Schwindler sei – etwas in der Art. Hin und wieder passiert es eben, dass Leute ermordet werden.«

»Das ist doch Mist«, sagte ich. »Ist Bernstein heute schon bei Ihnen gewesen?«

»Er kommt nach dem Essen. Aber vergeblich, wie ich meine.«

»Boyle war nicht harmlos, General. Das können Sie mit Bernstein machen, aber nicht mit mir. Ich weiß alles über Sie und Crocker. Sie wurden hysterisch, nachdem ich mit Ihnen gesprochen habe, und gingen wutschnaubend nach Prospect Park, um ihm die Hölle heiß zu machen, damit er über Maxvill den Mund hält ...«

»Sie sind uns tatsächlich gefolgt?« Er zog seine glatten symmetrischen Brauen zusammen. »Unglaublich, einfach unglaublich. Was meinen Sie eigentlich, was Sie da tun, Paul?«

»Und nachdem Sie damit fertig waren, ihn anzuschreien, habe ich mich mit ihm unterhalten. Der arme alte Mann erzählte mir alles über euch zwei Angeber, und wie Carver Maxvill euch zu Tode geängstigt hat ... Und dann, General, boten Sie die bekannte Raffinesse aus unserem gemeinsamen Finnlandabenteuer auf und ließen mich im Minneapolis Club von Hub Anthony einseifen. Himmel, was für ein durchsichtiges Manöver! Haben Sie das als General gelernt?«

»Sie haben das alles vermutlich schon Bernstein erzählt?« Manchmal musste ich ihn doch bewundern; er unterdrückte seine Wut, weil er herausfinden wollte, wie weit ich gekommen war und was ich dachte. Aber da lugte ein misstrauisches Tier aus seinen scheinbar normal blickenden Augen.

»Und wenn? Er interessiert sich einen Dreck für jemanden, der vor dreißig Jahren verschwunden ist. Carver Maxvill liegt so tief in der Vergangenheit vergraben, dass Bernstein ihn niemals finden würde. Und was würde er tun, wenn er ihn fände – einen Kerl, der dreißig Jahre lang weg war? Was mich so neugierig macht, ist die Frage, warum ihr Burschen euch deswegen solche Sorgen macht.«

Das Glockengeläut trieb aus dem Nebel heraus. General Goode stellte einen Fuß auf die Bank, stützte einen Arm auf den Oberschenkel und beugte sich zu mir.

»Ich mag es nicht, wenn die Vergangenheit wieder ausgegraben wird«, sagte er. »Es ist nicht mehr als ein unerfreulicher Vorfall, Paul. Ein Mann verschwindet, und Sie sind nun offensichtlich davon besessen, eine Verbindung zwischen den Todesfällen und dem Club herzustellen, zwischen *uns* und den Todesfällen.« Er tat einen tiefen Atemzug. »Vielleicht haben wir übertrieben reagiert, Paul, vielleicht hätten wir es einfach dabei bewenden lassen sollen. Aber wir haben es nun mal nicht getan. Was soll ich sagen? Mein Gott, ich war in Washington, als der Mann verschwand.«

»Nun, die Sache ist schon zu weit gediehen«, sagte ich rundweg. »Sie sind nicht die Einzigen, die sich für Carver Maxvill interessieren.«

»Was soll das heißen?«

»Halten Sie sich fest. Das Material über Carver Maxvill wurde aus dem Zeitungsarchiv gestohlen. Gestohlen.« Das wenigstens beeindruckte ihn. »Und jetzt frage ich mich, wer das getan haben könnte. Ein Mörder vielleicht?«

General Goode war trotz seiner Bräune blass geworden, und das Gesicht war verhärtet wie bei den Kerlen auf den Pferden, die an öffentlichen Plätzen stehen und einen Helden abgeben. Die Schraube anzuziehen machte Spaß. Er drehte sich abrupt um und ging ans Wasser, verschränkte die Arme und schaute über den See, als wartete er auf Verstärkung. Er glaubte, dass die Menschen Raubtiere sind, dass es ihre Natur ist zu jagen und zu töten. Wenn er in meinen Kopf hätte sehen können, hätte er Angst bekommen. Er hätte geglaubt, damit tatsächlich Recht zu haben. Ich ging ihm nach und stellte mich neben ihn.

»Warum erklären Sie nicht die Sache mit Maxvill?«

»Da gibt es nichts mehr zu erklären. Wir hätten keine große Geschichte daraus machen sollen.«

»Wissen Sie, Jon, Sie schaufeln sich geradewegs in ihr eigenes Grab.«

»Sie sind ja verrückt. Soll das eine Drohung sein, Paul?« Er wollte mich nicht anschauen; er ergründete den Nebel.

»Eine Warnung, keine Drohung.«

»Sie sind verrückt.«

»Ich schicke jedenfalls keine Menschen aus, die andere Menschen töten sollen. Ich bin vielleicht verrückt, aber Sie, Jon, sind so etwas wie ein Ungeheuer. Wenn Sie mir die Wahrheit sagen würden, wie immer sie auch aussieht, könnten Sie Ihr Leben retten ... statt dessen lassen Sie sich erwischen. Das Ungeheuer vernichtet sich selbst.«

Schließlich drehte er sich halb lächelnd zu mir um und legte einen Arm auf meine Schulter. Ich schaute ihn erstaunt an.

»Wenn es ein Geheimnis gibt«, sagte er, *»falls* es eins gibt, bin ich mir ziemlich sicher, dass Sie es gar nicht begreifen würden. Nur alte Männer würden es verstehen.« Er drückte mir die Schulter. »Jetzt muss ich meinen Lauf zu Ende bringen, Paul. Noch ein letztes Wort zu dem Thema – ich fürchte den Tod nicht. Wenn man alt ist und fast erledigt, gibt es schlimmere Dinge als den Tod. Das Einzige, das übrig bleibt ist das, was man aus seinem Leben gemacht hat, der gute Ruf. Wissen Sie, man sieht, dass man sterben wird. Das Einzige, das man hinterläßt, ist das Andenken. Man will, dass es ... intakt ist.«

Er lachte in sich hinein und lief in den Nebel davon.

Unversehens war ich wieder allein.

Gegen Mittag kehrte ich in meine Wohnung zurück und rief in Grande Rouge an. Jack kam ans Telefon; im Hintergrund war das übliche Stimmengewirr zur Essenszeit im »Chat and Chew« zu vernehmen. Er war heiser, klang aufgeregt und ein wenig selbstgefällig.

»Also, ich habe die Sache überprüft«, sagte er, »habe den ganzen Morgen damit verbracht, Daddys Logbücher durchzugehen. Ich wusste, dass noch Krieg war, als es passierte. Wissen Sie, wie man eben die verschiedenen Dinge miteinander in Verbindung bringt. Jedenfalls war ich gerade bei 42 und 43, und mir tränten schon die Augen vor Anstrengung, als mir einfiel, dass es um die Ardennenschlacht herum gewesen ist, plötzlich sprang es mir ins Gedächtnis.«

»1944?«

»Genau, Dezember 44. Und dann fiel mir alles wieder ein, die Weihnachtsdekoration auf der Straße, der Besuch meiner Schwester ... sie war Armeehelferin, wissen Sie. Jedenfalls ging ich das Buch durch und tatsächlich, da war es. Der Abend des 16. Dezember 1944, das war der Abend, als Running Buck sagte, er würde sie hinaus zur Hütte bringen. Daddys Logbuch besagt, dass er mit dem Indianer gesprochen hat, und mit Ted. Das Wetter war furchtbar, Schnee am fünfzehnten und sechzehnten, dann wurde es milder und regnete wie aus Kannen am siebzehnten, achtzehnten, neunzehnten. Die Polizeifahrzeuge blieben draußen an der Hütte im Matsch stecken. Selbst das hat er eingetragen.«

»Ich stehe in Ihrer Schuld, Jack«, sagte ich. »Sie waren mir eine große Hilfe.«

»Wissen Sie, es ist mächtig komisch, sich diese Bücher anzugucken. Mein Daddy ist jetzt, na, fünfzehn Jahre tot, und er hat sie wirklich selbst geschrieben, er war damals fünfzig, und jetzt bin ich fünfzig, und er ist nicht mehr da, und ich lese heute, was er geschrieben hat. Macht einen irgendwie nachdenklich. Verstehen Sie, was ich meine?«

»Ich verstehe genau, was Sie meinen.«

»Er hat's geschrieben und weggelegt ... und dann hat es all die Jahre darauf gewartet, dass es einer hervorholt. Und als es passierte, da war ich es – sein Junge. Komisch. Meine Güte, mein Roastbeefsandwich wird kalt. Sie kommen uns wieder besuchen, junger Mann. Wir sind immer zu Hause.« Er kicherte über seine eigene Trägheit.

Ich legte auf, dann rief ich Bernstein an.

»Wie geht's Ihrem Hintern?«

»Hat inzwischen mehr Löcher, als die Natur vorgesehen hat, das kann ich Ihnen versichern.« Er verbrachte die Mittagspause an seinem Schreibtisch und sprach mit vollem Mund. Er kaute zu Ende und schlürfte seinen Kaffee.

»Also, was gibt es über Maxvill?«

»Ich habe den Bericht hier liegen ... mal sehen. Ah, richtig, Carver Maxvill, Rechtsanwalt, Oliver Avenue South ... nette Gegend ... wurde zuletzt von seiner Sekretärin gesehen, einer Miss Anita Kellerman, als er sein Büro am Nachmittag um 16.45 Uhr verließ. Das war am 16. Dezember 1944. Ende. Aus mit Mr. Maxvill ...«

»Herr im Himmel«, stieß ich hervor.

»Was ist daran so verwunderlich?«, fragte er mit einem Mal scharf.

»Ach, nichts«, log ich. »Es ist nur so lange her.«

»Ich hoffe, Sie verarschen mich nicht, Paul«, sagte er betont ernst. »Ich habe hier reichlich zu tun und keine Zeit für alberne Spielchen. Wenn Sie etwas wissen, dann tun Sie sich selbst einen Gefallen und machen mich nicht sauer.« Ich wusste nicht, was ich sagen sollte. »Was wissen Sie über Maxvill?«

»Nichts. Nur dass er ein Mitglied des Jagd- und Angelclubs war und dass er verschwand.«

»Ich *weiß* das. Bringen Sie ihn mit Dierker und Boyle in Verbindung?«

»Nur so weit.«

»Sie glauben, dass Maxvill als Erster dran glauben musste? Dierker und Boyle als Zweiter und Dritter?« Er kaute.

»Wissen Sie, ich bin Theaterkritiker, ein Förderer der schönen Künste. Ich weiß rein gar nichts.«

»Paul, Sie können mich mal.«

In den Monaten, nachdem diese Geschichte ein Ende nahm, habe ich häufig die Wendepunkte zusammengezählt, und davon gab es ziemlich viele. Es war alles so furchtbar verwickelt. Jeder kleine Aspekt schien seinen eigenen Dreh- und Angelpunkt zu besitzen, durch den er langsam seine Ausrichtung veränderte. 16. Dezember 1944. Das war sicherlich auch einer, und so wichtig wie die anderen. Ich sah das Datum wie eine Leuchtreklame vor mir, nachdem Bernstein eingehängt hatte, und es sah aus wie *TED'S* in Grande Rouge. Dann rief ich Archie an, um mich mit ihm zum Mittagessen zu verabreden.

Am Ende des Sommers bewegte sich im Norway Creek alles nur noch im Schneckentempo. Die Jugend ging wieder in die Schule, viele Golfer hatten genug vom Golf, und der Club gehörte wieder den Angestellten. Der Speisesaal war schon um halb zwei leer, als Archie eintraf, und ich beendete gerade meinen zweiten Old Fashioned. Darwin McGill schlenderte umher und hielt sich an einem Paar Tennisschläger fest. Seine Augen waren blutunterlaufen. Er nickte mir zu und ging weiter. Hilflos gab er sich die Flasche bis zum Ende. Er war braun wie ein Penny, aller Schaden war inwendig.

Wir bestellten Sandwiches mit Hühnchen, und ich erzählte Archie von meinem Plausch mit Goode, den Neuigkeiten aus Grande Rouge und von Bernstein. Er hörte ruhig zu, hob nur ab und zu die Augenbrauen.

»16. Dezember 1944«, wiederholte er nachdenklich. »Mein Gott, das ist ein Durchbruch, ein echter Durchbruch.« Er schüttelte den Kopf und lächelte leicht unter den weißen Fransen. »Das hättest du nicht gedacht, was? Die Wahrheit ist stets sonderbarer als die ganze Dichtung zusammen. Gerade aus einem Fall wie diesem erwachsen alle Möglichkeiten. Exponentiell.«

»Sieht aus, als hinge alles hübsch zusammen, Dad«, sagte ich. »So weit hat der Zufall uns gebracht.«

»Da stimme ich dir zu. Wir müssen davon ausgehen, dass ein Zusammenhang besteht.« Er nahm sein Sandwich auseinander und streute Salz und Pfeffer auf das Fleisch, kratzte die Mayonnaise vom Brot, setzte alles wieder zusammen und schnitt sich mit Messer und Gabel ein Stück ab. Archie hatte für alles eine Methode. »Die Frage ist, worin besteht der Zusammenhang?«

»Sie gingen zusammen fort?«, wagte ich zu äußern. »Ich meine, es passt zu dem, was Boyle über Maxvill und Rita andeutete ... dass er im Allgemeinen ein Verlangen nach Frauen hatte, und vielleicht nach Rita Hook im Besonderen. Es passt zu dem, was wir bereits wissen, Archie.«

Er nahm sich noch einmal das Sandwich vor. »Aber das ist schrecklich bequem, findest du nicht? Ich weiß, ich weiß, nur weil es einfach ist, muss es nicht falsch sein ... aber alles an diesem Schlamassel war bisher so ominös, dass ich kaum glauben kann, dass die Lösung so einfach sein soll.

Nur ein Beispiel, Paul: Wenn sie als Liebespaar zusammen fortgegangen sind, warum hätten sie das ganze Geld dalassen sollen? Hundertfünfzigtausend Dollar, die ihr gehörten, nach Teds Aussage. Hätten sie es aus Prinzip getan? Weil sie ihrem alten Leben den Rücken kehrten? Sehr romantisch, aber schrecklich unvernünftig. Niemand würde so was tun, ganz bestimmt nicht. Außer sie hätten eine andere Einnahmequelle gehabt, ein geheimes Lager, von dem wir nichts wissen. Dass das Geld zurückblieb, lässt doch Zweifel darüber aufkommen, dass sie einfach ihre Zelte abgebrochen haben.«

»Aber aus welchem anderen Grund sollten sie so miteinander verbunden sein? Wie sollten sie sonst an ein und demselben Tag verschwinden, wenn sie nicht gemeinsam fortgegangen sind?«

Er legte die Fingerspitzen aneinander und biss sich auf die Lippe. »Darüber müssen wir nachdenken, würde ich sagen.« Er blickte angestrengt in die Vergangenheit. »Und wie um alles in der Welt konnte Rita Hook, die keine besonders einnehmende Person war, ein Vermögen von hundertfünzigtausend Dollar anhäufen? Das scheint mir eine ebenso bedeutsame Frage zu sein. Genau wie die Geschichte mit Blankenship. *Wer* war dieser trübsinnige Kerl? Wir wissen immer noch nicht, warum er sich umgebracht hat, nicht wahr? Man vergisst ihn so furchtbar schnell, im Leben offenbar genauso wie im Tod. Aber mit ihm fing alles an. Ich würde vorschlagen, du kümmerst dich ein bisschen um Blankenship. Und mach nicht so ein Gesicht, Paul. Es ist wichtig.«

Wir nahmen den Weg am Swimmingpool entlang. Das Wasser war schon abgelassen worden, und nun lag er auf dem Trocknen wie ein gestrandeter Wal. Der Golfplatz lag im Nebel, und als wir hinüberschauten, fiel ein Ball aus dem Grauschleier und blieb auf dem Rasen liegen. Ein gedämpfter Ruf, so etwas wie »Vorsicht!«, kam vom Fairway. »Guter Schlag«, sagte Archie. »Aber ein stumpfsinniges Spiel.«

McGill stapfte mit einem großen Besen über den Tennisplatz und schob die Pfützen beiseite. Aber das Wasser lief immer wieder in dieselbe Senke.

»Wo bist du im Dezember 1944 gewesen?«, fragte ich.

»Washington«, sagte Archie.

»Wo auch General Goode war, wie er behauptet.«

»Ich weiß.«

»Also, ich habe darüber nachgedacht, warum Maxvill ihnen solche Sorgen macht. Nur mal angenommen, sie hätten – Goode, Crocker und Boyle wenigstens –, sie hätten irgendwie erfahren, wohin er verschwunden ist, und angenommen, er wäre in Schwierigkeiten gewesen, hätte zum Beispiel etwas Kriminelles getan wie Geld unterschlagen – nun, das würde erklären, warum er das andere Geld nicht mitnehmen musste. Und sagen wir, die Kameraden hätten befürchtet, seine Tat könnte ein schlechtes Licht auf sie werfen, vielleicht waren sie unwissentlich beteiligt. Dann würden sie jetzt Angst haben, oder? Und das würde auch Goodes Sorge wegen seiner verdammten Reputation erklären.«

»Sehr einfallsreich, Paul«, sagte Archie. Der Kies knirschte unter unseren Schritten. »Gar nicht schlecht.«

»Und um es noch ein wenig weiterzutreiben – was, wenn sie Maxvill dazu verholfen haben, zu verschwinden? Wenn sie es ihm eingeredet haben?« Archie nickte mir zu, ich solle fortfahren. »Wenn er also etwas Unanständiges getan hat, das keinen Erfolg hatte, ihn nicht reich gemacht hat ... also was ist, wenn sie so weit gegangen sind, ihn auszuzahlen, damit er von der Bildfläche verschwindet? Er hätte Rita genommen, versprochen, niemals zurückzukommen, und pfff – wäre er verschwunden ...«

»Es besteht noch Hoffnung für dich, mein Sohn.«

»Könntest du vielleicht herausfinden, ob Goode am 16. Dezember 1944 in Washington war? Wäre das möglich?«

»Vielleicht. Ich könnte es versuchen.«

»Dann tu das. Mann, vielleicht war er in Minneapolis, um den alten Carver zu verabschieden.«

Archie lächelte mich bloß an und klopfte mir auf den Rücken.

14. Kapitel

»Trotz Gefahr für Leib und Leben bringe ich noch einmal deine Vorgeschichte zur Sprache. Sollte ich mich jetzt lieber ducken?«

Sie lehnte sich gegen die Balkonbrüstung und zeigte mir ihr Profil, während sie nach Westen blickte, wo ein rosa Schleier über dem Walker Art Center und dem Guthrie lag. Es war typisch für die Jahreszeit; das bisschen, das von der Sommersonne noch übrig war, erschien in der blauen Dämmerung wie eine blutende Wunde und entschwand, wenn man gerade mal nicht hinsah.

»Du machst es mir sehr schwer, dich zu mögen ...«

»Falsch. Du magst mich längst. Ich mache es dir nur schwer, mich zu lieben, Süße.« Ich bleckte die Zähne wie Bogart, aber sie schaute mich nicht an. Witz war nicht ihre Stärke; sie hielt es für Ernst.

»Du weißt genau«, sagte sie bedächtig, »dass mir diese Art von Liebe fernliegt. Zur Zeit.«

»Ich habe einen Scherz gemacht.«

»Ich nicht.« Der Wind brachte Feuchtigkeit mit, und eine leichte Kühle ließ sich um uns herum nieder. »Was ist mit meiner Vorgeschichte?« Eine gewisse Resignation lag in dem Satz, keine vielversprechende Aussicht für unseren ersten Abend.

»Also, deine Tante und Carver Maxvill verschwanden am selben Tag vom Angesicht der Erde. Am 16. Dezember 1944. Interessant, findest du nicht? Und sicherlich kein Zufall.«

»Ich war vier. Was sollte mir das bedeuten?«

»Bedeuten? Ich weiß es nicht. Ich dachte, du würdest es vielleicht gern wissen ...«

»Nun, dann denk noch mal darüber nach.« Sie drehte sich endlich zu mir um und nahm ihre charakteristische Pose ein, bei der sie die Arme unter den winzigen Brüsten verschränkte. Sie trug einen schokoladenbraunen Samtanzug und einen Paisleyschal; das Haar hatte sie so straff zurückgebunden, dass man glauben wollte, sie könnte die Augen nicht mehr schließen. Ich blickte auf die Aknenarbe zwischen den Brauen. »Du bist derjenige, der von meiner Vergangenheit besessen ist. Und von den diversen Morden und Vermisstenfällen. Nicht ich.«

»Lass uns was trinken«, sagte ich. »Zur Rettung des Abends. Okay?«

»Unbedingt«, sagte sie sanft und berührte meinen Arm, als sie hinter mir ins Wohnzimmer ging. »Scotch mit Eis.« Sie betrachtete mich, während ich einschenkte und mit dem Eis hantierte. »Lass das Schmollen. Das ist meine Angewohnheit. Du möchtest mir über Pater Boyle berichten. Also los, erzähl schon. Ich werde gut zuhören.« Ich reichte ihr das Glas, und sie warf ein Lächeln in meine Richtung. Sie gab sich Mühe. Sie tat ihr Bestes, und ich ahnte schon, dass ich nicht von ihr ablassen könnte. Nur die gute alte Anne wusste es besser, als ich es jemals wissen würde.

Also erzählte ich ihr von Pater Boyle, wie der alte Mann auf der Terrasse saß und eine Gewehrkugel sein Herz in Stücke riss. Bei dieser allzu plastischen Beschreibung zuckte sie zusammen. Sie schlug die Beine übereinander und musterte ihren eleganten braunen Schuh mit den dunkelbraunen Ziernähten. An einer Stelle verlor ich den Faden und saß einfach da und schaute sie an, die Neigung des Kopfes, wie sie das Glas in den schlanken Fingern hielt, den langen Oberschenkel, den Aufschlag der weiten Hosenbeine, den Fußknöchel, die italienischen Schuhe. Schließlich blickte sie auf und bemerkte, dass ich sie betrachtet hatte. Sie sagte nichts, blieb unbewegt wie eine Statue, weder glücklich noch traurig, saß einfach nur da. Atmete. Dann hörte ich das Eis in ihrem Glas klimpern; ihre Hand zitterte. Aber keiner von uns sagte etwas. Es war inzwischen dunkel im Zimmer.

Das Telefon klingelte. Sie erschrak, und ein paar Tropfen wässriger Scotch landeten auf ihrer Hose. Ich griff nach dem Telefonhörer und sah, wie sie über den feuchten Fleck rieb.

»Paul, hier Bernstein. Sie alter Scheißkerl!«

»Ich bin beschäftigt«, sagte ich.

»Sie hören sich bekifft an ...«

»Das kommt schon mal vor. Eine Verhaftung ist aber unnötig.«

»Jetzt passen Sie mal auf. Hören Sie sich das an«, sagte er mit einer Ausgelassenheit, die für einen Mann mit seinem Überstundenpensum ungewöhnlich war. »Wir haben bei Boyle das Unterste zuoberst gekehrt, in dem ganzen verdammten Haus. Keine Fotos, keine Alben, gar nichts. Ein Mann ohne Vergangenheit. In dem Punkt hatten Sie also Recht, Schatz.« Ich sah ihn vor mir, wie er sich zurücklehnte, seine Zigarre paffte, die Krawatte lockerte. »Also, los. Was halten Sie davon?«

»Ich vermute, dass der Mörder das Zeug mitgenommen hat. Aber Sie sind hier der große Kriminale – würden Sie das nicht einen modus operandi nennen? Wer immer diese Leute umbrachte, hat ihnen erst ihre jämmerliche kleine Vergangenheit gestohlen.«

Kim beobachtete mich ausdruckslos und hörte zu.

»Passt ins Bild, schätze ich. Club-Mitglieder, gestohlene Fotos. Aber wie passt der verdammte Selbstmord dazu, dieser Blankenship?«, fragte Bernstein.

»Mark, es gibt ein paar Dinge in Ihrem Leben, die Sie

selbst erledigen müssen. Rechnen Sie dieses dazu.« Er sagte, ich sollte mich ins Knie ficken, und legte auf.

Ich leerte mein Glas und sagte: »Komische Sache. Jeder, der stirbt, wird ausgeraubt. Blankenships Habseligkeiten, Dierkers Fotoalbum, Boyles Fotos von den alten Zeiten. Das Ganze ist anscheinend mit der Vergangenheit verbunden ...«

»Ich will nichts davon hören«, sagte sie und stand auf. »Lass uns gehen, ja? Das Guthrie wartet.«

Der erste Akt von Brinsleys *Lästerschule* war passabel; langsam, ziemlich derb und pompös inszeniert, aber passabel. Kim lachte verhalten, aber immerhin mehr als ich, und bis zur Pause hatte das Gewitter sich nahezu verzogen. Wir tranken eine Coke im vorderen Foyer und standen eingekeilt zwischen einer weißen Wand und der Glasfront, die auf den Vineland Place hinausging. Gut gelaunt erörterten wir Lady Teazles Kopfputz und die ziemlich hohe Wahrscheinlichkeit, dass er in die zweite Reihe stürzen und jemanden verletzen könnte. Kim hatte Spaß, je weiter der Abend voranschritt; sie wurde immer munterer, und ich stand dicht neben ihr, besitzergreifend, kam mit unverfänglichen Stellen und Rundungen ihres Körpers in Berührung. Es lief gut an – das fühlte ich genau –, und dann schaute ich einen Augenblick von ihr weg und sah, wie uns zwei Raubvögel beobachteten. Harriet Dierker und Helga Kronstrom.

Sie waren beide in Lang. Ma Dierkers blaues Abendkleid passte zu ihrer Haarfarbe. Helga ging in Pink und sah einem Pferd so ähnlich, dass sie glatt in Santa Anita das Rennen gemacht hätte. Sie lächelte uns an, und ihre schrecklichen fleckigen Zähne besaßen etwas Albtraumhaftes.

Dann beugte sie sich zu Harriet und flüsterte ihr eifrig

ins Ohr, schien ihr etwas ausreden zu wollen. Harriet, die schon grau im Gesicht war, sah aus, als hörte sie gar nicht zu. Ihr Blick schoss zwischen Kim und mir hin und her. Sie kam näher.

»Wie ich sehe, haben Sie sie gefunden, Paul«, begann sie mit einem hohen Tremolo. »Haben Sie denn keine Angst? Sie sind wirklich tapfer ...«

»Mrs. Dierker«, sagte ich, »bitte ...«

Kim stand plötzlich abseits von mir, breitbeinig und wachsam, als wäre sie darauf gefasst, einen körperlichen Angriff abzuwehren.

Harriet zuckte mit dem Kopf und äugte durch ihre blaue Plastikbrille. Helga flatterten die Hände; sie sah aus wie eine ohnmächtige Zauberin, die vergeblich versucht, etwas Unliebsames zum Verschwinden zu bringen.

»Paul, ich habe Sie gefragt, ob Sie keine Angst haben.«

»Ich weiß nicht, was Sie meinen«, antwortete ich.

Harriet stieß ein schneidendes, verächtliches Lachen aus, sodass sich ein bärtiger Mann im kastanienbraunen Smoking auffällig nach ihr umdrehte. In meiner Brust zog sich etwas zusammen; wir saßen in der Falle, die beiden Frauen schnitten uns den Fluchtweg ab.

»Ich sagte es Ihnen doch, Paul, sie ist der Kuss des Todes ...« Ihr Lächeln war eine harte Furche, die so unverrückbar wirkte, als wäre sie schon tausend Jahre dort und ebenso weit von ihrer einstigen Bedeutung entfernt. Sie hatte Kim noch nicht einmal angesehen, die dastand und wartete und starr geradeaus schaute.

»Bitte, Mrs. Dierker ...«

»Aber ja, sie trieb den armen Larry dazu, sich eine Kugel durch den Kopf zu jagen ... und er war immerhin ihr Mann. Zumindest bis sie mit Ole anfing. War's nicht so? Sind das nicht die Tatsachen? Helga, wer wüsste es besser als du?«

Während ihrer Tirade versprühte sie einen Speichelregen, und ich bemerkte, dass sie nach Likör roch.

»Komm jetzt, Harriet, du willst das doch eigentlich gar nicht«, sagte Helga, die versuchte, ruhig zu bleiben. Sie blickte mich flehentlich an. »Sie geht heute zum ersten Mal aus, seit Tim ... sie ist überreizt, und *sie* so zu sehen ...«

»Ich mag überreizt sein«, fuhr Harriet dazwischen, und ihre Stimme wurde mit jedem Wort schriller, »aber ich bin keine Mörderin!« Ein Mädchen in einem Mickey-Maus-T-Shirt stieß ihren Freund in die Seite, zog an den Fransen seiner Lederjacke und deutete mit dem Kopf auf uns. »Und auch keine billige Schlampe! Keine Hure!«

Kim biss so heftig die Zähne zusammen, dass die Kinnmuskeln hervortraten. Sie zitterte vor Entsetzen oder vor Zorn.

»Das reicht. Entschuldigen Sie bitte«, sagte ich und wollte Harriet beiseite schieben, aber sie ließ sich nicht bewegen, statt dessen stieß sie mir mit ihrer blau geäderten Klaue vor die Brust. Der Hass und die Trauer hatten ihr Gesicht entstellt. Helga wandte den Blick ab.

»Nein, ich werde Sie nicht entschuldigen. Diese Frau ...«, sagte sie, und dabei funkelte sie Kim an, die bis an die weiße Wand zurückgewichen war und deren zartes Gesicht die Farbe verloren hatte. »Diese Frau hat meinen Mann getötet ... und jetzt lässt sie sich in der Öffentlichkeit sehen, unter anständigen Leuten, und erwartet, sich frei bewegen zu dürfen. Eine Mörderin ...«

Der Intendant schob sich durch die Menge, wo man über die Szene kicherte und sich freute, so nahe am Geschehen zu sein. »Typisch für eine Guthrie-Premiere«, meinte jemand, »lockt die ganzen Verrückten an.« Der Mann im Smoking verzog die Lippen, ein Klugscheißer.

»Harriet! Lass sie in Ruhe.« Helga kämpfte mit den Tränen.

»Ist sie jetzt Ihre Hure, Paul? So verhalten Sie sich also. Ich habe Sie beauftragt, herauszufinden, wie sie ihren

Mann umgebracht hat. Sie gaben vor, ein Freund zu sein ... und dann machen Sie sie zu Ihrer Hure. Können Sie sich das leisten?« Sie bewegte sich zur Seite und steuerte auf Kim zu, die sie unbewegt anstarrte. »Haben Sie auch den Priester getötet? Ja? Zuerst Larry, dann Tim, dann den Priester?«

»Um Gottes willen!«, rief ich, hob die Hand, um sie zum Schweigen zu bringen, und griff zugleich nach Kim, doch Kim schüttelte mich ab.

Helga wollte Harriet am Arm festhalten, aber die schlug ihr auf die Hand. Helga brach in Tränen aus. Der schwarze Eyeliner lief ihr die Wangen hinab und ähnelte den Rissen in alten Gemäuern.

»Wagen Sie es ja nicht«, schrie Harriet mich an, »wagen Sie nicht, die Hand gegen mich zu heben.« Dann verlor sie endgültig den Verstand. »Du Miststück«, kreischte sie Kim an, »du Hure, Schlampe ...« Der Speichel sprühte ihr von den Lippen, aber das kümmerte sie nicht mehr.

Der Intendant kam mit hochrotem Kopf zu uns, erschrocken und angewidert zugleich. »Was, zum Teufel, ist denn hier los?«

»Das ist besser als die Aufführung drinnen«, meinte jemand. Einige Leute wandten sich verlegen ab, dafür traten andere interessiert näher. Harriet machte eine plötzliche Bewegung und schlingerte an mir vorbei auf Kim zu, und bevor ich reagieren konnte, schlug Kim ihr mit der flachen Hand ins Gesicht. Derselbe Klatschlaut entsteht, wenn der Metzger mit dem flachen Beil arbeitet. Die blaue Brille flog an mir vorbei auf den Boden, und Harriet sank mit einem Schrei nach hinten. Ein dünner Faden Blut rann ihr über den Nasenrücken. Sie tastete nach Helga, griff ins Leere und landete mit dem Hintern auf den Füßen des Mickey-Maus-Mädchens, das zurücksprang. Harriet stieß dabei noch einmal hart mit dem Kopf gegen deren Turnschuhe, was ihr einen Schädelbruch ersparte. Mit einem Mal war es still in der Halle, nur Helga schluchzte, während sie sich über die niedergestreckte Freundin beugte.

»Holen Sie eine Trage«, herrschte der Intendant einen erstarrten Platzanweiser an.

Harriet stützte sich auf einen Ellbogen und bemühte sich, mit Helgas Hilfe aufzustehen. »Es geht mir gut, es geht mir gut«, ächzte sie.

Kim schaute mich mit leerem Blick an und murmelte: »Zu schade.«

»Was?« Ich wusste nicht, wohin ich blicken sollte.

»Ich gehe jetzt.« Kim schob sich an mir vorbei und verfehlte mit einem Fuß knapp Harriets Hand. Ich hob die Brille auf und gab sie Helga, die sie gleich wieder fallen ließ.

Ich holte Kim draußen auf den Stufen ein. Sie stand ruhig da und atmete tief durch, die Arme unter der Brust verschränkt. Durch die Glasfront sah ich in die glänzende Halle, die weiß war wie ein Operationssaal, wo sich inzwischen mehrere Platzanweiser um die zwei alten Frauen kümmerten. Wir waren vergessen, die Zuschauer zogen sich in Reihen zum zweiten Akt zurück.

»Dieser Abend war uns nicht vergönnt«, sagte ich lahm. »Geht es dir gut?«

»Selbstverständlich«, sagte sie und setzte sich in Bewegung, ging den Bürgersteig entlang auf den steilen Hang zu, der zum Parkplatz führte. »Es gibt in meinem jetzigen Leben nur noch sehr wenig, womit ich nicht zurecht käme. Aber, mein Gott, was für eine gestörte Frau. Dennoch kann ich sie verstehen. Ich weiß, was sie denkt.«

»Sie ist wohl nicht mehr ganz richtig ...«

»Nicht ganz, aber auch nicht so sehr, wie du vielleicht glaubst. Sie handelt nach dem äußeren Anschein. Sie hat sich verleiten lassen, glaubt aber im Recht zu sein. Sie ist ein bisschen plump, fürchte ich.« Sie blieb stehen und besah ihre rechte Hand. »Es brennt. Aber ich glaube, ich habe mir nichts gebrochen.«

»Harriet geht es vermutlich schon wieder gut«, sagte ich. »Tut mir leid, dass das geschehen ist.«

»Manchmal passiert mir so etwas eben. Du wirst dich daran gewöhnen ...«

»Was?«

»Nichts.« Sie schloss die Tür des Mark IV auf, und wir blieben noch einen Augenblick darin sitzen. Es roch nach dem Leder der Sitze. »Ich werde lieber nach Hause fahren und ein Bad nehmen, damit ich dieses Gefühl loswerde. Was wirst du wegen der Kritik des Stückes unternehmen?«

»Offen gestanden kümmert mich das einen Dreck, Liebes. Lass uns was zusammen trinken. Ich möchte nicht, dass du jetzt zu Hause allein bist – nach einem solchen Schock entspannt man sich besser zu zweit.«

Sie nickte und ließ den Lincoln den Hügel hinabgleiten. Wir fuhren am Theater vorbei, wo das Foyer jetzt leer war, über die Hennepin Avenue und am Loring Park entlang, der unter meinem Balkon lag. Am Bordstein bremste sie scharf, seufzte tief und strich mir mit dem Handrücken über die Stirn.

»Ich fühle mich ein wenig seltsam«, sagte sie leise. »Verwirrt.« Sie schaute nach den Lampen im Park, die ein fahles Licht verbreiteten. »Vielleicht könnten wir ein bisschen spazieren gehen.«

Der kleine See lag unbewegt da, ein spiegelnder Teich, und niemand war in der Nähe. Ich nahm ihre Hand und sagte: »Es ist eigentlich keine gute Idee, hier nachts umherzuschlendern. Da lungern allerhand Fieslinge herum.«

Sie schüttelte den Kopf. Ihre Hand blieb schlaff; sie atmete tief und gleichmäßig und fand ihr Gleichgewicht wieder. Das überraschte mich nicht. Ich dagegen war noch nicht ganz zu mir gekommen, so überdreht wie ich war. Wir wanderten über den dicken nassen Rasen zu einer Bank am Seeufer. Wir gingen langsam und leise und bemerkten den Mann auf dem Fahrrad erst, als es zu spät war. Er surrte durch die Dunkelheit heran wie ein Phantom, klang einen Augenblick wie eine Windbö und stoppte im nächsten Moment schlitternd vor unseren Füßen. Ich riss Kim zurück, und eine helle, klare Stimme wie von einem Chorknaben schnitt in die stille Nacht.

»Wieso verschwindest du nicht aus dem Park, Kumpel? Ich weiß, warum Kerle wie du nachts hierher kommen. Ich weiß es, weil ich euch immer im Gebüsch sehe. Warum treibt ihr es nicht zu Hause und haltet den Park sauber?« Er blieb auf dem Rad sitzen, auf Armeslänge entfernt. Sein Tonfall blieb unbeteiligt, als kümmerte ihn eigentlich nicht, was er sagte, wie bei einem gelangweilten Museumsführer. Kim ergriff meinen Arm und drückte sich an mich.

»Wovon, zum Teufel, reden Sie eigentlich?«, erwiderte ich, und die Verwunderung schwächte meinen Ärger ab.

»Von dir und deiner Nutte, wovon sonst? Hast du sie schon bezahlt? Zehn Kröten? Fünfundzwanzig? Hör mal, es ist mir scheißegal, was du mit ihr machst – aber bleib aus dem Park weg, ja? Ich muss ihn nämlich sauber halten und darf Scheißtypen und ihre Nutten hier nicht reinlassen ...«

»Sie sind ja irrsinnig. Sie ist meine Freundin.« Zorn stieg in mir auf. Der Junge bedrohte uns nicht, war aber offensichtlich geistesgestört. Der Bursche fuhr durch den Park und beleidigte die Leute.

»Verschaukel mich nicht, ja? Du hast sie bezahlt, sie wird tun, was du von ihr willst.« Ich hörte eine Fledermaus in den Bäumen fiepen. Das Grinsen des Jungen wurde mir zu viel. Ich ließ Kim los und machte einen Schritt auf ihn zu. Er ließ sein Fahrrad fallen und wich zurück; dann fasste er sich wieder und ballte die Fäuste. »Du willst eine große Sache draus machen? Ich hab nichts dagegen ... aber denk nachher dran, dass du angefangen hast. Ich hab keinen Finger gerührt.« Dabei schwang ein höhnisches Lachen mit, und ich fühlte mich, als wäre ich in einen Fiebertraum geraten.

Ob aus Feigheit oder Vernunft weiß ich nicht mehr, jedenfalls verging mein kleiner Zorneshöhepunkt, und ich fühlte mich wie ein Narr, als ich ihm in die Augen blickte. Er war eine wirkliche Person, wenn auch mit einem erstarrten Grinsen, einem leichten Tremolo in der Stimme und Himbeergelee statt eines Gehirns.

»Lass uns gehen«, sagte Kim fest, ohne ihn aus den Augen zu lassen. »Er könnte ein Messer haben, Paul. Komm schon.« Sie zog mich fort.

Er lachte boshaft. »Denk dran, es ist meine Aufgabe, dass ich Kerle wie dich und Schlampen wie sie nicht in den Park lasse. Der Park bleibt sauber für die anderen!«

»Sie sind irre«, rief ich, »geisteskrank, verrückt ...«

Bis wir beim Wagen ankamen, keuchte ich. Kim hatte kein Wort gesprochen. Ich drehte mich noch einmal um; der Bursche saß unter einer Lampe und starrte uns nach. Als Kim losfuhr, war er verschwunden.

»Willst du noch immer etwas trinken?«, fragte ich. Mein Herz hämmerte, und ich hatte das Gefühl, als drückte jemand von innen gegen meine Augäpfel.

»Sicher«, sagte sie. Der Wagen ging schwungvoll in die Kurve und glitt auf der Ostseite des Parks entlang, als der Verrückte mit dem Fahrrad plötzlich auf der Straße neben ihr auftauchte und in den Wagen stierte. In seinem Blick lag eine vollkommen furchtlose Unverschämtheit, als blühte er bei einem Streit erst richtig auf und wollte nun mehr davon.

Bevor ich etwas sagen konnte, schwenkte der Mark IV herum, quer über die verlassene Straße. Es geschah alles binnen eines Augenblicks, und ich war wie gelähmt. Der Kerl grinste hämisch, eine weiße Clownfratze unter der Straßenbeleuchtung, und fuhr mit dem Rad mitten auf die Straße, forderte Kim heraus. Damit war er zu weit gegangen. Sie riss das Lenkrad im letzten Moment herum; der schwere Wagen neigte sich zur Seite und schlitterte in die entgegengesetzte Richtung. Der rechte vordere Kotflügel erwischte das Fahrrad und schleuderte es in die Luft. Der Junge prallte gegen eine Parkuhr und stürzte in den Rinnstein. Kim trat die Servobremsen, und ich stemmte mich gegen das Armaturenbrett. Der Motor ging aus. Kim lehnte sich nach vorn über das Lenkrad. Sie zitterte.

Ich stieg aus und ging zu dem Mann hinüber. Er hatte sich aufgerichtet und kauerte vornübergebeugt und mit gesenktem Kopf am Bordstein.

»Geht es Ihnen gut?«, fragte ich.

Er starrte mich mit glasigem Blick von unten herauf an. Seine Lippen waren aufgeplatzt. Er verzog das Gesicht und wehrte mich ab, dabei krächzte er etwas Unverständliches. Ich ließ ihn sitzen und ging. Er schüttelte den Kopf, dann zog er sich langsam an der Parkuhr hoch. In gebeugter Haltung wandte er sich ab und strebte dem dunklen Park zu. Sein Fahrrad lag hoffnungslos verbogen in der Gosse, wie ein überfahrenes Tier.

Kim lehnte sich zurück, die Tränen liefen ihr über die Wangen. Ich setzte mich neben sie, schloss die Wagentür und hoffte, dass mein Herzschlag sich beruhigte.

»Wir hätten ihn beinahe umgebracht«, sagte ich.

»Ich. Du hast nichts damit zu tun. Oh, Gott, dieser ganze Abend war zu viel für mich.« Sie wischte sich die Tränen ab. »Er kam immer weiter auf mich zu. Ich konnte nicht rechtzeitig ausweichen.« Sie seufzte tief und ließ den Motor an. »Ich weiß nicht, was ich sagen soll, Paul. Es tut mir schrecklich leid, aber ich verbringe meine Abende für gewöhnlich nicht so. Ich möchte jetzt wirklich nach Hause.« Sie wagte ein vorsichtiges Lächeln. »Mach dir keine Sorgen.«

»Ich mache mir aber Sorgen ... deinetwegen. Alles hat sich zugespitzt. Was für ein fürchterlicher Abend.«

»Aber denkwürdig.« Die Ironie war deutlich zu hören, sie war wieder vollkommen gefasst. »Die schreckliche Ironie besteht darin, dass alle Beleidigungen meinen moralischen Wert betrafen«, sagte sie. »Jeder – wahrscheinlich jeder, der verrückt ist – scheint zu glauben, dass ich so was wie eine Hure bin, insbesondere *deine* Hure.« Sie lachte leise. »Nur du kannst beurteilen, ob das wahr ist. Nur du, Paul. Und Ole.«

»Nun, das beweist es doch, oder?«, sagte ich.

»Gute Nacht, Paul.« Sie gab mir einen schwesterlichen Kuss, dann einen zarteren, aber meine Zunge stieß gegen die Mauer ihrer Zähne.

Ich brauchte eine Weile, um einschlafen zu können. Ein mittelmäßiger Spieler namens Jack Brohammer, der zum zweiten Mal für Cleveland spielte, pitchte gegen Bert Blyleven, das As der Twins. Dann sank ich in einen sorgenvollen und unruhigen Schlaf.

15. Kapitel

Die Anrufe begannen schon früh am Morgen. Don Magruder vom Guthrie wollte wissen, ob ich ihm verdammt noch mal etwas zu der Schlacht im Foyer erklären könne. Ich schob alles auf zwei betrunkene alte Damen, die eine Freundin von mir beleidigt hätten – wahrscheinlich eine Verwechslung – und versuchen wollten, sich mit ihr zu schlagen, wofür sie eine Ohrfeige bekommen hätten. Ich sagte, dass meine Freundin sich nicht mit der Absicht trage, die kleinen alten Damen zu verklagen oder das Guthrie dafür zu belangen, dass es aggressiven Trinkern Einlass gewährte, und das brachte ihn einen Augenblick zum Nachdenken. Ich sagte ihm, er brauche sich keine Sorgen zu machen, und fragte dann, was die beiden Damen denn erzählt hätten. Aber er wusste nicht viel, nur dass eine so etwas wie einen Zusammenbruch erlitten und die Nacht im Krankenhaus unter Beobachtung verbracht hätte, aber am Morgen wieder entlassen worden sei. »Soweit ich gehört habe«, fügte er noch hinzu, »hat Ihre Freundin eine ganz ansehnliche Rechte.«

»Tja, Donny«, ich gluckste wissend, »sie lässt sich wirklich nichts gefallen. Andererseits macht sie auch niemandem einen Vorwurf. Also, schönen Tag noch.« Dann klingelte ich im Büro an und sagte, sie müssten sich einen anderen suchen, der die Kritik zu diesem Stück schreibt, weil ich krank sei. Man glaubte mir nicht und sagte das auch, und ich legte auf. Schlechte Manieren am Telefon.

Ich stand unter der Dusche und versuchte Kims gewalttätiges Verhalten vom vergangenen Abend zu begreifen, das mir halb Respekt und halb Schrecken einflößte, als Archie anrief. Ich stand triefend nass im Flur und schaute nach draußen, wo es ein bisschen nach Sommer aussah. Der Wind säuselte und schüttelte meine Geranien.

»Es war einfacher als ich dachte«, sagte Archie. »In Washington gibt es alle möglichen Akten, und einer meiner alten Kriegskameraden kommandierte irgendeinen armen Teufel dazu ab, Goodes Weihnachten von 1944 zu überprüfen.« Er machte eine Pause und trank einen Schluck von seinem Morgenkaffee. »Was glaubst du, wo er gewesen ist?«

»Archie«, sagte ich drohend.

»Er war in Minneapolis. Reiste am 10. Dezember von Washington ab und hinterließ eine Telefonnummer, wo man ihn erreichen könnte, und er kehrte erst am Abend des 26. Dezember zurück. Steht alles schwarz auf weiß da. Schön, findest du nicht auch?«

»Allerdings. Also, warum hat er gelogen?«

»Ja, warum? Nette Geschichte, die wir da basteln.«

»Aber was bedeutet es?«

»Das spielt keine Rolle. Zunächst mal sammeln wir nur die Leckerbissen unter den Informationen. Mit der Bedeutung befassen wir uns später. Fürs Erste sei damit zufrieden, dass wir wissen, dass Jonnie gelogen hat und dass er am Schauplatz der Handlung war, als Maxvill verschwand. Und Rita. Warum fällt sie einem eigentlich immer als zweite ein? Na, egal, behalte das alles im Gedächtnis.«

»Mein Gedächtnis kriegt bald einen Kurzschluss, Dad.«

»Noch was. Hast du etwas über Blankenship herausfinden können? Woher er stammt? Wer er ... gewesen ist?«

»Nein.«

»Na, dann werde ich es mal versuchen. Ich habe da ein oder zwei Quellen. Paul?«

»Ja?«

»Das macht richtig Spaß, stimmt's?«

»Ich weiß nicht. Findest du?«

»Falls man nicht persönlich darin verwickelt wird«, sagte er. »Was für Pläne hast du heute?« Er konnte sich nicht vorstellen, dass ich etwas anderes tun könnte, als an unserem Fall zu arbeiten.

»Crocker«, antwortete ich.

Der Wind und die Hitze trafen mich im Gesicht wie ein verunglückter Ball. Bill Oliver stand auf dem Parkplatz und spähte nach dem Springbrunnen, der schon abgestellt worden war. Ein Vogel saß auf der Wasserdüse und beäugte Oliver. Keiner von beiden bemerkte mich, als ich an ihnen vorbeiging und in den Ofen kletterte, den ich als Auto benutzte.

Ein heißer Dunst hing in Kopfhöhe in der Luft, und ein Windstoß traf den Wagen, bevor ich anfuhr. Es war nicht Sommer, und es war nicht Herbst, sondern irgendetwas Schlimmeres. WCCO ließ mich wissen, dass es zehn Uhr war und das Thermometer schon bei 30 Grad stand und dass es Windböen von 45 Meilen pro Stunde gab. Crockers Büro teilte mir mit, er sei auf der Nord-Baustelle, was heißen sollte, dass er mit seinem Schutzhelm auf einem riesigen Baugrundstück einen Block von Lyndale North entfernt herumlief, wo ein neuer Gebäudekomplex mit Büros, Läden und Apartments hochgezogen werden sollte. Sobald ich in den Engpass Hennepin/Lyndale eingebogen war, verschwamm die üppig grüne Masse des Walker Park, wo unser Räuber von gestern Abend aufgetaucht war, und die grauen Türme der Basilika ragten in der flimmernden Hitze auf, als läge die Welt unter einer Watteschicht. Ich wand mich die Ausfahrt zum Highway 12 hinauf und hielt weiter auf Lyndale zu, passierte

Farmer's Market, die Munsingwear-Fabrik und die Wohnungen für die Minderbemittelten, die ausgerechnet hier, mitten in der besten aller möglichen Welten vor die Hunde zu gehen schienen. Hinter mir lag die bösartige schwarze Bedachungsfabrik, lange ein Schandfleck und die Quelle bürgerlicher Hysterie, und nun hockte sie heimtückisch trotzend da.

Das große, braun-goldene Emblem, das exakt die Farben der Universität von Minnesota kopierte, prangte zwei Stockwerke hoch über einem schäbigen, leer stehenden Häuserblock – drei große C, gold und braun umrandet; darunter stand CROCKER CONSTRUCTION COMPANY und wieder darunter THE GLORY HILL PROJECT, gefolgt von einer Auflistung der Kosten, Fundierung, eine Skizze, wie es in ein paar Jahren aussehen würde – alles funkelnagelneu. Keine Skizze davon, wie es zwanzig Jahre später abgerissen sein würde für das Nahschnellverkehrsnetz und das überdachte Fußballstadion.

Ich kreuzte die gesamte Länge der drei Blocks nach Westen; dann fuhr ich zwei Blocks weit nach rechts, dann drei Blocks in östlicher Richtung und immer im Kreis, während Dick Haymes »In the Still of the Night« von Cole Porter sang, das 1937 ganz groß gewesen war, wie Roger und Charlie im WCCO behaupteten. Der Park, der für den Bau zerstört wurde, war von einem Hügel gekrönt, auf dem große schattenspendende Bäume standen, Eichen und Ahorn und Ulmen; er bot ein Netz von Spazierwegen, einen kühlen, unbeschwerten Platz für Kinder an Sommernachmittagen und einen perfekten Abhang zum Schlittenfahren in den weißen Wintermonaten. Der Fortschritt bekam dennoch seine Chance, und das nächste Wohnviertel wurde eingeebnet, damit dort später Kaufhäuser, Autowaschanlagen, so genannte Steakhäuser, wo man so genannte Steaks bekommt, und billige Behausungen die Lebensqualität aller verbessern würden. 1937 ... Ich umkreiste das Areal und hielt unter Dutzenden von braun-goldenen Lieferwagen, Lkws, Wohnwagen, Pkws und Kleinlastern nach irgendeinem Anzeichen Ausschau, das auf die Anwesenheit der Firmendirektion hinwies. 1937, so erzählten sie mir im Radio, ehelichte der Duke of Windsor seine Mrs. Simpson, und zwar am 3. Juni, im Juli verschwand Amelia Earhart während ihres Fluges über den Pazifik, und die Hindenburg explodierte am 6. Mai – ein großartiges Jahr. Von besonderem Interesse war der Hinweis, dass siebenunddreißig Jahre später, nachdem im Sommer Richard Nixon endlich erwischt wurde, das Oberste Bundesgericht am 20. Dezember entschied, dass mitgeschnittene Telefonate nicht veröffentlicht werden dürfen. Danach sang Fred Astaire »A Foggy Day«, und mit diesem Lied ging auch meine tägliche Geschichtsstunde zu Ende. Ich stellte den Porsche in den Schatten eines geeignet erscheinenden Wohnwagens und machte mich auf die Suche nach James Crocker, dem Footballspieler, der sein Ziel erreicht hatte.

Staub wehte durch die Luft, und der Wind brachte die großen Bagger zum Ächzen, die auf dem Hügel arbeiteten. Ein Baum musste fallen, während ich dastand und spürte, wie Schweiß und Schmutz sich auf meiner Stirn vereinigten und wie mir der alte blaue Blazer am Rücken klebte und eine seltsame Farbe annahm. Crocker kam aus dem Wohnwagen und setzte sich seinen braunen Schutzhelm auf; er trug eine dunkle Fliegerbrille, khakifarbene Arbeitskleidung und Stiefel. Seine Hemdsärmel waren aufgerollt und entblößten braune Arme mit krausen grauen Haaren wie Stahlwolle. Er runzelte die Stirn, und als er mich sah, wurde es nicht besser. Aber er war allein und konnte mir nicht mehr ausweichen.

»Was tun Sie hier, zum Teufel? Eine Kritik schreiben?« Er unterschied sich ziemlich von dem Familienvater, der für seine Enkel im Garten Hähnchen grillte. Er kam mir größer und härter vor, und die tiefen Falten vermittelten den Eindruck von Grausamkeit. In seiner riesenhaften roten Pranke hielt er ein Funksprechgerät.

»Nein«, sagte ich. »Ich wollte mich nur dafür entschuldigen, dass ich neulich alle Leute verärgert habe. Hub meinte, ich hätte da irgendeinen Nerv getroffen.«

Er grunzte, legte das Gerät auf einen Tapeziertisch, der mit Gebäudeaufrissen bedeckt war, und zündete sich eine Lucky Strike an.

»Und es tut mir leid, dass Sie Ihren Zorn an Boyle ausgelassen haben. Er meinte es nicht böse, da bin ich sicher. Jetzt ist er tot. Leider zu spät, um sich bei ihm zu entschuldigen, dass Sie ihn angeschrien haben.« Ich beobachtete seine Mimik, aber bei diesem Wind und dem umherfliegenden Staub war die Reaktion schwer festzustellen. Seine Brille war mit einem feinen Staubfilm überzogen. Er sah mich unentwegt an und schnippte schließlich das Streichholz weg. Er schien zu keiner Antwort geneigt zu sein, und so fuhr ich fort, Humphrey Bogart zu sein, der Ward Bond anstachelt, den Fall voranzutreiben.

»Nun, da zwei von der alten Bande ermordet wurden, frage ich mich, ob Sie sich vielleicht an etwas mehr erinnern, was aus der guten alten Zeit in Vergessenheit geraten ist, zum Beispiel im Hinblick auf Maxvill. Wirklich« – mir gelang ein boshaftes Kichern – »es ist erstaunlich, wie der Name euch Burschen zum Zittern bringt.«

»Haben Sie die Absicht, weiter mit mir zu sprechen, Mr. Cavanaugh?«

»Ja.«

»Nun, dann müssen Sie mir folgen. Der Mann in dem Bagger oben auf dem Hügel sagt, dass da etwas Komisches passiert, und er will, dass ich mir die Sache mal ansehe. Also, gehen wir.«

Wir steifelten also zum Glory Hill hinüber, nur wir beide. Die anderen Arbeiter waren mit ihren eigenen Aufgaben beschäftigt. Sobald wir auf der Wiese ankamen, hatten wir den Staub hinter uns und gingen im Schatten der Bäume langsam den Hügel hinauf.

»Wollen auch Sie das mit Maxvill geheimhalten?«, fragte ich. »Was immer es damit auf sich hat ...«

»Ich fürchte, Sie haben sich in die Irre führen lassen. Da wir schon über Entschuldigungen sprechen ... ich bin Ihnen wegen dieser Maxvill-Sache wohl eine schuldig. Der General und ich sind da offenbar entgleist. Aber versuchen Sie mal, es mit unseren Augen zu sehen. Wir sind beide realistisch denkende Männer, die in der wirklichen Welt arbeiten, wo Dinge wie Reputation, alte Skandalgeschichten und Unregelmäßigkeiten etwas zählen – sie können plötzlich zutage treten, und die Leute fangen an zu reden, und wir hatten schon genug davon, als Carver damals 44 wegging. Zum Beispiel habe ich Carver ein bisschen juristische Arbeit für Crocker Construction erledigen lassen, in den dreißiger Jahren. Viele Leute dachten, er gehöre zum Team ... dann war er auf einmal auf und davon, und das passte zu seinem Ruf ...«

»Welchem Ruf?«

»Na ja, die halbe Welt hielt ihn für einen verdammten Homo, und die anderen wussten genau, dass er ein Schürzenjäger war, der immer hinter irgendeiner dummen Gans von Kellnerin oder Barmädchen her war, also war sein Ruf nicht so toll. Aber was soll's, hab ich gesagt, er war kein schlechter Junge – ein Mordsschütze, wirklich ein As, egal ob Pistole, Gewehr oder Schrotflinte, und das hat mich schon immer beeindruckt. Und er war auch kein schlechter Jurist. Komisch, er war eigentlich kein Naturbursche, aber als er sich erst mal wie einer vorkam, da war er der beste Fliegenfischer und der beste Jäger in der Gruppe. Wie dem auch sei, Pater Boyle waren solche Dinge wie das Firmenansehen völlig schnuppe, wahrscheinlich kam ihm nicht einmal in den Sinn, dass Leute wie Jonnie und ich ihren Namen aus solchen Sachen raushalten wollten ...«

»Was hat er getan? Geld bei Crocker Construction unterschlagen?«

Er blieb stehen und stieß mir einen dicken Finger mit abgebrochenem Nagel vor die Brust, aber er lächelte. »Sehen Sie, das ist es, was ich meine! Das Erste, woran Sie denken, ist Unterschlagung. Der gute Carver nahm das Geld und machte sich aus dem Staub. Stimmt's? Zum Teufel, nein, er hat keinesfalls Geld unterschlagen ... aber solche Gerüchte verbreiteten sich über die ganze Stadt. Und genau die sollen jetzt nicht wieder aufkeimen. Kapiert?« Er ließ sich schwer auf eine Bank sinken. »Lassen Sie uns einen Moment ausruhen. Ich hab mir einen von diesen Herzschrittmachern verpassen lassen, aber der nützt nichts, wenn wir so schnell klettern, dass dem Ding die Sicherung durchbrennt.«

»Glauben Sie, dass Carver tot ist?«, fragte ich.

»Könnte sein. Ich glaube aber nicht, dass er damals schon umgekommen ist, Himmel, nein ... er hat sich bloß davongemacht.«

»Mit Rita Hook?«

»Was?«

»Glauben Sie, dass er sich mit Rita Hook davonmachte?«

»Ach du meine Güte! Rita Hook!« Er war plötzlich bleich geworden, und wenn Medtronic den Herzschrittmacher noch nicht erfunden hätte, wäre er jetzt vielleicht tot umgefallen. Nun aber rastete er nur. »Wahrhaftig ein Name aus der Vergangenheit. Carver und Rita, welch ein Gedanke! Darauf bin ich nie gekommen ...«

»Warum nicht? Sie verschwanden am selben Tag, am 16. Dezember 1944. Mir scheint, es hätte Ihnen durchaus einfallen können.«

Crockers Miene verfinsterte sich, und er nahm den letzten Zug von seiner Lucky.

»Am selben Tag«, wiederholte er nachdenklich. »Ich glaube, das stimmt, hat sich bei mir nie richtig festgesetzt, wahrscheinlich weil schon eine Woche vergangen war, bis die Polizei von Grande Rouge uns verhörte. Es war fast Weihnachten, und wir alle fragten uns, wo zum Teufel Carver stecken konnte, und machten uns wegen Rita keine großen Sorgen. Ich meine, was bedeutete sie uns? Sie war die Köchin, Haushälterin ...«

»Aber Carvers Typ, würden Sie sagen?«

Er setzte die Sonnenbrille ab und blickte mich argwöhnisch an, dann wischte er mit einem bunten Taschentuch den Staub von den Gläsern.

»Sie hören sich an, als wollten Sie da etwas aufbauen«, sagte er.

»Nicht doch, ich bringe nur einiges miteinander in Verbindung.« Ich stand auf. »Wissen Sie, ich glaube, dass mich jeder wegen Maxvill anlügt.«

»Warum sollte ich seinetwegen lügen? Was ist an der Geschichte, weshalb man lügen müsste?« Er sah mich kopfschüttelnd an, dann hakte er die Brille hinter die Ohren und verbarg seinen Blick.

»Mit Sicherheit weiß ich es nicht. Vielleicht ist Carver noch am Leben ... vielleicht war er derjenige, der die Archivmappe bei der Zeitung stahl ...«

»Jon hat mir davon erzählt«, sagte er. »Merkwürdige Sache.«

»So merkwürdig nun auch nicht. Was wäre, wenn Carver noch lebte und die Mappe gestohlen hätte? Verstehen Sie denn nicht?«

»Nein.« Weiter oben auf dem Hügel nahm ich aus den Augenwinkeln ein Flattern wahr, wie von einer zerrissenen Markise. Es waren Vögel, die erschrocken aus den Baumkronen aufflogen. Ich hörte sie schreien.

»Nun ja, wenn Carver die Mappe gestohlen hat, dann hat er wahrscheinlich auch die Fotos von Tim und Pater Boyle geklaut ... was bedeutet, dass er die beiden ermordet hat.« Ich beobachtete den Schwarm Vögel, die sich bewegten, als hätten sie ein und denselben Willen oder als wären ihre Sinnesorgane miteinander verbunden. »Können Sie sich vorstellen, warum Carver Maxvill zurückkehren und die alten Kameraden umbringen würde? Einen nach dem anderen? Vielleicht wegen der Sache, aus der Sie alle ein solches Geheimnis machen?« Wir stapften weiter den Hügel hinauf, und der Schweiß rann mir an den Beinen herab.

»Mann, Sie sind gewaltig auf dem Holzweg«, knurrte er. »Das ist völlig verrückt – irgendetwas ist Carver passiert, und das hat er selbst herbeigeführt ...«

»Was hat er herbeigeführt?«

»Hören Sie, zum Teufel«, sagte er schnaufend, »lassen Sie es gut sein. Ich weiß nicht, was Maxvill passiert ist, und es gibt keinen Grund, das alles wieder auszugraben.« Er hatte die Farbe zurückgewonnen, war sogar leicht gerötet.

»Aber Rita war sein Typ, das haben Sie selbst gesagt.«

»Himmel, ja, vermutlich war sie mehr oder weniger sein Typ. Sie war eine sehr ungezwungene Frau. Rita war ...«

»Gut aussehend?«

»Wahrscheinlich, wenn sie richtig zurechtgemacht war. Wir sahen sie ja meistens bei der Arbeit ...«

»Wann haben Sie sie denn zurechtgemacht gesehen? Wenn sie mit Carver zusammen war?«

»Ich weiß es nicht mehr. Ich kann mich einfach nicht erinnern.«

»Und Sie machen sich keine Sorgen?«

»Wegen Carver? Unsinn.«

»Abgesehen von Carver – sind Sie nicht beunruhigt?«

»Weswegen denn?«

»Weswegen?«, wiederholte ich. »Mein Gott, zwei Männer sind ermordet worden, und ein dritter hat Selbstmord begangen. Es scheint, als wollte jemand die netten alten Burschen auslöschen, Mr. Crocker, und Sie sind ein eingeschriebenes Mitglied bei ihnen ...«

»General Goode erzählte mir bereits, dass Sie das denken«, sagte er verschlagen, »und die Antwort darauf ist ganz einfach: Es gibt keinen Zusammenhang zwischen den beiden Mordfällen.«

»Das glauben Sie tatsächlich? Zwei Morde ohne ersichtliches Motiv an zwei langjährigen Freunden, denen jeweils die Erinnerungsfotos fehlen ... und Sie glauben, da gibt es keine Verbindung? Niemand, wirklich niemand kann das annehmen ... nicht Sie, nicht Goode, nicht Bernstein, niemand.« Ich grinste ihn an, während die Vögel über uns kreischten, was er gar nicht wahrzunehmen schien. Die Straße lag ein gutes Stück unter uns, und wir waren noch dreißig Meter von der Hügelkuppe entfernt, die von seinen Baumaschinen in Stücke gerissen wurde. »Ach, sagen Sie, können Sie mir ein bisschen mehr über Blankenship erzählen – wie passt er in die Geschichte hinein? Steht sein Selbstmord mit den Morden in Zusammenhang? Oder mit Carver und Rita? Warum, zum Teufel, sagen Sie es mir nicht einfach?«

Er ging schwer atmend weiter, und ich wollte ihn aufhalten, aber er schlug mir auf die Hand, flink und hart, wie mit einer Pranke.

»Tim, Marty, Blankenship, Rita, Carver, Kim«, zählte er ärgerlich auf und schaute dabei stur geradeaus. »Ich weiß nicht, wer hier diese neuerlichen Morde begeht, aber sie haben nichts mit mir zu tun.«

»Was ist mit den älteren Morden? Was haben die mit Ihnen zu tun?«

Er fuhr herum.

»Was meinen Sie damit? Ich weiß nicht, wovon Sie reden.«

»Sie sagten etwas über neuerliche Morde. Also gibt es auch ältere, oder?«

»Neulich, kürzlich geschehen – Teufel auch, Sie wissen wohl genau, wie Sie mich auf die Palme bringen können.«

Wir waren fast oben angekommen.

»Jemand anderer ist noch viel mehr auf der Palme als Sie«, sagte ich. »Und dieser Jemand mordet ... es sei denn, Sie wären der Mörder.«

»Also gut, Cavanaugh, es interessiert mich nicht mehr, ob Ihr Vater ein alter Freund von mir ist, mit Ihnen bin ich fertig. Und ich sage Ihnen ...«, er knirschte mit den Zähnen, und an seiner breiten, eckigen Stirn pochte eine Ader, »lassen Sie die ganze Sache fallen, lassen Sie sie einfach fallen. Ich bitte nicht, ich befehle es. Es gibt Mittel, Sie zu zwingen, aber die möchte ich nicht anwenden, wenn es nicht sein muß. Gebrauchen Sie einfach Ihren gesunden Menschenverstand. Die Sache geht Sie nichts an. Überhaupt nichts.« Er blickte mich finster an.

»Also, wenn da nicht der Urmensch kräftig seine Keule schwingt ... Wenn meine Beine aufgehört haben zu zittern, werde ich zu meinem Daddy rennen und ihm alles erzählen. Also wirklich, Sie machen mich krank. Was haben Sie denn vor, ein paar Schläger mit Bulldozern in mein Apartment zu schicken, damit sie mich zusammenscharren und in eine Ecke kippen?«

»Mann, da liegen Sie gar nicht mal so falsch.«

»Was ich mir überhaupt nicht erklären kann ... warum haben Sie und Goode keine Angst davor, ermordet zu werden? Das ist doch unvernünftig ...«

Ich kam nicht mehr dazu, diesen einfachen Gedanken zu Ende zu bringen, und erfuhr auch nicht, womit er mir zweifellos als Nächstes gedroht hätte, denn einer von Crockers Baggerführern kam auf uns zu gerannt und rief Crockers Namen und dass er sich beeilen solle.

Ich ging mit ihnen, und was ich zu sehen bekam, war eine Erscheinung des Delirium tremens, die am hellichten Tage Gestalt angenommen hatte, unbeschreiblich, beängstigend, lähmend. Auf der anderen Seite der Hügelkuppe hatten die Bagger ihre Schaufeln in die Erde geschlagen und eine ganze Rattenpopulation freigelegt. Ich hatte davon schon einmal gehört, es aber nicht recht geglaubt. Das Erdreich, der schöne grüne Park, war aufgerissen wie bei einer Hinterhof-Abtreibung, und an einigen Rissen war der Boden eingesunken und hatte ein paar hässliche Krater bekommen, die wie eitrige Geschwüre aussahen. In jedem Abszess bewegte es sich, zitterte und zappelte. Ein Gestank stieg in nahezu sichtbaren Säulen aus den Öffnungen empor, und der Wind trug ihn wie eine Seuche in alle Richtungen. Bei näherem Hinsehen, mit zugehaltener Nase und geschlossenem Mund, erkannten wir in dem Gezappel die zuckenden Mäuler und huschenden Leiber fetter brauner Ratten, die sich in ihrem Lebenswandel arg gestört sahen. Anfangs waren es nicht viele, etwa vierzig oder fünfzig nur, die tapfer genug waren, der schrecklichen Helligkeit des Tages und den Windstößen standzuhalten, die beide nicht zu ihrer unterirdischen Welt gehörten.

Mit hastigen Bewegungen warf ein Baggerführer eine Schaufel voll Erde über die Öffnung, um dann unter fürchterlichem Knirschen der Gänge und Gewinde die Schaufel auf den Boden zu drücken und die Erde über die Ratten zu schieben. Aber die Schicht Erde über der Rattenkolonie war zu dünn. Langsam, aber unaufhaltsam bekam die Grasnarbe ringsum zottige Risse, bis die große gelbe Maschine einsackte und der Mann und seine Tonnen von gelb lackiertem Stahl wie auf einer mechanischen Insel nur noch von Ratten und verfaulendem Abfall umgeben waren. Die Ratten blickten kurzsichtig von ihrem Mahl auf, blinzelten ein-, zweimal und wühlten sich tiefer in ihren Hügel; ein paar Mutige flitzten quiekend über den Bagger. Der Fahrer blickte zu uns herüber, und als er sah, dass keine Anweisung kommen würde, kletterte er langsam von seinem Sitz. Er beging den Fehler, sich zu Fuß retten zu wollen. Nach drei Schritten sank er mit den Stiefeln ein und brach dann bis zu den Knien durch die nächste Schicht, und als er sich abstützen wollte, um die Beine herauszuziehen, erwischte er mit der Hand eine große schläfrige Ratte, die erschrocken auffuhr und ihre Zähne in die weiße Hand schlug, von der sie sich angegriffen sah. Der Mann schrie, und als er die Hand fortriss, zog er die Ratte mit in die Luft. Das Entsetzen stand ihm ins Gesicht geschrieben, als er begriff, dass das braune Ding mit dem peitschenden Schwanz sich in seine Hand verbissen hatte und daran festhielt, als gelte es das Leben. Seine Schreie kletterten eine Oktave höher, während er verzweifelt Arm und Hand und Ratte schüttelte, die alle drei inzwischen blutbesudelt waren. Kurz darauf ließ die Ratte von ihm ab, nachdem sie sich reichlich mit Blut versorgt hatte, und riß ein erstaunlich großes Stück Fleisch aus seiner Hand. Der arme Mann mühte sich, in der wogenden See aus Abfall und Ratten die Beine freizubekommen, und allmählich zog er sich aus dem Dreck. Zwei Ratten hafteten noch an seinem Bein, und Crocker trat sie weg, wobei er hektisch in das Funksprechgerät rief und versuchte, sich verständlich zu machen. »Ratten, eine wahre Heimsuchung«, schrie er und befahl seinen Leuten, die Feuerwehr und einen Arzt zu rufen.

Wenigstens waren die Ratten anfangs unschlüssig, ob sie sich hinauswagen sollten. Sie schickten ihre Späher bis an den Rand der Einbruchstelle, wo die Grasdecke noch fest war, aber bald kehrten sie zu ihren Kameraden unter den grünen Teppich zurück, der den Hügel bedeckte. Der anhaltende Gestank brachte uns zum Würgen, und am Ende verließen wir alle den Hügel, was die Vögel schon vor uns getan hatten. Crocker war für mich außer Reichweite, er beriet sich mit seinem Baustellenleiter, dem Firmensprecher und den Leuten von der Feuerwehr. Ich unterhielt mich unterdessen mit einem Sanitäter.

»Eines Tages musste das ja mal passieren«, sagte er aufgeregt. »Natürlich war bekannt, dass die Viecher hier sind, hier sein müssen – diese Plage ist schließlich so alt wie das Land selbst. Viele Ratten wurden aus Europa eingeschleppt – komisch, aber Norwegen war der größte Rattenlieferant. Sind Sie Norweger?«

»Nein.«

»Puh.« Er lachte und gab sich weiter alle Mühe, mich in Kenntnis zu setzen. Den Verwundeten hatte man inzwischen in den Wohnwagen gebracht. »Sie müssen hier nämlich vorsichtig sein, was Sie über Norweger und Schweden sagen. Na, jedenfalls bin ich in New York gewesen und habe das dortige Rattenproblem genau studiert. Es gibt da mehr Ratten als Menschen. Meine Güte, Sie würden es nicht glauben, womit die sich herumschlagen müssen – die haben Alligatoren, Krokodile, Biber und Ratten und wer weiß was noch alles in der Kanalisation, vielleicht sogar Viehzeug, das wir nicht mal kennen, Mutanten ... Der Central Park wimmelt nur so von Ratten wie diesen hier. Sie sind groß, fünfundvierzig Zentimeter lang, wiegen zwei, drei Pfund. Sie sind 1775 von Norwegen gekommen. Die Viecher mögen Tunnel, Baustellen, Kanäle, Parks, wo die Leute Essensreste liegenlassen – und genau das haben wir hier. Dieser Park ist mehr oder weniger hundert Jahre alt, und die Ratten haben hier wahrscheinlich die ganze Zeit gelebt, in diesem Hügel, haben die Abfälle als Futter hineingeschleppt und ihre Toten verbuddelt. Himmel, kein Wunder, dass es so stinkt, besonders bei dieser Hitze. Da haben wir eine ganz ansehnliche Rattenpopulation ...«

»Was geschieht jetzt damit?«

»Nun, wir werden sie auf die eine oder andere Art töten müssen, nicht wahr? Denn einige würden in die Umgebung spazieren, und das wäre ein verdammtes Risiko. Tollwütige Ratten sind sehr, sehr bösartig ... wir können sie nicht einfach entkommen lassen. Auf der Baustelle muss es weitergehen, also müssen wir die Biester zur Hölle schicken.« Er holte Luft, schob sich die Brille noch ein Stück die Stupsnase hinauf und fuhr sich mit der Hand durch das aschblonde Haar. »Ich bin mächtig froh, dass das nicht mein Problem ist. Für gewöhnlich nimmt man Warfarin, um sie auf lange Sicht auszurotten. Das ist ein gerinnungshemmendes Gift. Aber mit der Zeit werden die Ratten dagegen immun, und dann haben wir eine Superratte. Diese Tiere sind wirklich hart im Nehmen. Es gibt einige Arten, bei denen die Wissenschaftler nicht mal genau wissen, wie man sie überhaupt noch töten kann. Hübsche Vorstellung, nicht wahr?« Er lachte freudlos. »Wahrscheinlich müssen wir mit Chemikalien gegen sie vorgehen, irgendein Zeug in den Hügel pumpen und hoffen, dass es drinnen bleibt und nicht die ganze Umgebung in eine tote Wüste verwandelt.« Er blickte mich ernst an, und dann musste er plötzlich lachen. »Man könnte auch Feuer und Wasser einsetzen. Erinnern Sie sich an den Schwarzen Tod? Die Pest? Hat in früherer Zeit ganze Landstriche entvölkert. Lag an den Ratten. Na, ich sollte mich jetzt lieber zum Dienst melden. Die Sache wird noch Tage dauern, denke ich.« Er schüttelte den Kopf. »Stellen Sie sich mal vor, die Pest ... Wie soll die Handelskammer damit fertig werden, zum Teufel? Die Wohlstandsheinis den Bach runtergehen lassen, hä?« Er hielt das für äußerst komisch.

Ich blieb bis in den Nachmittag hinein. Es erinnerte an eine militärische Operation, Fernsehteams trafen ein, und Kanister wurden den Hügel hinaufgeschafft. Das Thermometer stieg auf 32 Grad, und schließlich standen Hunderte und dann Tausende Menschen still in den Straßen und warteten wie betäubt. Niemand fand die Sache spaßig, denn viele wohnten am Rand des Parks, und über Ratten spottete man nicht. Von Zeit zu Zeit kam ein Schrei aus der Menge, wenn eine Ratte den Hügel hinunter und auf die Leute zurannte. Die Arbeiter jagten sie dann wieder bergauf, aber wenn die Ratten in Scharen in die Menge gerannt wären, hätte es nachher etliche Tote gegeben, kleine braune und große weiße und schwarze. Ich blieb, bis ich die Hitze und den Gestank und die abgestumpften Gesichter der Menschen nicht mehr ertragen konnte. Das alles war zu viel für mich.

Ole Kronstrom rief an, als ich gerade ein paar Minuten unter der Dusche stand; zweimal an einem Tag, das war ein neuer Rekord für die neue amerikanische Liga der übergewichtigen, rechtshändigen Kritiker. Er fragte, ob er in einer halben Stunde auf einen Sprung vorbeikommen dürfe. Ich schrubbte zwanzig Minuten lang den Rattengestank ab, begoss mich mit Yardley und empfing ihn in meinen Bademantel gewickelt und mit einem Pimm's Cup in der Hand, mit dem ich versuchte, die kleinen braunen Dinger zu vergessen, die sich vor dem Gasangriff eingruben.

Ich verpasste Ole Kronstrom ein Glas Eistee, und wir gingen in das kalte, dunkle Wohnzimmer. Ich setzte mich auf den Schreibtisch, wie es meine Gewohnheit war, und Ole nahm Platz, wo Kim am vergangenen Abend gesessen hatte. Es kam mir viel länger her vor, aber es lag nicht mal einen Tag zurück. Ole quetschte seine Zitronenscheibe aus und nahm einen großen Schluck; seine Hand verbarg das Glas. Er trug ein Leinenjackett, eine Fliege und graue Hosen und bot das Bild eines Mannes, der nicht die Absicht hat, sich von der Hitze umbringen zu lassen. Ich fragte, was ich für ihn tun könne.

»Ich zögere ein bisschen, davon anzufangen«, sagte er leise, und es fiel ihm schwer, mir in die Augen zu schauen. »Ich möchte nicht, dass Sie denken, ich wäre anmaßend oder fürsorglich ... oder einfach neugierig. Ich verabscheue Leute, die diese Eigenschaften besitzen. Aber ich habe heute mit Kim gesprochen, und sie hatte eine Menge über Sie zu erzählen.« Er wirkte nervös, soweit man das seiner unbeirrbaren, weißhaarigen Erscheinung überhaupt nachsagen konnte.

Ich hatte gewusst, dass das kommen würde; es war unausweichlich. Ganz gleich, wie man es sehen wollte, ich drängte mich rücksichtslos an seine Freundin heran, ob er sie nun als seine Tochter betrachtete oder nicht. Es spielte eigentlich keine Rolle, wie ihre Beziehung beschaffen war; seit ich aufgekreuzt war, bedeutete sie weniger. Weniger Freundschaft, weniger Kameradschaft, weniger von allem, und er war ein zu netter Mann, um sich einfach auf mich zu stürzen oder zu drohen wie Crocker. Ich sah zu, wie er den Eistee abstellte und mit seinem Tabaksbeutel und der Pfeife herumfingerte. Falls er mich bitten wollte, mich von Kim fernzuhalten – ich könnte es nicht. Was also sollte ich dazu sagen?

»Was hatte sie denn zu erzählen?«

»Es war sehr persönlich«, sagte er und stopfte den Tabak in den schon recht mitgenommenen Pfeifenkopf. »Es läuft darauf hinaus, dass sie Ihnen sehr nahe gekommen ist, zumindest nach ihren Maßstäben. Sie dürften inzwischen wissen, dass sie bei niemandem ungezwungen und entspannt ist, insbesondere nicht bei Männern. Sie und ich sind von den Ursachen eigentlich nicht betroffen. Aber wissen Sie, sie fühlt ...« Er hielt inne, um die Pfeife anzuzünden, und zog dabei vorsichtig und langsam. »Sie fühlt sich schuldig – meinetwegen. Sie hat ein seltsames Gewissen, sie kann die Vorstellung nicht ertragen, jemanden zu verraten oder andere Leute zu benutzen ... Und sie befürchtet, dass ihre Empfindungen für Sie – und die sind keinesfalls klar und einfach – mir das Gefühl vermitteln, benutzt worden zu sein.« Er paffte blaue Wolken in die Luft.

»Was halten Sie davon?«, fragte ich. »Von der ganzen Sache?«

Er massierte die Pfeife mit seinen großen Händen und lächelte vor sich hin.

»Kim ist mir wichtig. Sie ist sogar das einzig wirklich Bedeutende in meinem Leben. Ich möchte, dass für sie alles gut läuft. Sie hatte in mancherlei Hinsicht eine sehr schwere Zeit durchzustehen, und sie gehört zu jenen Menschen – und die sind nach meiner Erfahrung äußerst rar –, die sehr aufrichtig sind, dabei aber so empfindlich und unerfahren, dass sie ihre Gefühle ständig verbergen müssen, sogar vor sich selbst.« Er schaute auf und konnte mir diesmal problemlos in die Augen schauen. »Ich sehe, Mr. Cavanaugh, dass es Sie beunruhigt, was ich über Sie und Ihre Wirkung auf Kim zu sagen habe ...«

»Ich habe mir schon Gedanken darüber gemacht«, sagte ich.

»Ich verstehe Ihr Interesse an ihr. Ich weiß nicht, ob es klug von Ihnen ist oder ob Sie bereit sind, mit solch einem Menschen zurechtzukommen ... aber ich habe Ihren Vater stets respektiert und ich habe mich über unser Gespräch neulich sehr gefreut. Das Wichtigste ist, dass Sie Interesse an Kim haben. Entscheidend ist, wenigstens zu einem gewissen Grad, dass Kim dieses Interesse erwidert ... ich würde sagen, Interesse ist die treffende Bezeichnung. Ihr Verhalten deutet auf Interesse hin, mehr nicht. Vielleicht hat sie den Eindruck, dass Sie ein mitfühlender Mensch sind, der sie gern verstehen möchte.« Er nippte am Tee und war offenbar schon etwas entspannter. »Sie hat immer noch Angst vor Ihnen. Und sie hat schreckliche Angst vor sich selbst, vor ihren Reaktionen. Sie fühlt sich zugleich zu Ihnen hingezogen ... und abgestoßen durch das, was Sie möglicherweise bedeuten könnten: eine intime Beziehung. Dazu ist sie noch nicht bereit.«

»Ich weiß«, sagte ich.

»Und Sie müssen sich klarmachen, dass sie vielleicht niemals dazu bereit sein könnte, was für Sie und mich eine normale Beziehung zwischen Mann und Frau ist. Können Sie damit zurechtkommen?«

»Ich bin nicht gerade mit Selbstvertrauen gesegnet, nein. Ich hatte nie übermäßiges Glück mit Frauen. Es stellte sich jedes Mal heraus, dass sie viel komplizierter sind als ich. Aber nun will ich in Kims Seele eindringen, will sie dadurch zu fassen bekommen. Ich liege nachts im Bett und frage mich, ob ich nur selbstgefällig bin, ob ich es will, weil es schwierig ist. Ich weiß es wirklich nicht.«

»Nun, ich bin nur gekommen, um Sie zu beruhigen, so weit es mich betrifft. Sie ist wie eine Tochter für mich, keine Gefangene. Ich habe ihr gegeben, was ich konnte, und sie hat mir die Liebe einer Tochter und ihre Gesellschaft geschenkt. Aber ich bin nicht darauf aus, sie gegen andere abzuschotten. Sie hat sich Sorgen darüber gemacht, was ich denken könnte, und Sie vielleicht auch – nun, dazu besteht keine Notwendigkeit. Aber seien Sie vorsichtig. Das ist nur ein freundliches Wort der Warnung.« Er lehnte sich zurück und seufzte erleichtert, und ich machte ihm einen neuen Eistee. Er schien nicht die Absicht zu haben, schon wieder zu gehen, und erwähnte, dass Kim ihm von den Ereignissen des vergangenen Abends erzählt habe.

»Darüber, was im Guthrie und im Park passiert ist«, sagte er.

»Es war ein schauerlicher Abend.«

»Manchmal ist sie sehr gleichmütig. Sie überlegt, ob sie es melden soll, dass sie den Jungen angefahren hat, und dann die Konsequenzen trägt. Vielleicht war es falsch, aber ich habe ihr davon abgeraten. Dann rief ich selbst bei der Polizei an, um zu hören, ob sie auf einen solchen Unfall aufmerksam gemacht wurden, aber natürlich war das nicht der Fall.«

»Sie hätte den Jungen totfahren können«, sagte ich.

»Sie sieht manchmal rot, eine vertrackte Reaktion. Sie legt plötzlich los, wenn andere Leute höchstens darüber nachdenken ...«

»Genau.«

»Das liegt an ihrem Moralverständnis«, sagte er nach einer längeren Pause. »Sie denkt fundamentalistisch, fast wie ich, sie ist nur noch festgefahrener in ihren Grundsätzen. Sie glaubt an Recht und Unrecht, an die Treue zu den Menschen, die es wert sind, und an die Bestrafung derer, die es verdienen.« Er blickte mich eindringlich an, schätzte mich ab, kalkulierte.

»Ich habe so meine Zweifel hinsichtlich Recht und Unrecht«, sagte ich. »Ob es diese moralischen Abstraktionen in Wirklichkeit überhaupt gibt.«

»Das ist keine einfache Frage, nicht?«, sagte er und klang für mich rätselhaft. »Aber sie glaubt an individuelle Verantwortung. Persönliche Verantwortlichkeit.«

»Dasselbe haben Sie über Tim Dierker gesagt«, meinte ich, und der Satz klang mir noch im Ohr.

»Tatsächlich? Nun, ich denke, ich habe beide Male Recht. Tim glaubte, dass man für seine Fehler bezahlen muss.«

»Hat er das denn getan, als er vom Dach stürzte?«

»Vielleicht«, antwortete er ruhig und sog an der Pfeife. »Wer weiß?«

Ich ließ den Gedanken beiseite und erzählte ihm, was ich auf der Baustelle gesehen hatte. Er kauerte sich aufs Sofa, während ich die Ratten schilderte, den Vorfall mit dem Baggerführer, den Gestank, die Gesichter der Schaulustigen. Ich erzählte auch, dass Crocker mir wegen Carver Maxvill gedroht hatte.

»Sind Sie sicher, dass Sie nicht wissen, warum Maxvill den anderen so fürchterlich an die Nieren geht, aber Ihnen nicht? Und auch Archie nicht? Was hat Maxvill mit denen zu tun, aber nicht mit Ihnen?«, fragte ich.

»Nun, vergessen Sie nicht, dass Ihr Vater und ich immer nur am Rand gestanden haben, was unsere Beteiligung an diesem Club angeht. Es ist sehr gut möglich, dass wir über einiges nicht Bescheid wissen. Aber nach meinem Dafürhalten, ganz gleich, wie unwahrscheinlich Ihnen das vorkommen mag, sagen Sie Ihnen die Wahrheit ... ihre Beweggründe sind vielleicht nicht unschuldig, aber sie entsprechen den Menschen, über die wir gerade reden.« Er drückte die Asche in den Pfeifenkopf und benutzte ein Streichholz für den restlichen Tabak.

»Nehmen Sie an, dass jemand die Clubmitglieder ermordet? Ich meine, systematisch? Oder vertreten sie die Zufallstheorie?«

»Oh«, meinte er, »ich kenne mich mit Theorien nicht gut aus ...«

»Sie gehören zu ihnen, stehen vielleicht auf der Liste.«

Er warf mir einen erstaunten Blick zu und strich sich über das drahtige weiße Haar. »Meine Güte, ich glaube nicht, dass ich auf irgendjemandes Liste stehe. Ich denke, dass Leute, die Gefahr laufen, umgebracht zu werden, den Grund dafür wissen müssen. Meinen Sie nicht auch? Mich will niemand umbringen, da bin ich ganz sicher.«

»Trotzdem bin ich davon überzeugt, dass es einen Plan gibt«, sagte ich, »und ich bin ebenso sicher, dass Goode und Crocker zu diesem Plan gehören. Lassen Sie mich eines erklären. Was ist, wenn Maxvill noch lebt? Vielleicht hat er einen Grund, sie umzubringen. Der Gedanke kam mir plötzlich, und ich werde ihn einfach nicht mehr los. Keine Leiche wurde gefunden, nichts deutet auf seinen Tod hin. Und warum verschwand er? Auch das hat nie jemand herausgefunden. Allein die Erwähnung seines Namens macht Goode und Crocker verrückt. Auch Boyle. Sogar Hub Anthony.« Ich kaute ein Apfelstück aus dem Bodensatz meines Pimm's Cup. »Wenn man von diesen Voraussetzungen ausgeht, könnte ich Recht haben. Falls sein Verschwinden die Folge von irgendetwas war, das die Clubbies ihm angetan haben, falls sie ihn aus der Stadt vertrieben, könnte er dann nicht auf eine Gelegenheit zur Rache gewartet haben, während sein Zorn reifte? Und jetzt, dreißig Jahre später, macht er mit seinen alten Spezis eine Schießübung?«

»Es wäre schwer, ihn zu kriegen, oder?«, fragte er arglos.

»Wenn er ein Mann ist, den es nicht gibt ... Ich habe gelesen, dass die meisten Mordfälle nie aufgeklärt werden. Ich glaube, bei dem wird's auch so sein.« Er seufzte und stand von der Couch auf. »Es macht mir schwer zu schaffen. Alles, was Minneapolis betrifft, scheint mich besonders zu beschäftigen. Manchmal denke ich, die Leute halten sich selbst zum Narren, versuchen sich weiszumachen, dass sie anders, besser, anständiger, unschuldiger sind als die Leute in anderen Städten. Ich bin alt genug, um zu wissen, dass das nicht wahr ist – nicht wenn man dieser Stadt auf den Grund geht, da ist sie wie jede andere auch. Aber wenn etwas Verdorbenes an die Oberfläche steigt, erscheint es umso schlimmer, weil eben viele sich eingeredet haben, dass hier nichts Schlechtes passieren kann. Vielleicht ist das einfach nur Heuchelei, aber ich glaube, es geht tiefer. Ich halte es für eine eingefleischte Selbsttäuschung, Selbstgefälligkeit, Selbstbeweihräucherung ... Aber dieses Thema ist bloß mein Steckenpferd, und noch keiner hat mir zugestimmt. Na, ich will Sie nicht langweilen. Ich habe immer angenommen, dass ich meinen Lebensabend in Norwegen verbringen werde. In Oslo oder in Bergen, wo ich ein ruhiges Leben führen kann und die Zeit habe, über all die Jahre nachzudenken, was das Wesentliche war und ob ich meine Zeit sinnvoll genutzt habe, etwas gelernt habe ...« Alles Weitere ließ er offen. Eine Polizeisirene heulte auf dem Freeway, und der Wind nahm sich einen kostenlosen Anteil von den verbliebenen Geranien. Er klopfte die Pfeife im Aschenbecher aus und lächelte mich an. »Haben Sie vor, die Sache weiterzuverfolgen?«

»Bis ich in einer Sackgasse ende, vermutlich.«

»Warum?«

»Ich glaube, dass ich den Grund schon gar nicht mehr weiß. Die Sache ist zum Selbstläufer geworden.«

»Lassen Sie nicht zu, dass Sie dabei zu Schaden kommen, Paul. Die Angelegenheit ist nicht nur schwierig, sie ist auch gefährlich, wie ich glaube ... aber Sie brauchen meinen Rat nicht. Ich bin jetzt aus dem Spiel, und ich sollte mich um meine eigenen Angelegenheiten kümmern.« Er stopfte die Pfeife und den Tabaksbeutel in die Jackentasche, und ich folgte ihm den Flur entlang bis zur Tür. Er drehte den Türknauf. »Verzeihen Sie mir, aber worüber ich wirklich mit Ihnen sprechen wollte, ist Kim, und ich muss Sie schonungslos fragen: Was empfinden Sie für sie?«

»Hat Kim Sie gebeten, das herauszufinden?«

»O nein, nein, sie würde niemals wollen, dass ich mit Ihnen darüber rede. Es ist nur so, dass ich nicht umhin komme. Das liegt an meinem väterlichen Instinkt. Ich bin neugierig. Ich möchte es wissen. Aber Sie sind nicht verpflichtet, es mir zu sagen, das ist mir klar.«

»Ich weiß es nicht«, antwortete ich. »Ich habe noch nie jemanden wie Kim kennen gelernt und noch auf keinen Menschen so reagiert. Manchmal macht sie mir Angst, weil ich glaube, sie könnte mich tief verletzen. Aber ich kann nicht aufhören, an sie zu denken. Es scheint, als hätte ich keine Gewalt über meine Gefühle für sie. Ich werde nicht schlau daraus, was sie mit mir anstellt.«

»Sie glaubt, dass Sie ihr recht ähnlich sind. Und verdammt, das sind Sie. Ich vermute, es wird sich einfach herausstellen, so oder so.« Wir schüttelten uns die Hände, und er ging. Ich fühlte mich wie in einem treibenden Kahn, mein Schiff war schon lange gesunken und kein Land in Sicht, und ich war der Gnade der See ausgeliefert. Je mehr ich über Kim nachdachte, desto verwirrter wurde ich. Aber ich fand es ermutigend, dass sie mit Ole über mich gesprochen hatte, dass ich ihr etwas bedeutete. Ich ging in die Küche, machte mir noch einen Pimm's Cup und setzte mich wieder auf den Schreibtisch. So viele Male hatte ich alles durchgekaut: Larry, Tim, Pater Boyle, Carver Maxvill und Rita. Harriet Dierker und Kim und Ole. Man probiert immer wieder die verschiedenen Kombinationsmöglichkeiten und hofft, dass eine am Ende zufällig doch einen Sinn ergibt. Aber immer bleibt es ein aussichtsloses Unterfangen.

Wer war Larry Blankenship gewesen, und warum hatte er beim Gespräch mit Kim auf dem Parkplatz geweint, sich am Ende gar eine Kugel in den Kopf geschossen?

Warum waren Tim und Pater Boyle ermordet worden?

Warum waren Carver Maxvill und Rita Hook an demselben Tag verschwunden? Warum verschwanden sie überhaupt? Und gingen sie zusammen fort?

Was hatte Maxvill an sich, das Goode und Crocker so in Angst versetzte?

Warum hatte Goode gelogen?

Warum stahl jemand das Archivmaterial und die Fotos?

Warum hatte ich den Eindruck, dass Billy Whitefoot mehr über die Vorgänge in der Hütte wusste, als er zugab?

Und wie passte Kim in die Geschichte? War sie wirklich nur Zuschauerin oder klang die Rolle falsch? Mir fiel der Verrückte auf dem Fahrrad ein ... dann dachte ich, zum Teufel damit. Zu kompliziert.

Es war dunkel geworden, und der Wind bewegte die Schaukel auf meinem Balkon hin und her wie ein Geisterreiter und brachte sie zum Quietschen. Ich war schon dabei, mir im Geiste aufzuzählen, was ich tatsächlich über den Fall wusste, aber dann merkte ich, wie sehr mir der Kopf wehtat und dass mir die Augen brannten. Ich schluckte drei Excedrin, schaute verdrießlich in meinen leeren Kühlschrank, schlug die Baseball-Enzyklopädie auf und lustlos wieder zu und schaltete das Spiel der Twins gerade rechtzeitig ein, um zu hören, wie ein Flyball von Danny Thompson einen Homerun brachte. Meines Wissens war Thompson der einzige Shortstop, der jemals mit Leukämie in der Oberliga spielte – keine beneidenswerte Hervorhebung, aber ich überlegte mir, was für ein

Mensch er sein musste. Ich ging auf den Balkon und musste die Augen zusammenkneifen, weil eine LKW-LADUNG Sand durch die Luft wirbelte und in den Himmel gezogen wurde.

Ich ließ das Telefon endlos klingeln, und als sie abhob, hörte ich im Hintergrund Musik und Gelächter. Sie konnte mich kaum verstehen.

»Hier ist Paul«, sagte ich. »Der Kerl, der dich gestern zum Boxkampf ausgeführt hat, und dann in den Pornoschuppen und zum Demolition Derby ...«

»Ach, dieser Paul. ... Bleib dran, ich gehe mit dem Telefon ins Schlafzimmer, habe neun Meter Kabel. So, jetzt bin ich im Flur, dränge mich durch die jauchzende Menge, an den Lasagneköchen in der Küche vorbei, um die Ecke in Richtung Bad, wo es diese melodische Wasserspülung gibt, und in das unberührte Reich, das ureigene Schlafgemach der jungfräulichen Königin. – Hallo, Paul, was macht die Kunst?«

»Spreche ich mit dem Federgewichtschampion des Guthrie-Foyers?«

»Höchstpersönlich, schmeißt gerade eine Siegerparty. Wie in ›Jagd nach Millionen‹: Canada Lee fängt einen Schlag zu viel ein und kriegt diese furchtbaren Kopfschmerzen, und John Garfield sagt zu George Macready, dass er keine Angst hat, weil jeder mal stirbt ...«

»Mein Gott«, sagte ich.

»Oh, es gibt Seiten an mir, von denen du keine Ahnung hast, Kritiker. Es ist der einzige Film, den ich kenne, aber dafür kann ich ihn fast auswendig. Fatalistisches Kintopp der Vierziger.«

»Du bist nett, aber vielleicht auch nur betrunken«, sagte ich.

»Nein, nein. Ich gebe eine Party. Das kommt dabei raus,

wenn ich auf den Knopf drücke und die falsche, verruchte, ausgelassene Gastgeberin spiele. Es tut mir wirklich leid. Ich wollte diese Seite von mir so gern geheim halten ...«

»Du wolltest alle deine Seiten geheim halten, Champ.«

»Stimmt nicht. Nicht mein gegenwärtiges Ich.« Sie nahm den Hörer beiseite und rief: »Ja, ja, ich komme gleich. Das ist ein persönlicher Anruf.« Dann sprach sie wieder mit mir. »Du hast mir noch nicht geantwortet.«

»Worauf?«

»Die Kunst – was sie macht.«

»Willst du das wirklich wissen?«

»Ich bin mir nicht sicher, oder?«

»Ich fühle mich einsam, und ich bekomme langsam Angst ...«

»Angst, allein zu sein?«

»Nein, abhängig zu werden.«

»Wovon?«

»Von dir.«

»Oho, du hattest Recht, ich wollte es nicht wissen.«

»Warum hast du mich nicht zu deiner Party eingeladen?«

»Tja, aus zwei Gründen. Du bist nicht von der Universität, kein Kollege sozusagen. Und nach allem, was ich weiß, spielst du keine Kriegsspiele. Also wärst du unter meinen Gästen hoffnungslos fehl am Platz. Wir spielen die Ardennenschlacht mitten im Wohnzimmer ...«

»Zu Led Zeppelin?«

»Nicht meine Idee. Ein Gast braucht das zur Inspiration.«

»Nun, zu deiner großen Überraschung wäre ich überhaupt nicht fehl am Platz. Kein bisschen.«

»Du magst Kriegsspiele? Du verblüffst mich.«

»Nein, nein. Aber ich bin ein Lasagne-Esser der Spitzenklasse. He, he, kleiner Scherz von mir.«

»Kannst du es denn ertragen?«

»Was?«

»Herzukommen und mich von meiner schlechtesten Seite zu sehen, und wie ich von Lasagne fünf Pfund zunehme?«

»Klar, kann ich.«

»Dann beeil dich.«

Wie sich herausstellte, war es nicht die Ardennenschlacht, sondern der deutsche Einmarsch in Russland, der im Gange war. Das Spiel hieß Panzer Blitz, und was ihm als letztes Quäntchen Wahrhaftigkeit noch gefehlt hätte, war Anne, die benzinbetriebene Messerschmitts auf die Köpfe der Spieler stürzen ließ. Da saß eine zwanglos gekleidete, vollbärtige, flachbrüstige Gästeschar und vertiefte sich in so spezifische Unternehmen wie Straßensperren, Panzer aus Sümpfen holen, Artillerie auf Bergen in Stellung bringen, Truppen mit Lkws transportieren. Led Zeppelin war inzwischen von den Beatles abgelöst worden, und das Album war gerade zu Ende; offenbar war es Zeit nachzudenken, und die Unterhaltung wurde im Flüsterton fortgesetzt. Etwa zwanzig Leute drängten sich um den Tisch, einige knabberten Lasagne und Salat, und man debattierte die Feinheiten eines Regelwerks, das verwickelter zu sein schien als der Vertrag von Brest-Litowsk. Kim kam aus der Küche, um mich zu begrüßen. Sie trug ein blau-rot gestreiftes Rugby-Shirt mit weißem Kragen. Es war schrecklich; wir wussten nicht, ob wir uns küssen, umarmen oder einander nur zunicken sollten. Sie beschloss, zu lächeln und mich bei der Hand zu nehmen, und führte mich in die Küche, die aussah und roch wie ein ziemlich gutes italienisches Restaurant.

»Ich bin froh, dass du angerufen hast«, sagte sie, schnitt ein Viereck Lasagne heraus und richtete Salat auf einem Teller an. »Ich habe gerade an dich gedacht und was für einen schrecklichen Abend ich dir beschert habe ... habe mich gefragt, ob du mich jetzt für verrückt hältst, weil ich alte Damen niederschlage und Perverse auf der Straße überfahre. Hier, koste mal den weißen Chianti, er passt wunderbar zu Lasagne. Hast du mich für verrückt gehalten?«

»Nein, ehrlich nicht. Aber ich habe gedacht, dass du auf eine ziemlich harte Probe gestellt wirst.«

»Na ja, normalerweise verhalte ich mich nicht so gewalttätig.« Sie zuckte die Achseln und beendete das Thema. Ich kaute mehr oder weniger zufrieden. Mit einem Blick auf die Uhr meinte sie: »Das Spiel kann noch ewig dauern. Möchtest du zuschauen? Ich spiele eigentlich nicht mit – ich habe Panzer Blitz schon so oft gespielt, es dürfte kaum noch eine Variation geben, die ich nicht ausprobiert habe.« Wir gingen zusammen ins Wohnzimmer und schauten zu. Sie konnte nicht anders: Nach ein paar Minuten stritt sie mit einem ihrer Gäste. Sie konnten sich nicht über die Strategie einigen, und so lehnte ich mich an die Wand und aß meinen Teller leer. Der Wein war trocken, herb und kalt. Ich beobachtete sie und hatte das Gefühl, als müsste mich unter den Gästen jeder für ihren Geliebten halten. Ich brauchte sie so dringend; und nun sah ich sie mit anderen Leuten, die sie in ihrem Alltag kannten, ohne den Zusammenhang von Mord und Gewalt. Ich sah sie dicht bei anderen stehen und lebhaft streiten und lachen, schmutziges Geschirr wegstellen und vertraulich mit einer Frau flüstern; ich sah, wie sie sich vorbeugte, um das Spiel besser verfolgen zu können, und erhaschte einen Blick auf ihren Büstenhalter unter dem schweren Stoff des Rugby-Shirts. Das alles hatte seine Wirkung auf mich, stürmte auf die Distanz ein, die wir bislang gewahrt hatten. Schließlich wandte ich mich ab, setzte die Plattennadel auf »Oobladi, Ooblada« und brachte meinen Teller in die Küche. Dort stand ein kleiner Mann mit einem spitzen Bart und Hornbrille und aß seine Lasagne mit den Fingern. Er lächelte mich an.

»Das muss man ihr wirklich lassen«, sagte er mit vollem Mund.

»Ja, prima Essen.«

»Nicht das Essen, Mann«, sagte er und wirkte leicht befremdet. »Lasagne ist einfach nur Lasagne, wenn Sie mich fragen ... aber die Art, wie sie ihre Kanonen auf dem Hügel in Stellung bringt, ich meine, sie geht richtig methodisch vor ... Sie analysiert die Lage, sieht, was funktioniert und was nicht, und vergeudet keine Zeit damit, an etwas herumzupfuschen, was sowieso nicht klappt. Sie sieht sehr schnell den Kern eines Problems. Nicht sehr weiblich, wenn Sie wissen, was ich meine. Sie entspricht nicht dem weiblichen Klischee. Sie besitzt einen Verstand, von dem wir immer glauben, dass nur Männer ihn haben. Aber inzwischen wissen wir es natürlich besser ...« Er leckte sich die Tomatensauce von den Fingern. »Weil Gloria Steinem es uns gesagt hat.« Er trank einen Schluck Chianti und streckte mir seine klebrige Hand entgegen. »Baxter, Mathematiker«, sagte er.

»Cavanaugh, Alkoholvernichter«, erwiderte ich.

»Das ist gut.« Er lachte. »Ich habe auch schon einigen vernichtet. Oh, ich habe Sie beschmiert ... wie blöd von mir, tut mir leid ...«

Sie kam später zu mir und lächelte reumütig. »Du musst dich schrecklich langweilen. Es tut mir wirklich leid, ich hätte dich nicht hierher bitten sollen. Aber ich wollte dich sehen. Wie egoistisch. Möchtest du lieber gehen?«

Ich erzählte ihr von meinem erschütternden Tag mit Crocker und den Ratten und dass es mir nicht gelungen war, mich nach diesem Anblick zu entspannen. Sie sagte, sie habe etwas darüber in den Nachrichten gehört, aber zu der Zeit in der Küche noch alle Hände voll zu tun gehabt.

»Ich dachte gerade, ich könnte heute Abend noch mal dorthin fahren und mir die Sache ansehen. Falls die Ratten ausbrechen, wird man mehr als schwere Artillerie auf den umliegenden Hügeln brauchen.«

»Würdest du mich mitnehmen? Hier wird mich niemand vermissen. Sie werden die ganze Nacht spielen, wenigstens so lange, bis der letzte Rest Essen und Wein vertilgt ist. Komm, lass uns gehen.« Sie blickte mich gespannt an.

Draußen war es frisch und kühl geworden, und der Wind wehte Papier und Sand durch die leeren Straßen, als ich durch die abwechselnd grellbunte und schäbige Nordstadt fuhr. Sie kauerte mit angezogenen Knien neben mir, und ich erzählte ihr von dem Baggerführer. Und dass Crocker mir eine deutliche Warnung verpasst hatte.

»Du bist wirklich sehr verwegen. Ich weiß nicht, was aus dir noch werden soll«, sagte sie in einem Tonfall, als wäre ihr soeben etwas sehr Beklagenswertes eingefallen.

Im Park hatte man Flutlicht aufgebaut, das auf den Hügel gerichtet war. Zwei Wagen der Feuerwehr standen glänzend auf der Wiese, Polizei patrouillierte rings um die Umzäunung, und mehrere von Crockers Arbeitern lehnten sich gegen ihre Bagger und unterhielten sich rauchend. In der Nähe von Crockers Wohnwagen war so etwas wie eine Kantine eingerichtet worden, und ein starker Kaffeeduft mischte sich mit dem Gestank vom Hügel. Die nächtliche Kälte hatte den Pesthauch gelindert. Wir blieben im Porsche sitzen und beobachteten die Szenerie. Ein Krankenwagen hielt neben Crockers Wohnwagen, und zwei weiß gekleidete Männer gingen sich einen Kaffee holen.

Wir stemmten uns aus dem Wagen und hielten auf den braun-goldenen Wohnwagen zu. Crocker stand Kaffee trinkend da und füllte den Eingang aus; er war abgespannt und schmutzig. Er schien mich nicht richtig wahrzunehmen, dann ließ er ein wütendes Knurren vernehmen, als er mich erkannte. Den Schutzhelm hatte er abgenommen, das Haar klebte ihm am Kopf; er rieb sich die Augen, und der rote Stein an seinem Ring blitzte auf.

»Hatten Sie beim ersten Mal noch nicht genug ...«

Er unterbrach sich abrupt, denn er hatte Kim hinter mir

gesehen. Der Mund blieb ihm offen stehen, aber er überspielte den Überraschungsreflex, indem er seinen Kaffee hinunterkippte. Als er wieder aufschaute, lag ein jungenhaftes Grinsen auf seinem Gesicht, das beinahe die Jahre und die Müdigkeit auslöschte. Er musste früher ein Charmeur gewesen sein, unser Football-Held.

»Kim«, polterte er. »Was tun Sie hier? Das ist kein Platz für ein Mädchen ...«

»Hallo, Mr. Crocker«, sagte sie sehr leise und ließ den Blick über den Platz schweifen, als fühlte sie sich plötzlich in die Zeit zurückversetzt, als sie noch Bestellungen im Norway Creek entgegennahm. »Paul wollte hierher fahren und sehen, ob alles unter Kontrolle ist.« Sie zuckte die Schultern. »Also bin ich mitgekommen. Ich habe nicht damit gerechnet, dass Sie hier sein würden.«

»Na, das hier ist schließlich meine Sache. Es waren meine Maschinen, die die Erde aufgerissen und die verdammten Viecher freigelassen haben. Ich sollte also besser hier sein, bis wir wissen, was passieren soll ...«

»Wie ist die Lage?«, fragte ich.

»Ein Riesenschlamassel. Die Ratten haben sich noch nicht hervorgewagt, jedenfalls nicht in großer Zahl, weil man die Lampen aufgestellt hat. Jemand meinte, man müsste sie blenden, dann würden sie unter der Erde bleiben. Ich kenne mich da nicht aus. Habe schon von solchen Sachen gehört, bin aber noch nie dabeigewesen. Jetzt bringen die Männer kanisterweise Gas hinauf ... aber es wird nicht einfach werden, das Zeug ist schwer zu kontrollieren. Sie sprechen andauernd von einer Rattenstampede. Himmel, eine Rattenstampede ... Das gäbe eine mörderische Panik.«

»Was ist mit dem Mann, der gebissen wurde?«

»Noch so ein Schlamassel. Die Ratte hat ihm fast die Hand durchgebissen. Die Arterien in Hand und Bein sind vermutlich durchgebissen. Er liegt im Krankenhaus. Ich weiß nicht, was wird, habe noch nichts von ihm gehört.«

Kim entfernte sich von uns und ging zu der Kaffeemaschine. Crocker beugte sich mit finsterem Gesicht zu mir und sprach mit zusammengebissenen Zähnen.

»Was bilden Sie sich eigentlich ein? Sehen Sie nicht, dass ich hier genug am Hals habe? Behalten Sie Ihre verdammten Fragen und Anspielungen für sich, und machen Sie, dass Sie wegkommen.« Seine Stimme überschlug sich vor Erschöpfung und Zorn. »Sie haben gehört, was ich heute Morgen gesagt habe. Sie brauchen eine Lektion. Nehmen Sie das Mädchen, und verschwinden Sie.« Er packte so heftig meinen Arm, dass es schmerzte, ein alter Mann, der mich verscheuchen wollte. »Sie haben einen höllischen Fehler gemacht: Sie haben mich zur falschen Zeit unter Druck gesetzt, und jetzt kriegen Sie Druck von mir.« Er richtete sich auf und schob sich achtkantig vor mich. »Und ziehen Sie bloß nicht das Mädchen in die ganze Scheiße rein, die Sie da umgraben. Lassen Sie die Kleine außen vor. Kim würde niemals – äh, halten Sie sie verdammt noch mal da raus.«

»Was würde sie niemals?«

»Treffen Sie sich mit ihr? Ich meine, so richtig? Mit allem, was dazugehört?«

»Sie können mich mal, Sunny Jim«, sagte ich scharf. »Hören Sie auf, mir zu drohen. Entweder Sie machen Nägel mit Köpfen, oder Sie halten Ihr dummes Maul.«

Er sah mich nur gelangweilt an, als hätte er schon ganz andere als mich übers Knie gebrochen.

»Denken Sie daran«, sagte er ruhig, »Sie haben es herausgefordert.«

Ich hatte ihn für einen Mann von rauer Herzlichkeit gehalten, der in seine Enkel vernarrt ist und der Dynastie vorsteht, die er begründet hatte. Aber jetzt war er ein ganz anderer Mensch. Immer wenn ich glaubte, mir eines anderen sicher zu sein, änderte er sich.

»Glaubst du, du hättest so mit ihm reden sollen?« Kim hakte sich bei mir unter.

»Wahrscheinlich besser nicht«, sagte ich. »Aber gelegentlich wird man es leid, dass die Leute lügen, einen in die Irre führen, manipulieren und bedrohen. Dann rastet man aus.«

Wir stiegen in den Porsche, und ich ließ den Motor an. Crocker stand noch immer in der Tür und beobachtete uns. Ich war sicher, dass er ein toter Mann war, aber er schien es nicht zu glauben. Keiner von ihnen glaubte das. Ich fuhr um den Park herum und schaute zum Hügel hinauf, der von Flutlicht und Schatten seltsam fleckig aussah. Männer schritten den Hang ab wie Wachen, aber von den kleinen braunen Zeitgenossen war nichts zu sehen. Irgendwo unter der Erde wurde ihre Welt vergiftet, Generationen starben, erstickten, erschlafften, einzig weil sie am falschen Platz gebaut hatten. Zur falschen Zeit am falschen Ort, eine alte Geschichte, eine Rattentragödie. Alles Mist.

»Aber was ist, wenn Mr. Crocker ausrastet?«

Sie hatte sich halb zu mir hin gedreht, ein Bein untergeschlagen. »Er klang wütend genug, um ... jemanden umzubringen. Dich.«

»Ich weiß nicht«, sagte ich, und wir fuhren zurück zu den Riverfront Towers, ohne noch etwas zu sagen, jedoch begleitet vom fortgesetzten schmerzlichen Geschrei des Wagens. Ich schaute sie an, als der Wagen stand, und sie blickte auf ihren Schoß. Ich lehnte mich unbeholfen hinüber, fasste ihr unters Kinn und küsste ihre trocknen Lippen.

»Ich frage mich, ob sie inzwischen mit der Ostfront fertig sind«, sagte sie dicht an meinem Mund.

»Wir könnten ja nachsehen.«

Auch sie war eine andere Person: normal, nicht sie selbst. Ich traute der Sache nicht, aber ich wollte es gern. Ich rückte näher. Im Fahrstuhl lehnte sie sich an mich, und ich versuchte, mit jeder Gnade zufrieden zu sein, die sie mir erweisen würde.

An der Küchenwand klebte eine Notiz: Die Russen hielten länger durch als gewöhnlich. Aber nicht lange genug. Großartige Party. Und gute Nacht, liebe Kim, wo immer du jetzt bist.

»Sie sind gegangen«, sagte sie seufzend und klang unnatürlich heiter. »Kaum zu glauben.«

»Tja, da wären wir nun«, sagte ich. »Allein.«

»Wir waren auch vorher schon allein.«

»Jetzt ist es ein bisschen anders ...«

»Ich glaube auch. Ich dachte, vielleicht ...«

Ich zog sie an mich, hielt sie fest und hoffte, dass sie bereit war.

»Paul«, sagte sie mit zitternder Stimme.

Ich küsste sie wieder, wollte, dass sie nachgab, sich mir überließ. Ich schob die Hand ihren Rücken hinunter bis zur Hüfte und drückte sie gegen mich, damit sie es merkte. Und sie gab sich Mühe.

Das musste ich ihr lassen, sie gab sich Mühe; sie hatte mehrere Gründe sich zu wünschen, dass es gehen würde, und einer davon mochte sogar triebhaft und spontan sein. Sie erwiderte meinen Kuss mit herzergreifender Inbrunst. Dann versteifte sie sich, als sie versuchte, weicher zu küssen, schmelzend, fließend. Sie war mit Leib und Seele dabei, und ich wusste es, und am Ende wusste sie, dass ich es wusste. Sie hielt inne und seufzte tief. Sie schlang die Arme um meinen Hals und lehnte sich gegen mich. Es war anstrengend, für ein so alltägliches Ziel zu kämpfen, das ihr selbst so fern lag. Sie klammerte sich an mich wie ein Kind, und ich kann mich nicht entsinnen, einem Menschen jemals näher gewesen zu sein. Für die meisten Leute, die ich kannte, war es leicht und völlig natürlich; ihr dagegen fiel es furchtbar schwer, und jeder Versuch erschien ihr zum Scheitern verurteilt. Gemeinsam zu scheitern kann Menschen einander näher bringen: Verletzungen der Kindheit treten zutage, man begreift die Unebenheiten des Charakters. Aber die grausamste, niederdückendste Art des Scheiterns ist das Scheitern des Körpers. Und sie konnte ihren Körper nicht dazu bringen, zu funktionieren; folglich war sie in den verdunkelten, abgeschiedenen Räumen, in denen sie wohnte, für mich nicht ohne Nutzen. Das entsprach zwar nicht der Wahrheit, aber sie fühlte sich so, und deshalb zog sie sich zurück, niedergeschlagen und wütend zugleich.

»Es tut mir leid«, sagte sie und presste die Lippen zusammen. Alles an ihr war angespannt, fest verschlossen. »Ich wollte es wirklich ... du weißt nicht, wie das ist, aber ich kann nicht, ich kann nicht loslassen. Wenn du gehst, werde ich mich selbst befriedigen – es macht mir nichts aus, dir das zu sagen, ich habe keine Geheimnisse vor dir. Wenn ich allein bin, werde ich ein heißes Bad nehmen und es wird mir gut gehen, ich werde es irgendwann geschehen lassen, aber jetzt ist es zwecklos. Manchmal denke ich, ich selbst bin der einzige Sexualpartner, dem ich trauen kann. Ich kann mich benutzen, ohne mich zu betrügen.« Sie öffnete den Kühlschrank und riss eine Dose Bier auf, schlürfte vom Rand und gab sie mir. »Gott«, flüsterte sie, »ich kann nicht glauben, dass ich dir das alles erzähle.« Das Bier war kalt. »Bist du verärgert?«

»Nein«, antwortete ich. »Ich liebe dich.«

»Ich wünschte, du würdest es nicht«, sagte sie. »Weil du mich nicht haben konntest ...«

»Ich kenne mich mit Gründen nicht aus.«

»Ich bin so aufgewühlt, hin und her gerissen – vielleicht bin ich deshalb die meiste Zeit so abwesend. Ich habe es heute Abend wirklich versucht – ich wollte es schon, seit du angerufen hast. Ich wollte unbeschwert sein, aber ich konnte es nicht. Ich stecke in so vielen Problemen, bin so unfertig. Ich wünschte, ich könnte dir begreiflich machen, wie es in mir aussieht, was ich denke und was ich tun muss.« Sie kam zu mir und nahm meine Hand.

»Aber ich kann nicht, und wenn du genug von mir hast,

mache ich dir keinen Vorwurf. Wenn du gehen und nicht mehr wiederkommen willst, verstehe ich das.«

»Ich gebe es noch nicht auf«, sagte ich. »Ich kann warten.«

»Ich hoffe, du brauchst nicht ewig zu warten, das wäre zu lange.«

Es war schon nach eins, als ich von Kim wegfuhr, und ich war mit meinen Gedanken nicht ganz bei mir. Sie hatte mein ganzes Denken besetzt, wohl weil ich zu der Ansicht gelangt war, es sei nur eine Frage der Zeit, bis sie sich bei mir sicher genug fühlen würde und das, was zwischen uns war, Wurzeln schlagen und wachsen könnte. Ich fuhr ziellos durch die Gegend, versuchte mir vorzustellen, wie es am Ende sein würde, sie in meinem Bett zu haben, und nahm keinerlei Notiz von dem Wagen hinter mir. Aber er war da, geduldig, entschlossen, und wartete darauf, dass ich die Lichter der Innenstadt hinter mir ließ. Sie müssen gedacht haben, ich wäre verrückt, weil ich durch die verlassenen, hell erleuchteten, vom Wind gepeitschten Straßen kurvte, aber sie hielten mit. Ich nahm den Weg über die Hennepin Road zur Franklin Avenue, wo ich rechts abbog und westwärts holperte zum nördlichen Ausläufer des Lake of the Isles. Im hellen Mondschein lag ein grauer Schimmer über den Tennisplätzen, und die mächtigen Bäume am Hang des Kenwood Park waren marineblau. Der See kräuselte sich und leckte mit einem leisen saugenden Laut über die Ufer; in den Bäumen brauste der Wind wie ein Zug, der aus einem Tunnel herausrast.

Ich ließ den Porsche stehen und überquerte die Straße, ging durch die Dunkelheit und stellte mich unter einen Baum, der sich übers Wasser neigte. Ich glaubte mich allein und fühlte mich wie ein Dichter, erschauerte im Wind, betrachtete die weiße Mondscheibe, die im Wasser flackerte.

Ich fühle mich nicht oft wie ein Dichter, aber damals tat ich es und ließ mich von der jugendlichen Hoffnung auf Liebe, Wärme und Zuwendung treiben, die ich vor langer Zeit verloren gegeben hatte. Es war wieder da, das Gefühl der Menschlichkeit, das allein aus dem Pulsschlag der Liebe entspringt, der heftigen Leidenschaft der ersten Liebe. Was ich fühlte, fühlte sich neu an und unvergleichlich. Ich stand sehr lange an den Baum gelehnt und war zufrieden, sogar stolz, als erhebe sich mein Leben aus der kalten Asche, würde Funken schlagen und erneut Feuer fangen. Ein Wunder.

Ich war schon fast beim Wagen angelangt, als ich etwa hundert Meter entfernt einen Kleinlaster stehen sah. Ich nahm es bloß verwundert zur Kenntnis, und im nächsten Moment traten sie aus der Dunkelheit unter einem Baum hervor. Sie kamen weder besonders schnell noch besonders langsam um meinen Wagen herum, aber gelassen, und sie nahmen mich wortlos in die Mitte. Auch ich sagte nichts. Einer zwang meine Arme auf den Rücken, der andere schlug mir bedächtig eine linke und eine rechte Faust in den Magen. Lasagne und Chianti stauten sich in meinem Hals. Der Kerl hinter mir ließ mich zu Boden gleiten. Ich hörte mich würgen und nach Luft ringen und das Mahlen ihrer Sohlen auf dem Pflaster. Ich sog verzweifelt die Luft ein und bekam Dreck und Steine in den Mund. Ich zog die Knie an den Leib, schlang die Arme um mich, versuchte mich gegen die Stiefel zu schützen, die mir sicher gleich in die Rippen, in die Nieren, in die Leiste treten würden.

Aber die Tritte blieben aus. Einer der Männer beugte sich über mich, drehte mein Gesicht nach oben.

»Kriegst du noch Luft?« Er redete mit mir, und mein umnebelter Verstand fragte sich, was da eigentlich vor sich ging.

Ich gab einen tierhaften Laut von mir, und der Mann beugte sich zu mir herunter und drehte meinen Kopf, sodass ich geradewegs zum Himmel aufsah, wo der Mond durch das Laub schimmerte. Ich blickte durch einen Tränenschleier, konnte sein Gesicht nicht erkennen, nur einen dunklen Fleck, aber er starrte mich an. Dann, wie das Beil der Guillotine, sauste seine Hand auf mich nieder und zerschmetterte mir das Nasenbein. Ich hörte es in meinem Schädel krachen, spürte einen Augenblick nichts, und dann verschlang mich ein wirbelnder durchdringender Schmerz, vor dem es kein Entrinnen gab. Ich fuhr mir mit den Händen ins Gesicht und spürte die Nässe, die mir über die Wange lief. Ich schluckte Blut, das mir in den Rachen rann, drehte den Kopf und spuckte mit einem hässlichen gurgelnden Geräusch.

»Er hat die Botschaft verstanden«, sagte der Zuschauer tonlos. Er gähnte vernehmlich und gelangweilt.

»Sie sollten besser auf Ihre Nase Acht geben«, sagte der Schläger.

Sie machten sich davon, und ich lag eine Zeit lang auf der Fahrbahn neben dem Wagen und versuchte in der Wirklichkeit Fuß zu fassen. Man hatte mich zusammengeschlagen, das war eine neue Erfahrung für mich. Mein Magen brannte, und meine Nase war gebrochen. So lag ich da, machte Inventur und atmete durch den Mund. Ich hatte die Botschaft verstanden: Crocker wollte, dass ich meine Nase nicht in seine Angelegenheiten steckte. Als der fremde Wagen an mir vorbeigefahren war, hatte ich es gesehen. Die Buchstaben an der Tür glänzten gold und braun im Mondschein: Crocker Construction Company.

16. Kapitel

Als ich am nächsten Morgen aufwachte, überlegte ich einen Moment lang, ob es ein Albtraum gewesen sein könnte. Ich lag im Bett, hing wie eine Spinne am Fadenende zwischen Wachsein und Schlaf und überdachte neugierig meinen Zustand, auch hinsichtlich des rasselnden Pfeiftons, den ich dauernd hörte. Als ich mich aufrichten wollte, wusste ich, dass es kein Albtraum gewesen war. Die feinen Nadelstiche in meinem Bauch wuchsen sich zu bohrenden Pfeilspitzen aus, und der seltsame Laut drang aus meinem Mund, der sich anfühlte wie der Innenraum des Vergasers an meinem Porsche. Als ich aufstand, fiel mir der Kopf von den Schultern und rollte unter das Bett. Auf der anderen Seite kam er wieder hervor, und ich stolperte darüber, bevor ich ihn behutsam wieder aufsetzte. Dann spähte ich in den Badezimmerspiegel und erkannte ihn nicht als mein Eigentum. Die Augen waren geschwollen und rot; ein Bluterguss breitete sich von der Nasenwurzel bis zu den Augenwinkeln aus. Und was in alten Zeiten eine brauchbare, wenn auch mittelmäßige Nase gewesen war, getraute ich mich nicht mehr zum Atmen zu benutzen.

Ich füllte einen Waschlappen mit Eiswürfeln und nässte mir das Gesicht, konnte damit eine gewisse Betäubung erzielen. Ansonsten fühlte ich mich, als hätte mich ein besonders ungeschickter Zauberkünstler entzweigesägt und verkehrt wieder zusammengesetzt. Ich fand ein Päckchen Q-Tips im Schrank und führte mir zaghaft einen in ein Nasenloch, wo ich Blut und Schleim herauswischte, und noch anderes Zeug, über das kein feiner Mann jemals sprechen würde. Dies war eindeutig kein Fall für Hausmittelchen, und so rief ich Max Condon an, meinen einzigen Freund, der Arzt war. Als ich bei ihm in der Praxis saß, richtete er, was zu richten war, stopfte meine Nasenlöcher aus, gackerte über meine nächtliche Lebensweise, leierte irgendetwas über einen gottverdammten Fisch, den er auf einem Ausflug nach Acapulco gefangen und an dem er sich nachher überfressen hätte, und klebte mir einen symbolischen Verband über die Nase.

»Sie sehen aus wie Jack Nicholson in Chinatown«, sagte seine Sprechstundenhilfe, die entnervend gut gelaunt war. Ich bedachte sie beide im Geiste mit dem ausgestreckten Mittelfinger und fuhr nach Hause. Dort rief ich Kim an, ohne eine Antwort zu erhalten, und kroch zurück in mein Bett, wo ich mein blutdurchtränktes Kopfkissen in die Arme schloss.

Es war bereits dunkel, als ich wieder aufwachte. Ich hatte einen Tag verloren. Ich kochte mir zwei Vier-Minuten-Eier und vergnügte mich dann eine halbe Stunde lang, indem ich versuchte, die renitenten Schalensplitter abzuklauben.

Das Telefon erschreckte mich halb zu Tode. Es war Archie. Er versprach mir ein paar Neuigkeiten, also mühte ich mich in den Porsche und jagte über den Highway 12. Ich hatte vier Excedrin in die Eier gekrümelt, und mein Magen fühlte sich jetzt innerlich und äußerlich seltsam an.

Wir setzten uns in Archies Arbeitszimmer, wie wir es neuerdings mit bemerkenswerter Regelmäßigkeit taten. Es war gemütlich, und ich beherrschte die Szene mit meiner Erzählung, wie ich zu der Ähnlichkeit mit Swedish Angel gekommen war, nachdem sich in einem harten Kampf Man Mountain Dean auf dessen Kopf gesetzt hatte. Archie grunzte und nagte an seiner Zigarre, als ich enthüllte, dass meine Angreifer zwei Ganoven von der Crocker Construction Company gewesen waren. Julia amüsierte sich. »Ein Mann, der zu seinem Wort steht«, sagte sie. »Kein Hinauszögern. Einfach eine ordentliche Tracht Prügel – überaus männlich! Wie im Wilden Westen.« Sie tätschelte mir den Arm und goss mir Kaffee ein. »Nicht verzweifeln.« Und zu Archie: »Bedeutet das etwa, dass Jim Crocker der Mörder ist, mein Lieber? Das hätte ich nie von ihm gedacht. Es sei denn, es handelt sich um so eine Bürgerwehrgeschichte, Unrecht aus der Welt schaffen und so. Ich kann ihn mir gut vorstellen, wie er eine Sache in die Hand nimmt, die seiner Meinung nach getan werden muss.«

»Ich weiß nicht recht«, meinte Archie versonnen. »Crocker ist tiefgründiger, als die Leute annehmen. Allerdings ist er es gewohnt, seinen Willen durchzusetzen. Ich kann mir vorstellen, dass er jemanden umbringt, aber nicht, indem er ihn von einem Hochhaus wirft ... und auch nicht, dass er Fotoalben und Archivmappen stiehlt. Teufel auch, er würde ihn einfach nur mit seiner großen Faust erschlagen und dann auf die Polizei warten. Wie geht es deiner Nase, Paul?«

»Sie tut weh. Also, was hast du für Neuigkeiten?«

Archie war rührig gewesen seit dem vorherigen Vormittag, und alles gelangte nun an seinen rechten Platz. Er hatte mit seinen Nachforschungen über Larry Blankenship bei einem alten Freund angefangen, dem Direktor der Werbeagentur, bei der Larry nach kurzer Zeit entlassen worden war. In seinen Bewerbungsunterlagen und Versicherungspapieren waren Mr. und Mrs. Clyde Blankenship in Bemidji, Minnesota, als Eltern angegeben. Archie engagierte einen Piloten, der ihn nach Bemidji flog und dort wartete, während er das Haus der Blankenships suchte. Es war ein einfacher, aber solider Bungalow aus der Zeit der Weltwirtschaftskrise, wo Mr. Blankenship, Buchhalter in einem Haushaltswarengeschäft, und Mrs. Blankenship, eine Grundschullehrerin, seit den fünfziger Jahren als praktizierende Scientologen lebten. Sie waren beide wenig gesprächig, sehr ernst, und fühlten sich vom Leben betrogen, aber sie kämen gut zurecht, vielen Dank.

Larry Blankenship war nicht ihr leibliches Kind, und sie seien sehr glücklich gewesen, als sie ihn durch eine Adoptionsvermittlung bekamen, obwohl er schon ziemlich alt gewesen sei – zwölf Jahre nämlich – und schwer einzugewöhnen. Er sei ein gewissenhafter, fleißiger und stiller Junge gewesen, ein durchschnittlicher Schüler, »besser als durchschnittlich«, wie Mrs. Blankenship ihren Clyde berichtigte, und er hatte eine nette Art gegenüber Erwachsenen, sehr respektvoll.

Der schwierige Teil des Gesprächs betraf den Umstand, dass sie nicht von seinem Tod erfahren hatten. Es gab keine Tränen. Er sei schon seit einiger Zeit weg gewesen, habe jedes Jahr nur ein paar Briefe geschrieben und eine Karte zu Weihnachten. »Und immer Grüße zu Muttertag und Vatertag«, sagte Mrs. Blankenship, Edna, mit trockenen Augen. »Sie waren unglaublich«, sagte Archie, »zugleich tot und lebendig, kein Lächeln, keine Tränen, nichts. Kann das an Bemidji liegen? Oder an Scientology?« Eingedenk seines Vorhabens, Larrys Spur so weit wie möglich zurückzuverfolgen, hatte Archie noch eine Frage gestellt. Larry war im Herbst 1945 von dem Herz-Jesu-Waisenhaus in Duluth zu den Blankenships gekommen. Archie verabschiedete sich auf der vorderen Terrasse des Bungalows mit dem sauber geschnittenen Rasen und den geraden Beeten und dem Vogelbecken aus Beton, aus dem vor einem Vierteljahrhundert eine Pflanzschale geworden war. Das sei Larrys Idee gewesen, in seinem letzten Jahr in der High School. Hellrote Geranien seien seine Lieblingsblumen gewesen. Nein, sie wüssten selbstverständlich nichts über die Familie, aus der Larry stammte. »Das ging uns nichts an, nicht wahr?«, sagte Edna. »Wenn er auch schon zwölf war, so war er doch unser Baby. Wir haben ihm sogar den Namen gegeben. Ich habe den Namen Larry immer schön gefunden, er klingt so fröhlich. Eine Zeit lang war er unser Larry. Dann ging er fort. Kinder werden erwachsen, verlassen das Nest, das ist der Lauf der Welt, nicht wahr?«

Am Nachmittag traf Archie in Duluth ein, und das Herz-Jesu-Waisenhaus erwies sich als Sackgasse. Das alte Heim war 1958 bis auf die Grundmauern abgebrannt, kurz nachdem man in ein neues Gebäude in einem Randbezirk der Stadt umgezogen war. Das Feuer richtete keinen großen Schaden mehr an, die Kinder und das Personal waren in der Woche zuvor in das neue Haus gewechselt. Aber die vielen Aufzeichnungen gingen dabei unwiderruflich verloren. Was das derzeitige Personal anginge, so sei das alles schon zu lange her. Aber als Archie sich zum Gehen wandte, hatte eine Schwester noch einen Einfall: Sie erinnerte sich, dass Schwester Mary Magaret, die in den vierziger Jahren mit den Aufnahmen betraut gewesen war, jetzt im Pflegeheim eines Klosters bei Dubuque, Iowa, wohne. Archie erfuhr den Namen des Heims, bekam aber den Rat, nicht zu viel zu erwarten, da Schwester Mary Magaret inzwischen an die neunzig sein müsse. Er konnte sich ausrechnen, wie die Chancen standen, dass sie sich an einen bestimmten Jungen vor dreißig Jahren erinnerte.

Während man mir am Lake of the Isles die Nase einschlug, schlief Archie sorglos im Julian Motor Hotel in Dubuque. Sein Pilot, inzwischen fasziniert von dem Abenteuer, schlief im nächsten Zimmer und staunte über die Exzentrizität des berühmten Kriminalschriftstellers. Am nächsten Morgen fand Archie Schwester Mary Magaret im Gemeinschaftsraum des Pflegeheims. Sie war schwerhörig, aber scharfsichtig und verfolgte eine Gameshow im Fernsehen.

Nach zwei Stunden lautstarker Unterhaltung ließ Archie sich müde lächelnd im Sessel zurücksinken und überließ die alte Dame dem Fernseher. Es war die Stunde der Seifenopern. Sie hatte sich an den Jungen erinnern können, er war noch da, in einer Nische ihres Gedächtnisses; sein Bild blitzte einen Moment auf, dann zog er sich zurück in die Vergangenheit. Aber sie erinnerte sich, hauptsächlich, weil nur wenige Kinder in so fortgeschrittenem Alter ins Herz-Jesu gekommen waren. Sie wusste noch den Namen der Familie, die ihn später aufnahm, die Blankenships, nachdem Archie ihn erwähnt hatte, aber nicht mehr den Geburtsnamen des Jungen. Er sei lethargisch gewesen, und dick, habe immerzu gegessen, neigte zur Schwermut, er sei immer voller Groll gewesen, aber leicht zu führen, einer der tat, was man ihm sagte ... ja, er sei nach Bemidji gezogen, und sie könne sich noch schwach entsinnen, dass es da etwas Trauriges oder Ungewöhnliches in der Geschichte des Jungen gegeben habe.

Aber es fiel ihr nicht mehr ein. Eine Gedächtnislücke.

Doch wir wussten nun einiges mehr über Larry. Er war einfach aufgetaucht; Maxvill und Rita waren einfach verschwunden. Er war hinzugekommen, sie waren weggefallen. Seine Geschichte hatte keinen Anfang, ihre kein Ende. Archie lächelte über diese Symmetrie, überlegte, dass sie sich ganz gut in einem Roman machen könnte. Das gefiel ihm.

»Wir wissen noch nicht genau, wo der dicke Junge, aus dem später Larry Blankenship wurde, tatsächlich hineinpasst, aber wir kommen der Sache schon näher«, sagte Archie. »Wir sind dicht dran, das spüre ich. Es läuft genau wie bei Fenton Carey. Ich bin doch einigermaßen verblüfft, das Leben imitiert die Kunst, verstehst du?«

Julia drehte sich von der Terrassentür zu uns um, eine Hand in die Hüfte gestemmt, mit der anderen glättete sie ihre Frisur. »Kim und ihr Cousin waren in einem Waisenhaus in Duluth. Stimmt's? Ja, wir haben das festgestellt. Könnten sie in demselben Heim gewesen sein?« Ihr Blick wanderte zwischen uns beiden hin und her. »Versteht ihr nicht? Seht ihr denn nicht, wie schön diese Idee ist? Es ist doch denkbar, dass Kim mit vier oder fünf Jahren diesen zwölfjährigen Waisenjungen gekannt hat. Vielleicht sind sie alle drei Freunde gewesen ... und Jahre später, als sie erwachsen waren, haben Kim und Larry sich wiedergefunden ... und ineinander verliebt.«

»Hört sich an wie eine Oper«, brummte Archie. »Sie war erst vier. Selbst wenn es dasselbe Heim gewesen ist und sie sich gekannt haben, hätten sie sich fünfundzwanzig oder dreißig Jahre später nicht wiedererkannt. Unmöglich. Du musst schon auf dem Boden der Vernunft bleiben, liebe Julia. Lass die Phantasie nicht mit dir durchgehen.« Er lächelte wohlwollend.

»Ich weiß, ich weiß«, gestand sie ein und zupfte sich an der Unterlippe, »aber das wäre doch eine hübsche Geschichte. Wenn man einmal vom Ende absieht.«

»Es ist wirklich eine nette Geschichte«, meinte ich tröstend. »Und mittlerweile bin ich fast bereit, alles über Kim zu glauben ... sie hat nicht gerade ein konventionelles Leben geführt. Das Außergewöhnliche, das Dramatische scheint sie geradezu anzuziehen, als hätte sie einem vorbestimmten Schicksal zu folgen. Sie scheint unter einem ungünstigen Stern zu stehen, falls ihr versteht, was ich sagen will.« Ich beließ es bei dieser Bemerkung, zumal sie wenig vernünftig klang und ich mir von Archie einen prüfenden Blick über den Rand seiner Benjamin-Franklin-Brille hinweg einhandelte.

»Könnten wir zur Wirklichkeit zurückkehren, Kinder?«, sagte er. »Romane schreiben für Anfänger ist zu Ende, jetzt kann Kriminologie für Fortgeschrittene beginnen. Lasst uns über unseren Mörder nachdenken.« Er stand auf, rollte die Tafel heran, wischte ein paar Kritzeleien weg und schrieb mit roter Kreide und in Großbuchstaben den Namen Maxvill. »Ich sehe ein paar Möglichkeiten, von denen jede etwas Empfehlenswertes hat. Ich persönlich fühle mich instinktiv zur Maxvill-Theorie hingezogen. Denn warum sollen wir voraussetzen, dass er tot ist? Dazu besteht kein zwingender Grund. Nein, ich nehme an, er lebt, und er ist mein Kandidat Nummer eins. Je mehr ich darüber nachdenke, desto besser gefällt mir das. Alles passt zusammen. Wenigstens kann ich eine vernünftige Hypothese daraus ableiten. Die Geschichte beginnt in grauer Vorzeit mit Carver Maxvill und Rita Hook.«

Er schrieb ihren Namen neben seinen. »Maxvill befand sich also oben in der Hütte und ging in Grande Rouge sozusagen sexuell auf Streife. Er bändelt mit Rita Hook an, wie es seine Art war, und sie gehört eindeutig zur unteren Gesellschaftsschicht, ist also genau seine Kragenweite, wie wir gehört haben. Und Maxvill stellt diese Beziehung bei den anderen Mitgliedern zur Schau, macht die Männer vielleicht eifersüchtig ... auf eine gewisse Art ärgert oder bedroht diese Beziehung die Gruppe. Und die Gruppe reagiert darauf, indem sie ihn ausschließt und sie mit ihm ...« Er hob abwehrend die Hand. »Das ist nur eine Hypothese, Paul, also entspann dich. Ich gebe zu, es ist schwer, hier einzusteigen und nach Details zu suchen, aber ich habe ein paar Ideen. Jedenfalls übte die Gruppe Druck auf ihn aus, damit er fortgeht – nenne es Vertreibung oder ähnlich. Sie könnten ihn sogar dafür bezahlt haben, dass er sein Mädchen nimmt und abhaut, zur Unperson wird, anonym bleibt, spurlos verschwindet. Also gehen er und Rita dort weg, mit dem Geld eines Gruppenmitglieds, das ihnen vermutlich gegeben wurde, aber genauso gut erpresst worden sein kann. Die Jahre vergehen.« Archie hielt inne, zündete sich eine Zigarre an und umgab sein Haupt mit Rauchwolken. »Die Jahre vergehen. Carver Maxvill sitzt in seinem Versteck, und da geschieht etwas mit ihm. Vielleicht bekommt er einen Knacks – das erscheint einleuchtend, wenn man bedenkt, welche schweren Verbrechen unser Mörder hier begeht. Er begutachtet also die Trümmer seines Lebens, das er als Unperson geführt hat, und beschließt, sich an den Männern zu rächen, die die Macht und das Geld hatten, ihn aus dem Buch des Lebens auszuradieren. Er könnte mit diesen Gewalttaten seine fortgesetzte Existenz beweisen wollen. Zu guter Letzt würde er seine Opfer damit konfrontieren, wie ausdauernd er ist.«

»Mein Gott«, sagte ich, »das erklärt sogar auf verrückte Weise den Diebstahl der Fotoalben und des Archivmaterials – er sorgt für eine symbolische Aufmerksamkeit!«

»Oh, welch tiefgründige Auffassung«, warf Julia ein, aber es lag eine Spur Begeisterung in ihrer Stimme, als stießen wir da ganz unerwartet auf die Wahrheit.

»Rache oder Liebe«, sagte Archie triumphierend und schritt mit der roten Kreide in der Hand gestikulierend vor der Tafel auf und ab. »Im Falle eines homicidim seriatim die wahrscheinlichsten Motive. Bleiben wir mal einen Moment bei dem Gedanken, dass ein Serienmörder mit einer Gruppe verbunden sein muss, mit einem Zusammenschluss von Individuen, die ihn in irgendeiner Weise, ob tatsächlich oder eingebildet, so schrecklich und unverzeihlich verletzt oder bedroht haben müssen, dass die einzig mögliche Antwort darauf ihre systematische Eliminierung ist. Stellen wir uns vor, wie die Welt einem solchen Täter erscheinen muss, wie ein auffälliger Schmutzfleck ... er fühlt sich bedrängt und verfolgt von diesen Leuten, diesen Ungeheuern, die seinem Leben alles geraubt haben.« Archie holte tief Luft, war erregt vom Ansturm der Gedanken, die ihm so schlüssig erschienen. »Unser Mann wird verschlungen von dem Wunsch nach Vergeltung und taucht aus dem Nichts wieder auf. Vielleicht ist er inzwischen allein, weil Rita tot ist, vielleicht ist ihm im Leben nichts mehr geblieben, und er grübelt über den Trümmern, schaut sich an, wozu alles geführt hat ... und erkennt, wie sehr diese Männer sein Leben beschnitten haben.«

Ich war fasziniert, hatte aber ein paar Fragen.

»Aber aus welchem Grund sollte die Gruppe ihnen Geld geben – so viel Geld, dass sie ein für alle Mal die Spuren ihres Lebens verwischen können? Und was könnte Carver überhaupt veranlasst haben, darauf einzugehen? Warum erwiderte er nicht einfach, sie sollten zur Hölle fahren? Er und Rita hätten das ganze Geld gehabt, das Rita am Ende auf der Bank gelassen hat – und woher stammte wiederum dieses Geld? Warum drehen wir die Sache nicht einfach um? Nehmen wir mal die Erpressung: Vielleicht hatten Maxvill und Rita etwas gegen die Gruppe in der Hand?«

Archie betrachtete seine schlanke, braune Zigarre, die während seiner Rede kalt geworden war.

»Du meinst, Carver und Rita verschwanden freiwillig?«, sagte er bedächtig. »Es war ihre Idee? Und sie wurden von der Gruppe finanziert, durch Erpressung also, klar und einfach. ›Wir werden von hier weggehen‹, sagten Rita und Carver, ›und wir werden euch Jungs nicht auffliegen lassen‹ – welche Sünde sie auch immer begangen haben –, ›aber ihr müsst uns auszahlen.‹ So ähnlich könnten sie geredet haben.« Er starrte geistesabwesend auf die Tafel und sann darüber nach, während er ein paar Kreidestriche unter die beiden Namen zog. »Das ist gut«, sagte er schließlich, »das gefällt mir. Aber Gott allein weiß, womit sie sie erpresst haben ... das erklärt immerhin, warum die Gruppe nicht wollte, dass die Maxvill-Geschichte nach all den Jahren wieder aufgewärmt wird. Sie haben Angst, dass jemand die Leiche in ihrem Keller findet.« Er nickte bedächtig.

Ich spürte einen dumpfen Schmerz in der Nase, und die Haut war bis über die Wangenknochen berührungsempfindlich. Meine Augen waren müde und brannten. Julia brachte uns Kaffee und Plunderteilchen, und ich kaute gierig bis an den Rand des Erstickens. Archie saß hinter dem Schreibtisch. Sein Blick war ein wenig glasig, er überdachte noch einmal den ganzen komplizierten Sachverhalt. Ich unterdrückte den Wunsch, mitzuteilen, dass ich bei dem Versuch, den Fall zu enträtseln, Kopfschmerzen bekam. Stattdessen sagte ich: »Also, wie lautet deine zweite Theorie?« In meinem Hinterkopf knabberte etwas Hässliches, wie eine von Crockers Ratten, die vom Hügel hinunterspähte, blinzelte, die Zähne bleckte. Ich schob es fort. Das Hässliche hatte keinen Namen, und ich wollte ihm keinen geben.

Archie schreckte aus seiner Meditation hoch.

»Oh, ja ... dass es jemand aus dem Club ist ... jemand der Angst hat, dass etwas aufgedeckt wird, worin der Club verwickelt war. Ich taste nur ein wenig herum, aber falls Maxvill gar nicht mehr im Spiel ist, weil er tot oder sonstwohin gegangen ist, setzen wir am besten auf ein Clubmitglied.« Seufzend nahm er die Brille ab und rieb sich die Augen. »Ich schätze, dass die meisten Serienmorde, auch wenn sie selten sind, von einem Mitglied jener Gruppe begangen werden, die vernichtet werden soll. Es könnte also sein, dass einer unserer Freunde die anderen umbringt. Oh, ich weiß, natürlich ist das äußerst befremdlich, aber wie man die Sache auch dreht und wendet, sie ist *ohnehin* völlig befremdlich. Hier werden wirkliche Menschen umgebracht ... Und wenn es nun verdammt noch mal nicht Crocker ist – und ich glaube gar nicht, dass er überhaupt raffiniert sein kann –, dann ist es vielleicht Jon Goode. Immerhin hat Jon sein Leben damit verbracht, ständig neue Wege zu ersinnen, wie er Leute töten kann.« Mein Vater blickte mich von der Seite an. »Du weißt das besser als jeder andere, gerade du. Goode ist ein hervorragender Kandidat, aber ich glaube«, er seufzte tief, »dass der gute alte Carver unser Mann ist – vielleicht auch nur, weil ich ihn nicht kenne.«

Der Wind wehte die Vorhänge ins Zimmer, als käme ein Geist zu uns herein.

»Wo stehst du in der Geschichte, Dad?«, fragte ich. »Sei ehrlich, auch du hast dem Club angehört.«

»Also, du hast das Wesentliche nicht begriffen«, entgegnete er. »Ich bin nicht betroffen, so wenig wie du und Julia. Der zeitliche Rahmen stimmt nicht. Angenommen, die Clubmitglieder wurden erpresst – ich weiß ganz sicher, dass ich nicht erpresst wurde. Offensichtlich müssen aber die bisherigen Opfer gewusst haben, warum sie ermordet wurden, nämlich aus einem Grund, den sie alle gemeinsam haben.

Folglich haben sie alle etwas gemein, das sie zugleich von mir unterscheidet ... denn ich sage dir, Paul, niemand hat einen Grund, mich zu töten. Glaub mir, du hast mein Wort darauf.«

»Aber was, wenn Maxvill verrückt ist? Dann würde er keinen wirklichen Grund brauchen, nur einen eingebildeten.«

»Also verlegst du dich auf Maxvill? Als eine reale Möglichkeit?«

»Ja. Du etwa nicht?«

»Ich weiß nicht recht. Ich wollte diese Theorie an dir prüfen, deine Reaktion testen. Ich gebe zu, die Sache klingt glaubhaft.« Er grinste schalkhaft.

»Schön, sagen wir, es ist Maxvill. Was tun wir dann, zum Teufel?«

»Falls du ihn in einer dunklen Gasse in die Enge treibst«, ließ Julia sich aus den Falten ihrer Nadelarbeit vernehmen, »dann besser nicht mit der Nase voran.« Sie kicherte.

Ich ignorierte sie; sie wusste nicht, welche Schmerzen ich ertrug. »Sind wir jetzt fertig?«, fragte ich. »Wir werden ihn nie dingfest machen.«

Archie lehnte sich vor und kaute ein Stück Pflaumenkuchen.

»Ich weiß nicht, ob das unbedingt der Fall ist«, sagte er und hörte sich an, als wäre er ein wenig enttäuscht von mir.

»Falls er derjenige ist, der die Leute umbringt, dann ist er hier, in unserer Nähe. Beobachtet, wartet. Wir sollten in der Lage sein, ihn zu fassen. Aber zuallererst sollten wir – auch wenn mir das gegen den Strich geht, weiß Gott – mit Bernstein darüber sprechen. Wir haben diese Überlegungen für ihn angestellt, nun überlassen wir ihm das Ergebnis.«

»Das ist ein Detektivgeschichtenwort«, sagte ich.

Meine Schmerzen waren zu schlimm, um damit in die Stadt zurückzufahren, also stieg ich müde die Treppe hinauf, kehrte verwundet und erschöpft in einen behelfsmäßigen Schoß zurück. Doch der Stachel des Zweifels saß in den Windungen meines Gehirns und störte. Die Idee des Zufalls, des starken, widersetzlichen Motors des Lebens, der seine eigenen Wege geht, nagte an mir. Larry Blankenship, Kim (Shirley) Hook und Kims älterer Cousin, Robert – sie alle hatten in ihrer Kindheit mit einem Waisenhaus in Duluth zu tun gehabt. Möglicherweise mit demselben. Alle drei; die beiden Jungen etwa gleichen Alters, Kim fast zehn Jahre jünger. Wir wussten, was mit Larry passiert war: Er wuchs bei Pflegeeltern auf, und das Schicksal brachte ihn zu Kim zurück, die er als Zwölfjähriger wahrscheinlich nicht einmal wahrgenommen hatte. Und er nahm sich das Leben. Wir wussten auch, was mit Kim geschah. Doch ihr älterer Cousin, der dicke stille Junge, der mit gesenktem Kopf durch die Straßen von Grande Rouge gegangen war, von dem wussten wir nichts. Die Lücke machte mich neugierig.

Ich schaute mir in dem kleinen Schwarz-Weiß-Gerät im Gästezimmer die Zehn-Uhr-Nachrichten an, und Dave Moore versicherte der Bevölkerung, dass es auf der Baustelle von Crocker Constructions kein Anzeichen für eine Rattenstampede gebe. Jedenfalls noch nicht. Er interviewte Crocker, der eingefallen und müde aussah und einen hartnäckigen Optimismus bekundete. Ein Wissenschaftler versuchte zu erklären, welche chemischen Schritte nun unterirdisch unternommen werden müssten, unter der Oberfläche dieser sauberen, perfekten, selbstzufriedenen Stadt, in der jeder bekam, was er wollte. Und nun wollte die Stadt die Ratten tot sehen. Der letzte Streifen Filmmaterial zeigte eine verwirrte Ratte im Schein der Jupiterlampen, die in die Kamera äugte wie ein Ersatzschauspieler, der vergessen hat, seinen Text zu lernen. Das ist Showbiz, Leute.

Ich schaltete aus, bevor sie zum Sport kamen, was in etwa zeigte, wie durcheinander ich war. Ich rief Kim an, und sie meldete sich nach dem achten Klingeln. Sie war bei der Lektüre eines Fenton-Carey-Abenteuers beinahe eingeschlafen. Ich konnte nicht erkennen, ob sie distanziert oder nur müde war. Ihr Interesse erwachte, als ich ihr erzählte, dass ich am Abend zuvor die beanstandete Lektion aus den Händen von Crockers Schlägern empfangen hatte; sie gab sich beschützerisch wie eine Glucke, gar nicht ihre gewohnte Rolle. Wir plauderten wie zwei Menschen, zwischen denen sich eine Beziehung entwickelt hatte, die zwar schwach und unbestimmt war, aber auf den Bekenntnissen innerer Schwäche und oberflächlicher Zuneigung basierte. Ich war dabei, ihr eine Falle zu stellen, und wand mich innerlich wegen meiner unredlichen Absicht. Sie hatte zum ersten Mal Recht: Sie durfte mir eigentlich nicht trauen, denn ich hörte nicht auf, in sie zu dringen. Andererseits hielt mich das nicht davon ab, sie zu lieben. Es gelang mir, das Gespräch auf Kindheit, Erinnerungen und die Treffpunkte der Jugend zu bringen.

»Wie war das eigentlich im Waisenhaus?«, fragte ich logischerweise. »War es wie bei Dickens, oder waren die Schwestern nette Damen?«

»Sie waren ganz nett«, sagte sie. »Aber ich war ja auch noch sehr klein.«

»Die Zeit vergeht wie im Flug«, meinte ich nachdenklich.

»Ich war damals in Duluth – weiß schon gar nicht mehr, warum eigentlich –, als das alte Herz-Jesu abbrannte.«

»Da war ich schon längst von dort weg«, sagte sie.

»Vermutlich war es für Robert schwieriger als für dich, weil er so viel älter war ... zwölf, dreizehn, das ist ein Alter, wo man für Eindrücke empfänglich ist. Aber wahrscheinlich kann niemand wissen, wie das ist, der es nicht selbst erlebt hat.«

»Er war nicht lange dort.« Sie unterdrückte ein Gähnen.

»Hast du dich nie gefragt, was aus ihm geworden ist?«

»Nein«, sagte sie ruhig. »Eigentlich nicht. Ich habe von mir immer als Einzelkind gedacht. Hör mal, ich muss jetzt schlafen. Ich habe den ganzen Tag Tennis gespielt. Es tut mir leid wegen deiner Nase. Denk dir, ich würde sie küssen und ein bisschen pusten.«

»Ich liebe dich.«

»Oh, Gott«, sagte sie müde. »Ich glaube, ich liebe dich auch. Aber jetzt gute Nacht, Paul.«

Wir hatten Recht. Alle drei waren in demselben Waisenhaus gewesen. Ich hatte nicht den Mut gehabt, auch noch zu fragen, ob sie den Jungen gekannt hatte, der später Larry Blankenship hieß.

17. Kapitel

Archie und ich saßen gegen halb neun in Bernsteins Büro, und der Kandidat war ganz in gebrochenem Weiß gekleidet, was mich zu einem Witz über seine Jungfräulichkeit herausforderte. Er revanchierte sich, indem er sich schrecklich amüsiert über den Zustand meines Gesichts zeigte. Als es ihm ernst wurde und er wissen wollte, wie es passiert war, behauptete ich, mein Gesicht habe sich zwischen der Wand und dem Squashball befunden; ich sah ihm an, dass er das fragwürdig fand, aber er war zu beschäftigt, dem weiter nachzugehen. Wir machten ihn mit unseren nächtlichen Theorien vertraut, und er nahm es gelassen, klickte nur endlos den Knopf seines Kugelschreibers. Er gab zu, unser Szenario sei so gut, dass es glatt von ihm selbst stammen könnte, und sagte, er würde zwei Strohköpfe losschicken, die die Hotels überprüfen. Er bekam von Archie eine Beschreibung des jungen Maxvill, kaute eine Weile auf seinem Stift und schüttelte den Kopf.

»Na schön«, sagte er schließlich, »ich bin nicht der Einzige in der Stadt, der den Schwanz in der Zwinge hat. Ihr Freund Crocker steht bis zum Hals in dem Rattenloch. Und ich weiß nicht, wer schlimmer dran ist.« Er seufzte und legte seine weißen Schuhe auf den Schreibtisch, ein Bild außerirdischer Reinheit in den vier Wänden seiner gewöhnlich schweinischen Zelle.

»Die Wähler von Minneapolis«, sagte ich. »Die sind schlimmer dran.«

»Der ist gut, Paul«, sagte er. »Das ist mal ein guter Witz.«

Als wir Bernstein verließen, blickte er in einen winzigen Schminkspiegel auf seinem Schreibtisch und rückte sich die hellrote Krawatte zurecht. Draußen schob Archie die Hände in die Hosentaschen und wippte auf den Absätzen. »Ich werde nie begreifen, wieso die Kripo überhaupt etwas zuwege bringt. Ich bezweifle nicht, dass sie etwas zustande bringen – aber wie?«

Ich fuhr zum Minneapolis Club und dann hinauf in den Norden der Stadt, um zu sehen, was die Ratten machten. Die Sonne hatte ein Loch in die morgendliche Wolkendecke gebrannt, und es wurde schon früh heiß. Crockers Tierschau roch man bereits ein paar Querstraßen entfernt, und es war einiges los, als ich dort eintraf. Ein paar Kameraleute trugen ihre Ausrüstung mit sich herum und sammelten Filmmaterial für Begleitkommentare. Irre Wissenschaftler in weißen Kitteln spielten ein bisschen Karloff und Chaney, und hinter ihnen standen reihenweise unheilvolle weiße Kanister. Die Menge der Gaffer hatte sich nicht verändert; sie starrten, als wären sie alle von einer Art Strahlenkanone hypnotisiert worden, wie sie vor zwanzig Jahren bei George Pals von den Leuten für Spezialeffekte zusammengebastelt wurde. Vielleicht war das die wahre Erklärung, wie die Ratten dorthin gelangt waren: über kleine Strickleitern von rätselhaft schwirrenden marsianischen Raumschiffen ... Die Schmerzen in meiner Nase brachten mich offensichtlich um den Verstand. Ich schleppte mich durch den Staub und lief einem großen jungen Mann in den Weg, der mich ansah und sofort wegschaute; er trug das braun-goldene Hemd von Crocker Constructions, und verblüffenderweise erkannte ich ihn wieder. Ich folgte ihm über das braun gewordene, niedergetrampelte Gras und holte ihn vor Crockers Wohnwagen ein. Er bückte sich über einen Werkzeugkasten und tat, als wäre er beschäftigt. Doch er blickte auf, weil ich mich dicht neben ihn stellte.

»Hallo, Sieger«, sagte ich.

»Was?« Er kniff die Augen zusammen. In den Falten seines gebräunten Gesichts klebte der Staub.

»Ich sagte hallo. Nett Sie wiederzutreffen.«

»Wovon reden Sie?«

»Ich wollte Sie nur wissen lassen, dass ich mir eine hübsche Dachlatte aussuche und Ihnen das Gesicht zu Brei schlage, falls ich je die Gelegenheit haben sollte. Aber wahrscheinlich kommt diese Gelegenheit gar nicht.« Es sollte unterhaltsam klingen, aber zufällig kam mir in dem Moment die Galle hoch. »Sie sollten wissen, wenn jemand Feindschaft gegen Sie hegt. Wer weiß, vielleicht heuere ich ein paar Gorillas an, die es für mich erledigen. Denken Sie daran ... wenn Sie nachts nach Hause kommen und Ihren Wagen parken, sollten Sie auf die Büsche achten, Kleiner.«

Er richtete sich auf und ging. Crocker zwängte sich soeben aus einem Kleinlaster und stutzte zweimal, als er mich und mein bandagiertes Gesicht sah.

»Ich habe nur ein paar Worte mit dem Fiesling gewechselt, der für Sie das Prügeln übernommen hat«, sagte ich, als ich auf ihn zuging. In seinem Blick lag tiefes Misstrauen, vielleicht sogar Angst. Er hielt die Hände auf Gürtelhöhe, als rechnete er damit, eine Selbstmordattacke abwehren zu müssen. Ich grinste.

»Sie sind so ängstlich, dass ich aufgehört habe, mir Ihretwegen Sorgen zu machen«, sagte ich. »Sie widern mich wirklich an, was bei mir nicht leicht ist, aber Sie haben es geschafft. Sie sehen mein Gesicht, Crocker? Ich habe Bernstein nicht erzählt, wie es passiert ist. Ich wollte nicht, dass er über Sie nachdenkt. Womöglich würde er Sie beschützen lassen, sodass der Mörder nicht an Sie herankommt. Meiner Meinung nach machen Sie sich gut als Zielscheibe.«

Er starrte auf meinen Verband, und hinter den zusammengepressten Lippen arbeitete es. Er schüttelte den grobschlächtigen Schädel, als hätte er gerade einen Anfall. Dabei ballte er in einem fort abwechselnd die Fäuste und lockerte sie wieder. Er brachte es nicht über sich, etwas zu sagen.

»Steigern Sie sich gerade in einen Wutanfall hinein oder tun Sie nur so? Welchen Grund haben Sie denn, wütend zu sein? Ich bin derjenige mit dem zerschmetterten Gesicht.«

»Halten Sie sich von mir fern«, sagte er schließlich, quetschte es wie zwischen Mühlsteinen hervor und fuhr mit den Händen durch die Luft, als könnte mich der Luftzug hinwegfegen.

»Was haben Sie vor? Soll mich einer der Kerle schon wieder zusammenschlagen? Himmel, Sie sind so dumm, Crocker. Sie könnten Ihr Leben retten und den Mörder dingfest machen, wenn Sie zu Bernstein gingen. Sie riechen nach Angstschweiß. Und nach Feigheit.«

»Es tut mir leid«, sagte er plötzlich, »wegen Ihrer Nase. Es hat keinen Zweck, es zu leugnen. Es fällt mir nicht leicht, mich zu entschuldigen ... aber mir fiel nichts ein, was ich sonst tun sollte. Sie verstehen das nicht, Cavanaugh, und Sie können es auch gar nicht verstehen ...« Er brummte niedergeschlagen, der Zorn war völlig verflogen. Er bewunderte mich; das war das Letzte, was ich erwartet hätte. Die Farbe war ihm aus dem Gesicht gewichen, als habe ein Vampir seine Halsschlagader geritzt. »Ich bin ein offener Mensch. Aber ich konnte Ihnen nicht befehlen, die Sache fallen zu lassen und zu verschwinden, sich in Sicherheit zu bringen – nein, das ist kein billiges Melodram, Kritiker. Sie glauben mir nicht, aber je näher Sie herankommen, desto mehr geraten Sie selbst in Gefahr.«

»Ihre Besorgnis ist wirklich rührend«, sagte ich, aber mein Sarkasmus war so blutleer wie sein Gesicht. Ein schwerer Laster schaltete in die unteren Gänge und kam den Hügel herab, die Räder zermalmten das Gras. Er fuhr eine Ladung braunen Pelz. Der Gestank der toten Ratten drang sogar in meine zerschmetterte Nase. Am Fuß des

Hügels hielt der Laster. Weiß uniformierte Sanitäter zogen eine Plane über den leblosen Haufen. Mein Magen schlingerte, und ich drehte mich wieder zu Crocker um.

»Die einzige Gefahr, in die ich geraten bin, ging von Ihnen aus«, sagte ich.

»Das passiert nicht wieder, das verspreche ich. Ich weiß, das bringt Ihr Gesicht nicht wieder in Ordnung, stimmt's? Mehr kann ich nicht sagen. Es tut mir leid.« Er wandte sich ab, suchte mit einer Hand Halt am Wohnwagen.

»Sie sehen schrecklich aus«, sagte ich.

»Ich bin nur müde.« Er klang genauso fahl, wie er aussah. »Ich muss langsamer treten, das ist alles. Verdammte Ratten. Ich träume schon davon.«

»Sie sollten nach Hause gehen. Sie werden hier nicht gebraucht.«

»Sie verstehen das nicht. Ich bin der Boss. Das ist mein Unternehmen, mein verdammter Schlamassel. Ich gehöre hierher. Ich schlafe jede Nacht da in dem Wagen. Man hat mir gesagt, dass wir bis Einbruch der Dunkelheit fertig werden. Aber ich werde heute Nacht noch dableiben.« Er sprach beinahe zu sich selbst, wie zur Beruhigung. »Dann wird es still sein. Sie machen einfach, dass Sie hier wegkommen. Und vergessen Sie uns.«

»Ich kann Carver Maxvill nicht vergessen«, sagte ich. »Sie etwa?«

»Wen?« Er schaute benommen auf und bemühte sich klar zu sehen. »Was haben Sie gesagt?«

»Carver Maxvill. Der Mann, der zurückgekehrt ist.«

Ein paar Sekunden lang blickte er mir ausdruckslos in die Augen; dann hörte ich das Todesröcheln eines alten Mannes, das sich in ein heiseres rollendes Lachen verwandelte. Er errötete und lehnte sich gegen den Wohnwagen, wo ihm die Sonne in die Augen schien.

»Sie blöder Scheißkerl«, sagte er am Ende und erstickte fast an seinem aufgestauten Lachen.

»Sie sind der Nächste auf der Liste«, sagte ich kraftlos.

Er hörte nicht auf zu lachen, die gesunde Farbe sickerte wieder in sein Gesicht und brachte die Bräune zurück.

»Was ist so lustig?«

»Lustig?« Er wischte sich die Tränen ab und produzierte schmutzige Schlieren. »Nichts, nichts ... Es ist nur so, dass ich weiß, wer der Mörder ist.« Er hustete tief im Hals. »Scheiße, vielleicht ist es doch lustig ... ich weiß es nicht. Bewegen Sie einfach Ihren Arsch von der Baustelle. Und sprechen Sie Ihre Gebete, Cavanaugh, Sie armseliger Bastard.«

Ich fuhr zurück in meine Wohnung. Mein Gesicht stand in Flammen. Ich warf ein paar Schmerztabletten ein, die Condon mir verschrieben hatte, und ging unter die Dusche. Das war das Signal für Archie. Er hatte einen Anruf von der kleinen alten Schwester aus Dubuque bekommen.

»Ziemlich alte Dame«, formulierte er vorsichtig. »Hat ein Gedächtnis wie ein Elefant. Sie sagte, ihr sei eingefallen, was so traurig gewesen war, als Larry das Waisenhaus verließ.«

»So?«

»Die Sache war die, dass er eine kleine Schwester hatte – sie nimmt an, dass es seine Schwester war –, ein kleines Mädchen jedenfalls, ein winziges Ding, die schrecklich an ihm hing, und anscheinend war sie ganz aufgelöst, als Larry von ihr getrennt wurde oder wegging, was auch immer ...« Er schwieg einen Moment, dann sagte er in die Stille hinein: »Also, ich dachte, ich sollte dich auf dem Laufenden halten. Du musst zugeben, dass die Geschichte wirklich traurig ist, oder?«

»Ja. Traurig.« Ich saß da an meinem Schreitisch, tropfte und überlegte. Die Schmerztabletten wirkten nicht.

Kim nahm ein Sonnenbad, als ich aus der Halle anrief, und als sie mir die Tür öffnete, hatte sie sich ein hellgelbes Hemd übergezogen. Der braune Bikini verschmolz mit ihrer weichen braunen Haut. Sie gab mir einen raschen, schüchternen Kuss. Zehn Minuten später saßen wir auf ihrem Balkon und aßen Zuckermelonenhälften mit Ananas, Erdbeeren und Kirschen und tranken dazu eisgekühlten Chablis. Einen Tag früher hätte ich mich glücklich und versorgt gefühlt, und wie ein Mitglied der menschlichen Spezies. Sie murmelte etwas wegen meiner Verletzung. Ich nickte. Unsere Rollen waren vertauscht; sie war diejenige, die die Situation entspannen und Wärme geben wollte, während ich in Gedanken zurückgezogen war, beunruhigt und distanziert.

Sie saß der Sonne zugewandt. Ein feiner Schweißfilm lag auf ihrer Stirn, und als sie sich vorbeugte, um Wein nachzuschenken, öffnete sich ihr Hemd, und die Schwerkraft erzeugte ein Rinnsal zwischen ihren Brüsten. Sie bestritt die Unterhaltung, und ich nickte hin und wieder, hörte aber nicht zu. Ich versuchte herauszufinden, wo meine Prioritäten lagen, Liebe oder Wissbegierde, und ob sie einander ausschlossen. Ich wollte keinen Keil zwischen uns treiben. Es war schwer gewesen, überhaupt so weit zu kommen. Aber ich wollte die Wahrheit wissen.

»Also gut«, sagte sie sachlich, setzte ihr leeres Glas ab und tupfte sich die Lippen mit der gelbgrünen Leinenserviette. »Was ist los? Ich kann nicht endlos Selbstgespräche führen, weißt du. Also, was bedrückt dein armes zerschmettertes Ich?« Sie lächelte behutsam.

»Sind wir ineinander verliebt?« Ich platzte damit heraus. »Ich will mich nicht auf dich stürzen, dich nicht vertreiben ... aber es gibt da ein paar Dinge, die ich tun muss, und bevor ich damit anfange, will ich wissen, was zwischen uns ist. Wenn ich bei dir bin, kommt es mir vor, als wären wir verliebt – auf eine seltsame Art, sicher, aber trotzdem verliebt – und wenn ich wieder allein bin, halte ich mich für töricht.« Ein Hubschrauber flog vorbei, brüllte zornig wie ein prähistorischer Räuber, sein Panzer glänzte in der Sonne. »Und jetzt will ich es genau wissen ... es tut mir leid.«

Sie lehnte sich zurück, setzte die Sonnenbrille auf ihre feucht glänzende gerade Nase. Ich konnte ihre Augen nicht erkennen und fühlte mich entblößt, nackt ihrem Blick ausgesetzt.

»Wie kommt es, dass du plötzlich eine genaue Antwort brauchst?«, fragte sie. »Was hast du vor? Doch nichts Dummes, das du später bereust, hoffe ich? Oder das ich später bereue?«

»Du musst mir vertrauen. Ich kann nicht darüber sprechen.«

»Ich sagte dir schon, dass unsere Beziehung nicht normal sein würde. Ich habe dich gewarnt. Ich bin nicht bereit, nicht fähig ... du kannst nicht behaupten, ich hätte dich hinters Licht geführt.«

»Nein. Aber es gab immer einen Grundton von Heimlichkeit, alles musste ich dir abringen ... wenn ich mich nicht um dich gesorgt hätte, hätte ich dich zum Teufel geschickt. Aber ich mochte dich, ich mag dich. Ich habe versucht, deine Gefühle zu erraten, habe mich mit winzigen Anzeichen begnügt. Und das ist in Ordnung, das ist ein geringer Preis, wenn ich dich dafür behalten kann. Du hast mich ins Leben zurückgeholt. Ich war an einem Punkt angelangt, wo ich mir nicht mehr vorstellen konnte, jemandem nahe zu kommen, gewiss nicht einer Frau, und du hast das alles geändert. Ich glaubte, dass die einzige Frau, die ich überhaupt lieben könnte, meine ganze Aufmerksamkeit auf sich ziehen müsste, alles andere unwichtig erscheinen ließe, und ich war davon überzeugt, dass es eine solche Frau nicht geben würde.« Ich holte tief Luft und plapperte weiter. »Ich habe mich geirrt. Es gibt dich. Aber das ist nicht genug. Ich muss jetzt wissen, was du erwiderst.« Ich wartete, aber sie schaute mich nur an. Die Sonne spiegelte sich auf ihrer Brille und machte sie undurchdringlich. »Es muss Ehrlichkeit und Offenheit zwischen uns herrschen. Wirkliche Ehrlichkeit.«

»Glaubst du mir nicht, was ich dir erzähle?«, fragte sie nervös. »Der springende Punkt ist, dass meine Geheimnisse überhaupt nichts mit unserer Beziehung zu tun haben. Ich bin in allem ehrlich gewesen, was zwischen uns zählt. Ich habe dich nie belogen, was meine Gefühle betrifft, und habe sie nicht vor dir verborgen. Ich habe dir von meinen persönlichen Problemen erzählt. Du weißt Dinge über mich, die kein anderer weiß, und ich habe mich verletzbar gemacht. Was kannst du mehr wollen? Ich bin nicht routiniert in Sachen Liebe. Ich habe mich gewundert, warum meine Vergangenheit so wichtig für dich ist und was sie mit dir zu tun hat. Ich weiß noch immer nicht, warum, aber meine Gefühle für dich haben mich über dieses Hindernis hinweggebracht.« Sie griff nach der Weinflasche und leerte den Chablis in ihr Glas, hielt es an die Lippen, ohne zu trinken. »Ich glaube, dass es Liebe ist, was ich für dich fühle, Paul. Wenn man dem einen Namen geben muss, was du anscheinend glaubst ... Du verstehst dich darauf, Dinge zu benennen. Ich nicht. Warum ist meine Vergangenheit so wichtig für dich? Oder eine Definition unserer Beziehung? Ich habe das noch nie verstanden. Du bist nicht der Einzige, der im Dunkeln getappt ist.« Aber selbst in all dem lag noch eine vorsichtige Zurückhaltung, als gäbe es Handlungsebenen in ihrem Leben, von denen ich nicht einmal eine Ahnung hatte. Anstatt mir etwas begreiflich zu machen, nährte sie nur meine Neugier, das Gefühl der Unruhe, das mich ins Leben zurückgerufen hatte. Ich beobachtete, wie sie den Wein nippte, und ein Muskel zuckte an ihrer weichen, glatten Wange. Einen Moment sah sie aus wie an jenem Abend, nachdem sie den Jungen auf dem Fahrrad angefahren hatte: reuelos, kalt, unterschwellig erregt, als brächten Gefahr und Todesdrohung eine sexuelle Faszination.

»Ich weiß nicht, warum«, sagte ich. »Ich hab's vergessen. Ich weiß nur, dass das für mich wichtig ist. Ich bin nicht hierher gekommen, um es anders zu verfolgen. Vielleicht hieß es für mich, jetzt oder nie.«

»Na, dann tut es mir leid, dich wieder zu enttäuschen.«

»Wie hieß deine Mutter?«

»Rita Hook.«

»Nein, Kim, nicht deine Tante ... deine Mutter.«

»Warum tust du mir das an?« Sie schlug sich die Hand vor den Mund, die langen Finger zitterten. »Das lässt all deine Liebesbeteuerungen falsch erscheinen ... berechnet.«

»Eine einfache Frage. Wie hieß deine Mutter?«

»Wilson«, sagte sie. »Patricia Wilson.« Das Zittern der Hände war auf ihre Stimme übergegangen. »Aber sie starb bei meiner Geburt.«

Ich schaute über die Stadt, über ehemalige Bahnhöfe und Sanierungsprojekte zu den Türmen der Universität von Minnesota. Als ich sie wieder anschaute, weinte sie. Ich schob meinen Stuhl zurück und kniete mich neben sie. Sie wollte sich nicht zu mir drehen. Ich streichelte ihr übers Haar, küsste sie auf die Wange, und als ich aufstand und ging, blieb sie auf dem Balkon sitzen, presste sich die zerknüllte Serviette vor den Mund, und die Tränen liefen ihr unaufhörlich über das schöne ernste Gesicht.

Ich fuhr zurück in mein Apartment, packte eine kleine Reisetasche und erwischte den Zwei-Uhr-Flug nach Chicago. Mit Hilfe von fünfundzwanzig Dollar und einem Taxi kam ich um halb vier am Merrivale Memorial Hospital an. Es lag an einer dreispurigen Straße in der Nähe der Universität, ein kleines, altes Haus, das mehr wie ein diskretes Hotel für Dauergäste aussah. Die Dame am Empfang wollte mich wegen meines Gesichts sofort in die Ambulanz schicken, aber ich hielt daran fest, nur das Büro mit den Patientenakten zu brauchen.

Am Ende eines schmuddeligen Korridors befand sich ein kleines Büro, wo eine Angestellte mittleren Alters in einem Kostüm, das man früher, als die Dinger noch getragen wurden, als streng bezeichnete, gerade ihren Philodendron goss. Das Fenster ging auf einen kleinen dunklen Hof hinaus. Ich schaute einer Krankenschwester zu, die ein kränkelndes Bündel in einem altmodischen Rollstuhl aus Korbgeflecht über den Gang schob. Die Dame im Kostüm wurde mit dem Gießen fertig und seufzte wegen der welken Blätter. Sie trug eine Brille mit dicken Gläsern, hinter der ein Paar große wässrige Augen blinzelten. »Das Problem ist, wie ich immer mehr befürchte, dass eine kurze Zeit ohne Sonne ausreicht, und sie wird nicht mehr zu retten sein, was meinen Sie? Was kann ich im Übrigen für Sie tun?« Sie blickte auf die Uhr, eine große Timex an einem schmalen Handgelenk, und lächelte mich an. Ihr Mund blieb seltsamerweise beständig geschürzt. Ich hatte das Gefühl, dass nicht nur der Philodendron langsam zugrunde ging.

Ich erzählte ihr, ich sei den ganzen Weg von Minneapolis gekommen, um in einer Erbschaftsangelegenheit nachzuforschen, es handle sich um Waisen, und ich schmückte die Sache ein bisschen aus. Die Masche war so alt, dass sie nicht auf die Idee verfiel, daran zu zweifeln. Ich log schlecht, aber ich machte eine Schau daraus, unter die Philodendronblätter zu gucken, als wäre ich ein Experte für Zimmerpflanzen. Ich deutete vage an, ich käme von einer Anwaltskanzlei.

»Es geht um zwei Schwestern«, sagte ich, »und zwei Kinder, die in diesem Krankenhaus vor ziemlich langer Zeit zur Welt gekommen sind. Beide Kinder wurden zu Waisen, und nun sind zwei Leute mit Erbansprüchen aufgetaucht.« Ich lächelte mit bandagierter Nase.

»Klingt nach Dickens«, sagte sie mit leuchtenden Augen. »Sind Sie Privatdetektiv?«

»Nein, eigentlich nicht.« Ich zuckte bescheiden mit den Schultern und ließ sie im Zweifel.

»Ich dachte ... wegen Ihrer Nase, dem Verband, meine ich. Es tut mir leid, manchmal bin ich ein bisschen vorschnell.« Sie setzte sich steif an den Schreibtisch; ihre Finger tasteten nach den grauen Strähnen, die sich aus dem Haarknoten gelöst hatten. »Also, was wollen Sie konkret wissen?«

Es war nicht weiter schwer, nachdem ich die Sache einmal ins Rollen gebracht hatte. Ich erwähnte als erstes Patricia Wilson und dass sie vermutlich 1940 ein Mädchen geboren habe. Die grünen Aktenschränke, auf denen Kakteen in Tontöpfen standen, füllten eine Wand aus. Das Krankenhaus war klein; sämtliche Aufzeichnungen passten in diese Schränke. Ich blickte in den Hof. Ein paar alte Männer in Bademänteln saßen auf einer Bank und fütterten die Tauben, teilten ihre Brotkrumen sparsam aus. In dem kleinen Büro war es unerträglich heiß und stickig. Die Fensterscheibe hatte ein paar Schlieren. Mir war nicht aufgefallen, wie unbehaglich mir zumute war, bis ich darauf warten musste, ob sie etwas fände. Es dauerte ewig.

Am Ende schaute sie mich verblüfft an. »Nichts! Keine Patricia Wilson, weder 1940 noch sonst wann. Alle Akten sind namensalphabetisch geordnet – es gibt zweimal Patrick Wilson, beide sind gestorben, aber keine einzige Patricia Wilson. Könnte sie unter einem anderen Namen eingetragen sein? Unter dem Mädchennamen?«

»Den weiß ich nicht«, gestand ich. »Aber da ist noch die andere Schwester, Rita Hook. Lassen Sie uns mal nachsehen. Sie war 1932 hier und bekam angeblich einen Jungen. Sie wohnte in Grande Rouge, Minnesota.« Ich hörte mich die Angaben herunterleiern, während ich die Szene von außen betrachtete; ich schwitzte und war leicht benommen.

Ich hatte Angst. Sie kniete sich hin und blätterte durch die Mappen. Die letzte Fliege dieses Sommers prallte gegen die Scheibe wie eine Maschine, die auf Selbstzerstörung eingestellt wurde.

»Also, das ist merkwürdig«, sagte sie, und ein Gelenk knackte, als sie sich aufrichtete. »Wirklich sehr merkwürdig. Das ist Rita Hooks Akte ... aber es steht nicht so da, wie Sie es beschrieben haben.«

»Was ist verkehrt?«, fragte ich heiser.

»Nun, Ihre Rita Hook, wohnhaft in Grande Rouge, nächste Verwandte in der Nähe Patricia Wilson, Schwester, war 1932 hier, gebar einen Jungen, genau wie Sie sagten. Robert, acht Pfund, zwei Unzen. Der Vater war Ted Hook, Grande Rouge, Minnesota ... das stimmt soweit ...«

»Also, wo liegt das Problem?«

»Das war nur ihr erster Aufenthalt«, sagte sie langsam. »Sie müssen irgendetwas durcheinander gebracht haben. Acht Jahre später, 1940, kam nicht Patricia Wilson zu uns, um ein Kind zu bekommen, sondern auch Mrs. Hook, und Patricia Wilson wurde wieder eingetragen als hiesige nächste Verwandte.« Sie spähte über den Rand der braunen Mappe zu mir herüber. »Verstehen Sie? Mrs. Wilson war die nächste Verwandte, nicht die Mutter ... diese Rita Hook war beide Male die Mutter. 1932 bekam sie einen Jungen, den kleinen Robert, und dann die kleine Shirley 1940.«

»Und niemand starb dabei?«, fragte ich. »Die Mutter des kleinen Mädchens überstand die Geburt?«

»Oh, Gott, ja«, antwortete sie, ob der Vorstellung leicht entsetzt. »Aber Ihnen scheint es nicht gut zu gehen. Hier, setzen Sie sich ...«

»Es ist nur meine Nase. Ich hatte plötzlich Schmerzen ...«

»Hier, bitte, trinken Sie einen Schluck Wasser.« Sie reichte mir einen Becher, der auf einem Tablett auf dem Aktenschrank gestanden hatte. Das Wasser war warm, und eine

Staubschicht schwamm darauf. »Soll ich Ihnen ein Aspirin besorgen?«

»Nein, nein, es geht mir gut.« Ich atmete einmal tief durch.

»Also, wenigstens ist niemand gestorben«, sagte sie in tröstlichem Tonfall. »Das ist doch gut.«

Ich nickte. Sie gab mir die Adresse, unter der Patricia Wilson vor vierunddreißig Jahren eingetragen war. Ich dankte ihr, nahm meine Reisetasche und ging hinaus in den feuchtheißen Nachmittag. Ich brauchte unbedingt ein bisschen Bewegung.

18. Kapitel

An der nächsten Ecke gab es einen Drugstore, und ich ging zu der Telefonnische hinter dem Regal mit den Sprühdosen gegen Flöhe und Läuse. Das Telefonbuch hing an einer Kette und erweckte den Anschein, als hätte schon mal einer mit sehr großen Zähnen darauf herumgekaut. Es gab eine P. Wilson unter der angegebenen Adresse. Das war eine lange Zeit für ein und dieselbe Adresse. Ich verließ den Laden, blieb an der Ecke stehen und wischte mir so gut es ging den Schweiß aus dem Gesicht, aber er lief unter den Verband, was sich anfühlte, als würden dort Feuerameisen ein Nest bauen. Ein schwarzer Junge lehnte an einem Hydranten. Er trug ein Radio auf der Schulter, aus dem Soul-Musik plärrte, und beobachtete mich. Seine Augen waren hellbraun wie Sahnebonbons. Ich ging auf ihn zu.

»He, wie geht's denn so, Mann?«, sagte er und wackelte dabei im Takt. »Wonach suchen Sie?«

Ich nannte ihm die Adresse, und er sagte, das sei nur fünf Minuten entfernt. Er gab mir eine genaue Beschreibung, und ich bedankte mich; er machte das Peace-Zeichen und lächelte, und ich fragte mich, warum er so freundlich war. Freundliche Leute waren immer etwas Erstaunliches für mich. Ich kam an einer Tankstelle vorbei und kaufte mir eine Coke, trank sie im Schatten, während ich die Autos in der Schlange vor den Zapfsäulen betrachtete, ein Symbol dieser verkommenen Zeit. Nixon war ein Gauner, das Benzin kostete fünfundsiebzig Cent die Gallone, und Ford war ein Speichellecker. Und nun untergruben die Ratten Minnesotas Vorgehen gegen die Hässlichkeit der sich unkontrolliert ausdehnenden Stadtränder. Die Leichen stapelten sich zu Hause, und auf Kim Roderick wartete eine ziemliche Überraschung. Es war ein anstrengender Tag gewesen, und die Sonne brannte mir ein Loch in den Rücken, als ich mich wieder in Bewegung setzte. Der Tag war noch nicht zu Ende.

Die Reihenhäuser mussten von der Jahrhundertwende stammen, und alte Bäume mit weit ausladenden Ästen tauchten die Straße in feuchten Schatten. Ein winziges Rasenstück lag zwischen dem schmiedeeisernen Zaun und dem Backsteinhaus. Ein einzelner, prächtiger Farn stand im Fenster zwischen Spitzengardinen. Ich drückte den Klingelknopf. Hinter der Scheibe sah ich eine Bewegung, dann öffnete mir eine alte Frau in einem voluminösen Hausmantel.

»Mrs. Wilson?«, fragte ich. Sie schob den Kopf vor und nickte. Sie trug eine Sonnenbrille, große unechte Ringe an den knotigen Fingern und stützte sich auf einen Stock. Ich sagte, ich käme aus Minneapolis, um sie wegen ihrer Schwester Rita zu befragen. Sie nickte wieder und bat mich in den dunklen Flur und weiter in ein altmodisches Wohnzimmer. Sie schien nicht überrascht zu sein. Sie setzte sich in einen Lehnsessel und bot mir einen schlichten Stuhl an.

»Ich wusste, dass Sie kommen.« Ihre Stimme war hell und melodisch wie bei einem Kind. »Ich habe Sie erwartet.«

»Ich verstehe nicht«, sagte ich. »Wie kann das sein?«

»Oh, ich habe immer gewusst, dass Sie eines Tages herkommen«, sagte sie. Sie lehnte sich zurück und legte den Kopf ein wenig in den Nacken. Sie war blind oder so gut wie blind und hatte keine Angst vor einem Fremden. »Wegen Rita. Ich wusste immer, dass ich das Ende von Rita noch nicht gehört habe. Es ist das Gleiche wie mit Donald, meinem Mann, Donald Wilson – ich habe stets geglaubt, dass ich eines Tages aus heiterem Himmel von ihm hören würde ... er war Seemann, bei der Marine. Vor fast vierzig Jahren ging er fort und kehrte nie zurück. Die Weltwirtschaftskrise hat ihn geschafft, die Verantwortung für eine Frau war ihm zu viel, und eines Tages nahm er ein Schiff. Seitdem habe ich allein gelebt. Und gewartet, könnte man sagen. Und dann ging auch die kleine Rita fort. Sie ist meine jüngere Schwester, wissen Sie. Ich habe nie verstanden, wie sie es gemacht hat. Ich habe viel Zeit damit verbracht, es zu ergründen – ich hätte auch einfach fortgehen sollen, aber ich habe nie begriffen, wie man das anstellt. Jetzt finde ich es komisch, aber es gab eine Zeit, da fand ich das gar nicht komisch.« Sie lächelte zaghaft, und ihre Hand schloss sich um den Griff des Stocks. »Also, was haben Sie mir über die kleine Rita zu sagen, Mr. Cavanaugh?«

»Wann haben Sie sie zuletzt gesehen, Mrs. Wilson?«

»Als sie das letzte Mal nach Chicago kam, natürlich.« Sie überlegte, horchte auf die Echos der Vergangenheit. »Es muss das Jahr vor dem Krieg gewesen sein, 1940, als Shirley geboren wurde. Danach habe ich sie nie wieder gesehen.« Sie bedachte mich mit einem gutmütigen Lächeln; sie hatte alles Kämpfen seit langem aufgegeben. »Seitdem bin ich allein. Mein Augenlicht begann vor etwa zehn Jahren zu schwinden ... Dem Himmel sei Dank, dass Rita mir ein wenig Geld schickte. Dadurch war ich in der Lage, über die Runden zu kommen. Es war ein Schock für mich, als Rita wegging und ich ohne jede Beziehungen zurückblieb ... aber sie hatte gut für mich gesorgt. Sagen Sie, Mr. Cavanaugh, hat sie Sie zu mir geschickt? Geht es Rita gut? Ich habe mir immer vorgestellt, dass sie irgendwo da draußen lebt ... sehr traurig, eine sehr bedauernswerte Frau.« Sie wandte sich mir erwartungsvoll zu, lächelte ängstlich wie ein Tier unter einem Strauch.

»Ich weiß es nicht. Rita hat mich nicht geschickt. Es tut mir sehr leid. Das ist nicht der Grund meines Besuchs.«

»Ich habe es eigentlich auch nicht geglaubt«, sagte sie. Das Lächeln war erstarrt. »Ich habe nur ... gehofft. Hatte so ein Gefühl.« Sie verankerte den Stock an der Armlehne und faltete die Hände im Schoß; die Finger strichen über die blanken großen Ringe. Draußen ließ das Tageslicht bereits nach, die Sonne sank, und die Bäume ließen die letzten Strahlen nicht mehr hindurch. Im Nebenzimmer brummte die Klimaanlage. Der Raum war adrett, ordentlich, verstaubt. Das Kinn sank ihr auf die Brust. Ihr gehörte das Lächeln der Gerechten.

Ich war erschöpft und merkte, wie ich mich gegen die Stuhllehne sinken ließ. Ich wischte mir den Schweiß von der Stirn. Ein Wagen hielt mit quietschenden Reifen, hupte und brauste davon. Ich betrachtete die alte Frau und war erschüttert, wie einsam jeder zu sein schien. So war der Mensch vermutlich beschaffen, aber noch nie war mir diese düstere Tatsache so sehr bewußt gewesen wie in den vergangenen Wochen. Bei der Einsamkeit von Larry Blankenships Tod hatte es seinen Ausgang genommen und war seitdem stetig gewachsen: das Gefühl des Verlusts. Fortgesetzt verschwanden Menschen; andere blieben zurück, und das Leben mühte sich voran, so gut es ging. Patricia Wilson konnte mich nicht sehen. Ich betrachtete sie in der frühen Dämmerung und versuchte sie mir als junge Frau vorzustellen, die von der Schwester in Anspruch genommen wird, weil sie nach Chicago kommt, um ihre Kinder zur Welt zu bringen.

»Also gut«, sagte sie plötzlich und erwachte aus ihrer Träumerei, »warum sind Sie gekommen? Sie sind noch da, ich höre Ihren Atem.«

»Ich wollte Sie wegen Ritas Babys fragen, Mrs. Wilson ... wir versuchen sie ausfindig zu machen, ein paar Unklarheiten zu beseitigen. Sie kamen in ein Waisenhaus, und dann trennten sich ihre Wege. Haben Sie noch einmal etwas von ihnen gehört?«

»Nein, nein. Rita war nicht besonders darauf aus, Kontakt zu halten, Briefe zu schreiben und so. War nicht ihre Art.«

»War Ted der Vater? Von beiden Kindern? Kann das sein?«

»Oh, also, ich möchte nicht schlecht über abwesende Freunde sprechen«, sagte sie steif. »Jeder ist für sein Leben selbst verantwortlich. Ich habe diesen Ted nur einmal gesehen, er war viel älter als Rita, und er schien bei schlechter Gesundheit zu sein ... keuchte und hustete immerzu. Schien mir nicht kräftig genug, um überhaupt Kinder zu zeugen, aber der Schein kann trügen, nicht wahr?«

»Hat Rita Ihnen niemals etwas anvertraut, nie eine Bemerkung fallen lassen? Es wäre sehr wichtig zu wissen, ob jemand anders der Vater war ... jemand, in den Rita verliebt war.«

»Lassen Sie mich nachdenken«, murmelte sie. »Rita führte ein ausgelassenes Leben, ging Wagnisse ein, verstehen Sie? Sie war nie zufrieden mit ihrem Platz im Leben, nicht einmal als Kind. Deshalb wollte sie so ein altes Wrack wie Ted heiraten. Worauf sie hoffte, war sein Geld ... aber das Pech war auf ihrer Seite. Ted kam kaum zu Geld, und die arme Rita suchte immerzu nach einem Ausweg. Sie war ein sehr warmherziges, freundliches Mädchen, und heißblütig dazu, um der Wahrheit die Ehre zu geben. Sie hielt immer nach etwas Besserem Ausschau, hatte einen unsteten Blick. Sie hat meinen Donald einmal gesehen, und sie musterte ihn hübsch sorgfältig ... ich sah auch, wie er sie musterte. Damals war ich noch nicht blind, aber sie hatten nicht die Zeit, sich danebenzubenehmen. Jedenfalls suchte sie immer nach einer Möglichkeit, um aus dem Norden wegzukommen ... auch wenn sie nicht so recht wusste, wie sie es anstellen sollte. Und sie hatte mich als Vorbild, ich entkam von dort, und man sieht ja, was es mir eingebracht hat, einen Seemann namens Donald Wilson, der wegging ...«

»Also gab es andere Männer in ihrem Leben? Neben Ted Hook?«

»Ich sagte doch, ich möchte das Andenken meiner armen kleinen Schwester nicht beschmutzen.« Sie wandte mir ihr bestürztes Gesicht zu, als ob sie sehen könnte. Ich dachte mir, dass sie nicht oft die Gelegenheit hatte, über ihre Vergangenheit zu sprechen. Wer sollte ihr auch zuhören? Sie lebte allein. So wartete ich darauf, dass der Mitteilungsdrang siegte. »Aber Wahrheit bleibt Wahrheit, nicht wahr, Mr. Cavanaugh?« Ich stimmte ihr zu. »Und die Wahrheit ist, dass Rita nur so anständig war, wie sie unbedingt sein musste. Sie hatte für manches einen Riecher, war feinfühlig und so, verstehen Sie? Ich glaube, sie mochte Männer ganz allgemein, das ist der Punkt, Hand aufs Herz.«

»Was glauben Sie, was wirklich aus ihr geworden ist?«

»Brannte mit einem Mann durch. Was sonst? Das würde Rita doch ähnlich sehen, oder? Man muss der Wahrheit ins Auge blicken.«

»Sind Sie sicher, dass sie nie angedeutet hat, wer der Vater gewesen ist? Wer zeugte die Kinder? Der, mit dem sie dann durchbrannte? Versuchen Sie, sich zu entsinnen, Mrs. Wilson ... es wird Rita nicht mehr kränken. Aber es ist wichtig für einige Leute. Versuchen Sie es.«

»Mal sehen, einmal 1932 und einmal 1940 ... Na ja, sie hat nie etwas gesagt, nicht direkt, aber er war ein feiner Herr, ein Kerl aus der Oberschicht – ich kam jedenfalls zu dem Eindruck. Sie tat so vielsagend deswegen, kleine Hinweise hier und da, und da war das Geld, das sie mir schickte ... es musste ja irgendwoher kommen, oder? Und ich habe immer vermutet, dass sie einen Mann hatte. Sie hatte so ein Funkeln in den Augen. Es kam mir so vor, als gehörte alles zu einem Plan, der sehr gut funktionierte. Zum Beispiel war sie nie ärgerlich wegen der Babys, hat sich nie so verhalten, als würde sie die Kinder nicht mögen, und hat auch nie etwas von einer Abtreibung gesagt.«

»Sie muss mit dem Vater durchgebrannt sein«, sagte ich.

»Es sieht ganz danach aus«, sagte sie müde. Sie war das viele Reden nicht gewöhnt. »Ich habe keine Beweise, bedenken Sie das, aber es sieht ganz danach aus. Es muss eine richtige Liebesaffäre gewesen sein, wirklich romantisch – immerhin dauerte sie all die Jahre bis 44, und wer weiß, wie lange danach.«

Inzwischen war es dunkel geworden. Ich stand in der Tür und dankte ihr für ihre Zeit und Mühe. Sie schenkte mir ihr leeres Lächeln, das verschwand, während ich hinschaute.

»Rita ist tot«, sagte sie. Die Bitterkeit kam nun doch zum Vorschein, wie Abfall in einem Teich. »Ich spüre es, ich weiß es. Rita ist tot. Schon seit langer Zeit. Ich habe das immer gewusst. Ich habe mich selbst belogen. Die Menschen tun so etwas, nicht wahr?« Ihre falschen Zähne klickten in der Dunkelheit, wo sie jede ihrer Stunden verbrachte. »Danke, dass Sie mit mir geplaudert und mir zugehört haben.« Bevor ich darauf antworten konnte, schloss sie die Tür. Der Wind fuhr drohend durch die trockenen Bäume. Regen lag in der Luft, man konnte ihn riechen und fühlen. Die Straße lag still da, und ich ging in Richtung Verkehr. Der Schweiß nässte meine Kleidung und kühlte mich beim Laufen. In Chicago gab es nichts mehr für mich zu tun.

Ich besorgte mir ein Sandwich an einer Bude nahe der Universität und nahm ein Taxi zum O'Hare, um den Flug um 11.30 Uhr nach Minneapolis zu erreichen. Im Flugzeug war es heiß und stickig. Mir brannten die Augen, ich hatte Kopfschmerzen und einen nervösen Magen, und langsam begriff ich, was ich erfahren hatte, und das machte mich fertig. Was ich glaubte, erfahren zu haben. Es war dunkel, weil die meisten Passagiere sich gähnend dem Schicksal anvertrauten. Ich bekam einen Gin Tonic in einem Plastikbecher, wischte mir mit der Serviette über das Gesicht, und danach war sie grau verschmiert. Ich trank einen großen Schluck, schloss die Augen und wagte zum ersten Mal an diesem Tag, zu denken.

Larry Blankenship war 1932 geboren, erschien 1944 als Waise im Herz-Jesu-Heim in Duluth und ging später zur Familie Blankenship nach Bemidji, wo er seinen neuen Namen erhielt. Das waren die Fakten.

Larry hatte eine kleine Schwester ins Waisenhaus mitgebracht, sie war vier oder fünf Jahre alt, konnte also 1940 geboren sein. Sie blieb im Heim, als Larry nach Bemidji ging. Sie war so alt wie Kim, und Larry war so alt wie Kims verschollener Cousin. Das waren die Tatsachen.

Ted Hook hatte gesagt, dass die in seinem Haushalt lebenden Kinder 1932 und 1940 geboren wurden, ein leiblicher Sohn und die Tochter seiner Schwägerin aus Chicago. Beide Kinder hatte er in ein Waisenhaus nach Duluth gegeben – in das Herz-Jesu-Heim, wie Kim zugegeben hatte.

Es sind mitunter kritische Momente, wenn Möglichkeiten zu Wahrscheinlichkeiten werden, und einem solchen Moment starrte ich gebannt entgegen. Es gab keinen wirklichen Beweis, das war mir klar, aber ich hätte um einiges gewettet, dass Larry Blankenship sein Leben als Robert Hook begonnen hatte, dass er und Kim Bruder und Schwester waren, dass es keine Dreiergruppe gegeben hatte. Es fügte sich so geschickt ineinander und bot genau die Aspekte, die man bei einem Mordfall erwarten würde. Kim und Robert wurden von Rita Hook mit acht Jahren Abstand im Merrivale Memorial Hospital in Chicago geboren, während Patricia Wilson draußen den Gang auf und ab schritt und für den flüchtigen Kontakt mit ihrer risikofreudigen Schwester dankbar war, die sich nie anständiger benahm, als sie unbedingt musste. Es hatte keinen anderen Jungen gegeben, der den Namen Larry Blankenship erhielt und ebenfalls eine kleine Schwester hatte. Nein.

Die Frage nach dem Vater blieb bestehen, und ihre Bedeutung wuchs, während ich die halbe Limonenscheibe aussaugte und auf das Dröhnen der Maschinen horchte. Ted war davon ausgegangen, dass der Sohn sein eigener war und Shirley die Tochter seiner Schwägerin. Hinsichtlich der Tochter war er belogen worden; vielleicht aber auch hinsichtlich des Sohnes. War Carver Maxvill der Vater gewesen?

Wenn ich den Fall aus sicherer Distanz hätte betrachten können, wäre ich fasziniert gewesen. Aber ich liebte die kleine Tochter ... die eine inzestuöse Ehe eingegangen war, aus der dann ein Kind hervorging, das nun in einer Anstalt lebte, weil seine Eltern Geschwister waren.

Ich bekam einen neuen Drink und schaute in die mondhelle Nacht hinaus. Gelegentlich sah ich unter mir die Städte Wisconsins leuchten. Falls ich bisher nur Zuschauer gewesen war – seit heute war ich es nicht mehr. Kim spielte eine Rolle in diesem Mordfall, in einem ausgedehnten, unwahrscheinlichen, immensen menschlichen Plan. Ich dachte daran, wie alles angefangen hatte und wie eine Frau mit einem Vogelgesicht mir erzählte, dass Kim Blankenship eine Mörderin sei ... Nun, diese Information war falsch gewesen, aber alles war irgendwie miteinander verknüpft, und Harriet Dierker hatte das gewusst.

Die Zeit hatte Larry und Kim beträchtlichen Schaden zugefügt, hatte sie auseinander gerissen, voreinander verborgen und ein Vierteljahrhundert später zusammengeführt. Inzwischen waren sie Fremde und hatten nur ein paar Mitglieder des Norway Creek Clubs als gemeinsame Bekannte ... Norway Creek – sie arbeitete dort, und Larry arbeitete für ein Mitglied und erlangte Zutritt durch die Vordertür. Als sie sich trafen, war nur der Club gemeinsames Territorium. Die Vorstellung, dass gerade der Norway Creek Club in solche Vorgänge verwickelt war, belastete mich. Sicher war ich naiv, wenn mich das schockierte, aber der Club war, wie die Stadt überhaupt, sorgfältig eingehüllt in einen Mantel der Rechtschaffenheit und Anständigkeit, und tat stolz seine Tugendhaftigkeit kund, als wäre Anständigkeit ein Prädikat, das man sich selbst verleiht wie ein Etikett, unter dem man seine Sünden verbergen kann.

Als Kim und Larry heirateten, wussten sie nichts von ihrer Geschwisterbeziehung. Kim wusste es auch jetzt noch nicht. Aber ich schien damit dem Grund für Larrys Selbstmord auf die Spur gekommen zu sein: Er hatte irgendwie die Wahrheit herausgefunden. Das Leben hatte ihn immer wie einen Dummkopf aussehen lassen; nichts war, wie es sein sollte, weder seine Karriere noch seine Ehe, noch seine Kindheit ... und das letzte dröhnende Lachen von oben war zu viel für ihn gewesen. Das leere Apartment muss ihn verhöhnt haben, der neue Thunderbird, den er nicht mehr bezahlen konnte, war wie ein Spott, während das schweigende Telefon seine letzte Hoffnung zunichte machte. So stand er weinend vor seiner Ex-Frau auf dem Parkplatz. Sein Kind lebte versteckt und sein adretter Sommeranzug war eine Lüge – das alles gehörte schon zur Totenklage über Larry Blankenships erfolglosen Versuch, das Leben zu meistern. Dann entdeckte er, dass die Frau, die er liebte, die er geheiratet und verloren hatte, seine Schwester war, und so schrieb er diese rücksichtsvolle kleine Notiz und erschoss sich.

Ich wusste, das war die Wahrheit. Und dass es einen Zusammenhang mit den Morden an Tim Dierker und Pater Boyle gab; es musste ihn geben. Ich hatte erst die halbe Lösung. Das Nächste, was ich in Erfahrung bringen musste, war die Identität des Vaters oder der Väter. Gehörte Ted zu Larry und Carver Maxvill zu Kim? Oder verhielt es sich anders?

Beim Landeanflug sanken wir durch eine graue Wolkendecke, die sich erst lichtete, als unter uns die roten Landescheinwerfer aufsprangen, weil das Fahrgestell den Boden berührte.

Ich hatte Angst.

Wenn das Wissen um den Inzest Larry Blankenship zum Selbstmord getrieben hatte, zu was mochte es dann Kim treiben? Und würde ich es überhaupt fertig bringen, ihr das zu sagen? Da ich sie nun einmal liebte, was sollte ich tun?

Bis ich endlich in mein Bett fiel, hatte der Mörder die Reihe fortgesetzt ...

19. Kapitel

Ich hatte die ganze Nacht schlecht geschlafen und war am Morgen sprachlos und völlig verwirrt. Der Wind brüllte vor den Fenstern wie ein hungriges Ungeheuer, und die Luftfeuchtigkeit drückte einen zu Boden. Der Morgen graute nur langsam, aber dann stieg die Sonne auf und färbte den Freeway lachsrosa, und ich ließ mich zusammen mit dem Wind auf dem Balkon nieder und starrte in den freien Raum zwischen mir und den Dächern der Innenstadt. Mein Verstand verweigerte sich. Ich rief Archie an, und wir vereinbarten, im Norway Creek zu frühstücken.

Er sah frisch und gelassen aus in seinem Jackett aus leichtem Leinen. Den Kragen hatte er offen gelassen, sodass das weiße Kraushaar herauslugte; der Schnurrbart war geschnitten, das Haar glatt zurückgekämmt, und er hatte sich ein Paisleytuch in die Brusttasche gesteckt. Meine Nase pochte noch. Er hörte ruhig zu, operierte sorgfältig mit Messer und Gabel an seinem Toast mit Eiern Benedict, während ich ihm mein Chicago-Abenteuer erzählte und meine traurigen Schlussfolgerungen mitteilte.

Als ich zu reden aufgehört hatte, zeigte er auf meinen Teller und sagte, ich solle essen. Draußen kam ein Quartett den Fairway entlang, und Schuhe mit Spikes klapperten auf der Terrasse. Die Sonne schien unnatürlich grell und stach mir in die Augen.

»Du hast einen entscheidenden Schritt getan, glaube ich, ja, doch, das hast du.« Er lehnte sich zurück und zündete sich eine Zigarre an. »Du hast uns Raum für neue Bewegung verschafft, Paul, sehr gute Arbeit. Ich weiß, es ist schlimm für dich wegen der Geschichte mit Kim.« Er ging leichtfüßig darüber hinweg. Liebesgeschichten waren für Archie nur etwas, das der Handlung im Wege stand, sei es nun im Roman oder in der Wirklichkeit. Daher überraschte es mich, dass er sich überwand und fragte, wie ernst es mir damit sei.

»Ernst«, antwortete ich. »Ich liebe sie. Durch sie habe ich erkannt, dass ich doch noch ... Es ist mir wichtig, sie ist mir wichtig.«

»Ich verstehe, mehr oder weniger. Du begreifst, dass das, wie die meisten solcher Unternehmen, außergewöhnlich unklug ist. Das erotische Verhalten von Frauen ist kein Geheimnis.«

»Ich weiß. Ich stelle ihr kein Zeugnis aus, weißt du. Ich bin in sie verliebt.«

»Na schön. Du wirst ein Problem haben, aber das weißt du wahrscheinlich selbst. Du bist erwachsen. Viel Glück also!«

»Das gehört alles zum bunten Schauspiel des Lebens«, sagte ich.

»Ich nehme an, damit triffst du den Nagel auf den Kopf«, sagte Archie, kehrte den Verdrießlichkeiten des Gefühlslebens den Rücken und begab sich in die angenehme Sicherheit eines Rätselspiels, das mit ein bisschen Glück sogar Intellekt und Verstand ansprach. »Es ist beinahe zwingend, dass sie Bruder und Schwester sind. Es wäre zu schade – natürlich nur nach den Maßstäben eines Romanautors –, wenn sie es nicht wären, wenn es tatsächlich zur gleichen Zeit ein zweites Geschwisterpaar in demselben Waisenhaus gegeben hätte. Ich kann diese Möglichkeit nicht ernsthaft in Betracht ziehen, das würde alles andere vermasseln.

Und offenbar hat das Wissen um den Inzest den unglücklichen Larry in den Selbstmord getrieben. Die Frage ist, wie er es erfahren hat. Das müssen wir irgendwann herausfinden.

Die andere Frage, ob sie einen Vater oder zwei Väter hatten – nun, das ist ziemlich heikel, nicht wahr? Patricia Wilson sagt, der Vater des zweiten Kindes habe sehr wahrscheinlich der Oberschicht angehört ... und wir wissen sicher, dass es nicht Ted war. Rita hat ihm gegenüber behauptet, sie sei Patricias Tochter. Ob Ted nun der Vater des ersten Kindes war, ist nicht unbedingt wichtig – außer vielleicht für Kim. Aber wer zeugte das Mädchen? Wer war der bessere Herr, der Frauenheld, Ritas Fahrkarte, mit der sie Grande Rouge verlassen konnte? Das springt einen geradezu an, nicht wahr, Junge?«

»Carver Maxvill«, sagte ich.

»Richtig. Das passt wie angegossen. Kim ist Maxvills Tochter.« Er gab ein Zeichen, damit man ihm Kaffee nachschenkte, und als wir wieder allein waren, schürzte er seufzend die Lippen und legte sich zurecht, was er sagen wollte. »Die Sache ist verwickelt«, meinte er schließlich, »aber ich weiß vermutlich, wer der Mörder ist, zumindest habe ich eine Ahnung.« Er lächelte mich an und fuhr fort.

»Beginnen wir zunächst mit Ritas Geld, mit den hundertfünfzigtausend Dollar, die sie auf der Bank für Ted zurückgelassen hat – vielleicht ist sie sentimental geworden und hinterließ es ihm als Geschenk ... sofern sie noch mehr für unterwegs hatte. Aber wie, zum Teufel, kam sie an die ersten hundertfünfzigtausend? Denk daran, dass wir bereits darüber sprachen. Ich glaube, dass du richtig geraten hast, Paul. Nur eines ergibt wirklich Sinn: Es war Erpressungsgeld. Der Club – wer sonst, wenn man es genau betrachtet – zahlte sie aus, die einzig vorstellbare Quelle, die sie in solcher Höhe anzapfen konnte. Ich weiß nicht, weshalb sie bezahlten, aber das brauchen wir noch nicht zu wissen. Wir können von der Vermutung ausgehen, dass der Club mit dem Geld herausrückte, und zwar über einen längeren

Zeitraum. Allerdings muss ich sagen, dass ich während meiner Clubzeit nichts davon gewusst habe. Es macht mir ziemlich zu schaffen, dass ich einem Geschehen, wie diskret es auch ablief, so nahe stand und nichts davon bemerkte ... daran sehe ich, wie wenig ich tatsächlich mit ihnen gemein hatte.

Wie dem auch sei, was geschieht gewöhnlich mit Erpressern? Entweder sie kommen an das große Geld und verschwinden, oder sie werden von ihren Opfern umgebracht. Meine Wette geht dahin, dass sie an das große Geld gekommen sind ... hauptsächlich, weil ich mir nicht vorstellen kann, dass die Jungs sie umgebracht haben. Das ist vermutlich mein schwacher Punkt, aber sie scheinen mir nicht dazu geeignet zu sein ... nein, sie würden eher zahlen als töten. Mit Maxvill an der Seite, ihrem Liebhaber, kam sie an die letzte Rate. Bis 1944 konnten die Burschen es aufgebracht haben ... wer weiß, wie viel es insgesamt war, vielleicht noch einmal hundert- oder hundertfünfzigtausend? Sie hinterließ den ersten Batzen Ted und den Kindern, ohne zu ahnen, dass er sie in ein Waisenhaus geben würde, und sie und Carver gingen fort, frei wie der Wind. Allein und mit viel Geld. Sie hatten dafür gesorgt, dass das Leben sich auszahlte ...« Archie strich sich den Bart und grinste mit grollender Bewunderung. »Denk mal, wie glücklich sie gewesen sein müssen, Paul. Stell dir vor, wie mächtig sie sich fühlten, besser als Bonnie und Clyde, denn ihnen gelang der dickste Fischzug von allen, ohne dass ihnen die Klapperkisten der Polizei auf den Fersen waren. Das muss man ihnen lassen, oder? Rita und Carver schlugen allen ein Schnippchen. Und Rita kam am Ende aus Grande Rouge heraus.« Er funkelte mich über den Rand seiner Sonnenbrille hinweg an.

»Und das war das letzte Mal, dass in dieser Geschichte etwas Glückliches passierte«, sagte ich mürrisch. Ich konnte nicht aufhören, mir wegen Kim und dem, was ihr noch bevorstand, Sorgen zu machen. Ein Mann vollführte einen Freudentanz am achtzehnten Loch, weil er einen langen Ball hineingebracht hatte. »Wie wurde aus dem glücklichen Räuber schließlich ein Mörder, Archie?«

»Er wurde alt, seine Frau Rita starb, er kehrte aus Einsamkeit nach Minneapolis zurück, wollte die Schauplätze seiner Jugend wiedersehen – aus welchem Grund, spielt keine Rolle. Und was findet er vor? Denk nach, stell dir den alten Mann vor, der seine Kinder verlassen und mit gestohlenem Geld gelebt hat ... er kehrt zurück wie Rip van Winkle. Das Leben ist inzwischen weitergegangen, seine Kameraden sind alt geworden, und zu seinem Entsetzen entdeckt er, dass sie seiner Tochter *gestattet* haben, ihren Bruder zu heiraten – nach allem, was sie *gewusst* haben, und somit hatten sie ihre Rache.« Er war aufgeregt, richtig in Fahrt. »Ein echtes Drama, Paul! Der Club hat ihn für die Erpressung bestraft, indem sie zuließen, dass seine Tochter eine inzestuöse Ehe einging ... nach allem, was wir wissen, könnte er auch beide Kinder gezeugt haben.« Er schaute mich an. »Das macht Furore, nicht wahr? Sie haben nicht nur Maxvills Leben zunichte gemacht, sondern auch Larrys und Kims und das ihres Kindes. Also, wenn Maxvill die Sache so sieht, ist ein Mord die folgerichtige Antwort, findest du nicht?« Er pochte leise auf den Tisch. »Denk an meine Worte, wir haben es herausgefunden, Paul. Er wird sie alle umbringen. Er ist verrückt geworden, hält sie alle für schuldig ... und es ist der Inzest, der ihn um den Verstand gebracht hat.«

»Das klingt einleuchtend«, sagte ich. »Aber muss es Maxvill sein?«

»Was meinst du damit? Ich habe doch gesagt ...«

»Warum nicht Rita? Wer sagt, dass es nicht Rita ist, die zurückkehrte? Ihr Motiv ist so gut wie seins, sogar besser, denn es sind beides ihre Kinder.«

Archie blieb der Mund offen stehen. Das verdross ihn.

»Meine Güte, verdammt noch eins«, flüsterte er. »Auf die Idee bin ich nicht gekommen. Ich war völlig auf die männliche Hauptrolle konzentriert.« Er biss sich auf die Lippe. »Es könnte auch die Frau sein ...«

Wir tranken in aller Ruhe unseren Kaffee, während sich langsam die Mittagsgäste einfanden.

»Crocker behauptete zu wissen, wer der Mörder ist«, sagte Archie.

»Richtig«, erwiderte ich, »und es könnte der eine so gut wie der andere sein.«

»Aber die Fotos von Maxvill ... die gestohlene Archivmappe.« Archie klammerte sich an seine Idee. »Aber ich sehe dein Argument«, räumte er grollend ein.

Wir gingen nach draußen. Am Pool nutzten Mütter und Kinder den vielleicht letzten schönen Sommertag im Club. Sie klangen aufgeregter als sonst; vielleicht hatte die Gewissheit des nahen Winters sie in Anspannung versetzt. Vereinzelt lag schon Laub auf den Wegen. Der heiße Sonnenschein war nur eine Dreingabe, und im Westen zogen bereits große weiße Wolken auf. Man konnte nicht wissen, wie bald es kalt werden und anfangen würde zu stürmen.

Auf den Tennisplätzen wurde ein Club-Turnier veranstaltet, und Darwin McGill saß nervös auf dem Hochstuhl des Anschreibers. Er war braun wie ein Indianer, und ich dachte daran, dass er bald sterben würde – angeblich. Aber wer würde nicht sterben? Auf der Terrasse oberhalb der Tennisplätze setzte sich Archie an einen Tisch mit Sonnenschirm. »Wir sollten lieber über Kim reden«, sagte er zaghaft, um der Sache schließlich ins Auge zu sehen. »Was wirst du ihretwegen unternehmen?«

»Na ja, da steht mir einiges bevor«, sagte ich und ließ mich schwer in einen Stuhl fallen. Die Fransen am Sonnenschirm wehten durcheinander. »Vielleicht ist es eine Marotte von mir, aber Gott weiß, sie hat mich die ganze Zeit vom Wesentlichen abgelenkt, hat mir lauter unverfängliches

Zeug erzählt und dann mal ein größeres Stück von der Wahrheit, fast wie ein Bekenntnis, als wäre es mir gelungen, es aus ihr herauszuquetschen. Das hat sie zwei-, dreimal getan, aber hauptsächlich hat sie mich abgelenkt und die Wahrheit nur am Rande gestreift. Es bringt mich aus dem Gleis, Dad. Ich weiß nicht, was für ein Mensch sie wirklich ist. Jedesmal, wenn ich sie zu fassen bekomme, entschlüpft sie mir, entpuppt sich als jemand anderer. Ich weiß nicht, wie ich sie festnageln soll.«

»Ich würde sagen, sie ist jetzt ganz schön festgenagelt«, sagte Archie, und seine ruhige Stimme war wohltuend. »Sie ist eine komplizierte Frau, die ein schwieriges Leben geführt hat, die mehr Veränderungen und Unsicherheiten erdulden musste, als die meisten Menschen in siebzig Jahren durchmachen.

Sie ist nie zur Ruhe gekommen, Paul, hatte keine Zeit, sich hinzusetzen, nachzudenken und alles zu ordnen. Überlege mal – wem gleicht sie am meisten in dieser ganzen Geschichte? Mit wem von allen Leuten, die wir inzwischen kennen, würdest du sie vergleichen?«

Er spielte mit den Falten seiner Hose, dann verschränkte er die Arme und schaute den Tennisspielern zu. Über dem Stadtrand türmten sich die Wolken. Ich saß still da und war durcheinander.

»Mit ihrer Mutter«, sagte Archie ernst. »Sie hat eine Menge von Rita Hook, Paul. Das Verlangen, ihre Vergangenheit im Norden zu vergessen, die Fähigkeit, eine Beziehung zu lösen und eine andere anzufangen, von einem Mann zum anderen zu gehen und sich dabei zu verbessern. Sich in jeder Hinsicht zu verbessern. Sie geht zur Schule, erweitert ihren Freundeskreis und ihr Wissen. Denk darüber nach, nur über die Tatsachen. Sie ist auf sich allein gestellt, sie schlägt sich durch, mit allen Mitteln, die sie zur Hand hat. Zuerst bestand die Notwendigkeit, von Grande Rouge wegzukommen. Das tat sie. Dann kam Billy Whitefoot, weil sie sich von der großen Stadt eingeschüchtert fühlte, dann Larry Blankenship und damit ein ganzer Schritt in die respektable Mittelschicht, dann Ole Kronstrom und die Welt des Geldes, der Privilegien und der Muße. Sie hat Mumm, den Mumm eines Einbrechers, genau wie ihre Mutter. Jetzt ist sie gerade dabei, dich ins Auge zu fassen ... du bist jünger, hast viel Geld, ein gewisses Ansehen.«

»Du hörst dich an wie Harriet«, sagte ich. »Du lässt sie berechnend erscheinen, wie ein kaltblütiges Ungeheuer ...«

»Unsinn, ich habe nichts dergleichen gesagt und lasse nicht zu, dass du so was behauptest. Ich habe einen Charakter analysiert – das heißt, einen Menschen –, auf objektive Weise und nach den bekannten Anhaltspunkten. Ich habe keinerlei Anschuldigungen vorgebracht.« Er nahm seine Lippen zwischen Daumen und Zeigefinger und zog daran. »Tatsächlich habe ich sogar ziemlichen Respekt vor ihr. Sie muss mächtig Rückgrat haben, wirklichen Mumm. Sie ist stark, Paul, auf eine Weise, wie wir beide es niemals sein werden. Sie hat immer stark sein müssen ... das ist das Wesentliche an ihr. Mach dir keine Sorgen ihretwegen. Sie hat viele Seiten, du hast nur ein paar davon gesehen, und sie ist anpassungsfähig. Sie tut, was sie tun muss, um zu überleben. Sie wird angesichts der Wahrheit nicht zusammenbrechen. Also sei nicht verängstigt. Du hast nur Angst, weil sie so zerbrechlich wirkt. Wenn sie es wirklich wäre, dann wäre sie schon vor langer Zeit zerbrochen. Wenn du dich darum sorgst, wie sie die Wahrheit über ihre Eltern und ihre Ehe mit Larry aufnehmen wird, vergiss es – sie kann es ertragen.«

»Also gut«, sagte ich, »mal angenommen, dass das alles stimmt – ich habe trotzdem Angst. Aus irgendeinem Grund fürchte ich, dass ihr etwas zustoßen könnte.«

»Was meinst du damit?«

»Ich fürchte, dass auch sie in Gefahr ist. Verdammt, sieh mich nicht so an. Ich komme einfach nicht umhin. Sie ist so schwer zu fassen, so geheimnisvoll. Sie ist mit dem ganzen Mordfall scheinbar zufällig, aber auf eigenartige und verzwickte Weise verbunden. Ich habe Angst, dass sie davon verschlungen wird ... am Ende auch zu den Opfern zählt.« Ich wandte mich ab und schaute hinüber zu den Tennisspielern; es kam mir so vor, als würden sie gegen den drohenden Regen anspielen, aber die Sonne schien heiß. »Es ist nur ein Gefühl, mehr nicht.«

Archie stand auf, legte eine Hand auf meine Schulter.

»Entschuldige dich nicht dafür, Junge«, sagte er. »Das Gleiche habe ich auch schon gedacht, und ich weiß auch nicht, warum.«

Wir gingen zurück über den Rasen, als ein Bekannter von Archie über den Parkplatz auf uns zukam. Er hatte ein dickliches großflächiges Gesicht und trug einen amüsierten Ausdruck zur Schau.

»Hast du schon die Nachrichten gehört, Archie?« Archie schüttelte den Kopf. »Also, mach dich auf was gefasst. Ford hat Nixon Straferlass gewährt ... vollen Straferlass. Jetzt schäme ich mich mehr, Republikaner zu sein, als für alles, was Dick Nixon selbst getan hat. Himmel, vollen Straferlass!« Er schlug Archie gegen den Arm. »Tja, der Mensch lernt nie aus.«

»Du sagst es, Walter«, antwortete Archie. »Aber man könnte auch sagen: Der Mensch lernt selten etwas dazu.«

»Ihr Schriftsteller wisst mit Worten umzugehen«, sagte Walter und schlenderte in Richtung Clubhaus davon, um es unter die Leute zu bringen.

»Wir sollten besser zu Kim fahren«, sagte Archie. »Macht es dir etwas aus, wenn ich mitkomme?« Es machte mir nichts aus, und so stiegen wir gemeinsam in den Porsche. Mir war eigentlich nicht nach Reden zumute; mir ging einiges durch den Kopf, und ich versuchte die Dinge in den Griff zu bekommen, nur dass sie sich mir beharrlich entwanden. Das lag an der Vielschichtigkeit des Problems, und außerdem klaffte zwischen Anschein und Wirklichkeit eine schreckliche Lücke. Unter der stillen Oberfläche rumorte ein Ungeheuer und wurde allmählich hungrig und gierig. Es hatte sich wie Crockers Ratten schon vor langer Zeit eingenistet. Gott allein wusste, was alles unter der Fassade lag, die jetzt aufgekratzt wurde, die Tim und Marty und die anderen errichtet und geschätzt hatten und um jeden Preis schützen wollten.

Zufällig war ich der Bulldozer geworden, der den Hügel aufriss, an dem die Zahl 1974 stand. Bislang ohne nennenswerten Gewinn. Ich hatte mich in eine Maschine verwandelt, riss die Schichten auf und grub, legte alles bloß und hob aus, was da vierzig Jahre lang genagt hatte ... vierzig Jahre alten Unrat, der nichts mit mir zu tun hatte. Ich zerpflückte und verstreute ihn und erschreckte das ganze Pack, die Kreaturen der Verderbtheit, die, jetzt neu erwacht, unsicher ins helle Licht blinzelten. Ich hatte sie aufgescheucht, die Keimträger, und das Gift war freigesetzt. Und doch ging es mich nichts an.

»Das überrascht mich nicht«, sagte Archie.

»Was überrascht dich nicht?«

»Dass Ford Nixon Amnestie gewährt. Und da sorgen sich die Leute um die jüngere Generation ...« Er schnaubte geringschätzig.

Mir schien, als würde alles wunderbar zusammenpassen, meine Probleme und die des Landes. Das Ungeheuer war überall. Aber ich hatte es noch nicht einmal zur Hälfte erkannt. Eine weitere Leiche verfiel in der Hitze, aber noch wusste es niemand.

20. Kapitel

Ich wollte dem Rummel am Lake Calhoun aus dem Weg gehen, denn es war ein prächtiger Tag zum Bootfahren und Sonnenbaden, doch ich entschied mich für den falschen Highway und geriet in einen Stau. Da standen ein Rettungswagen, ein Krankenwagen und drei Polizeifahrzeuge, und ich brauchte einige Augenblicke, um zu begreifen, wo wir gelandet waren. Es war die Baustelle von Crocker Constructions, und mein erster Gedanke war, dass die Rattenstampede im Gange war. Automatisch schaltete ich WCCO ein, weil sie gewöhnlich die Schnellsten waren, aber sie feierten gerade das Jahr 1942, und Dinah Shore sang eine langsame, traurige Version von »You'd Be So Nice to Come Home To«.

Man sah Blitzlichter und hörte Sirenen, und wir warteten bei offenem Verdeck in der Sonne. Archie fluchte leise und versuchte die Hitze, den Staub und den Lärm zu ignorieren. Bei den Wohnwagen standen Polizisten, doch auf dem Hügel schien nicht viel zu geschehen. Dort waren nur ein paar Laster zu sehen, und vier Arbeiter in weißen Kitteln standen träge dabei und machten einen zuversichtlichen Eindruck, was die Ratten anging. Aber auf der Baustelle musste etwas geschehen sein. Ich hielt nach James Crocker Ausschau, doch im Moment schien er sich nicht um »seinen Schlamassel« zu kümmern. Plötzlich kam Bewegung in den Verkehr, und ich fuhr in Richtung Innenstadt. Billy Daniels sang »That Old Black Magic«, und ich wünschte mir, ich hätte welche, um sie bei Kim anzuwenden. Mein Magen hatte sich auf den Rücken gelegt, um zu sterben, und ich war es nicht mehr gewöhnt, durch die Nase zu atmen. Ich versuchte mir zurechtzulegen, was ich ihr sagen würde. Nichts davon war besonders taktvoll. Die Sonne hatte mein Gehirn inzwischen halb durchgebraten, und Sinatra bearbeitete gerade die »Lamplighter's Serenade«, als wir den Porsche und einen mürrischen Portier draußen stehen ließen.

Kim drückte auf den Summer. Als sie uns in die Wohnung ließ, fiel mir plötzlich ein, wie lausig unser letztes Gespräch gewesen war, wie sehr sie sich bemüht hatte, es nett zu machen, und wie ich sie dann verlassen hatte. Sie gab Archie die Hand, winkte mir fröhlich zu, was meine Mission noch schlimmer machte, und sagte: »Mein Gott, haben Sie schon von Nixon gehört?« Sie führte uns ins Wohnzimmer, wo zwischen Chrom und Glas leuchtende Blumen hervorgewachsen waren. Archie bedachte alles mit einem anerkennenden Blick. Es machte ihm Vergnügen zu beobachten, wie Frauen leben, und er war fasziniert davon, wie sie sich in Schwierigkeiten brachten und mit welchen Mitteln sie sich wieder daraus befreiten; aber er blieb dabei lieber auf Abstand. Sie trug einen gelbgrünen Morgenrock, und ihre Nackenhaare waren noch nass. Ein Spiel namens »Scharfschütze« lag über den Fußboden ausgebreitet, der Karton lehnte an einem Stuhlbein. Sie besah sich die Unordnung und lächelte Archie an. »Entschuldigen Sie das Durcheinander. Aber das Spiel ist neu, und ich bin die halbe Nacht aufgeblieben, um die Regeln zu begreifen. Sie entsprechen nämlich der Kompliziertheit des wirklichen Lebens, und gerade die ist es, die Spaß macht, aber man braucht Geduld.«

»Geduld ist eine seltene Tugend bei schönen Frauen, Miss Roderick.« Archie versuchte wie ein Schriftsteller zu klingen. Er hatte den Stoß Fenton-Carey-Bücher auf dem

Sofatisch bemerkt. Aber in Anbetracht der Gründe unseres Besuchs ärgerte mich das.

»Kim«, begann ich und unterbrach die beiden in ihrem Geplänkel, »wir sind aus einem bestimmten Grund hier. Es ist ziemlich ernst, Dad, also ...«

Archies Miene verdunkelte sich, und er verschränkte die Hände und lehnte sich in seinem Sessel nach vorn.

»Wir haben große Angst, dass Ihr Leben in Gefahr ist«, sagte er und wählte damit den bestmöglichen Einstieg. »Paul hat ein paar unangenehme Tatsachen erfahren, und ich fürchte, das wird ein Schock für Sie sein. Er wird Ihnen alles berichten, und ich werde nach Möglichkeit versuchen, behilflich zu sein. Ich möchte Ihnen schon vorher zu bedenken geben, dass nichts wirklich unersetzlich ist ... nach allem, was Paul mir über Sie erzählt hat, bin ich sicher, dass Sie damit fertig werden.« Dann schaute er mich an.

»Ich bin gestern nach Chicago geflogen«, begann ich und wusste nicht, wohin ich blicken sollte. »Ich habe mit Patricia Wilson gesprochen.« Kim riss die Augen auf, und die Zungenspitze erschien zwischen den Lippen, sie wartete angespannt. »Sie ist nicht tot, und das Entscheidende ist, dass sie nicht deine Mutter ist. Rita Hook war deine Mutter, und wir nehmen an, Carver Maxvill war dein Vater.« Ich unterbrach mich, mein Atem ging rasch. Kim hielt sich eine Hand vor den Mund und stieß die Luft aus, als laste ein plötzlicher Druck auf ihrer Brust. Sie wirkte mit einem Mal kleiner, schien sich in sich zurückzuziehen. Diesen Gesichtsausdruck hatte ich schon einmal an ihr gesehen, an jenem Abend im Guthrie, als Harriet über sie herfiel. Aber diesmal hatte sie auch Angst, die Angst, die einen befällt, wenn man nach einem festen Halt tastet und statt dessen etwas berührt, das lebendig ist und sich bewegt.

»Das war die gute Nachricht«, sagte ich. Ich griff nach ihrer Hand, aber sie entzog sie mir.

»Also gut«, sagte sie von weit her, »wie lautet die schlechte Nachricht?«

Während die Klimaanlage schnurrte und kalte Luft über unsere Köpfe hinwegblies, während die Blumen atmeten und zitterten und sich langsam zur Sonne streckten, während Archie die Hände auf seine knotigen Knie presste und der kleine Scharfschütze still auf einem Sechseck des Spielbretts wartete, sagte ich Kim, dass Larry Blankenship ihr Bruder gewesen sei, sofern sie nicht in den absonderlichsten aller Zufälle verwickelt worden sei. Dann bestünde der zweite absonderliche Zufall in ihrem Leben darin, dass sie ihn wiedergetroffen, sich in ihn verliebt und ihn geheiratet hatte, um schließlich ein Kind von ihm zu bekommen. Ich sagte, wir seien zu der Ansicht gelangt, dass Larry die Wahrheit erfahren habe, was den letzten Anstoß zu seinem Selbstmord gab. Und schließlich, dass das Mordkarussell sich um ihre wahre Abstammung und die inzestuöse Ehe drehte.

Sie war bleich geworden. Ihr sorgfältig aufgebautes Leben lag in Scherben rings um ihre bloßen Füße, die Zehen krallten sich in den Teppichflor. Sie hatte die Arme um den Leib geschlungen, als litte sie furchtbare Magenschmerzen. Sie sagte nichts. Ich hörte, wie sie mühsam schluckte. Sie starrte jetzt nicht mehr ins Leere, sondern blickte gehetzt durchs Zimmer. In der Scheibe der Balkontür spiegelte sich der Stapel Fenton-Carey-Roman, sodass die Sonnenölflasche von draußen scheinbar auf dem obersten Buch zu stehen kam.

»Was uns auf die Frage der Gefahr bringt, Miss Roderick«, fuhr Archie fort und räusperte sich. Ihr schmaler dunkler Kopf fuhr zu ihm herum, und sie blickte ihn an wie ein Tier in der Falle. Archie sprach sehr langsam, im Gegensatz zu mir, der ich die Worte ängstlich hervorgesprudelt hatte. »Zwei Dinge machen uns Sorge. Ich will es in aller Deutlichkeit aussprechen. Erstens: Als Larry Blankenship den wahren Chrakter seiner Beziehung zu Ihnen erfuhr, beging er Selbstmord. Wir wollen nicht, dass dasselbe mit Ihnen geschieht. Darum haben wir beschlossen, hierher zu kommen, um zwischen Ihnen und dieser Tatsache einen Puffer zu bilden. Vielleicht können wir Ihnen zu einem anderen Blickwinkel verhelfen.« Er spreizte die Hände und zuckte mit den Schultern. »Zweitens: Wenn Carver Maxvill zurückgekehrt ist, um mit der alten Bande abzurechnen, wäre es möglich, dass er verrückt ist. Und falls er verrückt ist, könnte er Sie dafür verantwortlich machen, dass nun sein Lebensabend vermasselt ist ... wie eben auch die alten Männer, die diese Eheschließung zuließen. Ein gestörter Verstand ist nicht berechenbar. Niemand kann sicher sagen, wie schlimm es mit ihm steht und worauf er verfällt ... und deshalb könnten Sie in Gefahr sein. Wenigstens aber kann er Sie nun nicht mehr damit überraschen.« Archie lächelte in ihre blanken Augen, dann sah er mich an. »Es tut mir sehr leid, Miss Roderick«, sagte er, »aber es ist besser, dass Sie es von uns erfahren haben als von jemandem, der Ihnen nicht wohlgesinnt ist ...«

»Sie erwarten, dass ich Ihnen das einfach glaube?«, fragte sie Archie, dann schaute sie mich an. »Du eröffnest mir diese Ungeheuerlichkeit, und ich soll einfach sagen, ›wie interessant! Und was gibt es sonst für Neuigkeiten?‹« Sie klang schrill.

»Es gibt Beweise«, hielt ich ihr entgegen.

»Was weißt du schon über Beweise? Sag's mir. Was? Und wer gab dir überhaupt das Recht ...« Sie stand auf, griff mit beiden Händen in den Stoff ihres Morgenrocks und zitterte. Ihr Blick zielte auf mich wie eine doppelläufige Flinte. »O Gott, und dir habe ich vertraut! Warum? Was habe ich dir getan, um Himmels willen?«

»Ich liebe dich«, sagte ich kläglich. »Ich will dir da heraushelfen ... dafür sorgen, dass dir nichts geschieht.«

Sie ging steifbeinig ans Fenster und starrte hinaus in die

heitere Welt, die so weit entfernt war, ein Bravourakt unter schwerem Beschuss. »Carver Maxvill!«, zischte sie gegen die Scheibe. »Mein Vater ... und Larry mein Bruder ...«

»So sieht es aus«, sagte Archie.

»Gab es damals ein ähnliches Geschwisterpaar im Waisenhaus?«, fragte ich. Ich betrachtete ihren Hinterkopf, die schmalen Schultern unter dem gelben Stoff. Sie stand mit gespreizten Beinen da, als hätte sie einen Angriff abzuwehren.

»Woher soll ich das wissen, verdammt? Ich war vier Jahre alt, du Idiot ...«

»Es passt, Kim«, sagte ich.

Sie drehte sich um. »Es passt«, äffte sie. »Das ist es, was dir gefällt, nicht wahr? Dass es passt. Gott, du bist so gefühllos ...« Schließlich versagte ihr die Stimme, die Tränen brachen hervor, sie schluchzte krampfartig. Ohne ein weiteres Wort ging sie aus dem Zimmer, und wir hörten sie nebenan die Tür zuschlagen.

Ich schaute Archie an. Er schüttelte den Kopf. »Es gab keinen leichten Weg. Aber wir mussten es ihr sagen.«

Ich war mir nicht mehr sicher, ob das stimmte. Mussten wir? Ging es uns etwas an? Vielleicht nicht. Wenn ich nicht an jenem Morgen mit Harriet Dierker gesprochen hätte, wäre ich Kim nie begegnet, hätte mich nie in sie verliebt. Aber das war eine sinnlose Überlegung, zum Teufel damit. Es ging mich etwas an. Ich liebte sie, unabhängig davon, wie ungewöhnlich und schwierig unsere Beziehung war. Ich hatte keine Wahl; die ganze Angelegenheit war einfach mies.

»Es lagen graue Flusen auf dem Fußboden in Blankenships Apartment«, sagte ich. »Tim Dierker ist demnach dort gewesen. Möglicherweise hat Tim es ihm erzählt. Es passt«, fügte ich gedankenlos hinzu.

Archie warf mir einen bitteren Blick zu. »Ja, Paul, es passt.«

Wir konnten sie durch die Wand weinen hören. Es war, als würde jemand in der nächsten Zelle gefoltert, und wir könnten nichts für ihn tun. Ich ging in die Küche und holte zwei Dosen Olympia aus dem Kühlschrank, kehrte damit zurück ins Wohnzimmer und trat hinaus auf den Balkon, wo mir die Mittagsglut entgegenschlug. Ich trank gierig. Die leeren Straßen flimmerten unter der Hitze, die von ihnen aufstieg. Zwei Leute in weißer Tenniskleidung schlugen träge nach dem Ball, und im Pool wurde geplanscht. Irgendwo heulte eine Sirene. Fast zu jeder Tages- und Nachtzeit war eine Sirene zu hören. Anscheinend kam immerzu jemand in eine Krise.

Kim hatte aufgehört zu weinen, als ich wieder ins Zimmer trat. Archie trank das Bier und las seine eigenen Geschichten. Ich ging zur Schlafzimmertür und klopfte. Kim sagte, ich solle hereinkommen. Sie saß mit angezogenen Knien an ein paar Kissen gelehnt auf dem Bett und lackierte sich die Zehennägel. Der Morgenrock öffnete sich einen Spalt weit, sodass ich die Rückseiten ihrer Oberschenkel sehen konnte. Sie blickte nicht auf, und so setzte ich mich in einen kleinen Lesesessel.

»Es geht mir wieder gut«, sagte sie. »Wahrscheinlich bin ich noch schockiert oder so etwas, aber ich fühle mich besser. Ich habe mich ausgeweint. Und es tut mir leid, dass ich es an dir ausgelassen habe. Ich habe wenig Übung darin, solche Nachrichten entgegenzunehmen. Jetzt weiß ich, warum die Herrscher früherer Zeiten die Überbringer schlechter Nachrichten umbringen ließen.« Sie führte den Pinsel fachmännisch, erledigte jeden Nagel sorgfältig, wobei sie die Zehen mit Watte auseinander hielt. Innerlich seufzte ich erleichtert auf; sie war wieder die alte, war nicht verärgert und warf mir nichts vor. Bei allen Widerwärtigkeiten war es das, worüber ich mir Sorgen gemacht hatte. »Komm her«, sagte sie. »Ich will dich küssen.« Ich ging zu ihr, und sie drückte mir einen Kuss auf die Wange, dann wandte sie sich wieder ihrer Beschäftigung zu. Sie schien sich gänzlich gefasst zu haben, war von Zorn und Ablehnung gewaltsam umgeschwenkt zu ernster Hinnahme. Wahrscheinlich hatte sie Recht: das war die Schockwirkung. Sie hatte noch nicht die volle Bedeutung erfasst, aber sie war stark genug, darüber hinwegzukommen.

»Möchtest du, dass ich hier bleibe?«

»Glaubst du, dass Maxvill Kontakt mit mir aufnimmt?«, fragte sie und ignorierte mein Angebot.

»Es würde mich nicht wundern. Wir wissen nicht, ob er sich mit Larry getroffen hat, aber es könnte so gewesen sein. Also, ein entschiedenes Vielleicht. Kann sein, dass du nie etwas von ihm hörst, aber darauf können wir nicht zählen. Wir müssen mit dem Schlimmsten rechnen und das Beste hoffen. Aber ich wette, jemand hat es Larry gesagt. Dieser Jemand könnte es auch dir sagen wollen – es ist also gut, dass du vorbereitet bist.«

Sie nickte und schraubte das Fläschchen zu.

»Glaubst du, dass er mein Vater ist?«

»Ich halte es für wahrscheinlich.«

»Glaubst du, dass er Tim und Pater Boyle getötet hat?«

»Er ist der geeignetste Kandidat.«

»Gut.« Sie stand auf. »Es tut mir leid, was ich vorhin zu dir gesagt habe.«

»Willst du, dass ich bleibe?«

»Nein, es ist alles in Ordnung. Ich fahre hinaus auf den St. Croix, mit Oles Boot. Wir werden bis zum späten Abend auf dem Fluss sein. Mach dir keine Sorgen.«

»Ruf mich an, wenn du wieder zu Hause bist«, sagte ich. »Bitte.«

»Mach ich.«

Sie ging ins Wohnzimmer und entschuldigte sich bei Archie. Sie versicherte uns noch einmal, dass es ihr gut gehe und dass sie mich anrufen werde, sobald sie nach Hause käme. Ich küsste sie an der Tür.

Im Aufzug sagte Archie: »Himmel, ich hoffe, Ole ist nicht der Mörder.« Das hoffte ich auch.

Wer immer die Morde beging, er hatte jetzt drei Menschen auf dem Gewissen, und wir standen kurz davor, es zu erfahren.

21. Kapitel

Archie schlug vor, auf dem Rückweg am Club bei der Baustelle vorbeizufahren, nur um zu sehen, was die neuerliche Aufregung verursachte.

Das Gelände war geräumt, und ein Passant würde nichts Außergewöhnliches bemerkt haben. Auf der gegenüberliegenden Straßenseite parkte ein Polizeiauto, dahinter eine unauffällige grüne Limousine; ein Reporter des *Tribune,* den ich vom Sehen kannte, stand bei Crockers Wohnwagen und bohrte in der Nase. Keinerlei Wirbel, alles hatte sich beruhigt, und der Regen blieb vorerst im Westen. Mein verdörrender Körper sagte mir, dass es zweiunddreißig Grad heiß war. Feiner Sandstaub wirbelte durch die Luft. Das war ein sehr unpassender Ort für Mark Bernstein, der mit einem königsblauen Sportanzug aus Polyester ausstaffiert war, mit einem Phantasieemblem auf der Brusttasche, glänzenden weißen Schuhen und passendem Gürtel. Er sah uns kommen und beschirmte die Augen gegen die Sonne, während der Wind ihm den Anzug ruinierte. Sein Haarspray war leider nicht stark genug, und aus dem Zwanzig-Dollar-Haarschnitt ragte eine Tolle hervor. Er sah sehr unglücklich aus.

»Ich komme mir vor wie im Film«, sagte er. »Jedes Mal, wenn was Schlimmes passiert, brauche ich nur aufzublicken, und schon kommen die Helden in ihrer klappernden alten Kiste daher und haben lauter witzige Bemerkungen auf Lager ...« Er stieß einen Fuß in den Sand und bestaubte die schwarzen Oxfords seines Assistenten.

»Wie geht's denn so, Mark?«, fragte ich gut gelaunt, obwohl mir nicht ganz danach war. Der Tag war sogar überhaupt nicht danach. Vor vierundzwanzig Stunden hatte ich beschlossen, nach Chicago zu fliegen, und damit meine Unschuld verloren. Seitdem gab es nicht viel zu lachen. »Was ist los?« Der Kerl vom *Trib* knipste den Crockerschen Wohnwagen und näherte sich uns.

»Sag ihm, er soll gefälligst verschwinden«, blaffte Bernstein seinen Helfer an, der davonmarschierte, um den Reporter anzusprechen. »James Crocker, Football-Star und Stütze der Gesellschaft, hat vergangene Nacht was ins Auge bekommen. Da drinnen.« Bernstein deutete mit dem Daumen auf den Wohnwagen. »Ins rechte Auge geschossen. Anschließend hat der Mörder ihn danach eingeschlossen, mit Crockers eigenem Schlüssel, den er dann fein säuberlich unter die Fußmatte gelegt hat. Ein Kerl namens Watson, ein Vize in der Firma, kam heute auf die Baustelle, um nachzusehen, und fand seinen Boss da drinnen sitzen. Das Gehirn war über die ganze Wand verspritzt und tropfte ihm aus der Nase. Nein, Sie wollen bestimmt nicht da hineingehen, es riecht komisch, und die Leiche ist sowieso nicht mehr da.«

»Haben Sie schon eine Spur von Maxvill?«, fragte Archie. Ich zuckte zusammen, ich konnte nichts dafür.

»Nein. Ich habe drei Leute die Hotels und Wohnheime durchkämmen lassen. Sie haben jeden gefragt, der ihm eine Pistole hätte verkaufen oder eine Auskunft hätte geben können, jeden, der ihn gekannt haben könnte ... Anwälte, Leute, mit denen er gearbeitet hat, aber bisher ist nichts herausgekommen.« Der Staub brachte ihn zum Husten, und wir begaben uns in den Schatten einer großen Eiche, die man noch nicht gefällt hatte. »Falls Sie Recht haben, falls es Maxvill ist, muss er höllisch gute Nerven haben. Das ist eine wirklich kaltblütige Vorgehensweise. Er taucht einfach in der Nacht auf, verpasst den Opfern eine Kugel und verschwindet. Irgendwoher muss er gewusst haben, dass Crocker hier gestern allein übernachten wollte ... das wissen wir genau, weil jemand aus der Firma fast bis Mitternacht bei ihm war. Der Mörder kann ihn jederzeit nach zwölf Uhr erwischt haben – ich warte noch auf die Angaben vom Leichenbeschauer, aber das wird eine Weile dauern. Jemand wusste jedenfalls, dass er allein war.«

»Oder jemand hat ihn beobachtet und gewartet«, sagte ich.

»Das ist eher wahrscheinlich«, sagte Archie. »Ich halte Maxvill für einen sehr geduldigen Mann, der bereit ist, auf die günstigste Gelegenheit zu warten, um die Sache dann sehr ordentlich zu erledigen.«

»Tja, im Augenblick schlägt er uns drei zu null«, sagte Bernstein müde. Er betastete seine Frisur und versuchte behutsam, alle Strähnen fein säuberlich zu glätten. »Können Sie sich vorstellen, dass ich am Donnerstag vor der ›Frauenvereinigung für geistige Gesundheit‹ eine Rede halten soll? Wissen Sie, was die mir für Fragen stellen werden? ›Wie können Sie erwarten, dass wir Sie wählen, wenn Sie nicht fähig sind, den Mord an drei führenden Bürgern unserer Stadt aufzuklären?‹« Er machte ein Gesicht, als würde sich die Frage als Schreckgestalt vor ihm aus dem Staub erheben. »›Scheiße, verehrte Dame, wir tun unser Bestes, aber wir werden ständig von unserem Mangel an Intelligenz und Unternehmungsgeist behindert.‹ Die nächste Frage wird sich um die Ratten drehen, und ich werde herausstreichen, dass meines Wissens keine Ratte ein Verbrechen begangen hat.« Er zuckte zusammen. »Das stimmt natürlich nicht. Denn einige haben sich große Happen von Crockers Baggerführer abgebissen ... das ist schon schlimm genug, stimmt's? Aber heute Morgen ist der Junge gestorben. Sie sagen, es war der Schock. Die Leute glauben immer, dass Schock die Todesursache ist, Schock durch Blutverlust, aber ... in der Stadt geht das Gerücht um, dass die Ratten irgendetwas ganz Widerwärtiges übertragen – nein, sagen Sie jetzt nicht Typhus oder Tollwut, sagen Sie einfach gar nichts, egal was Sie denken. Weil das einfach zu schrecklich wäre, um wahr zu sein. ›Warum?‹, werden Sie jetzt fragen, und ich sagen Ihnen, warum: Weil die Entsorgungstypen gestern Nachmittag entdeckt haben, dass die Ratten, he, he, verschwunden sind, meine Herren, abgereist – und zwar nicht mit Northwest Airlines, nein, sie sind zur Hintertür raus, von der wir wahrscheinlich keine Ahnung hatten, dass es sie gab ...« Er holte Luft und zog sich seine Hose mit dem piekfeinen Gürtel hoch. »Sie sind einfach auf und davon, die Biester, mitten unter uns, hungrig und verängstigt und vielleicht auch ein bisschen reizbar, weil wir schließlich die chemische Kriegführung gegen ihre Mommys und Daddys und ihre Kinderchen eingesetzt haben ... Verrückt gewordene Ratten, das ist es, was jeder Politiker braucht ... nicht einmal Nixon wurde von einer Rattenplage heimgesucht. Er hatte Gerry Ford, und Gerry Ford sagte ihm, er brauche sich keine Gedanken zu machen, er sei schon genug gestraft. Ich habe drei Morde, die von einem Geist begangen wurden, und eine Armee keimtragender Ratten.« Er ging, um seinen Helfer zu suchen.

Archie drehte sich zu mir um.

»Ich würde sagen, unsere Theorie steht besser da als je zuvor. Wie ein Fels in der Brandung. Bleiben nur noch Goode und Hub Anthony als ordentliche Mitglieder.«

»Und du und Ole Kronstrom als außerordentliche.«

»Mmm. Du weißt, was ich davon halte.«

Ein weiterer, nicht gekennzeichneter Wagen fuhr vor, und ein paar Leute von der Spurensicherung stiegen aus. Bernstein folgte ihnen in den Wohnwagen.

»Das ist merkwürdig«, sagte ich, »ich prophezeite ihm,

er sei der Nächste, und er meinte nur, er wüsste, wer der Mörder ist, und ich sollte lieber zusehen, dass ich mich selbst in Sicherheit bringe. Mich.«

»Er könnte Recht gehabt haben. Du bist der Kerl, der alles aufrührt.« Archie zündete sich hinter der hohlen Hand eine Zigarre an.

»Ich glaube nicht, dass ich in Gefahr bin«, sagte ich und war davon überzeugt. »Das ist zu weit hergeholt. Ich bin nur Zuschauer. Aber ich frage mich, ob Crocker es wirklich gewusst hat. Ob der Mörder für ihn keine Überraschung war.«

Archie machte ein nachdenkliches Gesicht und zuckte die Schultern.

Bernstein kam wieder heraus und gesellte sich zu uns. Er setzte sich auf eine Bank und breitete die Arme aus.

»Bis zum Abend werde ich erfahren, ob es dieselbe Kanone war wie bei Boyle. Aber ich weiß verdammt gut, dass es dieselbe war.«

»Was ist mit Goode und Anthony?«

»Ich lasse beide beschützen. Es könnte ihn abschrecken. Wohlgemerkt – es *könnte*. Aber scheint mir ziemlich entschlossen zu sein, unser Revolverheld.«

»Gibt es Anzeichen für einen Kampf?«, fragte Archie.

»Nix. Hat auf seinem Stuhl gesessen wie ein Lamm. Genau wie Boyle. Alle drei gingen ganz bereitwillig, ohne Theater ... als ob sie nicht glauben konnten, dass diese Person sie umbringen würde. Das ist eine eigenartige Masche ... aber andererseits ist der ganze Fall total verrückt!«

Wir gingen zurück zum Wagen und stiegen ein, blieben aber noch eine Weile dort stehen. »Vielleicht ist es Rita und nicht Carver«, sagte ich. »Dann könnten sie wirklich geglaubt haben, dass ihnen keine Gefahr droht.«

»Also, das läuft auf dasselbe hinaus, oder nicht? Dasselbe Verbrechen, dieselbe Methode ... vielleicht sogar dasselbe Motiv.«

»Sicher, aber die Polizei würde dann nach dem Falschen suchen. Nach dem falschen Geschlecht sogar.«

Der Porsche gab ein lautes Schnaufen von sich, der Vergaser knallte, dann rollte der Wagen vorwärts.

»Du mußt dir einen neuen Wagen kaufen«, sagte Archie freundlich. »Aber das weißt du natürlich.«

»Anne will an dem Vergaser herumspielen.«

Wir schoben uns durch zähen Verkehr. An einer Ampel drehte Archie sich zu mir und sagte: »Es bedeutet nicht den kleinsten Unterschied, ob sie nach einem Mann oder nach einer Frau suchen.«

»Warum?«

»Weil sie den Mörder nicht finden werden.« Archie kicherte in sich hinein. Weil er alt war, glaubte er, schon alles gesehen zu haben.

Aber er hatte sich geirrt.

Ich kehrte zurück in meine Wohnung und schaltete den Fernseher ein, wo gerade ein paar schlecht gelaunte und verblüffte Journalisten Nixons Amnestie zu kommentieren versuchten. Sie kamen ziemlich ins Schleudern und schalteten andauernd zu Interviews mit Normalbürgern, die allesamt meinten, das könne nur ein schlechter Scherz sein. Ich beglückwünschte sie zu dieser Erkenntnis und machte mir einen Krug voll Pimm's Cup zurecht. Den trug ich zusammen mit einem Plastikbecher und meinem tragbaren Panasonic aufs Dach an den Swimmingpool. Ich hatte es fast für mich allein und schaltete das Spiel ein. Es gab eine Menge atmosphärischer Störungen, und nach Westen hin hatte ich einen großartigen Ausblick auf den zusehends schwärzeren Himmel. Die Twins gewannen dank Joe Decker, und ich legte mich in einen der Plastiksessel, sah nach der Sonne und schloss einen Moment die Augen. Mein neuer Verband war eine große Verbesserung, und die

Verbindung von Hitze und beständigem starkem Wind tat gut.

Crockers Ermordung war eigentlich keine Überraschung, aber ich fühlte mich schuldig wegen unserer letzten Unterhaltung. Meine Wut war übergeschäumt, ich hatte ihm beinahe den Tod gewünscht, und jetzt war er tatsächlich nicht mehr Oberhaupt seiner Dynastie, auf die er so offensichtlich stolz gewesen war. Ich dachte an die vielen Hähnchen, die er nicht mehr grillen würde, und an die Segeltörns auf dem Long Lake, die er jetzt nicht mehr unternehmen würde, und an den Jubel der Menge, der jetzt nicht mehr in ihm nachhallte. Der gewaltsame Tod des Alten hatte eine ganz andere Bitterkeit an sich, sie war trauriger, ergreifender. Drei alte Männer waren gegangen, und ein junger. Die Welt würde sie nicht sonderlich vermissen. Aber wen würde die Welt überhaupt vermissen?

Drei Morde. Hatten die Opfer es verdient zu sterben? Das war ganz und gar möglich. Ein Mord ist durch sein Motiv gekennzeichnet, und Mordfälle sind so unterschiedlich wie ihre Ursachen. Ich war ein Produkt der Situationsethik. Starre Moral war mir fremd. An dem Tag, den wir am Seeufer verbrachten, hatte Kim dieselbe Haltung an den Tag gelegt. Ich hatte in Finnland den alten Mann getötet, weil ich vor der Wahl stand, ihn oder mich selbst auszulöschen. Und nun fand ich es schwerer, von mir selbst Verzeihung zu erlangen, als von anderen. Objektiv betrachtet, mochten die drei alten Männer den Tod verdient haben. Unsere Theorie über Maxvill, ob man ihn nun als verrückt oder als außerordentlich vernünftig ansehen wollte, verschaffte ihm eine höllische Rechtfertigung für seine Morde. Aber waren sie deshalb ligitim? ... Wie weit darf man es mit der Situationsethik treiben?

Am Ende überdauert die Zeit uns alle. Sie bewegt sich unaufhaltsam fort und ist vielleicht der einzige Feind, den wir nicht überwinden können. Vielleicht erklärt das, warum wir uns so leicht von der Vergangenheit anlocken und gefangennehmen lassen; es ist, als ob man die Zeit in einer Flasche einfängt und stillhält, damit sie nicht wieder ausläuft, wie Jim Crode gesungen hatte, bevor die Zeit ihn überdauerte. Wohin ich auch sah, die Menschen blickten zurück. Wer diesen Sommer schick sein wollte, trug Weiß wie Gatsby, und Millionen brachten ein paar Stunden im Kino zu, wo Jack Nicholson und Faye Dunaway in »Chinatown« das Los Angeles von 1937 durcheinanderbrachten. Die Männer trugen cremefarbene Anzüge, und die Frauen Federboas und Kleider mit Schulterpolstern und blutrote Lippen, und Bette Midler sang aus allen Lautsprechern auf allen Partys.

Wir waren mitten in einer Nostalgiebegeisterung, sehnten uns nach einer Zeit zurück, von der wir inzwischen genau wussten, dass wir sie überlebt hatten, im Gegensatz zur Gegenwart. Wir hatten es durch die Dreißiger geschafft, individuell und als Nation, also konnte es so schlecht nicht gewesen sein.

Na gut, wozu taugten diese Überlegungen? Alles hing mit dem Fall zusammen, an dem ich arbeitete ... alles hatte damals in den dreißiger Jahren begonnen, in dieser wunderbaren und einfachen Zeit, über die so viel geredet wurde. Da hatte es keine Atombombe gegeben, hieß es, und unsere Ambitionen hatten noch das rechte Maß gehabt, und wir waren noch nicht desillusioniert von den Erfahrungen der vergangenen vierzig Jahre. Es hatte einen netten, volltönenden Klang, so lautete die schnelle soziologische Analyse für die Cocktailpartys, wo jeder richtig gekleidet war und zuhörte, wie Bette Midler »Boogie Woogie Bugle Boy of Company B« sang.

Aber die Zeit war nicht ganz so wunderbar für Rita und Ted Hook gewesen, auch nicht für Carver Maxvill und die Kerle, die zur Hütte hinauffuhren, um von ihren Ehefrauen wegzukommen. Vielleicht hatte bei ihnen wiederum etwas anderes nostalgische Gefühle geweckt. Vielleicht ist uns das Lob der Vergangenheit ein ständiges Bedürfnis, weil wir ein kleines bisschen Bestätigung dabei einheimsen können. Und vielleicht hatte ich eine solche Haltung zu keiner Zeit nötiger gehabt als gerade jetzt.

Vor vierzig Jahren war etwas Unangenehmes geschehen, und viele waren darin verwickelt gewesen, von denen einige noch lebten und andere schon tot waren. Die einen waren erpresst worden, die anderen waren verschwunden, und wieder andere hatten es bis 1974 geschafft, ihre Posten zu behalten. Mein Verstand versuchte, sich Klarheit zu verschaffen, immer langsamer, bis ich einen Riesenseufzer ausstieß und einschlief.

Es war kalt, als ich aufwachte. Regentropfen klatschten auf meinen Sonnenbrand und jagten mir eine Gänsehaut über den Rücken. Kleine Wellen schlugen gegen die Poolwände, der Himmel war fast schwarz und wurde über der Stadt von weißen Blitzen zerrissen. Von den Balkonen drangen Stimmen zu mir herauf, Eiswürfel klirrten in Gläsern, und Gelächter schwappte von einer Party zur anderen über. Ich stand auf, nahm meinen Krug und das Radio und eilte zur Treppe. Ich blieb einen Augenblick an der Stelle stehen, wo Tim Dierker hinuntergestürzt war, dann versuchte ich die Erinnerung an den zerschlagenen Körper wieder zu vertreiben und an die Beule in der Motorhaube des Pontiac und an den nassen grauen Hausschuh auf dem Pflaster. Ich tastete mich die dunkle Treppe hinunter. Hinter mir krachte der Donner, und ich zuckte zusammen, blickte zurück und sah einen gezackten Riss im Himmel. Ich fragte mich, was als Nächstes kommen würde.

Ich machte es mir mit der Baseball-Enzyklopädie gemütlich und sah dabei »Spiel mit dem Tod«, einen alten Thriller mit Ray Milland und Charles Laughton. Der Regen trommelte gleichmäßig auf den Balkon und tropfte von der Balkonbrüstung über mir, und ich dachte kein einziges Mal an die ganze Bande, nicht einmal an Kim. Ich hatte die Zehn-Uhr-Nachrichten verpasst, weshalb ich nicht wusste, wieweit Crockers Ermordung schon bekannt geworden war. Bernstein tat wahrscheinlich sein Möglichstes, um den Deckel daraufzuhalten.

Das Telefon erschreckte mich halb zu Tode.

Es war Kim, und auch sie war zu Tode erschrocken. Jedenfalls erkannte ich sie an der Stimme, aber ich konnte nicht verstehen, wovon sie redete; sie sprach hastig und keuchte. Schließlich schrie ich sie an, sie solle damit aufhören. Sie hing am anderen Ende der Leitung und japste.

»Hör zu«, sagte ich. »Sag mir als Erstes, ob es dir im Augenblick gut geht. In genau diesem Augenblick.«

»Ja«, antwortete sie vorsichtig, ihre Stimme zitterte. »Aber ...« Sie schluchzte und brachte kein Wort mehr heraus. Ich hatte noch keinen Menschen so unterdrückt sprechen hören.

»Bist du in deinem Apartment?«

»Ja.«

»Bist du allein?«

»Ja.«

»Bist du in Sicherheit?«

»Nein ... ja, in Sicherheit.«

»Gut. Und jetzt erzähl mir ganz langsam, was los ist.«

»Kannst du sofort zu mir kommen, Paul? Bitte. Sofort ...«

»Natürlich, bin schon unterwegs.« Mein Mund war trocken. Die Vorhänge wehten über mein Bett.

»Paul ... er ist hier gewesen. In meinem Apartment.«

»Wer?«

»Der Mann ... den du als meinen ... Maxvill. Oh, Gott« – sie stieß einen hohen Schrei aus – »er war hier ...«

Der Donner sauste auf die Stadt nieder wie eine geballte Faust. Man spürte die Erschütterung in den Gliedern, und der Regen wurde wie Spikes in das glänzende Pflaster getrieben. Er prasselte auf die Straße, dass es spritzte, und trommelte auf das Wagendach. Die Welt sah aus, als würde sie schmelzen und auf meiner Windschutzscheibe auslaufen, und die Wischer konnten so gut wie nichts ausrichten. Andere Autos hielten am Rinnstein, wo das Wasser sich staute und große Seen bildete. Der Porsche mit seiner geringen Bodenfreiheit musste behutsam gefahren werden. Bis ich bei den Riverfront Towers ankam, waren die Bremsen hinüber.

Kim drückte auf den Summer, während der Portier gähnte und verdrießlich auf mein Auto blickte, das im Halteverbot stand. Sie empfing mich mit verweintem Gesicht an der Tür. Ihre Hände waren kalt, und als ihre Windjacke sich öffnete, sah ich die aufgerichteten Brustwarzen durch ihr T-Shirt. Sie schlang zitternd die Arme um sich, und ich folgte ihr ins Wohnzimmer. Sie deutete auf den Glastisch.

Schwarz und gefährlich, als würde er sich im nächsten Moment aufrichten und losschlagen, ein kurzläufiger .38er Revolver von Smith and Wesson. Wir schauten darauf hinunter, und unsere Gesichter erschienen rechts und links daneben in der Glasplatte.

»Er lag da, als ich nach Hause kam«, flüsterte sie. »Ich habe ihn nicht angefasst ... er ist in meiner Wohnung gewesen, um Himmels willen ...« Sie hielt mir zitternd ein Stück Papier hin. »Das lag daneben.«

Ich nahm es vorsichtig am Rand. Die Nachricht war in roten Druckbuchstaben geschrieben.

L. WUSSTE, WAS ER ZU TUN HATTE. UND DU?

»Er hat einen meiner Stifte benutzt.« Sie zeigte auf einen Becher mit Faserstiften in verschiedenen Farben. Ein fürchterlicher Donnerschlag ließ uns zusammenfahren, und der Regen wurde lautstark gegen die Balkonmöbel geweht. Kim klammerte sich an meinen Arm. »Paul«, sagte sie und klang nahezu irre, »er will, dass ich mich umbringe ... wie Larry.« Sie ließ mich los, fuhr sich nervös durchs Gesicht, das schon wieder tränennass war, und lehnte sich gegen die Wand. »Das muss von ihm sein ... von dem Mann. Er ist verrückt, Paul, geistesgestört.« Sie versuchte sich zu fassen, was ihr gründlich misslang.

Ich brachte sie in die Küche und setzte sie auf einen Stuhl. Sie stützte die Füße auf eine Sprosse, umschlang die Knie und machte sich ganz klein. Ihr vornehmes Gesicht, das so selten Gefühl zeigte, blieb unbewegt, aber alles andere an ihr sagte, dass sie Hilfe brauchte. Ich schenkte ihr Kaffee ein, und sie wärmte sich die Hände an der Tasse. Bei jedem Donner zuckte sie zusammen, sodass ihr der heiße Kaffee über die Hände lief, aber sie schien es nicht zu bemerken.

»Du hast Recht gehabt. Alles, was du gesagt hast, stimmt.« Sie nippte an der Tasse. »Es ist Carver Maxvill, und er ist verrückt geworden. Er weiß über Larry und mich Bescheid, und er gibt uns genauso viel Schuld wie den Männern aus dem Club. Er bringt sie um. Von seinem Sohn und seiner Tochter erwartet er, dass sie sich selbst umbringen.« Sie ließ sich endlich gehen und fing an zu weinen, bemühte sich nicht einmal, ihr Gesicht zu verbergen oder die Tränen wegzuwischen. »O Gott, o Gott, o Gott«, stöhnte sie. »Er will, dass ich dasselbe tue wie Larry ... er ist mein Vater.«

Ich nahm sie in den Arm, und sie lehnte sich gegen mich und schluchzte wie ein Kind. Ich dachte an den Revolver und die sauber geschriebenen Druckbuchstaben, und dabei donnerte es, als wäre es das Jüngste Gericht oder ein tosender Applaus für Maxvill. Er war also dagewesen, in diesem Apartment; er hatte James Crocker mitten in der Nacht getötet, blieb tagsüber unsichtbar und beobachtete uns, wartete, bis wir alle fort waren, und dann ging er dreist ins Apartment – bei dem einfachen Schloss genügte eine Kreditkarte – und hinterließ die Nachricht zusammen mit der Waffe.

Ich wusste, dass es derselbe Revolver war, den er für

Pater Boyle und James Crocker benutzt hatte. Die ästhetische Konsistenz verlangte das, und sie gehörte zu einem groß angelegten Plan. Wie in Archies Romanen. Die ganze Angelegenheit wurde perfekt angeordnet; er hatte damit gerechnet, dass sie zusammenbrechen und es Larry gleichtun würde, so wie auch ich befürchtet hatte, dass sie sich etwas antun würde. Aber Carver Maxvill überließ nichts dem Zufall, wenn er dagegen etwas tun konnte. Deshalb wartete er jetzt da draußen und horchte auf den Schuss. Mit dieser Art Wahnsinn kam ich nicht zurecht. Falls hier einer ein zufälliges und unschuldiges Opfer war, dann Kim, oder Shirley, jedenfalls seine Tochter. Aber so sah er die Sache nicht. Für ihn war sie ein unwissentlicher Komplize bei dem Verbrechen gegen die Natur gewesen, und an der Zerstörung seiner letzten schwachen Hoffnung beteiligt. Darum sollte sie sterben. Er wollte nicht selbst auf seine Tochter abdrücken, aber er wollte, dass sie starb.

Ich schloss Kim im Apartment ein und ging zum Portier hinunter, um ihn zu fragen, ob er irgendwelche unbekannten Männer in der Halle gesehen habe. Er verneinte und schlug vor, ich solle mich bei den Wächtern in der Tiefgarage erkundigen. Als ich das tat, entdeckte ich, dass die Garage eine Sauna war und die Tore seit einiger Zeit offenstanden, damit frische Luft hereinströmte, wenngleich sie heiß war. An den Deckenbalken hatte sich Kondenswasser niedergeschlagen, und der einzige Aufseher schwitzte in seiner Uniform. Jeder hätte die Garage betreten können, man hätte nur auf einen Hausbewohner zu warten brauchen und wäre ohne Problem in die Aufzüge gelangt. Nein, er habe niemanden bemerkt, aber das hätte nichts zu bedeuten. Es tue ihm leid, aber er wäre verreckt, hätte er die Tore verschlossen gelassen. Ich nickte und ging wieder hinauf.

Kim stand unter der Dusche, und ich goss uns zwei Wodka und Tonic ein, und als sie herauskam, setzten wir uns und tranken. Ich erzählte ihr von Crocker. Sie nahm es ruhig auf; offenbar hatten ihr das Duschen, der Drink und die verstrichene Zeit gut getan. Ich wollte sie nicht wieder aufwühlen, also beließ ich auf allem den Deckel, fasste sie nicht an, sagte nichts Persönliches und nichts über uns. Sie wurde immer stiller, bis ihr schließlich die Augen zufielen. Ich folgte ihr, als sie ins Schlafzimmer tappte; die nackten Füße machten kleine feuchte Abdrücke. Ich bestand darauf, die Nacht über zu bleiben. Ich küsste sie auf die Wange, und sie rollte sich unter dem Laken zusammen, das rings um ihren Körper sachte niedersank.

Ich ging ins Wohnzimmer zurück, öffnete die Schiebetür zum Balkon und trat hinaus. Ich spürte die Gischt des Regens, er prasselte noch immer auf die Hitze des Tages nieder. Über die Stadt ergossen sich Ströme von Wasser. Blitze erleuchteten die Silhouette der Stadt und spiegelten sich in der sterilen Fassade des IDS-HOCHHAUSES. Aber es kühlte sich langsam ab. Ich ließ die Tür offen, legte mich auf die Couch und beobachtete, wie die Tropfen auf die Brüstung fielen. Dabei dachte ich an Kim, meine Liebe, und dass sie im Nebenzimmer lag. Dann schlief ich ein.

Als ich erwachte, schien die Sonne; in der hohen Luftfeuchtigkeit fühlte ich mich, als hätte ich am Grund eines schmutzigen Aquariums gelegen. Ich wollte nach Kim sehen und stellte fest, dass sie weg war. Das Bett war leer, die Badezimmertür offen, und da war ein untypisches Durcheinander, das nach Angst und Hast aussah. Sie war fort, also gut. Ich ging auf den Balkon und blickte über die Stadt, die unter mir durch die Septemberhitze kroch. Ich wusste nicht, was ich tun sollte. Sie hatte beschlossen unterzutauchen ...

Der Revolver und der Zettel lagen auf dem Glastisch. Ich war nun allein damit.

22. Kapitel

Ich fühlte mich wie betäubt, verloren, einsam, ungeliebt, verschmäht, und so schleppte ich mich die Straße hinunter zum Sheraton-Ritz, um zu frühstücken. Es war kühl, und ich las die Morgenzeitung, was sich als Fehler erwies. Der Mord an »dem dritten führenden Bürger der Stadt innerhalb weniger Tage« hatte bei ihnen einen Anfall ausgelöst. Bernstein verstieg sich zu der Behauptung, die Polizei habe mehrere Anhaltspunkte und suche nach einem Hauptverdächtigen. Das alles klang nach Hinhaltetaktik, und die Herausgeberseite sagte ein Übriges. Da gab es eine Biographie und Bilder von Crocker in der komischen alten Football-Kleidung seiner Zeit. Es wirkte wie eine Übung in Nostalgie: James Crocker machte Stadtgeschichte, indem er den Spielgewinn aus den Tagen seiner Touchdowns wieder einsetzte und ein erfolgreiches Bauunternehmen gründete, das sich kurz nach Ende des Zweiten Weltkriegs zum größten der Stadt entwickelte.

In kleineren Artikeln wurde die Entdeckung der anderen zwei Ermordeten rekapituliert, aber über die Verbindung zwischen den drei Opfern wurde nicht viel gesagt. Archie lag in einem Punkt richtig: Der Jagd- und Angelclub war das Bindeglied zwischen den Dreien, weshalb es sich um einen homicidim seriatim handelte, und wer die Mordfälle lösen wollte, würde sich durch die Belanglosigkeiten von vierzig Jahren graben müssen, um auf ein bedeutendes Indiz zu stoßen. Und auch in dem anderen

Punkt hatte Archie Recht: Außer durch einen Glücksfall würde Bernstein weder Carver Maxvill finden noch den Fall lösen. Das gehörte einfach nicht zum vorgesehenen Ablauf.

Nach dem Frühstück rief ich Archie an, erzählte ihm, dass Kim fort sei und auch von den Umständen ihrer Abreise, und fuhr dann zu ihm hinaus. Ein dichter grauer Dunstschleier hing in der Luft. Man konnte kaum Luft holen, und ich wunderte mich, was aus dem frühen Herbst geworden war, über den ich mich beschwert hatte.

Das Radio berichtete mir, dass die Rattenhysterie vorbei und die kleinen Teufel auf der Stelle vernichtet worden seien. Würde das jemand glauben? Sicher; schlechte Dinge ereigneten sich nicht hier, und dass man einem Massenmörder entgegenzutreten hatte, war genug Belastung für die Psyche der Stadt. Inzwischen sahen die Ratten sich ernsthaft nach einem neuen Haus um. Der Deckel saß wieder dicht, und nur ein Mann war umgekommen. Durch Schock. Was für eine Art zu sterben.

Archie und ich saßen im Schatten und versuchten, uns nicht zu bewegen. Julia war nicht zu Hause. Wir beobachteten das Treiben auf dem See und überlegten, was zu tun wäre. Zwischen uns auf dem Gartentisch lagen der Revolver und der Zettel.

»Ich finde, wir sollten die Waffe unter den Tisch fallen lassen«, sagte Archie und strich sich über den Schnurrbart. »Wir sind auf uns selbst gestellt. Wir wissen nicht genau, wohin es führen würde ... Kim könnte oder zweifellos würde sie dadurch in den Mittelpunkt gerückt werden. Unnötigerweise, findest du nicht auch? Wenn Bernstein erst einmal weiß, dass sie abgereist ist und anfängt Fragen zu stellen – wer weiß, auf welche Gedanken er kommt? Wir sollten die Sache lieber nicht komplizieren.«

»Wir müssen Kim finden«, sagte ich. »Sie hat Angst. Sie läuft um ihr Leben ... und er ist hinter ihr her, er will sie tot sehen.« Ich hörte mich schwach und unsicher an, was meinen Zustand vollkommen widerspiegelte.

»Ich glaube, du unterschätzt sie. Sie hat die Situation abgewogen und ist zu der Ansicht gelangt, dass sie besser verschwinden sollte. Damit hat sie vermutlich vollkommen Recht. Aber ich bin ziemlich überrascht, wie weit Maxvill geht. Damit dürfte klar sein, dass er geistig zerrüttet ist. Eine ziemlich alttestamentliche Vorstellung: Der Missetäter muss sterben, ungeachtet aller Umstände, die zu seiner Schuld geführt haben. Reichlich übergeschnappt, wie ich finde.«

»Ich glaube, du unterschätzt Maxvill«, sagte ich. »Wenn er sie tot sehen will, wird er sie finden und umbringen. Himmel, Archie, bedenke, was sie durchmacht, was sie schon alles durchmachen musste, um in ihrem Leben so weit zu kommen. Und jetzt steht zu befürchten, dass sie alles verliert.«

»Mmm«, murrte Archie. »Vielleicht hast du Recht. Was vermutest du, wo sie ist?«

»Woher soll ich das wissen? Weit weg, hoffe ich, um ihretwillen.«

»Das glaube ich nicht. Ich nehme vielmehr an, dass sie in der Nähe ist. Schließlich betrifft es sie, sie wird also die Stadt nicht verlassen wollen. Sie muss sogar in der Nähe bleiben, falls sie will, dass alles ein Ende findet.« Er zuckte die Schultern. »Nur ein Gefühl. Wie dem auch sei, lass die Waffe und die Notiz bei mir.«

»Ich will sie finden.«

»Falls sie gewollt hätte, dass du sie findest, hätte sie dir gesagt, wohin sie geht. Aber sie wollte dich heraushalten, aus welchen Gründen auch immer. Das wollte sie von Anfang an. Aber dann hat sie doch zugelassen, dass du sie schikanierst und dich in ihr Leben drängst. Jetzt hat sie eine Grenze gesetzt, sie musste allein gehen. Sie könnte dich damit schützen wollen ... falls sie dich liebt. Es liegt eine gewisse Logik darin. Also lass uns warten. Mehr können wir nicht tun, nur warten und sehen, was passiert.« Er wischte sich mit einem Handtuch die Stirn ab. »Übe dich in Geduld, Paul. Für jeden kommt die Zeit, da Geduld das einzig Richtige ist.«

Als ich ging, saß Archie über den Notizen für sein neues Buch. Der Revolver samt Zettel lag neben ihm, die Vögel zwitscherten, weiße Segler schnitten durch den See. Ich fühlte mich rastlos und zerrissen und war völlig planlos. Zurück in der Stadt, steuerte ich den Wagen in die überwachsene Auffahrt, die zu dem Wendeplatz vor unserem alten Haus führte. Anne saß im Fenster, rauchte einen Joint und beschäftigte sich mit einem Blumenkasten. Ohne aufzublicken, landete sie einen Treffer und sagte: »Mein Gott, ich konnte dich einen Block weit hören. Der Wagen wird dich noch umbringen. Und da wir schon dabei sind: Wer bringt all diese Leute um, Paul? Ich hörte, dass du in der Sache herumschnüffelst.«

Ich stand auf dem Kiesweg und schaute zu ihr hinauf.

»Hat Kim das gesagt?«

»Ja. Sie war also doch dein Typ, stimmt's?«

»Ich weiß nicht. Ich weiß nicht, was für ein Typ sie ist. Ich weiß vor allem nicht, wo sie ist ... Hast du sie gesehen?«

»Nicht seit letzter Woche. Wir haben Tennis gespielt und uns unterhalten. Sie hat mich einiges über dich gefragt. Bist du in sie verliebt?«

»Was hat sie dazu gesagt?«

Sie schob den nassen Dreck mit einer Schaufel hin und her, er reichte ihr schon bis an die Ellbogen. Sogar der Joint war mit Erde beschmiert. Ihre Haare waren durcheinander, und sie schwitzte in dem Viking-T-Shirt. Sie lächelte.

»Sie würde niemals so etwas sagen. Aber ich bilde mir ein, sie ganz gut zu kennen, ein bisschen wenigstens. Ich weiß nicht, was sie über dich denkt, aber so viel ist sicher, dass sie an dich denkt. Sehr ungewöhnlich für sie. Liebst du sie?«

»Du weißt also nicht, wo sie ist?«

»Keinen blassen Schimmer.«

»Falls sie zu dir kommt, dann halte sie auf und ruf mich an. Wirst du das für mich tun?«

»Wenn du meine Frage beantwortest.« Da fiel mir gleich noch ein Grund ein, warum unsere Beziehung in die Brüche gegangen war.

»Ja«, sagte ich. »Ich liebe sie.«

Ich erreichte Ole Kronstrom zu Hause.

»Nein, Paul, ich habe nichts von ihr gehört, seit ich sie gestern zu Hause abgesetzt habe. Ist was passiert?«

Ich sagte ihm, dass sie fort sei, und ließ die Pistole und den Zettel weg.

»Sie ist sehr unabhängig«, sagte er langsam. »Vielleicht hat sie sich – darf ich offen sprechen?«

»Natürlich.«

»Sie fühlte sich vielleicht beengt, weil Sie ihr nahe gekommen sind. So ist sie nun einmal, sie bekommt leicht das Gefühl, dass man ihr die Entscheidungsfreiheit nimmt. Dann bricht sie einfach für eine Weile aus, um ihre Freiheit wiederherzustellen. Ich rate Ihnen, sich keine Sorgen zu machen und ihr nicht nachzuspüren. Lassen Sie sie gehen, lassen Sie sie wissen, dass sie frei ist. Verstehen Sie, worauf es ankommt?«

»Ich glaube nicht, dass das hier gilt.«

»Nun, ich habe eigentlich nicht erwartet, dass Sie das verstehen, und ich mache Ihnen keinen Vorwurf«, sagte er ruhig. »Ich kann nur betonen, dass Sie sich nicht zu sorgen brauchen. Ich vertraue ihrem Urteilsvermögen, sie betrachtet alles auf lange Sicht, erwägt die tatsächlichen Gegebenheiten einer Situation. Sie hat die Begabung, das Wesentliche an den Dingen zu erkennen ... das kann sie besser als jeder andere, den ich in meinem Leben gekannt habe. Sie lässt nichts unerledigt. Sie ist nicht gegangen, um Sie schmoren zu lassen – so etwas würde sie nicht tun. Wenn sie Sie verlassen will, sind Sie der Erste, der es erfährt. Seien Sie geduldig. Sie können nur warten.«

Mir war, als müsste ich schreien.

Der Tag zog sich in die Länge. Die Hitze staute sich unter einem dicken, grauen Dunstschleier. Ich duschte zweimal, lief in der Wohnung umher, trank etwas und setzte mich immer wieder an den Schreibtisch, um mir die Fotos von Kim anzuschauen, die Anne mir vor einer Weile gegeben hatte. Ich stellte mir vor, wie ich mit ihr schlafen würde, und verfluchte mich dafür, dass ich die Sache nicht vorangetrieben hatte. Vielleicht würde ich nie wieder die Gelegenheit dazu bekommen. Ich begehrte sie, und jetzt war sie fort.

Am Abend spürte ich Bernstein auf. Er saß in seiner Zelle, trank Eistee und aß ein pappiges Sandwich. Er wischte sich über die Stirn, und anschließend war das Kleenex schmutzig. Ich lehnte es ab, von seinem Sandwich abzubeißen, das er mir als »mit Thunfischsalat« anpries. Er warf es Richtung Papierkorb und traf daneben.

»Dieselbe Waffe«, sagte er. Er nieste und schneuzte sich. »Verfluchtes Wetter, mal heiß, mal kalt, dann stürmisch. Morgen wird es noch Kröten hageln. Derselbe Revolver hat Boyle und Crocker getötet.« Er starrte mich an, während ihm die Augen tränten. Ich saß stocksteif da, und so legte er den Kopf in den Nacken und tropfte sich Murine in die Augen. Als er mich wieder anblickte, rann ihm das Zeug die Wangen hinunter. »Ein und derselbe«, murmelte er, ».38er Smith and Wesson.«

Ich fragte mich, was Archie derweil damit anstellte.

»Mensch«, rief er. »Kommen Sie nur jederzeit herein. Sie bringen wirklich Freude ins Haus.«

Der Regen hatte erneut eingesetzt, und er fühlte sich heiß und schmutzig an. Keine Sterne, kein Mond waren zu sehen, und der Porsche sah aus, als würde er schwitzen. Ich versuchte, meine Heimkehr zu verzögern. Ich fuhr mit einem dumpfen Schmerz in der Brust an den Riverfront Towers vorbei, dann langsam über die Hennepin Avenue, wo der Regen die Nutten in die Hauseingänge getrieben hatte. Ich konnte den Flitter an ihren Hotpants blitzen sehen. Im Stoff des Verdecks war ein Riss, und das Wasser tropfte hinter mir in den Wagen. Es hörte sich an, als pochte ein Finger gegen einen Sargdeckel. Ich war schweißdurchnässt, und der Regen wurde durch die Fenster geweht. Es gab keine Hoffnung, in gleich welcher Ecke der Stadt. Sie zuckte in der Nässe, als hätte sie zu sterben vergessen, und erwies sich als Peinlichkeit für den Fremdenverkehr. Deshalb bog ich schließlich verkehrswidrig von der Hennepin ab und steuerte in die Einfahrt zu meiner Tiefgarage. Das elektrische Dingsbums, mit dem man das Tor öffnen konnte, lag irgendwo auf dem Boden. Ich bückte mich danach und tastete und fischte es hinter dem Sitz hervor, dann lehnte ich mich müde zurück. Der Regen glitzerte wie Juwelen im Licht der Straßenlampen. Er tropfte von den Bäumen und lief in den Rinnstein. Ich war schon halb davon hypnotisiert, als die Windschutzscheibe und das Beifahrerfenster explodierten. Glassplitter flogen durch den Wagen, und gleichzeitig hörte ich den Schuss. Was von der Windschutzscheibe noch übrig war, glich einen Augenblick lang einem feinen Spinnennetz, dann fiel sie auf die Motorhaube, auf das Armaturenbrett, über meine Beine.

Etwa dreißig Meter entfernt zog ein Wagen, den ich

kaum wahrgenommen hatte, vom Bordstein weg, raste ohne Licht an mir vorbei und verschwand im Regen.

Ich saß da und versuchte, mit meinem Sitz zu verschmelzen. Ich wartete ein paar Sekunden, öffnete die Augen, und alles war still. Keine Schüsse, die Straße verlassen, nur das nasse Zischen von den Autos, die über den Freeway fuhren. Der Wind blies den Regen durch die Löcher, wo vorher Glas gewesen war, und die Hose klebte mir an den Beinen. Alles an mir war nass. Als ich ausstieg, um mein immer rascher verfallendes Automobil zu begutachten, gaben meine Schuhe ein saugendes Geräusch von sich, und ich fasste sehr langsam und gründlich den Gedanken: *Jemand hat gerade versucht, mich umzubringen.* Ich zitterte. Ich kletterte wieder hinter das Lenkrad und brachte das arme Ding in die Garage und zu Bett. Überall war Glas; der Wagen sah aus wie eine zertrümmerte Badewanne.

Jemand hat versucht, mich umzubringen. Im Bruchteil einer Sekunde war es geschehen: Der Tod schoss durch meinen Wagen und war schon wieder fort. Es hatte nicht mal einen Aufschrei der Empörung gegeben.

Aller Wahrscheinlichkeit nach hatte Carver Maxvill soeben versucht, mich zu töten. Verprügelt zu werden war eine Sache. Das hier war etwas ganz anderes. In der Halle saß der alte Mann von Pinkerton, der Hund von Baskerville döste an seiner Seite.

»Haben Sie irgendetwas gehört?«, fragte ich. »Eine Fehlzündung, die wie ein Schuss klang?«

Er bewegte seinen stattlichen Hintern und kratzte sich am Kopf. Der Hund rührte sich und ließ einen Wind abgehen. »Nein, könnte ich nicht behaupten. Andererseits hab ich gerade eine Runde gemacht. Warum?« Ein Schatten zog über sein mildes, erstauntes Gesicht. Vor ein paar Monaten war draußen unter der Markise, wo alles hell erleuchtet war, ein Mieter überfallen worden. Fido und sein Herrchen hatten die ganze Sache verpennt.

»Nichts«, erwiderte ich, »war wohl Einbildung.« Ich ging zu den Aufzügen.

»He, Sie haben Glassplitter auf Ihrer Hose«, rief er hinter mir her. Er begann mich eines dunklen Verbrechens zu verdächtigen. War es ein Verbrechen, Glas zu zerschlagen? Er folgte mir über den dicken Teppichboden. Er bückte sich und hob einen glitzernden Splitter auf. »Sehen Sie? Auch hier ...«

Ich nickte. Der Aufzug kam. Ich stieg ein. Er beäugte mich, der Hund trottete auf ihn zu und nieste. Ich winkte dem Burschen, und die Lifttüren schlossen sich.

Archie war noch auf und nahm meinen Anruf im Arbeitszimmer entgegen. Ich berichtete, was passiert war, und er stieß einen leisen Pfiff aus. »Also schön«, meinte er. »Wir kommen der Lösung näher. Ich glaube nicht, dass er dich umbringen wollte. Er tötet nicht aus Selbsterhaltung, sondern aus einem ganz bestimmten Grund, und dich zu töten würde nicht ins Konzept passen – er ist kein Krimineller, nicht im landläufigen Sinne. Er ist ein Racheengel. Er will dich nur aus dem Weg haben. Offenbar beobachtet er uns ganz aus der Nähe. Er muss gesehen haben, dass du in Bernsteins Büro warst. Er kann es sich nicht leisten, dass ihm die Polizei zu nahe kommt – also hat er versucht, dich abzuschrecken.«

»Dann traf er aber verdammt knapp daneben, würde ich sagen.« Ich klaubte mir ununterbrochen Glassplitter aus den Haaren, und mein Magen klammerte sich noch immer ängstlich an meine Rippen. »Aber es hat funktioniert. Ich fürchte mich.«

»Das will ich hoffen«, sagte Archie. »Geh jetzt ins Bett. Ich werde mir überlegen, was wir unternehmen ... vielleicht sollten wir uns vollkommen zurückziehen. Es gibt für alles eine Grenze. Die Sache ist es nicht wert, dafür zu sterben.« Ich hörte das Gewitter über dem See; es gab einen mörderischen Schlag, und dann knirschte es in der Leitung.

Ich lag im Dunkeln auf dem Bett und wartete auf den Schlaf. Ich musste lange warten. Man überlebt schließlich nicht alle Tage einen Mordanschlag. Ich krümmte mich zusammen und war bis ins Mark erschrocken. Sicher gab ich ein perfektes Beispiel für Konditionierung ab.

23. Kapitel

Crockers Beerdigung war eine Großveranstaltung, und die Prozession blockierte für eine halbe Stunde die Straße. Es herrschte dichter Nebel, in dem die Autoscheinwerfer nur als diffuse Lichtflecke erschienen. Polizisten auf Motorrädern hielten den Querverkehr an. Ich ging zum Friedhof, einer unter Hunderten, fühlte mich klebrig und unbehaglich und betete um eine frische Brise, die nicht kommen wollte. Ich stand zu weit vom Grab entfernt, um zu hören, was da gesagt wurde, also blickte ich staunend über die Menschenmenge, erinnerte mich, dass Crocker seine Schläger auf mich angesetzt hatte, und stellte mir vor, dass er es schwer haben könnte, Einlass an der Himmelspforte zu erlangen.

Ein Gedanke nagte an mir: Angeblich wollte er gewusst haben, wer der Mörder ist ... warum hatte er sich dann nicht schützen können? Es sei denn, dass er nur geprahlt und gar nichts gewusst hatte.

Ich schaute mich suchend in der Menge um, weil ich hoffte, dass Kim gekommen war, jedoch vergeblich, was mein Verlangen nach ihr steigerte. Hub Anthony nickte mir aus zwanzig Metern Entfernung zu und zeigte auf zwei große Kerle rechts und links von ihm. Bernstein ließ es nicht darauf ankommen. Hub hatte seine Leibwächter; ebenso General Goode, der sehr klein und ernst wirkte, als er den Kopf senkte. Er hatte zwei Burschen bei sich, die ihn leicht als Pfeifenreiniger hätten benutzen können.

Archie stand bei Ole Kronstrom; beide wirkten ruhig und gefasst, beinahe engelhaft. Bernstein hatte ihnen Schutz angeboten, aber sie hatten entschieden abgelehnt. Auf jeden Fall waren wir alle geschützt, weil es unter den Trauergästen von Polizisten wimmelte, die nach Carver Maxvill Ausschau hielten. Sie wussten nicht, wie er aussah, aber das hielt sie nicht davon ab, auffällig die Leute anzustarren und sich untereinander im Flüsterton zu verständigen. Es war hoffnungslos. Carver Maxvill hätte die Grabrede halten können, und sie hätten ihn nicht erkannt.

Aber sie hatten mich angesteckt, und ich spähte langsam umher. Stand da irgendwo der Mörder und genoss die Früchte seines Werkes, bevor er den Rest der Arbeit erledigte? Ich hoffte, dass Kim völlig untergetaucht war und das Ende abwartete. Anderenfalls würde er sie finden ...

Beim Mittagessen runzelte Julia verblüfft die Stirn und legte ihre Hand auf meine. Es war kurz nach ein Uhr, und die Gästeschar bei Charlie's lichtete sich allmählich, während wir noch an unseren Pfeffersteaks mit Kartoffelsalat aßen. Archie war beim zweiten Martini angelangt, und es war düster und still. Julia sagte, sie verstünde wohl, wie ich mich wegen Kims Verschwinden fühle.

»Aber sie ist eine von der unabhängigen Sorte«, meinte sie. »Sie passt auf sich selbst auf, nehme ich an, und mag es nicht, von einem Mann abhängig zu sein, der auf sie Acht gibt. Falls sie tatsächlich in Gefahr ist, hat sie das Richtige getan. Wahrscheinlich ist sie dabei, sich Klarheit zu verschaffen, und entscheidet dann, was zu tun ist. Ich habe einen gewissen Eindruck von ihr – wenn sie glaubt, dass es sein muss, würde sie sogar töten, um sich selbst zu retten. Natürlich meine ich es nicht so, wie es sich anhört.«

»Das Gleiche habe ich ihm auch gesagt«, pflichtete Archie bei. »Sie ist ein kluges Mädchen. Sie sah das Feuer näher kommen und zog sich zurück.«

Ich fragte Julia, was die Inzestbeziehung ihrer Meinung nach bei Kim oder bei Frauen im Allgemeinen anrichten würde.

»Das kann man nicht verallgemeinern, Paul. Darauf reagiert jede Frau anders. Kim hat es mit den Männern nicht leicht gehabt, diese Sache ist nur ein weiterer Schlag für sie. Aber falls du denkst, dass sie darunter zusammenbricht – ganz sicher nicht. Eine behütete Frau könnte daran zerbrechen, aber nicht sie. Sie ist abgehärtet. Sie wird damit fertig, auf die eine oder andere Weise.«

»Weißt du, dieser Zettel, den Maxvill ihr hinterlassen hat«, sagte Archie, »erscheint mir so unbeholfen ... aber offenbar ist er nicht fähig, sie eigenhändig zu töten.« Er strich sich über den Bart und nippte am Martini. »Das ist wirklich ein schrecklicher Plan, den er da verfolgt. Mord bei den einen, Selbstmord bei den anderen ... Gott, das muss man ihm lassen, er ist mächtig verrückt, aber ein verdammt zielstrebiger Bursche!«

»Ich mache mir trotz allem Sorgen um sie«, sagte ich.

»Natürlich«, sagte Julia. »Es wäre falsch, würdest du's nicht tun. Aber du wirst sie wiedersehen, und alles geht gut. Halte aus und warte, was passiert. Sie wird das alles überstehen – denk an meine Worte.«

»Genau das habe ich ihm auch gesagt. Geduld haben. Als würdest du im Auge des Wirbelsturms sitzen. Die Spannung aushalten.« Er lächelte. »Spannung ist mein Geschäft, aber von meinen Geschichten war keine so gut wie diese.«

Julia setzte sich in ihren Wagen, und Archie begleitete mich in meine Wohnung. Auf seine Art, glaube ich, machte er sich Sorgen um mich. Er wollte nicht, dass ich allein sein musste. Und der Anschlag auf mein Leben, ob er nun ernst gemeint oder nur eine Warnung gewesen war, machte uns allen zu schaffen. Er hatte mich dazu ermutigt, den Fall weiterzuverfolgen, und nun fragte er sich, ob wir nicht zu weit gegangen waren. Zu geringe Gegenleistung und so. Was hatten wir dabei noch zu gewinnen? Was war überhaupt je für uns drin gewesen? Ich jedenfalls wollte jetzt nur eins: Kim zurückbekommen.

Es war drei Uhr, als das Telefon klingelte, und wir schafften es tatsächlich, das Warten aufzugeben und uns wieder zu bewegen. Ich erkannte die Stimme nicht gleich, obwohl sie mir vertraut erschien. Ich bestätigte, ich sei Paul Cavanaugh.

»Hier Billy Whitefoot. Sie haben mir vor kurzem einen Besuch abgestattet. Einen beunruhigenden Besuch, der mir seitdem nicht mehr aus dem Kopf geht.« Er klang nicht im Geringsten freundlich oder heiter oder überhaupt lebendig, nur etwas kurzatmig, als würde das Telefongespräch ihn nervös machen.

»Ist Kim bei Ihnen?«, platzte ich heraus. Warum sonst sollte er anrufen? Archie blickte ruckartig auf.

»Nein, sie ist nicht hier. Warum sollte sie hier sein, um Himmels willen?« Er war ehrlich verwirrt, und meine Hoffnung schwand. Ich sank in mich zusammen.

»Sie ist verschwunden«, sagte ich. »Kein Problem, ich war bloß neugierig. Was kann ich für Sie tun, Mr. Whitefoot?«

»Sie können sich in Ihren Wagen setzen und sich heute Abend mit mir in der Hütte treffen. In der Club-Hütte. In fünf Stunden ist es zu schaffen. Das können Sie für mich tun.«

»Warum?« Nun war es an mir, verwirrt zu sein.

»Ich habe Ihnen etwas zu sagen. Es ist wichtig, glauben Sie mir, sonst würde ich Sie nicht anrufen. Wenn es nach mir geht, will ich von Ihnen so wenig wie möglich zu Gesicht bekommen. Aber es liegt mir auf der Seele, seit wir uns unterhalten haben. Jetzt ist auch Crocker tot – das macht schon drei, nicht wahr? Deshalb will ich die Sache loswerden, und Sie sind der glückliche Empfänger. Und verlangen Sie nur nicht, ich solle es Ihnen am Telefon erzählen – das kommt überhaupt nicht in Frage. Soweit ich weiß, ist in Minnesota und Dakota bei jedem Indianer das Telefon angezapft.«

»Also gut«, sagte ich. »Ich bringe meinen Vater mit. Er hat genauso viel damit zu tun wie ich.«

»Er gehörte zum Club, nicht wahr?«

»Nicht zum harten Kern. Aber er kennt sie alle. Wenn ich komme, dann nur mit ihm.«

»In Ordnung. Es wird ihn auf jeden Fall interessieren. Ich habe am späten Nachmittag eine Versammlung, aber ich werde so rasch wie möglich kommen. Falls ich mich verspäte, warten Sie einfach.«

Er legte auf, und ich drehte mich zu Archie um. Ich fühlte mich wieder lebendig.

Für Archie war die Fahrt in den Norden eine Reise in die Vergangenheit. Es war, als fielen die Jahre von ihm ab und er würde für eine Woche zum Angeln fahren, wie vor vierzig Jahren, als es noch keine Freeways gab, keine Umweltverschmutzung, keine Morde unter Freunden. Damals, als er noch jung war. Das war das Entscheidende gewesen: jung zu sein. Ein ehrgeiziger junger Zeitungsreporter mit der Idee, Romane zu schreiben, ein Ex-Football-Star, zwei schlaue Geschäftsmänner, die glaubten, sie könnten es in der Lackbranche zu etwas bringen, zwei muntere Juristen, frisch von der Universität, ein stocksteifer Militärkarrierist, ein geselliger junger Priester mit dem Talent, den Leuten ihre Befangenheit zu nehmen ... Sie alle waren jung gewesen, hatten ihr Leben noch vor sich gehabt, große Hoffnungen und alle Möglichkeiten ... Sie hatten noch alle Zeit, sich einen Namen zu machen und ihre Spuren in der Gesellschaft zu hinterlassen, um zu beweisen, dass sie dagewesen sind. Jugend machte vieles wett, und die Wirtschaftskrise konnte ihnen kaum etwas anhaben. Sie konnten es damals noch nicht wissen, aber sie würden in allen Lebenslagen gut dastehen, außer in einer. Das Glück würde ihnen hold sein. Der Zeitungsreporter würde ein berühmter Kriminalschriftsteller werden, der Football-Spieler und die beiden Unternehmer, ein Jurist, der Priester und der Soldat würden jene Ziele erreichen, wie sie vor vierzig Jahren als wichtig erschienen. Nur einem von ihnen, dem zweiten Juristen, dessen man sich von Fotos als blondem Langhaarigen mit ausgebeulten Hosen und kantigem Gesicht erinnerte – nur ihm würden die Hoffnungen versagt bleiben, welche er auch gehabt haben mochte.

Archie schwankte zwischen lautem Schwelgen und stummer Erinnerung an seine Vergangenheit und die der anderen und überdachte, was nun daraus geworden war. Die Landschaft huschte an uns vorbei, während wir über den Freeway nach Duluth fuhren. Der Nebel hing am Boden fest, aber der Verkehr war nicht dicht. Ich war nervös, voll angespannter Erwartung und schrecklich neugierig darauf, was Billy uns eröffnen würde. Zugleich fürchtete ich mich davor.

»Weißt du«, sagte Archie gerade, »es ist sonderbar, wenn man am Ende seines Lebens steht und zurückblickt, und wenn man es als Geschichte vor sich sieht. So sehe ich es gerade und weiß, dass das Ende nicht mehr weit ist. Aber ich fühle mich nicht so, als wäre mein Leben schon zu Ende. Ich denke immer noch, dass ich ewig lebe, obwohl ich den Beweis des Gegenteils oft genug vor meiner Nase hatte. Egal, ich habe Neuigkeiten für dich. Der Gedanke zu sterben macht mir überhaupt keine Angst mehr. Ich glaube, es ist die Angst von jungen Männern. Sie fürchten, vieles zu verpassen. In meinem Alter denkst du nicht mehr, dass du noch viel verpassen kannst. Man erwartet nicht mehr, dass schlimme Dinge passieren, und man hat erledigt, was man an großen Dingen vorhatte. Keiner lebt sehr viel länger. Man hat also keine Vorbilder, die einem zeigen könnten, was es noch zu erreichen gäbe. Ich werde wohl weiterhin Bücher schreiben, bis mein Verstand sich verabschiedet.« Er lächelte und war für eine Weile still und zufrieden.

Später sagte er: »Eigentlich waren wir ein reichlich phantasieloser Haufen. Langweilig. Gott, wie haben wir das nur so sehr genießen können? Dem Himmel sei Dank, dass ich kein Vereinsmensch bin, ich bin nur ab und zu mal mitgefahren und dann von hier weggezogen. Aber denk mal an die, deren Freizeit sich nur um diese verdammte Hütte drehte ... Puh. Crocker und sein idiotischer Football-Mist, lauter Ausstattungsstücke für Umkleideräume. Und Dierker, er war auch kein Gewinn – hatte so viel Humor wie eine Taschenuhr. Bieder, moralisch, schon als junger Mann gesetzt und ein Kirchgänger. Boyle hatte immer einen unanständigen Witz auf den Lippen und ein rotes Gesicht, als hätte man ihn gerade auf dem Klo beim Wichsen erwischt.« Archie verzog das Gesicht. »Goode hatte auf alles eine Antwort parat, und er schoss sicherer, schwamm weiter, rannte schneller – und wen zum Teufel kümmerte das? Hub Anthony sprach nur ständig davon, welche reiche Erbin von welchem Getreide- oder Holz- oder Eisenbahnmagnaten ihm zuletzt einen geblasen hatte ... er zählte mit, da bin ich mir sicher, und ich bin ehrlich erstaunt, dass er nicht ein paar Millionen Dollar geheiratet hat. Vielleicht waren die Erbinnen alle hässlich, wer weiß? Ich habe eigentlich nie ein Wort davon geglaubt. Das ist alles so lange her, und jetzt bedeutet es nicht mehr das Geringste, oder?

Ob sie konservativ dachten? Ach, ein völlig konventioneller Haufen waren sie. Sie ließen sich auf alles ein, außer auf ein Risiko, das verabscheuten sie geradezu, aus Angst, sich irgendwas zu vermasseln. Es passierte nur ein einziges Mal, und da war es ein echter Schlamassel, so viel ich weiß. Hub hat es mir erzählt. Ich fand es damals lustig, obwohl ich heute nicht mehr weiß, warum. Das war diese Geschichte mit dem Bordell – hinterher hatten sie eine Scheißangst.« Archie lachte kopfschüttelnd und verfing sich im Netz der Erinnerungen. »Sie sahen schon alle ihre ehrgeizigen Pläne den Bach runtergehen und fürchteten, ihre Frauen würden sie mit Regenschirm und Nudelholz verprügeln. Die Sache war die: Offenbar hatte einer von ihnen von einem Bordell mit Indianermädchen gehört, das am Ende der Welt lag. Vor vierzig Jahren waren schöne Indianerjungfrauen der Traum eines jeden Mannes. Eine Frau namens Helen Littlefeather führte den Laden. Hub erwähnte nicht, wessen Idee es war, aber offenbar gingen sie eines Abends alle zusammen dorthin, und dann passierte etwas Gemeines. Jemand wurde verletzt, eins von den Mädchen, glaube ich. Einer der Burschen sei ein bisschen zu wild an die Sache rangegangen und nahm eine der Indianerjungfrauen von vorn bis hinten in die Mangel, so Hubs Sichtweise.

Tja, es herrschte eine ziemliche Hysterie. Helen hatte ein paar stämmige, sehr rabiate junge Indianer zur Hand, die bereit waren, das ganze Unrecht des letzten Jahrhunderts an unseren Clubmitgliedern zu rächen. Hub sprang in die Bresche, nach seiner Version, und bot eine große Geldsumme an, die die Kosten einer Wiedergutmachung für das Mädchen weit überstieg. Die jungen Rothäute waren der Meinung, sie sollten das Geld nehmen und diese arroganten Bastarde anschließend gehörig durchprügeln, aber Helens kühler Kopf setzte sich durch. Sie hätten übel in der Klemme sitzen können, aber sie konnten sich freikaufen, und es wurde kein Skandal aus der Sache. Niemals die Konsequenzen tragen, das war ihre Devise.

Nicht dass ich ihnen damals Vorwürfe gemacht hätte oder nicht mit ihnen übereinstimmte, aber als ich die Geschichte erfuhr, dachte ich nur, Mensch, hätten die Roten sie doch nach Strich und Faden verprügelt! Und das waren meine Freunde!«

Der Nebel war dichter geworden, und ich schaltete das Licht ein, bevor wir auf den Hügelkamm gelangten, von dem es nach Duluth hinunterging. Dann schaltete ich die Scheibenwischer ein und wischte mir mit einem Kleenex den Schweiß ab. Es war wie in der Waschküche.

»Weißt du«, fuhr er fort, »ich dachte immer, dass es Jon Goode war, der das Mädchen geschlagen hat. Unter seiner zugeknöpften Fassade ist er reichlich primitiv. Er sagte, dass der Mensch ein Raubtier sei ... na, er muss es wissen, er ist das beste Beispiel dafür. Er ist ein Schlächter.« Er gähnte. »Falls Maxvill hinter Jon her ist, sollte er sich gut vorbereiten. Jonny wird nicht einfach dasitzen und sich zwischen die Augen schießen lassen.« Er streckte die Beine unter das Armaturenbrett und setzte sich anders hin.

Längs des Sees, der wie eine Metallplatte dalag, fuhren wir ins Tal hinunter nach Duluth und gelangten in eine andere Welt, wo das Licht hinter den Steilhängen verschwand und der Nebel sich in einen klebrigen Nieselregen verwandelte. Die Temperaturen waren um fünfzehn Grad gesunken. Archie zog sich seinen Mantel über, als wir zum Tanken hielten, und kauerte den Rest der Fahrt mit hochgeschlagenem Kragen still auf dem Sitz. Es war schon nach acht, als ich vom Lake Superior abbog und die kurvige Strecke zur Hütte hinauffuhr.

Die Scheinwerfer tasteten sich vorwurfsvoll durch die nasse Dunkelheit und brachten schließlich die Hütte zum Vorschein. Wir waren die Ersten. Ich steuerte den Wagen durch das schwammige Gras und so nah wie möglich an die Veranda. Ich fühlte mich an einen Angsttraum meiner Kindheit erinnert: gleichmäßig rauschender Regen, während es in den Bäumen knackt und raschelt, ohne dass etwas zu sehen ist. Die Holzstufen knarrten. Ich schaltete das Licht ein und stapfte ins Wohnzimmer, als könnten laute Schritte das Böse vertreiben.

In der Hütte war es feuchtkalt, und die Lampen spendeten nur wenig Licht. Archie wanderte umher, im Stillen mit den Erinnerungen beschäftigt, die sich einstellten. Ich machte mich daran, ein Feuer zu entfachen, und verlor mich einen Augenblick in eigenen Erinnerungen an den Tag, den ich mit Kim hier verbracht hatte. Damals hatte ich mich restlos in sie verliebt, aber das schien lange her zu sein. Ich hatte gerade die Scheite zum Brennen gebracht, als Archie mich von der Veranda aus rief.

»Er kommt.«

Ein Camaro fuhr vor, löschte die Scheinwerfer, und die drahtige Gestalt von Billy Whitefoot stürmte durch die drei Meter Regen und die Stufen hinauf. Er gab mir die Hand, und ich machte ihn mit Archie bekannt.

»Natürlich erinnere ich mich an Bill«, sagte Archie. »Seitdem ist viel Zeit vergangen, und Paul hat mir erzählt, dass Sie die Jahre gut genutzt haben – schön, Sie mal wiederzusehen.« Sie schüttelten sich die Hand.

»Es geht mir wirklich verdammt viel besser, seit wir uns zuletzt gesehen haben«, sagte Billy. »Ich glaube, damals fuhr ich noch den Rasenmäher.« Die Ironie war deutlich zu hören, aber keine Feindseligkeit. Er war gewissermaßen geschäftlich gekommen. Er streifte an uns vorbei in den Wohnraum, wo er seine Jacke über eine Stuhllehne hängte, und ging ans Feuer, um sich zu wärmen. Er trug ein blaues Hemd mit Button-down-Kragen und eine Levi's. Mit der Hornbrille und dem grau melierten Haar war er ein auffallend gut aussehender Mann, was mir vorher gar nicht aufgefallen war.

»Wir werden einige Zeit brauchen, meine Herren«, sagte er unvermittelt, während er sich die Hände rieb, »und ich muss noch heute Nacht nach Jasper zurück. Ich möchte meine Tochter nicht allein lassen. Am besten, Sie beide setzen sich ... ich brauche Platz, damit ich herumgehen kann. Bitte, setzen Sie sich.« Er wies auf das Sofa, und wir nahmen gespannt Platz.

»Was hat das mit den Mordfällen zu tun?«, fragte ich.

Er blickte mich ungeduldig an. »Die Sache wird viel schneller gehen, wenn Sie sich mit Fragen zurückhalten. Einverstanden? Es wird sich alles verdammt gut von selbst erklären, aber Sie können mich löchern, sobald ich fertig bin.« Ich nickte, und er fing gleichzeitig an, umherzugehen und zu reden.

»Als Sie nach Jasper kamen und mir den ganzen Mist erzählten, Sie wollten einen Zeitungsartikel schreiben, da dachte ich mir, dass etwas Komisches vorgehen müsse – dazu brauchte man kein Hellseher zu sein. Sie haben den Norway Creek Club erwähnt, meine Ex-Frau, und dann die Geschichte mit Rita Hooks Verschwinden. Das hat mich ziemlich beunruhigt, und ich habe mich gefragt, inwieweit Sie die Wahrheit kennen.

Wissen Sie, wie das ist, wenn man das Geheimnis einer Schuld mit sich herumträgt? Man denkt, dass jeder Bescheid weiß, dass einen jeder beobachtet ... so habe ich mich in den vergangenen Jahren gefühlt. Ich trage ein solches Geheimnis mit mir herum, ein Sterbebettvermächtnis, und ich musste damit leben und wusste nicht, was ich tun sollte. Mir war etwas offenbart worden, das ich nicht hätte wissen sollen, und es ließ mir keine Ruhe. Alles war vor langer Zeit passiert, und niemanden würde es noch kümmern. Dagegen konnte es vielen Leuten ziemlich schaden. Warum also die Vergangenheit nicht ruhen lassen? Nun, dazu hätte ich mich entschieden ... aber Kim war von der Sache betroffen, auf eine schreckliche Art und Weise, und das ließ mich nicht los. Ich habe sie sehr geschätzt, sie war die Geschädigte in unserer Ehe ... wie dem auch sei, sechs Monate, nachdem ich die wahre Geschichte erfahren hatte, nahm ich Verbindung mit ihr auf, das muss Ende 1972 gewesen sein, im Winter 72/73.« Er blieb vor uns stehen und schaute uns an. Der Wind trieb den Regen gegen die Scheiben, und ein kalter Luftzug fegte über den Boden.

»Ich habe Kim sagen müssen, dass Rita Hook nicht ihre Tante, sondern ihre Mutter gewesen ist. Ihr Vater war unbekannt.« Er holte tief Luft. »Und ich musste ihr sagen, dass Larry Blankenship sehr wahrscheinlich ihr Bruder ist ... dass sie beide Rita Hooks Kinder waren.« Er wartete, dass wir darauf reagieren würden. Ich hielt den Atem an und blickte zu Archie.

Archie fragte langsam: »Wollen Sie damit sagen, dass Sie Kim das alles schon 1972 erzählt haben? Vor fast zwei Jahren?«

»Ja. Ich fuhr nach Minneapolis und sagte es ihr.«

»Und wie hat sie es aufgenommen?«

»Sie war natürlich entsetzt und akzeptierte es nicht gleich. Sie meinte, sie würde selbst ein paar Ermittlungen anstellen. So war sie nun mal. Sie dachte immer, dass sie besser wüsste, wie man die Dinge handhaben sollte ... aber ich will damit nicht sagen, dass sie Unrecht hatte.«

»Wie haben Sie das überhaupt herausgefunden?«, fragte ich. »Wir wissen das bereits, wir haben diese Tatsachen vor ein paar Tagen entdeckt ... aber wir mussten wirklich danach graben. Und Sie?«

»Ich nicht. Running Buck hat es mir erzählt, bevor er starb. Das war im Sommer 1972. Sein Leben hing nur noch an einem Faden, und diese Geschichte belastete ihn sehr. Er wollte nicht damit sterben, und ich war der einzige Mensch, dem er es sagen konnte ... aber das war verdammt noch mal nicht alles, keineswegs. Das über Kim war nur eine Nebensache und hat ihn überhaupt nicht interessiert.« In seinen Augen spiegelte sich das flackernde Feuer; sie sahen aus wie die Tore zu vergangenen Jahrhunderten. Sein Mund beschrieb eine grimmige Linie. »Nein. Er erzählte mir alles, was in der Nacht des 16. Dezember 1944 bei der Hütte passiert war.«

24. Kapitel

1944 kam der Winter in Grande Rouge sehr früh, und Mitte Dezember lagen schon dreißig Zentimeter Schnee. Die Kälte wurde vom See herangeweht, und nachts war es bitterkalt. Willie Running Buck verbrachte den Abend bei Ted Hook im Nebengebäude und erledigte ein paar Tischler- und Klempnerarbeiten. Das Holz brannte in dem bauchigen Ofen und spendete trockene Wärme, während der Wind draußen blieb und die Graupelkörner gegen die Tür prasselten. Das Radio lief. Es war ein gemütlicher Winterabend.

Rita Hook klopfte und kam herein. Sie hatte sich etwas in den Kopf gesetzt und wollte unbedingt zur Hütte hinauf. Sie war nicht betrunken, hatte aber schon ein paar Gläser intus; sie wirkte kühn und unbeirrbar, als hätte sie sich zu etwas Großem entschlossen. Sie verlangte von Willie, sie mit dem Kleinlaster zur Hütte zu bringen; sie würde kein Nein akzeptieren. Aber er wollte nicht fahren. Zum einen wollte er die Radiosendung nicht verpassen, zum anderen war die Heizung in dem Wagen keinen Pfifferling wert. Aber es hatte keinen Zweck zu widersprechen.

Die Fahrt dauerte fast eine Stunde. Die Kälte ließ unerwartet nach, und der Graupel wurde immer nasser, drückte auf die Scheibenwischer und staute sich an den Fenstern, weshalb Willie mehrmals anhalten musste und die Scheiben mit Handschuh und Ärmel freiwischte. Rita war nervös, lachte ohne Grund und rauchte unablässig. Die Luft im Wagen war entsprechend, und Willie hustete. Rita redete ununterbrochen, alles, was ihr einfiel – lauter sinnloses Zeug.

Sie war in Gedanken nur mit Geld beschäftigt, erzählte Willie, dass sie wirklich ihr Glück gemacht hätte und dass alles in Ordnung wäre, sobald sie diesen Abend hinter sich hätte. Sie sprach weiter darüber, was sie vorhatte, wie sie endlich aus Grande Rouge herauskäme und dass sie ein paar Reisen machen wollte, wenn der Krieg erst einmal vorüber wäre. Und sich schöne Kleider kaufen würde. Die Welt sehen und das Leben genießen. Diesmal hätte sie wirklich ihr Glück gemacht.

Willie hörte nur halb zu, hauptsächlich weil seine Aufmerksamkeit der Straße gelten musste, auf der der Wagen hin und her rutschte – aber auch weil er Indianer war und gelernt hatte, dass man vor einem wie ihm alles sagen und tun konnte, weil Indianer keine wirklichen Leute waren. Nicht in dieser Ecke des Landes. Er nickte und brummte von Zeit zu Zeit, und Rita plapperte drauflos, holte am Ende eine Flasche Bourbon aus der Tasche, nahm einen kräftigen Schluck und leckte sich die Lippen. Willie erinnerte sich noch daran, wie der Geruch des Bourbon sich mit dem Zigarettenrauch mischte. Ihm wurde schlecht davon, und als er das nächste Mal ausstieg, um den Matsch von der Scheibe zu wischen, war er dankbar für die kalte feuchte Luft.

Schließlich fuhren sie vom Highway ab, und die Schneeketten rasselten durch Schnee und Kies. Der Schneeregen war dicht wie eine Wand, und der Wagen bog langsam in den engen Weg zwischen den Bäumen ein. Erst in diesem Augenblick wurde Rita deutlich. Willie wollte sie nicht so recht verstehen, aber sie fasste ihn am Arm und erzwang seine Aufmerksamkeit.

Sie sagte, sie sei nicht zur Hütte gefahren, um die Leitungen oder die Gasflaschen zu prüfen, wie sie ursprünglich behauptet hatte. In Wirklichkeit wollte sie die Mitglieder des Clubs treffen, und sie zählte mit den Fingern die Namen auf. Willie kannte ein paar Namen, kannte die Männer vom Sehen, aber wie sie hießen, war ihm nicht wichtig gewesen. Sie waren weiß und reich und kamen aus der Stadt, mehr brauchte er nicht über sie zu wissen. Rita ging nicht näher darauf ein, warum sie sich mit diesen Männern traf. Willie stellte sich vor, dass sie ihr Geld gaben – warum, ging ihn nichts an. Es war ihm gleichgültig. Weiße Männer hatten ihre Eigenarten, und sie waren ihm völlig wurscht.

Er machte sich keine Gedanken über seine Rolle bei diesem Unternehmen. Ihr Plan sah vor, dass er den Wagen bis an die Hütte fahren und dann ins Gebüsch oberhalb der Hütte verschwinden sollte, von wo er alles beobachten könne, selbst aber außer Sicht wäre. Wenn das Treffen zu Ende und die Besucher wieder weg sein würden, sollte er wieder zum Vorschein kommen und Rita nach Hause zurückbringen. Es war ganz einfach. Sie sagte ihm sogar, er sollte außen um die Lichtung herumgehen und sich durch die Dunkelheit tasten, damit keine verräterischen Spuren im Schneematsch zu sehen sein würden. Er tat es, weil sie es ihm gesagt hatte und weil er für Ted Hook arbeitete, und sie war Ted Hooks Frau. Aber er verstand den Zweck der Sache nicht, überhaupt nicht.

Rita ging in die Hütte, und er sah das Licht angehen. Er wischte den Schnee von einem Stein und setzte sich, zog die Ohrenklappen seiner Mütze herunter, kauerte sich in den Windschatten einer Tanne. Er fror. Er vermisste das Radio und den Duft des Holzfeuers, aber er wartete.

Nach einer halben Stunde hörte er den ersten Wagen die Straße heraufkommen, sah seine Lichtfühler um die Ecke kriechen, als das Fahrzeug langsam in die Lichtung einbog. Zwei Männer in dicken Mänteln stiegen aus. Die Hüte hatten sie tief ins Gesicht gezogen, die Hände in den Taschen vergraben. Sie beeilten sich, in die Hütte zu kommen. Vom

Kamin stieg Rauch auf, den der Wind in einer bestimmten Höhe auseinanderriss. Fünfzehn Minuten später traf ein weiterer Wagen ein, ein alter LaSalle. Er stellte sich hinter den anderen, und zwei Männer stapften durch den Matsch, die Stufen hinauf und ins Warme. Einige Zeit später kam schließlich der dritte Wagen mit noch zwei Männern. Sechs waren es insgesamt. Willie wartete zitternd und mit laufender Nase und tauben Fingern.

Er sah die Männer ab und zu an den gelben Fenstern vorbeigehen, aber nur der Wind war draußen zu hören. Er war durchnässt und müde. Eine weitere Stunde musste vergangen sein, in der er ab und zu eingenickt war, als das Schmettern der Vordertür ihn weckte, die aufgerissen wurde und gegen die Außenwand schlug. Das gelbe Licht fiel auf die Veranda, und der durchdringende Schrei einer Frau hallte über die Lichtung. Rita stand halb umgewandt und breitbeinig in der Tür. Sie schrie jemanden an, der drinnen stand, und Willie verstand nicht, was geschah. Jemand rief laut und gebieterisch, sie nicht gehen zu lassen.

Rita drehte sich in Willies Richtung, als versuchte sie, ihn im Dunkeln zu entdecken. Dann stolperte sie die Stufen hinunter und fiel in den Schnee. Als sie wieder auf die Beine kam, standen die Männer in der Tür und bellten durcheinander wie Hunde bei der Fuchsjagd. Rita schleppte sich zwischen den Wagen hindurch, rutschte und fiel immer wieder, tastete nach einem Trittbrett, um sich hochzuziehen. Die Männer kamen hinter ihr her. Einer stürzte ebenfalls auf der Treppe und fluchte. Sie waren langsam wegen des glatten Bodens.

Rita schaffte es zwischen den Wagen hindurch und auf die Lichtung, wo der verschreckt kauernde Willie sie nur noch als dunkle Gestalt sehen konnte, aber sie blieb dort stehen, als ob sie wüsste, dass es keine Zuflucht mehr gab. Sie drehte sich zu den Männern um. Ein Mann im Kamelhaarmantel löste sich aus der Gruppe und ging zu ihr, drehte sich unsicher zu den anderen um, hob die Hände, rief etwas, winkte heftig, *nein, nein, nein* ... Der Mann mit der Kommandostimme schrie, die anderen sollten aus dem Weg gehen, dann trat er vor, einen Arm gerade von sich gestreckt, und es gab ein schreckliches Krachen und einen Blitz. Der Mann in dem Kamelhaarmantel brach seitlich in die Knie und hielt sich mit beiden Händen den Kopf. Dann fiel er vornüber zu Boden und blieb still liegen. Rita hatte sich inzwischen zur Flucht gewandt. Sie schaffte fünf Schritte, bevor es ein zweites Mal krachte und aufblitzte. Rita stürzte nach vorn mit dem Gesicht in den Schnee.

Willie sagte, dass er noch keine tiefere Stille erlebt hätte als nach diesem Moment. Er beobachtete die Männer, wie sie scheinbar eine Ewigkeit bewegungslos dastanden, und presste sich eine Faust auf den Mund, um selbst keinen Laut von sich zu geben. Eine Zeit lang ließen sie sich nassregnen, dann gingen sie zu dem Mann, der geschossen hatte, und schließlich beugten sie sich über die beiden Toten. Der Mann in dem Kamelhaarmantel wurde umgedreht. Er war schlaff, ein Haufen Kleider in der Dunkelheit. Rita Hook lag ausgestreckt da; sie drehten sie um und starrten auf sie nieder. Willie bewegte sich nicht. Er wollte nicht sterben.

Die Männer besprachen sich, dann schleppten sie die Leichen hinter die Hütte. Der größte legte sich die tote Rita Hook über die Schulter. Willie folgte der grässlichen Prozession; er bewegte sich zwischen den Bäumen hindurch, behielt die Männer im Blick, während er hinter den Tannen entlangschlich. Die Gruppe stieg den Pfad zur Eishöhle hinauf. Der letzte, der dickliche, der die Treppe heruntergefallen war, trug eine große Packkiste aus dem Holzschuppen. Er fiel damit hin, und jemand lachte rau.

Willie befand sich ein gutes Stück über ihnen, als sie den Eingang der Höhle erreichten. Im Schein ihrer Taschenlampen sah er die bleichen, nassen Gesichter. Sie stemmten die lange Seite der Kiste auf. Das Holz quietschte, als die Drähte sich spannten, dann lag sie offen da, ein großer quadratischer Sarg. Willie erkannte, dass der Gasherd darin gebracht worden war.

Sie keuchten heftig. Willie kannte sie alle, aber er vergaß, sie beim Namen zu nennen. Einer von ihnen war Priester – daran erinnerte er sich –, der fette, der die Kiste geschleppt hatte.

Sie rasteten einen Augenblick, zündeten sich Zigaretten an, stellten sich unter den Überhang der Höhle, wo Willie sie nicht sehen konnte, und ließen die Leichen und die Kiste im Regen liegen. Sie unterhielten sich, aber Willie konnte kein Wort verstehen. Die rote Glut einer Zigarette beschrieb einen Bogen durch die Luft und verlöschte im Schnee. Sie hoben die Toten in die Kiste, zwängten sie auf entsetzliche Weise hinein, ohne Gespür für die Erniedrigung. Dann schlossen sie den Deckel und verdrahteten ihn. Mit viel Stöhnen und Fluchen zogen und schoben sie den Sarg in die Höhle. Zehn Minuten später kamen sie herausgeschlendert und eilten den Pfad zur Hütte hinunter. »*Verdammt, die sind wir los*«, sagte einer, »*alle beide.*« Die anderen pflichteten ihm bei. Man stimmte überein.

Willie trat den Rückweg zu seinem ursprünglichen Außenposten an und setzte sich wieder auf den Stein. Er staunte über das Verhalten der Männer. Er war nicht traurig, er hatte Rita nicht besonders gemocht, die Männer aber auch nicht. Für ihn waren sie nur Weiße, ein anderes Volk, fremd und unbegreiflich in ihrer Art. Während er darauf wartete, dass sie wegfuhren, wusste er schon, dass er den Mund halten sollte, sonst würde man ihn des Mordes beschuldigen. Er dachte eine Weile darüber nach. Der Regen wusch inzwischen den Schnee von der Lichtung und verwandelte sie in einen Morast.

Als die Männer aus der Hütte kamen, gab es nur ein paar hastige Worte, dann ließ man den Motor an, die Scheinwerfer blendeten auf, und die großen Fahrzeuge setzten zurück und wendeten, wühlten den Boden auf, dass der Schlamm spritzte. Als sie fort waren, wagte Willie sich hinunter und stand da, wo Rita Hook gefallen war.

Dann fuhr er langsam nach Grande Rouge zurück. Er ging zu Ted Hook, erzählte ihm, dass Rita beschlossen hätte, über Nacht in der Hütte zu bleiben, und kaufte eine Flasche Apfelschnaps. Ted murrte nur, dass das typisch für sie sei, und er hoffte, dass die Kinder nicht so früh aufwachten. Er sei schwach und brauche seinen Schlaf.

Es war nicht Willies Gewohnheit, aber an diesem Abend trank er sich in den Schlaf. Es regnete noch die ganze Nacht.

Billy blieb vor dem Kamin stehen. Das Feuer spuckte hinter ihm. Ein langer Blitz erhellte die Lichtung und tauchte sie in ein eisiges Weiß. Dann krachte der Donner. Inzwischen regnete es heftiger. Wir schauten alle nach draußen auf die Stelle, wo Carver Maxvill und Rita Hook gestorben waren, wo der Club sich vergewissert hatte, dass sie tot waren. Billy ging ans Fenster und stemmte die Fäuste in die Hosentaschen. Er blickte uns mürrisch an.

»Das ist die Geschichte, die Running Buck mir erzählt hat. Zwei Tage später war er tot, und ich wusste als Einziger Bescheid ... tja, was sollte ich tun? Seitdem waren fast dreißig Jahre vergangen, und ich hatte das Wort eines toten Indianers. Die Ermittlung – Himmel, das war eine ziemliche Sucherei ... aber der Regen hatte alle Spuren weggewaschen, und sie ermittelten schließlich nicht in einem Mordfall. Die Suche hatte nichts ergeben, was irgendjemanden misstrauisch machte.« Er warf kopfschüttelnd die Hände in die Höhe und kam wieder zu uns. »Aber die Geschichte schwärte in meinem Kopf. Zwei Leute waren kaltblütig erschossen worden, und niemand wurde deswegen angeklagt ... es wusste nicht mal jemand, dass ein Verbrechen begangen worden war! Das war das eine. Und Willie hat mir auch von Kim und ihrem Bruder erzählt. Rita war einmal ein wenig betrunken und vertraute Willie dieses kleine Geheimnis an ... sagte aber nicht, wer der Vater gewesen ist. Das hat mich sechs Monate lang beschäftigt. Dann dachte ich, ich müsste es Kim sagen. ...«

Wie gewöhnlich hielt meine Verwirrung an, nur reichte sie diesmal tiefer als sonst. Wenn Kim die wahre Identität ihrer Mutter längst kannte, und auch den inzestuösen Charakter ihrer Ehe, warum hatte sie sich dann verhalten wie Sarah Bernhardt in ihrer besten Rolle, als wir ihr unsere Schlussfolgerungen mitteilten? Ihre Hysterie war echt gewesen. Die Heftigkeit ihres Schocks hatte auch ich gespürt. Aber warum hatte sie nicht zugegeben, dass es sie es bereits wusste? Zu welchem Zweck?

»Und Sie haben Ihrer früheren Frau auch von dem Doppelmord an ihrer Mutter und Carver Maxvill berichtet? Offenbar war er das andere Opfer – niemand sonst verschwand in dieser Nacht. Kim erfuhr die ganze Geschichte?« Archie stellte glattzüngig seine Fragen.

»Alles. Warum nicht? Es lag ja schon so lange zurück.«

»Wie hat sie es aufgenommen?«, fragte Archie weiter.

»Das weiß ich nicht. Ich habe noch nie gewusst, was in ihr vorgeht. Sie hörte mir einfach zu, sagte kaum etwas, nahm alles sehr ruhig auf. Sie hatte wohl ihre Zweifel, wie ich schon sagte. Sie kochte uns eine Kanne Kaffee, und wir unterhielten uns noch den ganzen Nachmittag, und als ich ging, gab sie mir einen Kuss. Das war alles. Ich vermutete, dass sie wohl darüber nachdenken würde, aber ich hatte keine Ahnung, zu welcher Auffassung sie gelangte.« Er lehnte sich gegen den Kaminsims und starrte einen Moment lang ins Feuer. »Sie denkt sehr gründlich über alles nach. Ich wäre nicht überrascht, wenn sie versucht hätte, die Geschichte zu überprüfen. Aber ich weiß es nicht.«

Warum hatte sie sich die Mühe gemacht, uns diese Nummer vorzuspielen? War es unsere Schlussfolgerung gewesen, dass Carver Maxvill ihr Vater war? Das bedeutete schließlich, dass nicht nur ihre Mutter, sondern auch ihr Vater tot war. Archie und ich hatten aber weder gewusst, dass Carver, noch dass Rita ... das machte es in gewisser Weise verständlich.

»Jetzt lese ich, dass die Mitglieder des Clubs ermordet werden«, sagte Billy, »und schon kommen Sie daher und stellen Fragen, was damals an der Hütte geschehen ist und ob Running Buck mir etwas erzählt haben könnte. Mann, zuerst dachte ich, Sie wüssten tatsächlich, was passiert ist, und wollten mich auf die Probe stellen, um zu sehen, ob ich es auch weiß. Aber dann sagte ich mir, ich hätte nur zu viel Angst und sollte das Risiko eingehen und es Ihnen erzählen.« Er seufzte. »Deshalb habe ich eine Pistole bei mir. Falls einer von Ihnen der Mörder ist und mich aus der Welt schaffen will, hat er ganz bestimmt ein höllisches Problem.«

Archie schüttelte den Kopf. »Nein, wir sind's nicht. Und der Mann, den wir im Verdacht hatten, ist es auch nicht. Das ist das Merkwürdige daran. Wir hatten den Falschen ins Auge gefasst ... aber ich bin nach wie vor sicher, dass er der Vater von Kim und Larry war. Darum hat er sterben müssen, weil er Ritas Geliebter war und versucht hat, sie vor den anderen zu beschützen.«

Das Wetter verschlechterte sich. Es war nach zehn. Der Wind riss einen Fensterladen los, und Äste kratzten über das Dach. In dem dämmrigen Licht war man geneigt, an Gespenster zu glauben.

»Also wusste Kim von dem Tag an, als Sie mit ihr sprachen, dass die Mitglieder des Clubs ihre Mutter getötet hatten.« Ich versuchte dieses Gedankens habhaft zu werden, indem ich ihn laut aussprach. »Sie erfuhr, dass einer von ihnen ein Mörder war und die anderen sich gefügt hatten. Und sie erfuhr, dass Larry ihr Bruder war.« Ich hörte meine Stimme schwanken. »Es muss ihr Angst eingejagt haben, nun zu wissen, was diese Männer getan hatten. Was sie einzig und allein vor ihnen schützte, war die Tatsache, dass ihnen Kims Mitwisserschaft nicht bekannt war ... falls sie es jemals herausfänden, dann, peng-peng, wäre sie tot.« Ich atmete meine Anspannung in einem langen Zug aus. »Und damit hat sie zwei Jahre lang gelebt. Und deshalb ist sie jetzt in Deckung gegangen. Jetzt ... weiß jemand, dass sie es weiß, folglich wird ihr mittels einer Notiz Selbstmord nahe gelegt ... eine Notiz, die wir Carver Maxvill zugeschrieben haben. Wer schrieb denn nun diesen Zettel, zum Teufel?«

»Der Mörder«, antwortete Archie. »Derselbe, der bislang fünf Menschen umbrachte und einen weiteren zum Selbstmord trieb. Carver Maxvill, Rita Hook, Tim Dierker, Martin Boyle, James Crocker und Larry Blankenship.« Er sagte die Namen wie eine Litanei auf, während wir einander anschauten. »Vorausgesetzt, dass Willie Running Buck die Wahrheit erzählt hat.«

Nach einer Weile sagte Billy Whitefoot: »Wir sollten es herausfinden.«

Billys Taschenlampe schickte einen Lichtkegel den Fußweg hinter der Hütte hinauf. Der Boden war aufgeweicht, und auch wir waren binnen kurzer Zeit durchnässt. Die Blitze enthüllten unsere nassen Gesichter; wir keuchten und hatten Mühe, in den schlammigen Bächen und dem rutschigen Gras nicht den Halt zu verlieren. Es war, als würden wir in dieser Gewitternacht von jenen Männern begleitet, die vor langer Zeit schon einmal den schrecklichen Weg gegangen waren. Ich rutschte aus und schlug mir das Knie auf; der scharfkantige Stein schnitt wie ein Messer durch Stoff und Haut, und das Blut lief mir warm das Bein hinunter. Martin

Boyle hatte die leere Transportkiste durch den Regen getragen, auch er war gestürzt.

Auf halbem Wege hielt Archie an, lehnte sich gegen einen Baumstamm, um zu Atem zu kommen. Er suchte meinen Blick. Waren wir zu weit gegangen? Hätten wir die Sache ruhen lassen sollen? Billy rief nach uns und leuchtete uns mit der Taschenlampe an. Weiter, es hatte keinen Zweck, das Unternehmen in die Länge zu ziehen.

Und doch schien es ewig zu dauern. Der Regen fiel in Strömen durch das Blätterdach des Waldes, lief mir in die Augen, in den Mund, in die Kleidung. Mir war kalt. Als wir den Höhleneingang erreichten, lehnten wir uns unter dem Überhang gegen den Felsen und rieben uns das Gesicht trocken. Mir zitterten die Beine, und Archie war totenblass. Unten am Hang sahen wir die erleuchteten Fenster der Hütte und den Rauch, der aus dem Kamin aufstieg.

Moos, Zweige, totes Laub, dann wand sich die Höhle in den Berg hinein und entzog sich dem Strahl der Taschenlampe. Meine Glieder versteiften sich unwillkürlich, wehrten sich dagegen, in die Tiefe vorzudringen. Die Wände rückten näher zusammen. Mir zog sich die Kehle zu. Unter der Decke hing eine Schar Fledermäuse, und ich fuhr mit einem Schrei zurück.

Doch Billy drängte voran, und ich folgte. Archie ging hinter mir. Nach zwanzig Schritten erreichten wir die erste Biegung. Ich musste schon ein wenig gebeugt gehen. Dann schlug mir eisige Luft entgegen. Ich wusste überhaupt nichts über Eishöhlen, aber zweifellos gab es sie. Zwanzig Meter weiter blieb Billy stehen. Unser Atem hing als Nebel vor uns in der Luft. Er wartete, dass wir aufholten, dann eilte er weiter. Auch den Fledermäusen war es hier zu kalt, wir sahen keine mehr. Es roch erdig und nach Moos, aber hauptsächlich spürte man die bittere Kälte.

Wir mussten etwa vierzig Meter vorgedrungen sein, als die Höhle abrupt endete. Der Fels war ringsum mit Eis bedeckt, und die Rückwand überzog ein glitschig aussehender grauer Raureif. Billy hob einen Stein auf und kratzte damit an einer ebenen Stelle, dann schlug er ein Stück Eis ab, griff mit bloßer Hand unter die Eisschicht und brach größere Platten los.

Dahinter war helles Holz zu erkennen.

Mit klopfendem Herzen folgte ich Billys Beispiel. Es war die Packkiste, die wir in wilder Aufregung nach und nach freilegten. Das raue Holz wurde von den Drähten zusammengehalten, die sich in der Kälte gestrafft hatten. Ich zog an dem obersten Draht und riss mir einen Nagel ein, und am Ende waren meine Finger taub vor Kälte. Wir hatten eine Viertelstunde gebraucht, um die Drähte zu lösen, und nun traten wir zurück und fürchteten uns davor, die Kiste zu öffnen.

Archie hatte die ganze Zeit nur zugeschaut. Nun trat er zwischen uns, ein durchnässter, verschmutzter, gebrechlich wirkender alter Mann. Er griff wortlos nach dem Kistendeckel und riss ihn mit einem Ruck los.

Sie waren gefroren. Der Reif überzog sie wie eine weiße Moosdecke. An einer Stelle schimmerte dunkles Blut hindurch.

»Sie sind es«, sagte Archie.

25. Kapitel

Das Gesicht der Frau in der Kiste haftete in meinem Gedächtnis wie das Bild aus einem Albtraum. Ich hatte in das höhnische Antlitz des Todes geblickt. Es ließ keine Illusion von Lebendigkeit zu und gab keinen Eindruck von der Frau, die sie einmal gewesen war. Der Körper war konserviert und mit der Zeit entwässert worden; das Muskelgewebe war bis auf die Knochen geschrumpft, und die ausgetrockneten Augäpfel wölbten sich obszön in den Höhlen. Die Zähne standen hervor, zeigten ein grausames Grinsen, und das Blut hatte ein blättriges Aussehen angenommen. Ihr Kopf lag in einem unnatürlichen Winkel, da man die Körper in die Kiste gezwängt hatte. Maxvills Gesicht lag gegen Ritas Mantelkragen gedrückt; sie bildeten einen Haufen aus verkreuzten Gliedern, als wären sie durcheinandergepurzelt und nicht wieder entwirrt worden.

Billy war schon gegangen. Es war weit nach Mitternacht, und das Feuer war heruntergebrannt. Archie und ich saßen in stillem Entsetzen da und waren inzwischen wieder getrocknet. Wir bürsteten uns die Erde von den Schuhen und Mänteln. Der Regen trommelte stetig weiter. Ich warf ein trockenes Scheit aufs Feuer, und die Rinde begann zu brennen, kringelte sich in den emporschießenden Flammen. Ich rieb mir die Augen und versuchte die Schmerzen in meinen Gliedern zu ignorieren.

Im Schein von Billys Taschenlampe hatten Archie und ich den Deckel wieder auf die Kiste gerammt und die Halterungen verdrahtet. Billy hatte angesichts der unverständlichen Verhaltensweisen des weißen Mannes angewidert die Achseln gezuckt und uns allein gelassen. Draußen vor der Höhle hatte er auf uns gewartet, bis wir die Toten wieder begraben hatten. Dann waren wir zu dritt den Hang hinunter zur Hütte gegangen und hatten uns die Zeit genommen, uns am Kamin zu erholen. Billy wusch sich den Schmutz von den Händen. Er sagte, sein Gewissen sei rein, und nun sei es an uns zu entscheiden, was zu tun wäre. Er ging, ohne uns die Hand zu reichen, aber auch ohne besonderen Groll. Er wollte uns nur einfach los sein, uns und unsere schändlichen nächtlichen Verrichtungen. Ich nahm es ihm nicht übel. Sein Gesichtsausdruck sagte deutlich, dass es unsere Angelegenheit sei, wenn wir alles aufdecken wollten. Die Angelegenheit des weißen Mannes.

Ich dachte von der Toten in der Kiste weiterhin als von Rita Hook, Frau von Ted Hook, Schwester von Patricia Wilson, Mutter von Kim und Larry, Geliebte von Carver Maxvill. Sie war am Ende doch nicht aus Grande Rouge hinausgekommen, hatte dreißig Jahre im Eis darauf gewartet, gefunden zu werden, und nun waren wir gekommen und konnten nichts für sie tun. Es würde keinen Regress, keine Gerechtigkeit, keine Begleichung für ihren heimtückischen, einsamen Tod geben. Sie hatte eigens einen Beobachter postiert, einen Zeugen für den Fall, dass ihr etwas Schlimmes zustieße, und dieser hatte das Schlimmste passieren sehen, hatte gesehen, wie Rita um ihr Leben rannte und dass es vergeblich war, und hatte es eine Angelegenheit des weißen Mannes genannt. Weshalb er alles für sich behielt.

Schließlich verließen wir den Ort der toten Geister, stiegen in Archies geräumigen Wagen und rollten langsam durch den Morast der wirklichen Welt entgegen. Ich fuhr über den Mordgrund, wo zwei Menschen umgekommen waren, und rechnete nicht damit, je zurückzukehren. Ich drehte mich kein einziges Mal um. Ich wusste genau, wie es hinter mir aussah.

Es war mitten in der Nacht, als wir nach Grande Rouge einbogen und Archie endlich etwas sagte.

»Tja, wir haben uns geirrt. Carver Maxvill war unschuldig. Unschuldig und tot – die ganze verdammte Zeit lang!« Er krächzte vor Zorn. »Es passte vollkommen. Himmel, ich hätte schwören können, dass wir den Fall gelöst haben. Es *hätte* so sein können. Macht nichts ... einen Plot zu ersinnen ist schließlich mein Beruf, Menschenskind!«

»Wir sollten lieber noch mal über alles nachdenken«, sagte ich. »Der Mörder läuft noch frei herum.«

Er grunzte zustimmend.

»Ich vermute, dass Kim Larry die Wahrheit über ihr Verwandtschaftsverhältnis erzählt hat, und das ist der Grund, warum sie die Scheidung einreichte. Klingt vernünftig, oder?« Ich musste meine ganze Selbstbeherrschung aufbringen, wenn ich von Kim redete; innerlich stieß ich ein langes, angstvolles Geheul aus und wünschte mir, ich hätte ihr deutlicher machen können, was ich für sie empfand. Aber Archie wäre nicht beeindruckt gewesen, und ich wäre zusammengebrochen, hätte ich meine Seelenlage offenbart. Das wiederum wäre für Kim schlecht gewesen. Das Beste war also, klaren Kopf zu behalten.

»Sie erzählte ihm gerade so viel«, fuhr ich fort. »Niemand aus dem Club wusste, dass es in jener Nacht einen Zeugen gegeben hatte. Fast dreißig Jahre sind verstrichen, sie müssen es fast vergessen haben. Aber angenommen, Larry hörte Kim zu und lehnte es ab, was er da erfuhr, stritt mit ihr, weigerte sich, ihr zu glauben – und um ihn zu überzeugen, erzählte sie ihm auch den Rest der Geschichte. Man kann sich vorstellen, was das für den armen Teufel bedeutet hat. Also unternahm er sozusagen einen letzten Versuch, in seinem Leben Normalität herzustellen. Er suchte einen vom Club auf und hoffte wider alle Vernunft, dass man ihm sagen würde, es sei nicht wahr. Und natürlich kam es so, natürlich war es das irre Gefasel eines sterbenden Indianers. Auf dem Parkplatz, wo Bill Oliver sie zusammen sah, versuchte er, es Kim auszureden. Aber sie blieb eisern – es ist ihre Natur, sich Schicksalsschlägen zu stellen.

Aber das war nicht Larrys Art. Er wollte hören, dass sich die Sache nicht so verhielt, wie sie erschien. Zu wem würde er also gehen, damit erhärtet oder entkräftet würde, was Kim gesagt hatte?«

Archie rührte sich. »Zu Tim Dierker. Er wohnte im selben Haus.«

»Natürlich, zu Tim Dierker. Rücksichtsvoll wie er war, wollte Larry nicht das Risiko eingehen und Harriet verstören, also bat er Tim, in sein Apartment zu kommen. Daher die grauen Flusen auf dem Fußboden. Sie stammten von Tim. Und Larry brachte ihm die Frage vor. Er hat ihm vielleicht nicht erzählt, von wem er es wusste, aber er fragte ihn, ob es wahr ist. Sind Kim und ich Geschwister? Und hat der Club Rita und Maxvill umgebracht?

Ich sehe es vor mir, Dad. Der alte Tim, dem Tod nahe und wie so oft vom Alkohol benebelt, sitzt in seinem Sessel und blättert durch sein Fotoalbum, denkt daran, wie es damals war ... in den guten alten Zeiten ... und jetzt erscheint sein Schreckgespenst wie ein Bote Gottes und fragt ihn nach seinen Sünden ... gibt ihm die Gelegenheit, sie zu bekennen, mit einer reinen Weste zu sterben. Der alte Mann bricht zusammen. Ja, sagt er, ja, wir haben es getan, wir glaubten unsere Gründe zu haben und töteten sie und versteckten die Leichen, wo sie nicht gefunden wurden. Und danach glaubten wir, dafür sorgen zu müssen, dass es Ritas Kindern gut ging. Wir hielten uns auf dem Laufenden, schickten Geld für eure Ausbildung, wir wussten, wer und wo ihr wart. Und als Kim und Larry einander als Fremde über den Weg liefen, war es ein Zufall. Kim ging natürlich zum Norway Creek, zu ihren Gönnern ... und vielleicht war die Geschichte über Larry, die Tim Harriet erzählte, dass er nämlich eines Tages in der Firma aufgekreuzt sei, völliger Unsinn. Ein Mann wie Tim konnte es arrangieren, dass Larry erfuhr, in der Farbenfabrik sei ein guter Job frei. Larry einzustellen war eine weitere Möglichkeit, sein Gewissen zu beruhigen, das ganz schön angeschlagen gewesen sein muss.«

Wie ein schwarzes Band wand sich die Straße durch die Dunkelheit. Der Regen fegte in Böen über die Windschutzscheibe, und wir waren vollkommen allein. Man roch den nahen See. Der Geruch drang in den Wagen und war wie ein belebendes Duftwasser.

Da Kim und Larry sich nun also begegneten und sich verliebten – was konnte Tim dagegen tun? Oder die anderen?

Nun, wir wissen, was Tim dagegen unternahm. Harriet hat es uns gesagt. Er tat alles, um Larry von der Heirat abzubringen und bekam eine Krise, als es ihm misslang. Aber er konnte Larry schlechterdings nicht die Wahrheit sagen. Also ließ er es geschehen. Nun wurde Larry die schreckliche Wahrheit bestätigt, sein Leben war ruiniert, wie er glaubte, und das trieb ihn schließlich in den Selbstmord.« Ich schaute Archie an, der langsam nickte. »Da waren es schon drei Menschen, die Tim auf dem Gewissen hatte. Er wiederum redete sich bei den anderen die Last von der Seele und erzählte, dass Larry Bescheid wisse. Was taten die Mitglieder des Clubs? Angenommen, sie erfuhren es alle, angenommen, sie befanden sich in einer Art kollektivem Schockzustand – sie wissen nicht, was sie tun sollen, aber sie haben Angst. Sie sind alte Männer. Einer von ihnen könnte etwas ausplaudern. Vielleicht redete Tim tatsächlich dummes Zeug, etwa dass er alles sagen müsse, dass es schon genug Tote gegeben habe, dass sie ihrer Schuld niemals entkommen könnten. Folglich befinden sie sich in einem moralischen Dilemma. Die Stimmung ist mittlerweile so weit gediehen, dass die Wahrheit tatsächlich herauskommen könnte. Außer bei einem. Einer weiß verdammt genau, was er will, nämlich dass nicht irgendein sentimentaler Idiot absurderweise die Wahrheit ausplaudert. Der Skandal würde sie alle ruinieren, und ganz Minneapolis würde kopfstehen. Und einer von ihnen kann nicht einmal den Gedanken an eine solche Enthüllung ertragen. Daher tötet er Tim, als der Druck für ihn zu groß wird. Und nachdem er einen getötet hat, fällt es ihm leicht, die anderen zu töten. In seinem Kopf ist etwas ausgerastet, er sieht seine alten Freunde schwach werden und den Verstand verlieren, also bringt er sie um. So glaubt er sich sicherer, als wenn er sie leben ließe. Es braucht nur einer die Wahrheit zu sagen, den Behörden zu zeigen, wo die Leichen liegen. Die Frage ist, wer? Muss er sie vielleicht alle töten?«

Archie sagte: »Wer ist übrig? Tim war's nicht, Boyle war's nicht, Crocker war's nicht. Lass Ole und mich außen vor, dann bleiben Jon Goode und Hub Anthony. Eine einfache Rechnung. Sie stehen beide unter Schutz. Einer von beiden ist ein Mörder, und der andere das nächste anvisierte Opfer. Kannst du dir vorstellen, was in ihren Köpfen vorgeht? Der Mörder muss außer sich sein. Er muss seinen Beschützern entkommen, den Schutz des anderen durchbrechen, ihn töten ... und er muss darum beten, dass der andere nicht schon die ganze Geschichte verraten hat. Großer Gott, das spricht von Verzweiflung!«

»Welcher ist es?«, fragte ich. »Wer hat das meiste zu verlieren?«

»Ich glaube, das ist der falsche Gesichtspunkt«, sagte Archie. »Wer von beiden hat die Mentalität eines Mörders? Der ist unser Mann.«

»Dierker wurde ermordet, weil er bereits ein sterbender Mann war, der nichts mehr zu verlieren hatte, wenn er die Wahrheit gestand«, sagte ich. »Boyle wurde umgebracht, weil er religiös war, und wer weiß, wozu ein Priester fähig ist, wenn er so unter Druck gerät. Crocker wusste, wer der Mörder ist, aber er war nicht beunruhigt – dieser Mann würde ihn sicherlich nicht umbringen. Crocker hielt sich für so hart wie der Mörder. Er dachte, der Mörder wisse, dass er nichts sagen würde, und fühlte sich deshalb sicher. So viel zu Crockers Glaube an die Freundschaft.«

»Es ist Goode. Natürlich«, sagte Archie tonlos.

»Offensichtlich«, sagte ich. »Der geborene Mörder.«

Wir fuhren schweigend durch dunkle Kleinstädte und an geöffneten Tankstellen vorbei, wo die Zapfsäulen einsam und trostlos aussahen und einzelne Glühbirnen hinter verregneten Fensterscheiben baumelten. Nordminnesota in tiefer Nacht bei kaltem Regenwetter: Das war wie das Ende der Welt, verbreitete eine ganz besondere Einsamkeit, und die passte zu meinem inneren Zustand.

Kim würde sich nicht selbst umbringen. Aber Goode hatte die Absicht, auf sie loszugehen. Das war sicher. Larry musste es schließlich von jemandem erfahren haben, und Jon Goode war kein Dummkopf. Er hatte es sich schon gedacht. Er hatte den Zettel und den Revolver dagelassen. Aber wenn er schon so weit gedacht hatte, sollte er erkannt haben, dass sie keinen Selbstmord begehen würde. Sie war nicht Larry, war kein Schwächling. Er würde sie schon selbst abschießen müssen.

Wir hätten den Hurensohn von Anfang an im Auge haben müssen. Von allen Menschen hätte ich es wissen müssen. Goode war ein Schlächter, nahezu ferngesteuert. Sterbende Menschen gehörten zu seinem Leben. Erbarmen war nicht seine Sache. Noch nie.

»Goode war derjenige, der das Schießen übernahm«, sagte Archie, als hätte er meine Gedanken gelesen. »Sie waren alle schuldig, natürlich, aber Goode hatte als Einziger den Mumm, abzudrücken. Wahrscheinlich genoss er es auch.«

Arme Rita. Die Erpresserin. Aber was um alles in der Welt hatte sie gegen die Männer in der Hand? Warum hatten sie so lange gezahlt? Würden wir das je herausfinden? Carver und sie, ein Liebespaar, das sie gemeinsam erpresste. Was hatten die Burschen nur getan?

Wir stellten die Schritte von General Jon Goode nach den Beweisen zusammen, die erst später verfügbar wurden. Nördlich von Minneapolis hielten wir abseits des Freeway in einer Kleinstadt, um zu frühstücken. Der Regen hatte nachgelassen; es war sechs Uhr und ein trüber grauer Morgen. Zu beiden Seiten der Straße strich Nebel in Bodenhöhe über die Felder. Müde setzten wir uns in eine Nische. Archies Gesicht war grau und faltig, die Augenlider schlaff. Er nippte vorsichtig am heißen Kaffee.

An demselben Morgen stand General Goode früh auf und bewegte sich verstohlen durch das große Schlafzimmer, das die Länge seines Hauses im ersten Stock einnahm. Ein Fenster und ein kleiner Balkon blickten auf den Lake Harriet hinaus. Am anderen Ende des Zimmers gab es französische Fenster mit transparenten Gardinen, die über alte Messingstangen gespannt waren. Sie führten auf eine Sonnenterrasse, von der man einen schönen Blick über den rückwärtigen Steingarten hatte.

Eine Treppe tiefer döste ein Polizist vor dem Fernseher, der leise lief; alle paar Minuten schreckte der Mann mit flatternden Augenlidern hoch, um sich davon zu überzeugen, dass er nicht eingeschlummert war. Der Duft von frischem Kaffee zog durch das Erdgeschoss. Der Polizist hatte ihn um fünf Uhr gekocht, als die Gefahr einzuschlafen am größten gewesen war. Nun raffte er sich auf, um seine zweite Tasse zu trinken. Er war nicht eingeschlafen, aber er war auch nicht richtig wach, und falls Jon Goode ein Geräusch gemacht hatte, so war es ihm entgangen.

Ein zweiter Polizist war in einem Streifenwagen vor dem Haus postiert. Er war hellwach und las einen Roman von Ross Macdonald. Um viertel vor sieben plauderte er ein paar Minuten mit dem Zeitungsjungen. Er bemerkte im Haus keinerlei Bewegung und wusste auch nicht, dass General Goode das Grundstück bereits verlassen hatte.

In Anbetracht der Tatsache, dass mit der Dämmerung ein dichter Nebel aufgezogen war und der General die Feuertreppe an der Sonnenterrasse als Ausgang benutzt hatte, war das nicht weiter überraschend. Goode trug seine Adidas-Laufschuhe, einen grauen Trainingsanzug und eine gelbe Nylonjacke mit Kapuze. Er ließ sich sachte ins nasse Gras fallen, durchquerte den Garten, den er durch eine Lücke in der Ligusterhecke verließ, lief über den Rasen zweier Nachbarhäuser und erschien ein Stück unterhalb des Streifenwagens auf der Straße, wo ihn eine dreihundert Meter dicke Nebelschicht verbarg.

In der rechten Hand trug er eine kleine Segeltuchtasche mit einem braunen Lederriemen. Sie enthielt einen Dienstrevolver Kaliber .45 mit Elfenbeingriff. In das Elfenbein war ein Schild eingelassen, in das ein paar Worte graviert waren: FÜR JON GOODE – EINEN SOLDATEN NACH MEINEM HERZEN – GEORGE S. PATTON. Die Waffe war geladen. General Goode meinte es ernst.

Mit flottem Schritt erreichte er den See und begann zu laufen. Er folgte der üblichen Route, ein Mann, der an Disziplin und Gewohnheiten festhielt. Die Tasche trug er unter den Arm geklemmt. Die Wellen schlugen ans Ufer. Er fühlte, wie ihn die Anspannung verließ, während er leichtfüßig den Weg entlanglief. Er war körperlich und geistig in ausgezeichnetem Zustand. Zwei Runden um den See genügten; dann würde er an die Arbeit gehen. Er war so sehr auf Atmung und Bewegungsablauf konzentriert, dass er es versäumte, auf den großen Wagen zu achten, der mit trüben Scheinwerfern im Nebel an ihm vorbeiglitt, lautlos wie ein Traumbild. Er bemerkte nicht, wie der Wagen von der Straße abbog und auf den Parkplatz bei der Konzertmuschel fuhr, wo im Sommer die Kapellen so munter spielten. Die Scheinwerfer erloschen. Der General lief weiter, näherte sich den grünen Bänken und dem geschlossenen Popcornstand. Er hörte nur den eigenen Atem und sah aus den Augenwinkeln, wie sich die Schlauchboote auf dem Wasser auf und ab bewegten. Er achtete auf den Boden und genoss die ersten Ermüdungserscheinungen, von denen er wusste, dass er sie bezwingen würde. Sein Selbstvertrauen kannte keine Grenzen. Er drückte die Tasche mit dem Revolver dicht an den Körper.

Aus einem Grund, den wir nicht mehr erfahren werden, schaute er auf.

Vor ihm auf dem Weg stand jemand in einem Regenmantel. Jemand mit einem Revolver.

26. Kapitel

»So viel zu dieser Theorie«, murrte Archie in seinen Mantelkragen. Er war nicht ganz er selbst, fühlte sich ohnmächtig und verwirrt durch die ständige Widerlegung seiner Theorien. Es war kalt am See. Bernstein hatte uns gegen elf Uhr angerufen, als wir gerade versuchten, ein wenig zu schlafen. Jetzt beugte er sich über den Toten, der auf dem Weg lag. Eine Kugel war auf Jon Goode abgefeuert worden, hatte ihn mitten ins Gesicht getroffen und seinen adretten kleinen Kopf hinten wieder verlassen, sodass er danach nicht mehr ganz so adrett war. Er lag mit ausgestreckten Armen auf dem Rücken, als hätte jemand zuletzt entschieden, ihn doch nicht zu kreuzigen, und ihn statt dessen durchbohrt. Die Segeltuchtasche war schon ins Polizeilabor gegeben worden. Bernstein zündete sich eine Zigarette an und warf das Streichholz in eine Pfütze.

»Detective Bernhard Schultz ging um neun Uhr nach oben, um nach dem General zu sehen, weil er bis dahin noch keine Geräusche aus dem Schlafzimmer gehört hatte.« Er legte eine dramatische Pause ein. »Der General war nicht nur nicht mehr zu Hause, sondern vermutlich auch schon tot. Hathaway, der vor dem Haus saß, hatte nichts bemerkt. Der verdammte Nebel war zu der Zeit undurchdringlich, aber schließlich fiel ihnen ein, dass der alte Bastard sich davongeschlichen haben könnte, um seinen Morgenlauf zu machen. Vor einer Stunde haben sie ihn gefunden. Ich habe Sie gewohnheitsmäßig angerufen. Wenn ich mir ohne Sie ein Mordopfer angucken sollte, würde ich mich einsam fühlen.«

Archie und ich hatten inzwischen schon so viel vor ihm verheimlicht, dass wir aus Angst, das Falsche zu sagen, gar nicht erst den Mund aufmachten. Ich zuckte die Achseln und fragte: »Was halten Sie davon?«

Bernstein machte eine hilflose Geste.

»Sieht aus, als hätte Ihr Carver Maxvill sein Ziel heute schon früh erreicht. Es ist komisch. Der Scheißkerl ist einfach unsichtbar ... wir haben sämtliche älteren Touristen und Handelsvertreter in der Stadt aufgestöbert und damit nur erreicht, dass uns jetzt eine Menge Leute hassen. Ich bin mir nicht sicher, aber vielleicht ist es doch ein anderer ... aber wer?« Er trat gegen eine Bank und schaute zu der Leiche hinüber, um die sich die Polizisten, der Leichenbeschauer und ein Fotograf scharten. Der Nebel hüllte den Parkplatz ein und machte alle Konturen undeutlich.

»Jedenfalls sollten wir jetzt verdammt gut auf Richter Anthony aufpassen. Er ist als Einziger übrig, sofern Sie Recht haben, dass Sie und Ole nicht zählen – Himmel, ein Richter! Bjornstad ruft schon bei ihm zu Hause an, nur um sicherzugehen, dass er noch da ist ...«

Archie nickte. »Ich bin überzeugt, dass wir nicht dazugehören. Aber Hub ... ja, Sie sollten lieber nachsehen, ihn scharf bewachen.« Er kniff die Lippen zusammen und glättete mit einem Finger seinen Schnurrbart. Die Säcke unter seinen Augen sahen aus, als wären sie für eine Weltreise gepackt.

»Keine klugen Gedanken, Paul?« Bernstein beehrte mich mit einem schiefen Lächeln. »Keine klugscheißerischen Bemerkungen?«

»Nein«, sagte ich.

»Tja, ich habe noch eine andere glückliche Neuigkeit. Ein vierjähriger Junge wurde gestern von einer Ratte gebissen, acht Blocks von Crockers beschissener Baustelle entfernt. Versuchen Sie mal, das unter dem Deckel zu halten.« Er hustete schwer und krümmte sich nach vorn. »Und noch etwas kann ich Ihnen erzählen. Heute Morgen war ich beim Arzt. Meine Erkältung, wissen Sie? Es ist keine Erkältung. Er sagte Lungenentzündung dazu.« Er warf mir einen wütenden Blick zu. »Küssen Sie mich, Sie Idiot.« Dann ließ er uns einfach stehen.

Ich begab mich zum Wagen und war dankbar, dass es nicht der Porsche war. Archie kam hinter mir her. Als wir drinnen saßen und die Heizung lief, kaute er auf ein paar überstehenden Fransen seines Schnurrbarts und sagte: »Also, wir konnten ihm schlecht die Wahrheit sagen. Wie, zum Teufel, hätten wir ihm das alles erklären sollen? Und was Kim anbelangt – selbst wenn er sie finden würde, sein Schutz ist keinen Pfifferling wert.«

»Willst du es mit einer neuen Theorie probieren?«, fragte ich. Er zündete sich einen Stumpen an und blies den Rauch aus dem Fenster. Bernstein und seine Leute sahen wir nur als Schatten im Nebel.

»Es gibt keine Theorie mehr«, sagte er. »Es ist vorbei. Du hattest Recht. Es ist der Mann, der am meisten zu verlieren hat, nicht der mit der mörderischen Ader. Es ist Hub ... sonst ist keiner übrig.«

»Ich habe Tennis mit ihm gespielt, als Larry ...«

»Sei nicht dumm und wiederhole nicht alles, was der Mann je zu dir gesagt hat. Er ist es. Ausschlussverfahren. Uns bleibt nur noch zu sehen, wie er es zu Ende spielt. Gibt er vor, das verängstigte nächste Opfer zu sein oder ...«

»Oder lauert er Kim auf?«

Archie sah mich von der Seite an. Er hatte kein Funkeln mehr in den Augen, nur noch Müdigkeit.

»Er kann sich nicht sicher fühlen, solange sie noch am Leben ist, und die Nachricht in ihrem Apartment beweist, dass er über sie Bescheid weiß.« Archie leckte sich über die

Lippen und klemmte die Zigarre wieder in den Mundwinkel. »Ich würde sagen, er reißt sich los und lauert ihr auf.«

Mir war schlecht vor Müdigkeit und Sorge. Aber es blieb keine Zeit, um sich auszuruhen. Wir würden Kim finden müssen, bevor Hubbard Anthony sie fände.

Meine letzte wütende Begegnung mit General Goode kam mir ins Gedächtnis, als wir den Schauplatz seiner Ermordung verließen. Der Mörder hatte ihn genau dort erwischt, wo ich an einem anderen nebligen Morgen mit ihm gesprochen hatte. Er war der einzige Mensch auf der Welt gewesen, für den ich wirklichen Hass empfunden hatte, blanken Hass, den ich zwar nicht unverhohlen gezeigt, der aber auch nie nachgelassen hatte. Seinetwegen war mein Leben verkümmert, er hatte mich zu seinem Werkzeug gemacht, und nun blickte ich auf seine Leiche und den aufgerissenen Kopf und war glücklich, dass er tot war. Er hatte es verdient, gewaltsam zu sterben, und die Welt war merklich besser ohne ihn. Er hatte die Menschen als Raubtiere bezeichnet, und ob er damit Recht hatte oder nicht, eines dieser Raubtiere hatte ihn zur Strecke gebracht.

Aber das Ausmaß dieses Gemetzels ging über meinen Verstand. Wie hatten in einer vernünftigen Welt all diese Männer ermordet werden können? Ich hatte mit ihnen gesprochen, ihnen in die Augen geblickt, eine kurze Zeit lang in ihr Leben geschaut. Nun gab es sie nicht mehr, obwohl sie vor kurzem noch da gewesen waren. Sie mochten Schufte, Halunken gewesen sein, aber sie hatten gelebt, Mörder, aber lebendige Menschen ...

Ich sah ihre Gesichter noch vor mir. Ich war müde, und mir war, als sähe ich mir einen alten Film an, eine Wiederholung mit verstorbenen Darstellern, wie sie in besseren Tagen geschmunzelt und gelacht hatten. Sie hatten es nicht geschafft, ihrer Vergangenheit zu entfliehen. Der Satz klang wie ein unabänderliches Gesetz: Man kann der Vergangenheit nicht entfliehen, und am Ende, so hatte auch Tim Dierker geglaubt, ist man verantwortlich für sein Leben und seine Taten. Am Ende bezahlt man auf die eine oder andere Weise.

Ich hatte sehr viel herumgeschnüffelt, Gespräche geführt, die mir seinerzeit nutzlos erschienen waren, hatte Zeit verschwendet, hatte eine Frau zum Lieben gefunden, hatte die Spiele der Twins im Radio verfolgt, war ständig zu Archie gefahren, hatte entdeckt, dass ich noch lieben und mich um jemanden sorgen konnte. Und nach alledem kam es mir nun so vor, als würde sich alles von mir weg bewegen, sehr schnell und unaufhaltsam. Es schien keine Zeit mehr zum Nachdenken zu geben. Wir kannten jetzt die Geschichte und was hinter den zahllosen Listen, Ausreden und Lügen steckte. Wir wussten, wer ein jeder wirklich war und was sie zu verbergen versucht hatten, und wir hatten erfahren, dass es noch schlimmer war, als wir uns vorstellen konnten. Wir wussten, dass ihr Leben auf Zerfall aufgebaut war, dass es für immer befleckt und am Ende völlig verdorben gewesen war, bis es schließlich aufbrach und die Fäulnis heraussickerte und die Ratten herbeirief.

»Hub«, sagte ich. »Um Gottes willen, Hub – wie kann das sein? Ich weiß noch genau, wie entsetzt er war, als Larry sich erschossen hatte, als er begriff, wer sich da umgebracht hatte.« Ich dachte an den schönen Spätsommertag, wie Hub mich müde spielte und die Schattenflecken auf dem Tennisplatz nutzte, um mich zu besiegen. Ich kannte Kim damals noch nicht. Die Geschichte hatte für mich noch nicht angefangen. Aber er war auch derjenige gewesen, der mir später befehlen wollte, ich solle mich heraushalten, solle aufhören, in der Vergangenheit zu stochern und Boyle, Crocker und Goode zu verängstigen. Dann hatte er sie töten müssen, denn sie hatten zu viel Angst bekommen. Er hatte nicht mehr darauf vertrauen können, dass sie die Reihen geschlossen hielten. Also hatte er sie alle töten müssen, sogar den einen, der selbst ein Mörder war und ein Soldat so recht nach dem Herzen von George Patton.

»Es ist Hub«, wiederholte Archie sauer. »Also hör auf, darüber nachzugrübeln. Das ändert nichts. Konzentriere dich darauf, dass wir Kim finden müssen.«

»Ich weiß, ich weiß.«

Der Nebel verzog sich nicht ganz. Von meinem Balkon aus erstreckte er sich wie eine unwirtliche See über Minneapolis, spülte über die Stadt hinweg und verschluckte sie. Archie trank Kaffee, und ich wartete, während in Grande Rouge das Telefon klingelte. Eine gereizte Frau hob den Hörer ab.

»Könnte ich bitte mit Ted Hook sprechen?«, fragte ich.

»Sie machen wohl Witze«, schnaubte sie, »er hört nichts am Telefon und telefoniert grundsätzlich nicht. Außerdem hat man ihn ins Bett gebracht – vielleicht zum letzten Mal. Er hustet und keucht nur noch.«

»Vielleicht könnten Sie mir helfen?«

»Dann schnell, wir haben hier gleich ein Festessen. Was wollen Sie?«, fragte sie scharf. Falls sie zu Teds Verwandten gehörte, teilte ich seinen Kummer.

»Es geht um Mr. Hooks Tochter oder Nichte ... ist sie zufällig bei Ihnen? Zu Besuch?«

»Meinen Sie die Patzige aus der Stadt? Wie heißt sie?«

»Kim«, sagte ich. »Ist sie da?«

»Nein, Gott sei Dank nicht. Und ich scheue mich nicht zu sagen, dass sie eine Strafe ist. Sie schreit uns ständig an, dass wir nicht genug auf den alten Mann Acht geben. Also, sie ist nicht hier ...«

Ich legte auf, schaute Archie an und schüttelte den Kopf.

Ich rief in ihrem Apartment an. Nichts.

Ich rief Anne an. Nichts.

Ich wollte gerade die nächste Nummer wählen, als das

Telefon klingelte. Es war Mark Bernstein. Er hustete, seine Stimme klang schwach. Er rief aus Hub Anthonys Bibliothek an und schien gründlich die Nase voll zu haben.

»Er ist weg.« Er hatte einen pfeifenden Atem und näselte. »Vor einer Stunde hat er die Sache mit Goode erfahren, und Gott steh mir bei, jetzt ist er verschwunden. Wie viel Excedrin darf man übrigens pro Tag nehmen? Ich habe acht geschluckt, seit ich aufgestanden bin, und habe immer noch mörderische Kopfschmerzen. Also müssen wir ihn suchen ...«

»Wie hat er das gemacht? Sie hatten doch Ihre Leute da, oder?«

»Ach Gott, wen interessiert das jetzt noch? Ich kriege keine vernünftige Geschichte aus denen heraus. Einer war auf dem Klo, der andere spielte an sich herum, ich habe keine Ahnung. Ich habe eine Suchmeldung nach seinem Wagen herausgegeben, verspreche mir aber nichts davon. Jedenfalls dachte ich mir, Sie möchten es vielleicht wissen. Falls Archie eine Idee hat, wo er sich verstecken könnte, dann soll er versuchen, mich zu erreichen.« Er hustete. »Der arme Teufel steht wahrscheinlich Todesängste aus. Ich sollte eigentlich im Krankenhaus sein. Lungenentzündung, Scheiße. Ich bin halb tot. Leben Sie wohl, Paul. Leben Sie wohl für immer, und wenn Sie mal in ein paar Jahren an mich denken, dann lächeln Sie.« Die Leitung war unterbrochen.

Archie sagte: »Erzähl es mir nicht. Hub ist verschwunden.«

»Stimmt.«

»Typisch. Der Mensch hofft, solange er lebt. Geflohen. Und es ist hoffnungslos. Hub also.« Ich konnte ihn nicht ansehen.

Ich rief Ole Kronstrom im Büro an und bat um ein Treffen. Er sagte, wir sollten um vier Uhr zu ihm kommen.

Der Tag schleppte sich dahin, und Archie und ich hielten

uns wach, indem wir beim Mittagessen auftankten; wir mästeten uns bei »Charlie's« und tranken literweise Kaffee. Wir kamen pünktlich in Oles Büro an. Er war allein, zog sich gerade einen dicken Schal aus und hängte den nassen Regenmantel auf. Er sah genauso müde aus wie wir. Ich erzählte von General Goode und Hub Anthonys spurlosem Verschwinden. Archie wurde wieder munter, da er einer Sache nachspürte, und sagte Ole, wir hätten Grund zu der Annahme, dass Hub das letzte Opfer sein würde, wenn wir ihn nicht sofort ausfindig machten. Er war so überzeugend, dass ich ihm beinahe selbst geglaubt hätte. Nur wir beide wussten, dass Hub der Mörder war.

Ole blickte uns an, lehnte sich im Sessel zurück und schwieg.

»Des Weiteren haben wir Grund zu der Annahme, dass Kim in Gefahr sein könnte«, sagte ich.

»Oh, tatsächlich?« Ole Kronstrom schloss die Augen und legte die Fingerspitzen aneinander. »Kim in Gefahr«, wiederholte er langsam. »Darf ich fragen, durch wen?«

»Durch den Mann, der alle anderen umgebracht hat.«

»Irgendwelche Namen, die Ihnen einfallen?«

»Keine Namen«, antwortete Archie sofort. »Wer immer es ist, man muss ihn aufhalten. Das ist alles.«

»Aber warum sollte Kim in Gefahr sein? Was hat sie mit alldem zu tun?« Ole öffnete scheinbar träge die Augen. »Ich bin verwirrt.«

»Tatsächlich?«, fragte Archie. »Wie verwirrt bist du, Ole?«

Ole beugte sich vor, griff nach einer Pfeife und stopfte sie. Er lächelte listig und schüttelte langsam den Kopf. »Nun, sagen wir, leicht verwirrt.«

»Wir müssen sie finden«, sagte ich und blickte von einem zum anderen, da sie in Rätseln sprachen. »Sie wissen wahrscheinlich besser als jeder andere, wo sie sein könnte ... denken Sie nach: Wohin geht sie, wenn sie mal von allem weg will? Sie fährt ständig allein weg, das haben Sie mir gesagt ... aber wohin?«

Ole zündete die Pfeife an, und ich roch den Latakia-Tabak. Er stopfte die Asche mit seinem kurzen dicken Zeigefinger in den Pfeifenkopf. Während wir auf eine Antwort warteten, drückte er sich aus seinem Sessel hoch und stellte sich ans Fenster. Er war breit und mächtig gebaut, und das Alter hatte ihn gefestigt.

»Sie könnte vielleicht aufs Boot gegangen sein«, sagte er skeptisch. »Vermutlich fühlt sie sich dort sicher. Es hat ihr schon immer gefallen.« Er nickte, als müsse er es sich selbst bestätigen.

Archie stand auf. »War Hub jemals auf deinem Boot?«

Ole nickte mißgelaunt. »Ja, er mochte es. Hielt sich für einen guten Seemann ...«

»Ist er mal dort gewesen, als auch Kim da war?«, fragte ich.

Ole nickte wieder.

»Ich komme mit«, sagte er. »Es ist mein Boot.«

Wir gerieten unweigerlich in den Feierabendverkehr, der durch den Nebel und den einsetzenden öligen Regen noch unerträglicher wurde. Um sechs Uhr war es bereits dunkel, und wir begegneten einem Auffahrunfall mit drei Fahrzeugen, der den Verkehr in einer Richtung lahm legte. Ein Krankenwagen nahm gerade eine Trage auf. Eine Meile weiter hatte sich der Anhänger eines Sattelschleppers quergestellt, und wieder war nur eine Spur befahrbar. Hinter beschlagenen Scheiben sah man ärgerliche und frustrierte Gesichter. Die Räder drehten auf der nassen Fahrbahn durch, und vor dem Laster breitete sich eine schillernde Benzinpfütze aus. Drei Polizeiwagen mit blinkendem Warnlicht hielten den gesamten Verkehr an, während ein Abschleppwagen versuchte, den leckgeschlagenen Koloss aufzurichten.

Es dauerte eine weitere Stunde, bis wir wieder anrollten und zum verregneten St. Croix weiterfahren konnten. Cooper's Falls, wo die Boote lagen, war noch eine zusätzliche Autostunde entfernt, und wir hörten solange WCCO. General Goodes Ermordung wurde in den Nachrichten erwähnt, aber es gab noch nicht viel darüber zu berichten. Mark Bernstein sagte, er könne noch keine Erläuterung präsentieren und wisse nicht, ob weitere prominente Bürger der Stadt ermordet würden, er hoffe aber, dem sei nicht so. Dann hustete er.

Bis Stillwater hatte der Verkehr sich aufgelöst, und wir fuhren den langen Hügel hinunter auf die neblige Leuchtreklame zu, zurück auf den Highway, wo die Sichtverhältnisse gleich Null waren. Ich konnte kaum schneller als vierzig fahren, weil ich einfach nichts sah, also standen wir es schweigend durch und hörten das Spiel der Twins im Tiger Stadium in Detroit. *Sei in Sicherheit,* dachte ich bei mir, *sei in Sicherheit und auf dem verdammten Boot.* Hub war auch da draußen im Nebel und suchte nach ihr. Hatte er an das Boot gedacht? Bei dem Gedanken trat ich aufs Gas, spürte, wie das rechte Hinterrad auf dem schlammigen Seitenstreifen rutschte, als ich eine Kurve knapp verfehlte. Ich zwang mich, wieder langsamer zu fahren. Ich kurbelte das Fenster herunter, und der Regen peitschte mir ins Gesicht. Willie Horton schlug einen Homerun und erzielte drei Punkte für die Tigers zu Beginn des dritten Innings, als wir noch zehn Meilen vom Jachthafen entfernt waren.

»Hier ist es«, hörte ich Ole kurz darauf vom Rücksitz sagen. Archie schreckte hoch; er hatte leise schnarchend vor sich hin gedöst. »Biegen Sie in die Schotterstraße ein.«

Der Straßenbelag änderte sich hörbar, die Scheinwerfer erfassten hohes Gras am Straßenrand und einen Stacheldrahtzaun oberhalb einer Abflussrinne. Der Schotter spritzte unter den Rädern weg. Archie beugte sich nach vorn. »Fahr langsamer, um Himmels willen. Ich glaube, das da vor uns sind frische Spuren ... ach, was rede ich? Was weiß ich schon über frische Spuren?«

Am Eingang zum Jachthafen brannte ein Licht. Auf Oles Geheiß hielt ich und stellte den Motor ab. Wir stiegen aus und standen still im Nebel. Man roch die Boote, hörte sie auf dem Wasser knirschen und die Wellen anschlagen. Wir gingen langsam den Steg entlang und zu dem zwölf Meter langen Kabinenkreuzer. Messing und weißer Anstrich und poliertes Holz glänzten matt im Schein der Nebellaterne, die an einem Pfosten hing. In der Kabine brannte Licht.

»Kim«, rief ich. »Kim, bist du da?«

Wir lauschten, dann kletterte Ole an Bord. Das Boot schaukelte sanft, und leiser Regen fiel.

»Jemand ist da ... oder war da. Ich lasse nie Licht brennen.«

Ich hatte Angst, und auch die anderen befiel die Furcht wie ein Fieber. Wir brauchten nur die Tür zu öffnen und in die Kabine hinunterzugehen, wo das Licht brannte. Ich war so verzweifelt gewesen, hatte Kim so dringend finden wollen, bevor es Hub gelang – und nun zögerte ich und blickte zwischen Ole und meinem Vater hin und her.

Archie schob die Hände in die geräumigen Manteltaschen. Als er die rechte wieder hervorzog, hielt er den Revolver, den der Mörder für Kim hinterlassen hatte.

»Und was hast du damit vor?«, fragte Ole leise.

27. Kapitel

Als ich in die Mündung schaute, war mir, als würde die Zeit stillstehen. Nur das Deck schien sich zu bewegen. Ich nahm mich zusammen und forschte im Gesicht meines Vaters. Archie erwiderte meinen Blick. Seine Augen waren hart und ausdruckslos.

»Falls Kim Roderick dort drinnen ist«, sagte er, »stecke ich das Ding weg, und wir können alle aufatmen und ein Bier trinken. Falls es jemand anders ist, will ich eine Waffe in der Hand haben.«

»In Ordnung«, sagte Ole. »Und ich will, dass du mir nicht das Schiff durchlöcherst.«

Wir hatten es so lange wie möglich hinausgezögert. Archie öffnete die Tür zur Hauptkabine und ließ sie zurückschwingen. Ein fremder Geruch drang uns entgegen. Jemand saß an der Seite auf der Polsterbank an das Schott gelehnt, das sich neben der Treppe befand, die hinunter zur Kombüse führte. Das Licht kam von der Deckenlampe, und die Schatten bewegten sich unheilvoll mit dem Boot. Da saß nicht Kim.

»Hub!«, rief Archie aus und griff nach dem Revolver. Er ging einen Schritt auf ihn zu und blieb nervös stehen, als Hub Anthony langsam eine kraftlose Hand zum Gruß hob. Er gab ein zischendes Murmeln von sich. Als wir näher traten, erkannten wir, warum.

Es sah ganz so aus, als wäre die nächste Theorie zum Teufel. Hubs weizengelber Pullover war voller Blut. Der

Mörder hatte auf ihn geschossen und zum ersten Mal keinen raschen Tod herbeigeführt.

Wir umringten ihn. Archie murmelte etwas in seinen Bart, und es war offensichtlich, dass wir nichts mehr tun konnten. Das Blut hatte auch die Khaki-Hosen durchnässt und quoll über der Gürtellinie hervor. »Setzt euch«, krächzte Hub leise, »ihr steht mir im Licht ... es ist so dunkel.« Der Arm sank ihm herab.

»Wer hat dir das angetan?«, fragte Archie.

»Ach, nicht doch«, sagte er. »Es ist vorbei. So ist es besser, viel besser ... es gibt nichts mehr, über das man sich Sorgen machen muss, nichts spielt mehr eine Rolle ...«

»Wer?«, wiederholte Archie. »Wie lange sitzt du schon so da?«

»Lange genug«, flüsterte er, »lange genug, um zu wissen, dass ich hier nicht mehr wegkomme ... das war's dann für mich. Was für ein Witz. Tut mir leid, Ole, wegen der Sauerei hier ...«

»Hub«, sagte Ole ruhig, »wer hat auf dich geschossen?«

»Welche Bedeutung hat das noch?«, entgegnete Hub. Er griff sich mit zitternder Hand an die Brust. »Ich kann es dir nicht sagen, es ist gut, alles ist gut ... ich bin der Letzte, jetzt wird niemand mehr umgebracht. Jetzt ist es vorbei.«

»Wir wissen Bescheid«, sagte Archie. »Wir wissen, was an der Hütte vorgefallen ist, mit Rita und Maxvill.«

Hub Anthony nickte.

»Goode hat sie getötet ...« Er brach ab, hustete, seine aristokratischen Gesichtszüge verzerrten sich. »Aber wir lebten damit weiter ... mit einer gemeinsamen Schuld, waren alle willige Mittäter, versteckten die Leichen in der verdammten Eishöhle ... was für eine Nacht! Wie habt ihr es herausgefunden, um Himmels willen?«

»Rita ist damals nicht allein gekommen«, sagte ich, und er richtete seinen Blick auf mich, als sähe er mich zum ersten Mal. »Sie wollte, dass Running Buck die ganze Sache beobachtet ... aber er hat nie ein Wort darüber verloren, bis es für ihn ans Sterben ging. Da wollte er sein Gewissen erleichtern und erzählte es Billy Whitefoot. Und Billy erzählte es uns.«

Ein scheußliches Grinsen überzog Hubs gepeinigtes Gesicht. »Himmel, er hat es die ganze Zeit gewusst. Das ist wirklich gut, ein guter Witz ... Billy, Billy ...«

»Sie hat euch erpresst, stimmt's? Sie und Carver, deshalb habt ihr sie umgebracht ...« Ich stockte, als ich ihm die Verwirrung ansah.

»Carver? Uns erpresst? Nein, nein, nein, das habt ihr falsch verstanden.«

Ole reichte ihm einen silbernen Flachmann. Hub goss sich einen Schluck über die Lippen und fing sofort an zu husten. Er wischte sich über den Mund und blickte finster auf die wässrige Flüssigkeit an seinen Fingern, als wäre sie eine Beleidigung. Er versuchte angestrengt, sich ein wenig aufzurichten, und Archie stützte ihn dabei, doch er war zu schlimm verwundet. Blut quoll ihm aus dem Mund und lief ihm das Kinn hinunter auf den Pullover. Ole stöhnte hinter mir, und der Ärmel von Archies Mantel war blutig geworden.

Es hatte etwas schrecklich Obszönes, den charmanten und eleganten Hubbard Anthony so in seinem Blut zu sehen. Mein bevorzugter Tennispartner, um Gottes willen, ein Mörder und nun seinerseits ermordet. Er lief langsam aus, sein Herz pumpte ihn leer, sein Leben versickerte. Wer hatte ihn erschossen? Falls das Morden noch nicht vorbei war, sollte ich an mich selbst denken. Der Mörder hatte es bei mir immerhin schon versucht und daneben geschossen. Und vielleicht war es doch noch nicht vorbei.

Hub hatte zu bluten aufgehört und lachte lautlos mit blutroten Zähnen.

»Nicht Carver«, flüsterte er zutiefst amüsiert, weil das Ende nahte und wir einen Witz gemacht hatten. »Nicht der gute alte Carver ... sie hat uns alle erpresst, einschließlich Carver ... ach, zum Teufel, Arch, es ist lange her, die Leute waren damals anders als heute, sie fragten noch danach, wie sie nach außen hin dastanden ... wir waren sehr jung, naiv, wussten noch nicht, wo es langgeht. Und Rita ...«, er lächelte, »war ein Frau mit Welterfahrung ... sie wusste, wie sie uns benutzen konnte ... wie sie an unser Geld herankommen konnte.«

Ich beugte mich vor und ignorierte den frischen Blutgeruch. Hub vergrub die Finger in den Falten seines Pullovers.

»Aber was hatte sie gegen euch in der Hand, Hub?« Ich räusperte mich und blickte ihm in die Augen, die tief eingesunken waren und die er immer wieder vor Schmerzen zusammenkniff. »Was hat sie gewusst?«

Er schaute weg, schnitt eine Grimasse, stöhnte. Archie hatte versucht, nach der Wunde zu sehen, aber sie war in einer Blutlache verborgen. Er starrte bestürzt auf seine Hände.

»Oh, Gott«, sagte Hub mit leicht verschleiertem Blick, der die Wirklichkeit von ihm fern hielt, »oh, Gott, ich werde sterben, und ich bin so verdammt hungrig. Ich habe seit zwei Tagen nichts gegessen, hatte zu große Angst. Ich wusste, dass es mich erwischen würde ... aber nicht, wer es tun würde. Jon, dachte ich ...« Tränen liefen ihm über die Wangen. Er wollte sich noch nicht verabschieden und wehrte sich. »Scheiße, jetzt ist es mit mir vorbei, und mein einziger Gedanke ist, dass ich nie wieder ein Reuben-Sandwich essen werde, nie wieder Pastrami ...« Er blickte mich an und zwinkerte matt. »Ich weiß, Paul, ich weiß, das hört sich verrückt an, keine weisen letzten Worte. Du musst ein wenig Gewicht loswerden und deine Rückhand trainieren, du darfst dich nicht fürchten, hart zu schlagen. Oh, Gott, ich habe solchen Hunger ...«

Archie schluchzte still, wischte sich die Tränen ab und machte sich dabei das Gesicht blutig.

»Warum hat sie euch erpresst, Hub?« Ich wollte es unbedingt wissen. Wollte erfahren, was Rita gewusst hatte. Ich kam mir vor, als würde ich die Taschen eines toten Freundes durchsuchen, aber ich ließ nicht locker.

»Himmel, du bist so schwer von Begriff«, flüsterte er. »Sie hat uns bedient ... Rita war unsere Hure, wir haben sie alle gebumst ... die ganze Zeit über, es ging reihum, an manchen Wochenenden war sie von Freitagabend bis Montagmorgen splitternackt ... wir wechselten uns ab, ich glaube nicht, dass wir sie je befriedigt haben ... wir nahmen sie bis zum Umfallen.« Er kicherte, aber es blieb ihm im Hals stecken. »Das war unsere Abmachung, wir zahlten viel, gaben Bonus ... sie hat in den dreizehn, vierzehn Jahren eine Menge Geld auf die hohe Kante gelegt ... wir haben ihr tausend im Monat gezahlt, Tim, Jim, Jon, Marty und Carver ... fünfzig die Woche von jedem, und sie war jeden Cent wert ... wir hatten die Wirtschaftskrise, es war eine Menge Geld für sie.« Er schloss die Augen und bewegte sich nicht mehr, während er leiernd weiterredete. Er machte sich darauf gefasst, was immer auf ihn zukommen würde.

»Sie hatte zwei Kinder, und wir erhöhten jedes Mal unsere Zahlungen, wir wollten fair zu ihr sein ... irgendeinem platzte mal das Gummi oder er hat's nicht rechtzeitig übergezogen.« Er gab ein blutiges Lachen von sich, kniff die Augen zusammen.

»Mein Gott«, sagte ich, »wer war es? Wer war Larrys Vater? Und wer Kims Vater?«

»Das sind die kleinen Scherze des Lebens, nicht wahr? Wer kann das sagen? Wie sollten wir das wissen? Wir hatten sie die ganze Zeit, es gab immer einen, der zur Hütte fuhr und sie vögelte ...«

Ich schrak vor ihm zurück, war erschöpft, angeekelt, empört. Davon, was diese Männer getan hatten? Oder weil ich Kim liebte, weil ich genau wusste, was das für sie bedeutet hätte, wie es ihr Leben geprägt hätte? Ich glaubte nicht recht daran, dass Tragödien sich unter gewöhnlichen Leuten abspielten, aber dies schien mir eine zu sein. Das Schicksal nahm seinen Lauf, wand sich wie eine Schlange um einen Unschuldigen, ein Kind.

»Aber ihr habt sie umgebracht«, sagte Archie. »Ihr habt sie bezahlt. Warum sie dann umbringen?«

»Sie wollte mehr, noch einmal hundertfünfzigtausend, auf einen Haufen ... das konnten wir nicht aufbringen, es war zu viel ... sie drohte uns, sie hätte die Fotos, die sie von uns und die wir von ihr gemacht hatten. ... die übliche Geschichte ... unsere Frauen, unsere Freunde, unsere Gegner bekämen alle einen Stapel Fotos. Sie setzte uns richtig unter Druck ... na ja, Jon hatte schließlich die Nase voll, er brachte den Revolver mit, den er von Patton hatte, und tötete sie ... Carver wollte sie schützen, er meinte, sie zu töten sei verrückt ... deshalb schoss Jon auf ihn, und dann erschoss er Rita ... wir waren alle einverstanden. Was, zum Teufel, sollten wir anderes tun?«

»Wer hat auf dich geschossen?« Das war Ole.

»Es hat schon genug Tote gegeben ... es muss Schluss sein. Lasst die Geschichte mit mir sterben. Wir haben bekommen, was wir verdient haben. Es hat uns alle wieder eingeholt.«

»Wer hat dich getötet?« Archie wollte nicht locker lassen. »Wer?«

»Ach, noch bin ich nicht tot ... nur verdammt hungrig ...«

Das war alles. Hubbard Anthony war tot.

Archie und ich hatten uns an den Tod gewöhnt, und Ole Kronstrom war kein Mann, der in Panik verfiel. Mit der schrecklichen Erleichterung derer, die am Leben geblieben waren, gingen wir gemeinsam in die Kombüse, und Ole kochte Kaffee mit einem Schuss Brandy. Es dampfte in dem engen Raum, und wir tranken schweigend, wobei jeder den Blick des anderen mied.

Schließlich sagte Archie in seine Tasse hinein: »Wieder eine Theorie den Bach runter, meine letzte diesmal. In jeder Hinsicht verkehrt. Nichts als Opfer und kein Mörder.« Er seufzte und besah sich die Blutflecke auf seinem Mantel. »Und nun finden wir auch noch heraus – egal wie man's sieht –, dass sie es verdient hatten zu sterben. Wohin führt uns das also?«

»Den Mörder nicht zu suchen«, sagte Ole. Sein Löffel klirrte in der Tasse. »Den Henker, sollte ich besser sagen.«

»Aber er läuft frei herum, wie immer Sie ihn nennen wollen«, sagte ich. »Vergessen Sie nicht, dass er auch mich umzubringen versucht hat.« Ich schaute die beiden nacheinander an, zwei völlig erschöpfte alte Männer. »Die Frage ist nur, wer. Es ist keiner mehr übrig ... aber Kim ist noch in Gefahr. Wenn er sie nicht schon gefunden hat.«

»Vielleicht«, sagte Archie. Sein Elan war verschwunden. Er war fertig mit der Sache.

»Gib mir die Waffe«, bat ich. Er fischte sie aus der Manteltasche und legte sie mir in die Hand.

Wir beschlossen, das Boot zu verlassen und Hub Anthonys Tod erst am nächsten Tag zu melden. Ole würde einfach hinausfahren, um an seinem Boot zu arbeiten, und dabei die Leiche finden. Wir tranken den Kaffee aus, gingen an dem Toten vorbei, löschten das Licht und kletterten an Deck. Schneidende Kälte empfing uns. So setzten wir die Verdunklung fort, mit der der Club vor vierzig Jahren begonnen hatte, als sie die Vereinbarung mit Rita eingingen. Ich sprang über die Reling und hatte wieder festen Boden unter den Füßen.

Wir fuhren zurück nach Minneapolis und setzten Ole zuhause ab. Es war Mitternacht, und die Stadt war in dem kalten Regen verwaist.

»Wir müssen Kim finden«, sagte ich.

»Sie sind es, der sie finden muss, Paul. Auf den es jetzt ankommt.« Ole schüttelte mir die Hand.

Ich brachte Archie in mein Apartment, wickelte ihn in einen Haufen Decken, machte ihm einen heißen Grog und befahl ihm zu schlafen. Er sah aus wie ein Greis. Er lächelte halbherzig und nahm den Grog.

»Ich muss sie finden, Dad, das weißt du. Ich liebe sie.«

»Es ist vorbei, Paul«, sagte er schläfrig. »Für mich jedenfalls. Die sterben sollten, sind tot. Ein befriedigender Abschluss. Nimm die Pistole und such Kim. Aber ich glaube, das Morden ist zu Ende. Finde sie einfach, das genügt. Mehr ist nicht zu tun. Weißt du – wir haben nicht an Billy gedacht. Und er weiß nicht, dass Kim fort ist. Er würde sie nicht töten, oder? Was sie ihr angetan haben ... deshalb hat er sie alle umgebracht.« Er leckte sich über die Lippen, schloss die Augen. Er war müde.

Ich gab meinem Vater einen Kuss auf die Stirn, verließ die Wohnung und ging hinunter zum Wagen. Jemand stand draußen auf dem dunklen Besucherparkplatz. Der Regen klatschte auf den Asphalt. Ich spürte, wie sich meine Nackenhaare aufstellten. Die Gestalt kam aus der Dunkelheit auf mich zu. Ich drückte mich flach gegen die Wand, wo mir das Tropfwasser ins Gesicht lief, und tastete nach der Pistole. Die Gestalt trat ins Licht. Es war der Mann von Pinkerton. Er lächelte und ging ins Haus.

Ich wusste, wohin ich zu fahren hatte. Ich wusste, wo Kim sich aufhielt, und ich versuchte die ganze Geschichte in meinem müden Verstand ins Reine zu bringen. Ich würde in den Norden fahren, und mir blieb nur wenig Zeit.

28. Kapitel

Ich fuhr auf den Freeway nach Duluth, mitten in der kalten verregneten Nacht. Die Wischer bewegten sich gleichmäßig über die breite Windschutzscheibe von Archies Auto. Der Regen spuckte aus der Dunkelheit, und ich konnte zwanzig Meilen fahren, ohne ein Paar Scheinwerfer zu sehen. Auf WCCO gurrte Franklin Hobbs seine Ansagen. Frank Sinatra sang »Time After Time«, und ich erinnerte mich durch meine High-School-Romanzen an den Text. Al Hibbler sang »Unchained Melody«, und ich überließ das Fahren dem großen Wagen. Das Alleinsein stimmte mich seltsam friedlich, und ich fühlte mich frei von Überraschungen und von Dingen, die ich weder kontrollieren noch verstehen konnte. Es war mir bislang nicht gelungen, hinsichtlich der ganzen Ereignisse einen moralischen Standpunkt zu finden. Aber ich bemerkte mit ironischer Distanz, dass ich inzwischen ruhig bleiben konnte, während ich meine Überlegungen anstellte. Meine Nase tat nicht mehr sonderlich weh. Ich war müde, aber nicht tot, und das brachte mich in dem Spiel noch einmal nach vorn.

Während die unsichtbare Nacht draußen an mir vorbeizog, summte ich zu den Liedern vor mich hin und dachte über alles nach, gelassen, vernünftig und analytisch. Da war zuallererst die Ungeheuerlichkeit, die die Burschen Rita und Carver angetan hatten. Sie hatten Angst gehabt, waren frustriert gewesen – aber auch arrogant und vollkommen sicher, dass sie sie einfach umbringen und damit durchkommen könnten. Warum? Was hatte sie so sicher, so zuversichtlich sein lassen? Ich war kein Psychologe; ich konnte nicht beanspruchen, eine Erklärung dafür zu finden. Tatsache war, dass sie es getan hatten und damit durchgekommen waren. Beinahe.

Eine Eigenart, eine Laune hatte sie zu Fall gebracht, ein alter Mann, der das Geheimnis ebenso gut mit ins Grab hätte nehmen können. Und selbst nachdem er es auf dem Sterbebett preisgegeben hatte, bedurfte es noch der unglücklichen Ehen zwischen Kim und Billy und Kim und Larry, damit der sarkastische Streich gelingen konnte.

Zum Zweiten war da die schreckliche Vergeltung an diesen Männern mit einem Abstand von dreißig Jahren. Sie hatten so lange auf ihrer Schuld gesessen, hatten so viel Zeit zwischen sich und diese Unerfreulichkeit gebracht; fast muss sich die Tat in eine dunkle Legende verwandelt haben, jedenfalls für sie. So wie man sich an Kriegserlebnisse erinnert, an Heldentum und Feigheit, wenn das moralische Gebot der Handlung vor langer Zeit ausgeblutet ist. Es war geschehen, und da war nichts mehr zu machen; da würde keine Vorladung aus dem eisigen Grab kommen.

Aber sie hatten Pech gehabt: Ein anderer war nicht so sehr willens, das Vergangene ruhen zu lassen. Er trug die Vergangenheit in sich, die Saat der Vergeltung, jemand, dessen Moralverständnis eine Abrechnung forderte. Und die am Ende auf sie gewartet hatte. Es gab einen Knackpunkt, wo in dieser entschlossenen, unversöhnlichen Seele der Kessel übergekocht war. *Ihr sollt nicht davonkommen,* sagte die innere Stimme mit Macht, *ihr sollt für eure Sünden bezahlen.* Ich schüttelte den Kopf. Das klang zu biblisch. Aber der Grundgedanke war ungefähr richtig.

Wer hatte all das gewusst? Und warum war das alles erst so lange nach der Tat passiert?

Die Maxvill-Theorie hatte so schön gepasst: Aus dem Abgrund der Anonymität hervorgekrochen, das Leben ein Scherbenhaufen und mit dem Ende vor Augen, so hatte er sich gerächt und sie alle erledigt. Aber er war schon seit dreißig Jahren tot.

Auch die Goode-Theorie war einleuchtend gewesen. Er hatte zeitlebens Menschen getötet, und jetzt, in einem Anfall von Furcht, dass seine Kameraden ihr Gewissen zu bereinigen drohten ... Ein kollektives Gewissen oder das eines Einzelnen, das spielte keine Rolle: Die Wahrheit sollte nach so vielen Jahren der Sicherheit nicht ans Tageslicht gelangen. Aber dann wurde auch er ermordet.

Die Hub-Anthony-Theorie hatte auch etwas für sich gehabt, zumal er als Einziger übrig geblieben war, ergo ... Der Richter, der Mann, der das meiste zu verlieren hatte, und es stellte die perfekte Ironie dar, wenn Eleganz und Stil zu widerlichem Mord getrieben werden. Das wäre ein gutes Einer-von-uns-ist-ein-Mörder-Szenario gewesen. Man nimmt einfach den, der übrig bleibt, und passt die Tatsachen an. Aber auch er wurde erschossen.

Sie waren alle tot. Agatha Christie hätte das gefallen. Ihr Leben war schon früh verdorben gewesen, und doch hatten sie es ausgelebt und die Wahrheit unter Ehrbarkeit versteckt. Martin Boyle ... unsere Diskussion über das Böse erschien jetzt in einem völlig anderen Licht. Ein *Priester.* Ein Football-Held, ein Soldat, ein Richter, ein Unternehmer.

Jemand hatte nicht vergessen können. Hatte sie nicht vom Haken gelassen.

Billy. Warum war er mir nie in den Sinn gekommen? Weil er ein Indianer war, weil er ein Teil von Minnesota und ein Indianer ein unsichtbarer Mensch war? Weil mir kein Motiv eingefallen war ... weil er nicht zu *uns* gehörte, zu denen, die die Gegenwart bestimmten? Weil er zu helfen schien, weil er uns den größten, den dramatischsten Teil der Geschichte offenbart hatte?

Was wusste ich denn eigentlich über ihn?

Zunächst, dass er Kim noch liebte. Er warf ihr nichts vor, fand, dass sie keine Schuld hatte. Er hatte ihre Tochter und damit stets ein Abbild von Kim vor Augen. Er hatte nicht wieder geheiratet. Und er wusste, was man ihrer Mutter angetan und was das für Kims Leben bedeutet hatte. Er wusste über Larry Bescheid. Falls er Kim noch liebte, hatte er kein weiteres Motiv gebraucht.

Und er war mit dem Tod vertraut. Er wusste, was seinem Vater widerfahren war. Jeder Indianer in Minnesota hatte früher oder später eine Begegnung mit dem Tod. Und wahrscheinlich folgte er einem Verhaltenskodex, fühlte gewisse Zwänge. Er akzeptierte vielleicht die Notwendigkeit der Vergeltung. Und möglicherweise war in seinen Augen das Töten von ein paar reichen weißen Männern allgemein gerechtfertigt. Sicherlich kannte er die Geschichte von dem Streifzug des Clubs durch das Bordell mit den Indianerinnen.

Wenn man erst einmal voraussetzte, dass er der Täter sein könnte, erschien alles stimmig. Das Motiv war Liebe und Hass. Und niemand hatte je nach einem Alibi gefragt. Von Jasper konnte er leicht nach Minneapolis einfallen, einen Mord begehen und wieder verschwinden ... ein unsichtbarer Mensch. Er könnte uns trotzdem die Geschichte von dem Gemeinschaftsmord erzählen, ohne Angst haben zu müssen. Zum einen mochte es einleuchten, dass kein Mörder eine solche Enthüllung wagen würde, um sich nicht selbst in Verdacht zu bringen, wenn er ansonsten sauber bleiben könnte, und zum anderen war er, indem er Running Bucks Geschichte erzählte, in der Lage, eine Rechtfertigung für seine Taten einfließen zu lassen – um zu beweisen, und sei es auch nur sich selbst, dass er ein Henker, aber kein Mörder war.

Billy. Die Idee spukte mir im Kopf herum, tauchte mal hier und mal dort auf, wie eine Figur an einem Schießstand, die eine, die man ständig verfehlt.

Ich war gar nicht mehr davon überzeugt, dass ich mich sicher fühlen durfte. Ich konnte durchaus noch die Rolle des letzten Opfers spielen. Aber ich wollte die Rolle viel lieber selbst spielen, als sie Kim zu überlassen, womit ich vermutlich ein gutes Beispiel dafür abgab, was wiederentdeckte Liebe bei einem Verstand anrichten kann. Es sollte nicht Kim sein, nicht, wenn ich es verhindern könnte.

Vielleicht zögerte ich, die Wahrheit zu begreifen, die einzige Version, die richtig passte. Ich war hundertmal über denselben Widerspruch gestolpert. Seit jener Nacht versuchte ich ein Alarmzeichen zu erkennen, ein Leuchtsignal in der Dunkelheit, das mich hätte warnen können ... aber verspätete Einsicht nützt nichts. Ich weiß nicht, ob ich eher hätte darauf kommen müssen; jedenfalls kam ich erst darauf, als ich nördlich von Duluth war und ein dunkelgrauer Fünf-Uhr-Morgen heraufdämmerte. Das war der Moment, als ich endlich begriff, wer diese alten Männer getötet hatte. Ich musste beinahe darüber lächeln. Aber nur beinahe. Eine reine und kalte Schönheit haftete der Geschichte an, und die machte mich schaudern. Ich fühlte mich wie von eisigem Wasser eingeschlossen. Es betäubte mich, meine Gefühle und meine Vorstellung von Gut und Böse. Ich wollte bei Kim sein, bevor etwas Grauenvolles passierte.

Ich ließ Archies Wagen im Schutz eines hohen Gebüschs stehen und ging über den nassen Sand auf das Schlösschen zu. Es hatte aufgehört zu regnen, und ein kräftiger Wind wehte über den Strand und peitschte die Wellen des stahlgrauen Sees. Ich stapfte mit gesenktem Kopf vorwärts, behielt die Hände in den Manteltaschen. Die Pistole fühlte sich kalt und lebendig an, wie ein zahmes Reptil. Ich war außer Atem, als ich am Schloss ankam. Das Feuer brannte unter einem Topf mit Kaffee, und zwei Tassen waren ordentlich nebeneinander auf einen flachen Stein gestellt.

Ich stand an der Mauer, duckte mich gegen den Wind und entdeckte den bronzenen Mark IV weiter oben auf der Höhe der schmalen Straße. Ich sah die beiden unten bei den Steinplatten am Strand stehen, sah, wie sie auf den aufgewühlten See hinausblickten. Sie trug die Levi's und ihre Army-Jacke. Ihr Haar flatterte im Wind. Sie hielt die Arme verschränkt und schlenderte ein Stück über den Strand, während die Möwen sie umkreisten und das Wasser auf sie zurollte. Er lief neben ihr, den Blick auf den Sand geheftet.

Sie war noch am Leben. Ich seufzte tief, und mein Körper entspannte sich. Ich beobachtete, wie sie langsam an dem Felsenriff entlangging und wie die Gischt aufsprühte. Eine Nebelbank schwebte eine Meile vom Ufer entfernt und kam langsam näher.

Schließlich blickte sie auf und sah mich. Sie überquerte die siebzig Meter Fels und Sand und kam auf mich zu. Er blieb allein stehen und schaute ihr hinterher. Ich nahm ihren Anblick in mich auf, den festen Blick, den zielbewussten Schritt, die Knabenhaftigkeit ihres schlanken Körpers, die mir nie aufgefallen war. Als sie herangekommen war, ging ich auf sie zu und nahm sie in die Arme; sie drückte ihr Gesicht an das meine und hielt mich lange fest.

»Du bist wohlauf«, sagte ich. »Ich hatte schreckliche Angst, ich würde zu spät kommen ... dass du tot sein könntest.« Ich hörte sie atmen und spürte ihre Lebendigkeit in meinen Armen. »O Gott, ich liebe dich«, sagte ich. »Ich liebe dich, und ich weiß nicht, was ich tun soll.« Meine Gefühle wurden auf den Kopf gestellt. Ich kam mir unerfahren und verletzlich vor, fand mich betrogen, getäuscht, vernichtet. Ich war über meinen Kopf beteiligt gewesen, von Anfang an, und jetzt war es zu spät. Ich wusste zu genau, dass ich nicht alles wusste.

Ich küsste sie, bis sie schließlich den Kopf wegdrehte

und zu ihm hinüberblickte, wo er stand, aufrecht, weit entfernt, mit dem grauen Wasser im Hintergrund.

»Ich wusste, dass du kommen würdest. Ich habe Billy gebeten, hier mit mir zu warten«, sagte sie und schaute mir dabei in die Augen. »Ich war sicher, dass du mich irgendwann hier findest, aber ich wollte nicht allein sein.« Sie lächelte und sah wieder weg. »Du bist wie eine zusätzliche Seite an mir ... Ich wünschte nur, sagen zu können, was das heißt, mehr oder weniger ... Ich habe immer gewusst, dass ich mich nicht vor dir verstecken kann, dass ich gar nichts vor dir verstecken kann.« Sie ging ein paar Schritte an mir vorbei und drehte sich im Eingang um. »Ich habe Kaffee für uns gekocht, Paul.« Ich folgte ihr hinein. Sie streifte die Jacke ab, unter der sie einen schweren Wollpullover anhatte, kniete sich vor das Feuer und goss mir eine Tasse schwarzen Kaffee ein. Ich wollte sie für immer bei mir haben. Aber alles war so unaussprechlich traurig. »Also«, begann sie, »können wir jetzt darüber reden?«

»Ja.« Ich setzte mich auf die Steinbank, sodass ich auf ihr schmales, makelloses Gesicht hinunterblicken und beobachten konnte, wie sie die Lippen schürzte und an dem Kaffee nippte. Sie war perfekt. Sie hatte Farbe auf den Wangen, Glanz in den Augen, ihr Haar schimmerte. »Diesmal könntest du mir genauso gut die Wahrheit sagen. Sie sind jetzt alle tot. Wir beide sind als Einzige übrig, liebes Kind. Zwei Überlebende. Außer ihm.« Ich deutete mit dem Kopf in Richtung See.

»Ist das Morden vorbei?«, fragte sie.

»Oh, ich glaube schon. Es sei denn, dass es dich oder mich erst am Ende des Dramas erwischt. Was meinst du? Ist es zu Ende?«

»Wir werden sehen. Es ist wie mit allem im Leben. Das Spiel ist nicht eher vorbei, als bis der letzte Mann aus ist. Heißt das nicht so bei euch Baseball-Fans?«

Ich nickte. »Also, fang an. Du hast mir niemals alles gesagt, was du weißt, Kim. Und vor ein paar Stunden habe ich begriffen, dass du alles weißt. Stimmt's?«

Nachdem sie mir die ganze Geschichte erzählt hatte, stand sie auf und ging ins Freie. Ein gelber Dunstschleier hing über dem See, und der Wind war ein wenig wärmer. Es roch nach dem Wasser, dem nassen Sand und nach Strandhafer. Sie blickte sich nach mir um und holte tief Luft, dann schlenderte sie zum Ufer hinunter bis ans Wasser. Ich starrte ihr eine Weile hinterher, dann kniete ich mich neben das Feuer, füllte meine Tasse mit dem Bodensatz aus dem Kaffeetopf und ging nach draußen. Die Sonne mühte sich ab, ein Loch in den Nebel zu brennen. Ich sah meinen Schatten an der Mauer, lehnte mich dagegen und beobachtete, wie sie kleiner wurde. Mein Hand zitterte nicht, und ich atmete auch nicht heftig. Ich fragte mich, ob Billy noch da war und auf sie wartete. Aber das hatte keine Bedeutung mehr.

Sie kannte die ganze Wahrheit und hatte sie mit der ihr eigenen Genauigkeit vor mir ausgebreitet. Diesmal stimmte die Geschichte, und sie war perfekt, wie jede andere Theorie zuvor.

1931 hatte sich der Jagd- und Angelclub gegründet und die Hütte bei Grande Rouge gebaut. In demselben Jahr heiratete Rita Ted Hook, Barbesitzer und Kriegsversehrter und viele Jahre älter als sie. Im Winter 1931/32 stellte der Club Rita Hook an, damit sie sich um die Hütte kümmerte, das Kochen übernahm und alles tadellos in Ordnung hielt. Zur selben Zeit schloss sie mit den wohlerzogenen jungen Burschen aus Minneapolis einen Handel: Sie würde sich der ganzen Gruppe als willige Sexualpartnerin zur Verfügung stellen. Es war ein Pauschalarrangement der unternehmerischen Mrs. Hook, für das sie die stattliche Summe von tausend Dollar im Monat bekam.

Gegen Ende des Jahres 1932 brachte Rita Hook ihren

Sohn Robert zur Welt, und es wurde vorgegeben, dass Ted Hook nicht so gebrechlich sei, wie er aussah, und demnach der Vater war. Kim erfuhr später, dass der Vater in Wirklichkeit in der Gruppe zu suchen war, sich aber unmöglich ermitteln ließ. Die Gruppe bestand, soweit es sich um Ritas Dienste handelte, aus Timothy Dierker, James Crocker, Pater Martin Boyle, Jonathan Goode, Hubbard Anthony und Carver Maxvill.

Acht Jahre vergingen, und das Leben in Grande Rouge ging munter voran. Rita sparte ihr Geld, schmiedete unzählige Pläne und malte sich in Gedanken ihre Zukunft aus, ein Kleinstadt-Mädchen, das von einer großartigen Welt träumte und alles zu tun bereit war, um dorthin zu gelangen. Aber 1940 wurde sie erneut schwanger, ein Opfer rücksichtslosen Drängens oder Unachtsamkeit. Sie konnte nicht wissen, wer der Vater war, aber Ted konnte nicht wieder dafür herhalten. Ihre sexuelle Beziehung, die ohnehin kläglich gewesen war, hatte kurz nach der Geburt des kleinen Robert geendet.

Aber sie war mit einem Plan stets schnell bei der Hand. Sie verheimlichte ihre Schwangerschaft und erzählte Ted, dass ihre Schwester in Chicago, die nicht sonderlich robust war, von ihrem angetrauten Matrosen schwanger sei und dieser wie gewöhnlich zur See fuhr. Da sie nun allein sei und sich schwach fühle, habe sie Rita geschrieben und sie gebeten, so lange bei ihr zu wohnen, bis das Baby geboren wäre. Ted Hook kümmerte das kaum, und Rita fuhr zu ihrer Schwester, die nicht schwanger war, aber allein lebte. Dort bekam sie ihr zweites Kind und nannte es Shirley. Rita brachte das Mädchen nach Grande Rouge und berichtete von dem traurigen Tod ihrer Schwester bei der Geburt. In Grande Rouge kam es nie jemandem in den Sinn, dass etwas nicht stimmte. Chicago war schrecklich weit weg, und wen sollte es interessieren.

Die Mitglieder des Clubs akzeptierten Ritas Forderung

einer Erhöhung des monatlichen Schecks. Schließlich war sie ihretwegen Mutter von zwei Kindern, nachdem sie ihnen nützlich gewesen war; außerdem hatte sie sich ihr gutes Aussehen bewahrt, und was sie sexuell zu bieten hatte, ließ sich nicht mit dem vergleichen, was die Herren zu Hause vorfanden. 1944 jedoch, als Robert zwölf und Shirley vier Jahre alt war, fand Rita, dass es höchste Zeit für sie wurde. Die Jahre erlangten ein eigenes Gewicht. Wenn sie noch entfliehen wollte, durfte sie nicht länger warten. Die Club-Mitglieder waren inzwischen wohlhabend und angesehen. Sie könnten, so bildete sie sich ein, eine letzte Zahlung leisten und sie dann zum Abschied küssen.

Sie arrangierte ein Treffen in der Hütte für den Abend des 16. Dezember 1944. Ohne ihnen ausdrücklich zu drohen, gab sie doch deutlich zu verstehen, dass Anwesenheit obligatorisch sei. Sie ließ sich von Running Buck zur Hütte bringen, der dann das weitere Geschehen beobachtete. Sie vertraute ihm, denn er war stumm, sobald es um das Geschwätz der Weißen und deren Angelegenheiten ging. Sie hatte ihm die Wahrheit über ihre Beziehung zu den Club-Mitgliedern größtenteils erzählt, in dem sicheren Bewusstsein, dass er niemals darüber reden würde. Sie hatte sich diesbezüglich jemandem mitteilen wollen.

Ihr Vorschlag einer letzten Bezahlung wurde von ihren Arbeitgebern nicht gut aufgenommen. So ging sie offen zu Erpressung über. General Goode drehte durch, jagte sie mit dem Revolver in der Hand aus der Hütte. Carver Maxvill versuchte, sie zu beschützen. Goode erschoss sie beide, und die ganze Gruppe begrub gemeinsam die Leichen in der Eishöhle. Running Buck sprach zu niemandem ein Wort. Für Ted Hook waren die beiden Kinder nun eindeutig zu viel. Nach dem »Verschwinden« seiner Frau (die Nachforschungen bei der Hütte waren oberflächlich und ergaben keine Hinweise auf ein Verbrechen) veranlasste er, dass die Kinder in ein Waisenhaus aufgenommen wurden, das Herz-Jesu-Heim in Duluth. Von dort zogen sie weiter in ein neues Zuhause. Aus Robert wurde Larry Blankenship in Bemidji, und Shirley wurde Kim Roderick in Duluth. Aufgrund ihrer gesellschaftlichen Positionen und mit Hilfe von Boyles kirchlichen Verbindungen konnte der Club die Spur der Kinder verfolgen. Dieses Pflichtgefühl war es aber schließlich, das ihr unseliges Schicksal besiegelte. Das war 1945.

Larry Blankenship kehrte niemals nach Grande Rouge zurück. Er empfand kein Interesse für das Leben seines Vaters und wollte nicht wissen, wie es der kleinen Shirley ergangen war. Er lehnte seine Vergangenheit ab, strich sie aus seinem Bewusstsein. Es hatte ihn zu tief gekränkt, dass sein »Vater« sich weigerte, ihn zu behalten. Er streifte einfach alles ab und wurde Larry Blankenship.

Aber Kim hielt den Kontakt zu Ted Hook aufrecht. Bis 1956 besuchte sie ihn jeden Sommer und half in dem Restaurant aus, das Ted von Ritas hundertfünfzigtausend Dollar gebaut hatte. Zu anderer Zeit und an einem anderen Ort hätte diese Summe zu eingehenden und am Ende belastenden Untersuchungen geführt. Nicht aber in Grande Rouge. Ted verschloss fest die Augen und streckte die Hände nach dem Geld aus. Er lebte damals schon lange in Grande Rouge und kannte die richtigen Leute. Er bekam das Geld.

Während Kim, inzwischen sechzehnjährig, im Restaurant arbeitete, lernte sie Running Bucks vermeintlichen Neffen kennen, Billy Whitefoot, einen gut aussehenden jungen Indianer mit guten Manieren und sanftem Wesen. Die Natur forderte ihr Recht, und während des Sommers 1957 verliebten sie sich. Nach ihrem High-School-Abschluß 1958 ging Kim nach Minneapolis und bewarb sich um eine Stelle im Norway Creek Club, dem eindrucksvollsten, konservativsten Country Club der Stadt. Warum gerade dort? Weil sie die Mitglieder des Jagd- und Angelclubs in den Sommermonaten kennengelernt hatte, in denen sie bei Ted arbeitete. Damals wusste sie noch nicht, dass die Herren an die Rodericks in Duluth Geld geschickt und ihre Großzügigkeit damit erklärt hatten, dass Kim das unglückliche Kind einer treuen Angestellten war, die davongerannt sei und ihre Kinder und den kränklichen Mann sich selbst überlassen habe. Kim wusste aber natürlich, wer die Männer waren, die sie in Grande Rouge bei »Ted's« sah. Sie sprachen respektvoll von der »armen« Rita, äußerten ihr Bedauern über ihr Verschwinden und schienen nett zu sein ... so drückte sie sich aus. Nett. Sie kannte die Männer nur flüchtig, aber sie waren nett und wohlhabend.

Das brachte Kim 1958 in den Norway Creek. Sie waren die einzigen Leute, die sie in Minneapolis kannte, aber sie genügten. Bereits mit achtzehn Jahren war sie in die Stadt gelangt, was ihre Mutter nie geschafft hatte. Jede Generation bringt es ein Stückchen weiter, so hörte sie, und sie versuchte es. Aber die Stadt schüchterte sie ein.

Um die Angst vor dem Alleinsein zu bekämpfen, drängte sie Billy Whitefoot, ebenfalls in den Norway Creek zu kommen. Ihre Freunde im Club, die netten Herren von der Hütte, sorgten dafür, dass Billy als Platzwart und Wartungsmonteur eingestellt wurde. Die netten Herren erfuhren nie, dass Billy eng mit Running Buck verbunden war, aber auch wenn sie es gewusst hätten, hätten sie die Bedeutung nicht erkannt, da sie nicht wissen konnten, dass Running Buck sie in jener Nacht beobachtet hatte, wie sie zwei Morde begingen.

1959 heiratete Kim den Indianer, der ein Jahr älter war als sie. Sie wurde schwanger. Ihre Tochter kam 1960 zur Welt, und zu dieser Zeit begriff Kim, dass ihre Heirat ein schrecklicher Fehler gewesen war. Sie hatte inzwischen gesehen, was das Leben zu bieten hatte, und Billy war, soweit sie es überblicken konnte, diesbezüglich kaum vielversprechend. Aufgrund ihrer Gleichgültigkeit begann er zu trinken und verließ schließlich den Norway Creek Club mehr oder weniger unehrenhaft. Er nahm sein Kind mit und floh zurück in den Norden, wo er sich sicher fühlte, über alles nachdenken und sich von Kim Roderick erholen konnte, die sich vorwärts trieb, ihr Tennisspiel perfektionierte, den Blick eines wohlhabenden Herrn auf sich zog, der ebenfalls Mitglied des Jagd- und Angelclubs war, aber nur am Rande – allerdings so weit am Rande, dass er weder etwas über das Arrangement zwischen den anderen Clubmitgliedern und Rita Hook wusste, noch, dass Kim die Tochter des Clubs war.

Sein Name war Ole Kronstrom. Er war Teilhaber von Tim Dierker, der zum harten Kern des Clubs gehörte und in der Beziehung zu seiner Frau Helga wenig Vergnügen fand. Ole Kronstrom freundete sich mit Kim an, genoss ihre Gesellschaft und kümmerte sich nicht darum, was andere über ihn und sein Verhalten dachten. Er mochte das Mädchen und verlangte nichts von ihr. Mit der Zeit gelangte er zu der Ansicht, dass er sie liebte. Und sie gelangte zu der Ansicht, ihn zu lieben. Ole Kronstrom ersetzte ihr zugleich Vater und Ehemann, und er war der erste vermögende, zuverlässige Mensch in ihrem Leben. Er war ein Freund.

Die Scheidung von Billy Whitefoot wurde 1961 vollzogen. Kim war einundzwanzig Jahre alt, und Ole Kronstrom sorgte für sie. Sie spielte Tennis und führte ein ziemlich müßiges Leben; dabei gab er ihr die Gelegenheit, zu sich selbst zu finden. Diese Ansicht war altmodisch, aber nicht gerade unklug. Sie machte beide glücklich. Oles Freunde im Norway Creek amüsierte es ein bisschen, dass er sich in ihre Tochter verliebt hatte, wenngleich sie ihn nicht die Spur davon merken ließen. Natürlich beurteilten sie das Verhältnis völlig falsch und unterstellten ihm, was nur ihrer eigenen Veranlagung entsprach.

Kim Roderick war glücklich. Und das Glück hielt an, als sie einen neuen Mann kennenlernte, der bei Tim Dierker angefangen hatte zu arbeiten, einen viel versprechenden Verkäufer von dreißig Jahren, Larry Blankenship. Tim hatte ihm die Anstellung unter Zustimmung seiner Club-Freunde gegeben, denn schließlich war er ihrer aller Sohn. Sie hatten ihn sogar wissen lassen, indirekt versteht sich, dass in Dierkers Firma eine Stelle frei war. Noch immer lenkten sie das Leben anderer, freuten sich heimlich über ihre Macht und dass sie die Mittel besaßen, ihre kollektive Schuld zu erleichtern. Sie sorgten für Ritas Kinder. Sie waren alles in allem doch verdammt gute Kerle, hatten es nur in einer Nacht eine Winzigkeit zu weit getrieben ...

Und so waren sie wirklich unglücklich, als sich offenbarte, dass Kim Rodericks Beziehung zu Ole Kronstrom nicht so war, wie sie erschien. Es ließ sich nicht verhindern, dass sie mit Larry Blankenship ein Verhältnis anfing, und schon kurz darauf war es kein bloßes Verhältnis mehr. Larry und Kim verliebten sich ineinander. Den Clubmitgliedern gefiel das nicht. Tim Dierker war entsetzt. Bruder und Schwester, das war jenseits aller Toleranzgrenzen. Als er den Freunden seine Ansicht vortrug, murrten sie nur, räumten ein, dies sei eine unglückliche Wendung, aber doch nicht so entsetzlich, wie man meinen könnte. Denn es sei schließlich nicht sicher, dass die Kinder denselben Vater hätten. Und da man zwei Menschen umgebracht hätte, darunter auch die Mutter, sei man nicht gut beraten, sich plötzlich zimperlich zu zeigen, weil *möglicherweise* ein Inzest vorliege. Das heißt, ein völliger Inzest.

Aber Dierker war ein Moralist vom alten Schlage. Die Morde lagen ihm schon seit Jahren auf der Seele und fraßen ihm an den Eingeweiden. Den Gesten, die sie zwischenzeitlich den Kindern bezeigten, hatte er sich mit frommer Begeisterung wiewohl mit Erleichterung angeschlossen. Und nun versagte man darin, eine weitere moralische Grauenhaftigkeit zu verhindern. Denn so sehr er sich auch bemühte, er versagte bei dem Versuch, die Heirat zu verhindern; angesichts der Entschlossenheit seiner Freunde, hier still zu schweigen, brachte er nicht den Mut auf, die Wahrheit zu sagen. Diese dachten ganz logisch, dass sie ein schreckliches Risiko eingingen, wenn sie die Bruder-Schwester-Geschichte aufbringen würden. Eine Katastrophe wäre sehr wahrscheinlich. Dierker fügte sich. Bruder und Schwester heirateten. Es war das Jahr 1964.

1966 bekam Kim Blankenship ein Kind mit angeborenem Hirnschaden. Ole Kronstrom, ein treuer Freund, auf den sie zählen konnte, half ihr darüber hinweg. Larry jedoch war ein labiler Mensch, der darauf erpicht ist zu gefallen und dennoch ein ewiger Verlierer bleibt. Er erlitt beinahe einen Nervenzusammenbruch. Er sah das Kind als direkte Folge seiner eigenen Unzulänglichkeit an, ein Urteil, das für sein Wesen bezeichnend war. Kim war sechsundzwanzig.

Ihre Ehe mit Larry war eine Quälerei. Mal waren sie zusammen, mal getrennt; es funktionierte leidlich, aber sie waren nicht glücklich. Seine seelische Verfassung schwankte ständig. Er kündigte bei Dierkers Firma, nahm eine Reihe von Stellen an, die keine Aufstiegsmöglichkeit boten, und kam sich immer unbedeutender vor. Der Ansicht war auch seine Frau. Sie sah sich zunehmend auf Ole angewiesen. Sie besuchte die Universität von Minnesota, bildete ihre Begabungen aus, genoss die neu entdeckte Vielfalt des Lebens und des Geistes und nahm sich selbst sehr ernst; sie benahm sich wie jeder andere Mensch auch, der plötzlich seinen Verstand entdeckt. Schließlich ist dies eine wunderbare Entdeckung. Und Ole ließ sie gedeihen.

Meistens lebte sie von Larry getrennt, mit Ausnahme der verzweifelten Versuche, sich zu versöhnen. Bei diesen leidvollen Gelegenheiten tauchte sie auf, aber sie wollte sich nicht wirklich darauf einlassen. Sie scheiterten, und Larry wurde immer kleiner.

Es war 1972, und Kim Blankenship war zweiunddreißig Jahre alt. Larry Blankenship war vierzig. Sie bewegten sich unweigerlich auf die endgültige Auflösung der Ehe zu. Kim lebte von Ole Kronstroms Geld; Larry hielt sich so gut es ging über Wasser. Die Ehe war am Ende. Dann geschah es, weit weg in Grande Rouge, dass Running Buck im Sterben lag und seine Geheimnisse dem jungen Billy anvertraute, der inzwischen dreiunddreißig und promoviert war, bemerkenswerte Abschlüsse in Soziologie gemacht hatte und persönliche Freundschaften mit Russell Means, Dennis Banks und Marlon Brando pflegte. Der alte Mann plauderte alles aus, was Rita ihm erzählt hatte, die sexuelle Beziehung zu den Club-Mitgliedern, deren zweifache Vaterschaft, alles. Und außerdem das Geschehen in der Nacht des 16. Dezember 1944.

Billy Whitefoot war verblüfft, aber er glaubte die Geschichte. Er stellte sich der Tatsache, dass er einst eines von Ritas Kindern geliebt hatte und dass er Kim offenbar schlecht behandelt hatte, indem er sie verließ und die Tochter mitnahm. Er verspürte eine gewisse Verantwortung für sie ... und die alte Liebe. Ihm war bekannt, dass sie Larry Blankenship geheiratet hatte. Running Buck hatte auch das bei der Hütte erfahren. Er war der unsichtbare Mensch gewesen, der seiner Arbeit nachging, während die Männer am Kamin darüber sprachen. Running Buck hörte sie sagen, dass Larry Kims Bruder war, und das erzählte er Billy.

Ein halbes Jahr lang rang Billy mit sich selbst. Sollte er Kim die Wahrheit sagen? Oder sollte er, wie Running Buck es immer gehalten hatte, sich aus den Angelegenheiten des weißen Mannes heraushalten? Am Ende besann er sich auf Kim und fuhr nach Minneapolis, um sich mit ihr zu treffen. Er war empört, was die Männer getan hatten.

Noch nie hatte er solche Gewalt in sich gespürt. Das war neu und furchteinflößend; er spürte, dass er deswegen töten könnte und fand, dass diese Männer den Tod verdient hätten.

Billy war zwar nicht ganz sicher, wohin es führen würde, aber er verbrachte einen Nachmittag damit, Kim alles zu berichten. Er hüllte sie beide in die Geschichte ein, und sie fühlten sich einander näher als damals, als sie noch verliebt gewesen waren. Sie war entsetzt, natürlich, aber es überraschte sie nicht, denn in einer Ecke ihres Herzens hatte sie stets ein namenloses Etwas gefürchtet, das durch Kinderträume spukt. Sie nahm es ruhig auf, hörte ihn bis zu Ende an, zuckte die Achseln, nachdem der Schrecken nun Gestalt angenommen hatte und in ihrer Tür stand, ihrem Leben die Farbe nahm und sich über ihre Hoffnung hermachte. Es gab nicht viel, was sie hätte sagen können; das alles sei Vergangenheit, sagte sie zu ihm, und ihre Ehe mit Larry sei ohnehin vorbei, nichts könnte ihre Mutter aus dem Grab zurückholen. Billy wusste nicht, was er davon halten sollte. Kim war ihm immer ein Rätsel gewesen, unergründlich, nicht zu begreifen. Er fühlte sich unbehaglich, während sie so ruhig blieb und alles herunterspielte. Er wusste wohl, dass etwas in ihr vorging, aber nicht, was es war. Schließlich sagte er sich, dass er getan habe, was in seiner Macht stand. Alles andere sei ihre Sache.

Kim bezweifelte Billys Bericht nicht im Geringsten. Er klang glaubwürdig und hatte nichts von den Phantasien eines Sterbenden an sich. Sie versuchte, eine gemessene Haltung zu finden, aber das war ihr nicht möglich. Nachdem der erste Schock vorüber war, fühlte sie nichts Besonderes. Sie hasste die Männer anfangs nicht, verspürte wohl Abscheu, aber keinen Hass. Mit der Zeit dachte sie mehr und mehr darüber nach, und wenn sie an die Ehe mit Larry dachte, wurde ihr schwach. Wie hatten sie das einfach geschehen lassen können? An Ole konnte sie sich nicht wenden. Sie hatte also niemanden. Wenn sie an das Kind dachte, das aus dieser Verbindung hervorgegangen war, weinte sie. Zum ersten Mal seit langer Zeit musste sie weinen. Ole war um sie bemüht, aber er verstand nicht.

Es war 1973, und Larry Blankenship, der in der traurigen Leere seines Lebens nach den Gründen des Scheiterns tastete und doch nicht verstand, welche Kräfte da am Werk waren, trat wegen einer Versöhnung an Kim heran. Er hatte eine gute Stelle, ein neues Auto, ein bisschen Hoffnung. Kim brachte es nicht übers Herz, ihn mit Hilfe der Wahrheit davon abzubringen; sie ersparte ihm die Grausamkeit und versuchte mit der Zerbrechlichkeit seiner Welt sanft umzugehen, erklärte, dass es für sie keine gemeinsame Zukunft geben könne. Sie hielt ihm vor Augen, dass er sein Leben ebenso gut allein vorantreiben könne, während sie ihr eigenes Leben lebte, und dass sie immer Freunde bleiben würden. Das war recht abgedroschen, und das wusste sie, aber etwas anderes hatte sie ihm nicht anzubieten. Die Wahrheit würde ihn vernichten; sie selbst konnte mit Mord und Inzest umgehen, denn ihre Gefühle waren inzwischen verblasst. Larry hingegen würde es umbringen.

Aber wie die Dinge lagen, brachte es ihn beinahe ebenso um, sie zu verlieren. Doch ein Nervenzusammenbruch war nicht das Schlimmste. Einen Nervenzusammenbruch überlebt man, auch wenn er ernst ist. Sie half ihm darüber hinweg, so gut sie konnte, aber sie glaubte auch, dass es wichtig war, Abstand zu wahren, um ihn davon abzuhalten, sich auf sie zu verlassen. Es war schwierig, aber sie bewältigte den Balanceakt. Ole wiederum unterstützte sie. Er besaß ein gutes Gespür. Sie vertraute ihm, und er liebte sie.

Larry kam langsam aus dem Loch heraus, aber es war ein schlechtes Jahr, sofern man versuchte, in einer Werbefirma erfolgreich zu sein, selbst wenn Tim Dierker ein paar Fäden zog, um einen Job zu besorgen. Es war 1974, und die Werbefachleute traten sich in den Arbeitslosenschlangen gegenseitig auf die Füße. Als neu Eingestellter wurde Larry zuerst entlassen. Er saß neben dem Telefon und wartete darauf, dass es klingelte. Er wollte mit Kim über seine Probleme reden, aber sie war es müde. Schließlich, da man im selben Haus wohnte, ging er damit zu Tim Dierker. Sie sprachen mehrere Male miteinander, und jeder versank in seiner eigenen Hoffnungslosigkeit. Larry hatte seine Frau und seinen Job verloren, war zweiundvierzig Jahre alt, hatte einen Nervenzusammenbruch hinter sich und einen neuen Thunderbird, den er nicht mehr bezahlen konnte. Tim Dierker hatte gerade erfahren, dass er in Kürze sterben würde; man hatte einen inoperablen Gehirntumor gefunden, und er hatte es Harriet nicht sagen können. So erzählte er es Larry in dessen Apartment, und sie betranken sich. Wie Running Buck vermochte auch Tim Dierker nicht, seine Schuld schweigend mit ins Grab zu nehmen. Angeregt vom Alkohol, legte er gewissermaßen ein prämortales Geständnis ab und beichtete ihm die Geschichte von Mord und Inzest.

Vollkommen niedergeschlagen wandte Larry sich an Kim und bettelte, sie möge alles widerlegen. Das konnte sie nicht, und das war Larrys Ende. Ein paar Tage saß er allein in seinem Apartment, um sich zu fassen. Dann schloss er mit seinem Plan ab, schrieb den Brief für Bill Oliver und erschoss sich in der Eingangshalle des Hochhauses. Dies war, das glaubte er klar zu erkennen, die einzig richtige Antwort auf die Todesbotschaften seines Lebens.

Ein paar Augenblicke später kehrte ich vom Tennisspielen heim.

»War Larrys Selbstmord der Anlass für deinen Entschluss, sie alle zu töten?«, fragte ich.

Sie nickte und sah mich ruhig und nüchtern an. Diese

intelligenten, gelassenen, diese pragmatischen Augen sahen das Leben, wie es war.

»Ja«, sagte sie. »Danach war es für mich keine Frage mehr. Wenn er es nicht erfahren hätte, wenn er nicht dieses Ende genommen hätte ... dann hätte ich vermutlich nie etwas unternommen. Aber mit Larrys Tod wurden ihre Verbrechen ein Teil der Gegenwart, ein Teil meines Lebens – meines wahrnehmbaren Lebens. Das war zu viel, als dass ich es noch weiter hätte ignorieren können. Also beschloss ich, sie alle zu töten, weil sie alle gleichermaßen schuldig waren, soweit ich sehen konnte. Ich wollte mich nicht in einem groß angelegten Plan verfangen. Sie sollten einfach nur sterben, in dem vollen Bewusstsein, warum ich sie töte.«

Sie rief Tim Dierker an und fragte, ob ihm ein Besuch recht sei. Harriet war nicht zu Hause, und Tim versuchte seine Trauer über Larrys Selbstmord zu überleben. Sein Schuldgefühl hatte ihn schon fast umgebracht. Die Luft im Zimmer war erstickend, als sie hereinkam, Tim hatte sein Fotoalbum durchgeblättert. Sie schlug vor, aufs Dach zu gehen, und er folgte ihr gehorsam, während er zugleich jammerte, wie kalt und nass es draußen sein würde. Als sie alleine bei Wind und Regen auf dem Dach standen, teilte sie ihm mit, dass sie die Wahrheit über ihre Mutter und ihren Bruder kannte. Er kauerte sich gegen die Wand. Sie schlug ihn heftig auf die Schultern, er ließ das Album fallen, sie stieß ihn, er versuchte wegzurennen. Sie schlug ihn quer über die Schultern, hievte sein bisschen Körpergewicht über die niedrige Brüstung und beobachtete, wie er sich auf dem Kies des einen Meter breiten Dachsimses aufrappelte. Als er wieder auf sie zukam, griff sie ihn an. Er erschrak und fiel rückwärts über die Dachkante. Sie hob das Album auf und verließ das Haus.

Sie suchte in dem Album nach Bildern von Rita und Carver, den sie als ihren Vater betrachtete, weil er ihrer Mutter das Leben retten wollte. Vielleicht hatte auch er sich für den Vater gehalten, was seine Entschlossenheit erklären würde, Rita nicht zu töten. Das hatte ihn das Leben gekostet. Kim hatte bereits angefangen, dieses besondere Ungleichgewicht zu beheben.

Sie rief Pater Boyle an, stellte sich ihm vor und gab an, sie wolle mit ihm über Rita Hook sprechen, die Frau, die sie aufgezogen habe, und dass sie begierig darauf sei, die Fotos zu sehen, die er von der früheren Haushälterin besitze. Boyle nahm Kim freundlich in Empfang. Denn Pater Patulski war verreist, und er würde das Wochenende allein verbringen müssen. Sie blätterten in den verstaubten Seiten nach den besonderen Aufnahmen. Kim hatte bereits die Archivmappe über Carver Maxvill bei der Zeitung gestohlen. Sie wollte so viel wie möglich über die beiden Menschen erfahren, die ihre Mutter und vielleicht ihr Vater gewesen waren.

Pater Boyle lud sie ein, eine Weile mit ihm auf der Terrasse zu sitzen, wo der Fernseher nebenbei lief. Kim nahm das Gespräch mit plötzlicher Kälte wieder auf und beobachtete, wie der alte Mann grau und schweißnass im Gesicht wurde, als sie ihm genau erzählte, wie er am 16. Dezember 1944 die Packkiste den schlammigen Weg hinauf getragen hatte, wie er damit ausgerutscht und gefallen war. Sie sagte ihm alles, was sie wusste, gab ihm zu verstehen, dass er aller Wahrscheinlichkeit nach für immer in seiner glühenden katholischen Hölle schmoren werde, und erschoss ihn. Niemand hörte den Schuss, niemand sah sie weggehen.

Danach ließ sie sich erst einmal Zeit, befasste sich mit meinem liebebedürftigen Wesen und wartete darauf, dass sich die nächste Gelegenheit bieten würde. Die kam in der Nacht, als ich sie zu den Ratten von James Crocker mitnahm. Sie erfuhr, dass er sich dort rund um die Uhr aufhielt. Ich brachte sie nach Hause, und Crockers Schläger zerbeulten mir das Gesicht. Am nächsten Tag, während ich mit Archie und Julia Theorien entwickelte, beobachtete sie die Baustelle. Am Abend rief ich sie an und erzählte ihr von meinem Zusammenstoß, für den sie mich bedauerte. Am darauf folgenden Tag ging ich ängstlich und missmutig zu ihr und wollte sie zu einer gefühlvollen Bindung bewegen. Ich hatte mich bereits entschlossen, nach Chicago zu fliegen und weiter in ihrer Vergangenheit zu wühlen, und wollte eine klare Aussage, wie wir zueinander standen. Ich bekam sie nicht. Sie war schon in etwas anderes vertieft: Sie hatte beschlossen, in der Nacht Crocker umzubringen.

Ich befand mich auf der Rückreise von Chicago, als sie zur Baustelle hinausfuhr. Crocker war nicht überrascht, sie zu sehen. Ja, er war ziemlich sicher gewesen, dass sie es war, die seine alten Freunde umbrachte. Ja, er war allein und vollkommen überzeugt, dass er es ihr noch ausreden würde. Stattdessen war er dann vollkommen tot, als sie den Wohnwagen verließ. Blieben noch zwei. Und bei denen würde es nicht so leicht sein.

Aber das konnte natürlich kein Hindernis darstellen. Die Notwendigkeit, sie alle zu töten, wurde darum nicht geringer. Kim war fähig, ihre Gefühle zwischen mir und dem Verlangen nach Rache aufzuteilen. Sie vermied kompliziertes Planen und wollte keinesfalls festgenommen werden. Jedenfalls nicht eher, als sie ihre Aufgabe erledigt hätte. Die Entschlossenheit, die fünf Männer zu töten, hatte alles zurückgedrängt, worauf sie sonst noch hoffte; wenn es vorbei sein würde, könnte sie auch damit zurechtkommen. Obwohl sie es vorzog, frei zu bleiben, machte sie sich letzten Endes keine Sorgen, ob sie ihre Freiheit verlieren würde. Den Entschluss umzusetzen war wichtiger.

Als Archie und ich mit unseren Enthüllungen über ihre Vergangenheit zu ihr kamen, als Carver Maxvill als ihr

»Vater« allem Anschein nach auf der Bühne erschien, um das Unrecht wettzumachen, wagte sie eine List. Sie schrieb den Zettel, der vorgab, von dem geistig gestörten Maxvill zu stammen, und legte ihn zusammen mit der Waffe, die sie schon für Boyle und Crocker benutzt hatte, auf den Tisch. Das passte genau zu unserer Theorie und verschaffte ihr das Schlupfloch, das sie brauchte: Solange wir und Bernstein glaubten, dass Maxvill als rächender Engel zurückgekehrt war, konnte ihr nichts geschehen. Wir könnten ewig nach ihm suchen. Wusste sie doch, dass er seit dreißig Jahren tot war. Das wussten auch General Goode und Hubbard Anthony ... aber sie durften es nicht sagen.

Dann beschloss sie, zu verschwinden, uns der Angst um ihre Sicherheit zu überlassen, die wir annahmen, die nächste Kugel sei für sie bestimmt. In der darauffolgenden Nacht feuerte sie auf meine Windschutzscheibe, in der Hoffnung, mich abzuschrecken. Nachdem Archie und ich von der Hütte zurückgekehrt waren, zimmerten wir unsere Goode-Theorie zusammen, für uns ein logischer Schluss. Wir rechneten damit, dass er dem Polizeischutz entkommen und auf Kim Jagd machen würde.

Was das Verschwinden betraf, behielten wir Recht; er entkam seinen Beschützern. Aber das hatte auch Kim erwartet. Sie wusste, dass er findig war und streng an Gewohnheiten festhielt, also wollte sie ihm im Nebel bei seinem Morgenlauf begegnen. Dann war nur noch einer übrig, und die Zeit wurde knapp. Der Nebel, der beide Städte einhüllte, war ihr Verbündeter, und sie nutzte ihn.

Ein weiteres Mal hing sie von der Berechenbarkeit ihres Opfers ab. Sie wartete in einer Nebenstraße, verbarg sich in der grauen Feuchtigkeit und beobachtete das Haus. Sie vertraute darauf, dass er den Ort verlassen würde, wo er sich am wenigsten sicher vor ihr fühlte – und sie brauchte nicht lange zu warten. Sein Wagen schlitterte in den Nebel hinein, und sie folgte ihm und wusste beinahe sofort, wohin er fahren würde. Zu Oles Boot. Es war eine Panikreaktion, doch Hub muss geglaubt haben, dass sie nicht so nahe bei ihrem eigenen Gehege zuschlagen würde. Aber er täuschte sich in ihr, so wie die anderen. Es war kein großes Problem, bei dem Sturm unbeobachtet an Bord zu gelangen. Als die Tür aufschwang und Kim dastand, wirkte er beinahe erleichtert.

Sie unterhielten sich ein wenig. Angesichts seines Niedergangs zeigte er Reue und hatte beinahe etwas Hochherziges. Er bat nicht darum, verschont zu werden. Er war der Einzige, bei dem es ihr Leid tat, ihn töten zu müssen. Als sie abdrückte, war sie es, nicht Hub, die zusammenzuckte, und die Kugel traf nicht ganz genau. Sie schaute nicht nach, ob er tot war. Sie stieg einfach aus dem Boot, warf die Waffe auf den Beifahrersitz des Mark IV und fuhr nach Norden, wo ich sie finden sollte. Von einer Tankstelle rief sie Billy an und bat ihn, sich mit ihr zu treffen. Sie fühlte sich verpflichtet, ihm zu sagen, was sie getan hatte.

Ich schaute blinzelnd zum senffarbenen Himmel auf. Kim saß mit angezogenen Beinen auf der Kante des Riffs über dem See und schlang die Arme um die Knie. Die Sonne wärmte bereits und trocknete den Sand stellenweise. Ich ging wieder hinein und tastete die Taschen ihrer Army-Jacke ab. Darin fand ich die Pistole, mit der sie Goode und Hub getötet hatte. Die andere Waffe, die sie für Boyle und Crocker gebraucht hatte, nahm ich aus meiner Jackentasche und ging mit beiden hinaus in die Sonne. Kim saß unverändert da. Billy war fort. Er überließ sie mir.

Auf dem Weg über die Felsen hätte ich lange Überlegungen anstellen können. Aber ich konnte nichts denken. Ich fühlte den Wind und die Sonne in mich eindringen und die

Gesteinskanten unter meinen Füßen. Ich liebte Kim, aber das lag mindestens eine Welt entfernt.

Sie schaute nicht auf, als ich mich neben sie stellte.

»Scharfschütze Cavanaugh«, sagte sie betont leicht.

»Was wirst du jetzt tun?«

»Das hängt von dir ab, oder nicht?«

Das hätte aus einem Film sein können, und ich wäre mitten in die Szene gestolpert und sollte nun improvisieren.

»Du kommst mir nicht mehr wirklich vor«, sagte ich. »Ich weiß nicht, wie ich mit dir reden soll ... was ich sagen kann. Ich hatte mal einen Onkel, der im Sterben lag, und als ich es wusste, fiel mir nichts mehr ein, das ich ihm noch sagen könnte.«

Sie wischte sich mit einer Hand über die Augen. »Liebst du mich noch?« Ihre Mundwinkel zogen sich nach oben. Vielleicht lachte sie über mich. Sie hatte sich sehr weit von mir entfernt. Sie wirkte erfüllt, reich, kontrolliert. Ich fühlte mich hohl. Je länger ich sie anschaute, desto mehr hatte ich das Gefühl, davonzuschweben wie in einem Fesselballon.

Ich wollte antworten, aber es gab keine Worte. Ich nickte nur, ja, ja ...

Sie stand auf und drückte meinen Arm. Dann ging sie. Ich kniete mich an der Felskante hin und schaute in das leere Antlitz des Sees. Die Pistole und den Revolver warf ich ins Wasser, das an dieser Stelle ziemlich tief war. Die Waffen hätten ebenso gut in der Erdmitte landen können.

Als ich mich schließlich umdrehte, war Kim nicht mehr zu sehen. Ich ging zurück. Ihr Wagen stand nicht mehr da. Sie hatte die Kaffeetassen mitgenommen, die Glut gelöscht. Ich stieg in Archies Wagen und fuhr langsam über die schmale Straße, bis ich den Highway erreichte. Ich ließ mir Zeit, um nach Minneapolis zurückzukehren. Es war vorbei. Zu Ende.

Epilog

Der Mord an fünf prominenten Bürgern in Minneapolis ist noch ungelöst, der Fall noch nicht ad acta gelegt. Nach Carver Maxvill wird weiterhin gesucht. Halbherzig.

Kim und Ole Kronstrom wohnen in Oslo in der Nähe des Frognerparks, wo sie sich für die Skulpturen von Gustav Vigeland begeistern.

Mark Bernstein wurde nicht Bürgermeister von Minneapolis.

Zu Weihnachten 1975 lieferte Archie Cavanaugh sein neues Manuskript ab, einen Fenton-Carey-Roman mit dem Titel »Homicidim Seriatim«.